中国语言文学文库·荣休文库

吴承学 彭玉平 主编

水云轩诗词学自选集

张海鸥 著

·广州·

版权所有　翻印必究

图书在版编目（CIP）数据

水云轩诗词学自选集/张海鸥著. —广州：中山大学出版社，2020.9
（中国语言文学文库·荣休文库/吴承学，彭玉平主编）
ISBN 978-7-306-06931-3

Ⅰ. ①水… Ⅱ. ①张… Ⅲ. ①古典诗歌—诗词研究—中国—文集
Ⅳ. ①I207.2-53

中国版本图书馆 CIP 数据核字（2020）第 152315 号

出 版 人：	王天琪
策划编辑：	嵇春霞
责任编辑：	孔颖琪
封面设计：	曾　斌
版式设计：	曾　斌
责任校对：	叶　枫
责任技编：	何雅涛
出版发行：	中山大学出版社
电　　话：	编辑部 020-84110283，84111996，84111997，84113349
	发行部 020-84111998，84111981，84111160
地　　址：	广州市新港西路 135 号
邮　　编：	510275　　传　真：020-84036565
网　　址：	http://www.zsup.com.cn　E-mail：zdcbs@mail.sysu.edu.cn
印 刷 者：	广州市友盛彩印有限公司
规　　格：	787mm×1092mm　1/16　23.625 印张　450 千字
版次印次：	2020 年 9 月第 1 版　2020 年 9 月第 1 次印刷
定　　价：	76.00 元

如发现本书因印装质量影响阅读，请与出版社发行部联系调换。

中国语言文学文库

主　编　吴承学　彭玉平

编　委（按姓氏笔画排序）

　　　　王　坤　王霄冰　庄初升

　　　　何诗海　陈伟武　陈斯鹏

　　　　林　岗　黄仕忠　谢有顺

总　序

吴承学　彭玉平

中山大学建校将近百年了。1924年，孙中山先生在万方多难之际，手创国立广东大学。先生逝世后，学校于1926年定名为国立中山大学。虽然中山大学并不是国内建校历史最长的大学，且僻于岭南一地，但是，她的建立与中国现代政治、文化、教育关系之密切，却罕有其匹。缘于此，也成就了独具一格的中山大学人文学科。

人文学科传承着人类的精神与文化，其重要性已超越学术本身。在中国大学的人文学科中，中国语言文学学科的设置更具普遍性。一所没有中文系的综合性大学是不完整的，也几乎是不可想象的。在文、理、医、工诸多学科中，中文学科特色显著，它集中表现了中国本土语言文化、文学艺术之精神。著名学者饶宗颐先生曾认为，语言、文学是所有学术研究的重要基础，"一切之学必以文学植基，否则难以致弘深而通要眇"。文学当然强调思维的逻辑性，但更强调感受力、想象力、创造力和语言表达能力。有了文学基础，才可能做好其他学问，并达到"致弘深而通要眇"之境界。而中文学科更是中国人治学的基础，它既是中国文化根基的重要组成部分，也是中国文明与世界文明的一个关键交集点。

中文系与中山大学同时诞生，是中山大学历史最悠久的学科之一。近百年中，中文系随中山大学走过艰辛困顿、辗转迁徙之途。始驻广州文明路，不久即迁广州石牌地区；抗日战争中历经三迁，初迁云南澄江，再迁粤北坪石，又迁粤东梅州等地；1952年全国高校院系调整，始定址于珠江之畔的康乐园。古人说："艰难困苦，玉汝于成。"对于中山大学中文系来说，亦是如此。百年来，中文系多番流播迁徙。其间，历经学科的离合、人物的散聚，中文系之发展跌宕起伏、曲折逶迤，终如珠江之水，浩浩荡荡，奔流入海。

康乐园与康乐村相邻。南朝大诗人谢灵运，世称"康乐公"，曾流寓广州，并终于此。有人认为，康乐园、康乐村或与谢灵运（康乐）有关。这也许只是一个美丽的传说。不过，康乐园的确洋溢着浓郁的人文气息与诗情画意。但对于人文学科而言，光有诗情是远远不够的，更重要的是必须具有严谨的学术研究精神与深厚的学术积淀。一个好的学科当然应该有优秀的学术传统。那么，中山大学中文系的学术传统是什么？一两句话显然难以概括。若勉强要一言以蔽之，则非中山大学校训莫属。1924年，孙中山先生在国立广东大学成立典礼上亲笔题写"博学、审问、慎思、明辨、笃行"十字校训。该校训至今不但巍然矗立在中山大学校园，而且深深镌刻于中山大学师生的心中。"博学、审问、慎思、明辨、笃行"是孙中山先生对中山大学师生的期许，也是中文系百年来孜孜以求、代代传承的学术传统。

一个传承百年的中文学科，必有其深厚的学术积淀，有学殖深厚、个性突出的著名教授令人仰望，有数不清的名人逸事口耳相传。百年来，中山大学中文学科名师荟萃，他们的优秀品格和学术造诣熏陶了无数学者与学子。先后在此任教的杰出学者，早年有傅斯年、鲁迅、郭沫若、郁达夫、顾颉刚、钟敬文、赵元任、罗常培、黄际遇、俞平伯、陆侃如、冯沅君、王力、岑麒祥等，晚近有容庚、商承祚、詹安泰、方孝岳、董每戡、王季思、冼玉清、黄海章、楼栖、高华年、叶启芳、潘允中、黄家教、卢叔度、邱世友、陈则光、吴宏聪、陆一帆、李新魁等。此外，还有一批仍然健在的著名学者。每当我们提到中山大学中文学科，首先想到的就是这些著名学者的精神风采及其学术成就。他们既给我们带来光荣，也是一座座令人仰止的高山。

学者的精神风采与生命价值，主要是通过其著述来体现的。正如司马迁在《史记·孔子世家》中谈到孔子时所说的："余读孔氏书，想见其为人。"真正的学者都有名山事业的追求。曹丕《典论·论文》说："盖文章，经国之大业，不朽之盛事。年寿有时而尽，荣乐止乎其身，二者必至之常期，未若文章之无穷。是以古之作者，寄身于翰墨，见意于篇籍，不假良史之辞，不托飞驰之势，而声名自传于后。"真正的学者所追求的是不朽之事业，而非一时之功名利禄。一个优秀学者的学术生命远远超越其自然生命，而一个优秀学科学术传统的积聚传承更具有"声名自传于后"的强大生命力。

为了传承和弘扬本学科的优秀学术传统，从2017年开始，中文系便组织编纂中山大学"中国语言文学文库"。本文库共分三个系列，即"中国语言文学文库·典藏文库""中国语言文学文库·学人文库"和"中国语言文学文库·荣休文库"。其中，"典藏文库"主要重版或者重新选编整理出版有较高学术水平并已产生较大影响的著作，"学人文库"主要出版有较高学术水平的原创性著作，"荣休文库"则出版近年退休教师的自选集。在这三个系列中，"学人文库""荣休文库"的撰述，均遵现行的学术规范与出版规范；而"典藏文库"以尊重历史和作者为原则，对已故作者的著作，除了改正错误之外，尽量保持原貌。

一年四季满目苍翠的康乐园，芳草迷离，群木竞秀。其中，尤以百年樟树最为引人注目。放眼望去，巨大树干褐黑纵裂，长满绿茸茸的附生植物。树冠蔽日，浓荫满地。冬去春来，墨绿色的叶子飘落了，又代之以郁葱青翠的新叶。铁黑树干衬托着嫩绿枝叶，古老沧桑与蓬勃生机兼容一体。在我们的心目中，这似乎也是中山大学这所百年老校和中文这个百年学科的象征。

我们希望以这套文库致敬前辈。

我们希望以这套文库激励当下。

我们希望以这套文库寄望未来。

2018 年 10 月 18 日

吴承学：中山大学中文系学术委员会主任、教授，长江学者特聘教授
彭玉平：中山大学中文系系主任、教授，长江学者特聘教授

代　　序

传承高贵
——古典文学研究的当代意义之一

　　文学遗产研究的根本意旨，应是承传高贵的人文精神和高雅的艺术审美情趣。其价值倾向，无疑应该是否定低级而弘扬高级，否定丑恶而颂扬美好，否定卑劣而礼赞高尚，否定庸俗而倡导高雅。

　　然而，近半个多世纪以来，中国大陆的文学遗产研究，由于常常受到实用政治因素或庸俗文化因素的影响过多，因而对高贵的人文精神和高雅的艺术情趣缺乏重视，甚至有所歧视。高贵和高雅大抵被视为与"人民性"相脱离的"剥削阶级"的趣味。而所谓"人民性"，则又被限定为反映"民生疾苦"，表现"忧国忧民思想"，"批判……""反抗……"等。

　　这显然是文学观念的历史性失误。这一失误的前提是把"人民"这个概念狭隘化，等同于"被剥削被压迫的劳苦大众"，而把高贵和高雅等同于"统治阶级""剥削阶级"。其实这些概念本不该如此狭隘，更不是如此不相容的。

　　人类文明进程中的一个重要旨趣就是走向高贵和高雅。如同科学和自由是人类永不停息的追求一样，高贵和高雅也是人类永远心仪的生存佳境。否定这一点，那就是自甘堕落。而我们半个世纪的文学遗产研究，恰恰就一直存在着这种可悲的堕落。

　　这种堕落当然不是孤立的学术现象，或者也并不完全是研究者们自愿的，而是与整个社会对知识、知识人才、知识行业的强制性轻贱有关。这种轻贱从政治到经济、从物质到精神，无所不在地影响着人们的价值取向。尽管近些年来，知识被公开声称受"尊重"了，但轻贱知识的旧体制其实并未根本改变，因而知识仍然无法真正尊贵起来。

　　既如此，文学遗产研究也就仍然无法完全摆脱历史性的媚俗和堕落，谈"人民性"就理直气壮，谈高贵和高雅则心虚、羞涩。然而，正如人们对高贵生活的追求实际上早已超出了观念的局限一样，人们对文学遗产的价值体认实际上也早就超出了过去所谓"人民性"的范畴。寻求高贵和高雅，毕竟是人类生存的重要的精神动力。

那么，以往文学遗产研究对哪些高贵精神和高雅情趣缺乏重视呢？

从总体看，以往半个世纪的研究一直存在重集体轻个人、重大众轻贵族、重通俗轻典雅、重质朴轻华丽、重思想轻艺术、重造反轻升平、重批判轻歌颂等倾向。比如一般的文学史教材，对独立、自由的个体人格意识的关注显然不如对忧国忧民意识的称颂多；对个性的肯定远不如对民族性、阶级性的张扬多；在文学史的英雄谱系里，民族英雄远多于个人英雄。又如，重唐诗轻宋诗的研究倾向，就含有重通俗轻典雅的意识。

对文学遗产的高贵精神和高雅情趣的发掘和传承，也需要研究者具有一份耐得住寂寞的高贵情怀。在这方面，陈寅恪先生是令人景仰的。他那种坚守精神家园的文化托命人的自负，那种壁立千仞的文化守护人的自励，那种空谷足音般的独立学人的自持，还有他那些丰碑般的学术思想，永远感动着后辈学人。他在《王静安先生纪念碑文》中所倡导的"独立之精神，自由之思想"，以及"思想而不自由，毋宁死耳"的圣贤精义，正是高贵的人类精神和学术精神在当代学人中难能可贵的遗存。

在我看来，或许陈先生和他所敬重的前辈王国维，以及他的弟子邓广铭先生，对天水一朝的文化所做的"登峰造极""空前绝后"的评价，就含有弘扬高贵之意图，因为赵宋时代的确是中国有史以来最尊重文化、尊重知识的时代。宋代文化特有一种高贵典雅的文人气质，因而深为后代崇文向学之士所心仪。

（刊于《粤海风》1999年第10期，原名《传承高贵——文学遗产研究的当代使命》）

目 录

宋代诗歌概述 ……………………………………………………… 1
宋初诗坛"白体"辨 ……………………………………………… 22
宋诗"晚唐体"辨 ………………………………………………… 31
盛宋诗的雅化倾向 ………………………………………………… 48
北宋"话"体诗学论辨 …………………………………………… 60
《西清诗话》考论 ………………………………………………… 70
余靖诗学及其诗之通趣 …………………………………………… 83
柳永与正统君臣审美意识的冲突 ………………………………… 88
梅尧臣的诗歌审美观及其文化意蕴 ……………………………… 96
邵雍的快乐诗学 …………………………………………………… 104
小晏词的对比结构 ………………………………………………… 118
苏轼的文化原型意义 ……………………………………………… 124
苏轼文学观念中的清美意识 ……………………………………… 131
苏轼外任或谪居时期的疏狂心态 ………………………………… 148
苏轼对白居易的文化受容和诗学批评 …………………………… 161
苏轼与熙宁四至七年西湖词人群体叙事 ………………………… 182
苏过斜川之志的文化阐释 ………………………………………… 198
稼轩词与《世说新语》…………………………………………… 209
古典诗歌中的自然象喻 …………………………………………… 223
宋代诗词中的疏狂表达与中国文化的疏狂传统 ………………… 235
从秀句到句图 ……………………………………………………… 261
先秦古歌的叙事性和文体形态 …………………………………… 280
论词的叙事性 ……………………………………………………… 293
论词的铺叙 ………………………………………………………… 315
认知叙事学视阈下的诗词建构 …………………………………… 326
旧体诗词的韵与命 ………………………………………………… 337

浅议诗词的用韵问题……………………………………………… 344
诗词创作之用典…………………………………………………… 351
主要参考书目……………………………………………………… 355

后　　记…………………………………………………………… 365

宋代诗歌概述

一、宋诗之规模与特质

1991—1999 年，北京大学出版社陆续出版了《全宋诗》① 72 册。该书由北京大学古文献研究所领衔编纂，傅璇琮、倪其心、孙钦善、陈新、许逸民任主编。全书辑录两宋 8900 余家诗人的 30 余万首诗作，共 3734 余万字。所收诗人数量是现存唐代诗家之 3 倍，诗作则 6 倍，字数则 12 倍。

文学史家论及文学代雄，常以"宋之词"为宋代最有特色之文学，但这绝不意味着宋诗衰落或无声色。事实上，有宋一代，文人皆能诗。诗是文人的标志、职事、文化生命。在宋代先后繁荣的五大文体中，诗一直是文学之正统、主流。即以今存宋诗与宋词的数量相比，唐圭璋《全宋词》收 1300 余家词人的近 2 万首词，孔凡礼《全宋词补辑》增补百余词人 430 余首词，则宋诗数量是宋词的约 15 倍，诗家则 6 倍多。再就单个作家来看，如苏轼，今存诗 2700 多首、词 362 首、文 4800 多篇，可见其文学创作以诗文为主。

宋诗是中国诗史的重要阶段，其成就和价值、流派和风格都有独特的诗学、美学、史学、哲学、文化学意义。然自宋魏泰、张戒、严羽等人扬唐诗抑宋诗始，明人愈甚，清人虽渐重宋诗，但近人鲁迅、闻一多、毛泽东贬抑宋诗尤甚且影响颇大。② 幸有一些文学史家尚能求是而不随流，持论较为公正。如缪钺《论宋诗》（1940 年 8 月）云：

> 唐宋诗之异点，先粗略论之。唐诗以韵胜，故浑雅，而贵蕴藉空灵；宋诗以意胜，故精能，而贵深折透辟。唐诗之美在情辞，故丰腴；宋诗之美在气骨，故瘦劲。唐诗如芍药海棠，秾华繁彩；宋诗如寒梅秋菊，幽韵冷香。唐诗如啖荔枝，一颗入口，则甘芳盈颊；宋诗如食橄榄，初觉生涩，而回味隽永。譬诸修园林，唐诗则如叠石凿池，筑亭辟馆；宋诗则如亭馆之中，饰以绮疏雕

---

① 本书所引北京大学古文献研究所编《全宋诗》由北京大学出版社自 1991 年 7 月起陆续出版，迄今尚无再版或改版，故以下引自《全宋诗》的内容均为此版本，不再出注版次。

② 参齐治平《唐宋诗之争概述》，岳麓书社 1984 年版。

槛，水石之侧，植以异卉名葩。譬诸游山水，唐诗则如高峰远望，意气浩然；宋诗则如曲涧寻幽，情境冷峭。唐诗之弊为肤廓平滑，宋诗之弊为生涩枯淡。虽唐诗之中，亦有下开宋派者，宋诗之中，亦有酷肖唐人者；然论其大较，固如此矣。

……就内容论，宋诗较唐诗更为广阔。就技巧论，宋诗较唐诗更为精细。然此中实各有利弊，故宋诗非能胜于唐诗，仅异于唐诗而已。

……宋人审美观念亦盛，然又与六朝不同。六朝之美如春华，宋代之美如秋叶；六朝之美在声容，宋代之美在意态；六朝之美为繁丽丰腴，宋代之美为精细澄澈。总之，宋代承唐之后，如大江之水，潴而为湖，由动而变为静，由浑灏而变为澄清，由惊涛汹涌而变为清波容与。此皆宋人心理情趣之种种特点也。此种种特点，在宋人之理学、古文、词、书法、绘画，以至于印书，皆可征验。由理学，可以见宋人思想之精微，向内收敛；由词，可以见宋人心情之婉约幽隽；由古文及书法，可以见宋人所好之美在意态而不在形貌，贵澄洁而不贵华丽。明乎此，吾人对宋诗种种特点，更可得深一层之了解。宋诗之情思深微而不壮阔，其气力收敛而不发扬，其声响不贵宏亮而贵清冷，其词句不尚蕃艳而尚朴澹，其美不在容光而在意态，其味不重肥酞而重隽永，此皆与其时代之心情相合，出于自然。扬雄谓言为心声，而诗又言之菁英，一人之诗，足以见一人之心，而一时代之诗，亦足以见一时代之心也。①

钱钟书《谈艺录》（1948年6月第一版），开卷即论唐宋诗各擅所长：

唐诗、宋诗，非仅朝代之别，乃体态性分之殊。天下有两种人，斯分两种诗。唐诗多以丰神情韵擅长，宋诗多以筋骨思理见胜。……夫人禀性，各有偏至，发为声诗，高明者近唐，沉潜者近宋，有不期而然者。故自宋以来，历元、明、清，才人辈出，而所作不能出唐、宋之范围，皆可分唐、宋之畛域。②

钱仲联《全宋诗·前言》（1989年2月）云：

唐诗宋诗，世所称我国古代诗歌并峙之双峰也。……今读两宋大家之诗集，而知"宋世诗势已尽"之说为不然。宋诗流派之众多，内容之充实，艺

---

① 缪钺：《缪钺全集》（第2卷），河北教育出版社2004年版，第156、165页。
② 钱钟书：《谈艺录》，开明书店1948年版。

术之精湛，其纪事征史之作，美轮美奂者，更为词家所不能为也。

程千帆《全宋诗·前言》（1989年春节）云：

求五七言古今体诗于历祀，唐宋尚已。……尝闻之先师和州胡翔冬先生：唐诗近风，主情，正也；宋诗近雅，主意，变也。非正，何由见变？非变，何由知正？正之与变，相反相成，道若循环，昭昭然明矣。

上引诸家之论重在揭示宋诗之品质。以下略言宋诗之递嬗流变。

二、 北宋前期——宋诗自立

方回在《送罗寿可诗序》中叙述宋诗发展历程的一段话，深得后世文学史家赞同。其说云：

宋划五代旧习，诗有白体、昆体、晚唐体。白体如李文正、徐常侍昆仲、王元之、王汉谋。昆体则有杨、刘《西昆集》传世，二宋、张乖崖、钱僖公、丁崖州皆是。晚唐体则九僧最逼真，寇莱公、鲁三交、林和靖、魏仲先父子、潘逍遥、赵清献之父，凡数十家，深涵茂育，气势极盛。欧阳公出焉，一变为李太白、韩昌黎之诗，苏子美二难相为颉颃。梅圣俞则唐体之出类者也，晚唐于是退舍。苏长公踵欧阳公而起。王半山备众体，精绝句、古五言或三谢。独黄双井专尚少陵，秦、晁莫窥其藩。张文潜自然有唐风，别成一宗，唯吕居仁克肖。陈后山弃所学学双井，黄致广大，陈极精微，天下诗人北面矣，立为江西派之说者，铨取或不尽然，胡致堂诋之。乃后陈简斋、曾文清为渡江之巨擘。乾淳以来，尤、范、杨、陆、萧其尤也。道学宗师于书无所不通，于文无所不能，诗其余事，而高古清劲，尽扫余子，又有一朱文公。嘉定而降，稍厌江西，永嘉四灵复为九僧，旧晚唐体非始于此四人也，后生晚进不知颠末，靡然宗之，涉其波而不究其源，日浅日下。然尚有余杭二赵，上饶二泉，典刑未泯。①

方回大致勾勒了宋诗的历程。以下依其次序略论之。

---

① 〔元〕方回：《桐江续集》卷三十二，《四库全书》本。本书注明"《四库全书》本"均出自《景印文渊阁四库全书》，台北商务印书馆1986年版，以下不再出注。

1. 宋初三体

所谓"白体",是宋仁宗时出现的说法,指宋太宗、宋真宗时期诗坛流行的学白居易风格的诗。方回所列"白体"诸人中,徐锴卒于南唐,并未入宋,与"白体"无涉。方回漏掉了"白体"中影响最大的一位诗人,即宋太宗。另外,仁宗朝"西昆体"取代了"白体"的主流地位,但"西昆"诗人中的杨亿、舒雅、刁衎、张咏、晁迥、李维、李宗鄂、张秉等,早年都曾学过"白体"。欧阳修《六一诗话》中所谓"仁宗朝有数达官以诗知名,常慕白乐天体",就是指这些人。

那么,"白体"诗人是从什么意义上学白乐天诗呢?从当时的人的说法可知,北宋"白体"诗的基本风格特征是"顺熟""容易""浅切",而基本的创作形态则是君臣唱和。

宋初最早学白诗的人是李昉,助长"白体"流行最有力的人是宋太宗。"白体"流行是从太宗朝开始的。当时朝廷文臣能诗者,都参与君臣唱和或臣僚唱和,很多人都学"白体"。此风经真宗朝,至仁宗朝余波尚存。随帮唱曲之外,有些诗人学白颇有所成。明确提倡学白者是三李:李昉及其子李宗鄂、其唱和诗友李至。堪为代表者是宋太宗、李昉、王禹偁、晁迥。

北宋人所谓学"白体",其含义主要有三层。

一是学白居易与元稹、刘禹锡作唱和诗,切磋诗艺,休闲解颐。太宗与群臣唱和,李昉与李至唱和,王禹偁与友人唱和,皆有效元、白、刘之意。

二效白诗浅切随意、不求典实的作法。白诗分类虽多,但浅近易晓确为其共同特色。这种诗随时随意而吟,不重学问典故,作来轻松便捷,很适合休闲唱和,临场发挥。

三效其旷放达观、乐天知足的生活态度,以及借诗谈佛、道义理。李昉、李至、李宗鄂、王禹偁、晁迥等人皆有此类言论和诗作,宋太宗则于此最为用心。太宗有意借助白诗中经常演绎的"知足知乐"哲学以教化臣民。今存太宗诗560余首[①]主要为《逍遥咏》200首,《逍遥歌》16首,《缘识》318首。这些诗多为发挥佛、道义理,倡导安心静处,勉励人们淡漠功名利禄之作,颇类白居易中年以后的诗作。

如果说"白体"流行于庙堂,"晚唐体"则主要流行于山林。然"晚唐体"之称,至宋末元初才正式形成。虽然北宋人已有"晚唐"之类的说法,

---

① 据《全宋诗》卷二二。

但通常是指唐代诗歌的后期阶段。欧阳修曾评论"唐之晚年"的诗①，苏轼曾说王荆公诗有"晚唐气味"②。从北宋至南宋末，论者对宋人作诗学晚唐的问题渐次形成了许多较为一致的看法：以孟郊、贾岛为晚唐诗风之代表，以穷愁苦吟、精巧雕琢、寒瘦卑弱为晚唐诗风的主要特点。严羽在《沧浪诗话·诗体》中提出了"晚唐体"概念，但指的是唐诗而非宋诗，只是在《诗辨》中言及宋末"四灵"学晚唐贾岛、姚合清苦之风。与严羽大体同时的俞文豹在《吹剑录》中也谈到"晚唐体"。严、俞认为"晚唐体"及学"晚唐体"的"四灵"，主要特点是"局促于一题，拘挛于律切，风容色泽，轻浅纤微，无复浑涵气象"，而有"哀思之音"。与俞、严同时的刘克庄扩大了"晚唐体"的外延，明确地认为宋初诗坛有潘阆、魏野等诗人学习"晚唐格调"③。

然而正式称宋初诗有"晚唐体"，则是从方回开始的。方回首倡宋初诗分"三体"，举"凡数十家"为"晚唐体"。从他所列诗人来看，或许他是从隐逸这个视角观察"晚唐体"的。

方回所列"晚唐体"诸诗人，其创作活动多在太宗朝，其身份多为僧、隐之士或仕途潦倒者，不像"白体"诗人那么显贵。其作诗的确崇尚贾岛、姚合，尚苦吟，喜为五律，善用白描，讲究锻炼推敲字句，但少用典故，多写清新的自然景物，清苦的生活，清高的情怀。

寇准（961—1023）是"晚唐体"诗人的盟主。由于他是这类诗人中唯一的高官，有交游之便，潘阆、魏野、林逋、九僧等在野名士都先后成为他的诗友，并常常以他为中心进行诗歌唱和。由于生平阅历复杂，寇准作诗的风格其实并不单一。作为力主真宗御驾征辽的宰相，其诗有"赴义忘白刃，奋节凌秋霜"④的豪气；作为总理国家事务的宰相，他有"终期直道扶元化"⑤的理想和"有时扼腕生忧端"⑥的责任感；而当仕途困厄之际，他的诗便有晚唐清苦之声："万事不关虑，孤吟役此生，风骚中旨趣，山水里心情。"⑦从中约略可知他学习晚唐穷困隐逸诗人，淡泊世虑，孤芳自赏，寄情山水，刻苦吟咏的创作意向。今存《寇忠愍公诗集》3卷，多为此类。

九僧是寇准的诗友，并学晚唐。欧阳修《六一诗话》、司马光《温公续诗

---

① 见〔宋〕欧阳修《六一诗话》。
② 见〔宋〕赵令畤《侯鲭录》卷七载东坡《书荆公暮年诗》。
③ 见〔宋〕刘克庄《江西诗派总序》山谷条、《后村诗话·后集》卷一。
④ 〔宋〕寇准：《述怀》。此段引寇准诗均依《全宋诗》，以下不再出注。
⑤ 〔宋〕寇准：《春日抒怀》。
⑥ 〔宋〕寇准：《感兴》。
⑦ 〔宋〕寇准：《书怀寄韦山人》。

话》载九僧事。据今存《九僧诗集》，可知九僧常结诗社唱和。胡应麟《诗薮·杂编卷五》论九僧诗云：

其诗律精工莹洁，一扫唐末五代鄙倍之态，几于升贾岛之堂，入周贺之室，佳句甚多，温公盖未深考。第自五言律外，诸体一无可观，而五言绝句亦绝不能出草木虫鱼之外，故不免为轻薄所困，而见笑大方。①

潘阆字逍遥，曾得太宗召见赐进士及第，授四门国子博士。真宗朝隐逸江湖，后寓居钱塘，卒于泗上。他与寇准是诗友，作诗推崇贾岛。王禹偁《潘阆咏潮图赞》称其诗"寒苦清奇"②，如《自序吟》"发任茎茎白，诗须字字清"之类。

赵湘是太宗朝颇有名气的青年诗人。这位江南寒士生活清苦，为人清高，作诗务求清美工巧，喜为五律，多写山水清境和清人雅怀，确有类贾岛诗之处。时人颇重其诗之清美：欧阳修云"其诗清淑粹美"；吴俌云"其诗清澄蠲洁，淡雅夷旷"；蔡戡称其继承祖德，"清芬不坠"。③

魏野初学"白体"，后与寇准交密，转学"晚唐"。《宋史·隐逸传》称其"为诗精苦，有唐人风格，多警策句"。魏野论诗崇尚自然，曾提出"至清无隐"④ 这样重要的美学命题。

林逋被文学史家推为"晚唐体"的主要代表。他终生隐居，是个自然主义者，论诗所重者，唯在自然。在"晚唐体"诗人中，他显得更为清高，而不是清苦。他没有九僧诗的"蔬笋气"，而"梅香"浓郁。"晚唐体"以五律为主，他则五、七言俱佳。

"西昆体"略晚于"白体"，是真宗景德年间兴起的诗派，后渐成诗坛主流，盛行半个多世纪，至晏殊去世、欧阳修主盟文坛乃渐消退。此派的代表诗人是杨亿、刘筠、钱惟演等馆阁文臣。景德二年（1005）秋，真宗命王钦若、杨亿等人聚集于皇家藏书之秘阁，编纂大型类书《册府元龟》。修书之余，这些人以李商隐诗为榜样，互相唱和作诗，并邀一些未参与修书的文臣如刘筠、钱惟演等参与唱和，蔚为一时风雅盛事。至大中祥符元年（1008），杨亿将这

---

① 〔明〕胡应麟：《诗薮》，中华书局1958年版，第303页。
② 〔宋〕王禹偁：《小畜外集》卷十，《四部丛刊初编》本。
③ 以上皆见〔宋〕赵湘《南阳集·后跋》，《四库全书》本。
④ 〔宋〕魏野：《疑山石泉并序》，见《全宋诗》。

些人的唱和诗编为酬唱集并作序，据《山海经》和《穆天子传》所云昆仑之西群玉之山有先王藏书之册府的典故，简称"西昆"以喻朝廷秘阁，遂名《西昆酬唱集》。然"西昆体"之称在仁宗朝尚未出现。欧阳修《六一诗话》始称"昆体"；刘攽《中山诗话》称"西昆体"，后人延用之。惠洪《冷斋夜话》又称李商隐诗为"西昆体"。严羽则以"西昆体"兼称李商隐、温庭筠及本朝杨、刘诸公。

《西昆酬唱集》共收杨亿、刘筠、钱惟演、李宗谔、陈越、李维、刘骘、丁谓、刁衎、任随、张咏、钱惟济、舒雅、晁迥、崔遵度、薛映、刘秉17位诗人的五、七言律、绝共250首。其中杨亿75首，刘筠73首，钱惟演54首。此三人官位既高，才情亦富，诗又占总数五分之四，故被目为"西昆体"诗人之领袖和代表。

"西昆体"诗人与"白体"诗人有共同之处——多为朝廷文臣，且"西昆"诸人中，多位曾先学"白体"。这说明宋初台阁诗风从以"白体"为主流，嬗变为以"西昆体"为主流。其中，审美意识变化的逻辑是：简易泛滥则繁难兴焉。"西昆体"诗人学李商隐诗，以富丽、华美、渊博、深隐来矫正"白体"的浅易平俗，从而透露出宋诗崇学尚典的文人意趣和宋代文学雅俗分流的发展趋势。

方回《瀛奎律髓》卷十八云："凡昆体，必于一物之上，入故事、人名、年代及金、玉、锦、绣等以实之。"如"试将梁苑雪，煎动建溪茶"之类，普通的雪，特以汉代梁孝王建梁园聚文士的典故来修饰，使诗句具备更多的可解释空间，牵扯起更多的历史文化意蕴。李商隐诗及"西昆体"诗，都有这种既求典实繁富，又求意象华美的欣赏效果。

其实李商隐亦属晚唐诗人，但后人特于"晚唐体"之外，又称"西昆体"，可知"晚唐体"与"西昆体"有异，前者多贫寒清高之语，后者持富丽渊博之趣。

杨亿是"西昆体"的主盟，初学白居易，后学李商隐。他认为李商隐诗"富于才调，兼极雅丽，包蕴密致，演绎平畅，味无穷而炙愈出，钻弥坚而酌不竭，曲尽万态之变，精索难言之要"。杨亿是宋人中最先发现李诗的艺术价值并"孜孜求访"、悉心体味及率先学习者。他在《西昆酬唱集·序》中比较系统地阐述了"西昆体"诗人"懿、雅、精、博"的诗美观念，并指示写作这种诗的途径——崇学尚典。

中国诗歌自古以来就有抒写严肃的情志和抒写闲逸的情趣两大类型。杨亿在《西昆酬唱集·序》中所强调的，似乎是唯美的、纯艺术的、闲逸博雅的诗歌情趣。然而《西昆酬唱集》中，亦有深涵寓意之作，如杨、刘、钱唱和的《宣曲》《汉武》《代意》之类，在繁典丽词之后，深涵着才士失意的悲凉。这未必是作者个人的情怀，但却是一种泛化的人类情怀，是智慧人类所特有的高级的感伤。这样的诗可以说不仅得李诗之体，而且得其诗心。

对"西昆体"诗人来说，重要的不在于写严肃的情志还是写闲逸的情趣，而在于艺术表现的深隐、渊博、富丽、华美，能为读者提供较大的解读空间。

这种崇学尚典又唯美求深的诗风，自此之后，历宋、元、明、清各朝代以至当代，一直是文人诗的主流审美倾向。比如清代最大诗歌流派"同光体"的诗人，以及深承其趣的近世文人陈寅恪、钱钟书等，都是循此一路的。

不过，与李商隐相比，"西昆体"诗人的幽怨讽谏之心则没那么多，因而作诗自然多以闲情逸致、文人雅趣为主要抒写内容，并以艺术表现之渊深雅致、巧妙华美为主要审美追求。杨亿在《温州聂从事云堂集序》和《温州聂从事永嘉集序》①中曾详述自己的诗学思想，主张以雅言、英词、藻思写闲情逸兴。而所谓闲情逸兴，则主要产生于游山玩水、文墨游戏、朋友唱和赠答之间。《西昆酬唱集》就是这种以创作为娱乐的产物。唯此二序很少受到文学史家的关注。

杨亿诗学中潜涵着一种鄙视通俗质朴、偏爱博雅雍容的文化贵族倾向。这种倾向正是凝聚了西昆诗派的精神底蕴和审美旨趣。

西昆派后期的代表人物晏殊于此曾有很具体的发挥。胡仔《苕溪渔隐丛话·前集》卷二六载晏元献以富贵论诗事可参。晏殊做人、作诗都崇尚高贵典雅，不是穷清高，而是既富贵又高雅，他既鄙薄物质上的"乞儿""穷人"，也鄙视精神上的"伧父"。他所言"富贵"，是富于文化艺术内涵的、物质与精神双重的富有和高贵。他与西昆前辈的艺术审美趣味有所不同，他不喜欢太多装饰的富贵，而喜欢清高渊雅的富贵。

时人和后人对"西昆体"诗臧否不一。笔者认为："西昆体"诗的确不是写给大众看的通俗读物，其优秀之作为读者提供的解读空间富于历史内涵和文化艺术内涵，因而其读者应是有大致相同的文化修养和艺术品位的人。当然，"西昆体"诗人没有达到李商隐那样的艺术高度，这与个人天赋有关。

2. 复古与新变

方回以欧阳修、苏舜钦、梅尧臣为走出"晚唐"影响，变为新貌者。此说大体符合实际。真、仁之世，一些年轻诗人不满于因袭晚唐、五代诗风而寻求新变，这种努力与当时兴起的复古思潮密切相关。

当时的复古，主要是复兴古文和儒学。中国古代思想史、文学史上的每次

---

① 两文均见〔宋〕杨亿《武夷新集》卷七，《四库全书》本。

复古思潮，其真实用意都不是简单地返归原古，而是不满于时尚，就以复古为名，求新变之实。中古以来复古文、兴儒道的思潮始于韩愈，他倡导散体古文以改变骈文一统的局面，倡导儒学以振作士气，淳正世风。故苏轼于《潮州韩文公庙碑》中称其"文起八代之衰，道济天下之溺"。

宋初文坛的复古文、兴儒道思潮出现在真宗朝，到仁宗天圣年间，复古求新的思潮扩大到诗界。

范仲淹在天圣四年（1026）作《唐异诗序》，倡导"大雅君子，当抗心于三代"，复"国风之正"。此时"西昆体"诗文尚在流行，他虽未明确批评"西昆体"，但他在《唐异诗序》中对五代以还文学风气的批评和对众多前代诗人的肯定，以及对"国风之正"的倡导，当有前承柳开、后启石介及宋诗新变的作用。

其后若干年，范仲淹作《尹师鲁河南集序》①，一方面明确表示了对西昆末流的批评：

泊杨大年以应用之才，独步当世。学者刻辞镂意，有希仿佛，未暇及古也。其间甚者，专事藻饰，破碎大雅，反谓古道不适于用，废而弗学者久之。

另一方面，范仲淹明确肯定了欧阳修振奋文风的作用：

永叔从而大振之，由是天下之文一变，而其深有功于道欤！

石介是复古兴儒思潮的代表人物之一。关于诗歌，他对"西昆体"的批评最为严厉，并提倡古朴质实的儒家诗教观。②

宋祁（998—1061）晚年所著《宋景文笔记》卷上言及仁宗前期诗坛情况：

天圣之初元以来，搢绅间为诗者益少。唯故丞相晏公殊、钱公惟演、翰林刘公筠数人而已。至丞相王公曙、参知政事宋公绶、翰林学士李公淑，文章外

---

① 见〔宋〕范仲淹《范文正公集》卷六。
② 参〔宋〕石介《石曼卿诗集序》，见《徂徕石先生文集》卷十八。此序又见于《四库全书》本《苏学士文集》卷十三，误为苏舜钦作。参〔宋〕苏舜钦著，傅平骧、胡问陶校注《苏舜钦集编年校注》之《前言》和《附录一·〈石曼卿诗集序〉》按语，巴蜀书社1991年版。

亦作诗,而不专也。其后石延年、苏舜钦、梅尧臣皆自谓好为诗,不能自名矣。

余靖也参与改变诗风。宋诗尚通达、讲意趣,余靖是这种审美风尚最早的倡导人和实践者。

仁宗朝前期,"西昆体"和"晚唐体"余绪尚存之际,汴京、东州、洛阳有3个年轻文人群体,他们用各自的方式寻求诗的新变。

在汴京的台阁之外,穆修和苏氏舜元、舜钦兄弟"作为古歌诗杂文,时人颇共非笑之,而子美不顾也"①。他们作的古歌诗主要是五言长篇,这与"西昆体"以近体为主不同。其中,苏舜钦名高,其诗有豪气,时人将他与梅尧臣并称为"苏梅"。清人叶燮《原诗·外篇》认为"开宋诗一代之面目者,始于梅尧臣、苏舜钦二人"。

东州的几位年轻诗人也在寻求新变。《宋史·文苑四》云:"山东人范讽、石延年、刘潜之徒,喜豪放剧饮,不循礼法,后生多慕之。"② 时人颜太初作《东州逸党》诗来描述他们的诗:"或作慨量歌,无非市井辞。或作薤露唱,发声令人悲。"③ 石延年(曼卿)是东州最重要的诗人。他48岁去世时,苏舜钦、欧阳修、梅尧臣等都分别写了哭悼曼卿的诗,可见其诗名重于当时。

汴京的苏舜钦和东州的石延年作诗都有"豪"名,都不同于西昆路数。他们共同的诗美追求是:用自然豪放的平民风格,抵制精雕细琢的贵族情调,用清新对抗陈腐,用古朴反拨时尚。欧阳修评价石诗"时时出险语,意外研精粗。穷奇变云烟,搜怪蟠蛟鱼"(《哭曼卿》),这显然是说他不同时俗,有独特的审美追求。

天圣末至景祐初(1031—1034),钱惟演留守西京洛阳,他的幕府中,聚集了20多位文士④。其中的梅尧臣被南宋刘克庄尊称为宋诗的"开山祖师"⑤。欧阳修此时向梅尧臣学诗,后来成为促进宋诗发育的最有力者。

梅尧臣作诗,主张恢复诗歌的风雅美刺传统,追求平淡风格。欧阳修《六一诗话》说"圣俞平生苦于吟咏,以闲远古淡为意"。梅尧臣还提出过两

---

① 〔宋〕欧阳修:《苏氏文集序》,见《欧阳文忠公集·居士集》卷四十一,《四部丛刊初编》本。
② 〔元〕脱脱等:《宋史》,中华书局1977年版,第13087页。
③ 《全宋诗》,第2648页。
④ 参王水照《北宋洛阳文人集团的构成》,见《王水照自选集》,上海教育出版社2000年版,第138页。
⑤ 参〔宋〕刘克庄《后村诗话·前集》卷二。

个著名的诗学命题,即"意新语工"和"状难写之景如在目前,含不尽之意见于言外"①。意新语工是指立意和造语两方面,包括"前人未道""以故为新,以俗为雅"等内涵。这对宋诗影响很大,又经苏、黄等人弘扬,乃成宋诗之时尚——以渊博的文化写自己的生活情趣。梅尧臣的开山意义,或许正在于此。

欧阳修是文化伟人,是一代杰出的文学宗主。他论诗爱李白、尊韩愈,对同时人苏舜钦、梅尧臣予以有力的褒扬。苏、梅在当时和后世受人注重,与欧阳修的褒扬有很大关系。欧阳修作诗受李白、韩愈影响较大,这与他秉性直爽、天赋优越有关。李、韩之诗殊不易学,非大才不敢为,宋代诗人敢学李、韩者,只欧、苏、陆等数人而已。欧阳修以大才而学李,以大儒而学韩,他的诗在当时人中实属上乘。虽然他谦虚地说自己曾学诗于梅尧臣,但仅以诗才而论,他高于梅尧臣,比如大家都作悼念石曼卿的诗,欧阳修的才力明显高于苏、梅等人。然而,欧阳修对当时及后世诗坛的影响,主要却不是他的诗歌,而是他的诗论。在他主盟文坛的 20 余年间,他对时贤和后进诗人的褒扬奖掖,对宋诗的发育产生了巨大而且深远的影响。宋诗有别于唐诗的风貌,在他主盟文坛时期初步形成。

近世文学史家言及欧、苏、梅时期的文学时,常用"诗文革新运动"一词。考"运动"一词,虽古已有之,但以之指称社会事件,大约始于 20 世纪初。"革新"本非一词,宋人偶有合成使用者,如苏辙《栾城集·后集》卷十三《颍滨遗老传》下:"自元祐初革新庶政。"宋人并无"诗文革新"之说,欧阳修时代诗文之变化,亦无今人所谓"运动"之声势规模。梅尧臣评价韩愈曾说"文章革浮浇,近世无如韩"②。"革"是革除之意。欧阳修使用的语汇是"复古"③。盖古人大凡欲改变现状,多以复古为名。欧阳修和梅尧臣以复兴"风雅"为名,做了变革诗风的努力,使诗歌从宫廷娱乐转向社会民生,从书卷典故转向生活感受。诗歌的审美倾向从唐诗的雅俗共赏转向宋诗的文人意趣,或者说从表现人类共性转向表现文人个性。因而从诗歌的内容到表现手法,都更加个性化,更加崇尚创新。于是韩愈、孟郊、贾岛、李贺等人个性鲜明的诗常常成为他们仿效的范式。后人论宋诗时常说的散文化、议论化、学问化等"宋调"倾向,在他们的诗中初露端倪。

---

① 〔宋〕欧阳修:《六一诗话》。
② 〔宋〕梅尧臣:《依韵和王平甫见寄》,见朱东润编年校注《梅尧臣集编年校注》卷二六,上海古籍出版社 1980 年版。
③ 见《四部丛刊初编》本《欧阳文忠公集·居士集》卷十三《和武平学士岁晚禁直书怀五言二十韵》:"文章复古初。"

3. 荆公体

曾经受到欧阳修特别褒奖的王安石，于诗却不像欧阳修那样爱李尊韩。他曾编选杜甫、欧阳修、韩愈、李白《四家诗选》。这个排序很独特，反映出他对4位诗人的评价：尊杜、敬欧、轻韩、抑李。他曾明言"予考古之诗，尤爱杜甫氏"（《老杜诗后集序》）；论韩愈则云"力去陈言夸末俗，可怜无补费精神"（《韩子》）；论李白则批评"其识污下，诗词十句九句言妇人酒耳"①。欧阳修很赏识王安石的文才，作《赠王介甫》诗云："翰林风月三千首，吏部文章二百年。老去自怜心尚在，后来谁与子争先？"明显有勉励王安石继李白、韩愈和自己之后，领袖诗坛之意。然而，王安石答诗《奉酬永叔见寄》却说："欲传道义心犹在，强学文章力已穷。他日若能窥孟子，终身安敢望韩公。"声明自己的兴趣在"道义"而不在"文章"，婉言谢绝了欧阳修的勉励。

王安石诗如其人，个性鲜明，风格独特。早期诗尚意气，少含蓄，关注朝政民瘼；中年诗雄直峭劲又壮丽超逸，视野更为广阔，咏史诗《明妃曲》二首特别著名；晚年诗深婉华妙，归心于山水和禅理，艺术更为精湛圆熟。② 王安石中年时期曾"尽假唐人诗集，博观而约取"③，诗艺因而大进。晚年诗讲究技巧、法度、才学，诗律精严工巧，即承"唐音"又开"宋调"，形成独具一格的荆公诗法。他晚年的诗，是他晚年艺术人生的诗化。苏轼、黄庭坚、陈师道等许多人都曾称道他晚年的诗。严羽《沧浪诗话·诗体》篇列有"荆公体"，注文称"公绝句最高"。

王安石对当时一位才高而命短的诗人王令非常偏爱，《思王逢原》称其"妙质不为平世得"。《四库提要》称王令"才思奇轶，所为诗磅礴奥衍，大率以韩愈为宗，而出入于卢仝、李贺、孟郊之间"。近人钱钟书、程千帆皆特别推介王令的诗，称其"诗歌风格雄伟，热情奔放，想象力丰富，带有浪漫主义色彩"，有"奇思妙想"。④

三、北宋中后期——苏、黄时代

1. 东坡体与苏门

苏轼的诗现存2700余首，以数量而言，北宋诗人无出其右者。其内容海涵地负，风格多姿多彩，代表宋诗的最高成就和主要特色。苏轼精研前代诗

---

① 〔宋〕惠洪：《冷斋夜话》卷五。
② 参程千帆《两宋文学史》，上海古籍出版社1991年版。
③ 〔宋〕叶梦得：《石林诗话》卷中。
④ 参程千帆《两宋文学史》，上海古籍出版社1991年版。

歌，融会贯通而自立规模。从《诗经》到杜甫的现实主义传统，从庄、屈到李白的浪漫主义风格，从孟子到韩愈的诡异奇险，以及韩愈以文为诗的作法，他都兼收并蓄。晚年又喜欢陶渊明的冲淡高逸、柳宗元的峻洁孤傲。他的天才和学养，使他作诗得心应手，纵横驰骋，变化无端，形成一种独具"宋调"特质的诗美范式。严羽《沧浪诗话》批评"近代诸公乃作奇特解会，遂以文字为诗，以才学为诗，以议论为诗"，苏轼当属于"诸公"之列。严羽称苏诗为"东坡体"，称苏、黄诸公诗为"元祐体"，认为宋诗"至东坡山谷始自出己意以为诗，唐人之风变矣"。元好问《论诗绝句三十首》云：

奇外无奇更出奇，一波才动万波随。只知诗到苏黄尽，沧海横流却是谁？

苏轼是千古奇才，其诗一如其人，道大、思深、才高、语奇。举凡社会历史人生之一切，都是他的诗材，而他的诗意，往往比较深至、渊博，不仅代表当时人类的智慧水平，而且对后人永远具有感染和启迪价值。比如对人生与生命的性状、形态、品质、价值等诸多问题的逐次叩问乃至终极思考，就是他诗中长存的话题。秦观在《答傅彬老简》中说："苏氏之道，最深于性命自得之际。""自得"就是有自己的心得。苏诗中对人生的长与短、乐与悲、得与失、荣与辱、离与合、出与处、富贵与贫贱等诸多问题，都有深切的彻悟和表述，进而在诗中展示他诗意的生存态度：进取、独立、随缘。这是儒、道、释家生命哲学之要义，是中国古典人文智慧之精华。苏轼的诗与人生，就在这样的哲学境界中"栖居"着，舒展着，美丽着，行走坐卧饮食男女中皆可品味出诗意。比如喝茶这样的日常生活，他就有《汲江煎茶》那样美丽的体会和描述。生活和诗，在苏轼这里都文人化、艺术化了。

在宋诗中，苏诗之风格最为丰富多彩，有雄健有婉转，有豪放有深微，有清新有秾丽，有平淡有奇幻，有自然有工巧，有庄重有诙谐，随心所欲、纵横挥洒而又法度精严。前人对苏诗称颂备至，然而每一种评论都不能概括其全部。他的诗各体兼擅，诸法皆能，"别开生面，成一代之大观"[①]。天才总是超常的，普通的生活在苏轼笔下就是艺术，就是趣味；普通的诗法在苏轼手中就显得精良高妙、别出心裁；普通的话语在苏轼诗中往往就是警句格言。苏诗是宋诗乃至古代文人诗的一种优秀范式。

在苏轼周围，有一个以"四学士""六君子"等人为骨干的文人群体，他们尊苏重道、尚才好友，以文学活动为联谊的主要纽带而集于"苏门"，互相

---

① 〔清〕赵翼：《瓯北诗话》卷五。

学习和促进，形成令后人瞩目的元祐文坛繁荣的盛况。以诗而论，他们学苏而不囿于苏，风格各异。这与苏轼不求一律、尊重个性的宗风懿范有很大关系。比如秦观早期诗"清新婉丽"①，"似小词"②，后期诗则"严重高古"③，"亦豪而工矣"④。其中不无学苏痕迹。苏辙、张耒学苏之自然平易，晁补之学苏之高逸俊迈，而又各具风格。

2. 江西诗派

苏轼之后，两宋诗坛形成了声势最大、流行最久、影响最深远、最能代表宋诗风貌的江西诗派。

黄庭坚被尊为江西诗派之宗主，他的诗深得时人和后人称许，苏轼曾称黄庭坚诗为"庭坚体"⑤。陈师道《答秦觏书》说自己"一见黄豫章"，就把多年所作"数以千计"的诗"尽焚"之，转而学黄；吕本中作《江西诗社宗派图》，所列25人以黄为首，并在序中说"诗至于豫章，始大出而力振之……江西宗派，其源流皆出豫章也"；严羽《沧浪诗话》列"江西宗派体"，又列"山谷体"，认为宋诗自苏、黄始自立，"山谷用功尤为深刻，其后法席盛行，海内称为江西宗派"；刘克庄说"豫章稍后出，荟萃百家句律之长，穷极历代体制之变，搜猎奇书，穿穴异闻，作为古、律，自成一家，虽只字半句不轻出，遂为本朝诗家宗祖"⑥；宋末元初，承继江西诗派的方回提出："古今诗人当以老杜、山谷、后山、简斋四家为一祖三宗。"⑦

黄庭坚诗名与苏轼并称。在苏轼之后，他的诗成为诗人们学习的主要范型。就内容而论，他的诗偏人文而少山水，轻教化而重性情，远凡尘而近道、释，鄙俗意而尚雅趣。他的诗学观念有崇古重学、尚雅反俗、求新好奇等倾向。其诗风独特，比如文学史家常常关注的"老健瘦劲、洗剥枯淡、深折透辟"⑧等。黄诗今存近两千首，其中律诗较多且多佳作，最能体现他的风格特色。他作诗很注重创作技巧，倡导"简易而大巧出焉，平淡而山高水深……无斧凿痕乃为佳"⑨。这是对老庄哲学的诗学阐释。他还提倡"无一字无来

---

① 〔宋〕王安石：《回子瞻简》。
② 〔宋〕王直方：《王直方诗话》。
③ 〔宋〕吕本中：《童蒙诗训》。
④ 〔宋〕严有翼：《艺苑雌黄》，《说郛》本。
⑤ 〔宋〕黄庭坚：《子瞻诗句妙一世乃云效庭坚体盖退之戏效孟郊樊宗师之比以文滑稽耳恐后生不解故次韵道之》。
⑥ 〔宋〕刘克庄：《后村先生大全集》卷九十五《江西诗派·黄山谷》。
⑦ 〔元〕方回：《瀛奎律髓》卷二十六。
⑧ 吕肖奂：《宋诗体派论》，四川民族出版社2002年版，第135页。
⑨ 〔宋〕黄庭坚：《与王观复书》之二。

处……陶冶万物，虽取古人之陈言入于翰墨，如灵丹一粒，点铁成金也"①，还有"夺胎""换骨"之说②。他的这些主张以及资书为诗的作法，在当时及其后都引起人们极大的关注，被视为江西诗法，学者众多，讥评亦多。

陈师道是彭城人，却被视为江西诗派"三宗"之一，其诗风确与黄诗有许多近似之处。他在《答秦觏书》中说："仆之诗，豫章之诗也。"他主张学习杜甫诗，但认为学杜须从学黄入手。他创作态度严谨、苦心锤炼，所以黄庭坚有"闭门觅句陈无己，对客挥毫秦少游"③之论。他的诗"个性鲜明，风骨磊落，意境新而雅，文字简而妙"，但"往往因为用意过于曲折，造语过于生涩，而损害了艺术的完整性"。④

"江西诗派"是以风格名流派，并无组织体系和集体创作方式，诗人们的身份、地位、年辈、才华、成就各异，甚至并不都是江西人。吕本中判定江西诗派的两条重要依据：一是同情元祐旧党、仕途失意者，二是学习黄诗者。江西诗派这个概念不仅得到时人和后人赞同（也有不赞成者），而且追随者众多，所以这个流派的时间和地缘含义日渐淡化了。南渡前后，江西诗派成为诗坛主流，而在南宋时期，江西诗法成为许多诗人步入诗坛的门径。

另外，诗派毕竟不像宗教派别那样门禁森严，任何诗派都只具有某种创作风格和方法的启示意义，而没有严格的约束力。学习者自由学之，学而入门，出而自立，如学习书法，必临摹而入门，必自立而成家。被后人视为江西诗派者，许多人都曾探索过自己的诗法。比如吕本中的"流动圆活"⑤、徐俯的"对景能赋"⑥、韩驹的"遍参"诸家而又"非坡非谷自一家"⑦、曾几的"清劲雅洁"⑧、陈与义的"由简古发秾纤"⑨"恢张悲壮"⑩等。或许由于陈与义的诗有更多独创性，成就较高，因此严羽称之为"简斋体"⑪。方回将他与黄庭坚、陈师道并称为江西宗派之"三宗"。而后世文学史家也多以陈与义为南渡之际最可称道的诗人。

---

① 〔宋〕黄庭坚：《答洪驹父书》之二。
② 见〔宋〕惠洪《冷斋夜话》卷一引述。
③ 〔宋〕黄庭坚：《病起荆江亭即事》之八。
④ 程千帆：《两宋文学史》，上海古籍出版社1991年版。
⑤ 〔元〕方回：《瀛奎律髓》卷一。
⑥ 〔宋〕曾季狸：《艇斋诗话》。
⑦ 〔宋〕王十朋：《陈郎中公说赠韩子苍集》。
⑧ 〔元〕方回：《瀛奎律髓》卷一。
⑨ 〔宋〕罗大经：《鹤林玉露》。
⑩ 〔元〕方回：《瀛奎律髓》卷一。
⑪ 〔宋〕严羽：《沧浪诗话·诗体》。

四、南宋前期——中兴诸家

南宋前期诗坛有所谓"中兴"气象，当时最有名的诗人有尤袤、萧德藻、陆游、范成大、杨万里。此五人中，尤、萧之诗后世不显。这是宋诗又一次自成风貌的繁荣时期，与北宋梅、欧、王、苏、黄相继自立规模略异，陆、范、杨年龄相近，依次仅一岁之差。陆享年86岁，范68岁，杨80岁。他们是同时成长而各具风格的。尤袤说：

温润有如范致能者乎？痛快有如杨廷秀者乎？高古如萧东夫，俊逸如陆务观？是皆自出机轴，亶有可观者，又奚以江西为？①

杨万里说：

余尝论近世之诗人，若范石湖之清新，尤梁谿之平淡，陆放翁之敷腴，萧千岩之工致，皆余之所畏者。②

名家并出而各具风格，正是一代诗歌繁荣的标志。

陆游诗今存9300多首，他说"六十年间万首诗"③。这数量前无古人。他60年的创作因经历之变而分为三阶段：18岁从曾几学诗，自然要学江西诗法，初学诗又不免雕琢藻饰，至40多岁时已"妄取虚名"④；46岁入蜀，其后辗转仕途20年，诗始自立，务求宏肆，军旅生涯及山川名胜充实了诗的内容；66岁退居，村野生活自然成为主要题材，诗风渐趋闲适淡泊。陆游在《九月一日夜读诗稿有感走笔作歌》中自述云："我昔学诗未有得，残余未免从人乞。……四十从戎驻南郑……诗家三昧忽见前，屈贾在眼元历历。天机云锦用在我，剪裁妙处非刀尺。"他对自己早期诗和江西诗派基本持否定态度，晚年自编诗集时，他把自己42岁以前的诗裁汰大部分，仅留二十分之一以作纪念。

陆诗内容最引人注目的是其始终不渝的爱国情怀。他自编诗集时为了纪念其剑南军旅生涯而将诗集名为《剑南诗稿》。抗金复国、主战反和是他一生执

---

① 见〔宋〕姜夔《白石道人诗集·自序》转述。
② 〔宋〕杨万里：《千岩摘稿序》。
③ 〔宋〕陆游：《小饮梅花下作》。
④ 自谦语，见〔宋〕陆游《九月一日夜读诗稿有感走笔作歌》。

着追求的理想和创作主题。梁启超有些夸张地说他"集中十九从军乐"[①]。此外，他的诗题材宽广，举凡山川名胜、城乡风情景象及日常生活，尽入诗中。他也是一位感情非常丰富的诗人，作诗始终充满激情。姚鼐说他"裁制既富，变境亦多"[②]。他是一位博学的诗人，遍参前人之诗，形成自己多样的风格。屈原、陶渊明、王维、李白、杜甫、王安石、苏轼、黄庭坚、陈师道、吕本中、曾几等诗人对他均有影响，当时就有人称他为"小李白""前身少陵"。他的诗众体兼备，其中七古和七律最好。清代《御选唐宋诗醇》认为"宋自南渡以后，必以陆游为冠"。陆游作诗贪多求快，因而其诗往往显得粗糙随意。

范成大诗今存1900余首，最可称道的是田园诗和山川纪行之作。他是田园诗的集大成者，既有陶渊明式的闲适恬淡，又有中唐乐府式的悯农情怀、怨刺精神。足以代表他田园诗成就的是他晚年乡居石湖时的《四时田园杂兴》60首，多方面表现农村生活、田家况味、风俗民情。与陶渊明、王维的田园诗不同的是，他不像陶、王那样只写文人乡居的隐逸情怀，而是用大量诗篇表现农民的岁时劳作、苦乐悲欢。他虽然不是农民，但他也不只是以乡间隐士的闲情逸致观赏农村的清新和农民的质朴，而是农村生活的体验者和表现者。他的田园诗不全是恬淡的赞美，也不全是深沉的同情和忧患的怨刺，而是描绘农村生活的长卷。他的山川纪行诗中最著名的是72首使金纪行诗，这组七言绝句类似北行日录，从一些比较特殊的角度记录了一些特殊的历史和特殊的情怀，表现出一种尚气节、重使命、忧国忧民的儒者情怀。他的诗总体成就略不及陆游和杨万里，风格多样而特点不明显，可称道者在题材胸次而不在风格技艺。

杨万里诗则风格特色比较鲜明。严羽《沧浪诗话·诗体》篇特列"诚斋体"。他是江西吉水人，青年时期受江西诗派影响最深，所作"大概江西体也"。36岁时尽焚少作，另谋新变。他的诗今存4200首左右，题材广泛，是他漫长人生丰富阅历的写照。姜夔说他"年年花月无闲日，处处山川怕见君"[③]。其实不止山川花月，诗作得自如，就无事不写了。况且国计民生也是这位重视气节操守的正统儒士所终生关注的。

他晚年自编诗集，厘为9集。方回说"杨诚斋诗一官一集，每一集必一

---

① 梁启超：《读陆放翁集》。
② 〔清〕姚鼐：《今体诗钞·序目》。
③ 〔宋〕姜夔：《送〈朝天续集〉归诚斋，时在金陵》。

变"①。变化的既是人生经历,也是艺术风格。杨万里自述创作云:"予之诗始学江西诸君子,既又学后山五字律,既又学半山老人七字绝句,晚乃学绝句于唐人。"② 据其自述,大约50岁以后,乃自成一格。

"诚斋体"要在"活法"。时人和后人都看重他的"活法诗"。张镃说他"造化精神无尽期,跳腾踔厉即时追。目前言句知多少,罕有先生活法诗"③。葛天民说他"死蛇解弄活泼泼"④。周必大称赞他"状物姿态,写人情意,则铺叙纤悉,曲尽其妙,遂谓天生辩才,得大自在"⑤。刘克庄说他的诗"圆转流美如弹丸"⑥。陈衍《石遗室诗话》卷十六云:"宋诗人工于七言绝句,而能不袭用唐人旧调者,以放翁、诚斋、后村为最。大抵浅意深一层说,直意曲一层说,正意反一层、侧一层说。诚斋又能俗语说得雅,粗语说得细,盖从少陵、香山、玉川、皮、陆诸家中一部脱化而出。"

"诚斋活法"的真谛是从书斋走向生活,走向山程水驿,走进自由心灵。杨万里《下横山滩头望金华山》四首之二云:"闭门觅句非诗法,只是征行自有诗。"这与陆游《题萧彦毓诗卷后》所谓"君诗妙处吾能识,正在山程水驿中"的体会类似。他们都是要让诗从书卷学问和规矩技艺中超越出来,使之更贴近心灵、性情和自然。当然,这其实也是以书卷学问、生活经验、诗歌技艺的深厚修养为前提的。陆、杨二诗翁,天假其寿,使他们享有超长的创作生命,使他们有足够的学而入、悟而出的时间,使他们拥有自立规模的文学资历。他们都是到了知天命之年才自立诗风的,他们的幸运在于悟得诗道之后,还有30多年的创作时间,此时他们成熟了,成名了,渊博了,老练了,脱俗了,有能力也有资格从心所欲而不逾矩了。年轻时作诗若不得诗法和书资,会被人视为外行、浅薄;成名之后,就不必担心因而也不必拘泥了,往往灵机一动而成篇,就被人推崇备至。此时所作,当然会近自然而任性情,活灵活现。一方面,"诚斋体"之自然流畅、活泼幽默、巧思妙趣、机敏诙谐、新颖奇特、清新明快、通俗平易等诸种灵动鲜活之风格,都与他诗境渐老、诗名日盛有关;另一方面,他时常表现出油腔滑调、粗糙轻率、细碎无聊、插科打诨、过于口语化等缺陷,也与此有关。

人类的任何学与艺,都须经过从有法到无法、从死法到活法、从循法到随

---

① 〔元〕方回:《瀛奎律髓》卷一。
② 〔宋〕杨万里:《荆溪集·序》。
③ 〔宋〕张镃:《携杨秘监诗一编登舟因成二绝》,见《南湖集》卷七。
④ 〔宋〕葛天民:《寄杨诚斋》,见《葛无怀小集》。
⑤ 〔宋〕周必大:《跋杨廷秀石人峰长篇》,见《周益国文忠公集·平原续稿》卷九。
⑥ 〔宋〕刘克庄:《江西诗派小序》。

心的过程。许多人能学入而不能悟出，便不能自立；少数人既能深入，又能悟出，就可自成一家。如此看来，"放翁诗法""诚斋活法"与江西诗法虽非同路，但对陆、杨二诗翁而言，实乃创作历程之不同阶段而已。如果认为江西诗法曾误导诗人（近世文学史多有此意），则大谬矣。

五、 南宋后期——"四灵"与江湖诗派

在南宋后期诗坛，江西诗风已至末势，除陆、杨等大诗翁弃江西而自立以外，比他们略晚一点的诗人们也纷纷弃宋调而学唐诗。宋初流行的"晚唐体"久经岑寂之后，再度兴盛起来。自称"四灵"的永嘉人徐灵晖、徐灵渊、赵灵秀、翁灵舒针对江西诗派的"资书以为诗"，倡导"捐书以为诗"。他们多以乡隐为生，诗歌也多写隐逸情怀，往往作得精致小巧，诸如"黄梅时节家家雨，青草池塘处处蛙。有约不来过夜半，闲敲棋子落灯花"[1] 之类。中晚唐诗人姚合、贾岛的清苦诗风和苦吟诗法成为他们的榜样："传来五字好，吟了半年余"[2]，"枯健犹如贾岛诗"[3]。他们以世外人自居："有口不须谈世事，无机唯合卧山林"[4]，"但能饱吃梅花数斗，胸次玲珑，自能作诗"[5]（赵师秀语）。

"四灵"的诗名在当时主要是因永嘉学派的宗师叶适褒扬而"天下莫不闻"[6] 的。叶适曾编《四灵诗选》500首由陈起刊行，"而唐诗由此复行矣"[7]。明人徐象梅《赵师秀传》称"四灵"作诗"日锻月炼，一字不苟下……其诗清新圆美"。

当代文学史家凡论"四灵"，皆讥其境界狭小，总在山林寺庙中欣赏着斜阳寒水，自命清高。其实这也是生当王朝末世而隐居江湖的文人们洁身守志的寻常家数。"四灵"诗的主要价值在艺术而不在教化。他们精益求精的创作态度和创作成果，确能给人以艺术美感。当时学"四灵"诗的人很多，不仅永嘉地区流行"四灵体"，而且许多江湖诗人也受"四灵"影响，二者有许多相似的品质，又有些前后相因的关系。严羽《沧浪诗话·诗辨》云："近世赵师

---

[1] 〔宋〕赵师秀：《约客》。
[2] 〔宋〕翁卷：《寄葛天民》。
[3] 〔宋〕徐玑：《梅》。
[4] 〔宋〕翁卷：《行药作》。
[5] 转引自〔元〕韦居安《梅磵诗话》卷中，见丁福保辑《历代诗话续编》，中华书局1983年版，第562页。
[6] 〔宋〕赵汝回：《薛师石〈瓜庐诗〉序》。
[7] 〔宋〕叶适：《徐文渊墓志铭》。

秀、翁灵舒辈独喜贾岛、姚合之诗，稍稍复就清苦之风，江湖诗人多效其体，一时自谓之唐音。"程千帆《两宋文学史》曾说"两者有时很难截然分开"。

所谓江湖诗派，是外延很宽泛而内涵比较复杂的概念。江湖主要是相对朝廷而言。在两宋诗坛诸流派中，江湖诗派的体系最松散，分布最广，诗人最多[1]，却无宗风宗主。但其名称之由来却非常明确：杭州书商陈起刊刻丛书《江湖集》，并因此而引起了"江湖诗祸"文字狱。江湖诗人多是山林隐士、江湖游士，也有少数下层官吏。其中较为著名的诗人，早期如姜夔，后有刘克庄、戴复古等。他们中的一些人也曾学过江西诗派，但后来主要学中晚唐诗。他们在作品或往来书信中常常以"唐诗""唐体""唐人风致""晚唐体""晚唐诸子"为时尚。这些人还喜欢编选唐诗选集，或编写自己的"诗话"。这是一个唐诗盛行、诗学发达、诗人众多但欠天才而无大师的时期。江湖诗人远世俗而近风雅，尚清鄙浊，疏仕宦而求自由，作诗讲究"韵度清雅"[2]。后人对江湖诗派普遍持严厉的批评态度，通常说他们的诗气格卑弱、规模狭小、词语鄙陋、小巧细碎、缺乏盛世气象和大家风范等。今人吕肖奂博士在其《宋诗体派论》[3]中主张改变审美标准，从平民化、俗文学的视角来看江湖诗派，也有许多长处。

江湖诗派之后，就是"亡国之音哀以思"了。易代之际，一些诗人吟唱着国破家亡的血泪悲歌，如文天祥的尚气守节，郑思肖的忠贞哀叹，汪元量的故国哀思，等等，正所谓"国家不幸诗家幸，赋到沧桑句便工"[4]。沉重的时代成就了沉痛的歌吟，后人读这种血泪丰满的诗篇时，首先被其情怀所感动，通常情况下对艺术技巧的苛求，在这里往往就被淡化了。在历朝历代的"亡国之音"中，赵宋悲歌最为醒目，可称道的名家名作最多。

六、宋代理学诗

两宋理学诗亦颇有特色。理学即道学，近人又有称新儒学者。理学诗的特点是以诗言理，注重诗教。宋初道学"三先生"已有此倾向，而濂洛诸子凡为诗者，专言性命道理。南宋理学大昌，理学诗也日渐兴盛。南宋金履祥编《濂洛风雅》集，《四库提要》云："自履祥是编出，而道学之诗与诗人之诗，千秋楚越也。"诗人之诗以情韵意趣为主，道学诗以义理心性为尚。理学家视

---

[1] 据张宏生《江湖诗派研究》考证，有138人。
[2] 〔宋〕张端义：《贵耳集》卷上。
[3] 吕肖奂：《宋诗体派论》，四川民族出版社2002年版。
[4] 〔清〕赵翼：《题元遗山集》。

诗为道之载体，为教化之具，为明德之言。其诗中即便有山水花鸟等物象，也是理的表征。这有点像东晋时的玄言诗，但他们的理实乃儒、道、释杂糅之理。比如程颢《秋日偶成》二首之二：

闲来无事不从容，睡觉东窗日已红。万物静观皆自得，四时佳兴与人同。
道通天地有形外，思入风云变态中。富贵不淫贫贱乐，男儿到此是豪雄。

这是理学诗中的佳作。理学家作诗主张温柔敦厚，推崇"孔颜乐处"，"曾点意思"，以及陶渊明的平淡风格。

宋代理学诗较出色者，当推邵雍、程颢和朱熹。无论诗的数量还是艺术水准，他们都是理学诗派之最可关注者。邵雍是理学诗的创始人。程颢的诗既有理学之质，又有文人之风，艺术水平与邵雍不相上下，个别优秀诗篇甚至高于邵雍。朱熹则是理学诗的集大成者和最优秀者。但是邵雍几乎将诗"变为恶道"，朱熹却"不堕理障"①。邵雍的诗基本是将自己对义理性命的思考用押韵的方式说出来，倾向于"安乐"，即安贫乐道，其风格是直白随意。今存其诗1000余首，读来读去，只是觉得他反复思考权衡的主要是仕与隐的利弊得失问题，而且思考得并不高深，也不怎么超脱，甚至有未脱俗念之嫌，因而他的"安乐"之诗多少有点做作，隐约有些言不由衷。他写得比较好的一些诗也还可读，但与朱熹的诗较之相差甚远。朱熹不仅是了不起的大思想家，也是相当不错的诗人。他的诗颇有可读性，虽多言性理，但并不违背艺术规律。比如《春日》和《观书有感》等。他常常登山临水，吟风咏月，颇有诗人情致，比如武夷泛舟、衡山踏雪之作，皆富风情。后世诗论家往往讥评理学诗，固然有道理，但理学诗在宋代颇有影响，尤其南宋时期，"诗人篇什往往'以诗为道学'，道学家则好以'语录讲义押韵'成诗。尧夫击壤，蔚成风会"②。

（本文即傅璇琮、蒋寅主编《中国古代文学通论·宋代卷》上编第一章《宋代诗歌概述》，辽宁人民出版社2005年版）

---

① 见杨钟羲《雪桥诗话》载吴云语。
② 钱钟书：《谈艺录》，中华书局1984年版，第545页。

宋初诗坛"白体"辨

宋《蔡宽夫诗话》云:"国初沿袭五代之余,士大夫皆宗白乐天诗。"①元方回《送罗寿可诗序》云:"宋划五代旧习,诗有白体、昆体、晚唐体。"②后世文学史家沿用此说,皆称宋初诗有"白体",且流行近半个世纪。然则何谓"白体"?何人"宗白乐天诗"?"白体"到底流行于何时?宋初诗坛为何会流行"白体"?千年以来,诸多问题均不甚明晰,本文试辨之。

"白体"是北宋人的说法,指宋初诗坛流行的学白居易的诗。但流行之时并无"白体"之说。最早提出"白体"或"白乐天体"概念的人是谁尚难断定。据我所知,田锡《览韩偓郑谷诗因呈太素》诗云:"顺熟合依元白体,清新堪拟郑韩吟。"③杨亿写过《读史敩白体》④诗。欧阳修《六一诗话》云:"仁宗朝有数达官以诗知名,常慕白乐天体,故其语多得于容易。"司马光《温公续诗话》称魏野"其诗效白乐天体"⑤。吴处厚《青箱杂记》卷一云:"昉诗务浅切,效白乐天体。晚年与参政李公至为唱和友,而李公诗格亦相类,今世传《二李唱和集》是也。"可知"白乐天体"之称,在仁宗朝已流行。

宋初学白诗之风始于太宗朝而盛于真宗朝,至仁宗朝前期余波尚存,后来"西昆体"渐成诗坛主流,"白体"遂寝。据方回《送罗寿可诗序》所列,"白体如李文正、徐常侍昆仲、王元之、王汉谋"⑥,即李昉、徐铉、徐锴(徐锴卒于南唐,并未入宋,与"白体"无涉。方回将其列入"白体"是失误)、王禹偁、王奇。方回此说影响甚广,然"白体"诗人远不止于此,如宋太宗就是影响最大的"白体"诗人,仁宗朝"西昆体"诗人中,杨亿、舒雅、刁衎、张咏、晁迥、李维、李宗谔、张秉等,早年都曾学"白体"。欧阳修所谓

---

① 郭绍虞辑:《宋诗话辑佚》,中华书局1980年版,第398页。
② 〔元〕方回:《桐江续集》卷三十二,《四库全书》本。
③ 〔宋〕田锡:《咸平集》卷十五,《四库全书》本。
④ 《全宋诗》第三册,第1367页。
⑤ 见〔清〕何文焕辑《历代诗话》,中华书局1981年版,第276页。
⑥ 〔元〕方回:《桐江续集》卷三十二,《四库全书》本。

"仁宗朝有数达官以诗知名，常慕白乐天体"，就是指这些人。

那么，他们从什么意义上学白乐天诗呢？从上述言及"白体"者的话，可知北宋人所言"白体"诗的特征是"顺熟""容易""浅切"。又惠洪《冷斋夜话》卷一亦云："白乐天每作诗，令一老妪解之……解则录之，不解则易之。故唐末之诗近于鄙俚。"然而白诗之特点不止于此。陈寅恪曾为此辩曰："若排律一类必为老妪所解始可笔录，则《白氏长庆集》之卷帙当大为削减矣。其谬妄又何待详论！唯世之治文学史者，犹以元白诗专以易解之故而得盛行，则不得不为辨正耳。"① 那么，宋初诗人学"白体"，是仅学其浅易，还是多方面学习呢？这就要具体地看一看他们的创作情况了。

徐铉于宋太祖开宝八年（975）随李煜入宋，时年六十，卒于太宗至道二年（997）。也就是说，他晚年为宋臣22年，刚好与太宗在位之22年相始终。太平兴国初，李昉直翰林院，徐铉直学士院，二人并为台阁文魁。方回将徐铉列入"白体"诗人之列，未言所据。今据史料分析，徐铉与"白体"当有3种关系。一是太宗朝君臣唱和诗歌成风，太宗常常是首倡者。当时君臣唱和明确地仿效白居易与元稹、刘禹锡唱和的方式。徐铉身为台阁文魁之一，自然是主要参与者。二是他作诗强调天赋才情、瞬间灵感，而不讲究学问典故。他认为"嘉言丽句，音韵天成，非徒积学所能，盖有神助者也"②。徐铉才气横溢、文思敏捷，凡属文不假沉思，援笔成章。《宋诗钞》引冯延巳语："徐公率意而成，自造精极"，其诗"冶衍遒丽，具元和风律，而无洄洇纤阿之习"。《四库提要》引晁公武《郡斋读书志》语，证其"文思敏速……执笔立就"。这种作法略与白居易浅近率性的路数相近，而与后来"西昆体"以典故为诗有别。三是对白居易的推重。他曾于太平兴国八年（或雍熙元年，即983—984年间）作《洪州新建尚书白公祠堂之记》③，对白居易及其文学大加赞扬。这是宋初最早推崇白居易的言论。

李昉是后周翰林学士，入宋后历太祖、太宗两朝，备承重任，拜翰林学士、文明殿学士，官至参知政事、平章事等，曾直学士院、知贡举，主持编撰《太平御览》《太平广记》《文苑英华》。他的政治、文化、文学地位都高于徐铉。徐铉是南唐旧臣，虽然宋室待其不薄，但他终究是降臣。李昉却不同，他

---

① 陈寅恪：《元白诗笺证稿》，上海古籍出版社1978年版，第339页。
② 〔宋〕徐铉：《成氏诗集序》，见曾枣庄、刘琳主编，四川大学古籍整理研究所编《全宋文》第一册，巴蜀书社1988年版，第378页。
③ 〔宋〕徐铉：《徐公文集》卷二八，《四库全书》本。

自后周入宋,是赵宋王室自家人。作为宋朝开国文臣,他在太祖、太宗两朝40余年间,长期担当王朝重任,政为宰辅,文为魁首,是宋初第一位文坛宗主。

他于诗歌并无系统论述,唯一谈及诗歌的文章是《二李唱和集序》,其中,谈到他和李至效白乐天、刘梦得诗歌唱和之雅事:

南宫师长之任,官重而身闲;内府图书之司,地清而务简。朝谒之暇,颇得自适,而篇章和答,仅无虚日,缘情遣兴,何乐如之!二卿,好古博雅之君子也,文章大手,名擅一时,眷我之情,于斯为厚,凡得一篇一咏,未尝不走家僮以示我。慵病之叟,颇蒙牵率;若拙之思,强以应命,所谓策疲兵而当大敌也。日往月来,遂盈箧笥。①

他将这些诗编为《二李唱和集》,也是模仿白、刘之举:"昔乐天、梦得有《刘白唱和集》,流布海内,为不朽之盛事。今之此诗,安知异日不为人之传写乎?"②

这种缘情遣兴、唱和取乐的观点,他在其诗中也反复申说:"歌诗唱和心偏乐"(《辄歌盛美寄秘阁侍郎》),"啸月吟风意尚耽"(《自思忝幸因动吟咏》),"老去心何用?题诗满粉墙""老去心何用?闲吟月正中"(《又捧新诗……》),"自喜身无事,闲吟适性情""唱酬聊取乐,不觉又盈箱"(《自过节辰,又逢连假,既新装闭关而不出,但倚枕以闲眠,交朋顿少见过,杯酒又难独饮,若无吟咏,何适性情?一唱一酬,亦足以解端忧而散滞思也……》),"望重官高两难酬,遇兴裁诗许唱酬"(《侍郎见遗佳什……》),"吟得新诗只相寄,心看轩冕一铢轻"(《辄歌盛美献秘阁侍郎》)。③ 总之,"缘情遣兴""闲吟适性情"是他诗歌创作的基本理念,而白居易的唱和诗,则是他效仿的主要范式。他的诗作多写台阁闲情、山水乐趣、诗酒歌舞、酬唱寄赠之事,确与其主张十分一致。

《宋史》本传称李昉"为文章慕白居易,尤浅近易晓"。今观其诗,如"暖逼流莺藏密树,香迷舞蝶恋空枝。海棠残艳红铺地,蜀柳长条翠拂池"④

---

① 曾枣庄、刘琳主编,四川大学古籍整理研究所编:《全宋文》第二册,巴蜀书社1988年版,第18页。
② 曾枣庄、刘琳主编,四川大学古籍整理研究所编:《全宋文》第二册,巴蜀书社1988年版,第18页。
③ 本段引李昉诗均录自《全宋诗》第一册,卷一二至一三。
④ 〔宋〕李昉:《依韵和残春有感》,见《全宋诗》第一册,第173页。

之类，的确颇近白氏"闲适"之体。王禹偁为其作《司空相公挽歌》云："须知文集里，全似白公诗。"① 这是对李昉诗及其诗美意趣的恰当概括。

与他唱和的诗友李至也明言学白之意："实喜优闲之任，居常事简，得为狂吟，成恶诗十章，以'蓬阁多余暇'冠其篇而为之目，亦乐天'何处难忘酒'之类也。"②

王禹偁自言"谁怜所好还同我，韩柳文章李杜诗"③（《赠朱严》），"篇章取李杜"（《寄题陕府南溪兼简孙何兄弟》），"本与乐天为后进，敢期子美是前身"（《前赋春居杂兴诗二首间半岁不复省视因长男嘉祐读杜工部集见语意颇有相类者咨予且意予窃之也予喜而作诗聊以自贺》）。然而后人认为他更近于白居易。《蔡宽夫诗话》称其为"宗白乐天诗"的主盟。林逋（比王禹偁小13岁）将他与白居易并提："放达有唐唯白傅，纵横吾宋是黄州。"（《读王黄州集》）从他诗歌创作的情况看，这些评价不为无据。

王禹偁效仿白居易与朋友作唱和诗，以此怡情遣兴、竞较诗艺、促进诗歌创作、提高艺术水平。白居易曾经说与元稹"为文友诗敌"（《刘白唱和集解》），元稹也说与白居易"名为次韵相酬，盖欲以难相挑耳"（《上令狐相公诗启》）。王禹偁对此深以为然，《酬安秘丞见赠长歌》云：

迩来游宦五六年，吴山越水供新编。还同白傅苏杭日，歌诗落笔人争传。

可见他对白居易闲逸唱和之诗的赞赏。《仲咸以予编成商于唱和集以二十韵诗相赠依韵和之》云："诗战虽非敌，吟多偶自编。"这与元白视唱和为竞较诗艺的观点一致。

唱和诗歌的另一个用意是消解迁谪之忧愁，则白居易后期之诗心诗意，正堪仿佛。淳化二年（991），37岁的王禹偁贬商州，李昉之子李宗鄂来信建议他"看书除庄、老外，乐天诗最宜枕藉"。他为此作《得昭文李学士书报以二绝》（《小畜集》卷八）诗：

谪居不敢咏江蓠，日永门闲何所为？多谢昭文李学士，劝教枕藉乐天诗。

白居易中年以后常在诗中表述乐天知命、闲适放达的人生态度，这大概是

---

① 《全宋诗》第二册，第758页。
② 《全宋诗》第一册，第562页。
③ 本文引王禹偁诗俱录自《全宋诗》第二册。

李宗鄂向王禹偁推荐的主要用意。王禹偁接受建议,这一年中,他写了百余篇唱和诗。他将这些唱和诗编为《商于唱和集》,比李昉的《二李唱和集》[编定于淳化四年(993)]还早两年。

诗人们竞相唱和并编辑唱和集,在太宗朝颇成风气。就在王氏自编《商于唱和集》这一年,朝臣们也间有唱和集编成。如《续资治通鉴长编》(下简称《长编》)淳化二年(991)十二月辛卯载:翰林学士承旨苏易简等10余人"观御飞白书'玉堂之署'四字并三体书诗石。上闻之,赐上尊酒,太宫设盛馔,至等各赋诗以记其事。宰相李昉、张齐贤,参知政事贾黄中、李沆亦赋诗以贻易简",太宗遂命将这些诗编为《禁林宴会集》。可见一时风气。

蔡宽夫所谓"王黄州主盟一时"之论,为后世文学史家沿用,然究竟如何主盟?史料尚嫌欠缺。王禹偁在《前赋春居杂兴诗二首间半岁不复省视因长男嘉祐读杜工部集见语意颇有相类者咨予且意予窃之也予喜而作诗聊以自贺》诗中言及自己学白崇杜之事:

命屈由来道日新,诗家权柄敌陶钧。任无功业调金鼎,且有篇章到古人。
本与乐天为后进,敢期子美是前身。从今莫厌闲官职,主管风骚胜要津。

此诗以略带自嘲的口吻说自己官运不好,功业无成,但作诗还算小有成就。明言学白崇杜之诗路。只是"诗家权柄敌陶钧""主管风骚胜要津"二句,似不应直接理解为"主盟诗坛",古人尚自谦,必不至如此自诩。大约只是说:我为官虽不得要领,身不由己,作诗倒还对路,可以"主管"自己的诗情诗意。

《蔡宽夫诗话》有《王元之春日杂兴诗》条亦载此诗故事:

元之本学白乐天诗,在商州尝赋《春日杂兴》云:"两株桃杏映篱斜,装点商州副使家。何事春风容不得?和莺吹折数枝花。"其子嘉祐云:"老杜尝有'恰似春风相欺得,夜来吹折数枝花'之句,语颇相近。"因请易之。王元之忻然曰:"吾诗精诣,遂能暗合子美耶?"更为诗曰:"本与乐天为后进,敢期子美是前身!"卒不复易。

被杨亿收入《西昆酬唱集》的诗人中,也有几位是先学"白体"的。如晁迥,太平兴国五年(980)进士,仁宗朝官至礼部尚书,以太子少傅致仕,景祐元年(1034)卒,年八十四。《全宋诗》卷五五录其诗56首,多为效白居易之作,借佛、道之理消解俗生烦恼之意,如《静深生四妙辞》之类。其中以"拟白乐天……"为题者8题9首，另有《仿归去来辞》中有"白傅曾言归去来，了知浮世非长久。独步逍遥自得场，饮酒寝兴随所偶"，《醒默居士歌》中有"白氏先生耽醉吟，衔杯洒翰瓷欢心。樽空才尽若为计？释闷遣怀功未深"句。其拟白诗，大抵是讲一些人生解脱之道，如"权要亦有苦，苦在当忧责。闲慢亦有乐，乐在无萦迫""心不择时息，书不择时观。达理意无碍，豁如天地宽"之类。晁迥之学白诗，既学其意又学其辞。他年辈略晚于李昉和王禹偁，在李、王之后力效"白体"，正可说明"白体"诗经李、王一代人发扬，在真宗朝和仁宗前期，颇成诗坛时尚。

《西昆酬唱集》中的舒雅和刁衎皆曾参与过淳化五年（994）王禹偁等《题义门胡氏华林书院》的集体题诗活动，其诗纯似"白体"。张秉曾在郑州与王禹偁联句作诗，诗为"白体"。李维曾辑录白居易的遣怀之作，"名曰《养恬集》"①。李宗鄂是李昉之子，曾劝王禹偁学白居易诗。就连"西昆体"的代表诗人杨亿，也曾写过《读史效白体》诗：

易牙昔日曾蒸子，翁叔当年亦杀儿。史笔是非空自许，世情真伪复谁知？

此乃效白居易《放言》其三：

周公恐惧流言日，王莽谦恭未篡时。向使当初身便死，一生真伪复谁知？

魏野略晚于王禹偁几岁，被方回归入"晚唐体"诗人之列，然而司马光在《温公续诗话》中曾说"其诗效白乐天体"。他早期的五、七言诗确有白氏平易浅熟之风，后来又转学晚唐贾岛之诗。

另有一位对"白体"诗之风行一时至关重要的诗人，方回和后人都不曾提及。这个诗人就是宋太宗。今存宋太宗诗，据《全宋诗》卷二二所收，共560余首，主要为《逍遥咏》200首，《逍遥歌》16首，《缘识》318首。这些诗多为发挥佛、道义理，倡导安心静处，勉励人们淡漠功名利禄之作。而白居易中年以后的许多诗，正是从臣僚的角度，阐释此类人生理念。兹引二人诗略做比较。②

---

① 〔宋〕晁迥：《法藏碎金录》卷五，《四库全书》本。
② 下引白诗见顾学颉校点《白居易集》，中华书局1979年版，第225、708页；太宗诗见《全宋诗》第一册，第329、359页。

白《逍遥咏》：

亦莫恋此身，亦莫厌此身。此身何足恋？万劫烦恼根。
此身何足厌？一聚虚空尘。无恋亦无厌，始是逍遥人。

太宗《逍遥咏》：

逍遥心自乐，清静保长生。至道归玄理，真空造化成。
辉华扬日彩，偃仰顺风声。里外有何物？刚柔炼始精。

白《池上闲吟二首》其二：

非庄非宅非兰若，竹树池亭十亩余。非道非僧非俗吏，褐裘乌帽闭门居。
梦游信意宁殊蝶？心乐身闲便是鱼。虽未定知生与死，其间胜负两何如？

太宗《逍遥咏》：

非来非去亦非忙，所是凡为自短长。专志比徒归一等，谁知礼度畏三光。
相传只要达真境，勿说辛勤却易伤。授得道心皆语默，四时八节顺阴阳。

这样的诗，白诗中常见；宋太宗之诗，则皆为此类。不仅诗意相类，且语体、风格俱似。由是观之，宋太宗正是纯学白诗者。

至此，可对宋初"白体"诗流行的情况略做总结。

宋初最早学白诗的人是李昉，助长"白体"流行最有力的人则是宋太宗。"白体"流行是从太宗朝开始的。当时朝廷文臣能诗者，都参与君臣唱和或臣僚唱和，很多人都学"白体"。此风经真宗朝，至仁宗朝余波尚存。随帮唱曲之外，有些诗人学白颇有所成。明确提倡学白者是三李：李昉及其子李宗鄂、李昉唱和诗友李至。堪为代表者是宋太宗、李昉、王禹偁、晁迥。

北宋人所谓学"白体"，其含义主要有三层。

一是学白居易作唱和诗，切磋诗艺，休闲解颐。诗歌唱和，本属文人闲情雅趣。由于其既富文化意蕴，又见才华性情，既可用于歌颂，又可怡情，且俗人不能为之，因此，当国家初安、朝政多暇之际，元、白、刘诗歌唱和之举，就很容易成为文人士大夫竞相模仿的艺术休闲范式。太宗与群臣唱和，李昉与李至唱和，王禹偁与友人唱和，皆有效元、白、刘之意。

二效白诗浅切随意、不求典实的作法。白居易的诗分类虽多，但浅近易晓确为其共同特色。这种诗随意随时吟成，不重学问典故，作来比较轻松便捷。这就很适合休闲唱和，临场发挥。

三效其旷放达观、乐天知足的生活态度，以及借诗谈佛、道义理。陈寅恪《元白诗笺证稿》附论（乙）《白乐天之思想行为与佛道之关系》①："乐天之思想，一言以蔽之曰'知足'。'知足'之旨，由老子'知足不辱'而来。盖求'不辱'，必知足而始可也。""总而言之，乐天老学者也，其趋向消极，爱好自然，享受闲适，亦与老学有关者也。"从前述李昉、李至、李宗鄂、王禹偁、晁迥等人的言论和诗作中，皆可见此学白之意。宋太宗则是于此最用心者。

宋太宗对"白体"的爱好和倡导，是"白体"诗流行的主要原因。

首先，太宗尚文好诗，且喜君臣唱和，导致诗歌唱和蔚成风气，而白居易的唱和方式正堪模仿。《石林燕语》卷八载："太宗当天下无事，留意文艺，而琴棋亦皆造极品。时从臣应制赋诗，皆用险韵，往往不能成篇，而赐两制棋势，亦多莫究所以故，不行已相率上表乞免和，诉不晓而已。"以下录自《续资治通鉴长编》的一些资料可证太宗朝唱和之盛行。

卷十八：太平兴国二年（977）春，开科考，殿试时太宗"御讲武殿，内出诗赋题复试进士"。试后"赐宴开宝寺，上自为诗二章赐之"。

卷二十：太平兴国四年（979）五月己丑，太宗因北汉已平，"作《平晋赋》，令从臣皆赋；又作《平晋诗》二章，令从臣和"。同年六月，太宗率军北征，"作《悲陷蕃民诗》，令从臣和"。

卷二十一：太平兴国五年（980）二月丙申，"上作《喜春雨诗》，令群臣和"。

卷二十五：雍熙元年（984）三月己丑，"召宰相近臣赏花于后苑。上曰：'春风暄和，万物畅茂，四方无事，朕以天下之乐为乐，宜令侍从词臣各赋诗。'赏花赋诗自此始"。数日后，"幸含芳苑宴射，宰相宋琪……与李昉等各赋诗，上为和赐之"。

卷二十六：雍熙二年（985）春，太宗"召宰相参知政事、枢密三司使、翰林枢密直学士、尚书省四品、两省五品以上、三馆学士，宴于后苑，赏花钓鱼，张乐赐饮，命群臣赋诗习射。自是每岁皆然"。

其次，太宗希望臣僚们知足知乐，无论在朝在野，都要心志淡泊，乐为臣

---

① 陈寅恪：《元白诗笺证稿》，上海古籍出版社1978年版。

民。而白居易"外虽信佛，内实奉道"①的人生哲学和演绎老子"知足不辱"哲学理念的闲适诗歌，正符合太宗借风雅诗歌以教化臣民的价值导向。前述太宗《逍遥咏》之类诗作，用意主要在此。

太宗对方外之士的礼遇和对黄老之学的提倡，也可证此意图。《续资治通鉴长编》卷二十五：雍熙元年（984）冬十月，"上之即位也，召华山隐士陈抟入见。于是复至，上益加礼重。谓宰相宋琪等曰：'抟独善其身，不干势利，所谓方外之士也。在华山已四十余年，度其年当百岁，自言经五代离乱，幸天下承平，故来朝觐。与之语，甚可听。'……赐抟号希夷先生，令有司增葺所止台观。上屡与属和诗什，数月，遣还"。

显然，召见表彰的真实用意是鼓励其"独善其身，不干势利"。

又卷三十四：淳化四年（993）闰十月丙午，"上曰：清静致治，黄老之深旨也。夫万务自有为，以至于无为；无为之道，朕当力行之"。

佛、道义理与风雅诗篇的结合，在太宗手里成为崇文图治的统治术。帝王如此引导，"白体"岂有不流行之理。

［刊于《中山大学学报》（社会科学版）2000年第6期］

---

① 陈寅恪：《白乐天之思想行为与佛道关系》，见《元白诗笺证稿》附论（乙），上海古籍出版社1978年版。

宋诗"晚唐体"辨

文学史家称宋初、宋季诗坛有"晚唐体",此说始自宋末元初,后世递相延用。然究其由来与所指,及其体格风貌等,却颇多含糊之处。本文先厘清"晚唐""晚唐诗""晚唐体"诸说之来历,进而评述宋诗"晚唐体"之风貌,附论后世文学史家对"晚唐体"之批评。

一、北宋人所谓 "晚唐" "晚唐诗"

宋初虽有一些诗人学晚唐贾岛等人诗,但与学白居易诗而有"白体"之名、学李商隐诗而有"西昆体"之名不同,当时学贾岛诗者并无循体尊派之说。北宋人谈及"晚唐",首先是指一个历史时段。如宋祁《宋府君墓志铭》:"余四世祖在晚唐时……"①

从诗学意义上明确论述"唐之晚年诗"或"晚唐"诗,始于欧阳修、苏轼。从现存文献看,最早论及"唐之晚年诗"的人是欧阳修,《六一诗话》第11条:

> 唐之晚年,诗人无复李杜豪放之格,然亦务以精义相高。如周朴者,构思尤艰,每有所得,必极其雕琢。故时人称朴诗"月锻季炼,未及成篇,已播人口"。……其句有云:"风暖鸟声碎,日高花影重。"又云:"晓来山鸟闹,雨过杏花稀。"诚佳句也。②

周朴(?—879)是唐末人③。欧阳修所论"唐之晚年诗人"不止于此。就"务以精义相高""构思尤艰""极其雕琢"等诗性而论,欧阳修更多谈到的是孟郊、贾岛、姚合,并将雕琢锻炼苦吟的诗风与诗人之穷苦际遇并论。如《郊岛诗穷》云:

---

① 〔宋〕宋祁:《宋景文集》卷六十,《四库全书》本。
② 〔宋〕欧阳修著、郑文校点:《六一诗话》,人民文学出版社1962年版。下引同此版本,不再出注。
③ 参《全唐诗》卷673周朴小传,并参《新唐书》卷225《黄巢传》。

唐之诗人类多穷士，孟郊贾岛之徒，尤能刻篆穷苦之言以自喜。①

又《书梅圣俞稿后》云：

孟郊贾岛之徒，又得其悲愁郁堙之气。

又《六一诗话》第10条：

孟郊、贾岛皆以诗穷至死，而平生尤自喜为穷苦之句。

又《六一诗话》第18条：

诗人贪求好句而理有不通，亦语病也。……如贾岛《哭僧》云："写留行道影，焚却坐禅身。"时谓烧杀活和尚。此尤可笑也。若"步随青山影，坐学白塔骨"，又"独行潭底影，数息树边身"皆岛诗，何精粗顿异也？

《六一诗话》成于欧阳修晚年。其中许多诗学观点与梅尧臣有关。梅与欧是终生诗友，欧敬梅为诗长，自称学诗于梅，而梅对孟、贾清苦诗风很熟悉，并与欧唱和作过一些仿孟、贾体的诗。《六一诗话》第12条最能说明梅对欧之影响：

圣俞尝语余曰："诗家虽率意，而造语亦难。若意新语工，得前人未道者，斯为善也。必能状难写之景如在目前，含不尽之意见于言外，然后为至矣。贾岛云：'竹笼拾山果，瓦瓶担石泉。'姚合云：'马随山鹿放，鸡逐野禽栖。'等是山邑荒僻，官况萧条，不如'县古槐根出，官清马骨高'为工也。"余曰："语之工者固如是。状难写之景，含不尽之意，何诗为然？"圣俞曰："……若严维'柳塘春水漫，花坞夕阳迟'，则天容时态融和骀荡，岂不如在目前乎？又若温庭筠'鸡声茅店月，人迹板桥霜'，贾岛'怪禽啼旷野，落日恐行人'，则道路辛苦，羁愁旅思，岂不见于言外乎？"

这番话中列举的诗人贾岛、姚合、严维、温庭筠都是唐中叶以后诗人，即宋人所谓"唐之晚年诗人"；所举"意新语工"的诗，都是清苦生活的写照，

---

① 〔宋〕欧阳修：《欧阳修全集》，中国书店1986年版（据世界书局1936年版影印），第1050页。

是苦吟锻炼的成果。梅、欧或许无意为唐诗分期，但他们所论"意新语工"之诗及诗人，无疑影响了后人对晚唐苦吟诗风的认识。

最先使用"晚唐"一词评论诗歌的人是苏轼，他也是北宋最早将宋人之诗与晚唐诗进行比较的人。宋赵令畤《侯鲭录》卷七载东坡《书荆公暮年诗》云：

> 荆公暮年诗，始有合处，五字最胜，二韵小诗次之，七言诗终有晚唐气味。

何谓"晚唐气味"？苏轼没有解释。他使用"晚唐"概念仅此一例。不过他在《读孟郊诗二首》中说孟郊诗"苦""寒""清""愁"[1]，与梅、欧对"唐之晚年诗"的看法有相同之处。此外，我们还须借助与苏轼同时或稍后的人对荆公"暮年诗"的评论来理解苏轼所谓"晚唐气味"。

黄庭坚评《跋王荆公禅简》云：

> 暮年小诗，雅丽精绝，脱去流俗，不可以常理待之也。[2]

陈师道《后山诗话》云：

> 荆公……平生文体数变，暮年诗益工，用意益苦。
>
> 鲁直谓荆公之诗，暮年方妙，然格高而体下。如云："似闻青秧底，复作龟兆坼。"乃前人所未道。又云："扶舆度阳焰，窈窕一川花。"虽前人亦未易道也。然学二谢，失于巧尔。[3]

叶梦得《石林诗话》卷上：

> 王荆公晚年诗律尤精严，造语用字，间不容发，然意与言会，言随意遣，浑然天成，殆不见有牵率排比处。如"含风鸭绿鳞鳞起，弄日鹅黄袅袅垂"，读之初不觉有对偶，至"细数落花因坐久，缓寻芳草得迟归"，但见舒闲容与

---

[1] 参〔宋〕苏轼《苏东坡全集》前集卷九，中国书店1986年版（据世界书局1936年版影印），第134页。
[2] 〔宋〕黄庭坚：《山谷集》卷三十，《四库全书》本。
[3] 〔清〕何文焕辑：《历代诗话》，中华书局1981年版，第304、306页。

之态耳。而字字细考之，若经檃栝权衡者，其用意亦深刻矣。①

蔡居厚《蔡宽夫诗话》第 44 条：

王荆公晚年亦喜称义山诗，以为唐人知学老杜而得其藩篱，唯义山一人而已。每诵其"雪岭未归天外使，松州犹驻殿前军""永忆江湖归白发，欲回天地入扁舟"与"池光不受月，暮气欲沉山""江海三年客，乾坤百战场"之类，虽老杜无以过也。②

上述诸人对荆公晚年诗的评论大意近似："雅丽精绝""暮年诗益工，用意益苦""暮年方妙，然格高而体下""失于巧""晚年诗律尤精严，造语用字，间不容发"。这些意思与欧阳修说的精雕苦吟相近。

这些人中，黄庭坚、陈师道与苏轼交往密切，艺术上多有切磋；叶梦得《石林诗话》"推尊苏、黄不遗余力"③；蔡宽夫的《诗话》及《诗史》亦多次论及王安石和苏轼。从他们与苏轼的关系，或可推知他们对王安石晚年诗的评论，与苏轼所言"晚唐风气"应有所吻合。而苏轼所指"晚唐风气"，与欧阳修所论"唐之晚年诗"所说的精雕苦吟近似。苏轼也像欧阳修一样，多次谈到孟、贾二人"穷苦"的际遇和苦吟的风格，甚至发挥欧阳修"郊岛诗穷"之说，提出对后世更具影响力的"郊寒岛瘦"④之论。

欧、苏两位前后相继的文坛宗主都以孟、贾为"晚唐"精雕苦吟诗风的代表，他们对这种诗风褒贬参半的态度，对时人和后人影响颇大。稍后的黄庭坚，则更多贬意了。他将晚唐诸人诗放在等而次之的位置上看待，《与赵伯充帖》云：

学老杜诗，所谓刻鹄不成，尚类鹜也。学晚唐诸人诗，所谓作法于凉，其弊犹贪，作法于贪，弊将若何？⑤

北宋末年的诗评家吴可、蔡居厚，对晚唐诗的评论颇似黄庭坚。《藏海诗话》云：

---

① 〔清〕何文焕辑：《历代诗话》，中华书局 1981 年版，第 406 页。
② 郭绍虞辑：《宋诗话辑佚》卷下，中华书局 1980 年版。
③ 郭绍虞：《宋诗话考》，中华书局 1979 年版，第 33 页。
④ 〔宋〕苏轼：《祭柳子玉文》，见《苏轼文集》卷六。
⑤ 〔宋〕黄庭坚：《山谷集·外集》卷十。

唐末人诗，虽格不高而有衰陋之气，然造语成就。今人诗多造语不成。老杜句语稳顺而奇特。至唐末人，虽稳顺而奇特处甚少，盖有衰陋之气。晚唐诗失之太巧，只务外华而气弱格卑，流为词体耳。①

蔡居厚《蔡宽夫诗话》② 第 46 条：

诗家有假对，本非用意，盖造语适到，顺以用之。……而晚唐诸人，遂立以为格。

又第 64 条：

唐末五代，流俗以诗自名者，多好妄立格法……大抵皆宗贾岛辈，谓之贾岛格。

又《诗史》第 13 条：

晚唐人诗多小巧，无风骚气味。

又第 22 条：

晚唐诗句尚对切，然气韵甚卑。

蔡氏的批评比较严厉，既批评贾岛，又批评"宗贾岛辈"者，把"贾岛格"的外延拉长了。

由以上梳理可知，北宋人对晚唐诗的态度大抵有三变：北宋初期学习之；欧、苏时期对其精雕苦吟之风臧否参半；黄庭坚之后则严厉批评，并从技巧批评扩大到文气批评。

二、 南宋以后的"晚唐诗""晚唐体"

在南宋诗坛，"晚唐诗"成了重要话题，其内涵也发生了比较复杂的变

---

① 丁福保辑：《历代诗话续编》，中华书局 1983 年版，第 329～331 页。
② 本段蔡居厚的引文俱见郭绍虞辑《宋诗话辑佚》，中华书局 1980 年版，第 441、442、448 页。郭绍虞《宋诗话考》第 136 页云："故定《诗话》《诗史》均出蔡居厚撰为允。……二书或即一书……《诗史》在前，《诗话》在后。然亦有学者怀疑《诗史》另有作者。"

化。陆游和杨万里对"晚唐诗"的评价一抑一扬,最有代表性。

陆游对晚唐诗持严厉的批评态度,《跋花间集》云:

> 唐自大中后,诗家日趋浅薄。其间杰出者,亦不复有前辈闳妙浑厚之作。久而自厌,然梏于俗尚,不能拔出。①

大中是唐宣宗(847—859)年号,其时贾岛、姚合皆已作古。陆游用"浅薄"一词概括晚唐诗歌,贬斥之意甚明。陆游厚李、杜而薄晚唐之意常见于诗文,如《记梦》诗先盛赞李、杜,然后说晚唐诗人"眼暗头白真徒劳"②,即苦吟而无所成就。在《宋督曹屡寄诗且督和答作此示之》诗中,他比较系统地阐述了自己的诗史观,论及晚唐云:

> 及观晚唐作,令人欲焚笔。此风近复炽,陈穴始难窒。淫哇解移人,往往丧妙质。③

不仅认为晚唐诗乏善可陈,而且痛感"此风近复炽",对于晚唐诗风在南宋复兴也非常不满。其《追感往事》五首之四亦言此意:

> 文章光焰伏不起,甚者自谓宗晚唐。欧曾不生二苏死,我欲痛哭天茫茫。④

那么陆游心目中的晚唐诗人主要有哪些呢?从"眼暗头白真徒劳"的情形看,当是以苦吟著称的诗人。但他批评大中以后的"浅薄",是不包括郊、岛的。而当他谈论穷愁苦吟时,则与欧、苏一样,通常以孟郊、贾岛为例,如《秋晓闻禽声五韵》:

> 世事虽万端,但可笑绝缨。君看郊与岛,徒自残其生。⑤

这是讥讽郊、岛不能通达世事,徒以愁苦自扰。这就从欧、苏以艺术批评

---

① 〔宋〕陆游:《陆游集·渭南文集》,中华书局1976年版,第2278页。
② 〔宋〕陆游:《陆游集·剑南诗稿》,中华书局1976年版,第442页。
③ 〔宋〕陆游:《陆游集·剑南诗稿》,中华书局1976年版,第1839页。
④ 〔宋〕陆游:《陆游集·剑南诗稿》,中华书局1976年版,第1135页。
⑤ 〔宋〕陆游:《陆游集·剑南诗稿》,中华书局1976年版,第1518页。

为主，转为以文化批评为主了。

杨万里（1127—1206）与陆游（1125—1210）同时而且齐名，但对晚唐诗的态度却截然相反。他声明自己既学王安石晚年绝句，又学晚唐人的七绝，因为二者"差近之"。《诚斋荆溪诗序》云：

予之诗，始学江西诸君子，既又学后山五字律，既又学半山老人七字绝句，晚乃学绝句于唐人。①

《答徐子才谈绝句》：

受业初参王半山，终须投换晚唐间。国风此去无多子，关捩挑来只等闲。②

《读唐人及半山诗》：

不分唐人与半山，无端横欲割诗坛。半山便遣能参透，犹有唐人是一关。③

《颐庵诗集序》：

三百篇之后，此味绝矣。惟晚唐诸子差近之……使晚唐诸子与半山老人见之，当一笑曰："君处北海，吾处南海，不虞君之涉吾地也。"④

《诗话》：

五七字绝句最少而最难工，作者亦难得四句全好者。晚唐人与介甫最工于此者。⑤

---

① 〔宋〕杨万里：《诚斋集》卷八十一，《四库全书》本。
② 〔宋〕杨万里：《诚斋集》卷三十五，《四库全书》本。
③ 〔宋〕杨万里：《诚斋集》卷八，《四库全书》本。
④ 〔宋〕杨万里：《诚斋集》卷八十四，《四库全书》本。
⑤ 〔宋〕杨万里：《诚斋集》卷一百十五，《四库全书》本。

杨万里多次对晚唐诗予以肯定。如《黄御史集序》云：

诗至唐而盛，至晚唐而工。盖当时以此设科而取士，士皆争竭其心思而为之，故其工，后无及焉。①

《周子益训蒙省题诗序》：

唐人未有不能诗者。能之矣，亦未有不工者。至李杜极矣，后有作者，蔑以加矣。而晚唐诸子，虽乏二子之雄浑，然"好色而不淫"，"怨诽而不乱"，犹有《国风》《小雅》之遗音。……周子益《训蒙》之编，属联切而不束，词气肆而不荡，婉而庄，丽而不浮，骎骎乎晚唐之味矣。②

《读笠泽丛书》：

笠泽诗名千载香，一回一读断人肠。晚唐异味同谁赏，近日诗人轻晚唐。③

《跋吴箕秀才诗卷》：

晚唐异味今谁嗜，耳孙下笔参差是。一径芙蓉千万枝，唤作春风二月时。④

《似剡老人正论序》：

……无此作久矣。惟晚唐刘蜕、沈颜、皮日休、罗江东，本朝李泰伯诸贤尤工于斯，亦穷于斯者也。具此味、续此风、得此体者，不在吾与贤乎！⑤

---

① 〔宋〕杨万里：《诚斋集》卷三十，《四库全书》本。
② 〔宋〕杨万里：《诚斋集》卷八十三，《四库全书》本。
③ 〔宋〕杨万里：《诚斋集》卷二十七，《四库全书》本。
④ 〔宋〕杨万里：《诚斋集》卷三十，《四库全书》本。
⑤ 〔宋〕杨万里：《诚斋集》卷八十，《四库全书》本。

《三近斋余录序》：

如"尘心依水净，归志与山青"，不减晚唐诸子。①

杨万里所说的"晚唐诗"，具有风格、体派、诗法等比较丰富的内涵。值得注意的是，他所谓"晚唐诸子"，不再有孟郊了。这一点与欧、苏、陆不同。钱钟书说："从杨万里起，宋诗就划分江西体和晚唐体两派。"② 此论大体符合实际，只是"晚唐体"这个概念是稍后才出现的。

杨万里学晚唐诗，为晚唐诗正名分、争地位，在当时并不孤立。"永嘉四灵"年龄比杨小三四十岁，但在杨开始学晚唐诗的时候，"四灵"也在专力学晚唐诗。永嘉学派的领袖叶适对"四灵"学"唐诗"大力称许，使他们声誉大增而"唐诗"盛行。比他们略晚的南宋人王绰在《薛瓜庐墓志铭》③ 中列举了以"四灵"为首的"永嘉之作唐诗者"18 人，可见一时风气。不过叶适和"四灵"都没有使用"晚唐"一词，而是称"唐诗"。

那么，当时和稍后的评论者何以断定"四灵"学的是"晚唐诗"呢？"四灵"的诗风乃至生活状况都颇似贾岛、姚合，这固然是最根本的原因，但最为直接的证据，是"四灵"自己的说法。他们一起切磋诗艺，崇尚贾岛式的苦吟，徐照《宿翁卷书斋》诗说"君爱苦吟吾喜听"④。赵师秀在《徐灵晖挽词》中称徐照"名与浪仙俱"，《哀山民》诗说徐照"君诗如贾岛"。⑤ 赵师秀还编选过《二妙集》，选贾岛诗 81 首，姚合诗 121 首。⑥ 可知他们反复指称的"唐人"，主要是贾岛和姚合。

最先指称"四灵"学"晚唐"的人是戴复古。其《哭赵紫芝》（赵去世于 1219 年）诗云：

东晋时人物，晚唐家数诗。瘦因吟思苦，穷为宦情痴。⑦

稍后，严羽提出了"晚唐体"这个诗学概念，《沧浪诗话》（成书于

---

① 〔宋〕杨万里：《诚斋集》卷八十四，《四库全书》本。
② 钱钟书：《宋诗选注》，人民文学出版社 1958 年版，第 179 页。
③ 见《瓜庐集》卷末，《南宋郡贤小集》本。
④ 〔宋〕徐照：《芳兰轩集》，《四库全书》本。
⑤ 二诗均见〔宋〕赵师秀《清苑斋诗集》，《四库全书》本。
⑥ 据〔元〕方回《瀛奎律髓》卷二十四贾、姚诗批语。
⑦ 〔宋〕戴复古：《石屏诗集》卷二，《四库全书》本。

1232—1233年)中多次出现"晚唐"一词。《诗体》云：

以时而论，则有……晚唐体……以人而论，则有……贾浪仙体。

又《诗辨》言及"四灵"学晚唐贾岛、姚合诗：

近世赵紫芝、翁灵舒辈，独喜贾岛、姚合之诗，稍稍复就清苦之风。江湖诗人多效其体，一时自谓之唐宗。

与严羽大体同时的俞文豹，则明确地用"晚唐体"这个概念来评述南宋后期诗坛，其《吹剑录》云：

近世诗人好为晚唐体，不知唐祚至此，气脉浸微，士生斯时，无他事业，精神伎俩，悉见于诗，局促于一题，拘挛于律切，风容色泽，轻浅纤微，无复浑涵气象。求如中叶之全盛，李、杜、元、白之瑰奇，长章大篇之雄伟，或歌或行之豪放，则无此力量矣。①

又《吹剑三录》云：

近世诗人攻晚唐体。句语轻清而意趣深远，则谓之作家体；馁饤故事，语涩而旨近，则谓之秀才诗。②

又《吹剑录外集》：

盖自叶水心喜晚唐体，世遂靡然从之。

稍后陈振孙《直斋书录解题》卷二十云：

永嘉四灵，皆为晚唐体者也。

---

① 吴文治主编：《宋诗话全编》，江苏古籍出版社1998年版，第8831页。
② 吴文治主编：《宋诗话全编》，江苏古籍出版社1998年版，第8836页。

又稍后陈著《本堂集》卷三八《史景正诗集序》：

今之天下皆淫于四灵，自谓晚唐体。

与俞、严同时的另一位大批评家刘克庄，则又将"晚唐"概念引入北宋前期诗坛，其《江西诗派总序》云：

国初诗人，如潘阆、魏野，规规晚唐格调，寸步不敢走作。①

元初文学史家方回首倡宋初"三体"之论，"晚唐体"遂成为宋初诗坛一种风格类型的代称了。其《送罗寿可诗序》云：

宋划五代旧习，诗有白体、昆体、晚唐体。……晚唐体则九僧最逼真，寇莱公、鲁三交、林和靖、魏仲先父子、潘逍遥、赵清献之父，凡数十家，深涵茂育，气势极盛。②

又评晁端友《甘露寺》云：

人或尚晚唐诗，则盛唐且不取，亦不取宋。殊不知宋诗有数体：有九僧体，即晚唐体也。③

又评黄庭坚《咏雪奉承广平公》云：

元祐人诗既不为杨、刘昆体，亦不为九僧晚唐体，又不为白乐天体。④

方回又将"晚唐体"概念用于南宋"四灵"，并将宋初与宋季之"晚唐体"视为一类。其《跋许万松诗》云：

叶水心奖四灵，亦宋初九僧耳，即晚唐体也。寇莱公亦此体也。

---

① 吴文治主编：《宋诗话全编》，江苏古籍出版社1998年版，第8570页。
② 〔元〕方回：《桐江续集》卷三十二，《四库全书》本。
③ 〔元〕方回：《瀛奎律髓》卷一。
④ 〔元〕方回：《瀛奎律髓》卷二十一。

检点两宋人的"晚唐"观,可知其经历了一个从不太明晰而终归一致的过程。到宋末元初之际,"晚唐体"之说成为一体三义的诗学概念。就体派风格而言,主要指乡野或方外文士精雕苦吟,描摹自然物象,抒写隐逸生活感受,寄托清苦闲适意趣的诗。就时代和作家而言,北宋人以"郊岛诗穷"或"郊寒岛瘦"为"唐之晚年诗";南宋人以贾岛、姚合为"晚唐";宋末元初人又称宋初僧隐一族、宋季"四灵"一脉为"晚唐体"。

三、 宋诗"晚唐体"之风貌

方回所列宋初"晚唐体"诗人,其创作活动多在太宗朝。这些诗人不像"白体"诗人那么显贵,也不像"西昆体"诗人多属文化官员,他们多是僧、隐之士或仕途潦倒者,作诗崇尚贾岛、姚合,尚苦吟,喜为五律,善用白描,讲究锻炼推敲字句,但少用典故,多写清新自然的乡野景物,清苦幽静的隐逸生活,清高优雅的世外情怀。以下依方回所列分别检讨。

寇准(961—1023)是"晚唐体"诗人中的另类。他是这类诗人中唯一的高官,因有社会声望和交游之便,遂成为乡野文士们诗歌唱酬的盟主。潘阆、魏野、林逋、九僧等在野名士都先后成为他的诗友,并常常以他为纽带进行诗歌唱和。由于生平阅历复杂,寇准作诗其实不只是"晚唐体"。作为力主真宗御驾征辽的宰相,其诗有"赴义忘白刃,奋节凌秋霜"[①](《述怀》)的豪气;作为总理国家事务的宰相,他有"终期直道扶元化"(《春日抒怀》)的理想和"有时扼腕生忧端"(《感兴》)的使命感;而当仕途困厄之际,他的诗便有晚唐清苦之声了:"万事不关虑,孤吟役此生,风骚中旨趣,山水里心情。"(《书怀寄韦山人》)

从中约略可见他学习晚唐乡野诗人,淡泊世虑,孤芳自赏,寄情山水,刻苦吟咏的情形。今存《寇忠愍公诗集》3卷,多为此类。

九僧是宋初9位诗僧之总称,九僧之称始见于欧阳修《六一诗话》第9条:

国朝浮图以诗名世者九人,故时有集号《九僧诗》,今不复传矣。余少时闻人多称之。其一曰惠崇,余八人者,忘其名字也。余略记其诗有云"马放降来地,雕盘战后云";又云"春生桂岭外,人在海门西"。其句多类此。其

---

① 下引寇准诗均依《全宋诗》,不再出注。

集已亡，今人多不知有所谓九僧者矣。是可叹也！①

司马光《温公续诗话》补充云：

欧公云《九僧诗集》已亡。元丰元年秋，余游万安山玉泉寺，于进士闵交如舍得之。所谓九诗僧者，剑南希昼、金华保暹、南越文兆、天台行肇、沃州简长、贵城惟凤、淮南惠崇、江南宇昭、峨眉怀古也。直昭文馆陈充集而序之。②

现存《九僧诗集》③有陈充景德元年（1004）所作之序。九僧不是终日参禅打坐的住持者，而是行走的诗人。他们所居非一寺，却常常交游往来，结社吟诗。"分题秋阁迥，对坐夜堂寒。"（文兆《寄行肇上人》）"几为分题客，殷勤扫石床。"（希昼《书惠崇师房》）这是他们的自述。胡应麟《诗薮》论九僧诗云：

其诗律精工莹洁，一扫唐末五代鄙倍之态，几于升贾岛之堂，入周贺之室，佳句甚多……第自五言律外，诸体一无可观，而五言绝句亦绝不能出草木虫鱼之外。④

九僧诗以描摹自然物象为主，《六一诗话》第9条载：

当时有进士许洞者，善为词章，俊逸之士也。因会诸诗僧分题，出一纸，约曰："不得犯此一字。"其字乃山、水、风、云、竹、石、花、草、雪、霜、星、月、禽、鸟之类，于是诸诗僧皆搁笔。⑤

潘阆在后人印象中是游士，其实他曾得太宗召见，赐进士及第，授四门国子博士。真宗朝隐逸江湖，四处游历，后寓居钱塘。他与寇准是诗友，有共同的诗美趣味，《谢寇员外准见示诗卷》云：

---

① 〔宋〕欧阳修著、郑文校点：《六一诗话》，人民文学出版社1962年版，第8页。
② 〔清〕何文焕辑：《历代诗话》，中华书局1981年版，第280页。
③ 上海医学书局1936年影印本。
④ 〔明〕胡应麟：《诗薮》，中华书局1958年版，第303页。
⑤ 〔宋〕欧阳修著、郑文校点：《六一诗话》，人民文学出版社1962年版，第8页。

一轴新诗意转深，几回看了又重寻。最怜积水浮秋汉，闲望沧溟尽日吟。（自注：君有"积水浮秋汉，残阳照远目"之句）①

他作诗推崇贾岛，《忆贾阆仙》诗赞美贾岛并隐约有续其遗编之意：

风雅道何玄，高吟忆阆仙。……不知天地内，谁为续遗编。

他作诗尚苦吟，"一卷诗成二十年，昼曾忘食夜忘眠"（《书诗卷末》），颇类贾岛"二句三年得，一吟双泪流"之趣。王禹偁《潘阆咏潮图赞》云：

清气未尽，奇人继生，处士潘阆得之矣。处士《自序吟》诗云："发任茎茎白，诗须字字清。"又《贫居》诗曰："长喜诗无病，不忧家更贫。"又《峡中闻猿》诗云："何须三叫绝，已恨一声多。"又《哭高舍人畅》诗云："生前是客曾投卷，死后何人与撰碑。"又《寄张咏》诗云："莫嗟黑鬓从头白，终见黄河到底清。"又《临江亭》诗云："醉卧岂能防燕雀，狂吟争不动鱼龙。"寒苦清奇，多此类也。然趣尚自远，交游不群，松无俗姿，鹤有仙格。②

赵湘是太宗朝颇有名气的青年诗人。这位江南寒士生活清苦，为人清高，作诗清美。他对诗有崇高的看法，《王象支使甬上诗集序》云：

诗者，文之精气，古圣人持之摄天下邪心，非细故也。由是天惜其气，不与常人，虽在圣门中犹有偏者。故文人未必皆诗。……近代为诗者甚众，其章句为君子或鲜矣。或问之何为君子耶？曰：温而正，峭而容，淡而味，贞而润，美而不淫，刺而不怒，非君子乎！③

把诗和诗人的地位提高到文学的顶层，这在今人看来是偏颇之见，但在古代却是正常之论，反映了古人以诗为主流文学之首的观念。赵湘作诗务求清美工巧，喜为五律，多写山水清境和清人雅怀，确有类贾岛诗之处。如以下二诗：

---

① 下引潘阆诗均依《全宋诗》，不再出注。
② 〔宋〕王禹偁：《小畜外集》卷十，《四部丛刊初编》本。
③ 〔宋〕赵湘：《南阳集》卷四，《四库全书》本。

春禽鸣别树，夜雨入空城。望远魂堪断，思闲梦亦清。(《寄杨坦明府》)
宿禽无别语，病马立闲蹄。夜坐闻清唱，何人钓月溪。（《赠潜溪李明府》)①

时人颇重其诗之清美，欧阳修云"其诗清淑粹美"；吴俦云"其诗清澄躅洁，淡雅夷旷"；蔡戡称其继承祖德，"清芬不坠"；② 文同《试秘书省校书郎赵君墓志铭》云"善吟诗，其语清深险峭，不类近世作者"③。

魏野早年诗学白体，后来和寇准交往密切，转学晚唐。司马光《温公续诗话》说他"效白乐天体"，就是指其早期诗。《宋史·隐逸传》云："野为诗精苦，有唐人风格，多警策句。"《四库提要》云："野在宋初，其诗尚仍五代旧格，未能及林逋之超诣，而胸次不俗，故究无龌龊凡鄙之气。"魏野诗近僧隐，崇尚自然。《寓兴七首》云："天地无他功，其妙在自然。"④ 自然有何妙处呢？妙在自由和真实。《疑山石泉并序》云："至清无隐物……虽浅亦兢兢。""至清无隐"是一个重要的审美命题。魏野终生隐居不仕，为人则就自然以求自由，为诗则就自然以求清真，故能于晚唐贾岛辈清苦诗风中觅得审美共鸣。他的有些诗作确实类似贾岛诗，如：

门冷僧长住，官清道更孤。(《赠岐贲推度》)
闲闻啄木鸟，疑是僧打门。(《冬日书事》)
砧隔寒溪捣，钟随晓风过。(《暮秋闲望》)

"梅妻鹤子"的林逋也是一位自然主义者，长期隐居西湖孤山。他论诗所重，唯在自然。《赠张绘秘教九题》⑤ 是他的一组论诗诗，以前无人注意。其中提出"风月骚人业"的自然诗学观，主张以"清心"写隐居之"幽事"，写自然之形神，艺术上强调"巧思出樊笼"。这是隐逸诗人通常所持的诗歌理念，与晚唐诗人正相契合。然而他在"晚唐体"诗人中亦有特色，他的诗显得更为清高，而不是清苦；他没有九僧诗的"蔬笋气"，而"梅香"浓郁。他的咏梅诗颇负盛名，"疏影横斜水清浅，暗香浮动月黄昏"(《山园小梅》) 不仅是他诗的标志，而且是他精神的写照。"晚唐体"以五律为主，他的诗七言

---

① 二诗均见《全宋诗》，第876页。
② 以上皆见〔宋〕赵湘《南阳集·后跋》，《四库全书》本。
③ 〔宋〕文同：《丹渊集》卷三十八，《四库全书》本。
④ 下引魏野诗均据《全宋诗》，不再出注。
⑤ 下引林逋诗均据《全宋诗》，不再出注。

亦佳。

随着梅尧臣、欧阳修、苏轼、黄庭坚等大诗人次第出场，"晚唐体"销声匿迹100多年。南宋中后期"晚唐体"复兴，代表诗人是"永嘉四灵"。之前的大诗人杨万里虽然学过晚唐诗，但后来自立规模，倡导"活法"，自成"诚斋体"，与"晚唐体"有别。"诚斋体"和"四灵体"都是对江西诗派的反拨，而"四灵体"实为"晚唐体"。

"四灵"针对江西诗派的"资书以为诗"，倡导"捐书以为诗"。他们多以乡隐为生，作诗以贾岛、姚合为榜样，崇尚苦吟，"传来五字好，吟了半年余"①（翁卷《寄葛天民》），"枯健犹如贾岛诗"（徐玑《梅》）。他们的诗作精致小巧，诸如"黄梅时节家家雨，青草池塘处处蛙。有约不来过夜半，闲敲棋子落灯花"（赵师秀《约客》）之类。他们以世外人自居，"有口不须谈世事，无机唯合卧山林"（翁卷《行药作》），"但能饱吃梅花数斗，胸次玲珑，自能作诗"②（赵师秀语）。

"四灵"的诗名在当时主要是因永嘉学派的宗师叶适褒扬而"天下莫不闻"③的。叶适曾编《四灵诗选》500首由陈起刊行，"而唐诗由此复行矣"④。明人徐象梅《赵师秀传》称"四灵"作诗"日锻月炼，一字不苟下……其诗清新圆美"。

除"四灵"外，永嘉地区学"晚唐体"的诗人还有一些，如韩淲《涧泉集》卷十六有标题为《晚唐体》的七绝一首："一撮新愁懒放眉，小庭疏树晚凉低。牵牛织女明河外，纵有诗成无处题。"释文珦《潜山集》卷九有题为《咏梅戏效晚唐体》五律一首："古今人共爱，不独是林逋。树老枝方怪，花开时已无。月中香冷淡，雪后意清孤。长忆山房外，临溪有一株。"皆以清苦之词写隐逸之趣。

当时在北方的金朝，也有人学习"晚唐体"。元好问所编《中州集》卷四收刘左司昂诗11首，序云："昂字之昂，兴州人，大定十九年进士……作诗得晚唐体。"

---

① 本段引诗均据《全宋诗》，不再出注。
② 转引自〔元〕韦居安《梅涧诗话》卷中，见丁福保辑《历代诗话续编》，中华书局1983年版，第562页。
③ 〔宋〕赵汝回：《薛师石〈瓜庐诗〉序》。
④ 〔宋〕叶适：《徐文渊墓志铭》。

附论： 对当代文学史家"晚唐"观的一点异议

当代文学史家谈及"晚唐体"，无论指晚唐之郊、岛，还是宋初之僧、隐，还是宋季之"四灵"，多以贬抑为主，讥其境界狭小，清苦寒瘦，刻意雕琢，缺少深广的社会情怀和宏大的精神境界，总在山林寺庙中欣赏着斜阳寒水，自命清高，自甘清苦。

这种文学史观与当代主流意识形态中长期存在的社会关怀过盛而生命关怀欠缺的倾向有关。进而上溯中国数千年传统的诗教文化，也存在着弘扬君国、社会、百姓，而抵抑个性、漠视个体生命之精神家园的倾向。

当代人对"晚唐体"的批评源于宋人，但宋代批评家对"晚唐体"精雕细刻的创作态度和清高优雅的生命态度不乏赞许，欧阳修、梅尧臣、苏轼、杨万里、叶适等人都肯定"晚唐体"诗人严谨的艺术追求和精妙的艺术技巧。然而，当代文学史家只是片面地赞同严羽、俞文豹、方回等人的严厉批评，进而形成对"晚唐体"的贬抑倾向，其中折射出特定时期庸俗社会学泛滥从而导致文学批评变形的时代特色。

"晚唐体"诗以咏叹生命为主，而不是以社会关怀为主。其中，蕴含的生命关怀、价值观念和审美情趣，都是人类精神家园不可或缺的内涵。人类的生命形态是丰富多彩的，文学自然应该是多元的。古代文人隐居乡野，洁身守志，自得其乐，这是连历代帝王都认可的。他们的文学创作自然要抒写乡野的安宁清静和疏远仕宦的自由意趣。这有利于人类精神生活之健康和健全。"晚唐体"诗的主要价值在艺术而不在教化。他们精益求精的创作态度和创作成果，确能给人以艺术美感。

文学中的社会关怀和生命关怀都有其重要价值，并无道德的、艺术的、功利的高下之分。文学史家不应该用"统一"的意识形态去评判多元的、丰富多彩的文学现象。

［刊于《中山大学学报》（社会科学版）2003 年第 3 期］

盛宋诗的雅化倾向

唐诗之后，宋诗面临着两难选择：一是因袭式的继承，譬如宋初诗坛；二是求新求变。后者的困难来自三个方面：①唐诗众体皆备，并已取得了极高的成就，盛极难继，宋诗无论是"新酒"还是"旧酒"，都只能用"旧瓶"来装。②传统的社会生活未发生质变，难以为文学创作提供质地全新的素材，是所谓"旧瓶"易得，"新酒"难求。③词、戏曲、小说先后繁荣，文学雅俗分化，社会审美需求多元化，正统诗文失去了审美注意中心的独尊地位，必须调整自身的审美特质以适应新的审美需求。

以梅尧臣、欧阳修、王安石、苏轼、黄庭坚为代表的盛宋诗人在诗史上的价值在于避陈俗而求新变。他们虽然无法改变面临的困难，却较有成效地调整了自己的思维方式、价值观念、审美趣味，从而使宋诗的审美特质区别于唐诗，具有独立的审美价值。

唐诗具有雅俗共赏的审美特质。它面向广阔的自然、社会和人生，重视客观兴象，形成了以情景交融为主要艺术特征的审美风范。盛宋诗则避俗求雅。它从自然、社会的外在兴象进而向人生的理念世界开掘，更注重文化人的生活情趣和理趣。在表现方式上，诗的学问气、书卷气加重，博奥典雅性增强，意蕴和趣味更加文人化，表达更加抽象化、技巧化，通俗晓畅性减少，形成与唐诗不同的发展趋向——雅化。雅化的主要标志有四：内容文人化，意象抽象化，以才学为诗，高度技巧化。下面分别述之。

一、内容文人化

传统的古、近体诗的内容历来有雅俗之别，如《诗经》"雅""颂"类与"风"诗，六朝玄言诗和山水田园诗，唐诗总的来看可以说雅俗共赏，宋诗则避俗求雅。唐、宋诗内容的主要区别是：唐诗中山水田园诗、边塞诗、战争诗、羁旅行役诗、爱情诗占很大比重，写景、叙事、抒情构成唐诗内容的主体，这就很便于雅俗共赏；而在宋诗——尤其是盛宋诗中，属于文士情怀而较难为世俗民众理解和欣赏的成分增多了。

首先，言理的成分增加。宋诗的理，主要是诗人所认识的宇宙万物、社会人生的哲理，为人处世的伦理。这些理又由于诗人们大量借鉴禅悟的思维方式、思维结果而呈现出比前代诗歌更明显、更浓厚的禅意。理性增强而情景抒写淡化，这是宋诗内容雅化的主要标志。

其次，宋诗中专写文人士大夫的生活情状、情趣的内容大大增多，诸如闲居野处、送往迎来、谈禅论道、唱和赠答、品茶饮酒、题画题墨、评诗论艺等。这可以通过下面的比较进行说明。

在盛唐诗中，王维的诗高雅气味较浓；而在盛宋诗中，黄庭坚诗雅化倾向最重。两人的诗又都有较浓厚的禅意。稍加比较，就会看出二者雅的程度有较大的差别。

王维现存400多首诗中，山水田园诗有100多首①；黄庭坚现存1800多首诗②中，纯粹的山水田园诗极少，有100首左右算是写景成分略多一些的。王诗着力于客观景物的描摹，力求创造美的意境，大自然是其主要的表现对象；黄诗则着力于情、志、理的抒写，注重寓意，人是其表达的中心，即使涉及景物，也是为了抒情、言志、明理。比如黄诗《自巴陵略平江、临湘，入通城，无日不雨，至黄龙奉谒清禅师，继而晚晴，邂逅禅客戴道纯款语，作长句呈道纯》：

山行十日雨沾衣，幕阜峰前对落晖。野水自添田水满，晴鸠却唤雨鸠回。
灵源大士人天眼，双塔老师诸佛机。白发苍颜重到此，问君还是昔人非。③

诗的前4句虽写了自然景色，但全诗的用意却在于用自然之自在比照人生之漂泊，用自然之恒常比照人生之短暂与多变。黄庭坚为数不多的涉及自然景象的诗，通常都是这种半景物半情理的结构。有些甚至写景本身就是抒情或言理。如《同元明过洪福寺戏题》：

洪福僧园拂绀纱，旧题尘壁似昏鸦。春残已是风和雨，更著游人撼落花。④

诗虽涉景物，但全然是抒情写意，感叹人生。客观景物在黄诗中很难具有像在

---

① 据〔唐〕王维撰、〔清〕赵殿成笺注《王右丞集笺注》，上海古籍出版社1961年版。
② 据〔宋〕黄庭坚著、〔清〕翁方纲校《黄诗全集》，乾隆五十三年（1788）树经堂锓本（吉林大学图书馆古籍部有藏书）。下引黄庭坚诗版本同此，不再出注。
③ 《黄诗全集·内集》卷十六。
④ 《黄诗全集·内集》卷十。

王诗中那样重要的地位。

　　这种区别在他们的送别诗中也很明显。王维的送别诗习惯于先描绘场面、景物，渲染气氛，把情感寄寓在场景中；黄庭坚的送别诗则很少写场景，其基本模式是先赞誉对方的德、才、身世或政绩，再叙述送别双方的交往和友谊，方便时抒写点人生的情志或感慨，最后写几句劝勉的话和希望再见的意思。如《送舅氏野夫之宣城二首》《送范德孺知庆州》①等，惜别之情只是微露在诗中，似乎有意让它显得淡淡的。相比之下，王维送别诗的情感内涵更宽泛，情感色彩更浓重，表达也明白易懂，容易引起不同层次读者的共鸣，如《送元二使安西》《送沈子福归江东》等。黄庭坚的送别诗有意避免表达的平易性，情感内涵也比较具体，只是针对那个具体的别者，不愿像王维那样尽力使情感泛化、概括化。黄庭坚送别诗的立意重在说理，是送别双方所能会心的具体的生活道理。因此他的送别诗更适合当事人品味，而不像王维的送别诗适合大众诵读。

　　这种区别同样存在于他们的唱和赠答类诗中。黄庭坚这类诗有千首左右，多是写文人士大夫日常生活的一时一事及内心世界，诸如友情、交际、宴饮游乐、仕宦生涯、隐逸情状、苦乐、忧戚或解脱等，他追求亲切、具体、深奥典雅，是专门写给少数文人雅士读的。王维的交往诗和他别的诗一样，努力寻求更多的读者。这是唐诗总体的审美追求。

　　黄庭坚有150余首以佛、道生涯为题材或谈论佛、道义理的诗，王维有20多首；黄有近百首题画题墨诗，王维只有1首；黄有140多首以茶、酒、食物为题材的诗，王维却很少写这些。这些诗纯以少数文人雅士为阅读对象，是不求雅俗共赏的。

　　由以上的比较，我们进而联想到盛宋诗这样一种趋向：从梅尧臣开始，宋诗人比唐诗人更习惯于把个人琐细平淡的日常生活写进诗中（但很少写爱情，爱情多用词来写），更注重从这些生活内容中格物穷理、阐幽发微，至少是感喟人生。这就形成了诗的日常生活化和哲理化。这种现象一方面表明宋诗对表现领域的拓展和向人类心灵的纵深地带掘进；另一方面，这种看起来似乎更接近生活和人类主观世界的具体化、深入化倾向，实际上却局限在文人阶层，从而导致诗对大众普遍情感和生活的日渐疏离。其主要目的在于写文人阶层对于宇宙、人生、历史、现实、万事万物的观照、领悟和理解。这种雅化倾向是从"西昆派"开始，由梅尧臣倡导，经王安石、苏轼发展，到黄庭坚形成的。

---

　　① 二诗均见《黄诗全集·内集》卷二。

二、 意象抽象化

中国诗有抒情、写景、叙事之别,而"总的来说是抒情的作品最多"①,"抒情诗始终是我国文学的正统的类型"②。就抒情诗而言,唐、宋抒情诗的意象特征有所不同:前者更多地表现出雅俗共赏的艺术具象特征,后者更多地带有艺术抽象特征。

这里所谓艺术具象,是指更接近于生活真实的形象,比较生动、具体,含义比较丰富、广泛;艺术抽象是指作为情感理念的表达符号的形象,含义比较抽象、单一,是本质化、概括化的形象。例如王维的《送元二使安西》,诗中的时间、地点、天气、景物及人物行为都是生动具体的:渭城的早晨,雨浥轻尘,柳色青青,送者在劝远行者进酒,这种种意象是具体、生动的;"西出阳关"的意象略有点抽象,但也是可感的,因而是艺术具象。苏轼《东坡》诗则不同:

雨洗东坡月色清,市人行尽野人行。莫嫌荦确坡头路,自爱铿然曳杖声。③

苏轼的用意唯在抒写贬谪后的情怀。"野人"的意象毫无具体刻画,只是一个类型化的概念,诗人借此对自己被贬谪的身份进行揭示和自嘲;"坡头路"也不具体,诗人只是抽取它荦确不平的特点来象征人生道路的坎坷;"曳杖声"的特点是"铿然",它暗示诗人的人生态度。这首诗只有第一句的意象比较具象化,其余全是艺术抽象。这种抽取事物某一特征来象征性地表现情感意念的意象创造方式,就是艺术抽象方法。

艺术具象和艺术抽象在文学艺术作品中相辅相成。一方面,任何艺术具象都不是对具体事物的简单模拟,而是创作者对自己某种心理的符号化表达,是某种"心象"的"象喻",其中已经含有主体对客体的选择;另一方面,任何艺术抽象毕竟首先是"象"。具象和抽象的区别只在于"具"和"抽"孰多孰少。文学的意象总是以具象为形,以抽象为神的。仔细比较唐、宋诗的抒情意象,可以明显地看出盛宋诗人更多地运用了艺术抽象的方法。这种趋势是由

---

① [日]松浦友久著、蒋寅译:《中国诗的性格——诗与语言》,见古代文学理论研究编委会编《古代文学理论研究》第十一辑,上海古籍出版社1986年版,第210页。
② 闻一多:《文学的历史动向》,见《闻一多全集》第10册,湖北人民出版社1993年版,第17页。
③ [清]王文诰辑注、孔凡礼点校:《苏轼诗集》卷二十二,中华书局1982年版,第1182页。

艺术的辩证发展规律决定的。中国古典诗歌意象的发展经历了由原始不自觉抽象到自觉具象，又到自觉抽象的过程。

黑格尔说："最原始最古老的艺术作品在各门艺术里都只表达出一种本身极其抽象的内容。"① 比如原始绘画，通常只用一些极简单而又抽象的线条、符号来表现人类的意念。这是绘画艺术的不自觉抽象阶段。随着人类思维能力和表现艺术的提高，绘画艺术步入自觉具象阶段，比如中国宋代的工笔花鸟画。然而就在宋代宫廷工笔画盛行之时，抽象意味较浓的文人写意画也同时并存。这说明人类用艺术方式表现生活、表现情感意念的手段更丰富了，运用艺术具象和艺术抽象的意识更自觉、能力更强了。同理，以文字为载体的诗，也经历了意象由简单到丰富，由不自觉抽象到自觉抽象，而抽象与具象相辅相成的历程。

唐诗以情韵胜，以意象生动优美丰富取胜，是诗歌意象具象化高度成熟的阶段，也是抒情诗的意象进一步向自觉抽象发展的阶段。盛宋抒情诗抽象意味增强，许多作为物象的意象是作者随意虚拟出来，用以比喻、象征、比照、暗示情感理念的艺术抽象。试比较张若虚《春江花月夜》和苏轼《中秋月寄子由三首》② 中月的意象，便可窥知唐、宋诗意象变化之一斑。两诗中的月意象都有抽象意味，表达出诗人对宇宙无穷、人生短暂，宇宙恒常、人事不定的感悟。但若细加比较则可见同中有异。张诗"海上明月共潮生"是明月初升的景象；"滟滟随波千万里，何处春江无月明"是明月高升、光照春江的景象；以下月照花林、月照汀沙、月照江天，"皎皎空中孤月轮"，都是具体的、形象的、生动优美的。尽管接下去诗人运用月的永恒来表达"更复绝的宇宙意识"③，但对月的绘形绘色的描写足以使此"月"成为一个艺术具象。苏轼《中秋月寄子由三首》，月的意象贯于始终，诗人未对它做具象描绘，只是抽取其永恒和无常的特征来比照人生的盛衰离合。诗人在不同境况中对月有不同的感觉：因为"中秋有月，凡六年矣。惟去岁与子由会于此"，所以觉得去年的月是"殷勤"的，它"懂得"为兄弟团聚而圆；但今岁兄弟离别，始悟"月岂知我病"！原来它并不懂得人的感情啊！人有情而月无情，这是一层比照。"余年知几何，佳月岂屡逢？"人生短促而"佳月"长存，这是进一层的比照。"六年逢此月，五年照离别。"年年月明月圆而浮生万变、悲欢离合不定，这是又进一层的比照。3 首诗中只有第二首的"镕银百顷湖，挂镜千寻

---

① ［德］黑格尔著、朱光潜译：《美学》第三卷上册，商务印书馆 1979 年版，第 6 页。
② ［清］王文诰辑注、孔凡礼点校：《苏轼诗集》卷十七，中华书局 1982 年版，第 859 页。
③ 闻一多：《唐诗杂论·宫体诗的自赎》，见《闻一多全集》，湖北人民出版社 1993 年版。

阙"一句"用体物语"。苏轼基本上是把月作为一个比照人生的抽象化意象使用的,它"使我们看到的是人的灵魂最深沉和最多样化的运动"①,而不是一轮具象的月。诗人所以能这样重意而轻象,是因为月的种种抽象的比照人生的含义已经经过许多时代的许多诗人反复使用凝定化了。这种情况可以称之为传统凝定型意象的抽象化使用,与抒情诗的特质正相符合:"抒情诗采取主体自我表现作为它的唯一形式、终极目的"②,"诗人通常只是象征性地使用文字"③。为了表情达意的方便、简洁和深刻,诗人常常从文化遗产中选取一些有约定俗成意味的传统意象,抽象地使用特定含义而不再做具象描绘。传统凝定型意象形成和使用的两个规律:一是文学历史越长,遗产越丰富,则凝定型意象越多;二是凝定型意象使用频率越高、时间越久,则其自然质越单纯、抽象的含义越一致。从这样的意义说,盛宋诗的意象比唐诗更多一些艺术抽象特征,是艺术规律使然,也是文化积淀使然。

盛宋诗意象抽象化的另一种方式是随意抽象。诗人越来越不注重意象的客观形态描述,也不在乎各个意象之间是否具有自然的联系,而是随意地将一些在自然质方面互不相干的意象从某种抽象的意义上联结在同一条情感或理念的线索上,正如黑格尔所说:"东方人在运用意象比譬方面特别大胆,他们常把彼此各自独立的事物结合成为错综复杂的意象。"④ 例如黄庭坚的《次韵子瞻送李豸》诗,李很有才华,受到苏轼、黄庭坚的器重,但考试却名落孙山,苏、黄都写诗为他送行,自然要宽慰、劝勉一番。黄诗最后4句是:

君看巨浸朝百川,此岂有意潢潦前?愿为雾豹怀文隐,莫爱风蝉蜕骨仙。

意思是说大海可纳百川,不屑与潢潦(洼地的积水)相比;豹子欲养成身上的文采,可以忍受雾雨和饥饿,决不追求像蝉那样速成速化。诗人创造这些意象时并不考虑它们各自之间是否具有可以构成"物境"的必然联系,他只是"怀着自由自在的心情去环顾四周,要在他所认识和喜爱的事物中去替占领他全副心神的那个对象找一个足以比譬的意象"⑤。诗人只需要这个意象的某种特征而无须其他。客观描写淡化,主观随意性加强,抽象意味加重。这不仅是

---

① [德]恩斯特·卡西尔著、甘阳译:《人论》,上海译文出版社1985年版,第189页。
② [德]黑格尔著、朱光潜译:《美学》第三卷下册,商务印书馆1979年版,第100页。
③ [美]雷·韦勒克、奥·沃伦著,刘象愚等译:《文学理论》,生活·读书·新知三联书店1984年版,第85页。
④ [德]黑格尔著、朱光潜译:《美学》第二卷,商务印书馆1979年版,第134页。
⑤ [德]黑格尔著、朱光潜译:《美学》第二卷,商务印书馆1979年版,第137页。

黄诗的特征之一，也是盛宋抒情诗的总体特征之一。

意象抽象化倾向与宋诗的学问化、议论化、理趣特征相辅相成，增加了诗的创作难度和理解难度。理解能力较低的读者，不容易一下子就引起共鸣，感发出欣赏的激情。所以说，意象的抽象化加重了宋诗的雅化倾向。

三、"以才学为诗"

严羽这句话被公认为宋诗的一大特征，其含义是从文化遗产中寻取材料、典故，"资书以为诗"。这反映出本民族一个重要的心理特征和思维习惯——崇古尚学、宗经征圣。它是使宋诗雅化的重要因素之一。

"以才学为诗"的现象在宋以前也有，但没有宋诗这么普遍。南北朝文学历来被认为用典之风较甚，但也只是作赋很讲究用典，作诗用典还不多，唐代杜甫、韩愈、李商隐用典较多，但也比不上"近代诸公"。盛宋诗人以才学为诗已发展为有理论、有实践的普遍创作倾向。这有两种情况：一是因袭模仿式地堆砌成语典故而难出新意，有文字游戏之嫌；另一种是创造性地运用书本知识来丰富自己的创作，为表达自己的思想感情服务，增加作品的表现力和典雅性。盛宋以王安石、苏轼、黄庭坚为代表的优秀诗人属后一种情况。

王、苏、黄的诗集都是他们本朝人就开始做注解的，这是诗史上前所未有的现象，他们的诗即便在同时代有文化的人看来，也需加注解了。注者的工作之一是搜求、写明成语典故的出处，有时难免牵强附会，罗列前人语句，比如黄庭坚《和答钱穆父咏猩猩毛笔》①确实用了几个典故，而任渊注时竟罗列了《通典》《华阳国志》《水经注》《唐文粹》《晋书》《庄子》《列仙传》《文选》《周书》《唐书》《礼记》《孟子》《列子》13种典籍来说明6个典故的出处，这又说明了注者、读者崇学尚典的审美心理。作者和读者共同酿造着宋诗避俗求雅的时尚，促成了宋诗的雅化。

宋诗人受杜甫、韩愈、李商隐影响最大，"以才学为诗"与他们自有承传关系。宋初"西昆体"诗人力效李商隐，"历览余编、研味前作，挹其芳润、发于希慕，更迭唱和"②，创作了宋诗雅化的第一支协奏曲。欧阳修、梅尧臣领导诗文革新，虽然"以平淡天然为诗歌美的极致"③，从许多方面改革了"耸动天下"近半个世纪的"西昆"诗风，但对其"以才学为诗"的作法却是肯定的。到王、苏、黄时代，崇学尚典的诗歌审美意识更普遍、更明确、更

---

① 《黄诗全集·内集》卷三。
② 〔宋〕杨亿：《西昆酬唱集·序》，
③ 李泽厚、刘纲纪主编：《中国美学史》第一卷，中国社会科学出版社1984年版，第44页。

强烈了。苏轼说:"凡读书可为诗材者,但置一册录之,亦诗家一助。"① 张文潜认为:"但把秦汉以前文字熟读,自然滔滔地流也。"② 黄庭坚崇尚杜甫作诗"无一字无来处",主张"取古人之陈言入于翰墨,如灵丹一粒,点铁成金"③。

王、苏、黄等"近代诸公"出色地实践了自己的主张,把渊博的书本知识当作写诗的素材库,把"资书"当作写诗的重要途径,追求资书用典的种种境界。有时用典用得平易自然,"不使人觉,若胸臆语",如王安石《书湖阴先生壁》④、苏轼《和沈立之留别二首》⑤ 其一,用典和谐自然,读者即便不知其典,也不妨雅俗共赏。不过,盛宋诗人所追求的,主要还是另一种博奥典雅的境界。他们运用成语典故,主要是为了在有限的篇章中尽可能多地容纳更丰富、更深刻的意思,诗的作者自然也就显得博学强记、高深莫测。这样的诗的确只有学者型的诗人才有可能写好,同时也要求欣赏者有较高的文化艺术修养。如王安石《游土山示蔡天启秘校》⑥,从《晋书·谢安传》取事很多,又广采成语典故,以古比今,寄寓自己的情怀心曲,因而读者必须熟悉谢安和王安石的生平事迹,了解成语典故的含义才能体会到诗的深沉博大之美。又如苏轼《刘贡父见余歌词数首,以诗见戏,聊次其韵》:

十载飘然未可期,那堪重作看花诗。门前恶语谁传去,醉后狂歌自不知。
刺舌君今犹未戒,炙眉吾亦更何辞。相从痛饮无余事,正是春容最好时。⑦

诗中几乎句句用典、皆见功力。尤其第五、六两句,更耐人寻味:苏轼在杭州常与刘贡父议论新法之弊,两人都直言敢议,苏轼很清楚这是容易惹祸的性格,但又认为这种性格很可贵。他既想褒扬这种性格,又不得不提醒他小心谨慎些,以免惹祸。为了把这些复杂的意思简明准确地表达出来,他用《隋

---

① 《竹庄诗话》,转引自常振国、降云编《历代诗话论作家》上篇,湖南人民出版社1984年版,第733页。
② 《童蒙诗训》,转引自常振国、降云编《历代诗话论作家》上篇,湖南人民出版社1984年版,第570页。
③ 〔宋〕黄庭坚:《答洪驹父书》之二。
④ 〔宋〕王安石著、〔宋〕李壁笺注:《王荆文公诗笺注》,中华书局1958年版,第574页。
⑤ 〔清〕王文诰辑注、孔凡礼点校:《苏轼诗集》,中华书局1982年版,第379页。
⑥ 〔宋〕王安石著、〔宋〕李壁笺注:《王荆文公诗笺注》,中华书局1958年版,第24~26页。并参朱自清《宋五家诗钞》,上海古籍出版社1981年版,第63~71页。
⑦ 〔清〕王文诰辑注、孔凡礼点校:《苏轼诗集》,中华书局1982年版,第649页。

书·贺若弼传》中"父敦临刑呼弼,谓曰'吾以舌死,汝不可不思',因引锥刺弼舌出血,诫以谨口"的典故,和《晋书·郭舒传》中郭舒因仗义抗暴而被"掐鼻""炙眉"的典故,写成第五、六句,颂扬和告诫之意自明。读者只有知道典故的含义,了解苏、刘的交往,明白诗人的心境,才能体会诗中曲折复杂又深刻的意思,进而体会到诗人的用心良苦和诗中的博奥典雅之美。这种创作倾向在黄庭坚诗中更加突出。黄诗少有不用典的,他推崇杜甫作诗"无一字无来处",其实他最精于此道。他的诗上品不少,但浅俗易懂的不多。"曲高和寡",正可以说明黄诗的审美特质。

"以才学为诗"加重了宋诗的雅化倾向,对诗的发展是利弊参半的。一方面,为处在难于创新之困境中的宋诗开了一条重要的发展途径,扩大了素材、题材的来源,丰富了语汇,加大了诗的涵容量和加强了表现力,增强了诗的典雅丰厚之美;另一方面,也使宋诗减少了唐诗那种雅俗共赏的审美特质,增加了书卷气,成了文人雅士的文学甚至学者的文学。这是宋诗虽然发展了诗的艺术,却失去了许多欣赏者的一个重要原因。

四、 高度技巧化

在宋诗人——尤其是盛宋诗人中,不论是天才还是苦吟者,都十分讲究写诗技巧。西昆派首开此风,梅尧臣继而倡导"意新语工",王、苏、黄则技巧更圆熟,手法更老成,形成了盛宋诗高度技巧化的倾向。这是宋诗雅化的又一标志。

所谓高度技巧化是指宋诗人在"仍旧恪守唐人格律"[①]的基础上,进一步在构思、立意、章法结构、修辞技巧、意象创造和典故运用等方面避易求难,追求"工、新、奇"的审美效果,以显示学问功底和作诗的才能、修养。如黄庭坚《湖口人李正臣蓄异石……石既不可复见,东坡亦下世矣,感叹不足因次前韵》:

有人夜半持山去,顿觉浮岚暖翠空。试问安排华屋处,何如零落乱云中?能回赵璧人安在?已入南柯梦不通。赖有霜钟难席卷,袖椎来听响玲珑。

这是怀念苏轼的诗,技巧很讲究。首先是立意新奇:因石怀人,句句明写石而隐喻苏轼。首联说异石被好事者取去,即有隐喻"东坡亦下世"之意。颔联说石头放在华屋中还不如在湖边山上好,隐喻苏轼假如没死仍回朝廷做官,未

---

① 王力:《汉语诗律学》,上海教育出版社1979年版,第98页。

必比他死在江湖好。颈联感叹异石已失,隐喻天才仙逝。尾联写恋石情怀,隐喻对苏轼的怀念。其次是典故用得巧妙自如,信手拈来而深见功力:第一句用《庄子》典故,第三、四句点化曹植"生存华屋处,零落归山丘"诗句,第五、六句各用一个常见的典故,第七、八句暗含苏轼游石钟山并作《石钟山记》的事。再次是修辞巧妙:律诗的对仗常见工对或宽对,这首诗用了两个流水对,在看似随意中避常轨而就奇巧;比喻也不俗,整首诗都是隐喻,却毫不平板,句句生新出奇。最后是表达方式曲折含蓄:苏、黄情深,而在这首诗中,诗人并不把深长的哀思沉痛地表现出来,他似乎有意淡化感情色彩以显示达者对死亡的超脱,使诗看起来平平淡淡,但真正读懂的人却能在平淡中体会其山高水深;颔联、尾联还故意把意思反转着说,故作轻松实则举重若轻,深藏不露。这样作诗的确是新奇工巧,难度很大!

陈师道曾对盛宋"三巨头"的诗做了这样的概括:"王介甫以工,苏子瞻以新,黄鲁直以奇。"① 这只是为了突出他们各自诗的主要特色而分别言之,其实"工、新、奇"的意义远不止此,它标示了盛宋诗人的总体审美追求和审美价值观念。"工、新、奇"不是单纯对形式的要求,还是对诗的艺术技巧的高级综合要求,其中首要的是对意的要求。

立意求新奇,出人意料,不落俗套,"意"不惊人死不休!面对历史和现实,他们善于写出惊世骇俗的诗,如王安石的《乌江亭》《明妃曲二首》,黄庭坚的《有怀半山老人再次韵二首》《次韵王荆公题西太一宫壁》,等等。面对自然景观,他们善于展开丰富奇特的想象,如苏轼的《游金山寺》《登州海市》。尤其难能可贵的是,盛宋诗人善于从普普通通、平平淡淡、琐琐细细的日常生活中生发奇思异想,写出惊心动魄、令人拍案叫绝的章句来,如苏轼《汲江煎茶》:

活水还须活火烹,自临钓石取深清。大瓢贮月归春瓮,小杓分江入夜瓶。
雪乳已翻煎处脚,松风忽作泻时声。枯肠未易禁三碗,坐听荒城长短更。

汲江水煎茶饮本是极平淡的生活琐事,一般诗人绝难写出什么新奇的意思来,但苏轼却想象得新鲜奇特,写得妙趣横生。当我们看到诗人用"大瓢贮月归春瓮,小杓分江入夜瓶"这样新奇工巧的绝唱般的句子,把平淡无奇的生活高度艺术化、形象化、趣味化、审美化地描绘出来时,我们无论如何也不能不为诗人的奇思异想和高超技巧所折服!又如黄庭坚的《和答钱穆父咏猩猩毛

---

① 〔宋〕陈师道:《后山诗话》。

笔》，从那样屑小的题材中竟也能发掘出"平生几两屐，身后五车书"这样警策动人的诗句来。

立意新奇决定了取象设喻的新奇。如黄庭坚《次韵宋楙宗三月十四日到西池都人盛观翰林公出遨》：

金狨系马晓莺边，不比春江上水船。人语车声喧法曲，花光楼影倒映天。人间化鹤三千岁，海上看羊十九年。还做遨头惊俗眼，风流文物属苏仙。①

誉人之诗很容易落俗套，但这首诗却惊世骇俗、优美奇特。首句赞美苏轼风流儒雅，意象就很美、很新。次句赞扬苏轼才思敏捷，是反向设喻，"春江上水船"意象很奇诡，而以"不比"加以否定，从而肯定苏轼的才思顺畅。尤其动人的是颈联化用《神仙传》中苏耽成仙后化鹤回郡楼的故事，以及《汉书·苏武传》的故事，比喻苏轼像神仙中人，又是经历过苦难磨炼的人。这比喻贴切而且不俗！不仅想出来难，读起来也不容易。这就和唐诗不同。唐诗的佳作都易读易懂，宋诗的上品却有许多是不易读懂的，文人看懂了会拍案叫绝，一般人看来却像"天书"。

有了新奇的立意，也就容易有新奇工巧、不平不俗的章法结构。盛宋诗人虽然依旧采用传统古、近体诗已成的体例，但却善于在凝定的形式中追求内在逻辑的变化，显示出高超的艺术技巧。黄庭坚的诗在这方面很有代表性，他是个优秀的"功夫型"诗人。比如他的《次韵柳通叟寄王文通》：

故人昔有凌云赋，何意陆沉黄绶间。头白眼花行作吏，儿婚女嫁望还山。心犹未死杯中物，春不能朱镜里颜。寄与诸公肯湔祓，割鸡令得近乡关。

这是替朋友求职的诗。先说他有才华而且曾有清高的志向，无意功名；然后转折，说他现在老了，仍然沉埋下僚；又一转折，说他的儿女大了，盼望他回去；再转折，说他虽然老了，但壮心犹存，虽然有壮心，但的确老了；最后才请诸公关照一下，让他在离家近点的地方干点小事情吧！全诗意脉贯通，结构却起伏跌宕，意思盘旋顿挫。这是黄诗一大特点。又如《次韵裴仲谋同年》：

交盖春风汝水边，客床相对卧僧毡。舞阳去叶才百里，贱子与公俱少年。

---

① 《黄诗全集·内集》卷九。

白发齐生如有种，青山好去坐无钱。烟沙篁竹江南岸，输与鸬鹚取次眠。①

前4句追忆自己年轻时做叶县县尉，裴做舞阳县县尉，二人亲密交往；后4句忽然转折说现在都老了，想回归乡园，却没钱买田养家，还比不上竹林中的鸬鹚自由自在。前后对比，形成转折顿宕。这就与唐诗不同。唐诗一般都气势顺畅，起承转合如流水般通达，尤其注意情与景融合、形式与内容和谐。黄诗却是执着于意的追求，为了使意的表达有力度，就有意去追求拗峭的体势、曲折顿宕的结构、瘦硬的章法，不管场景是否完整、事件是否连贯、意象的自然形态是否一致、词语是否紧密衔接，只要内在意思一致，就可以随意取象谋篇。他的诗所以难懂，与此很有关系。但是读者一旦读懂了，便觉得韵味十足，越读越感到老辣、沉着、拗峭挺拔。

在平仄、用韵、对仗、炼字等技巧方面，盛宋诗人更是避易求难，苦心经营，力求"工、新、奇"。一般说来，宋诗缺少盛唐诗那种大气磅礴、自然浑成的审美特质，但具体的手段技巧无疑是更讲究、更精巧、更老成了。这正体现了艺术从天然到人工、从法疏到法密、从自由到严谨的发展轨迹，如同一个人从幼年、青年到老年的行程中，真纯与理性、质朴与修饰的必然损益一样。

宋人对诗的艺术技巧的苦苦追求也反映在理论上。宋代诗话兴起，显示了诗人对诗歌艺术进行理论探讨的普遍兴趣。他们对传统诗艺进行揣摩领悟，探索和总结一些具体的表现技巧。他们的诗话主要是谈立意、炼字、造语、用典、对仗、比譬等问题。从《六一诗话》《后山诗话》《白石诗说》这3部与盛宋诗同时或稍后的诗话中，便可看出当时诗的审美创造和审美评价怎样注重形式技巧，注重诗的"工艺"水平。

中国古、近体诗的艺术技巧在盛宋优秀诗人手中达到登峰造极的境界，"随心所欲不逾矩"，出奇制胜，巧夺天工。他们把诗写得新奇工巧，风趣高雅，有别于唐代雅俗共赏的风人之诗，成为文人之诗、匠人之诗、雅人之诗。

(刊于《广东社会科学》1990年第2期)

---

① 《黄诗全集·外集》卷一。

北宋"话"体诗学论辨

一、"话"体诗学的文体渊源

"话"体文学批评在宋代全面兴起,其主要品类如诗话、词话、文话等,皆兴起于北宋时代:第一部诗话是欧阳修的《六一诗话》,成书于熙宁四年(1071);第一部词话是杨绘的《时贤本事曲子集》,成书于元丰元年(1078);第一部文话是王铚的《四六话》,成书于宣和四年(1122)。

诗话的诗学传统有二:一是诗学批评传统,二是诗学叙事传统。前者表现为以诗人、诗作、诗艺为具体批评案例的诗学批评、艺术探讨,这是构成"话"体诗学的评论性因素,诗话著作因此而在后世目录学中被归于"诗文评"类;后者表现为讲述诗人、诗作的故事或考证典实,这是构成"话"体诗学的史实因素,诗话因此而始终"体兼说部"。

如果进一步追究诗话之文化发生,应该说有诗即有话,不管是"及辞"还是"及事"。所以考究诗话渊源者有追溯至上古文化者,如何文焕《历代诗话》序云:"诗话于何昉乎?赓歌纪于《虞书》,六义详于古序,孔、孟论言,别申远旨,《春秋》赋答,都属断章。三代尚已。"① 姜曾《三家诗话》序云:"或谓自钟嵘《诗品》而后,诗话充栋,大都妄下雌黄,无裨神教。然观吴札观乐,不废美讥;子夏序《诗》,并论哀乐,即诗话之滥觞也。"② 章学诚《文史通义·诗话》云:"然考之经传,如云'为此诗者,其知道乎?'又云'未之思也,何远之有?'此论诗而及事也。又如'吉甫作颂,穆如清风。其诗也硕,其风肆好'。此论诗而及辞也。"③

在上述之文化、文学传统的背景之下,考察诗话之文体发生,则钟嵘之《诗品》通常受到首先关注。章学诚说"诗话之源,本于钟嵘《诗品》"④,显然是就文体形态之发生而言的。

---

① 〔清〕何文焕辑:《历代诗话》,中华书局1981年版,第3页。
② 郭绍虞选编、富寿荪校点:《清诗话续编》,上海古籍出版社1983年版,第1917页。
③ 〔清〕章学诚:《文史通义》,岳麓书社1993年版,第186页。
④ 〔清〕章学诚:《文史通义》,岳麓书社1993年版,第186页。

从钟嵘《诗品》到北宋诗话,诗学批评著作有品、评、格、式、旨、图等多种名目,这是诗话文体形成前的一条远离叙事的脉络。那么,从评诗论艺的文体中,为何又特别分离出比较贴近叙事的诗话一体呢?章学诚认为其原因之一是:"《诗品》《文心》,专门著述,自非学富才优,为之不易,故降而为诗话。"①

这话的合理之处是:理论性较强的专著如"阳春白雪",为之较难;叙事性较强的诗话如"下里巴人",为之较易。其不太合理处在于:著诗话者未必才学不好。由于诗话比较通俗,撰写或编著比较便捷容易,因此才学优富如欧阳修、司马光者,或者才学不如他们者,都愿意用这种轻松随便、雅俗共赏的文体记述一些关于诗的见闻和体会。这就是说,诗话之兴与其成书之便捷容易直接相关;至于诗话内容之优劣,则因人而异,那就不是文体问题了。

诗话文体与唐代以来的诗格、诗式、诗评、诗旨甚至某些诗歌选本也有体式和体性的相关。几乎所有诗话著作中都有谈论诗歌格、式、法、势和篇章佳句的内容,许多呆板的格、式、法、势在诗话中凭借具体的"案例"而得到解释。诗话之著和诗格之著同是评诗论艺,诗格偏重诗的技巧、形式,诗话则艺、事兼容,无所不话。诗话蕴含着丰富多彩的文趣诗心和诗人诗事,而有些诗格之类过于琐碎、过于公式化,甚至似是而非。诗是最不宜这样解说的性情之物。所以,宋人似乎有些鄙视某些诗格、诗式之著,如胡仔《渔隐丛话后集》(《四库全书》本)卷三十四"张天觉"条苕溪渔隐曰:"梅圣俞有《续金针诗格》,张天觉有《律诗格》,洪觉范有《禁脔》,此三书皆论诗也。……余谓论诗若此,皆非知诗者。"

诗话之文体形态,与一些短章单则的叙事类文体体式有直接的类似,比如《世说新语》记述名士言行的片段式,文人随笔的无序杂录式,野史轶事的闲谈式,孟棨《本事诗》的以事系诗式,等等。以下略加论证。

《世说新语》有3则诗话,其文体形态与后世诗话无异:一是《文学》篇谢公论《毛诗》何句有"雅人深致"条,二是《文学》篇王孝伯咏"所遇无故物"条,三是《言语》篇谢太傅问"白雪纷纷何所似"条。

唐代记录士人活动的笔记小说中,诗话成分比《世说新语》更多。如刘𫗧《隋唐嘉话》②中涉及诗事的条目有15则,韦绚《刘宾客嘉话录》(《四库全书》本)有10则,赵璘《因话录》(《四库全书》本)有3则,范摅《云溪友议》中"诗话居十之七八"(《四库提要》语)。五代王定保《唐摭言》

---

① 〔清〕章学诚:《文史通义》,岳麓书社1993年版,第187页。
② 〔唐〕刘𫗧、〔唐〕刘肃:《隋唐嘉话;大唐新语》,古典文学出版社1957年版。

15 卷，述唐代科场之事，涉及诗事者至少数十条。所以罗根泽认为"诗话出于本事诗，本事诗出于笔记小说"①。然而这一论断略须辨析。

"本事诗"这个概念，若以广义而论，则以上所举自《世说新语》至唐人笔记、小说中凡有事之诗，皆可谓之"本事诗"，的确是诗话这一文体的直接胚胎。但若仅以孟棨《本事诗》而言，其与诗话亦有明显不同：孟棨《本事诗》专录有诗的故事，今存 41 则②，每则记述一个有头有尾甚至有情节的故事，其中必含一首或二三首诗，共 59 首诗。故事是叙说的重心，诗是故事情节中的关键环节，是故事的文趣所在。而诗话是关于诗的话，既可以"话"诗故事，又可以"话"诗艺术。在诗话中，诗人和诗是叙说的重心，事只是或多或少的背景材料。一则诗话未必都是一个故事，也未必都有诗。凡有关于诗人、诗作、诗句的事或评论，皆可构成一则诗话，短则数语，长则成篇。察二者之流变，则《本事诗》一面与小说合流，一面衍变为"纪事"体，如《唐诗纪事》《宋诗纪事》等；诗话则在保持"关于诗的话"这一基本性质的前提下，分别为以叙事为主的史料性诗话和以评说为主的理论性诗话。二者之源头颇近而其流渐远。

欧阳修以"诗话"命名其"集以资闲谈"的随笔性文体，当然会参考此前已有之以"诗"为名的文献和以"话"为名的文献。前者如《诗品》《诗式》《诗格》《本事诗》等；后者在欧阳修亲自参与修纂的《崇文总目》中有 4 种：《嘉话录》1 卷、《因话录》2 卷、《玉堂闲话》10 卷、《野人闲话》5 卷。

其中前两种已如上述。《玉堂闲话》的作者王仁裕，唐末至后汉人，曾官翰林学士，其书记其见闻，以中晚唐人物事迹为主，兼及怪异之谈。《野人闲话》是宋代最早以"话"为名的著作，作者景焕，宋初人。另有宋初黄休复③《茅亭客话》10 卷，大约当时未为编修《崇文总目》者所见。其书杂录见闻，间有诗事，如卷三"淘沙子"条曰："话及感遇淘沙子之事，念其诗曰：'九重城里人中贵……'"

此外，唐宋民间"说话"底本，不知对欧阳修选择"诗话"之名有没有影响。民间"说话"从唐代已有以"话"为名的文字底本。如《大唐三藏取经诗话》，又如敦煌文献中有《庐山远公话》《韩禽虎话本》。

以欧阳修的学识，于前代各种名目的笔记、小说所见必多，他在著述等身

---

① 罗根泽：《中国文学批评史》，上海古籍出版社 1984 年版，第 244 页。
② 据丁福保辑《历代诗话续编》本，中华书局 1983 年版。
③ 景德年间在世。《四库提要·益州名画录》："前有景德三年李畋序……又有休复自为序。"

的晚年，将自己关于诗的闲谈之著命名为"话"，明体为"集"（无序杂录），定性为"资闲谈"，这都是有意取其轻松容易之意，以区别于论说体的诗学著作。欧公之辨识选择堪称精妙，"诗话"之名，自此遂成为历代诗学著作最常采用的文体名称。

二、 北宋诗话的文体形态

南宋史志著录北宋人诗话者，郑樵《通志》卷七十《诗评》录 7 种，晁公武《郡斋读书志》卷三下录 7 种，尤袤《遂初堂书目》文史类录 19 种，陈振孙《直斋书录解题》卷十一和卷二十二录 20 种。今人郭绍虞《宋诗话考》著录宋人诗话最详尽，其中成书于北宋或大约当属北宋的诗话共 47 种。

北宋的诗话总集有：无名氏《唐宋分门名贤诗话》（下简称《名贤诗话》）、《古今诗话》、阮阅《诗话总龟》（下简称《诗总》）。还有整理北宋诗学而成书于南渡之初的丛编体诗话，如胡仔《渔隐丛话》等。以下先考辨一些具体问题，再考察其体制形态。

《名贤诗话》之撰者不详，史志著录其书名称或有简化者，如尤袤《遂初堂书目》作《唐宋诗话》，《宋史·艺文志》文史类作《唐宋名贤诗话》，又有作《名贤诗话》《分门诗话》者。其书国内已佚，但韩国奎章阁藏有朝鲜王朝时代 20 卷刊本，今存 10 卷。张伯伟《稀见本宋人诗话四种》以此为底本校点收入，并认为"此书当成于宣和五年到七年之间"，"是第一部分门别类的诗话总集"。① "第一部"之说有理，但推断成书时间不确。此书必成于宣和五年（1123）以前（下详）。

郭绍虞《宋诗话考》卷下录《唐宋名贤诗话》云："此书当为宋代汇辑诗话之最早者。《诗总》引书有《古今诗话》，而《古今诗话》引书有《名贤诗话》，则汇辑笔记说部以为诗话者，当以此书为嚆矢矣……案此二则均见《西清诗话》，则是书虽早，亦必在《西清诗话》之后。"②

"必在《西清诗话》之后"的推断有误。《西清诗话》成书于宣和五年③，《诗总》几乎与之同时成书④。郭先生既断《名贤诗话》必在《诗总》之前，则其亦必在《西清诗话》之前。至于《名贤诗话》中有"二则均见《西清诗

---

① 张伯伟编：《稀见本宋人诗话四种》，江苏古籍出版社 2002 年版，第 15、17 页。
② 郭绍虞：《宋诗话考》，中华书局 1979 年版，第 196 页。
③ 宣和五年九月，蔡絛因此书遭大臣论列免职。见《宋会要辑稿·职官六九》"宣和五年九月十三"条、"宣和六年四月六日"条，吴曾《能改斋漫录》卷十二"蔡絛《西清诗话》"条，曾敏行《独醒杂志》卷二，等等。
④ 〔宋〕胡仔《渔隐丛话》后集卷三十六载有阮阅宣和五年十一月《诗总自序》。

话》",则说不定是蔡絛取自《名贤诗话》或《古今诗话》。

郭、张对《名贤诗话》和《古今诗话》成书时间的推断都有问题。胡仔的说法则比较准确。《渔隐丛话》后集卷三十六苕溪渔隐曰:"闽中近时刊行《诗话总龟》,即舒城阮阅所编《诗总》也。余家有此集,今《总龟》不载此《序》,故录于此云:'余平昔与士大夫游,闻古今诗句脍炙人口,多未见全本及谁氏所作也。宣和癸卯春,来官郴江,因取所藏诸家小史、别传、杂记、野录读之,遂尽见前所未见者。'"

又《渔隐丛话前集原序》云:"《诗总》,颇为详备……盖阮因《古今诗话》,附以诸家小说,分门增广。"

胡仔的话应该是可信的,唯其所载阮阅自序中的"闻古今诗句脍炙人口"一句,据上下文意,极有可能是"闻《古今诗话》脍炙人口"。必须如此,"多未见全本及谁氏所作"之意才可通,下文所谓"取所藏诸家小史、别传、杂记、野录读之,遂尽见前所未见者……得一千四百余事,共二千四百余诗,分四十六门而类之",此亦明言是"诗话"而不是"诗句"。

阮阅自序明言《诗总》成于宣和五年十一月,而"《诗总》引书有《古今诗话》,而《古今诗话》引书有《名贤诗话》",则三书之时序先后自明。问题是这3种先后相继的诗话,其内容的关联到底有多少呢?这些关联意味着什么呢?

张伯伟曾将郭绍虞所辑《古今诗话》① 与朝鲜版《名贤诗话》今存之10卷②逐条比较,发现二书相同者近三分之二,因而推断二书很可能是"同书异名",或者至少是"《唐宋分门名贤诗话》全部被《古今诗话》所采录"③。

这种勘比很重要,但两种推断却很费解。不论是"同书异名"还是"全部采录",《名贤诗话》之290条都应该全部见于《古今诗话》中。笔者亦据张伯伟校点的《名贤诗话》现存之10卷做了另一统计:《名贤诗话》290条中,有215条之下张伯伟注明"又见《诗话总龟》"。

笔者又核对了郭绍虞《宋诗话辑佚》中所辑《古今诗话》444条④,其中郭先生注明见于"《总龟》前××"者386条。另有25条亦载《诗总》前集

---

① 郭绍虞辑《宋诗话辑佚》本,共444条,中华书局1980年版。
② 共290条,非如张伯伟《稀见本宋人诗话四种·前言》所说295条。
③ 张伯伟编:《稀见本宋人诗话四种·前言》,江苏古籍出版社2002年版。
④ 因为是辑佚本,所以难复其书分门之体。

而郭未注明①。合计有411条见于现存之《诗总》前集诸卷。

这里隐存一个先后次序问题：张、郭二书"又见《诗话总龟》"的注释方式，使此三书的时序先后变得模糊不清了。笔者仔细勘比三书之内容后，认为三书之关系大约如下。

《名贤诗话》先出，其后有人在其基础上，依其体例，增广门类，增录内容，改名为《古今诗话》。二书皆不注出处。由于成于多人之手②，故亦不著撰者。其书很可能并未正式刊行，只是以抄本流传，所以士大夫们"多未见全本及谁氏所作也"。此二书之流传，必在宣和五年以前。

阮阅"平昔与士大夫游，闻《古今诗句（话）》脍炙人口"，至"宣和癸卯（即宣和五年）春，来官郴江"之前，他早已得到《古今诗话》之抄本。但他不满意其书不注出处的方式，于是在郴江任上开始重新编订并增广此书，至当年秋天，"得一千四百余事，共二千四百余诗，分四十六门而类之。……但类而总之，以便观阅，故名曰《诗总》"。

阮阅新到一地任职，必须处理公务，而从春到秋，数月之间即编成如此大规模的《诗总》，并且每条均注明出处，这样的工程速度，若无蓝本，则绝不可能。他的工作其实就是对《古今诗话》进行校勘编订和增广（胡仔明言如此）。他在自序中明确说明他所做的工作有三：一是尽可能为每条资料注明出处。但他实际上未能全部注明出处，有些一时找不到出处的，只好注为《古今诗话》，有些则仍然未注任何出处。二是选择和淘汰。三是考订辩证。

阮阅是诗人、学者，他的校勘编订工作很谨慎，他认为此书"不可得而增损也"（阮阅自序），因而基本保持了《古今诗话》原书的规模和分类体制。但事实上他对一本粗糙的书进行加工，难免减损，也必有增广。胡仔就说"阮因《古今诗话》，附以诸家小说，分门增广"。

《诗总》10卷编成于宣和五年秋，但未刊刻。略晚于阮阅的胡仔，专门收集前人诗话，他于绍兴十八年（1148）"居苕水，友生洪庆远从宗子彦章获传此集"（《渔隐丛话前集原序》）。他从洪庆远处得到了《诗总》，大概不是刊刻本，内有阮阅自序。他便将此本珍藏于家中。数十年后，他又见到闽中有了名为《诗话总龟》的刻本，于是便在《渔隐丛话》后集卷三十六载录了自家

---

① 郭辑本第9条见《总龟》前集卷十六（以下为简明，只录条、卷数）、11见卷二十八、30见卷十八、38见卷一、39见卷一、41见卷五、45见卷三十八、52见卷二十二、57见卷四十、58见卷四十二、352见卷三十八、355见卷一、356见卷一、357见卷十一、358见卷十三、365见卷九、366见卷七、369见卷八、377见卷三十一、388见卷二十七、391见卷四十七、395见卷二十一、396见卷二十七、411见卷三十、444见卷五。

② 阮阅《诗总》自序："皆前后名公巨儒、逸人达士传诸搢绅间，而著以为书。"

所藏《诗总》中阮阅的自序。其后，此书又屡经增广，卷帙大增。宋末元初方回见过 70 卷本（已佚），明代抄本为 100 卷，即今存之百卷本。今人周本淳校点《诗话总龟》（人民文学出版社 1987 年版）并撰《前言》概说作者、版本、价值等。周认为今存《诗总》前后集百卷本中，前集 50 卷当与阮阅《诗总》10 卷比较接近，后集 50 卷中 90% 以上的内容取自《苕溪渔隐丛话》《碧溪诗话》《韵语阳秋》三书。

这一推断合理。笔者统计《诗总》前集 50 卷，恰恰 46 门，共 1881 条。门类与阮阅自序所称一致，条数与阮阅自序所言接近①。这意味着阮阅《诗总》10 卷 46 门虽屡经书商增广，但原貌大体幸存，即今百卷本之前 50 卷。又郭绍虞所辑《古今诗话》444 条中，有 411 条见于《诗总》前集各卷，亦可证此。

《诗总》后集的编者基本依照前集的体例，虽然所收内容比前集少很多，但仍然厘为 50 卷，分 62 门，所分门类多与前集一样，但并非全部采用，还增加了一些新的门类。其引用书目虽有一些与前集相同，但已无《古今诗话》，因为《古今诗话》基本上已被阮阅编入《诗总》。后集对出处的注释比前集严格，基本上都注明了出处。可见南宋人增广阮阅《诗总》还是比较严谨的，既依其体例，又保护了阮阅《诗总》之原编，新增部分并未混入《诗总》原书。

《名贤诗话》《古今诗话》《诗总》三书之流传情形也颇可玩味：《古今诗话》成而《名贤诗话》渐失②，《诗总》成而《古今诗话》渐晦。这正好说明三书同源同体，后出者取代前书，前书之存在价值自然降低。

郭绍虞所辑《古今诗话》444 条中，尚有 33 条未见于今之《诗话总龟》，这并不说明《古今诗话》与《诗总》的关系与笔者的上述判断不一致。盖一书之流传，版本内容往往有异，诗话总集之类书籍，经历代人辗转摘编抄录，或编为新著，或散入他书，抄来抄去，必有所异，不足为怪。

至此，诗话分门总集之体例乃成，南宋人屡有因袭者。如郭绍虞《宋诗话考》卷下著录 4 种：《古今类总诗话》《分门诗话》《诗话集录》《新集诗话》。郭先生说："考诗话之分门自阮阅始……自北宋后期起，编纂诗话之分门总集，渐成风气。"

《名贤诗话》20 卷共分 34 门，今之《诗话总龟》前集 50 卷共分 44 门。二者所分门类基本相同者 12 门，类似者 12 门。不完全相同的原因当是中间隔

---

① 阮阅自序云"一千四百余事，共二千四百余诗"。历代传抄整理，所分条目不可能完全一样。
② 但《名贤诗话》传入朝鲜得以保存。

了《古今诗话》。《诗总》分门当是谨依《古今诗话》之体制。此三书分门别类的方式颇类《世说新语》，如"品藻""鉴诫""聪悟""伤悼""恢谐"之类，可见当时诗话偏重叙事、体近说部之特点。三书内文之行文体例亦颇类《世说新语》，无须赘述。

三书既为总集，则必广采群书。《名贤诗话》原本不注出处，张伯伟校点本注明出处者276条，另有14条未注出处①。已考知征引书目44种，主要出自《唐摭言》等7种书籍：《唐摭言》46条、《中山诗话》23条、《本事诗》22条、《湘山野录》15条、《梦溪笔谈》14条、《玉壶清话》14条、《云溪友议》11条。其余37种书籍征引1至8条不等。②《古今诗话》尚未发现全本。《诗话总龟》前集征引书籍近百种，书前有《集一百家诗话总目》，《天禄琳琅书目》因称其书为《百家诗话总龟》。

三书遍录唐宋人诗话，其意在"总"。李易序《诗话总龟》云："诗话以'总龟'名，言有统也。龟千年五聚，问无不知……阮子之诗话，其殆谓博而足以资问者欤？"③

这话正说出了总集之书的编纂宗旨：求全求富。三书中《诗总》后出转精，增广内容，并基本上注明了征引之出处，因而更好地体现了这一宗旨。

以上三书所录"百家诗话"，偏重于诗事，其征引书目亦可说明这种倾向，所引诗话9种——《蔡宽夫诗话》《本事诗》《曾龙图诗话》《刘贡父诗话》《洛阳诗话》《欧阳公诗话》《王直方诗话》《纪诗》《碧溪诗话》，多属"论诗及事"类，其余都是笔记小说之类叙事之书。这正说明北宋诗话以记述诗事为主的叙事特征。

《诗总》成书在元祐党禁余绪未尽之际，因而不载元祐以来诸公诗话，胡仔《渔隐丛话》特续之，"凡《诗总》所有，此不复纂集"（胡自序语）。《四库提要》论二书之互补颇精当："阮书多录杂事，颇近小说；此则论文考义者居多，去取较为谨严。阮书分类编辑，多立名目；此则唯以作者时代为先后，

---

① 14条所在页次：第250、255、262、264、312、323、326、350、368、369、375、391、393、397页。
② 其中出自《江邻几杂志》8条、《鉴诫录》8条、《杨文公谈苑》7条、《刘宾客嘉话录》5条、《翰府名谈》5条、《北梦琐言》5条、《江南野史》5条、《春明退朝录》4条、《摭遗》3条、《因话录》3条、《国史补》3条、《渑水燕谈录》3条、《江表志》3条；引用2条者8种：《大唐新语》《墨客挥犀》《东轩笔录》《杜阳杂编》《开天传信记》《尚书故实》《先公谈录》《云斋广录》；引用1条者16种：《补梦溪笔谈》《续湘山野录》《隋唐嘉话》《世说新语·排调》《江南余载》《归田录》《东斋记事》《唐氏杂说》《明皇杂录》《小说旧闻》《松窗杂录》《涑水纪闻》《南梦新闻》《钓矶立谈》《茅亭客话》《卢氏杂说》。
③〔宋〕阮阅编、周本淳校点：《诗话总龟》后集附录，人民文学出版社1987年版，第316页。

能成家者列其名，琐闻佚句则或附录之，或类聚之，体例亦较为明晰。阅书唯采撷旧文，无所考正；此则多附辨证之语，尤足以资参订。"

《渔隐丛话》创体之功有二：一是以人为纲总集诗话，即将关于同一诗人的诗话集中编在此人名下；二是书中经常出现"苕溪渔隐曰……"，辩证史实，评诗认艺。由于胡氏学识渊博，治学严谨，故其辩证评说极富学术价值。

事实上胡仔之编，"以杜甫、苏轼为两大宗，一百卷中两人共占二十七卷之多。但同时也辅以以类相从的方式。比如在玉川子的名下，集中了咏茶的诗篇；用《长短句》一目集中有关词的论述；用《丽人杂记》集中妇女创作……《渔隐丛话》着眼大家，多附议论考辨；《诗话总龟》广收小家，但录其诗其事，排比异说，很少论辨"①。

郭绍虞《宋诗话考》比较《诗总》与《渔隐丛话》，赞同《四库提要》之论，并认为：《诗总》成于元祐党禁之时代，故缺苏、黄诗学，胡编足补此阙；胡编更为精审；在考辨注释方面，"阮书仅供词人獭祭之用，胡著则可以供学者研究之资"；"阮书以内容分类，则诗词不能不混；胡著以人为纲，则诗词可以分辑。就文体分别言，就知人论世言，均以胡著为长。何况阮书仅有排比之劳，胡著则有撰著之功"。② 郭先生贬阮似过于严厉。

北宋诗话别集皆以叙诗事为主，《四库全书总目·诗文评序》称之为"体兼说部"。这是个很准确又很丰富的概括：一方面，明确诗评为"体"，叙事为"兼"，主次有别；另一方面，强调诗话这种文体兼有说部的叙事性。

诗话创体之初即以叙事为主。欧阳修称诗话"以资闲谈"，司马光《温公续诗话》称"记事一也"，许𫖮《彦周诗话》称"诗话者，辨句法，备古今，纪盛德，录异事，正讹误也"。（均见《历代诗话》本）郭绍虞《宋诗话辑佚》序云："诗话之体原同随笔一样，论事则泛述闻见，论辞则杂举隽语，不过没有说部之荒诞，与笔记之冗杂而已。"③ 张葆全在《诗话和词话》中论"诗话体制"云："诗话是一种笔记体的短札，兼有诗文评论和笔记小说的特点……没有严密的结构，可以漫笔而书，随意短长，通常分则记事评诗，一则一事。"④

北宋诗话借鉴了笔记小说的随笔体裁、古文化语体、夹叙夹议的叙述方式，从《本事诗》式的笔记小说，发展成为以诗为"话"的诗学文体。这一

---

① 〔宋〕阮阅编、周本淳校点：《诗话总龟》前言，人民文学出版社1987年版。
② 郭绍虞：《宋诗话考》，中华书局1979年版，第82页。
③ 郭绍虞辑：《宋诗话辑佚》，中华书局1980年版。
④ 张葆全：《诗话和词话》，上海古籍出版社1983年版，第2页。

著述体例，宽容而富于弹性，灵活而通脱，雅俗深浅博约之人皆可为之。其内容可及事亦可及辞；其评论可深可浅；其编排可杂录无章，亦可次序严明；其著作规模可大可小，篇幅可长可短；其体制可总集众说，亦可独家述录；其语体可庄可谐，散漫自由。

唯其如此，其弊亦多，不免道听途说人云亦云之事，甚至杂记神怪梦幻，故其舛误随之，不尽可信。章学诚痛说其弊曰："作诗话以党伐同异，则尽人可能也。以不能名家之学（如能名家即自成著述矣），入趋风好名之习；挟人尽可能之笔，著唯意所欲之言，可忧也，可危也。"①

在北宋诗学著作中，《潜溪诗眼》是个特例。其书基本不叙诗事，主要是评论诗艺，尤其《论韵》一文颇特殊，宋代诗话中罕有如此长篇大论者。其以韵论诗，极具理论深度。近世自钱钟书从《永乐大典》辑出后，凡文学史家、美学史家，莫不重视。此书之出，意味着"话"体诗学在论诗及事、体近说部之外，又出现了侧重于评诗论艺的理论诗话的著作体式。此后《沧浪诗话》之类诗学专著，远离说部之叙事，专意于诗学理论探讨，并注意理论的系统性，话体诗学因而分为叙、论二体。

[刊于《中山大学学报》（社会科学版）2005年第3期]

主要参考书目：

《历代诗话》，〔清〕何文焕辑，中华书局1981年版。
《清诗话续编》，郭绍虞选编、富寿荪校点，上海古籍出版社1983年版。
《文史通义》，〔清〕章学诚著，岳麓书社1993年版。
《中国文学批评史》，罗根泽著，上海古籍出版社1984年版。
《稀见本宋人诗话四种》，张伯伟编，江苏古籍出版社2002年版。
《宋诗话考》，郭绍虞著，中华书局1979年版。

---

① 〔清〕章学诚：《文史通义》，岳麓书社1993年版，第187页。

《西清诗话》考论

一

蔡絛（tāo），字约之，自号百衲居士，别号无为子，兴化仙游人，蔡京的季子。徽宗政和末年（1118）至宣和五年（1123）任徽猷阁待制，其间撰《西清诗话》。钦宗靖康时放逐蔡京一门，絛流放白州，直到"南渡后二十余年尚谪居无恙"①。

《西清诗话》（下简称《西清》）成书于北宋宣和五年秋。其书甫成，便被歪曲，有人弹劾他传播元祐党人苏、黄的学说，误导天下学术，蔡絛因此被落职勒停（详见本文第二节）。此事表面看是一场《西清》学案，其实是官场争斗歪曲学术，本与事实不符，却误导时人和后人唯以"元祐"论《西清》，《西清》之真实情况反遭蒙蔽。

当时人误读《西清》且颇有影响者，首推吴曾。吴曾《能改斋漫录》②（下简称《漫录》）卷十"蔡元长欲为张本"条云：

> 元长始以"绍述"两字劫持上下，擅权久之，知公议不可以久郁也，宣和间，始令其子约之招致习为元祐学者，是以杨中立、洪玉父诸人皆官于中都。又使其门下客著《西清诗话》，以载苏、黄语，亦欲为他日张本耳。

"张本"即预留后路之意。吴曾认为这是蔡京制造了元祐党祸之后，又担心将来万一政局变化，元祐党人得势，为了给自己留后路，遂笼络"习为元祐学者"，又让蔡絛指使其门客著《西清》以载苏、黄语。《漫录》卷十二又专立"蔡絛《西清诗话》"条：

> 宣和五年十月乙丑，臣寮言徽猷阁待制蔡絛私撰文一编，目为《西清诗话》，其论议专以苏轼、黄庭坚为本。奉圣旨蔡絛特落职勒停。

---

① 参《四库全书总目·铁围山丛谈提要》。
② 成书于绍兴二十四至二十七（1154—1157）间，比《西清诗话》晚30余年。

陈振孙《直斋书录解题》（下简称《解题》）卷二十二转述此意：

《西清诗话》，题无为子撰，或曰蔡絛使其客为之也。宣和间，臣僚言其议论专以苏轼、黄庭坚为本，奉圣旨蔡絛落职勒停。

《西清》学案既为朝廷认定，必有官方记载。南宋人陈均所编《九朝编年备要》（卷二十九）、李埴《皇宋十朝纲要》（卷十八）、徐梦莘《三朝北盟会编》（卷七）、杨仲良《资治通鉴长编纪事本末》（卷百三十一），元人所著《宋史》，以及清人所辑《宋会要辑稿·职官六九》（"宣和五年九月十三"条、"宣和六年四月六日"条），等等，凡载《西清》学案者，皆与吴曾所述一致，或原文引述吴曾语。

详审史籍，《西清》学案颇有疑点。首先是《西清》的作者和撰写时间问题。吴曾《漫录》说是蔡氏门客所作，此话属猜测之辞。与吴曾大约同时或稍后一点的曾敏行（1118—1175）于《独醒杂志》卷二明确说蔡絛是《西清》的作者：

蔡絛约之好学知趋向，为徽猷阁待制时作《西清诗话》一编，多载元祐诸公诗词文采。臣僚论列，以为絛所撰私文专以苏轼、黄庭坚为本，有误人学术，遂落职勒停。

南宋诸史家均以《西清》为蔡絛所撰，本无疑义。然而吴曾《漫录》和陈振孙《解题》皆颇有影响之书，所以清代四库馆臣特予辨析，《四库全书总目·铁围山丛谈提要》云：

陈振孙《书录解题》称《西清诗话》乃絛使其客为之，殆以蔡攸虽领书局，憒不知学，为物论所不归，故疑絛所著作亦出假手。然此书作于窜逐之后，党与解散，谁与捉刀？而叙述旧闻，具有文采，故谓之骄恣纨绔则可，不能谓之不知书也。

此辨有理，但"作于窜逐之后"的判断不对。《西清》实成书于宣和五年九月以前，南宋人所著各种公、私史籍于此均无异说。以下特为补证。

其书以"西清"为名，实已标示出此书乃任职馆阁时所作。"西清"是宋时皇家图书馆的别称。《续资治通鉴长编》卷四三四哲宗元祐四年（1089）冬十月戊申载翰林学士苏辙奏云：

  臣窃见祖宗御集，皆于西清建重屋，号龙图、天章、宝文阁，以藏其书。

  两宋建于西清的藏书阁不止于此，还有显谟阁、徽猷阁、敷文阁、焕章阁、华文阁、宝谟阁、宝章阁、显文阁等。其中徽猷阁建于徽宗大观二年（1108），专藏哲宗御书。阁员中有学士、待制等职①。蔡絛早在政和五年（1115）间已任显谟阁待制②，政和七年（1117）六月迁为龙图阁直学士③。次年十月，即"重和元年十月戊申，承议郎、徽猷阁待制、提举万寿观蔡絛勒停"④。蔡絛有《诉神文》说明此次遭遇勒停是因为"臣举家兄弟诸侄皆投名请受神霄秘箓，独臣不愿受。于是九重始大怒，因遣梁师成谕旨戒臣不许接见宾客……"⑤据此可知蔡絛待制徽猷阁当在政和七年末或重和元年（1118）初。蔡絛被勒停9个月后，即宣和元年（1119）七月，徽宗降诏云："蔡絛向缘狂率，废黜几年。蔡京元老，勋在王室，未忍终弃，可特与叙旧官，外与宫观，任便居住。"⑥蔡絛官复原职，仍然待制徽猷阁。待制是个闲职，阁中又有书籍之便，好学的蔡絛便专心读书著书，至宣和五年夏秋之际，撰成了《西清》。后来蔡絛谪居白州时著《铁围山丛谈》，卷五有回忆"吾待罪西清"之语，指的就是待制徽猷阁。《西清诗话》之名正缘于此。

  蔡絛著书，其门客也有可能参与，但后人已无法判断《西清》中他"使其客为之"多少。不过，这并不重要，此书甫成即被政敌当作弹劾蔡絛的把柄，时人皆以之为蔡絛所著，蔡絛因此得罪。蔡京、蔡絛均未辩解此书是"其客为之"。退一步说，即使有"使其客为之"的成分，也必然是根据蔡絛的意志而为之，著作权属于蔡絛应无疑问。况且兴化仙游蔡氏一族乃书香世家，蔡襄之名已著，蔡京之诗文辞章亦名于当时。蔡絛是蔡京诸子中最得蔡京器重者，"好学知趋向"（《独醒杂志》卷二），"不能谓之不知书"（《四库全书总目·铁围山丛谈提要》），他完全有能力独立撰写《西清》。总之，《西

---

① 参龚延明编《宋代官制词典》徽猷阁职诸条目，中华书局1997年版。
② 参〔清〕黄以周等辑注、顾吉辰点校《续资治通鉴长编拾补》卷三十四，中华书局2004年版，第1099页。
③ 参〔清〕黄以周等辑注、顾吉辰点校《续资治通鉴长编拾补》卷三十四，中华书局2004年版，第1147页。
④ 〔宋〕杨仲良编：《资治通鉴长编纪事本末》卷一三一《蔡京事迹》，台湾文海出版社1967年影印本。
⑤ 〔宋〕杨仲良编：《资治通鉴长编纪事本末》卷一三一《蔡京事迹》，台湾文海出版社1967年影印本。
⑥ 〔宋〕杨仲良编：《资治通鉴长编纪事本末》卷一三一《蔡京事迹》，台湾文海出版社1967年影印本。

清》必是蔡絛作于待制徽猷阁时无疑。

《西清》无宋版流传,今所存者 120 余条,均赖抄本。然其书在当时就广为传播,影响颇大,宋人诗话递相载录,稍晚于蔡絛的胡仔《渔隐丛话》,即录《西清》百余条。近人郭绍虞据复旦大学图书馆藏 3 卷抄本,疑"其书早佚,而后人杂抄他书足成三卷以欺人者"①。郭先生所谓"欺人",当是就其所见版本而言,非谓 120 余条内容皆不可信。台湾"中央图书馆"藏有元末明初藏书家孙道明手抄本《西清诗话》3 卷,台湾广文书局 1973 年影印,张伯伟据此整理收入《稀见本宋人诗话四种》②。张伯伟对郭绍虞的疑点一一详加辨析,认为"这一钞本是可以信赖的"③。

二

宣和五年十月的《西清》学案,认定蔡絛私撰《西清》,传播元祐之学,有误天下学术,蔡絛因此被罢了官。此事误导后人,历代人对《西清》的历史性误读即从这里开始。从吴曾《漫录》、曾敏行《独醒杂志》到前举所有公私史乘,全都认为《西清》独尊元祐学术。后人甚至因书及人,赞扬蔡絛的人品,如郭绍虞《宋诗话考》称:

> 彼于苏、黄势替之后,不党于其父,而独崇元祐之学,亦可谓特立独行者矣。④

按汉语所谓特立独行,主要是对某人之言行德业予以褒扬之语,并非一切与众不同、行为独特者都有资格称"特立独行"。蔡絛其人并非"不党于其父"的"特立独行"者。《宋史》卷四七二《蔡京传》载,蔡京于宣和六年(1124)再起领三省:

> 目昏眊不能事,事悉决于季子絛,凡京所判,皆絛为之。且代京入奏,每造朝,侍从以下皆迎揖,咕嗫耳语,堂吏数十人抱案后从,由是恣为奸利,窃弄威柄,骤引其妇兄韩梠为户部侍郎,媒蘖密谋,斥逐朝士,创宣和库式贡司,四方之金帛,与府藏之所储,尽拘括以实之为天子之私财。宰臣白时中、

---

① 郭绍虞:《宋诗话考》,中华书局 1979 年版,第 22 页。
② 张伯伟编:《稀见本宋人诗话四种》,江苏古籍出版社 2002 年版。
③ 张伯伟编:《稀见本宋人诗话四种·前言》,江苏古籍出版社 2002 年版,第 13 页。
④ 郭绍虞:《宋诗话考》,中华书局 1979 年版,第 21 页。

李邦彦惟奉行文书而已。

如此看来，蔡絛仗势弄权，骄奢专横不亚于其父，难当"特立独行"之誉。不过，前举重和元年蔡家人"皆投名请受神霄秘箓"，蔡絛独不愿受，因此而被落职勒停。从这件事倒约略可见其确有独特之处。那么他撰写《西清》，是否如郭先生所言"彼于苏、黄势替之后，不党于其父，而独崇元祐之学，亦可谓特立独行者矣"呢？要弄清这个问题，有必要先简要回顾一下徽宗朝元祐党禁从严厉到松弛又有所反复而终于解除的过程。

元祐党禁大兴于徽宗和蔡京执政之初，意在排除哲宗元祐时期及元符末年以元祐皇后为首的政治势力，巩固新一代皇权和相权。党禁高峰在崇宁元年至三年（1102—1104）。《宋史》卷四七二《蔡京传》载自绍圣以后：

元祐群臣贬窜死徙略尽，京犹未慊意，命等其罪状，首以司马光，目曰奸党，刻石文德殿门，又自书为大碑……凡名在两籍者三百九人，皆锢其子孙，不得官京师及近甸。

此事即发生在崇宁元年至三年间。《宋史》卷十九《徽宗本纪》崇宁元年（1102）九月：

籍元祐及元符末宰相文彦博等，侍从苏轼等，余官秦观等，内臣张士良等，武臣王献可等，凡百有二十人，御书刻石端礼门。

冬十月，"罢元祐皇后之号"。崇宁二年（1103）九月辛巳，"诏宗室不得与元祐奸党子孙为婚姻。……令天下监司长吏厅各立元祐奸党碑"。
《资治通鉴后编》卷九十五载：崇宁二年夏四月乙亥"诏苏洵、苏轼、苏辙、黄庭坚、张耒、晁补之、秦观、马涓文集，范祖禹《唐鉴》、范镇《东斋记事》、刘攽《诗话》、僧文莹《湘山野录》等印板，悉行焚毁"。崇宁三年（1104）六月"复位元祐元符党人及上书邪等者合为一籍，通三百九人，刻石朝堂"。
在党禁最严厉的这3年，朝廷屡下诏书禁毁党人书籍及其所撰碑刻，苏轼及苏门诸君的著述当然是主要的禁毁对象。

随着执政者权势的稳固，元祐党人其实已经所存无几，党禁自然开始松弛。《宋史·徽宗本纪》载，崇宁四年（1105）五月，"除党人父兄子弟之禁"①。九月乙巳："诏元祐人贬谪者，以次徙近地，惟不得至畿辅。"十一月己未，绍圣时期执政、放逐元祐党人的首领章惇卒。崇宁五年（1106）春："毁元祐党人碑，复谪者仕籍，自今言者勿复弹纠。……赦天下，除党人一切之禁。……诏崇宁以来左降者，各以存殁稍复其官，尽还诸徙者。"二月丙寅蔡京首次罢相。

元祐党禁大势已过，后来又小有反复。大观元年（1107）春正月"以蔡京为尚书左仆射兼门下侍郎"。同年五月，熙宁政客吕惠卿被贬为祁州团练副使。同时"诏自今凡总一路及监司之任，勿以元祐学术及异意人充选"。大观三年（1109）六月蔡京罢，七月"诏谪籍人除元祐奸党及得罪宗庙外，余并录用"。政和元年（1111）十一月壬戌"以上书邪等及曾经入籍人并不许试学官"。

这三次诏命，是元祐党禁解除后的余波。后两次似与蔡京关系不大。此后直到宣和五年八月，10多年间未曾重申元祐禁令，元祐党人或其后代的处境渐有改善。政和三年（1113）秋七月"还王珪、孙固赠谥，追复韩忠彦……安焘、李清臣、黄履等官职"，政和五年三月"复文彦博官"。

在此期间，蔡京一直以各种方式参与朝政，其弟蔡卞、其长子蔡攸也先后握有大权，但并未阻止对元祐人解禁，可见皇室和蔡氏都已不太在意元祐党禁的事了。"元祐案"至此已成历史旧事，朝野之间，谈谈苏、黄之学，应该是很平常的文化现象了。而事实上，苏、黄等元祐党人的著作一直在以各种方式传播着。朱弁《曲洧旧闻》（《四库全书》本）卷八载：

东坡诗文落笔辄为人所传诵……崇宁大观间……朝廷虽尝禁止，赏钱增至八十万，禁愈严而传愈多，往往以多相夸。士大夫不能诵坡诗，便自觉气索，而人或谓之不韵。

陈岩肖《庚溪诗话》（《四库全书》本）卷上：

崇、观间，蔡京、蔡卞等用事，拘以党籍，禁其文辞墨迹而毁之。政和间忽弛其禁，求轼墨迹甚锐。人莫知其由。或传徽宗皇帝宝箓宫醮筵，常亲临之。一日启醮，其醮主道流，拜ավ伏地，久之方起。上诘其故。答曰：适至上帝所，值奎宿奏事，良久方毕，始能达其章故也。上叹讶之，问曰：奎宿何神

---

① 以下有关元祐党禁的引文均见《宋史·徽宗本纪》。

为之？所奏何事？对曰：所奏不可得知，然为此宿者，乃本朝之臣苏轼也。上大惊，不惟弛其禁，且欲玩其文辞墨迹。一时士大夫从风而靡。

陈岩肖大约生于北宋末，此书成于南宋淳熙年间，是其晚年所著。此则记载虽为故事，但"政和间忽弛其禁"之说可信。

宣和初，蔡絛任徽猷阁待制，喜欢读书著书，以他的年龄和身份，与元祐党人案本无关涉，也不太可能独崇元祐之学。观其《西清》，其著述心态颇轻松随意，其情趣在于文学。其书杂取唐宋以来名人诗事以成诗话，可以说是一部关于"名人与诗"的读书笔记。不论熙宁、元祐，不论在朝在野，不论党派政见，凡名公趣事，包括苏、黄等"元祐党人"，也包括自己的父亲蔡京，皆无所回避。其书并无蔡京插手之痕迹。退一步说，蔡京若果真想为自己谋后路，也不至于靠这种雕虫小技。

出人意料的是，《西清》甫成书而尚未传播，即被政敌利用，导致一场新的"元祐学案"，蔡氏父子兄弟几乎自相残杀。据各种史乘考察，蔡京在徽宗朝前后弄权20多年，结怨众多，朝臣中"倒蔡"之议时落时起，蔡京也因之屡罢屡起。宣和初年，蔡京亲手栽培起来的儿子蔡攸取得了皇帝宠爱，于是父子争权争宠。《宋史纪事本末》卷十一《蔡京擅国》载宣和二年（1120）六月戊寅：

京专政日久，公论益不与，帝亦厌薄之。子攸权势既与父相轧，浮薄者复间焉，由是父子各立门户，遂为仇敌。

又宣和七年（1125）夏四月：

白时中、李邦彦亦恶絛，乃与攸发絛奸私事，帝怒，欲窜之，京力丐免，乃止勒停侍养……褫絛侍读，毁赐出身敕，欲以撼京。

蔡攸等人的行动实与徽宗有关。徽宗早有弃老蔡用小蔡之意，宣和二年六月就曾诏命"太师鲁国公致仕，仍朝朔望"。这个诏命对蔡京限权不够彻底，蔡京仍可每月两次参政议政。蔡攸一派当然不放心，还需采取进一步的措施彻底解除老蔡的权势。宣和五年五月童贯和蔡攸自燕山班师，"大奏凯以入，告功于庙"，蔡攸"拜枢密"，"王黼除太傅，进封楚国公，郑居中除太保，仍与一子推恩，白时中、张邦昌、李邦彦、赵野各进官二等，以上并依例加勋封"（《三朝北盟会编》卷十七）。这次所谓"燕山奏凯"，其真实性连徽宗也有所怀疑，但蔡攸、王黼一派显然大大得势。新贵得势，当务之急是削弱元老势力，蔡京自然首当其冲。恰巧蔡京最宠爱的儿子蔡絛撰成《西清诗话》，其中记载了一些苏、黄诗事，遂授政敌以把柄。政治斗争通常需要先做舆论准备，于是，朝廷于宣和五年七月忽然旧话重提——"禁元祐学术"①。当时宋王朝内忧外患严重，外有金人虎视，内有方腊之乱，却忽然捡起已经10多年没人理会的"元祐"旧话，借口是"福建印造苏轼、司马光文集"（《九朝编年备要》卷二十九）。然而连皇帝都"玩其文辞墨迹"多年了，怎么忽然又禁呢？这必然是执政的蔡攸及其同盟者王黼等人的预谋，针对的正是蔡京和蔡絛。禁令既明，弹劾遂起，两个月后，九月十三日，"徽猷阁待制、提举万寿观蔡絛勒停，以言者论其撰《西清诗话》，学术邪僻，多用苏轼、黄庭坚之说故也"；次年四月六日，"提举上清宝箓宫兼侍读蔡絛罢侍读，提举亳州明道宫，以其僻学邪见，除迩英非所宜也。继又诏絛出身敕可拘收毁抹"。② 为一本闲散诗话，罪至于此吗？这显然是一场权势之争，否则何必下此狠手。可见"学术邪僻"不过是个借口而已。后人于此看得明白，陈均《九朝编年备要》卷二十九载：

蔡攸以弟絛钟爱于其父，因絛私撰《西清诗话》专宗苏、黄，为言者所论。攸白上，请杀之。上悯京老，不许，止落职勒停，仍诏毁板。

蔡京出于保权保子之心，凭老脸求皇帝宽大处理，把蔡絛保护在家里。蔡攸方面当然不肯罢休，《宋史·徽宗本纪》载宣和六年冬十月庚午又出严令："诏有收藏习用苏、黄之文者，并令焚毁，犯者以大不恭论。"这显然是进一步打击蔡京、蔡絛的舆论信号。蔡京于是拼了老命，以78岁高龄谋求第四次复出，宣和六年十二月至次年四月，"复领三省事"，实由蔡絛行政，因而惹来更大的众怒。此时边事日紧，外忧内患相迫，徽宗皇帝不得不强迫蔡京"上章谢事"。不久，徽宗连皇帝的宝座也让给钦宗了。

政治斗争常常是如此荒唐，徽宗前期由蔡京主持的"元祐党人案"，20多年后，竟以蔡氏父子兄弟借此自相攻讦的结局而谢幕。《西清》也因此而一问世就被政客们锁定在"元祐学术"上。后人谈论历史，往往人云亦云，尤其容易信赖当时人的说法，而当时人之偏颇，却往往被忽略。

吴曾是位比较严谨的学者，他曾仔细阅读过《西清》，《漫录》引述《西

---

① 参《宋史·徽宗本纪》宣和五年七月。
② 《宋会要辑稿·职官六九》"宣和五年九月十三"条、"宣和六年四月六日"条。

清》19次。按理说他不应该唯以"元祐"论《西清》,但他居然说蔡氏指使门客著《西清》"以载苏、黄语"。这实在不符合《西清》的真实情况。

三

细读《西清》文本,可知其书既非"独崇元祐之学",亦非"专以苏轼、黄庭坚为本"。仅以元祐之学毁之誉之,都有失偏颇。《西清》实在是一部记载唐宋名贤诗事诗话的文学随笔。兹据张伯伟整理的《稀见本宋人诗话四种》所收元末明初孙道明手抄本《西清诗话》3卷,120条中所载主要名人诗事如下:

杜甫21条(卷上第2、4、6、9、16、18、19、26、27、28、29、30、34、36、38条,卷中第6、12、19、26、30条,卷下第39条),李白10条(卷上第4、9、13、16、30、32条,卷中第13、14、24条,卷下第39条),韩愈9条(卷上第3、12条,卷中第4、5、24条,卷下第4、8、17、39条),晏殊6条(卷上第31、37条,卷中第28条,卷下第7、27、34条),欧阳修18条(卷上第7、25、33、35、39条,卷中第7、9、17、19、33、36、40条,卷下第1、6、9、22、37、39条),王安石17条(卷上第3、6、11、12、17、22、24条,卷中第19、20、24、27、36条,卷下第4、6、10、11、39条),苏轼19条(卷上第10、13、14、17、33、39条,卷中第6、9、22、23、24、35条,卷下第8、13、15、18、20、32、39条),黄庭坚8条(卷上第6、21、33、36条,卷中第3、30、31条,卷下第26条)。

以上诸人诗事已是《西清》之大部,余人皆偶尔提及。可知蔡絛撰此书实以唐宋间最有名气的几位大诗家为主要关注对象,并非专以哪家为主,记述倾向自然以推尊为主,但基本态度尚属客观述论,有不赞同之意也坦率言之。

其书最为无聊之处,是记述其父"鲁公"诗事7条(卷上第1、10、18条,卷中第2、39条,卷下第5、35条)。其中第1条载徽宗与蔡京赐答唱和之作,特置卷首,先录徽宗《太陵挽诗》5章,前后极尽颂圣之词,然后便录蔡京和诗4首,其诗皆阿谀颂圣之语,又载徽、京唱和诗各1篇,歌功颂德而已。以下蔡絛评曰:

> 仰唯神化之妙,多成于顷刻,独鲁公以耆儒仰副帝泽,上每特出宸章,群臣莫望也。荣耀家庭,传之无穷,大惧未广,辄记其一二,以见君臣相与之盛,详见家集。

此条以载君王诗事而置于卷首,固亦当时诗话之通例,但以蔡京并载,实有一人之下、万众之上之意。其实"群臣莫望"是沉默之状，群臣畏蔡京权大性恶，皆知趣而缄口，谦让者、回避者、不屑者、鄙视者、静观者或皆有之，蔡絛居然以为莫大荣耀，津津乐道，其人虽知书而不明理，是非不分，纨绔狂妄，于此可知。

其实蔡京能诗文，并非不学无术。蔡絛择其论诗之语，如卷上第18条论学诗当知"歌、行、吟、谣之别"，可谓知诗；卷中第39条载京蜀道之诗，卷下第5条载京居杭二词，略具"清婉体趣"，均可见其文学修养确非一般。唯蔡絛偏爱其父，以之与唐宋数名家并载，可谓借赞誉名人而夹带私货。以蔡京之奸，公论自难许之。

蔡絛虽蒙蔽于父子之情并以权势为荣，文心却并不愚昧。从《西清》看，他对诗的理解亦有心得。其论诗法首重情致：

大抵屑屑较量属句平匀，不免气骨寒局，殊不知诗家要当有情致，抑扬高下，使气宏拔，快字凌纸，又用事能破觚为圆，挫刚成柔，始为有功，昔人所谓缚虎手也。（卷上第14条）

作诗者，陶冶物情，体会光景，必贵乎自得。（卷上第30条）

作诗者徒言其景不若尽其情，此题品之津梁也。（卷上第33条）

自得情致，是诗之要义，古今中外概莫能外。蔡絛识之，可谓得诗道者。他还由此而阐发自得情致与个性风格之关系：

诗家情致，人自一种风气。山林钟鼎与夫道释流语，有不可易者。如事带方外，俗谓有蔬笋气；辞旨凡拙，则谓学究体。（卷中第22条）

东坡尝云："僧诗要无蔬笋气。"固诗人龟鉴，今时误解，便作世网中语。殊不知本分风度，水边林下气象，盖不可无。若净洗去清拔之韵，使真俗同科，又何足尚？要当驰张昂扬，不滞一隅耳。齐己云"春深游寺客，花落闭门僧"，惠崇"晓风飘磬远，暮雪入廊深"之句，华实相副，顾非佳句耶？天圣间闽僧可士颇工章句，有《送僧诗》云："一钵即生涯，随缘度岁华。是山皆有寺，何处不为家。笠重吴天雪，鞋香楚地花。他年访禅室，宁惮路岐赊。"亦非食肉者能到也。（卷中第23条）

东坡在徐，戏参寥曰……"隔林仿佛闻机杼，知有人家住翠微"，大无蔬笋气也。（卷下第20条）

以上关于"蔬笋气"3条，涉及一个重要的诗歌理念——诗人与诗的个性。苏轼主张僧诗应无蔬笋气，蔡絛则认为诗歌是诗人情致的表现，人人自有一种风格气味，既不能强求一律，也不能失去个人之身份特色。僧人诗有蔬笋气，正合其身份。蔡絛之见显然比苏轼更合乎诗道。苏轼是前辈大名士，蔡絛并不盲从，可证其并非专崇"元祐之学"。

关于作诗用典问题，宋人无不重视，且论诗者莫不及此。蔡絛主张既要用得妥帖无痕，又要超越古人。他引述最善于用典的两位大师杜甫和黄庭坚之论：

杜少陵云："作诗用事，要如释氏语：水中着盐，饮水乃知盐味。"此说诗家秘藏也。（卷上第28条）
黄鲁直……曰："庭坚笔老矣，始悟抉章摘句为难。要当于古人不到处留意，乃能声出众上。"（卷中第31条）

蔡絛对黄庭坚的诗学确实比较熟悉，有时会很自然地借用之，如卷上第21条：

王君玉谓人曰："诗家不妨间用俗语，尤见功夫。"……尝有《雪诗》……此点瓦砾为黄金手也。

《西清》中的诗人论也颇有见识。他曾对唐宋人的"李杜优劣"之争发表过比较公正的看法：

诗至李、杜，古今尽废。退之每叙诗书以来作者，必曰李白、杜甫。又曰"李杜文章在，光焰万丈长"。至杨大年亿，国朝儒宗，目少陵村夫子。欧阳文忠公每教学者，先李不必杜。又曰："甫于白得二节耳。天才高放，非甫所能到也。"王文公晚择四家诗以贻法，少陵居第一，欧阳公第二，韩文公次之，李太白又次之。然欧阳公祖述韩文而说异退之，王文公返先欧公，后退之，下李白，何哉？后东坡每述作，崇李、杜尊甚，独未尝优劣之。论说殊纷纠，不同满世。呜呼！李、杜着矣，一时之杰，立见如此，况屑屑余子乎！余谓：譬之百川九河，源流经营，所出虽殊，卒归于海也。（卷下第39条）
李太白……其风神超迈，英爽可知。……少陵云"落月满屋梁，犹疑照颜色"，熟味之，百世之下，想见风采，此与李太白传神诗也。（卷上第16条）
李太白秀逸独步天下。（卷中第13条）
不知少陵胸中吞几云梦也？（卷中第12条）

这些评点皆中肯綮，可谓知诗。他对王安石、苏轼诗事及友情的记述和称赏，足证其并无党派之偏见：

元丰中，王文公在金陵，东坡自黄北迁，日与公游，尽论古昔文字，闲即俱味禅说。公叹息谓人曰："不知更几百年，方有如此人物。"东坡渡江至仪真，和游蒋山诗寄金陵守王胜之益柔，公亟取读，至"峰多巧障日，江远欲浮天"，乃抚几曰："老夫平生作诗，无此二句。"又在蒋山时，以近制示东坡，东坡云："若'积李兮缟夜，崇桃兮炫昼'，自屈、宋没世，旷千余年，无复《离骚》句法，乃今见之。"荆公曰："非子瞻见谀，自负亦如此，然未尝为俗子道也。"当是时，想见俗子扫轨矣。（卷上第17条）

王文公见东坡《醉白堂记》，徐云："此定是'韩、白优劣论'。"东坡闻之曰："不若介甫《虔州学记》，乃学校策耳。"二公相诮或如此，然胜处未尝不相倾慕。元祐间东坡奉祠西太乙，见公旧题："杨柳鸣蜩绿暗，荷花落日红酣，三十六陂春水，白头想见江南。"注目久之曰："此老野狐精也。"（卷中第24条）

《西清》有两条论诗体源起者，常被后世诗话和文学史家关注：

药名诗，世云起自陈亚，非也。东汉已有"离合体"，至唐始着"药名"之号。①（卷上第23条）

集句自国初有之，未盛也。至石曼卿，人物开敏，以文为戏，然后大着。……王文公益工于此。人言起自公，非也。（卷上第24条）

《西清》载诗家故事亦多，其中有两条最著名，一是卷上第39条载僧义海、欧阳修、苏轼论琴诗故事，涉及乐器演奏、音乐赏鉴、音乐表现与诗歌表现的异同等，乃诗史和音乐史上历时颇久的一桩公案。二是卷下第6条载：

欧阳文忠公嘉祐中见王文公诗："黄昏风雨暝园林，残菊飘零满地金。"笑曰："百花尽落，独菊枝上枯耳。"因戏曰："秋英不比春花落，为报诗人子细吟。"文公闻之曰："是定不知楚词云'餐秋菊之落英'。欧阳公不学之过也。"文人相轻，信自古如此。

---

① 此条吴曾《能改斋漫录》卷三辨之，认为南朝梁时已有药名诗。

《渔隐丛话》前集卷三十四《半山老人二》引《西清》此语，又引《高斋诗话》并评议：

"荆公此诗，子瞻跋云：'秋英不比春花落，说与诗人子细看。'盖为菊无落英故也。荆公云：'苏子瞻读楚词不熟耳。'予以谓屈平'餐秋菊之落英'，大概言花衰谢之意，若'飘零满地金'则过矣。东坡既以落英为非，则屈原岂亦谬误乎？坡在海南谢人寄酒诗有云'漫绕东篱嗅落英'又何也？"苕溪渔隐曰："'秋英不比春花落，为报诗人子细吟。'此是两句诗，余于六一居士全集及东坡前后集遍寻并无之，不知《西清》《高斋》何从得此二句诗？互有讥议，亦疑其不审也。"

吴曾《漫录》指摘《西清》之误共14处①。然则吴曾所摘《西清》之误，未必皆然。

蔡絛又有《百衲诗评》一篇数百字，见于《苕溪渔隐丛话》后集卷三十三。其评论唐宋14位诗人，不依时序，想到谁说谁，无高下之意。其所评点，有些很有道理，如评柳子厚、黄太史、苏东坡、李太白、韩退之、欧阳公等人诗之长短，基本贴切。但以"柳子厚"置篇首，后又有"柳柳州"之评，不知何故，或特别偏爱所致。其评王摩诘诗只见其隐逸旷淡，未免不周；评杜甫"欠风韵"，或有特指；评白乐天诗"贵在近俗"，与当时诗坛讥白之风有异，又云"终带风尘"，则不知何谓；评王介甫、杜牧之诗，似欠贴切。从他以此14位诗人为"生平宗师"，可知其诗学趣尚。

[刊于《河北师范大学学报》（哲学社会科学版）2006年第2期]

---

① 卷二辨"公卿诞日以诗为寿"始见于开元间；卷三辨"黄庭博鹅""秋菊落英""药名诗""骑忌听琴"之误；卷五讥僧义海评韩文公、苏东坡琴诗不当，"知义海、《西清》寡陋"；卷七讥《西清》误解王荆公诗"功谢萧规惭汉第，恩从隗始诧燕台"、东坡诗"天外黑风吹海立"之用典；卷八讥《西清》误解王荆公诗"太液池边送玉杯"用典，又摘《西清》载诗四误；卷十又疑《西清》关于"歌行吟谣"之说。

余靖诗学及其诗之通趣

余靖是北宋仁宗朝名臣，其生平事迹见于史乘及时人文集者颇多且详，兹不赘。今《全宋诗》收其诗132首，《全宋文》收其文22卷、404篇。《四库提要》云：

诸作亦多斐然可观，以方驾欧、梅固为不足，要于北宋诸人之中，固亦自成一队也。

余靖论诗倡通趣，作诗亦有通趣。此宋人审美意识之要领。宋世文人为人为诗，处世审美，皆尚通达，讲意趣，余靖乃开风气者之一，惜尚未引起文学史家重视。本文特检讨之。

余靖论诗倡通趣，见于《武溪集》卷三《曾太傅临川十二诗序》（下简称《序》）：

古今言诗者，二雅而降，骚人之作号为雄杰。仆常患灵均负才矜己，一不得用于时，则忧愁恚憋，不能自裕其意，取讥通人，才虽美而趣不足尚。久欲著于言议而莫由也。今兹得罪去朝，守土滨江，同年不疑曾兄惠然拿舟见顾，间日共言临川山水之美，因出十二诗以露其奇。其诗皆讽咏前贤遗懿，当代绝境，未尝一言及于身世，陶然有飞遁之想。通哉不疑！不以时之用舍累其心，真吾所尚哉！遂题其篇。

古人所谓通，是人生哲学，是生命的智慧状态，是生存的审美境界，于诗而言，则是诗中的生命意趣。《说文解字》："通，达也。""通""达"常合用，形容人能通晓变化之理，学问贯通古今，阅世、处世达观从容，不固执，善于自我调整以适应环境。《易经》首创通变哲学，《系辞上》云："通变之谓事"，"通其变，遂成天下之文"。

古称善通变之士为通士、通人、达才。如《荀子》中的《修身》《不苟》《荣辱》等篇，论"通"颇详。《不苟》篇云："物至而应，事起而辨，若是则可谓通士矣。"《史记·田敬仲世家赞》云："孔子晚而喜《易》，《易》之术幽明远矣,非通人达才孰能注意焉。"

通有时指通晓学问,明达事理,机智敏捷。王充《论衡》之《别通》篇、《超奇》篇,专以学问论通人,所论甚详。《超奇》篇云:"博览古今者为通人。"《南史·王僧孺传》:"刘孝孙博学通敏。"王羲之《与谢万书》:"所谓通识,自当随事行藏,乃为远耳。"《北史·长孙俭传论》:"俭器识明允,智谋通赡。"

通有时也指人类性情之自由洒脱。《南史·谢几卿传》:"几卿累迁尚书左丞,性通脱,诣道边酒垆,停车褰幔,与车前三驺对饮。观者如堵,几卿自若。"《晋书·阮籍传》:"籍子浑有父风,少慕通达,不饰小节。"

如此看来,屈原确非通士。其执着于一念,"负才矜己,一不得用于时,则忧愁恚懑,不能自裕其意",当然就"取讥通人"了。而曾太傅凭什么被余靖称为通人呢?

曾太傅即曾易占(989—1047),字不疑,曾巩之父。天圣二年(1024)与余靖同年进士。历太子中允、太常博士。为官守正不阿,有治绩。景祐四年(1037),"太常博士曾易占除名,配广南衙前编管"①。此后家居12年乃卒。据时人记载,曾乃受诬而被除名,但他并不戚戚于怀,反能通达自放,从容著述,时人颇称道于此。如王安石《太常博士曾公墓志铭》:

既仕不合,即自放,为文章十余万言。……不以一身之穷而遗天下之忧。以为其志不见于事,则欲发之于文,其文不施于世,则欲以传于后。……公之遭诬,人以为冤;退而贫,人为之忧也。而公所为十余万言,皆天下事,古今之所以存亡治乱,至其冤且困,未尝一以为言。……好学不倦,而不以求闻于世。②

又李清臣《曾博士易占神道碑》③、陈师道《光禄曾公神道碑》④ 所载略同。可知曾颇合通达之谓:博学,明理,敏捷,旷达,通古今世事,怀才不遇而不戚,不能立功则立德立言,既能自放又能自立。今存其诗,只有《宋诗纪事》卷十一所收一首《题洪州僧寺》:

---

① 〔宋〕李焘撰,上海师大古籍所、华东师大古籍所点校:《续资治通鉴长编》景祐四年八月戊子,中华书局2004年版。
② 〔宋〕王安石:《临川先生文集》卷九十三,《四库全书》本。
③ 洪业、聂崇岐、李书春、赵丰田、马锡用编纂:《琬琰集删存附引得》卷二,上海古籍出版社1990年,第266~267页。
④ 〔宋〕陈师道:《后山居士文集》卷十八,上海古籍出版社1984年影宋本,第822页。

今朝才是雪泥干，日薄云移又作寒。家山千里何时到？溪上梅花正好看。

余《序》有"得罪去朝，守土滨江"语，当指自己景祐三年（1036）为范仲淹申辩而落职，贬监筠州酒税事①。筠州滨锦江，故称滨江。曾易占除名在景祐四年八月，同年十二月，余靖改监泰州税，故此序必作于是年八月至十二月间。余靖特以"通"称誉其人其诗，是同窗知己之言，遂启后来王、李、陈等盖棺之论。有宋一代，士人普遍崇尚通达，余靖是首倡者之一。

不过，宋人之通与前代亦有不同。前人之通多得自儒、道二家，宋人则更融入释家随缘之意。凡执着之意，无论儒家执着于事功，还是道家执着于自然与自由，皆所不取。宋人之通，进退由之，坦然待之，"鸿飞那复计东西"。这是宋代文士特有的人文智慧。他们不赞成屈大夫那样执着事功而忧伤不遇，认为那是不通，是无趣。余靖对屈原的批评，在宋人中当是最早的。后来苏舜钦《沧浪静吟》表示不赞成"三闾遭逐便沉江"的固执态度。司马光《醉》诗也曾说："果使屈原知醉趣，当年不作独醒人。"②

余《序》从通谈起，落脚于趣。以为通人方有通诗，通诗方有通趣。宋人以趣论诗，余靖是较早者。我梳理宋代诗学，尚未见言趣早于此者。宋诗话最早以趣论诗者，是司马光《温公续诗话》："魏野……诗有'妻喜栽花活，童夸斗草赢'。真得野人之趣。"

趣是人类重要的生存理念、审美理念、诗学理念，其蕴含十分丰富。人生之趣多多，却非人人皆可得之。因为趣的本质是美，只有富于审美修养的智慧人类才最善于在生活中体味乃至创造出美的意趣。因为智慧人类的生命底蕴是文化，生命特质是崇尚自由和高雅。故其趣，于人生之出处进退，则有遗世独立的自由之趣；于生活，则有避俗求雅的文化之趣，如读书治学、琴棋书画、饮酒吟诗、交友谈玄等；于自然，则有登临赏叹，诉诸笔墨的风雅之趣。总之，趣的本质乃是文化审美情趣。

宋诗最重意趣，这与唐诗崇尚风韵有所不同。在余靖前后，以诗言趣已成时尚。如王禹偁《酬种放征君》："千言距百韵，旨趣何绰绰。"③ 林逋《赠胡明府》："一琴牢落倚松窗，孤淡天君得趣长。"④ 苏舜钦《答梅圣俞见赠》：

---

① 见〔宋〕李焘撰，上海师大古籍所、华东师大古籍所点校《续资治通鉴长编》景祐三年五月辛卯，中华书局2004年版。
② 《全宋诗》，第6107页。
③ 《全宋诗》，第655页。
④ 《全宋诗》，第1223页。

"至于作文章,实亦少精趣。"① 梅尧臣《次韵和永叔饮余家咏枯菊》:"小树婆娑嘉趣足。"② 王安石《明州钱君倚众乐亭》:"洗涤山川作佳趣。"③ 司马光《和明叔游白龙溪》:"外野饶真趣,令人怀抱夷。"④ 苏轼《雨中过舒教授》:"自非陶靖节,谁识此闲趣。"⑤《书焦山纶长老壁》:"此言虽鄙浅,固自有深趣。"⑥ 苏辙《送家定国朝奉西归》:"新诗得高趣,众耳昏未听。"⑦ 这些诗涉及人生各种生活情趣、审美意趣,略可见宋世文人尚趣之风。余靖以趣论诗,使"趣"从创作过程中自然而然的风尚,进而成为批评家理性观照的一个热点问题。

人生若通于趣,则如苏轼所言:"无所往而不乐。"《后汉书·蔡邕传》:"圣哲之通趣,古人之明志也。"此谓通趣属于哲人。人通于趣,诗乃有趣。余靖认为曾不疑的诗,"不以时之用舍累其心""未尝一言及于身世",故有通趣;"言临川山水之美",吟咏"当代绝境",则有奇趣;"讽咏前贤遗懿",则有文趣;"陶然有飞遁之想",则有旷放之趣。

余靖也是通达之人,其诗亦多通趣。如"海域逍遥境,荣途淡泊心"⑧(《寄题广州田谏议颐堂》),"无为牵俗趣,碌碌利名间"(《送薛秀才归乡》),此通达脱俗之趣。"羡师尘外去,何日濯吾缨"(《送僧惠勤归乡》),"棋酒等闲忘世虑,溪山最乐是家林"(《寄题宋职方翠楼》),此通达自由之趣。"泉清偏照月,松瘦不知春"(《灵树喜长老属疾见寄次韵酬之》),"况有江山助,无怀节物伤"(《酬和苏梦得运使》),"望岫幽人兴,观空达士情"(《寄题宝峰山玩云亭》),此通达自然之趣。"气劲秋霜并,吟多夜月知"(《送容州杜秘丞》),"休羡井梧能待凤,凌霜坚守岁寒心"(《和胡学士馆中庭树》),此通达孤傲之趣。"古寺远尘笼,乘闲访此中。客心千里静,僧语万缘空"(《游临江寺》),"幽寻逢胜地,方外趣无垠"(《留题龙光禅刹呈周长老》),此通达禅悟之趣。

宋诗之趣,多关乎山水。盖山水佳胜,乃诸趣之温床。古代文人离开朝廷,便与自然走得很近,不论为官为民。钱钟书《谈艺录》六九《附说十九》

---

① 〔宋〕苏舜钦著,傅平骧、胡问陶校注:《苏舜钦集编年校注》,巴蜀书社1991年版,第160页。
② 〔宋〕梅尧臣著、朱东润编年校注:《梅尧臣集编年校注》,上海古籍出版社1980年版,第1126页。
③ 〔宋〕王安石:《临川先生文集》卷十一,中华书局1959年版,第170页。
④ 《全宋诗》,第6200页。
⑤ 《全宋诗》,第9158页。
⑥ 《全宋诗》,第9198页。
⑦ 陈宏天、高秀芳校点:《苏辙集》卷十五,中华书局1990年版,第288页。
⑧ 此引余靖诗均见《全宋诗》第四册,仅2卷,故不注页次。

专论"山水通于理趣",言"宋明理学诸儒,流连光景,玩索端倪",于"乐山乐水"之际怡情得趣而悟理。此略与余靖所倡通趣有相近之处。

又严羽以禅悟论诗,是唐而非宋,《沧浪诗话·诗辨》特申"诗有别趣""盛唐诸人唯在兴趣"之论。其所谓"别趣""兴趣",郭绍虞已辨之[①],非余靖所倡之通趣。

(刊于《文学遗产》2001 年第 4 期)

---

① 见〔宋〕严羽著、郭绍虞校释《沧浪诗话校释》,人民文学出版社 1983 年版,第 33～47 页。

柳永与正统君臣审美意识的冲突

柳永被时人和后人视为浪子词人，是因为其人其词涉及了许多风流浪荡之事。其实，他在少年时代并非浪子，而是很勤勉的书生。他的故乡建州（今福建崇安一带）在当时是人才辈出的"文献名邦"，"家有诗书，户藏法律，其民之秀者狎于文"①。柳永生长于此地的一个传统读书奉儒之家，祖父、父亲、叔父都读书为官②，长兄柳三复也在真宗朝进士及第并为官。受此影响，柳永自幼也喜欢勤学苦读，他曾在其《劝学文》中写道："学则庶人之子为公卿，不学则公卿之子为庶人。"③ 他少年时写的诗已颇见功夫④。从青年时代起，他到汴京开始了漫长的举子生涯。他成为浪子词人，也就是在此时期。叶梦得《避暑录话》卷下云："柳永字耆卿，为举子时多游狭邪，善为歌辞。教坊乐工每得新腔，必求永为辞始行于世。于是声传一时。"这一方面是缘于性情和爱好，另一方面也是他以才取财，获得"润笔"以维持生计的途径之一。据宋人罗烨《醉翁谈录》载："耆卿居京华，暇日遍游妓馆。所至，妓者爱其有词名，能移宫换羽。一经品题，声价十倍。妓者多以金物资给之。"懂音乐，擅作词，使他不仅可以尽情地到"烟花巷陌"去"浅斟低唱""偎红倚翠"，而且还能得到一些稿酬，这又助长了他的风流性情。他甚至结交一些"狂朋怪侣"，在京都的酒楼、妓馆里欢饮狂歌，纵情享乐。他的词风靡一时，从市井百姓到文人学士，甚至皇帝都喜欢他的词。陈师道《后山诗话》云：

柳三变游东都南北二巷，作新乐府，骫骳从俗，天下咏之，遂传禁中。仁宗颇好其词，每对酒，必使侍从歌之再三。

然而，当柳永科考求官时，他在词中对浪漫情事的铺陈渲染和对自由意志的公开表达，恰恰成了他入仕的障碍。此时，浪子词人与正统君臣的人格美和

---

① 《（嘉靖）建宁府志》卷四。
② 〔宋〕王禹偁《小畜集》卷二下《送柳宜通判全州序》有载。
③ 《（嘉靖）建宁府志》卷三十三。又日本刊本《古文真宝》亦收录（仅80余字）。
④ 〔清〕厉鹗《宋诗纪事》卷十三录柳永诗3首，其中《中峰寺》咏崇安名胜古迹中峰寺，可知是其在家乡读书时作。

艺术美意识的差异变成了社会性、历史性的冲突。

一、柳永与皇室人格美意识的冲突

以下3条史料是人们谈论柳永与帝王关系时常引用的。北宋末严有翼撰《艺苑雌黄》云：

当时有荐其才者，上曰："得非填词柳三变乎？"曰："然。"上曰："且去填词。"由是不得志，日与僎子纵游娼馆酒楼间，无复检约，自称云："奉旨填词柳三变。"

稍后，吴曾在《能改斋漫录》卷十六中云：

仁宗留意儒雅，务本向道，深斥浮艳虚薄之文。初，进士柳三变好为淫冶讴歌之曲，传播四方。尝有《鹤冲天》词云："忍把浮名，换了浅斟低唱。"及临轩放榜，特落之，曰："且去浅斟低唱，何要浮名！"景祐元年方及第。后改名永，方得磨勘转官。

王辟之《渑水燕谈录》[①] 云：

柳三变景祐末登进士第……皇祐中，久困选调。入内都知史某爱其才，而怜其潦倒。会教坊进新曲《醉蓬莱》，时司天台奏老人星见，史乘仁宗之悦，以耆卿应制。耆卿方冀进用，欣然走笔，甚自得意，词名《醉蓬莱慢》。比进呈，上见首有"渐"字，色若不悦。读至"宸游凤辇何处"，乃与御制真宗挽词暗合，上惨然。又读至"太液波翻"，曰："何不言'波澄'？"乃掷之于地。永自此不复进用。

以上3则史料所述，参以其他史料，大致可信，但仍有疑点。第一个疑点是《鹤冲天》的写作原因、时间及柳永的科考经历。先看其词：

黄金榜上，偶失龙头望。明代暂遗贤，如何向？未遂风云便，争不恣游狂荡。何须论得丧？才子词人，自是白衣卿相。　烟花巷陌，依约丹青屏障。

[①] 王辟之乃宋英宗治平年间进士，去柳永不远，且其《渑水燕谈录》"所记质实可信，多与史传相出入"（《四库提要》）。

幸有意中人，堪寻访。且恁偎红倚翠，风流事，平生畅。青春都一饷。忍把浮名，换了浅斟低唱。

词中明言"青春""偶失"，当是初应科考落榜后所作。若非初次，当言"再失""又失"或"屡失"等。那么，柳永初试科举于何时呢？由于史料不足，柳永的确切年龄尚难断定，但学界考订柳永的生年不晚于雍熙四年（987）①。姑以此年算起，则柳永在仁宗即位前已35岁。今存柳词中有《玉楼春》（凤楼郁郁呈嘉瑞）等，当系真宗大中祥符元年（1008）作于汴京，其时柳永22岁②。从这一年到真宗朝结束，共开科考4次：大中祥符元年、大中祥符五年（1012）、大中祥符八年（1015）、天禧三年（1019）③。就是说，柳永22岁、26岁、29岁、33岁均有可能应考。宋人多喜自言"老"，而自言"青春"当不过30岁。以柳永勤奋读书的经历，及其家庭父、兄辈的影响，他应考绝不会很晚。他进京就是为了应考，20多岁的举子在当时是常见的。据此推测，柳永在22岁，至迟26岁时已参加过科考，《鹤冲天》词则作于他初考落第之后。

第二个疑点是：《艺苑雌黄》所载"上曰"，是真宗还是仁宗？《鹤冲天》作于"上曰"之前还是其后？

细审前引3则史料，于本事多含糊其词，而宋人其他诗话、词话、笔记转述者，亦不考原委，皆言仁宗，而不确言"上曰"之"上"为何人，以致后人有"耆卿蹉跎于仁宗朝"④之误会。其实，柳永蹉跎于科场20多年，主要不是在仁宗亲政之后，而是在真宗朝和仁宗年少、章献太后听政朝间。严有翼说"耆卿喜作小词，然薄于操行"，因而"上曰：'且去填词。'"可知他的词名从他初试科场就已成为障碍，而命他"且去填词"之人，当是真宗。严有翼又说"由是不得志"等，已说明柳永"无复检约""奉旨填词"实与"上曰"有因果关系。细审《鹤冲天》词中之抱怨、赌气之意，正由此而发。这样看来，严氏《艺苑雌黄》所记之事，正是柳永在真宗朝初次应考不中之事。

而吴曾《能改斋漫录》所言仁宗因《鹤冲天》词而黜落柳永之事，并非"据严语而更演之"⑤，而应是发生在章献太后听政时期的另一件事。

---

① 参见唐圭璋《柳永事迹新证》（载《文学研究》1957年第3期），蔡厚示、李国庭《柳永评传》，吴熊和《唐宋词通论》，薛瑞生《乐章集校注·前言》，等等。
② 《宋史》卷七《真宗本纪二》、卷一一二《礼志十五》可参证。
③ 据《文献通考》卷三十二《选举五》。
④ 〔清〕宋翔凤：《乐府余论》。
⑤ 〔宋〕柳永撰、薛瑞生校注：《乐章集校注·前言》，中华书局1994年版。

仁宗即位时只有13岁。章献太后听政11年直至去世，24岁的仁宗才亲自执政。柳永在仁宗亲政的第二年，即景祐元年（1034）终于及进士第。如果他因《鹤冲天》词而被黜落之事属实，则只能发生在太后听政期间。此间开科考3次：天圣二年（1024）、天圣五年（1027）、天圣八年（1030）。柳永从22岁（大中祥符元年）应考到48岁（景祐元年）中举，这26年间有七度科举，他到底参加了几次？现有史料尚难说明。但吴曾所言至少表明：他在天圣年间的3次科举中有一次已经入选进士，但在皇帝最后审批时，因《鹤冲天》之故而被黜落了。这时的仁宗虽未独立执政，但已开始参与处理政务了。

然此事令人费解之处亦多。史载仁宗"天性仁孝宽裕，喜愠不形于色"①。有一次他听到有考进士者因殿试落第而赴水自尽，不禁为之"恻然"，于是立了一项制度：凡经初试进入殿试阶段的举子，一律不再黜落。即便不令人十分满意，也收在榜末。②他亲政不久，即于景祐初年下诏曰：

乡学之士益蕃，而取人路狭，使孤寒栖迟，或老而不得进，朕甚悯之。其令南省就试进士、诸科六举，尝经殿试、进士三举、诸科五举，及尝预先朝御试，虽试文不合格，毋辄黜，皆以名闻。

柳永"景祐元年方及第"，或许与此诏之意不无关系。对读书人这样宽宏仁爱的仁宗皇帝，为什么对柳永就一次次地不客气呢？

《鹤冲天》惹祸的故事颇可疑。再来看看王辟之《渑水燕谈录》所言故事，亦有可疑。这故事的关键是《醉蓬莱》词：

渐亭皋叶下，陇首云飞，素秋新霁。华阙中天，锁葱葱佳气。嫩菊黄深，拒霜红浅，近宝阶香砌。玉宇无尘，金茎有露，碧天如水。　正值升平，万机多暇，夜色澄鲜，漏声迢递。南极星中，有老人呈瑞。此际宸游，凤辇何处？动管弦清脆。太液波翻，披香帘卷，月明风细。

《渑水燕谈录》所言3条令仁宗不悦的原因，前两条都是皇帝身旁的人察言观色，猜测揣摩的，未必用了一个"渐"字，用了仁宗作真宗挽词用过的"宸游凤辇"几个词语，就能引起龙颜不悦，绝了人家的仕途。"太液波翻"的"翻"字的确不如"澄"字显得柔和、宁静，但如果仅是艺术趣味不同，

---

① 《宋史》卷九《仁宗本纪一》。
② 参〔宋〕邵伯温撰，李剑雄、刘德权点校《邵氏闻见录》卷二，中华书局1983年版。

似也不至于使龙颜变色。那么到底为什么皇家对柳永这么严厉苛刻呢？

以上3条记载，虽有疑点，但柳永仕宦蹉跎确是事实。那么这位才子词人为何仕途不畅呢？仔细想来，这3条记载倒是透露出一些历史的必然性：浪子词人和正统皇室之间一直存在着文化观念、审美意识的冲突，不是词应该怎么作，而是人应该怎么做的问题。

首先，二者之间是放浪形骸与正统、谨慎的品行差异。

就说仁宗吧，他是个生性谨慎、"务本向道"的正统帝王。据邵伯温《邵氏闻见录》卷二记载，有一次夜间仁宗观看众僧做道场，遂"各赐紫罗一疋"。众僧致谢时，他嘱咐说，"来日出东华门，以罗置怀中，勿令人见，恐台谏有文字论列"。还有一次，他在很受宠的张贵妃那里见到一个定州红瓷器，就追问"安得此物？"贵妃说是大臣王拱辰进献的。仁宗训斥贵妃不该与臣僚通馈赠，并用柱斧打碎了瓷器。后来他又发现贵妃身着灯笼锦，问清是潞国公文彦博送的，很不高兴。后来文彦博任宰相，台官唐介弹劾他，便涉及送灯笼锦的事。仁宗以对上失礼的罪名把唐介贬谪到边远地方，同时也降了文彦博的职，贬他出判许州。还有一次仁宗举办赏花钓鱼宴，内侍们用金碟盛钓饵放在桌上。王安石当时知制诰，他不经意间，随手把钓饵吃光了。仁宗第二天对宰相说："王安石诈人也。使误食钓饵，一粒则止矣；食之尽，不情也。"仁宗就是这样一个生性谨慎，规范意识很强，很注重生活小节的人。

而柳永呢，他是个容易放任性情、只图一时痛快的风流才子。其实风流才子在当时照样也可以做官的。做官的人也有风流韵事，只是大家不说出来。柳永不但写出来，让人到处唱，而且还夸张渲染地炫耀。这就犯了忌讳。而那首《鹤冲天》词又分明是对皇权的轻慢。那种揶揄圣主、戏谑卿相、玩世不恭的浪子情调，写出来便是挑战。皇家不可能给他好果子吃。其实，柳永做不成官也没什么冤枉的。"忍把浮名，换了浅斟低唱"，并不完全是出于不得已。明确的审美追求，其最深层的精神实质是一种反叛规范、放纵天性的生命自由意识。

其次，柳永和皇室人格美意识的第二点差异，是追求风流与追求儒雅的审美情趣差异。

古代文人常常既风流又儒雅，柳永是风流有余，而儒雅不足，仁宗则是"留意儒雅，务本向道"。他绝不会像日后的宋徽宗那样去京城名妓李师师那里走走，他重用的臣僚都是正统儒雅之士，宰辅如晏殊、富弼、韩琦、文彦博，台谏之臣如唐介、包拯、司马光、范镇、吕诲等。他当然不喜欢让那个放任自由的浪子词人领他太多的皇粮。

再次，柳永与皇室的人格美意识有率真和修饰的差异。

这并不是指他们的道德人格有高下之分，而是指他们各自代表着不同的文化人格。仁宗所欣赏的人格美是经过儒家理性加工、修饰过的规范人格意识。按封建时代的规范，皇帝占有多少女人都合乎规范，臣子就有限度了。妻妾稍多还可以，总和妓女们混在一起就不好了。宋代允许妓女存在，也允许官僚们听听她们的歌，看看她们的舞，甚至自家也可以养几个歌儿舞女。但像柳永这样总在烟花巷陌中寻访意中人，眠花宿柳，而且还把这种生活体验不无夸张渲染地大加炫耀，到底有些过分，做官总不太合适。相比之下，柳永是过于率真任性了。

二、柳永与宰相词人艺术美意识的差异

宋张舜民《画墁录》载：

柳三变既以词忤仁庙，吏部不放改官，三变不能堪，诣相府。晏公曰："贤俊作曲子么？"三变曰："只如相公亦作曲子。"公曰："殊虽作曲子，不曾道'彩线慵拈伴伊坐'。"柳遂退。

柳永比晏殊至少大4岁，但晏殊此时是堂堂宰相（集贤殿大学士兼枢密使）。这次会晤在晏殊53岁左右。此时柳永中进士差不多10年了，但还是沉于下僚，于是他想和宰相谈谈心，希望这位宰相词人能理解自己。这真是当局者迷。晏殊可是旁观者清，他知道皇帝不喜欢的是什么。两个人一开始就心照不宣地谈到了词。晏殊开口就点题："贤俊作曲子么？"柳永曰："只如相公亦作曲子。"晏殊当然不能让步，马上指出：我虽作曲子，却不像你那么放肆。

这次短暂的会晤中隐含着长期以来两种审美意识的冲突。这表面是词美意识的冲突，其实是如何做人的观念冲突。

柳永是浪子词人，"恣游狂荡"是他的自我评价。晏殊是正统文人，14岁就以"神童"身份受到宋真宗接见，15岁受赐同进士出身，擢秘书省正字，42岁任参知政事。以后虽有浮沉迁徙，但基本是身居高官要职。他生性谨慎，行为规范，很合仁宗的脾气。他举荐、提拔过范仲淹、韩琦、富弼、欧阳修等名儒。这些人后来都受到仁宗重用，成为一代名臣。他绝不会违反皇帝的意思而举荐柳永。《珠玉词》137首中，仅有两处使用"狂"字："无端一夜狂风雨"（《采桑子》）、"醉来拟恣狂歌"（《相思儿令》），皆与柳永"争不恣游狂荡"的"狂"不同。这次谈话虽不多，但若把《乐章集》和《珠玉词》进行对比，就会看出他们在写什么和怎么写方面都有明显分歧。

柳词今存213首，其中直接涉及男女情事的有130～140首。这些词除写离别、相思等内容外，约有一半写到男女艳情。晏殊批评他时所举的词句，出自《定风波》（自春来），而柳词中描写女性体态容貌、洞房情事、床笫欢愉比较直露的词作远过于此。如被黄昇批评为"丽以淫"①的《昼夜乐》（秀香家住桃花径），又如《尉迟杯》（宠佳丽）、《慢卷䌷》（闲窗烛暗）等。严有翼批评这些词是"闺门淫媟之语"②，并不过分。清人周济尝为柳永辩护，但也不能不批评其词中"恶滥可笑者多"③。这类词，晏殊是不会写的。晏殊今存词137首，无一首像柳永这样坦率地写男女艳情。晏词中纯以女性或男女情事为题材的词只是一小部分，写得也比较含蓄、优雅。如《清平乐》写女性美：

玉碗冰寒滴露华，粉融香雪透轻纱。晚来妆面胜荷花。　　鬓鬌欲迎眉际月，酒红初上脸边霞。一场春梦日西斜。

即使写恋情，也很含蓄。如《诉衷情》：

青梅煮酒斗时新，天气欲残春。东城南陌花下，逢着意中人。　　回绣袂，展香茵，叙情亲。此时拼作，千尺游丝，惹住朝云。

柳词中的女性主要是秦楼楚馆、烟花巷陌中的女性，写得比较艳，比较露，比较性感；晏词中的女性主要是豪门华筵上唱歌跳舞或侍奉宾主的女性，写得比较典雅、含蓄、优美。柳词中的男女之情常常涉及房中床上的情事和体验，晏词则绝不写这些。晏词中的女性都是交际场上的，柳词中则多是风月场上的。晏词中的男女之情仅限于情感意念范围，而且写得委婉含蓄；柳词中则常常突破这个限度而涉及两性的云雨欢合。即使是写相思或回忆往事，或向往未来，柳词也常涉及两性间的床笫之欢。柳永不想对感情遮遮掩掩，他喜欢坦露真情，喜欢铺陈渲染。即便对风尘女子，他也敢坦言真诚的爱恋和同情之心。他把男女之情写得太真切了。

晏词中大量篇章写男女情事之外的生活和感受。他词中的抒情主人公常常是一位雍容典雅的达官贵人，在那里伤春、悲秋，感慨时光流逝、节序变化；或在清风明月之中，山水花草之间，宣泄一点官场上的厌倦和郁闷；或在小园

---

① 〔宋〕黄昇编：《唐宋诸贤绝妙词选》卷五，《四部丛刊初编》本。
② 〔宋〕严有翼：《艺苑雌黄》，《说郛》本。
③ 〔清〕周济：《介存斋论词杂著》"柳永"条。

香径中独自徘徊，看一看落花飞燕，叹息一番生命的衰老。他也写梦、写醉，写宾客往来，写听歌赏舞吟诗作词之事。总之他只写"高贵者"的生活，不写"卑贱者"的生活；只写正统文人清客的情趣，不写风流浪子的情趣；他追求词篇的雍容、典雅、闲适、清淡、委婉、含蓄之美，不喜欢秾艳、华丽、坦率、风流、俚俗之美。

其实，柳词的文化市场远比晏词广阔。晏词的市场在文人骚客之中，柳词则无论市井民众还是正统文人、达官贵人都喜欢，连皇帝也爱听。晏殊也熟悉柳词，不然他怎么能开口就拈出柳词句子呢？后来的文人也都爱读柳词，秦观还有意无意地学柳词句法。苏轼也很熟悉柳词，以至一眼就能看出秦观词中像柳词的地方。

看来，当时的文人以至帝王都不否认柳词的审美价值。执政者只是认为他这个人不适合从政，应该去专门写词，柳永也就真的成了"专业"词人了。正统文人则认为柳词可听可唱可读，但其中艳的部分切不可学，学了就有失身份。

其实，浪子词人只是柳永人生角色之一。如前所述，他青少年时代是个勤学苦读的书生，为官后是个被后人列入"名宦"之林的好官。他的词也有许多是符合正统审美观念的高雅之作。比如写都市繁华的《望海潮》（东南形胜），写羁旅情怀的《八声甘州》（对潇潇暮雨洒江天）、《夜半乐》（冻云黯淡天气），写离愁别绪的《雨霖铃》（寒蝉凄切），写悲秋念远的《玉蝴蝶》（望处雨收云断），写执着追求的《凤栖梧》（伫倚危楼风细细），等等。这些词艺术性极高，历来被认为是柳词的代表作，是极标准的文人雅士之词，是宋词中第一流的精品。柳永拓宽了词的题材，发展慢词（长调）形式，丰富了词的表现手法，把俚俗词语用到词中（这一点在当时和以后都受到批评）。他是北宋词坛一个新的美学流派。他的词不仅影响到词的创作，而且影响到戏曲。清况周颐《惠风词话》卷三云："柳屯田《乐章集》为词家正体之一，又为金、元以还乐语所自出。"

（刊于《学术研究》1997 年第 3 期，原名《浪子词人柳永与正统君臣审美意识的冲突》）

梅尧臣的诗歌审美观及其文化意蕴

梅尧臣的诗歌审美观从北宋至今一直受到诗人和批评家的重视，是一份并未被冷落的文化遗产。但是，当我们用当代人的文艺观、历史观、文化观从比较深广的历史、文化联系中对其进行新的审视时，就感到过去人们对它的理解和研究比较单一，缺乏历史的深度和文化的广度。其实梅尧臣的诗歌审美观念最耐人寻味之处，恰恰是它所体现的民族历史文化传统、它所蕴含的时代精神、它所显示的时尚审美心理和文人心态。

一、弘扬"诗教"

北宋诗文革新一个重要特点是呼唤和弘扬儒家传统"诗教"。梅尧臣的诗歌审美观正代表了这种时代精神。他在庆历五年（1045）写的《答裴送序意》诗中说：

我于诗言岂徒尔，因事激风成小篇。辞虽浅陋颇克苦，未到二雅安忍捐！安取唐季二三子，区区物象磨穷年。①

庆历六年（1046）《寄滁州欧阳永叔》诗：

君能切体类，镜照嫫与施。真辞鬼胆惧，微文奸魄悲。
不书儿女语，不作风月诗。唯求先王法，好丑无使疑。②

又庆历六年《答韩三子华韩五持国韩六玉汝见赠述诗》：

圣人于诗言，曾不专其中。因事有所激，因物兴以通。

---

① 〔宋〕梅尧臣著、朱东润编年校注：《梅尧臣集编年校注》，上海古籍出版社1980年版，第300页。
② 〔宋〕梅尧臣著、朱东润编年校注：《梅尧臣集编年校注》，上海古籍出版社1980年版，第330页。

自下而磨上，是之谓国风。雅章及颂篇，刺美亦道同。
不独识鸟兽，而为文字工。屈原作离骚，自哀其志穷。
愤世嫉邪意，寄在草木虫。①

从这些诗中看出，梅尧臣有意弘扬儒家"诗教"，在诗与现实的关系上，强调学习"诗三百"以还的现实主义传统，"因事激风"，反映现实；在诗人与诗的关系上，主张写真情感，写"愤世嫉邪"之意，主张"文字出肝胆"②（《依韵和晏相公》），"合力兴愤叹"③（《依韵和王平甫见寄》）；在诗的社会功用上，提倡要像"风""雅"那样"磨上""刺美"，像"仲尼作春秋"那样"微言大义"，像欧阳修那样以诗文"照美丑""惊邪恶"。

透过梅尧臣的这些主张，我们可以进一步分析他的文化心态和审美心理。

首先，梅尧臣对"诗教"的呼唤和弘扬是时代精神使然。

宋王朝结束了分裂动荡的局面，使社会归于统一和安定，然后便采取与民生息、发展生产的经济策略和重用文人治国的政治策略，使经济文化迅速发展，社会在安定中走向繁荣。但是，这个版图和国势一开始就不如汉、唐帝国的小王朝，建国不久就暴露了种种内忧外患。辽、夏相继的战事迫使宋王朝以"岁币"买和平，委曲求全；国民经济的有限发展难以维持无限增长的军政开支和人民生活的最低需求，导致国内矛盾日益深化。一面是农民负担不断加重，生活困苦不堪；另一面是冗官冗兵大量增加，财政吃紧。这就引起许多忧国忧民之士力图革新政治，他们的文学创作，也较多地表现出对时事的关注。从王禹偁、柳开、石介、穆修到尹师鲁、石曼卿、范仲淹、梅尧臣、欧阳修、苏舜钦，他们以复古兴儒为名，祖述"风""雅"，呼唤儒家"诗教"精神，力图拉近文学与现实的距离。

其次，梅尧臣对"诗教"的呼唤和弘扬，反映了当时文艺思潮的变化。

北宋前期文坛经历着从因袭到革新的变化。在梅、欧时代，文章革新已经大获成就，宋文初步形成了自己的风貌。在诗歌领域，朝堂上有君臣酬唱、娱乐遣兴的"白体"风行于太宗、真宗两朝；台阁中有表现才学和文采的"西昆体"流行于真、仁之世；山野林泉之中，则有林逋、魏野、九僧等隐逸诗

---

① 〔宋〕梅尧臣著、朱东润编年校注：《梅尧臣集编年校注》，上海古籍出版社1980年版，第336页。

② 〔宋〕梅尧臣著、朱东润编年校注：《梅尧臣集编年校注》，上海古籍出版社1980年版，第368页。

③ 〔宋〕梅尧臣著、朱东润编年校注：《梅尧臣集编年校注》，上海古籍出版社1980年版，第833页。

人的"晚唐体"吟风咏月。此三者都有疏离社会民生的倾向。此间虽有王禹偁面向现实人生,首倡以杜甫、白居易为代表的现实主义传统,并进行了可贵的创作实践,但他毕竟势孤力单,未成大势。仁宗朝后期,"诗教"派兴起,梅尧臣、欧阳修、尹洙、石曼卿、苏舜钦等人的诗歌创作及主张贴近社会民生,同时表现文人日常生活和心理。梅尧臣正是这样应运而起的。他批评"西昆体""雕章丽句",倡导平淡清新自然。"西昆体"作诗喜欢"历览遗编,研味前作,挹其芳润",他则主张力避陈俗,"文字必己力","文字出肝胆",要"本情性""兴愤叹""和人心""因事激风成小篇"。"西昆体""更迭唱和",作诗主要是消遣娱乐,他则主张作诗要"自下而磨上","刺美亦道同",要使"鬼胆惧""奸魄悲""鬼神感"。他的这些主张表现出深切的社会责任感。

二、 倡导 "平淡"

梅尧臣在内容上倡导崇实致用,在艺术风格、艺术表现方式等方面则倡导朴实自然、清新平淡,以此矫正晚唐五代以来直到"西昆体"诗文那种雕琢典雅的审美风尚。

梅尧臣诗求平淡,陶渊明诗便成了他学习的范式。"平淡"的美学命题实际包含了形与神,即平淡的艺术风格和平淡的人生态度两个层次。先看梅尧臣对平淡的理解。

庆历五年,他在《答中道小疾见寄》诗中说:

诗本多情性,不须大厥声。方闻理平淡,昏晓在渊明。[①]

这是说朋友宋中道在学陶,作平淡的诗歌。不久,他在《寄宋次道中道》中便称赞宋氏兄弟学作渊明诗有了成绩,"平淡可拟伦"[②] 了。

皇祐五年(1053)他作《林和靖先生诗集序》云:

其顺物玩情为之诗,则平淡邃美,读之令人忘百事也。其辞主乎静正,不

[①] 〔宋〕梅尧臣著、朱东润编年校注:《梅尧臣集编年校注》,上海古籍出版社1980年版,第293页。

[②] 〔宋〕梅尧臣著、朱东润编年校注:《梅尧臣集编年校注》,上海古籍出版社1980年版,第304页。

主乎刺讥，然后知趣尚博远，寄适于诗尔。①

嘉祐元年（1056）又有《读邵不疑学士诗卷……》云：

作诗无古今，唯造平淡难。②

根据这些话，以及梅尧臣所推重的陶渊明诗、林和靖诗，可知梅尧臣所理解的平淡是很高的艺术境界，并非平庸浅淡，而是与邃美、情性密切关联的。它要求既有深邃丰富美好的情感意蕴，又不剑拔弩张地大放厥声；既有平和淡泊的心境，又有平稳宁静、清淡自然的外形；不大起大落，不浓妆艳抹。

据此又可知，崇尚平淡在北宋诗坛已经形成一种风气。林逋是宋初著名的隐逸诗人，邵不疑与梅尧臣同时，宋中道、宋次道年龄和诗龄都晚于梅尧臣。从梅尧臣对他们的评语可以看出，从宋初到诗文革新时代，平淡一直是许多诗人所崇尚和追求的一种艺术审美范型。

上述两点分析，从梅尧臣自己的创作中尤其能找到更充分的证明。欧阳修是梅尧臣文学事业的第一知音，他十分推重梅诗"清丽闲肆平淡"③的风格。梅尧臣的作品从30岁始有存稿，其中"清丽闲肆平淡"之作很多，早年、中年、晚年都有。如：

林际隐微虹，溪中落行影。④（《岭云》，30岁作）
白水照茅屋，清风生稻花。⑤（《田家》，30岁作）
霜落熊升树，林空鹿饮溪。人家在何许？云外一声鸡。⑥（《鲁山山行》，39岁作）

---

① 〔宋〕梅尧臣著、朱东润编年校注：《梅尧臣集编年校注》，上海古籍出版社1980年版，第1150页。
② 〔宋〕梅尧臣著、朱东润编年校注：《梅尧臣集编年校注》，上海古籍出版社1980年版，第84页。
③ 〔宋〕欧阳修：《梅圣俞墓志铭》。
④ 〔宋〕梅尧臣著、朱东润编年校注：《梅尧臣集编年校注》，上海古籍出版社1980年版，第8页。
⑤ 〔宋〕梅尧臣著、朱东润编年校注：《梅尧臣集编年校注》，上海古籍出版社1980年版，第10页。
⑥ 〔宋〕梅尧臣著、朱东润编年校注：《梅尧臣集编年校注》，上海古籍出版社1980年版，第168页。

河汉微分练，星晨淡布萤。①（《依韵和武平……》，41岁作）

每读陶潜诗，令人忘世虑。……今时有若此，我岂不怀慕。②（《寄题张令阳翟希隐堂》，59岁作）

此类诗写自然平淡的情怀，表现风格也平淡自然，颇有陶渊明、王维山水田园诗的韵味。

庆历六年，他（45岁）自汴州赴许昌签书判官任，途经颍州遇到当时罢相知颍州的晏殊。晏殊以前辈的口吻夸奖梅尧臣诗可与"陶、韦比格"，教导他"宁从陶令野，不取孟郊新"③（《以近诗贽尚书晏相公……》）。梅尧臣也谦虚地说自己只是"稍欲到平淡"④（《依韵和晏相公》）。他这次清颖之行确实又写了不少平淡清新的诗，写景如"半灭竹林火，数闻茅屋鸡。秋天畏残暑，不为月光迷"⑤（《早至颍上县》），写情如"浩然起远思，欲与鱼鸟闲……时看秋空云，雨意浓淡间"⑥（《登舟》）。

梅尧臣晚年诗依然追求平淡境界，如《次韵和景彝元夕雨晴》：

青云收暮城，九陌洒然清。星出紫霄下，月从沧海明。
车音还似昼，鼓响已知晴。静闭衡门外，无心学后生。⑦

欧阳修说"圣俞平生苦于吟咏，以闲远古淡为意，故其构思极艰"⑧。这话很中肯地道出了梅尧臣艺术追求的执着精神和一贯特色。

值得深思的是，梅尧臣诗风不限于平淡，论诗也并不只重平淡，但时人和

---

① 〔宋〕梅尧臣著、朱东润编年校注：《梅尧臣集编年校注》，上海古籍出版社1980年版，第205页。
② 〔宋〕梅尧臣著、朱东润编年校注：《梅尧臣集编年校注》，上海古籍出版社1980年版，第1147页。
③ 〔宋〕梅尧臣著、朱东润编年校注：《梅尧臣集编年校注》，上海古籍出版社1980年版，第369页。
④ 〔宋〕梅尧臣著、朱东润编年校注：《梅尧臣集编年校注》，上海古籍出版社1980年版，第368页。
⑤ 〔宋〕梅尧臣著、朱东润编年校注：《梅尧臣集编年校注》，上海古籍出版社1980年版，第363页。
⑥ 〔宋〕梅尧臣著、朱东润编年校注：《梅尧臣集编年校注》，上海古籍出版社1980年版，第364页。
⑦ 〔宋〕梅尧臣著、朱东润编年校注：《梅尧臣集编年校注》，上海古籍出版社1980年版，第1135页。
⑧ 〔宋〕欧阳修：《六一诗话》。

后人却独重其平淡诗风。尤其是晏殊与梅尧臣关于平淡问题的对话，令人不禁想到晏殊的名句"梨花院落溶溶月，柳絮池塘淡淡风"似乎也透着平淡的神韵。二人官运不同，人品、诗品也不同，但对自然平淡风格却有共同爱好，这启示我们透过诗的风格，思考一些文学以外的原因。

宋王朝真、仁之世，号称"百年无事"，朝廷上下因循苟安已成风气，一切新政新法都难于施行。这种政治局面压抑着整个社会的进取精神。这是个不求丰功伟业、唯求四平八稳的时代。一生小心事君、谨慎为官的晏殊正是这个时代的"宁馨儿"。统治者意愿如此，那么，整个社会自然就缺乏大喜大悲、大起大落的气氛，缺少激扬热烈、豪迈壮浪的崇高追求，因而平和淡泊的审美心理与平淡宁静的心态就很容易形成一时时尚。不妨顺便领略一下"言情而不言理"的词坛风貌：

无可奈何花落去，似曾相识燕归来。小园香径独徘徊。（晏殊《浣溪沙》）
浮生长恨欢娱少，肯爱千金轻一笑。为君持酒劝斜阳，且向花间留晚照。（宋祁《玉楼春》）

我不是说这些词平淡，而是要借此来透视一下达官贵人、文人墨客的心况。且不管他们是否曾有过远大抱负，只是这词里，那种难以消遣的闲愁，百无聊赖的意绪，不可名状的怅惘，不是正好曲折地昭示了那个平安无事因而也无所作为的时代吗？从这个意义上说，平淡的诗美风尚和并不平淡的词美风气有着共同的"时缘"。

在宋代，文士们常常融合儒、道、释三家思想，既实际又超脱，审美趣尚中既带有对社会人生的理性思考，又颇切近个体人生。盛唐才子们那种理想化的华美、飘逸格调受到冷落，而朴实自然、平和淡泊的心态和诗风受到诗人普遍的青睐。

梅尧臣对平淡美的崇尚，哲学上源于老、庄，艺术上继承陶渊明、谢灵运、王维、孟浩然、韦应物、司空图、林和靖等。需要注意的是，不同时代、不同诗人的平淡是有差别的。比如陶渊明生当玄学极盛的时代，其平淡的审美理想更多地接受了道家美学的虚无成分。钟嵘《诗品》评陶诗"风华清靡，岂直为田家语邪？"而梅尧臣的平淡却较多地含有普通的生活气息而较少老、庄、陶、谢那种"不食人间烟火"的清高。如果说陶的平淡主要是面向自然，那么梅的平淡则主要是面向社会人生。

梅尧臣既弘扬儒家"诗教"又崇尚平淡，这看起来有点不一致，但却深合传统。传统文化中儒、道互补，表现为人生哲学，是仕与隐对立统一；表现为艺术哲学,是功利性与审美性对立统一。文学家常常兼顾彼此。梅尧臣诗美观念中的功利性和审美性并存,正是传统诗学多元影响的结果。

三、写景、创意、造语

梅尧臣还提出了两个在文学史、美学史上颇为著名的命题,这就是见于欧阳修《六一诗话》的"意新语工"和"状难写之景如在目前,含不尽之意见于言外"。

《六一诗话》载:

圣俞尝语余曰:"诗家虽率意,而造语亦难。若意新语工,得前人未道者,斯为善也。必能状难写之景如在目前,含不尽之意见于言外,然后为至矣。贾岛云:'竹笼拾山果,瓦瓶担石泉。'姚合云:'马随山鹿放,鸡逐野禽栖。'等是山邑荒僻,官况萧条,不如'县古槐根出,官清马骨高'为工也。"余曰:"语之工者固如是。状难写之景,含不尽之意,何诗为然?"圣俞曰:"作者得于心,览者会以意,殆难指陈以言也。虽然,亦可略道其仿佛。若严维'柳塘春水漫,花坞夕阳迟',则天容时态融和骀荡,岂不如在目前乎?又若温庭筠'鸡声茅店月,人迹板桥霜',贾岛'怪禽啼旷野,落日恐人行',则道路辛苦,羁愁旅思,岂不见于言外乎?"

又《后山诗话》载:

闽士有好诗者,不用陈语常谈。写投梅圣俞。答书曰:"子诗诚工,但未能以故为新、以俗为雅尔。"

这些记载说明梅尧臣倡导"意新语工"是有理论自觉意识的。从他所举诗例看,"县古"两句显然比贾、姚的句子有新意。从诗的表层看,其意象的丰富和奇特超过贾、姚;从诗的深层看,其情意的深刻新颖也超过贾、姚。古县老槐,瘦马清官,这表象的背后是古朴清高的神韵。可见意新首先是指思想感受新、深、独到,其次是构思立意要新颖独特,同时还必须包括表达方式的出人意料、超凡脱俗,既新颖又精炼而有概括力,既深刻含蓄又平淡自然。"工"是手段,"新"是目的,二者相辅相成。"意新语工"之论正反映出宋诗人在唐诗之后求新求变求自立的努力。

"状难写之景如在目前,含不尽之意见于言外"与"意新语工"是同一理论体系。从他举的例子看,是意既新,语既工,又含蓄蕴藉。《诗人玉屑》卷九《托物》篇一则记载可参："圣俞《金针诗格》云：诗有内外意，内意欲尽其理，外意欲尽其象，内外意含蓄，方入诗格。"这里涉及诗歌美学的两个基本问题，一是形象性。"难写之景"不是指自然原型，而是经过诗人加工提炼的诗意的物象，它要新奇生动，如在目前。二是思想情感的丰富性和表达的含蓄性。"不尽之意"含有说不尽和不说尽两层意思，使人既可以体会"目前"的丰富意蕴，又可以寻味"言外"的妙理神韵。梅尧臣认为这才是美的极致。

这一审美理想同样也深深植根于民族优秀文化传统中。从谢灵运的"池塘生春草，园柳变鸣禽"，到多姿多彩的唐诗，都为这种审美理想提供了极好的范例。而传统诗歌理论也是这种审美理想的渊源。陆机《文赋》云："笼天地于形内，挫万物于笔端"，"虽离方而遁圆，期穷形而尽相"。钟嵘《诗品》云："言在耳目之内，情寄八荒之表。"刘勰有"隐秀"论。司空图有"离形得似""不著一字，尽得风流"等理论。梅尧臣的状景含意之论，与这些理论一脉相承。葛立方赞曰："梅圣俞云作诗须状难写之景于目前，含不尽之意于言外，真名言也！"

梅尧臣的诗歌审美观是民族优秀的文学、美学传统与北宋诗文革新时期的社会风气、文化心理、审美时尚相结合的产物，他的诗作也与此相得益彰，共同体现着传统、映现时代、昭示着宋诗的未来。梅尧臣因而赢得"本朝诗唯宛陵为开山祖师"[①] 的极高称誉。欧阳修曾感叹"自从苏梅二子死，天地寂然收雷声"[②]。当然，北宋诗坛在梅尧臣死后，不但没有"寂然"，反而进入了宋诗的全盛期。这正说明梅尧臣的诗歌审美观及其创作，有不可低估的作用。

[刊于《广州大学学报》（文理工综合版）1988年第1期，原名《梅尧臣的诗歌审美观及其文化心理成因》]

---

① 〔宋〕刘克庄：《后村大全集》卷一七四。
② 〔宋〕欧阳修：《居士集》卷九《感二子》。

邵雍的快乐诗学

邵雍不与科举，不入仕途，自号安乐先生，最喜欢作诗，是"理学诗"的代表人物，且对后世诗歌影响较大，宋末元初诗坛甚至形成了"击壤派"，鄙弃文采诗艺，专以浅俗之言论说性理，流风衍及明代。

《鹤山集》的作者魏了翁就是学邵雍的，他对邵雍诗推崇备至，所作《邵氏击壤集序》云：

> 宣寄情意在《击壤集》，凡立乎吾皇王帝霸之兴替，春秋冬夏之代谢，阴阳五行之运化，风云月露之霁曀，山川草木之荣悴，唯意所驱，周流贯彻，融液摆落，盖左右逢原，略无毫发凝滞倚著之意。①

其实邵雍的诗没有魏了翁说的这么博大精深。邵雍诗很少纯粹描摹自然景物之作，多为说理之什，虽也常常涉及自然景物、季节、气候之类，但终归是借题发挥，因象而悟理，这是他作诗的基本路数。其诗风近于白居易，《四库提要》云：

> 晁公武《读书志》云："雍邃于易、数，歌诗盖其余事，亦颇切理。"案：自班固作《咏史诗》，始兆论宗；东方朔作《诫子诗》，始涉理路。沿及北宋，鄙唐人之不知道，于是以论理为本，以修词为末，而诗格于是乎大变。此集其尤著者也。朱国桢《涌幢小品》曰："佛语衍为寒山诗，儒语衍为《击壤集》，此圣人平易近人，觉世唤醒之妙用。"是亦一说。然北宋自嘉祐以前，厌五季佻薄之弊，事事反朴还淳，其人品率以光明豁达为宗，其文章亦以平实坦易为主，故一时作者，往往衍长庆余风。王禹偁诗所谓"本与乐天为后进，敢期子美是前身"者是也。邵子之诗，其源亦出白居易，而晚年绝意世事，不复以文字为长，意所欲言，自抒胸臆，原脱然于诗法之外。毁之者务以声律绳之，固所谓谬伤海鸟，横斤山木；誉之者以为风雅正传，庄昶诸人转相摹仿，如所谓"送我一壶陶靖节，还他两首邵尧夫"者，亦为刻画无盐，唐突西子，

---

① 〔宋〕魏了翁：《鹤山集》卷五十二，《四库全书》本。

失邵子之所以为诗矣。况邵子之诗,不过不苦吟以求工,亦非以工为厉禁。如邵伯温《闻见前录》所载《安乐窝诗》曰:"半记不记梦觉后,似愁无愁情倦时。拥衾侧卧未欲起,帘外落花撩乱飞。"此虽置之江西派中,有何不可?而明人乃惟以鄙俚相高,又乌知邵子哉?

这是指邵雍作诗遣词用语不务艰深,不避浅易。这种类乎"白体"的风格,主要缘于他以"快乐"为宗旨的诗学思想,或许也与宋初诗坛"白体"盛行有一定关系。他自编诗集为《击壤集》,后世称其诗为"击壤体",严羽《沧浪诗话·诗体》称之为"邵康节体"。

以往论者多从理学角度论述邵雍诗学,笔者仔细阅读邵雍诗及其诗论,认为其诗学思想可以称之为"快乐诗学"。他的生命哲学就是快乐哲学,主张做快活人,而快活人须身心闲逸安静,气韵平和淡泊,兴趣高远优雅。闲居、读书、饮酒、作诗是快活人的四大雅好。他主张"以物观物",这是快活的秘诀。其《击壤集·序》阐述其快乐诗学思想,提出"自乐"和"乐时与万物之自得"两种以诗自娱的诗意生存境界,实则是诗人在与时运、万物、诗的关系中如何体验和表达的问题。对于诗歌创作,他还提出三"有"、四"不"的原则。以下试加论述。

一、 邵雍的快乐哲学

邵雍的诗学理念可以称之为"快乐诗学"。由于他以诗言理,而所言之理正是他对人生快乐问题的思考和体认,因此他的快乐诗学与快乐哲学是互为表里的。他的快乐哲学主要有三层内涵:生须快乐,何谓快乐,怎样快乐。

在《安乐吟》诗中,他提出"安乐先生……为快活人"的生活原则。他对"快活人"的描述是:

风月情怀,江湖性气,色斯其举,翔而后至,无贱无贫,无富无贵,无将无迎,无拘无忌,窘未尝忧,饮不至醉,收天下春,归之肝肺,盆池资吟,瓮牖荐睡,小车赏心,大笔快志,或戴接䍦,或著半臂,或坐林间,或行水际,乐见善人,乐闻善事,乐道善言,乐行善意。闻人之恶,若负芒刺,闻人之善,如佩兰蕙。不佞禅伯,不谀方士,不出户庭,直际天地,三军莫凌,万钟莫致。[1]

---

[1] 〔宋〕邵雍:《击壤集》卷十四,《四库全书》本。

在《安乐窝中四长吟》诗中,他又提出"快活人"的四大雅好:

安乐窝中快活人,闲来四物幸相亲:一编诗逸收花月,一部书严惊鬼神,一炷香清冲宇泰,一樽酒美湛天真。①

诗、书、酒都无须解释,唯"一炷香"须加解释。按邵雍自称"不佞禅伯,不谀方士",其生平亦未见吃斋信佛之事,则此"香"非指宗教信仰,而是闲逸安静之谓。总之,人需要快活,而快活人必须身心闲逸安静,气韵平和淡泊,兴趣高远优雅。其行为特征是远仕途而近自然,远俗累而近自由,远物欲而乐清贫,远恶而近善。而这一切又都必须自然而然,并非刻意为之。

邵雍的这番描述,显然是他心仪的生命境界。他的这种快乐生活观念当与他自由放纵的个性气质有关。《河南程氏遗书》卷二载:

尧夫豪杰之士,根本不帖帖地。伯淳尝戏以乱世之奸雄中,道学之有所得者,然无礼不恭极甚。又尝戒以不仁,己犹不认,以为人不曾来学。伯淳言:尧夫自是悠悠。②

尧夫有诗云:"拍拍满怀都是春"。又曰:"芙蓉③月向怀中照,杨柳风来面上吹。"又曰:"卷舒万古兴亡手,出入几重云水身。"若庄周,大抵寓言,要入佗放荡之场。尧夫却皆有理,万事皆出于理。自以为皆有理,故要得纵心妄行总不妨。④

又卷十:

尝劝尧夫诗意,才做得识道理,却于儒术未见所得。⑤

又卷十一:

邵尧夫诗曰:"梧桐月向怀中照,杨柳风来面上吹。"明道曰:"真风流人

---

① 〔宋〕邵雍:《击壤集》卷九,《四库全书》本。
② 〔宋〕程颢、程颐著,王孝鱼点校:《二程集》,中华书局1981年版,第32页。
③ 《四库全书》本《击壤集》卷二十作"梧桐"。
④ 〔宋〕程颢、程颐著,王孝鱼点校:《二程集》,中华书局1981年版,第33页。
⑤ 〔宋〕程颢、程颐著,王孝鱼点校:《二程集》,中华书局1981年版,第112页。

豪也。"①

伊川曰："邵尧夫在急流中，被渠安然取十年快乐。"②

从二程对邵雍的评价可见，邵雍不是正统的儒者，他也未做入仕的修养，他纯然是一位放纵、自由、快乐的隐逸思想家。

他的快乐生活观念是以深厚的哲学修养为底蕴的。在他的哲学思想中，有一个既是宇宙观，又是人生观，又是方法论的重要理念——"以物观物"。这是邵雍哲学和诗学的主要理念，是他达成"快活"心境的基本思维方式。他著有长篇大论《观物篇》，其中第62节有一段话专门阐述"以物观物"学说：

夫所以谓之观物者，非以目观之也。非观之以目而观之以心也，非观之以心而观之以理也。天下之物莫不有理焉，莫不有性焉，莫不有命焉。所以谓之理者，穷之而后可知也；所以谓之性者，尽之而后可知也；所以谓之命者，至之而后可知也。此三知者，天下之真知也，虽圣人无以过之也。③

万物皆有其本然的理、性、命，人须用心去观察，穷理、尽性、至命，这样就会成为有"真知"的人。但观物之心要像镜子一样客观，要像圣人一样能"以物观物"：

夫鉴之所以能为明者，谓其能不隐万物之形也。虽然鉴之能不隐万物之形，未若水之能一万物之形也；虽然水之能一万物之形，又未若圣人之能一万物之情也。圣人之所以能一万物之情者，谓其圣人之能反观也。所以谓之反观者，不以我观物也。不以我观物者，以物观物之谓也。既能以物观物，又安有我于其间哉？是知我亦人也，人亦我也，我与人皆物也。此所以能用天下之目为己之目，其目无所不观矣；用天下之耳为己之耳，其耳无所不听矣；用天下之口为己之口，其口无所不言矣；用天下之心为己之心，其心无所不谋矣。

圣人能"反观"万物，即"以物观物"，也就是超越一己之局限，尽可能从最接近事物本然的立场去观察事物，用超脱了自我的"天下之心"去观察万事万物之普遍的、客观的情与理，甚至把自己都视为被观察之"物"而客

---

① 〔宋〕程颢、程颐著，王孝鱼点校：《二程集》，中华书局1981年版，第413页。
② 〔宋〕程颢、程颐著，王孝鱼点校：《二程集》，中华书局1981年版，第413页。
③ 〔宋〕邵雍：《皇极经世书》卷十二，《四库全书》本。

观地审视之，因而"其见至广，其闻至远，其论至高，其乐至大，能为至广至远至高至大之事，而中无一为焉，岂不谓至神至圣者乎？"这就是邵雍"快活"的秘诀，其实就是淡化个人的喜怒哀乐，超然于个体人生的荣辱得失、祸福利弊之上，使主体之心灵处于一种通达世事与物理的状态，达到一种自由、轻松的境界，快乐就会与生命相伴了。这与孔子所谓"四十而不惑，五十而知天命，六十而耳顺"的生命境界类似，又与老子的认知哲学如出一辙。《老子》第十六章："致虚极，守静笃，万物并作，吾以观其复。夫物云云，各归其根，归根曰静，静曰复命，复命曰常，知常曰明。……知常容，容能公。"又与庄子"虚而待物"的"心斋"（《人间世》）、"齐物"以"丧我"（《齐物论》）、"丧我"而"坐忘"（《大宗师》）、"坐忘"而"无己"（《逍遥游》）的"至人"境界异曲同工。

二、 邵雍的快乐诗学

作为一位崇尚快乐哲学的诗人思想家，邵雍喜欢用诗来表达他的快乐，他的诗学思想也以快乐为宗旨。《击壤集·序》是他诗学思想之总纲，开篇即拈出"自乐"之旨：

《击壤集》，伊川翁自乐之诗也。非唯自乐，又能乐时与万物之自得也。

这里提出了"自乐"和"乐时与万物之自得"两种以诗自娱的诗意生存的境界，实则是诗人在与时运、万物、诗的关系中的体验、理解和表达的问题。

写诗为什么能"自乐"呢？因为诗可以抒情言志：

伊川翁曰："子夏谓'诗者志之所之也，在心为志，发言为诗，情动于中而形于言，声成其文而谓之音'。是知怀其时则谓之志，感其物则谓之情，发其志则谓之言，扬其情则谓之声，言成章则谓之诗，声成文则谓之音，然后闻其诗，听其音，则人之志情可知之矣。"[①]

他在许多诗中也反复阐述这种以诗抒情言志的主张，如《论诗吟》：

何故谓之诗？诗者言其志。既用言成章，遂道心中事。

---

① 〔宋〕邵雍：《击壤集·序》，《四库全书》本。

不止炼其辞,抑亦炼其意。炼辞得奇句,炼意得余味。①

《首尾吟》:

尧夫非是爱吟诗,诗是尧夫有激时。留在胸中防作恨,发于词上恐成疵。②

《谈诗吟》:

诗者人之志,非诗志莫传。人和心尽见,天与意相连。③

《读古诗》:

闲读古人诗,因看古人意。古今时虽殊,其意固无异。
喜怒与哀乐,贫贱与富贵。惜哉情何极,使人能如是。④

《观诗吟》:

爱君难得是当时,曲尽人情莫若诗。无雅岂明王教化,有风方识国兴衰。⑤

然而,情与志是人人都有的,同是抒情言志的诗人,却并非都能自乐,有人快乐而有人忧伤。那么是什么原因决定诗人之乐或悲呢?或者说是什么因素使诗具有使人乐或悲的功能呢?这就要看情与志的内涵,而情与志无不生成于生命主体与时运、万物的关系中。主体的体验和认知,以及体验和认知的方法、视角等,都会影响情与志的质性。他在《击壤集·序》中进一步对"情"的内涵进行分析,提出不可"溺于情好"的主张:

情有七,其要在二,二谓身也、时也。谓身则一身之休戚也,谓时则一时

---

① 〔宋〕邵雍:《击壤集》卷十一,《四库全书》本。
② 〔宋〕邵雍:《击壤集》卷二十,《四库全书》本。
③ 〔宋〕邵雍:《击壤集》卷十八,《四库全书》本。
④ 〔宋〕邵雍:《击壤集》卷十四,《四库全书》本。
⑤ 〔宋〕邵雍:《击壤集》卷十五,《四库全书》本。

之否泰也。一身之休戚则不过贫富贵贱而已，一时之否泰则在夫兴废治乱者焉。……近世诗人穷戚则职于怨憝，荣达则专于淫佚，身之休戚发于喜怒，时之否泰出于爱恶，殊不以天下大义为言者，故其诗大率溺于情好也。

不善于修养情志的诗人往往会"溺于情好"，忧戚于自身的贫富贵贱，其情志局限于小我之私，因而对时运之否泰也就缺乏客观的关注和理解，其快乐自然就少了。这就是不能"自乐"，因而也就不能"乐时"。邵雍对"近世诗人……溺于情好"的批评，是宋代诗人比较普遍的诗学乃至人学观念。在宋代诗学中，余靖论诗首倡通趣，并讥笑屈原说："仆常患灵均负才矜己，一不得用于时，则忧愁恚憝，不能自裕其意，取讥通人，才虽美而趣不足尚。"①屈原之"忧愁恚憝，不能自裕其意"，就是"溺于情好"。宋代许多文人不赞成屈原那样执着事功而忧伤不遇，认为那是不通，是无趣。如苏舜钦不赞成"三闾遭逐便沉江"（《沧浪静吟》），司马光《醉》诗说"果使屈原知醉趣，当年不作独醒人"，苏轼也不赞成屈原之困于忧愁。②

那么，将情与志修养到什么境界才能获得快乐呢？他认为诗人在性、道、心、身、物的关系中，必须有一个最佳的"观"法，即观察的最佳视角和方法。他提出以本然观本然的原则：

性者道之形体也，性伤则道亦从之矣。心者性之郭廓也，心伤则性亦从之矣。身者心之区宇也，身伤则心亦从之矣。物者身之舟车也，物伤则身亦从之矣。是知以道观性，以性观心，以心观身，以身观物，治则治矣，然犹未离乎害者也。不若以道观道，以性观性，以心观心，以身观身，以物观物，则虽欲相伤，其可得乎？若然则以家观家，以国观国，以天下观天下，亦从而可知之矣。③

这种"观"法的关键在于淡化主观因素，尽可能客观地理解被观察的对象，其实就是先"忘我"，再"以物观物"，即超越自身的利害与好恶，让主体的心性、情志尽量接近事物之本然，从而获得对事物之本然的客观理解，这样就能够"乐万物"了，自然也就能"乐时"和"自乐"了。他认为自己观物和作诗，已经达到了这种境界：

---

① 〔宋〕余靖：《武溪集》卷三《曾太傅临川十二诗序》，《四库全书》本。
② 详参本书《余靖诗学及其诗之通趣》一文。
③ 〔宋〕邵雍：《击壤集·序》，《四库全书》本。

予自壮岁业于儒术，谓人世之乐何尝有万之一二，而谓名教之乐固有万万焉，况观物之乐复有万万者焉。虽死生荣辱，转战于前，曾未入于胸中，则何异四时风花雪月一过乎眼也？诚为能以物观物而两不伤者焉，盖其间情累都忘去尔，所未忘者，独有诗在焉，然而虽曰未忘，其实亦若忘之矣。①

"情累都忘"才能做快乐之人。"情累都忘"并非无情无志，而是不"溺于情好"，不被一己之"身"与"时"所困，超越个体人生情感之局限，使一己之情怀升华为人类之情怀，这就能成为快乐之人。快乐之人的创作形态是：

如鉴之应形，如钟之应声，其或经道之余，因闲观时，因静照物，因时起志，因物寓言，因志发咏，因言成诗，因咏成声，因诗成音，是故哀而未尝伤，乐而未尝淫，虽曰吟咏情性，曾何累于性情哉？②

作诗之人能如此既自由自在地抒情言志，又不为情志所累，既顺物之自然，又由心之自然，又顺手之自然，一切都自然而然，就是快乐的诗人。

三、快乐诗学的诗意言说

邵雍将其快乐诗学具体化为三"有"（有闲、有料、有氛围）境界，四"不"（不限声律、不沿爱恶、不立固必、不希名誉）原则，达到由自乐而乐天下的宗旨。

1. 闲与乐

邵雍在其诗中也常常阐释他的快乐诗学理念，他主要阐释的是"闲居之乐"和"文酒之乐"，二者又是相关的。"闲"有两层含义，一是身闲，即不在仕途，无官一身轻，隐居于乡野林泉。这是创作快乐诗歌的外部环境。他不厌其烦地描述这种环境：

高竹数十尺，仍在高花上。柴门昼不开，青碧日相向。
非止身休逸，是亦心夷旷。能知闲之乐，自可敌卿相。③（《高竹八首》其七）

---

① 〔宋〕邵雍：《击壤集·序》，《四库全书》本。
② 〔宋〕邵雍：《击壤集·序》，《四库全书》本。
③ 〔宋〕邵雍：《击壤集》卷一，《四库全书》本。

洛阳城里任西东，二十年来放尽慵。故旧人多时款曲，京都国大体雍容。池平有类江湖上，林静或如山谷中。不必奇功盖天下，闲居之乐自无穷。①（《天津闲步》）

二是心闲，即淡泊名利，超脱情、物诸累，知足常乐。这是创作快乐诗歌的心理环境。读邵雍诗，发现他总在功利与自由之间计较着得失，略有"此地无银三百两"之嫌，令人总感觉他并不那么超脱，至少是时时牵挂着、申述着、权衡着，未能忘却而不停地告诫自己应该忘却，这不免有点累，甚至有些做作。但他自己似乎还是轻松闲逸乐观的：

鸟因择木飞还远，云为无心去更赊。盖世功名多龃龉，出群才业足咨嗟。浮生日月仍须惜，半老筋骸莫强夸。就此岩边宜筑室，乐吾真乐乐无涯。②（《十四日留题福昌县宇之东轩》）

人生忧不足，足外更何求？吾生虽未足，亦也却无忧。③（《逍遥吟》其二）

荣利若浮云，情怀淡如水。见非天外人，意从天外起。④（《秋怀三十六首》其二）

物如善得终为美，事到巧图安有公。不作风波于世上，自无冰炭到胸中。⑤（《安乐窝中自贻》）

2. 诗与乐

邵雍的诗时时都在表白自己对功名荣利的超脱。在自己喜爱的乡野生活和淡泊心境中，诗既是他的精神寄托，又是他的性情慰藉，更是他满怀心事的宣泄和升华，因而作诗这件事本身就是他生活的一大快乐。所谓"安乐窝中诗一编，自歌自咏自怡然"（《安乐窝中诗一编》）。他写了《首尾吟一百三十五首》，不厌其烦地将他写诗的原因和缘起一一道来：

尧夫非是爱吟诗，为见圣贤兴有时。日月星辰尧则了，江河淮济禹平之。皇王帝霸经褒贬，雪月风花未品题。岂谓古人无阙典，尧夫非是爱

---

① 〔宋〕邵雍：《击壤集》卷七，《四库全书》本。
② 〔宋〕邵雍：《击壤集》卷五，《四库全书》本。
③ 〔宋〕邵雍：《击壤集》卷七，《四库全书》本。
④ 〔宋〕邵雍：《击壤集》卷三，《四库全书》本。
⑤ 〔宋〕邵雍：《击壤集》卷八，《四库全书》本。

吟诗。①

这是组诗的第一首，可谓开宗明义：凡古往今来之自然和人事，皆可以诗述之论之。以下130余首诗，每篇首、尾两句相同，故称"首尾吟"，这是邵雍独创的格式。每首分别说明尧夫在安乐窝中作诗的一种情境，凡人生之所见所遇所感，如四时更革、百物新陈、风花雪月、鱼跃雁飞、王朝更替、人事兴衰、万家乐事、读书著述、聚会宴饮等，都是这位闲居野处的思想者兴发感动而成诗章的契机，"胸中风雨吼，笔下龙蛇走。前后落人间，三千有余首。"②（《失诗吟》）"三千来首收清月，二十余年捻白髭。"③（《首尾吟》）从艺术美的意义上说，他并不是优秀的诗人，但从生命哲学的意义上说，他却堪称"诗意地生存"者。

3. 群聚宴饮与诗

除了闲逸淡泊的环境和心境、广泛的创作兴致和题材以外，邵雍还认为作诗需要有诗友结社相聚宴饮的创作氛围，"诗可以群"，群可以诗："樽中有酒时，且饮复且歌。"④（《闲吟四首》其一）"尽送光阴归酒盏，都移造化入诗篇。"⑤（《天津敝居蒙诸公共为成买作诗以谢》）"既劝佳宾持酒盏，更将大笔写诗篇。始知心者气之帅，心快沉疴自释然。"⑥（《病起吟》）"涤荡襟怀须是酒，优游情思莫如诗。"⑦（《和人放怀》）至于写诗的题材，他认为"万物有情皆可状"（《安乐窝中诗一编》），一切都可以入诗。他认为良辰美景嘉宾美酒诗酒雅集，这是人生之大快活，是生产快乐诗篇的最佳情境。在这种情境中，创作主体很容易进入一种如醉如痴的"诗狂"境界，邵雍认为自己就是个"诗狂"：

年来得疾号诗狂，每度诗狂必命觞。⑧（《后园即事三首》其三）
洛中诗有社，马上句如神。⑨（《依韵和三王少卿同过敝庐》）

---

① 〔宋〕邵雍：《击壤集》卷二十，《四库全书》本。
② 〔宋〕邵雍：《击壤集》卷十七，《四库全书》本。
③ 邵雍多次说自己写了3000多首诗，但今存只有1000多首。卷十七《借出诗》云："诗狂书更逸，近岁不胜多。大半落天下，未还安乐窝。"
④ 〔宋〕邵雍：《击壤集》卷一，《四库全书》本。
⑤ 〔宋〕邵雍：《击壤集》卷十三，《四库全书》本。
⑥ 〔宋〕邵雍：《击壤集》卷十一，《四库全书》本。
⑦ 〔宋〕邵雍：《击壤集》卷二，《四库全书》本。
⑧ 〔宋〕邵雍：《击壤集》卷五，《四库全书》本。
⑨ 〔宋〕邵雍：《击壤集》卷七，《四库全书》本。

终期再清会，文酒乐无穷。①（《寄陕守祖择之舍人》）

每逢花开与月圆，一般情态还何如？当此之际无诗酒，情亦愿死不愿醒。②（《花月长吟》）

清谈已是欢情极，更把狂诗当管弦。③（《年老逢春十三首》其二）

年近从心唯策杖，诗逢得意便操觚。快心亦恐诗拘束，更把狂诗大字书。④（《答客吟》）

竹影战棋罢，闲思安乐窝……从来有诗癖，使我遂成魔。⑤（《答任开叔郎中昆仲相过》）

六人相聚会时康，着甚来由不放狂？遍地园林同己有，满天风月助诗忙。⑥（《依韵和王安之少卿六老诗仍见率成七首》其四）

邵雍把作诗视为生活、生命的重要内容，他说自己从中获得的是"乐吾真乐乐无涯"⑦（《十四日留题福昌县宇之东轩》）。

4. 四"不"原则

邵雍在《击壤集·序》中还提出作诗的四"不"原则：

所作不限声律，不沿爱恶，不立固必，不希名誉。

他把作诗的"声律"、诗人的"爱恶""固必""名誉"等都视为自由创作的束缚，是妨碍快乐的"诗累"，认为必须超脱之。事实上，作诗不限声律是不可能的，邵雍也不例外，但讲究声律的程度却因人而有别。格律诗形成于唐代，在刚刚定型之际，唐人作格律诗常有不合格律者。宋人作格律诗比唐人规范多了，但也偶有不合。唐宋以后诗人作诗，合声律是很容易的，甚至是自然而然的，就像人会走路而不必去想应该先迈哪只脚一样。邵雍作诗也是如此。他的"不限声律"是指不过于拘泥，不因声律而害意，当声律与诗意有所不合时，那就不在乎声律的限制。比如他的《安乐窝中四长吟》是一首七律，起句"安乐窝中快活人"中的"活"字就不合平仄。中间4句是散文句法：

---

① 〔宋〕邵雍：《击壤集》卷五，《四库全书》本。
② 〔宋〕邵雍：《击壤集》卷六，《四库全书》本。
③ 〔宋〕邵雍：《击壤集》卷十，《四库全书》本。
④ 〔宋〕邵雍：《击壤集》卷十一，《四库全书》本。
⑤ 〔宋〕邵雍：《击壤集》卷十二，《四库全书》本。
⑥ 〔宋〕邵雍：《击壤集》卷十三，《四库全书》本。
⑦ 〔宋〕邵雍：《击壤集》卷五，《四库全书》本。

一编诗—逸—收花月，一部书—严—惊鬼神。
一炷香—清—冲宇泰，一樽酒—美—湛天真。①

中国古代诗歌的音节节奏通常以双音起句。七言诗通常的节奏是"2—2—3"或"2—2—2—1"或"2—2—1—2"式，这里却是"3—1—3"或者说"3—1—1—2"式，这是七言诗中非常罕见的怪异句式。这4句是诗的颔联和颈联，应该是两副对联，但作者却写成了一组排比句，更像一段顺口溜而不太像两副对联。又如他的《诗画吟》《诗史吟》中许多五言诗，大量使用散文句法，在五言诗通常的"2—2—1"或"2—1—2"或"2—3"句式之外，使用特异的"1—2—2"式，如《诗画吟》②："择阴阳粹美，索天地精英。借江山清润，揭日月光荣。"或完全散文化的句子，如《诗画吟》："感之以人心，告之以神明。人神之胥悦，此所谓和羹。"《诗史吟》："天下非一事，天下非一人。天下非一物，天下非一身。皇王帝霸时，其人长如存。百千万亿年，其事长如新。可以辨庶政，可以齐黎民。可以……"③ 如此之类。

邵雍作诗就是这样随意，只要把意思表达得流畅，哪怕写成顺口溜也不在乎。他喜欢"从心所欲"，而不管是否"逾矩"。

"不沿爱恶"是指不受自己主观情趣的影响，唯求客观地言说。这其实是不可能的，邵雍自己也做不到。他的意思只是尽可能"以物观物"，用客观的、理性的态度去作诗，格物明理，"如鉴之应形，如钟之应声"（《击壤集·序》）。

"不立固必"是指超脱个体人生的固执和必须，通达随意，无论诗人之情志，还是作诗之方法，都不可拘泥。

"不希名誉"主要是指超脱名誉之心，作诗只为快乐，只是怡悦情性，并不是为了知名或不朽。

以上四"不"原则与庄子"至人无己，神人无功，圣人无名"的境界类似。他还有另外的四"不"之论：

钦之谓我曰：诗似多吟，不如少吟，诗欲少吟，不如不吟。我谓钦之曰：亦不多吟，亦不少吟，亦不不吟，亦不必吟。芝兰在室，不能无臭，金石振地，不能无声，恶则哀之，哀而不伤，善则乐之，乐而不淫。④（《答傅钦之》）

---

① 〔宋〕邵雍：《击壤集》卷九，《四库全书》本。
② 〔宋〕邵雍：《击壤集》卷十八，《四库全书》本。
③ 〔宋〕邵雍：《击壤集》卷十八，《四库全书》本。
④ 〔宋〕邵雍：《击壤集》卷十二，《四库全书》本。

这是对《击壤集·序》中四"不"原则的进一步阐释。他把作诗看作生命快乐的需要,是主体意愿自然而然的流露,是"哀"或"乐"的客观言说,而不是必须担负的责任,也不是为了"立言"以不朽。喜怒哀乐都可以自然地用诗来言说,又要"不伤""不淫",恰如其分。由此,他主张诗人不必"苦吟":

平生无苦吟,书翰不求深。行笔因调性,成诗为写心。
诗扬心造化,笔发性园林。所乐乐吾乐,乐而安有淫。①(《无苦吟》)

苦吟就是有"固必",苦吟的诗人通常是注重"声律"的、不善于淡化"爱恶"的,这些都不利于快乐的创作。

5."自乐"与"乐天下"——诗歌的功能论

邵雍把作诗定位为"自乐",那么他是否认为这是诗的唯一功能呢?《击壤集》卷十八有两篇长诗,从广泛的意义上集中论述一般诗歌的普遍性质和多种功能。《诗画吟》:

画笔善状物,长于运丹青。丹青入巧思,万物无遁形。
诗画善状物,长于运丹诚。丹诚入秀句,万物无遁情。
诗者人之志,言者心之声。志因言以发,声因律而成。
多识于鸟兽,岂止毛与翎。多识于草木,岂止枝与茎。
不有风雅颂,何由知功名。不有赋比兴,何由知废兴。
观朝廷盛事,壮社稷威灵。有汤武缔构,无幽厉歌倾。
知得之艰难,肯失之骄矜。去巨蠹奸邪,进不世贤能。
择阴阳粹美,索天地精英。借江山清润,揭日月光荣。
收之为民极,著之为国经。播之于金石,奏之于大庭。
感之以人心,告之以神明。人神之胥悦,此所谓和羹。
既有虞舜歌,岂无皋陶赓。既有仲尼删,岂无季札听。
必欲乐天下,舍诗安足凭。得吾之绪余,自可致升平。

《诗史吟》:

史笔善记事,长于炫其文。文胜则实丧,徒憎口云云。

---

① 〔宋〕邵雍:《击壤集》卷十七,《四库全书》本。

诗史善记事，长于造其真。真胜则华去，非如目纷纷。
天下非一事，天下非一人。天下非一物，天下非一身。
皇王帝霸时，其人长如存。百千万亿年，其事长如新。
可以辨庶政，可以齐黎民。可以述祖考，可以训子孙。
可以尊万乘，可以严三军。可以进讽谏，可以扬功勋。
可以移风俗，可以厚人伦。可以美教化，可以和疏亲。
可以正夫妇，可以明君臣。可以赞天地，可以感鬼神。
规人何切切，诲人何谆谆。送人何恋恋，赠人何勤勤。
无岁无嘉节，无月无嘉辰。无时无嘉景，无日无嘉宾。
樽中有美禄，坐上无妖氛。胸中有美物，心上无埃尘。
忍不用大笔，书字如车轮。三千有余首，布为天下春。

这完全是儒家关于诗歌功能的观念。看来邵雍并不认为诗歌的功能只是自寻快乐，他承认诗歌对于历史、社会、人生具有多方面的价值功能，他用"乐天下"来概括这些价值功能。

作为一位思想家，邵雍对宇宙、人生、社会、历史等诸多方面的问题都有深入的思考，他喜欢把自己思考的心得用诗表述出来，"静把诗评物，闲将理告人"①（《静乐吟》）。这在他自己是快乐的，而对读者，当然也就具有"乐天下"的价值和功能了。仔细读他的诗，发现"乐天下"是他作诗的用意之一。他喋喋不休地言说着、发表着，"三千有余首"，"大半落天下"，让更多的人读自己的诗，这正是诗人的一大快乐；如果读者又认同了自己诗中的情、志、理，如果这诗又传之久远，那就是快乐之极了。

比邵雍小21岁的程颢深切地理解了邵雍的快乐诗学，《和尧夫首尾吟》云：

先生非是爱吟诗，为要形容至乐时。醉里乾坤都寓物，闲来风月更输谁？死生有命人何与？消长随时我不悲。直到希夷无事处，先生非是爱吟诗。②

[刊于《中山大学学报》（社会科学版）2004年第1期]

---

① 〔宋〕邵雍：《击壤集》卷十一，《四库全书》本。
② 〔宋〕程颢、程颐：《二程文集》卷一《明道文集》，《四库全书》本。

小晏词的对比结构

对比是事物存在的基本关系形态。它既是存在的形式，也是存在的内容，又是存在的过程。因而，在人类思维中，它也自然而然地既是形式，也是内容，又是过程。文学把宇宙、社会、人生的种种对比关系纳入艺术的观照，通过对比的方式进行审美的提纯、强调和表达，使之更鲜明、更极端化、更有概括性和感染力。可以说：对比构成了世界，构成了人生，构成了文学。如同赫拉克利特所言"一切产生于一，而一产生于一切"，对比统摄着一切又存在于一切之中。

文本按这样的思路分析晏几道词的内涵的对比构成，并期望在过去、现在和未来之间寻绎出一些人文精神和艺术规律的契合点。

小晏词的内涵构成基本是以情爱为主旨的悲欢离合之情事，而这些正是人生和艺术中最基本的对比关系。《小山集》自序曰：

始时，沈十二廉叔、陈十君龙家有莲、鸿、蘋、云，品清讴娱客。每得一解，即以草授诸儿……考其篇中所记悲欢离合之事，如幻，如电，如昨梦前尘，但能掩卷怃然，感光阴之易迁，叹境缘之无实也。

这段话简要地说明：其词乃以男女相娱为背景，以歌儿舞女为主要吟咏对象，以悲欢离合之情事为基本内涵，以感伤虚幻为基本情调。这就有别于把广泛的社会、历史、人生、自然都纳入吟咏的词（如苏、辛词等），从而使对比关系因比较单纯而趋于极端化；又有别于"花间词"观赏和描摹女性美的客观态度，其意有独钟的主体情感参与，使其对比内涵带有鲜明强烈的个性化特征。这一特征体现在下述层次或侧面中。

1. 极端地执着而无意超脱

这可以与苏轼相比。苏轼也是性情中人，但他又是哲人。他常以旷达之心、超然之意对待人情世事。他写过粉泪簌簌的儿女情肠和生死茫茫的悼亡长歌，但他终究是善于自我解脱的。他认为"人有悲欢离合"就如同"月有阴晴圆缺"一样自然而然，实不应为此过于伤感而不能自释。"但愿人长久，千里共婵娟"，审美的情感体验是可以超越时空甚至自我的。而晏几道对于男女之情爱与悲欢，则喜欢执着追寻而不愿解脱，喜欢建构一种美的情境并沉醉、痴迷于其中，而不愿消解情结、超然旁观。执着与超越导致不同的审美建构。后者要漠视悲欢离合、荣辱穷达等各种差别，甚至于否定它们，进而从哲理层次上建构起平淡、中和之美；而前者却是要寻找差别，表现差别，通过强烈反差的对比，建构出热烈的、激情的美，使人在极悲极欢、极情尽兴的对比中获得生命的高峰体验。例如《鹧鸪天》：

彩袖殷勤捧玉钟，当年拚却醉颜红。舞低杨柳楼心月，歌尽桃花扇底风。从别后、忆相逢，几回魂梦与君同。今宵剩把银釭照，犹恐相逢是梦中。

词的叙述层面是真假虚实的离合之事。由离而思合。真的重逢了，又疑真为幻。抒情层面是悲欢对比。上片写欢合之极情尽意，拚死拚活地痛饮、狂歌、欢舞，以至于"醉颜红"，通宵达旦、精疲力竭。然而，现实的离别却与往日的欢合形成强烈的反差：极悲——极欢。当年的欢合愈令人陶醉，别后的相思愈使人难堪。相爱的愉悦和相思的痛苦都令人铭心刻骨、魂牵梦绕，以至于情痴意迷，连真的相逢都不敢相信了。词人把一切都置于对比中，而且尽可能强调对比的极限性：当年与今宵是相对时限的两极，离与合是行为方式之两极，悲与欢是感情状态之两极，梦幻与现实是存在性状之两极。词人在自己营造的"伊甸园"中徘徊、沉思、品味着激情和美好，根本就无意离去。

2. 极端地放纵而不喜欢拘检

小晏词中的抒情主人公既然是个极端执着的情痴，那么他自然也就喜欢放纵情感而讨厌拘束。当然，放纵的指向总在于真挚和美好。如《鹧鸪天》：

小令尊前见玉箫，银灯一曲太妖娆。歌中醉倒谁能恨，唱罢归来酒未消。春悄悄，夜迢迢，碧云天共楚宫遥。梦魂惯得无拘检，又踏杨花过谢桥。

虽然自由放纵大半是在醉中、梦中，但却昭示出词人心灵深处真实的生存意向。诚然，人在现实社会生活中必须遵守种种规范，即便是喜欢放纵而且有条件比一般人"无拘检"的相门之子，他的放纵也是极其有限的。这样，放纵天性的欲望与规范行为的现实便形成尖锐的对比，造成强烈的心理反差，酿成了他生存体验中过多、过重的感伤。所以他常常"殷勤"地梳理生命历程中的几度"旧狂"，而品味出来的却并非意足情惬的快慰和自赏，而是多少心期幻灭的感伤。"欲将沉醉换悲凉"，就算是沉醉之际也难得几许放纵，只好梦中过谢桥了。其实他在词中的"放纵"，都是形而上的情爱体验而非肉欲的追求。尽管如此,他还是落了个"不足之德"的名声。社会现实就是这样容不得"无拘检"。由此可知,小晏词中对真情至爱的放纵追求和对"拘检"的逾越,与其说是对生活情事的描述,不如说是自由生存意向的诉说,是现实压抑下的情感宣泄,是理想的升华。而这些正是文学艺术的生命之所在。

3. 极端地痴情而悖理

晏几道在他的词中不求超脱,不知拘检地全神贯注于他那个似真似幻的情爱世界。那么,令他如醉如痴、情牵梦绕的对象是谁呢?原来竟不是他的妻子,而是别人家的歌儿舞女。这似乎是爱情与文明的悖拗。恩格斯在《家庭、私有制和国家的起源》中论述过自由妇女的职业卖淫与文明的自相矛盾。在文明社会的两性关系中,妓女生涯是极端化的低级形态,爱情是极端化的高级形态,它们本是无爱与爱的两极,不道德与道德的两极,丑与美、卑下与高尚的两极,说到底,是自由生存形态与规范生存形态的两极。晏几道所迷恋的女子们虽然不同于恩格斯所说的职业卖淫者,而且宋代社会也允许达官贵人"多蓄歌儿舞女",但她们终究是地位卑微而且身不由己的玩偶,是文明的阴影中的求生者。尽管男人们也会对她们产生热烈的真情,但她们却既无权主动选择,也无权要求爱情的平等和专一。她们总是被定位于与文明爱情相悖的另一极端的,而且以她们为中心形成的两性关系,也与传统儒家所倡导的封建伦理关系相扞格。而晏几道却执意要用自己极端的真诚和激情在伦理相违的两极之间公然搭起一座美的桥梁(这在唐宋时期的两性文化形态中是可能的)。他十分任性地在自己与歌儿舞女的关系中否定低级而追求高级,否定无爱而追求爱,否定不道德而实现道德,否定庸俗而维护高雅。在小晏词的情爱世界里,伦理化的文明微不足道,至高无上的只是痴男怨女式的审美体验。

4. 极端真诚而厌恶虚伪

人类感情生活中最容不得虚伪,但妓女在生活中却无法不承受虚情假意。晏几道满怀着同情和善意去审视歌儿舞女的生活,在词中代她们诉说不幸,细心地、深情地理解她们,揭示她们内心世界中美好的东西。这就必然要把男性的轻薄和虚伪作为对比的另一方来谴责。如《浣溪沙》:

> 日日双眉斗画长,行云飞絮共轻狂。不将心嫁冶游郎。 溅酒滴残歌扇字,弄花熏得舞衣香。一春弹泪说凄凉。

词中的歌女与冶游郎,两种人生,两样情怀。一面是深沉的心灵感伤,一面是浅俗的官能愉悦;一面是对真挚爱情的痛苦期待,一面是对两性关系的动物性亵渎。歌女自己的内心世界与外在行为也构成对比:强颜欢笑的应酬越多,内心的苦闷越深重；虚假的歌舞掩不住真切的悲凉。无情与有情的对比、真实与虚伪的对比揭示出人类生存活动中的冷酷。另一首《浣溪沙》中"伴人歌笑懒梳妆"的旗亭歌女和"相逢不解有情无"的浪子也形成反差强烈的对比：一面是强颜欢笑、心灰意冷的厌倦，另一面是花天酒地、轻薄放荡的嬉戏。真诚泯灭而虚伪猖獗，这是任真而且痴情的晏公子无法苟同的。

5. 如幻如电的短暂与刻骨铭心的恒久

小晏词中多有这种令人动心又伤情的情事对比。轻歌曼舞、彩袖殷勤的情缘总是如幻如电般转瞬成空，长存的是离恨无穷，是魂梦相思。爱的欢欣在时间的流程中有情生成而又无情幻灭，这种由存在到虚无的对比，比歌女与冶游郎的对比更为深切动人。词人过于多情却既不能专一又无法持久。他所爱的毕竟是歌儿舞女，难以缔结长久的姻缘，况且又那么多。因此他那些真诚热烈的爱恋注定是短暂的，长存的不是欢乐而是痛苦，是对"昨梦前尘"的恒久的追忆。这是人类自然天性与社会现实规范相冲突必然导致的情感困惑，唯理性之光的烛照方能解释之。但晏几道在词中偏偏不喜欢理性化的旷达与超脱，他甘愿去营造一片文学的情天恨海，在其中沉思默想而且执迷不悟。对他来说（对人类也一样），短暂的爱恋固然令人陶醉，而天长地久的思念与回忆，又何尝不是"别有一番滋味"的审美享受？

6. 极真与极幻

自由的心灵与现实人生的反差常常把作家逼进虚幻世界。小晏词中抒写梦境和醉境之多，远远超过他前代及同代的任何一位词人。他实在是爱梦幻甚于爱现实，爱沉醉甚于爱清醒。梦与现实、醉与清醒的对比，大大地丰富了小晏词的情爱世界。

人类在清醒状态中总会受到理性规范、现实环境的约束和压抑，而在梦、醉等宜于幻想的情境中，则可以进行一番自由天性的放纵和潜在欲求的实现。真的梦幻和醉态当然是无意识或缺乏清醒意识的，但有意而为的文学却由此而受到启发，通过记录或编织"白日梦"和清醒的"醉意"，来宣泄心灵深处的积郁，表述和升华反现实和超现实的追求。小晏词于醉、梦独有钟爱，实缘于醉与梦在文学中的多种功能。醉、梦可以忘忧："劝君频入醉乡来，此是无愁无恨处。"（《玉楼春》）梦中可与情人相会："归来独卧逍遥夜，梦里想逢酩酊天。"（《鹧鸪天》）醉、梦中可获得许多满足："醉后满身花影倩人扶"（《虞美人》）；"晚枕梦高唐，略话衷肠"（《浪淘沙》）；"疑是朝云，来做高唐梦里人"（《采桑子》）。

然而这种自由放纵的欢愉，毕竟太短暂而且虚幻。不论他天真地编织多少惬意的梦，不论他多么愿意抒写令人陶醉的梦幻情事，他都无法不去真切体验与这种梦境、醉境大异其趣的现实。因此，小晏词中的梦、醉描写主要还是表达冷酷现实对比之下好梦破碎的凄凉和感伤：

梦觉香衾，江南依旧远。（《清商怨》）
客情今古道，秋梦短长亭。（《临江仙》）
相寻梦里路，飞雨落花中。（《临江仙》）
睡里销魂无处说，觉来惆怅误佳期。（《蝶恋花》）
醉别西楼醒不记，春梦秋云，聚散真容易。（《西江月》）

尤其令人感伤而且无奈的是，如此短暂而且虚幻的梦也是不常有的：

梦魂纵有也成虚，那堪和梦无。（《阮郎归》）
意欲梦佳期，梦里关山路不知。（《南乡子》）
梦入江南烟水路，行尽江南，不与离人遇。（《蝶恋花》）

梦、醉与现实的对比虽然强调了人类情感生活中的许多感伤，但它却把悲与欢、乐与忧、爱恋与相思等许多对比性情感范畴净化、升华为超时空的、超越个体的美感体验。而且，真与幻的对比还有利于构成艺术表现的时空维度的错综转换，使之更富于扑朔迷离的艺术张力。如《临江仙》：

梦后楼台高锁，酒醒帘幕低垂。去年春恨却来时。落花人独立，微雨燕双飞。　　记得小蘋初见，两重心字罗衣。琵琶弦上说相思。当时明月在，曾照彩云归。

词中梦幻与真实、今与昔、欢愉与感伤都在时空的错综变幻中对比构成。"落花人独立，微雨燕双飞"凝定了刹那时空中的一幅对比图式：花、雨、燕、人。零落的花暗示大自然春华消逝，意态萧条。这恰好是孤独之人的生存状态和心情意态的物化式表征。微雨衬托独立者的心境，象征着凄凉、迷惘和无端绪。双飞的燕儿不解人情却自由地比翼双飞，有情的人却失伴无欢。

艺术的极端化风格总是与艺术家极端化的个性品格有关。晏几道是宋代文人中极端化的"性情中人"。中国传统人文精神提倡中庸，偏尚中和之美，不喜欢极端化，不太张扬个性。中庸、中和都是避极端而取中正，淡化对比，掩饰个性。中正平和不仅是做人处世的原则，也是最高级的艺术审美标准之一。而晏几道的生存风格和思维品质，却多有极端化、个人化倾向。他有点狂傲、痴情、率真、恣情纵意、我行我素，因而惹得许多非议，而且不受容于仕途。好在极端的个性总是近真诚而疏虚伪，所以他终究还不乏真诚的知己。他的好朋友黄庭坚一篇《小山词序》，写出他"磊隗权奇，疏于顾忌"的极端个性，"文章翰墨、自立规模"的稀世英才，"潜心六艺，玩思百家，持论甚高，未尝以沾世"的卓然不俗。尤其"四痴"之论，盖棺千古而令后人思之、敬之、叹之：

　　仕宦连蹇，而不能一傍贵人之门，是一痴也；论文自有体，而不肯一作新进士语，此又一痴也；费资千百万，家人寒饥，而面有孺子之色，此又一痴也；人百负之而不恨，己信人，终不疑其欺己，此又一痴也。

痴就是极端。人有一痴而可谓极，况四痴乎！晏几道就是如此极端地清高、优雅、恃才而傲物、遗世而独立，又是如此极端地真诚、率直、厚道、宽宏。
　　极端的人和极端的词，其审美意义对后人是一致的。

（刊于《殷都学刊》1998年第2期，原名《小晏词内涵的对比结构分析》）

苏轼的文化原型意义

一

原型批评是当代西方学术研究的重要方法之一，它于20世纪初最先在文化人类学、分析心理学和象征哲学中形成和运用，后来被引入文艺批评。原型即原初的类型。不同学科中作为研究对象的原型有不同的"原初"意义。分析心理学家容格说："原型概念指的是心理中明确的形式的存在……神话学研究称之为'母题'；在原始人心理学中，原型与列维·布留尔所说的'集体表象'概念相符。"原型"并不是孤立的现象，而是某种在其他知识领域中已被认可和命名了的东西"，属于"第二心理系统"即"集体无意识心理领域"。加拿大学者弗莱在其1957年写的《批评的解剖》中说："原型是一些联想群，与符号不同，它们是复杂可变化的，在既定的语境中，它们常常有大量特别的已知联想物。这些联想物都是可交际的，因为特定文化中的大多数人都很熟悉它们。"[①] 原型的意义决定了原型批评应该有宏观视野、历史意识和系统思维方式。研究对象在这里有广阔的共时性含义和深长的历时性意味，为研究者提供了由外部联系向内部构成进行深度透视和由个别向一般多向思维的可能。

在文学研究中运用原型批评方法，可以进行纯文学研究，也可以把文学研究同文化人类学、社会心理学等研究结合起来。本文属于后者。

苏轼是封建时代的文化伟人。他曲折的经历体现着封建文人悲剧性人生道路的普遍特征；他儒、道、释混杂的思想，卓荦的人格操守，磊落的行藏，反映出传统文化深厚的渗透力和巨大的塑造力；他光辉的文艺成就和显著的政绩得力于传统又丰富了传统。可以说，他的存在凝聚着中华民族传统文化的"原型"意义。溯其源，他是许多文化原型的重新组合；观其流，他又是被后世文人奉为楷模的文化伟人原型。因此，对苏轼进行历史、文化、社会、心理意义上的原型研究，不仅有助于宏观地、系统地、更为深刻地理解这位文化巨人，而且有助于深刻认识本民族的传统文化，从而为现代文化建设提供历史的参照。

---

① 以上引文均见叶舒宪选编《神话——原型批评》，陕西师范大学出版社1987年版。

二

"原型"并不只是人的原型,任何有历史的事物都可能有原型,如文学中的意象、象征、主题、语词、结构等。本文涉及人的原型。

人的原型有许多种类,每一类都含有独特的意义。以封建文人而论,仅从仕与隐的角度看,就有功名型、隐士型、先官后隐型、亦官亦隐型等。每一类原型的代表人物都是多重历史文化含义的价值集合体。比如成为原型的范蠡就是在长期的文化流变中凝聚了本民族许多人生意念、价值观念的抽象集合类型,是"象征符号",而不再是历史上那个具象的、活生生的、复杂的范蠡了。

人类文明的延续性使每一个人从生命之初便开始自觉或不自觉、被动或主动地按照一些原型范式成长、发展、立身行事。一个民族的文化传统越悠久,原型就越丰富、越有影响力。

对苏轼时代的文人来说,他们的人生道路上早已是原型林立。其中,首先给他们以最强大影响力的是儒家进取功名的原型。这是以个人价值的最大社会实现为中心的原型,其代表人物可推孔子、吕尚、管仲、张良、诸葛亮等。他们的"原型意义"大致包括:符合儒家伦理规范的良好的道德修养,卓越的学问、见识、才能,坚韧不拔的进取精神,忠诚的品格,世代流芳的伟业丰功。这类原型以其巨大的历史活力激励世代封建文人,点燃他们生命航程的标灯。当然,把自己生命的标尺定多高,要看每个人的资赋和生存条件。况且传统文化中人生价值体系是多元的,并不仅仅是功名价值。但是,功名原型的影响力无论如何都先入为主。比如李白为自己设计的蓝图中,首先是"申管晏之谈,谋帝王之术,奋其智能,愿为辅弼。使寰区大定、海县清一"①。杜甫也有"自谓颇挺出,立登要路津。致君尧舜上,再使风俗淳"② 的心志。在宋代,儒、道、释合流,使传统文化更为丰富,其中的人生哲学更为深奥复杂,人生价值取向更加多元化。但万变不离其宗,功名问题在其中仍占据中心位置。苏轼受传统文化的全面濡染,对儒、道、释思想兼收并蓄,无论在一生中的哪个时期,都不曾彻底抛弃或彻底皈依哪一种思想。但是,像绝大多数封建文人一样,他最先选择和追求的也是功名。少年时他随母亲读《范滂传》,便

---

① 《代寿山答孟少府移文书》,见瞿蜕园、朱金城校注《李白集校注》第四册卷二十六,上海古籍出版社 1980 年版,第 1526 页。
② 《奉赠韦左丞丈二十二韵》,见仇兆鳌《杜诗详注》第一册卷一,中华书局 1979 年版,第 73 页。

"奋厉有当世志"①。他的父母和传统文化都为他设计了一条以功名原型为楷模，先修养资本，再进取功名的道路。他本人自然也对此充满希望。22岁一举考中进士，顺利踏上仕途后，他建功立业的信心更坚定了。他自信"有笔头千字、胸中万卷，致君尧舜，此事何难"（《沁园春·赴密州早行马上寄子由》）！他认为人的一生虽然行止难料，但"应似飞鸿踏雪泥"（《和子由渑池怀旧》），给人世留下一些实在的印迹。"知命者必尽人事，然后理足而无憾"，"凡可以存存而救亡者无不为，至于不可奈何而后已"（《墨妙堂记》）。"丈夫重出处，不退要当前。"（《和子由苦寒见寄》）贬黄州后，他也曾说："少学不为身，宿志固有在"，"岂敢负所付，捐躯欲投会"（《闻子由为郡僚所挀，恐当去官》）。苏轼在仕途上终生坎坷，贬黄贬惠贬儋，使他进取功名的意识大大地淡漠了，他自谓"心似已灰之木，身如不系之舟"（《自题画像》）。但是，儒家的入世精神、历代的功名原型在他内心深处建立起来的人生观念，首先是人生必先有所作为，有益于社会，才能无愧于内心。所以，他在朝便敢于言政，不顾忌个人的得失荣辱；当地方官便尽职尽责、尽心尽力，做出卓著的政绩，赢得人民的厚爱。直到晚年他还说"许国心犹在"（《南康望湖亭》），虽然此时他已没有多少行动的热情了。

　　耐人寻味的是，不论哪个朝代哪个皇帝，封建皇权政治都使原本热衷于功名的正直的封建文人伤透了心。求取功名要付出重大的人格代价甚至生命代价，而且付出全部代价也未必能成就功名。这历史的教训历久弥新。然而一代代封建文人还是执着地向这条路上走，"虽九死其犹未悔"。苏轼当然不那么死心眼儿。他不是单纯的功名型文人。他为君为国的心志不像屈原那么固执，建功立业的愿望不如初盛唐文人那么强烈。他对功名的态度是可取则取，不可取则放，显得超脱旷达。但即便如此，他也终未能摆脱仕宦的困扰。在仕宦这条路上，他从积极到消极，从主动进取到半推半就，就那么似悟非悟、似是而非地走着，进进退退、起起伏伏。其实以苏轼的才华、品格、经历和名望，以他对佛、老哲学的深知彻悟，他完全可以早早地当个大隐士，吟诗作赋，著书立说，教学生，会朋友，从仕宦以外的途径去实现自己的人生价值、历史文化价值和审美价值。但是他何以终生不与仕途决绝呢？原因很多：政治、经济、文化、社会、历史、时代、个人等。这些早已为研究者所瞩目。而当代西方人本主义心理学的创始人马斯洛关于人生需求层次的理论，似可启发我们再从行为主体的社会动机方面寻求一些解释。

　　人的需要有低级和高级之分，却没有主次之别，都是人的本性使然。在苏

---

① 参《宋史》本传。

轼生活的时代,仕途对文人的重要性和吸引力似乎比前后哪个朝代都大。比如在唐代,文人成名与政权、官职的关系就不像在宋代那么密切,唐代许多大诗人是先有文名后有官,靠文名而得官;宋代文人则一般是要先当官而后才成就文名,名因官显。宋王朝优待文官、重用文官的国策增强了仕途对文人的吸引力,使他们无论哪个层次的需求要想得到较大的满足,都必须依附于朝廷。仕途不仅决定他们功名的高下,而且功名正是他们社会价值、文化价值、审美价值实现程度的标志。

这就决定了一代代封建文人对功名原型近乎永恒的崇拜和效法!苏轼也因此而终未舍弃仕宦之路。

三

封建文化在引导人们崇拜"功名原型"的同时,也给人们带来了对功名问题的永恒的困惑。对皇帝的臣民来说,功名这东西有时像实实在在的丰碑,可成可毁;有时像海市蜃楼,可望而不可即;有时又像曹阿瞒鞭头所指的梅林,可想而不可得。功名的得失往往不是靠进取者自身的条件和努力程度,而是靠皇权政治的赐予或剥夺。而皇权政治恰恰又并不唯才是举。中国封建的政治体制和思想体系都是以君王的权和利为中心的,君权至上的大一统观念是这套体系的质的规定性。个体的价值必须先得到以君为首的统治集团认可,才有可能部分地实现。事实上,皇权政治往往更喜欢政治流氓和奴才,更喜欢才能和品格低下的人。在仕途上,流氓和奴才成功的概率比正道直行、崇尚志节和操守的天才文人大得多。于是,佛、老哲学便显示出强大的生命力,它们与儒家人生哲学相融互补,构成了一套充满矛盾的人生哲学:积极和消极、热情和冷漠、有为和无为、进与退、仕与隐、投身社会和回归自我——这真是痛苦的哲学,困惑的哲学。它可以使孔圣人喟然长叹,可以使屈大夫自沉汨罗,可以使阮籍狂笑或痛哭,也可以使颜回自得其乐。由于它既对立又统一,因而它能像扬子江水一样充满活力,它和历史一起,孕育出了另一些原型:终生不仕型(如长沮、桀溺),功成身退型(如范蠡),亦官亦隐型(如王维、白居易)。其中最有影响力的是功成身退原型。这些原型表面看来是为解决文人心灵与现实的矛盾而出现的,然而实际上他们给文人们带来的仍然不是轻松,而是另一种深沉的困惑。因为封建政治经济决定了他们功成不易,隐亦不易。一旦走入仕途,就身不由己了。

在苏轼的时代,一方面,文人们面对本朝积贫积弱的不景气局面,缅怀汉唐帝国的赫赫声名,记取历代王朝兴亡的教训,注目现实社会的内忧外患,心头的忧患感和责任感比以往任何朝代都更深重;另一方面,经济的进步和文化的发达又培养了他们对自己学问、见识和能力的自信，使他们对政治跃跃欲试，希望能"兼济天下"。赵宋王朝重用文人的国策尤其使他们振奋，兴发出挽国运于既颓的心志。但是，中国封建社会毕竟是盛世已去了。宋王朝的政治胸襟如同其版图一样，远不及汉唐帝国恢宏雄阔。最高统治者的民族、社稷意识逐渐被皇室宗族意识取代，君临一切、权力高度集中的情形愈演愈烈。这直接导致臣属价值的贬抑，人的独立意识更加削弱，党派纷争迭起。整个社会弥漫着患得患失的风气，呈现出从有所作为到苟且偷安的趋势。随着"庆历新政"和"熙宁变法"的失败，宋王朝对文人的利用和迫害变得越来越反复无常，这一切都使敏感的文人在心理上形成了浓重的危机感、失望感和退避意识。它们与使命感、责任感一起，构成十分矛盾的、痛苦的心态。这是北宋文人的普遍心态。不要说那些命途多舛的文人，就是官至将相的大人物，也要染上这种心病。如升沉不定、"忧谗畏讥"的范仲淹；由坎坷到显达，终于光荣致仕的欧阳修；厉行新法不免意冷心寒的王安石；就连"和平宰相"晏殊，也不免因对世事人生"无可奈何"，而徘徊独步于"小园香径"。

苏轼也不例外，进和退的矛盾像个顽固的幽灵，困惑了他一生。早在他刚刚金榜题名、走入仕途时，便发出"人生本无事，苦为世味诱""今予独何者？汲汲强奔走"（《夜泊牛口》，23岁作）的感慨。他的政治热情从产生之时便透出必然冷却的势头。他对人生的困惑和省悟是多方面的：

古来人事尽如此，反复纵横安可知？（《昭君村》）
万事早知皆有命，十年浪走宁非痴！（《送安淳秀才失解西归》）
兴亡百变物自闲，富贵一朝名不朽，细思物理坐叹息，人生安得如汝寿？（《石鼓歌》）

苏轼这种人生无法预料、难以把握，个人在命运面前无可奈何，人生的一切都终归虚幻的观念，正是限制人的自由追求和价值实现的封建宗法社会的历史产品，是传统文化的精神分裂物。这种虚幻意识随着他阅历的增加和遭受打击的增多而日益沉重，使他常常发出"人生如梦"的深沉感喟：

休言万事转头空，未转头时皆梦。（《西江月》，由徐州移湖州，经扬州作）
万事到头都是梦。（《南乡子》，黄州作）
人似秋鸿来有信，事如春梦了无痕。（《正月二十日与潘、郭出郊寻春……》，黄州作）
人间何者非梦幻？（《四月十一日初食荔枝》，惠州作）

这岂止是对一己人生的感喟，这是一代代封建文人悲哀的长歌！这里面对功名、仕途乃至人生的希望与失望、追求和弃绝……种种矛盾凝聚为无止境的人生困惑，它启发我们去思考苏轼所代表的封建文人的矛盾心态及其产生的原因。

四

对功名原型的崇拜与追求、对仕进与退隐的矛盾和困惑是封建文人的普遍心态，但再进一步，对追求和困惑的超越，就不是一般人所能做到的了。况且即便是超越，其程度和方式也不尽相同。

苏轼的事业、成就、经历和言行使他成为一代伟人，而促成这一切的根本原因则是他超群出众、超凡脱俗的精神世界。传统文化中的轻功名富贵、重人格操守的价值观念，超脱世俗、遗世独立、通达物理人情、苦乐由之的处世精神，得失随缘、心无增减的养心原则，以及传统哲学中对宇宙人生的辩证思维方式，都对苏轼发生了深刻的影响。苏轼是个哲人，他对这些东西的领悟本来就比别人高深，加之他又正是一个有着通达旷放的个性气质、良好的文化修养和卓越的艺术天才的人，因而他既热爱生活又善于生活，既善于体验生活中、自然中的美，又善于通过多种文学艺术形式表现这种美。而对容易使人"形同槁木、心如死灰"的佛、老思想，他能够摒弃其虚无颓废、苦空禁欲、轮回转换、弃圣绝知等思想，吸取其使人解脱物欲羁绊、超越世俗、获得精神自由的成分，从而实现对人生的"悲哀的止抑"，坦然地面对人生。虽消极处世却积极生活，多方面地思考人生的意义和价值，对宇宙、社会、人生进行哲理的探索，从而获得寻常人难以企及的人生的超脱感，使心灵得到安宁和净化，视野得以开拓，"但应此心无所住，造物虽驶如吾何？"（《百步洪》）漫游赤壁，他正处在极度失意的时期，却写出了《赤壁赋》和《念奴娇·赤壁怀古》等千古名篇，表达了虽然宇宙无穷、人生短暂，但二者又是相对的、辩证的，万事万物都有生有灭、不断变化，人生的意义亦可永存的透彻之悟，坚定了遗世独立的人格理想和"苟非吾之所有，虽一毫而莫取"的超然态度。他认为"人不可以苟富贵，亦不可以徒贫贱"（《上梅直讲书》）。就是说要有高尚的品格追求和认真的生活态度，富贵不淫、贫贱不移。"平生学道真实意，岂与穷达俱存亡！"（《吾谪海南，子由雷州……》）超越了物欲的困扰，就能"忘却营营"，身居显贵不沾沾自喜，遭受贬谪也处之泰然，"去无所逐来无怨"（《泗洲僧伽塔》），"无所往而不乐"（《超然台记》），尽情地去爱自然、爱生活，追求人生的多种乐趣和多种价值。仕途的磨难虽然窒息了他的政治热情，却无法遏止他生活的热情，反而促使他更加认真做人，深入领悟生存之道。他到杭州便爱杭州（"故乡无此好湖山"），到密州便爱密州（"为报倾城随太守，亲射虎、看孙郎"），到黄州便爱黄州（"长江绕郭知鱼美，好竹连山觉笋香"），到惠州便爱惠州（"日啖荔枝三百颗，不辞长做岭南人"）。在艰难困苦中，他总是想办法苦中作乐，什么饭都能吃，什么房都能住，和什么人都能相处，物我两忘，人与自然同在，精神与宇宙共存，从而体会到人生的充实和超越，一切忧愁烦恼都可以解脱，一切荣辱得失都可以理解，"人有悲欢离合"就像"月有阴晴圆缺"一样自然，唯有人生的意义和价值永恒，精神与品格永恒！

传统文化和传统社会给苏轼带来追求也带来困惑，也带来了解脱和超越，使他在内心建立起一代文化伟人以人格美为中心的精神境界。那是一个澄明、宁静、平和、淡泊、旷远而且深湛的美的境界。它对苏轼的文学创作产生了决定性的影响。苏轼将它带进文学创作，使诗、文、词不仅有深沉博大的理性思考特征，而且有超旷飘逸、豪放爽朗、清雄刚健的风神气骨，呈现出多样化的风格神采。比如他豪迈旷放的艺术风格必须以豪爽旷达的胸襟为根本；他对陶渊明诗独具慧眼的推崇和对其平和淡泊的美学风范的追求，是以其彻悟人生的超脱意识为前提的。他把人生的空幻感带进文学，却并不给人空虚颓废之感，而是使人体味到他深沉的人生感喟中的悲剧美。他善于深入人生又善于超越人生，在丰富的社会生活中遍尝各种滋味，再出乎其外，仔细地品味，并发现其中的"至味"。

苏轼的精神境界和他的文学审美理想、审美情趣相得益彰，融为一体，超出同时代的所有文人。

苏辙在《东坡墓志铭》中对苏轼做过这样的评价："公心似玉，焚而不灰。"这言简意深的盖棺之论，使人想到苏轼的一生，想到"苏轼精神"。

苏轼是封建时代最有光彩、最有意蕴又最富于个性的文化伟人原型之一。他以其博大精深的内心世界、高超丰厚的文艺成就、实实在在的政治业绩而区别于以前和以后任何一个称得起"原型"的封建文人。他受到全中国以至全世界了解他的人的敬仰与爱戴、学习和仿效。人们不但爱他的文艺遗产，而且爱他的精神气质、人格操守、性情态度，爱他的一切。"一提到苏东坡，中国人总是会心的一笑。"（林语堂《苏东坡传·原序》）

（刊于《烟台师范学院学报》1990年第1期，原名《试论苏轼的文化"原型"意义》）

苏轼文学观念中的清美意识

清是苏轼非常钟爱的审美理念,他在评论人、事或文学艺术时,频繁地使用这一词汇。检索《苏东坡全集》及《东坡乐府》《东坡志林》《仇池笔记》①等,"清"字凡千余见,皆为褒义,无一贬语。其中属名称者80余见,余皆为形容词。形容自然物象400余次,形容世事人情400余次,形容文学艺术120余次。在苏轼赞美文艺的常用词汇中,清是使用率最高的概念之一,它就像审美殿堂里的一个"族长",统领起"清族"一类。如"清诗绝俗,甚典而丽""其诗清且敦""清诗健笔""清厚静深""清深温丽""子诗如清风""中有清圆句""三诗皆清妙""老健清熟""诗句清绝""出语便清警""诗语尤清壮""其文清和妙丽""诗思转清激""清远雄丽""文行两清醇""清婉雅奥""新诗清绝""词格清美""辞旨清婉""词亦清丽""清诗数篇,高妙绝俗""清雄绝俗之文""作诗清远如画工""清新婉丽"等②。

那么,清在苏轼的文学观念中,到底有哪些具体的文化内涵和艺术旨趣呢?

一、前宋文化中的清美传统

谈苏轼的清美意识,有必要先对前宋文化中以清为美的传统进行简要的检讨。

作为认知主体对客体某种品质的确认,清最早是一种视觉感受,是人对某种具象的透明度、纯净度的理解和赞美性表述。首先,是指水的品质,如《诗·郑风·溱洧》:"溱与洧,浏其清矣。"其次,液态的酒也用清形容,如《诗·小雅·信南山》:"祭以清酒。"再次,用清形容空气,如《淮南子》:

---

① 本文所用版本为:《苏东坡全集》,《四部备要》七集本,世界书局1936年版,中国书店1986年3月影印;《东坡乐府》,上海古籍出版社1979年版;《东坡志林》《仇池笔记》,合二书为一册,华东师范大学古籍研究所点校注释,华东师范大学出版社1983年版。以下注释所引苏轼诗文出自此三书,均依以上版本,不再一一注明版次。由于人工检索不太准确,故统计数字不精确表示。另诗文见于《苏轼文集》《苏轼诗集》者,版本均为孔凡礼点校《苏轼文集》,中华书局1986年版,及〔清〕王文诰辑注、孔凡礼点校《苏轼诗集》,中华书局1982年版,不再一一注明版次。

② 详参下文讨论。

"天清地定，毒兽不作，飞鸟不骇。"由水质到气质，清的含义向抽象拓展，并逐渐有了人格化、哲理化意味。如《孟子·离娄上》："有孺子歌曰：'沧浪之水清兮，可以濯我缨。沧浪之水浊兮，可以濯我足。'孔子曰：'小子听之，清斯濯缨，浊斯濯足矣，自取之也。'"孙奭疏解以为：清与浊隐喻人生之贵、贱两种境界。

在古典哲学中，清与浊是对举的范畴，一般并无褒贬之意，只是表述对立与统一、存在与变化的关系。如《庄子·天运》："一清一浊，阴阳调合。"《左传》昭公二十年："清浊、大小……以相济也。"《淮南子》："浊而徐清。"

但作为审美评价范畴，清与浊则美丑分明，尤其用于对人或事的评价。

以清形容人之形貌，如《诗·齐风·猗嗟》："猗嗟名兮，美目清兮。……猗嗟娈兮，清扬婉兮。"《诗·郑风·野有蔓草》："有美一人，婉如清扬。"

以清论人，状其品格操守、精神气质。如《孟子·万章下》列举4种类型的圣人："伯夷，圣之清者也；伊尹，圣之任者也；柳下惠，圣之和者也；孔子，圣之时者也。"后3种圣人皆与伯夷有异。"伯夷目不视恶色，耳不听恶声，非其君不事，非其民不使。治则进，乱则退……当纣之时，居北海之滨，以待天下之清也。故闻伯夷之风者，顽夫廉，懦夫有立志。""圣之清者"伯夷在后世文化中成为一种清人的原型。

东汉后期及三国时期一大批清流人物，又与伯夷不同。他们不像伯夷那样有所不为，而是积极地以清名、清望、清节入仕干政，做清白之官，行清廉之政，务求以清涤世，有所作为。如汉末政界清流之典范李膺、陈蕃、王畅，太学清议领袖郭林宗、贾伟节，三国魏徐宣、陈群等。这些人"有清世志""忠清直亮""简练清高""清雅特立，不拘世俗""有清流雅望"。[1]

伯夷是自清，汉魏清流进而清世。清既是他们所珍重的品格操守，又是生命价值理想。魏刘邵《人物志·八观》（《四库全书》本）称赞这种人"骨直气清则休名生焉，气清力劲则烈名生焉"。正直刚烈是这些清流人物所侧重追求的品格。

然而当清世之志受挫之后，晋代的清士又返而自清了。如阮咸"贞素寡欲，深识清浊，万物不能移"、王羲之"风骨清举"等。[2]

魏晋以还，清的人格含义日益丰富，凡心无贪欲、清高守志、正直廉洁、率真自然、淡泊高雅、不坠俗浊，以及博学明辨、谈吐优雅等，皆可谓之清。

---

[1] 参《后汉书·陈蕃传》《三国志·魏书二十二》。
[2] 参《晋书·阮咸传》《世说新语·赏誉》。

以清论政,一般是指皇室圣明、官吏清廉,政治昌明、是非分明,社会安定、公平,等等。如《诗·大雅·大明》:"凉彼武王,肆伐大商,会朝清明。"《后汉书·范滂传》:"登车揽辔,慨然有澄清天下之志。"

古人有时以清自况,如清贫、清寒、清瘦、冷清、凄清、清苦等,其用意或自伤或自嘲或自谦或无奈,并无贬义,有时甚至有暗示清高孤傲之意。

作为文学艺术的一个美感范畴,清表示一种极高的审美佳境,它是古代文艺美学中一个主流性审美母题。近年不断有学者论及此话题。这里试从体格、意境、文辞三方面辨析。

庄重清雅的文体格调,主要指祭颂类诗文。这类文字通常的意旨是"咏世德之骏烈,诵先人之清芬"(《文赋》)。如《诗·大雅·烝民》:"吉甫作诵,穆如清风。"《文心雕龙·颂赞》:"颂唯典雅,辞必清烁。"又《诔碑》:"其叙事也该而要,其缀采也雅而泽,清词转而不穷,巧义出而卓立。"《文选·序》:"铭则序事清润。"刘善经《四声指归》[①]:"文体各异……语清典,则铭赞居其极……敷演情志,宣照德音,植义必明,结言唯正,清典之谓也。"

高远澄明的意境,主要属于远仕途而近自然的作品。阮籍《清思赋》云:

夫清虚寥廓,则神物来集;飘飘恍忽,则洞幽贯冥;冰心玉质,则皦洁思存;恬淡无欲,则泰志适情。

孟浩然诗素有清誉,因为他写出了自然之清境和审美主体对自然的清赏。李白《赠孟浩然》云:"徒此挹清芬。"杜甫《解闷十二首》其七云:"复忆襄阳孟浩然,清诗句句尽堪传。"

古人认为有清境的诗主要得之于自然,韦应物《休暇日访王侍御不遇》云:

怪来诗思清入骨,门对寒流雪满山。

白居易《题浔阳楼》云:

常爱陶彭泽,文思何高玄。又怪韦苏州,诗情亦清闲。

[①] [日]弘法大师原撰、王利器校注:《文镜秘府论校注》南卷,中国社会科学出版社1983年版。

今朝登此楼，有以知其然。大江寒见底，匡山青倚天。
清夜溢浦月，平旦庐峰烟。清辉与灵气，日夕供文篇。

司空徒《诗品·清奇》云：

娟娟群松，下有漪流。晴雪满汀，隔溪渔舟。
可人如玉，步屧寻幽。载瞻载止，空碧悠悠。
神出古异，澹不可收。如月之曙，如气之秋。

他在其他各品中又7次使用清字："气清""清钟""清酒""清露""清润""清风""清真"，多指人对自然的审美感受。总之，从诗人到理论家，都认为自然是清诗的主要来源。

清丽雅洁的话语。从前人的评论看，所谓诗语之清，首先是指文辞之美丽，即"清丽""清绮"之类。如《文心雕龙·定势》："赋颂歌诗，则羽仪乎清丽。"又《明诗》："五言流调，则清丽居宗。"《隋书·文学传序》：

江左宫商发越，贵于清绮；河朔词义贞刚，重于气质。气质则理胜其词，清绮则文过其意。理深者便于时用，文华者宜于咏歌。

以上所说的丽和绮，显然都是强调诗语之美。

其次是指修辞之自然，即"清淡""清洁"之类。李白"清水出芙蓉，天然去雕饰"的审美理想即属此类。晚唐诗僧齐己《风骚旨格·诗有十体》云："八曰清洁。诗曰：大雪路亦宿，深山水也斋。"

再次是指造语新颖不俗，即"清新""清奇"之类。杜甫《春日忆李白》诗云："清新庾开府。"明杨慎《升庵诗话》卷九云："杜工部称庾开府曰'清新'，清者，流丽而不浊滞；新者，创见而不陈腐也。"韦庄《题许浑诗卷》："江南才子许浑诗，字字清新句句奇。"

最后是指话语简明省净，如《世说新语》"文学""赏誉"等篇以"清通""简要"评人凡5例，均有话语简明省净之意。其中4次用为近义词，指某人清通，某人简约；1次合一使用："南人学问，清通简要。"又如陶渊明被后世公认为清诗人，钟嵘《诗品》即以"文体省净"品评之。又如杜甫《秋日夔州咏怀寄郑监审李宾客之芳一百韵》以"阴何尚清省"评论阴铿和何逊。

苏轼接受前代文化中尚清远浊的观念，在自己的文学艺术活动中追求清美品味，并对很多诗人和文学艺术作品予以清誉。在他的审美观照中，清是一种生存形态，是一种精神形态，是一种话语形态。以下分别论之。

二、清人清境

苏轼所论之清，有时指人的生存形态——清人清境。

他所赞赏的清人，首先主要是在野的士人，有隐士、方外之士、居士①、致仕之士等；其次是少数虽在仕途但却超脱世俗的高雅旷逸之士。

苏轼秉承传统文化中"隐逸清流"的观念，认为陶渊明、林逋等隐士是清人（下详）。方外的士人中也多有清人。如苏州定慧长老守钦"清逸超绝，语有灿、忍之通，而诗无岛、可之寒"；成都宝月大师唯简"博学通古今，善为诗"，"清亮敏达"；眉山道士陆唯忠"神清而骨寒"，诗工且清；钱塘海月大师"清通雅正"；参寥"道人胸中水镜清……空阶夜雨自清绝"；等等。苏轼觉得这些人"见之自清凉，洗尽烦恼毒"。②

闲居士人之脱俗者也被苏轼称为清人，如王巩（定国），自号清虚居士，是苏轼的崇拜者、好朋友。他出身于官宦人家，并非绝意仕途之人。然据苏轼的描述，他是一位淡泊名利、超脱凡俗、清高潇洒的性情中人。苏轼《王巩清虚堂》诗："清虚堂里王居士，闭眼观身如止水。"又《次韵答王巩》诗："我有方外客，颜如琼之英。十年尘土窟，一寸冰雪清。"又《王定国真赞》："温然而泽者，道人之余也；凛然而清者，诗人之癯也。"③苏轼诗文中还有很多描述王定国清高洒脱的文字。

致仕的士人，也有被苏轼称为清人者。王安石退居金陵，苏轼《次荆公韵四绝》云："青李扶疏禽自来，清真逸少手亲栽。"④逸少是王羲之的字，李白《王逸少》诗云："右军本清真，潇洒在风尘。"苏轼此诗以王羲之比王安石，赞其清真。同诗又云："甲第非真有，闲花亦偶栽。聊为清净供，却对道人开。"把这位致仕的前辈赞许为清净的方外之士。

苏轼曾以"一饭未尝忘君"评价杜甫，但他认为在野的老杜也颇有清趣。《书子美黄四娘诗》："此诗虽不佳，可以见子美清狂野逸之态，故仆喜

---

① 居士之谓，上古汉语指"道艺处士"，佛教指居家而修佛者。唐宋时期，不在仕途的士人常自称居士，或修佛，或不修佛，唯取士人居家之意。笔者曾有文辨之，见《中国古代的隐士、居士和名士》，载《文史知识》1997 年第 8 期。

② 本段引文分见《苏轼文集》卷七十二《守钦》，《苏东坡全集》后集卷十八《宝月大师塔铭》《陆道士墓志铭》、卷二十《海月辩公真赞》，《苏东坡全集》前集卷十《次韵僧潜见赠》、卷七《赠上天竺辩才师》。

③ 本段引文分见《苏东坡全集》前集卷十一、卷十、卷二十。

④ 《苏东坡全集》前集卷十四。

书之。"①

苏轼认为清是一种品质，不论在朝在野，只要天性清纯脱俗，都不妨做个清人。比如当时的艺术家文与可、米芾，都被苏轼视为清人。②

苏轼以清许人，亦复自许。他认为自己和弟弟苏辙天性就是清人。《初别子由》云："我少知子由，天资和而清。"元丰七年（1084）所作《别子由三首兼别迟》其二，想象将来自己与子由"茅轩照水"相邻而居，"两翁相对清如鹄"。苏轼称扬陶渊明"清真"，又自言"欲以晚节师范其万一也"。"我即渊明，渊明即我也。""我欲作九原，独与渊明归。"③

综观苏轼所誉之清人，虽与传统清人相类，但他更着重于疏远仕事、自然真率、高雅绝俗、纯净淡泊、洒脱旷放、通达狂逸等偏向自由的、个性化的品质，而很少有汉、魏清流那种以清为政的意思。

尽管这样的清人也可能寄身于仕宦之途，但最适合他们生存的乐土无疑是江山风月之间，田野林泉之所，总之是没有羁累的清境。

对于清诗人来说，山清水秀的自然不仅是自由生存的天地，而且是创作清诗的最佳情境和最主要的题材来源。刘勰提出"江山之助"论④，深得后人认可。苏轼虽不曾讲"江山之助"，但他论及清人清诗，基本都与自然环境和自然题材相关。

在苏轼看来，自然之清境有助于创作主体滤除尘俗杂念，进入良好的创作境界。《送参寥师》诗云："欲令诗语妙，无厌空且静。静故了群动，空故纳万境。"这与刘勰说的"陶钧文思，贵在虚静，疏瀹五藏，澡雪精神"⑤ 同理。苏轼把佛教"住心静观"（《坛经》）和庄子"清而容物"的理念发挥于诗学，认为"空且静"是优良的创作情境。在这样的情境中，创作者能更好地体会生命形态的纯真和自由，获得一种身心闲静而意趣旷远的创作美感和灵感。《腊日游孤山访惠勤惠思二僧》云："作诗火急追亡逋，清景一失后难摹。"苏轼认为隐士、僧道之士、居士之类诗人最有清诗，因为他们最近于清景。《僧惠勤初罢僧职》诗云："新诗如洗出，不受外垢蒙。清风入齿牙，出语如松

---

① 《苏轼文集》卷六十七。
② 参《苏东坡全集》前集卷三十五《祭文与可》，《苏轼文集》卷五十八《与米元章二十八首》其二、其二十五。
③ 本段引文分见《苏东坡全集》前集卷八、卷十三，《苏东坡全集》续集卷三苏辙《追和陶渊明诗引》，《苏轼文集》卷六十七《书渊明东方有一士诗后》，《苏东坡全集》续集卷三《和贫士七首》。
④ 参〔南朝梁〕刘勰《文心雕龙·物色》。
⑤ 〔南朝梁〕刘勰：《文心雕龙·神思》。

风。……非诗能穷人，穷者诗乃工。此语信不妄，吾闻诸醉翁。"①

"穷者诗乃工"是欧阳修在《梅圣俞诗集序》中提出的诗学命题②。苏轼引述"醉翁"此语，是因为他的清景清诗论与穷而后工论有内在联系——穷而清处，清处而有清诗。《九日次定国韵一首》"清诗出穷愁"③，亦即此意。

穷固然不是诗工或清的唯一原因，但士之穷者和达者相比，穷者无疑更清高、清真，更能写出清美之作。穷或许是出于无奈，但文学艺术之清美，却是作家们自愿的追求。

现存苏轼诗文中有400余处用"清"字描写自然之清景，而他得之于自然的清美体验远不止此。清景当然不等于清诗，但却是清诗最主要的创作情境和题材。他最欣赏的清诗，如陶渊明、王维、林逋等人的诗作，多是得于自然之作。

三、清神清趣

得于自然之作，未必都具有清美。《文心雕龙·风骨》："意气骏爽，则文风清焉。"逆言之：清作须有清美精神。苏轼称誉清人清作，以及自己的创作，都表现出对清美精神的偏爱和追求。这也反映了宋代士人尚清鄙俗的精神。苏轼所偏爱的清美精神，是一种悠长丰厚的文人情趣，是一种倾向于自由的生命情趣，是一种尚雅避俗的艺术意趣。它与苏轼文化性格和艺术品格中久已受人关注的狂放、旷达、飘逸、闲适等特征，同属于偏向自由的精神品类。以下试从清真意趣、清闲情趣、清雅志趣三个层面探讨这种清美精神。

清真意趣最得于自然。相对于人事之浊与伪而言，自然是清明真实的。苏轼说："盖尝论天人之辨，以谓人无所不至，唯天不容伪。"人无所不至，当然包括作伪。"口耳固多伪"，"人间本儿戏，颠倒略似兹"。④ 天即自然，苏轼这种观念出自道家哲学。《老子》第二十五章云："人法地，地法天，天法道，道法自然。"为什么要"法自然"呢？老子没有解释。庄子从自然与真的关系中有所解释，《渔父》云："真者，所以受于天也，自然不可易也。故圣人法天贵真。"《田子方》称赞东郭顺子："其为人也真，人貌而天虚，缘而葆真，清而容物。"人之清与真，皆受于天。东郭顺子其实就是庄子心目中原生

---

① 本段引苏诗分见《苏东坡全集》前集卷十、卷三、卷六。
② 参《四部丛刊初编》本《居士集》卷四二："予闻世谓诗人少达而多穷，……愈穷则愈工。然则非诗之能穷人，殆穷者而后工也。"
③ 《苏东坡全集》后集卷二。
④ 以上3句分见《苏东坡全集》续集卷十二《潮州修韩文公庙记》，卷三《和读山海经十三首》其八、《和饮酒二十首》其十三。

态的自然人，他的"葆真""清而容物"，就是自然的品质。宋初隐士魏野在其《疑山石泉并序》中对自然之清流发出"至清无隐"①的赞美。至清无隐是人类生命美学中一个普遍的、永恒的命题。苏轼认为人在清境中，容易激发天真的意趣："雪斋清境，发于梦想，此间但有荒山大江，修竹古木。每饮村酒醉后，曳杖放脚不知远近，亦旷然天真。"②

至清无隐的清境和旷然天真的意趣是创作文学清品的必要条件。苏轼认为陶渊明是善处清境、富于真趣的诗人。他评陶的一个重要的审美视点就是"渊明独清真"。在《书李简夫诗集后》中说陶渊明"古今贤之，贵其真也"。③

所谓渊明之真，有真实、天真、率真之意，有时又有真谛妙理之意。如《渊明无弦琴》："旧说渊明不知音，蓄无弦琴以寄意……渊明自云'和以七弦'，岂得不知音？当是有琴而弦弊坏，不复更张，但抚弄以寄意，如此为得其真。"④

林逋也是被苏轼称誉的清诗人，他在生活中是隐逸清流，在诗中也表现出对清真人生和清真山水的特别偏爱。我统计过他全部诗中最具有主体审美意味的8个字——"清、静、悠、闲、孤、独、深、疏"，其中"清"字出现频率最高，或修饰自然物象，或形容人事，其主要含义是纯粹、洁净、明澈、无伪。他自称是借"泓澄冷泉色，写我清旷心"，"掉臂何妨入隐沦，高贤应总贵全真"⑤。自然之清真和隐士精神之清真融洽为一。

在苏轼的表述中，清真不只是自然意趣和生活情趣，有时还含有遗世独立的生命意趣。苏轼称誉的清人都具有尚清远浊、葆真独立的品格。"童子引清泉，矫首独傲世"，"孤棹入清流，乘化欲安命"。这种人生意趣主要得之于道家。苏轼对老、庄长怀景仰之心："博大古真人，老聃关尹喜。独立万物表，长生乃余事。"⑥

苏轼还常用"清净"一词，与清真近义。苏集中"清净"30余见，多与佛教相关。如《黄州安国寺记》自言谪黄之际的精神状态："归诚佛僧，求一洗之……焚香默坐，深自省察，……一念清净，染污自落。"《过大庾岭》言南迁心态："一念失垢污，身心洞清净。"《过岭寄子由三首》："赖有祖师清净

---

① 《全宋诗》第二册，第961页。
② 《苏东坡全集》续集卷五《与上言上人》。
③ 本段引文见《苏东坡全集》续集卷三《和饮酒二十首》，《苏轼文集》卷六十八。
④ 《苏轼文集》卷六十五。
⑤ 《全宋诗》第二册，第1242、1212页。
⑥ 本段引文见《苏东坡全集》续集卷三《集归去来诗十首》《和杂诗十一首》。

水，尘埃一洗落骖骖。"《书楞伽经后》："张公安道以广大心，得清净觉。"①

在佛教术语中，清净指离恶行之过失，离烦恼之垢染。佛教徒苦修身语意三业，修成清净心，往生无五浊垢染之清净土。《维摩诘经》云："菩萨欲使佛国清净，当以净意作如应行……若人意清净者，便自见诸佛佛国清净。"中国佛教有净土宗，自东晋慧远起，到宋代，"净土信仰已经遍及佛教各派"②。净土宗劝人往生西方净土。而略后于净土宗的禅宗，则倡导唯心净土，自性弥陀。《坛经》中六祖慧能云："悟者自净其心……随其心净则佛土净。"《大珠禅师语录》卷下慧海云："若心清净，所在之处皆为净土。"苏轼通晓佛学，他所说的清净，常有借佛教清净之说，消解俗生烦恼之意。③

无论是自然清净、佛门清净还是唯心清净，就审美范畴而言，都具有清真美的意味，都有利于创作文学清品。

清闲之趣得之于疏离仕途的自由生活。对于热衷世事者，清闲意味着失意、冷落、孤寂、无聊，但对在野的清流士子，清闲则是自由、潇洒。庄子把仕途称为"羁"，认为那里有君对臣的役使甚至杀戮，有名利权势对心灵的奴役。嵇康在《与山巨源绝交书》中列举仕途有"必不堪者七，甚不可者二"。陶渊明把仕途比作尘网、鱼池、樊笼。

苏轼对仕途之险恶和不自由的认识与他们一样。略不同的是，他的在野多半是被迫的。不过，自由又正是他天性之所好。像大多数士子一样，他在闲居之际，尽情地享受自由，仔细地寻觅清闲的美感，以弥补仕途的失落感。失落其实也是一种解脱，人在仕途的劳累、烦恼、"羁""必不堪者""甚不可者"，都随着官职的失落而解脱了许多，生命的自由时空也就增加了许多。对苏轼这样热爱自由的人，清闲绝不会使他觉得空虚无聊，而只会大大丰富他的审美意趣。他在"寒窗冷砚冰生水"的清贫岁月中，却能感受到"列屋闲居清且美"④。那么，具体说来，闲居生活有哪些"清且美"的意趣呢？

清游清赏，清谈清饮，清卧清睡，都是清闲生活中的清美意趣。古人记述这种心得的著述很多，比如宋林洪《山家清事》之类的书，就是专门记载闲居清趣的。明清人所撰此类书更多。苏轼没写过这类专著，但他却随笔记述了自己谪居野处的诸种清闲意趣："清游得三昧""油然独酌卧清虚""睡味清且熟""对月酣歌美清夜""且及清闲同笑乐"。他也赞赏朋友的清闲之作，如

---

① 本段引文见《苏东坡全集》前集卷三十三，后集卷四，续集卷二，前集卷四十。
② 任继愈总主编：《佛教史》，中国社会科学出版社1991年版，第497页。
③ 本段参中国佛教协会编《中国佛教（第一辑）》，知识出版社1980年版。
④ 《苏东坡全集》前集卷九《次韵答舒教授观予所藏墨》。

《答毛泽民七首》之一："今时为文者至多，可喜者亦众，然求如足下闲暇自得清美可口者，实少也。"①

清静，也是苏轼表述清闲意趣的概念之一。他认为"治道贵清静"，"古来静治得清闲"。他提倡"默清静以无为"。② 清是清除俗念，静是静心悟道。道家主张虚静无为，"致虚极，守静笃"，"无欲以静"，"清静为天下正"，"万物无足以铙心者，故静也"③。释家也主静，《圆觉经》云："诸菩萨取极静，由静力故，永断烦恼。"这是一种以静去欲、离尘葆真、远离烦恼、享受清闲的自由哲学。

苏轼在谪居的清苦生活中，用智慧营造起自由精神的殿堂，为后人存放下丰富的"清且美"的体验。比如《超然台记》的游于物外之乐，《记承天寺夜游》的月夜闲情，《前赤壁赋》的舟眠不知晓，《儋耳夜书》的清夜微笑，《清远舟中寄耘老》的"笑倚清流数鬓丝"，等等。他兼容佛、道，主张"任性逍遥，随缘旷放""我适物自闲"④。

与清真和清闲之趣相比，清雅的志趣是自由士人更为实在的生命价值内涵。雅是文化人的标志。达者优雅，穷者清雅。不论是否自愿，士人疏离了仕途，也就与世事俗务拉开了距离，而与文学艺术、读书治学走得更近了，因为这是他们充实生活、安顿心灵的最佳途径。《文心雕龙·养气》云："吐呐文艺，务在节宣，清和其心，调畅其气，烦而即舍，勿使壅滞。意得则舒怀以命笔，理伏则投笔以卷怀，逍遥以针劳，谈笑以药倦，常弄闲于才锋，贾余于文勇……斯亦卫气之一方也。"苏轼在闲居清处之际，与书香墨趣相伴，清中求雅，雅以葆清，以此提升生命的文化价值和审美品位。

数度迁谪，他常以自慰的是"尚有读书清净业"。"师渊明之雅放，和百篇之新诗。""琴书乐三径，老矣亦何求。"他在晚年《自题金山画像》诗中说："问汝平生功业，黄州惠州儋州。"⑤ 这或许是悲凉的自嘲，不过，谪居黄、惠、儋州的清苦岁月，倒正是他平生学术、文学、艺术事业的丰收期。他

---

① 本段引文分见《苏东坡全集》前集卷十八《次韵刘景文登介亭》、卷九《次韵答王定国》、卷十一《二月二十六日……》《次韵前篇》，《苏东坡全集》续集卷二《和喜雨》，《苏轼文集》卷五十二。

② 以上引苏诗分见《苏东坡全集》后集卷十五《上清储祥宫碑》，续集卷二《九日袁公济有诗次其韵》，前集卷十九《上清辞》。

③ 以上引文分见《老子》第十六、三十七、四十五章，《庄子·天道》。

④ 本段引文分见《苏东坡全集》前集卷三十二，《东坡志林》卷一，《苏东坡全集》前集卷十九，《东坡志林》卷一，《苏东坡全集》后集卷一，《东坡志林》卷一《论修养帖寄子由》，《苏东坡全集》续集卷三《和归田园居六首》。

⑤ 本段引文分见《苏东坡全集》前集卷十二《次韵答子由》，《苏东坡全集》续集卷三《和归去来兮辞》《集归去来诗十首》，《苏轼诗集》卷四十八。

喜欢和朋友雅集，品茗清谈，琴棋书画，饮酒听歌，登临赋诗，月夜散步，以激发创作灵感。他自言平生曲、酒、棋三不如人，其实即使在这些"不如人"处，他的清兴雅趣也是常人莫及的。在休闲娱乐中酝酿文化产品，这是清雅文人与无聊俗子最大的区别。

在对以清为美的传统进行检讨时，有一点引起我特别的注意：唐以前多以清浊对举，从宋人起，则多以清俗对举。比如钟嵘《诗品》、刘勰《文心雕龙》、司空图《二十四诗品》等，皆无清俗对举之例。又如《世说新语》常以清誉人，其中《赏誉》篇"清"字最多，共28见，《品藻》《文学》两篇中"清"字各10见，此48例"清"字构成34种用法：清言（8例）、清通（5例）、清析、清风、资清、清真、清伦、清微、清选、才清（2例）、清远、清流、清峙、清中、清论、清士、清令（3例）、清贵、清鉴、清畅、章清太出、清和、清婉、清疏、清露、清辞、清醇、清贞、清蔚、清易、清便、肤清、谢公清于无奕、清悟。却无一清俗并举之意。唐人以清与俗对举的情况也不多见。

宋人多以清俗对举。如王禹偁《潘阆咏潮图赞并序》称赞潘"清气未尽，奇人继生……趣尚自远，交游不群，松无俗姿，鹤有仙格"①。旧题梅尧臣《续金针诗格》②第6条《诗有五忌》云："二曰字俗则诗不清。"黄庭坚有许多反俗之论，其中以清与俗对举者，如《书嵇叔夜诗与侄榎》③："叔夜此诗豪壮清丽，无一点俗尘矣。凡学作诗者，不可不成诵在心，想见其人，虽沉于世故者暂，而揽其余芳，便可扑去面上之三斗俗尘矣。"苏轼以清俗对举如《书林逋诗后》："先生可是绝俗人，神清骨冷无由俗。"《祭张子野文》："清诗绝俗，甚典而丽。"《与米元章九首》其一："清雄绝俗之文。"《答钱济明三首》："清诗数篇，高妙绝俗。"④

此后明清人言清通常与俗对举。如胡应麟《诗薮》外编卷四云："诗最可贵者清。""格不清则凡，调不清则冗，思不清则俗。清者，超尘绝俗之谓。"吴文溥《南野堂笔记》卷一："不清则俗，俗则不可医。"石涛《石涛画语录·脱俗章》："俗不溅清……俗除清至也。"

宋人以清与俗对举，是从雅俗、清浊这两对审美范畴演变而来。清与雅近义，前人多并举以言诗人或诗文。如《诗品》评鲍照："贵尚巧似，不避危

---

① 〔宋〕王禹偁：《小畜集·外集》卷十，《四库全书》本。
② 吴文治主编《宋诗话全编》据《格致丛书》本收录，江苏古籍出版社1998年版。
③ 〔宋〕黄庭坚：《山谷题跋》卷三。
④ 本段引苏诗分见《苏东坡全集》前集卷十五、卷三十五，续集卷七。

厌，颇伤清雅之调。"又评谢庄："希逸诗，气候清雅不逮于范、袁，然兴属闲长，良无鄙促也。"《文心雕龙·章表》："表体多包，情伪屡迁，必雅义以扇其风，清文以驰其丽。"《文心雕龙·熔裁》："士龙思劣，而雅好清省。"《世说新语》中也有"清远雅正"的用例。浊与俗近义，皆属贬义。"浊"字本指自然物态，"俗"字则专指世事人情。故言人事之清，"俗"字便渐渐取代了"浊"字。

四、清辞清语

清是一种风格，是一种风神韵致。在文学作品中，须通过具体的话语形态来体现，如作品的意象、词语、修辞、意境等。对接收者来说，清是一种模糊的、综合的、比较抽象而又极富于包容性的审美直觉。比如胡应麟曾对前代清诗人同中有异的诗风做过如下分辨：

> 靖节清而远，康乐清而丽，曲江清而澹，浩然清而旷，常建清而僻，王维清而秀，储光羲清而适，韦应物清而润，柳子厚清而峭，徐昌谷清而朗，高子业清而婉。①

分辨得如此细微而且丰富，仍然是模糊的直觉。

苏轼不曾像现代人写论文一样条分缕析地解说某人的作品到底怎么个清法。他只是在评价诗人诗作时，使用"清"字以及清族词汇。因此，我们必须从他称赞过的清作入手，具体看看他称之为"清"的文学话语形态是什么样的。

前代诗人最得苏轼清誉的是陶渊明、王维、柳宗元。② 从陶、王、柳之作

---

① 〔明〕胡应麟：《诗薮》外编卷四。
② 《苏东坡全集》后集卷二《新渡寺席上……》说欧阳叔弼"诗如清风""颇有渊明风致"，《王维吴道子画》说王维"其诗清且敦"；续集卷七《答程全父推官六首》称程全父诗"清深温丽，与陶、柳真为三矣"。

中列举清美之篇甚易，兹不赘。宋代作家作品曾得苏轼清誉的，近四十家①，以下择要检讨之。

苏轼《祭张子野文》称张先"清诗绝俗，甚典而丽"②。祭颂之文难免过誉，然据今存张先诗29首③看，此评语还是切中特点的。仅以苏轼《题张子野诗集后》称为"诗笔老妙"④的《华州西溪》诗和《四库提要》认为"稍可观"的《吴江》诗为例：

积水涵虚上下清，几家门静岸痕平。浮萍破处见山影，小艇归时闻棹声。
入郭僧寻尘里去，过桥人似鉴中行。已凭暂雨添秋色，莫放修林碍月生。
(《华州西溪》)
春后银鱼霜后鲈，远人曾到合思吴。欲图江色不上笔，静觅鸟声深在芦。
落日未昏闻市散，青天都净见山孤。桥南水涨虹垂影，清夜澄光照太湖。
(《吴江》)

---

① 除本节论及者外，据检索主要还有《苏东坡全集》上册第69页《和欧阳少师寄赵少师次韵》："二公凛凛和非同……清句更酬雪里鸿。"第102页《僧惠勤初罢僧职》："新诗如洗出，不受外垢蒙。清风入齿牙，出语如松风。"第129页《京师哭任遵圣》："文章小得誉，诗语尤清壮。"第127页《送颜复兼寄王巩》："扣门但觅王居士，清诗草圣俱人妙。"第230页《昨见韩丞相言王定国，今日玉堂独坐有怀其人》："清诗洗江湍。"第311页《王定国诗集叙》："清平丰融。"第481页《九日次定国韵一首》："清诗出穷愁。"第203页《次韵张畹》："知君不向穷愁老，尚有清诗气吐虹。"第217页《次韵王震》："清篇带月来霜夜，妙语先春发病顽。"第221页《次韵朱光庭喜雨》："清诗似庭燎，虽美未忘箴。"第253页《袁公济和刘景文……》："君诗如清风。"第309页《邵茂诚诗集叙》："其文清和妙丽。"第313页《乐全先生文集叙》："诗文皆清远雄丽。"第473页《次韵致政张朝奉仍招晚饮》："清诗得可惊，信美词多夸。"第475页《二鲜于君以诗文见寄作诗为谢》："清诗鸣佩环。"第475页《和陈传道雪中观灯》："清诗还有士龙能。"第489页《送襄阳从事李友谅归钱塘》："李子冰玉姿，文行两清醇。"第507页《次韵表兄程正辅江行见桃花》："清篇真漫与。"第538页《用数珠韵赠湜长老》："当年清隐老……清诗五百言，句句皆绝伦。"第622页《答刘沔都曹书》："所示书词，清婉雅奥。"《苏东坡全集》下册第34页《夷陵县欧阳永叔至喜堂》："清篇留峡洞。"第51页《次韵钱穆父……》："清诗已入新歌舞。"第73页《与殷晋安别》："空吟清诗送。"第136页《答周开祖》："新诗清绝。"第138页《答范蜀公》："词格清美。"第155页《与吴子野二首》："辞旨清婉。"第204页《答吴秀才》："并序归凤赋，兴寄远妙，词亦清丽。"第209页《与程正辅提刑二十四首》："宠示《诗域醉乡》二首，格力益清妙。"第217页《答程全父推官六首》："清深温丽，与陶、柳真为三矣。"第226页《答钱济明三首》："清诗数篇，高妙绝俗。"第231页《答孔毅父二首》："或见清诗，以增感叹。"第235页《与米元章九首》："清雄绝俗之文。"《苏轼文集》卷七十二《闻复》："作诗清远。"卷六十八《跋黔安居士〈渔父〉词》："鲁直作此词，清新婉丽。"
② 《苏东坡全集》前集卷三十五。
③ 据《全宋诗》第三册，又吴熊和、沈松勤校注《张先集编年校注》，浙江古籍出版社1996年版。
④ 《苏轼文集》卷六十八。

《四库提要》评二诗颔联皆有"纤巧之病",中肯。然此二诗确亦可当苏轼之清誉。

苏轼有关文同的诗文有 17 篇,写出一位清高绝俗的艺术家形象。《送文与可出守陵州》云:"清诗健笔何足数,逍遥齐物追庄周。"① 《祭文与可》云:"孰能为诗与楚词如与可之婉而清乎?"《全宋诗》册八收文同诗 20 卷,无"楚辞"。《四库提要》言其诗"驰骤于黄、陈、晁、张之间,未尝不颉颃上下也"。其诗应酬之作甚少,多为抒情写景之什,的确清趣盎然。如《咏莺》:

避雨竹间点点,迎风柳下翩翩。静依寒蓼如画,独立晴沙可怜。

《娱书堂诗话》评此诗"清拔可喜"②。又如《早晴至报恩山寺》:

山石巉巉磴道微,拂松穿竹露沾衣。烟开远水双鸥落,日照高林一雉飞。

此诗清新明丽,《宋诗钞》及钱钟书《宋诗选注》等诸多选本皆选录。文同虽自号笑笑居士,但入仕后一直为官,不曾闲居。其在仕途亦不失文人清趣,如《北斋雨后》:

小庭幽圃绝清佳,爱此常教放吏衙。雨后双禽来占竹,秋深一蝶下寻花。唤人扫壁开吴画,留客临轩试越茶。野兴渐多公事少,宛如当日在山家。

陈衍《宋诗精华录》评其"'占'字'寻'字下得切"。读这些诗,略可领会苏轼"婉而清"的含义。钱钟书注意到文同诗与画相融的特点:"在诗里描摹天然风景,常跟绘画联结起来,为中国的写景文学添了一种手法……在他以后,这就成为中国写景诗文里的惯技,西洋要到十八世纪才有类似的例子。"③ 苏轼曾有"诗画本一律,天工与清新"④ 之论。从自然风景—风景诗—风景画的关系中,约略也能体会苏轼所谓"清而婉"的意味。

苏轼《晁君成诗集引》:"君之诗清厚静深,如其为人,而每篇辄出新意

---

① 《苏东坡全集》前集卷二。
② 见〔清〕厉鹗《宋诗纪事》卷二十四。
③ 钱钟书:《宋诗选注》,人民文学出版社 1958 年版。
④ 《苏东坡全集》前集卷十七《书鄢陵王主簿所画折枝二首》其一。

奇语，宜为人所共爱。"① 晁君成名端友，是晁补之的父亲，《宋史·艺文志》著录《晁端友诗》10卷，钱钟书《宋诗选注》言其"遗集共收了三百六十首诗，现在已经散失了"（未言何据）。《全宋诗》册十一存其诗1卷共7首，篇篇皆如苏轼所评。如《宿济州西门外旅馆》：

寒林残日欲栖乌，壁里青灯乍有无。小雨愔愔人假寐，卧听疲马啮残刍。

苏轼《戏用晁补之韵》云：

昔我尝陪醉翁醉，今君但吟诗老诗。清诗咀嚼那得饱，瘦竹潇洒令人饥。②

此"诗老""清诗"何谓？查《全宋诗》册十九晁补之诗22卷，未见与苏诗同韵之诗。孔凡礼校《苏轼诗集》卷二十九王注引次公曰："醉翁，欧阳永叔也。诗老，梅圣俞也。"不知次公何据。欧阳修曾自称醉翁，梅尧臣亦有诗老之誉。然"醉翁""诗老"之谓，并非欧、梅之专称。据诗意推测，疑此"醉翁""诗老"可能皆指晁君成，补之所吟之"诗老诗""清诗"，或即乃翁之诗。

苏轼《新渡寺席上……送欧阳叔弼……叔弼但袖手旁睨而已。临别，忽出一篇，颇有渊明风致，坐皆惊叹》称赞欧阳叔弼："子诗如清风""中有清圆句"③。欧阳"忽出"之诗已无存，《全宋诗》册十八仅存其《奉借子进接䍦》诗云：

奉借山公旧接䍦，最宜筇杖与荷衣。习家池上花初盛，醉后多应倒载归。

此诗效魏晋风度，确有清气。

苏轼对释道潜（号参寥子）诗数加清誉。《与参寥子二十一首》④ 其一："三诗皆清妙。"其二："见寄数诗及近编诗集……笔力愈老健清熟。"《与文与可十一首》其十："参寥……诗句清绝，可与林逋相上下。"⑤《送参寥师》：

---

① 《苏东坡全集》前集卷二十四。
② 《苏东坡全集》前集卷十七。
③ 《苏东坡全集》后集卷二。
④ 《苏轼文集》卷六十一。
⑤ 《苏轼文集·佚文汇编》卷二。

"新诗如玉屑,出语便清警。"①《全宋诗》册十六收道潜诗 12 卷 600 首。未知苏轼所云"三诗""数诗及近编诗集""新诗"之具体所指,但"清妙""清熟""清绝""清警"等评价,都以清为前提,可知苏轼之特别推重。参寥与林逋,一僧一隐,皆优游于山水林泉之士,同是清人处清境,其诗均得苏子"清绝"之誉。那么,两人的诗有什么共同的清美之处呢?

陈衍《宋诗精华录》选林逋《梅花》2 首,评"疏影横斜水清浅,暗香浮动月黄昏""雪后园林才半树,水边篱落忽横枝"两联云:"山谷谓'疏影'二句不如'雪后'一联,亦不尽然。'雪后'联写未盛开之梅,……'疏影'联稍盛开矣。其胜于'竹影桂香'句,自不待言。""和靖名句尚有'鹤闲临水久,蜂懒得花疏'、'萧疏秋树色,老大故人心'、'春水净于僧眼碧,晚山浓似佛头青'、'前岩数本长松色,及早归来带雪看'。"陈衍所举这些诗,皆可当清诗之誉。

道潜没林逋那么知名,但也是较有名气的诗僧。《四库提要》引吴可(宣和、建炎间人)《藏海诗话》:"参寥《细雨》云:'细怜池上见,清爱竹间闻。'荆公改怜作宜。又'诗成暮雨边',秦少游曰:'公直作到此也,雨中雨旁皆不好,只雨边最妙。'又云'流水声中弄扇行',俞清老极爱之。此老诗风流蕴藉,诸诗僧皆不及。韩子苍云:'若看参寥诗,则惠洪诗不堪看也。'"又历代选家所重者,如《夏日龙井书事》:

好鸟未尝吟俗韵,白云还解弄奇姿。藤花冉冉青当户,竹色娟娟碧过篱。

此诗曹学佺《石仓历代诗选》选录。又《临平道中》:

风蒲猎猎弄轻柔,欲立蜻蜓不自由。五月临平山下路,藕花无数满汀洲。

此二诗《宋诗精华录》选录。又《湖上》:

城隈野水绿逶迤,袅袅轻舟掠岸过。欲采芸兰无觅处,野花汀草占春多。

此诗《宋诗钞·补钞》选录。这些诗都颇有清趣。

以上所举林逋、参寥诗,以及本节列举的所有清诗,都有共同的清美:清新明净的自然物象、清丽雅洁的自然语汇、清静淡泊的自然意境。

---

① 《苏东坡全集》前集卷十。

结　语

苏轼文学观念中的清美意识，颇具普遍性。宋人以清论诗论文乃至论人之例，俯拾皆是，兹不赘举。

清美不等于完美。借范温的话说："清乃一长，安得为尽美之韵乎。"① 清美之作也难免缺陷，比如钱钟书《宋诗选注》评宋初僧、隐诗人时就曾指出："风格多少相像，都流露出晚唐诗人贾岛、姚合的影响。林逋算得这里面突出的作者，用一种细碎小巧的笔法来写清苦而又幽静的隐居生涯。"

在古典美学中，清是个主流审美范畴，其境界极高，提挈力极大，派生性极强。若借阳刚、阴柔的说法，则清属阴柔，但古人有时又言清雄、清刚，可见其美学品性之宽阔。

（刊于《首届宋代文学国际研讨会论文集》，复旦大学出版社2001年版）

---

① 钱钟书：《管锥编》第四册，中华书局1979年版，第1362页。

苏轼外任或谪居时期的疏狂心态

阅读苏轼，发现他常常自称"疏狂"或"疏""狂"。如全部苏词中，"疏"字 24 见，其中自况者 3 次①；"狂"字 14 见，自况 10 次②；"疏狂"合用 2 次，均为夫子自道：《满庭芳》"我自疏狂异趣，君何事，奔走尘凡"，《满庭芳》"且趁闲身未老，须放我、些子疏狂。百年里，浑教是醉，三万六千场"。苏轼诗、文中"疏狂"或"疏""狂"大约百余见，如《和子由初到陈州见寄》："懒惰便樗散，疏狂托圣明。"

我又注意到苏轼以"疏狂"自况，多是在疏离朝政中心而外任或谪居岁月中。这就更加引起我的思考：何谓"疏狂"？苏轼为何喜欢以此自况？其中蕴含着何种生命意蕴、文化意趣和历史内涵？

一

宋人所谓疏狂③，是一种与独立人格意识、自由人生观念、审美生活情趣密切相关的精神形态，是个人化、自由化的生活意向。其哲学基础近于道家，其行为特征是疏离社会主流和中庸，放纵生命之本真。具体而言，主要是疏远仕途，超越名教，贴近自然和自我，张扬个性和才具，放纵个人兴趣、欲望。从使用习惯看，疏狂通常是自况性的审美范畴。

宋人说的疏狂与孔子的"狷者有所不为"在疏于仕事这一点上近似，与庄子鄙弃功名富贵、追求精神自由略同，与楚狂接舆之凤歌傲俗、屈原之露才扬己、宋玉和司马相如之文采风流、竹林名士之漠视名教、陶渊明之委运任真等历史文化原型有着内在的联系。宋人之疏狂并不像魏晋名士那样自毁形骸、

---

① 《南乡子》："自觉功名懒更疏。"《一丛花》："疏慵自放，唯爱日高眠。"《谒金门》："自笑浮名情薄，似与世人疏略。"本文引苏词均依〔宋〕苏轼撰、薛瑞生笺证《东坡词编年笺证》，三秦出版社 1998 年版，下简称薛《笺》，不再一一注明版次。

② 《江城子》："老夫聊发少年狂。"《临江仙》："闻道分司狂御使，紫云无路追寻。"《定风波》："更问樽前狂副使，来岁、花开时节与谁来？"《满江红》："江表传，君休读，狂处士，真堪惜。"《念奴娇》："我醉拍手狂歌，举杯邀月，对影成三客。"《十拍子》："强染霜髭扶翠袖，莫道狂夫不解狂，狂夫老更狂。"《满庭芳》："座中有狂客，恼乱离愁。"《渔家傲》："美酒一杯谁与共？樽前舞雪狂歌送。"

③ 参本书《宋代诗词中的疏狂表达与中国文化的疏狂传统》一文。

佯狂避世，也不像屈原那样固执于一端。他们心仪唐代才子风流倜傥、潇洒任性、率真自得的审美生存精神，尽可能在仕途以外的人生中寻求、创造和享受生活的诗意与自由，用审美的追求与获得来冲淡仕途功名的得失。他们比前人还多了几分旷达。苏轼之疏狂就堪称典型。

苏轼一生屡遭贬谪，乃融道、释诸家哲学以自救，故对传统文化中的疏狂精神深有会心。他常常称许前人或同时人的狂或疏狂，从中可见他对疏狂的理解和认同。

楚狂接舆是后世文人疏狂之祖。苏轼《和刘道原咏史》①诗云："仲尼忧世接舆狂，臧谷虽殊竟两亡。"此诗乃通判杭州时和刘道原诗三首之一，后为"乌台诗案"之证据。据施注、王注，刘道原乃博学强识而淡漠仕宦之士，为官有直气，与王介甫异论，遂弃官归养。苏轼曾有《送刘道原归觐南康》②诗，把他比作孔融、汲黯，称赞其"高节万仞"。此又以三诗盛赞之，前首《和刘道原见寄》云："敢向清时怨不容？直嗟吾道与君东。坐谈足使淮南惧，归去方知北群空。"第三首《和刘道原寄张师民》称刘为"高鸿"，并用杜诗"无处告诉只颠狂"典，说刘"颠狂不用唤，酒尽渐须醒"。细审三诗，可知苏轼以接舆喻刘道原，乃取二人狂傲疏仕之意。苏轼晚年作《真一酒歌》③亦言及楚狂"湛然寂照非楚狂，终身不入无功乡"，仍取其疏仕狂歌之事。

对于自称"我本楚狂人，凤歌笑孔丘"（《庐山谣寄卢侍御虚舟》）的李白，苏轼也深表敬仰。《李太白碑阴记》④云：

李太白，狂士也。……士以气为主，方高力士用事，公卿大夫争事之，而太白使脱靴殿上，固已气盖天下矣。使之得志，必不肯附权幸以取容，其肯从君于昏乎？夏侯湛赞东方生云："开济明豁，包含宏大，陵轹卿相，嘲哂豪杰，……戏万乘若僚友，视俦列如草介。雄节迈伦，高气盖世，可谓拔乎其萃，游方之外者也。"吾于太白亦云。

又《书丹元子所示〈李太白真〉》⑤：

---

① 〔清〕王文诰辑注、孔凡礼点校：《苏轼诗集》，中华书局1982年版，第333页。以下凡引苏诗均依此版本，只注页次。
② 《苏轼诗集》，第259页。
③ 《苏轼诗集》，第2361页。
④ 《苏东坡全集》前集卷三十三，中国书店1986年版（据世界书局1936年版影印），第397页。
⑤ 《苏轼诗集》，第1994页。

天人几何同一沤,谪仙非谪乃其游,麾斥八极隘九州,化为两鸟鸣相酬,一鸣一止三千秋,开元有道为少留,縻之不可矧肯求。

西望太白横峨岷,眼高四海空无人,大儿汾阳中令君,小儿天台坐忘身,平生不识高将军,手污吾足乃敢嗔,作诗一笑君应闻。

又《闻钱道士与越守穆文饮酒,送二壶》①:

一纸鹅经逸少醉,他年《鹏赋》谪仙狂。

又《再次韵答完夫穆父》②:

免使谪仙明月下,狂歌对影只三人。

又《念奴娇》词:

我醉拍手狂歌,举杯邀月,对影成三客。

苏轼所赞美的李白之狂,主要是"戏万乘若僚友,视俦列如草介"的清高,"游方之外"的洒脱,自比大鹏的狂傲,醉酒狂歌的放纵。这正是接舆式的疏狂。

苏轼认为庄子也是狂人。《次韵答邦直子由五首》③ 其二:

城南短李好交游,箕踞狂歌不自由。

又《詹守携酒见过,用前韵作诗聊复和之》④:

箕踞狂歌老瓦盆,燎毛燔肉似羌浑。

《庄子·至乐》篇载"庄子妻死,惠子吊之,庄子方箕踞鼓盆而歌"。这

---

① 《苏轼诗集》,第 1745 页。
② 《苏轼诗集》,第 1431 页。
③ 《苏轼诗集》,第 740 页。
④ 《苏轼诗集》,第 2083 页。

则故事的哲学含义是超越生命之局限性,以实现精神的自由和快乐。苏轼显然深知其中的要义是自由,但他又特别强调庄子与众不同的"狂",强调狂的行为与自由精神的内在关联。

魏晋名士之疏狂也受到苏轼的赞美。《阮籍啸台》①:

阮生古狂达,遁世默无言。犹余胸中气,长啸独轩轩。
高情遗万物,不与世俗论。登临偶自写,激越荡乾坤。
醒为啸所发,饮为醉所昏。谁能与之较,乱世足自存。

此诗乃嘉祐五年(1060)苏轼居母丧后自蜀返京路过尉氏县凭吊阮籍啸台时所作②,用阮籍的一生来注释"狂达"的含义,正合本文所论疏狂之义。

除阮籍外,魏晋名士中被苏轼目为狂士者还有孟嘉、徐邈、谢奕、山简、谢灵运等。

孟嘉嗜酒桓温笑,徐邈狂言孟德疑。③(《太守徐君猷、通守孟亨之皆不饮酒,以诗戏之》)
楚狂醉乱,陨帽莫觉。④(《龙山补亡》)
可怜吹帽狂司马,空对呆春老孟光。⑤(《明日重九,亦以病不赴述古会,再用前韵》)
高会日陪山简醉,狂言屡发次公醒。⑥(《平山堂次王居乡祠部韵》)
犹胜江左狂灵运,空斗东昏百草须。⑦(《次韵景文山堂听筝三首》其一)

此皆一时名士而有放情山水、流连诗酒之风流佳话者,苏轼心仪之,乃以"狂"相许。唐代除李白外,还有一些被苏轼赞许的狂人,如贺知章、高适、杜牧。

---

① 《苏轼诗集》,第83页。
② 据孔凡礼《苏轼年谱》,中华书局1998年版,第79页。
③ 《苏轼诗集》,第1088页。
④ 《苏轼诗集》,第2658页。
⑤ 《苏轼诗集》,第505页。
⑥ 《苏轼诗集》,第593页。
⑦ 《苏轼诗集》,第1712页。

差胜四明狂监在，更将老眼犯尘红。①（《次韵林子中、王彦组唱酬》）

狂客思归便归去，更求敕赐枉天真。②（《四明狂客》）

千古风流贺季真，最怜嗜酒谪仙人。狂吟醉舞知无益，粟饭藜羹问养神。③（《送乔仝寄贺君六首》其六）

谁怜寂寞高常侍，老去狂歌忆孟诸。④（《去杭州十五年，复游西湖，用欧阳察判韵》）

杜牧端来觅紫云，狂言惊倒石榴裙。⑤（《会饮有美堂，答周开祖湖上见寄》）

闻道分司狂御史，紫云无路追寻。[《临江仙》（自古相从休务日）]

以上三人，贺知章自号"四明狂客"，李白《对酒忆贺监》称其"四明有狂客，风流贺季真"。高适作封丘尉时亦曾以狂野自况："我本渔樵孟诸野，一生自是悠悠者。乍可狂歌草泽中，宁堪作吏风尘下（施注引）。"杜牧是晚唐名士，有风流狂放之名，孟棨《本事诗·高逸》载杜牧事：

杜为御史，分务洛阳。时李司徒罢镇闲居，声伎豪华，为当时第一，洛中名士咸谒见之。李乃大开筵席，当时朝客高流，无不臻赴。以杜为持宪，不敢邀置。杜遣座客达意，愿与斯会。李不得已，驰书。方对花独酌，亦已酣畅，闻命遽来。时会中已饮酒，女奴百余人，皆绝艺殊色。杜独坐南行，瞪目注视，引满三卮，问李云："闻有紫云者，孰是？"李指示之。杜凝睇良久，曰："名不虚传，宜以见惠。"李俯而笑，诸妓亦皆回首破颜。杜又自饮三爵，朗吟而起，曰："华堂今日绮筵开，谁唤分司御史来。忽发狂言惊满座，两行红粉一时回。"意气闲雅，傍若无人。杜登科后，狎游饮酒，为诗曰："落拓江湖载酒行，楚腰纤细掌中轻。十年一觉扬州梦，赢得青楼薄倖名。"

杜牧这些风流韵事，宋人常常提起。贺知章、高适、杜牧自称"狂"，无疑是自负文采风流，自诩不拘绳检之意。苏轼深许之，亦取此意。

唐诗人中以"狂"自许而对苏轼影响最大者是杜甫和白居易。

---

① 《苏轼诗集》，第1684页。
② 《苏轼诗集》，第1774页。
③ 《苏轼诗集》，第1554页。
④ 《苏轼诗集》，第1646页。
⑤ 《苏轼诗集》，第2609页。

苏轼对杜甫很崇敬，称他是"集大成"的诗人①，尤其感慨他"在困穷之中，一饮一食，未尝忘君，诗人以来，一人而已"②。杜诗渊博丰富，而苏轼特拈君臣之义，反复申说，这或许有借古人酒杯，浇自己心中块垒之意。《王定国诗集序》作于谪居黄州期间，正是苏轼"流落饥寒"之际，而"一饭未尝忘君"，恰恰也是苏轼忠义之气的真实写照。苏轼《次韵张安道读杜诗》③有"谁知杜陵杰，名与谪仙高。……诗人例穷苦，天意遣奔逃"之叹，也包含着自己的人生体验。同是穷苦奔逃的诗人，苏轼注意到了杜甫较少被人关注的一面——疏狂。杜甫《狂夫》诗云：

万里桥西一草堂，百花潭水即沧浪。风含翠筱娟娟净，雨浥红蕖冉冉香。厚禄故人书断绝，恒饥稚子色凄凉。欲填沟壑唯疏放，自笑狂夫老更狂。

这是杜甫闲居成都草堂时的诗。这里的疏与狂，既是自嘲，也含有自傲、自愉、自赏之意。疏远了功名富贵甚至"厚禄故人"，自不免清贫孤独，然而也乐得享受一份清静、清闲、清高。

苏轼对杜甫疏仕闲居时期的疏狂情态心存偏爱，《书子美黄四娘诗》④云：

子美诗云："黄四娘家花满蹊……"东坡云：此诗虽不佳，可以见子美清狂野逸之态，故仆喜书之。

"清狂野逸"通常是古代文人自许或相互欣赏时常用的词汇，与杜甫自己说的疏和狂近义。谪居的苏轼从闲居的杜甫那里找到了审美共鸣：既疏于仕宦，则不妨狂放些。自由的获得是以疏仕为代价的，因而弥足珍贵，当充分享受才是。苏轼多次在作品中以"疏狂"或"老夫狂"或"老狂"自况，可见其对杜甫疏狂的受容。如：

老夫聊发少年狂。（《江城子》，密州作）

---

① 〔宋〕苏轼《书吴道子画后》云："诗至于杜子美，文至于韩退之，书至于颜鲁公，画至于吴道子，而古今之变、天下之能事毕矣。"〔宋〕陈师道《后山诗话》第42条载："子瞻谓杜诗、韩文、颜书、左史皆集大成者也。"
② 〔宋〕苏轼：《与王定国四十一首》之八。又《王定国诗集序》云："古今诗人众矣，而杜子美为首。岂非以其流落饥寒，终身不用，而一饭未尝忘君也欤？"
③ 《苏轼诗集》，第266页。
④ 孔凡礼点校：《苏轼文集》卷六十七，中华书局1986年版，第2103页。

强染霜髭扶翠袖，莫道狂夫不解狂，狂夫老更狂。(《十拍子》，黄州作)
野人疏狂逐渔钓，刺史宽大容歌呼。① (《再和》，杭州作)
嗟余老狂不知愧，更吟丑妇恶嘲谤。② (《送碧香酒与赵明叔教授》，密州作)
春色岂关吾辈事，老狂聊作坐中先。醉吟不耐欹纱帽，起舞从教落酒船。③ (《坐上赋戴花得天字》，密州作)

观前人之注疏，多未注意到苏轼与杜甫的精神联系，然细参苏轼写作这些诗句时的处境，当可理解其有意无意地以杜甫自况的心态。

白居易"中隐"于洛阳时期，在很多诗篇中称自己是"闲居"的"狂夫""狂翁""狂宾客""狂客""狂叟""狂歌老"，他常用"老狂""酒狂""诗狂""狂歌""老狂词""狂吟""狂言""狂取乐"等一系列"狂"字形容自己的生活和精神状态④。苏轼不太喜欢白诗（另文论述），但对白居易的"中隐"和"狂取乐"却深有同好，诗词中常用白诗此类典故⑤，如《西斋》⑥诗并诸家注释：

西斋深且明，中有六尺床。〔施注〕白乐天《小院酒醒》诗：好是幽眠处，松阴六尺床。病夫朝睡足，〔施注〕白乐天《重题》(今《白居易集》第978页《香炉峰下新卜山居草堂初成偶题东壁五首》其四)诗：日高睡足犹慵起。危坐觉日长。(今《白居易集》第3235页《奉和裴令公新成午桥庄绿野堂即事》诗：远处尘埃少，闲中日月长) 昏昏既非醉，〔施注〕白乐天《效陶潜体》诗：且效醉昏昏。踽踽亦非狂。……杖藜观物化，亦以观我生。万物各得时，我生日皇皇。〔王（十朋）注〕陶渊明《归去来辞》：羡万物之得时，感吾生之行休。〔施注〕陶渊明《归去来辞》：寓形宇内复几时，曷不委心任去留，胡为乎皇皇欲何之？

西斋是苏轼知密州时所居官舍。苏诗频用白诗意，且于陶渊明之疏仕隐居亦有同好。然而，白与苏均不学陶之辞官归隐，苏轼对白的"吏隐"或曰

---

① 《苏轼诗集》，第321页。
② 《苏轼诗集》，第693页。
③ 《苏轼诗集》，第806页。
④ 参［日］二宫俊博《洛阳时代的白居易——自称"狂"的意识分析》，载日本《中国文学论集》1981年第十号。
⑤ 参［日］横山伊势雄《诗人における"狂"について——苏轼の场合》，载日本《汉文学会会报》1975年第三十四号；［日］保苅佳昭《苏东坡の词に见られる"狂"について》，载日本《汉学研究》1989年第二十七号。
⑥ 《苏轼诗集》，第630页。

"中隐"倒是颇有会心,通判杭州时就有《六月二十七日望湖楼醉书五绝》①其五云:"未成小隐聊中隐,可得长闲胜暂闲。我本无家更安往?故乡无此好湖山。"施注:"白乐天《中隐》诗:'大隐住朝市,小隐入丘樊。樊丘太冷落,朝市太嚣喧。不如作中隐,隐在留司官。似出复似处,非忙亦非闲。唯此中隐士,致身吉且安。'又白乐天《和裴相闲行》:'偷闲意味胜长闲。'"

宋洪迈注意到了苏轼对白居易的羡慕,《容斋随笔·三笔》卷五"东坡慕乐天"条云:

> 苏公责黄州,始自称东坡居士。详考其意,盖专慕白乐天而然。白公有《东坡种花》二诗云:"持钱买花树,城东坡上栽。"又云:"东坡春向暮,树木今何如?"又有《步东坡》诗云:"朝上东坡步,夕上东坡步。东坡何所爱?爱此新成树。"又有《别东坡花树》诗云:"何处殷勤重回首?东坡桃李种新成。"皆为忠州刺史时所作也。苏公在黄,正与白公忠州相似,因忆苏诗,如《赠写真李道士》云:"他时要指集贤人,知是香山老居士。"《赠善相程杰》云:"我似乐天君记取,华颠赏遍洛阳春。"《送程懿叔》云:"我甚似乐天,但无素与蛮。"《入侍迩英》云:"定似香山老居士,世缘终浅道根深。"而跋曰:"乐天自江州司马除忠州刺史,旋以主客郎中知制诰,遂拜中书舍人。某虽不敢自比,然谪居黄州,起知文登,召为仪曹,遂忝侍从。出处老少,大略相似,庶几复享晚节闲适之乐。"《去杭州》云:"出处依稀似乐天,敢将衰朽较前贤。"序曰:"平生自觉出处老少粗似乐天。"则公之所以景仰者,不止一再言之,非东坡之名偶尔暗合也。

这是一种异代同类之感。那么,苏与白怎样"粗似"呢?

白居易在谪居或"中隐"岁月中,借山水、诗、酒、歌舞、女性以自娱,他将这种心态和行为称为"狂"。这与孔子所说"狂者进取"之狂不同,与阮籍的"佯狂"之狂也不同,但与杜甫的"自笑狂夫老更狂"类似,皆偏向于生命之自由放纵和诗情酒趣之自娱自赏。苏轼以"狂"自况,又多了个"疏"字。疏是一种远离的状态和心态。疏远什么呢?君王、朝廷、政务、功名富贵、荣辱穷达、钩心斗角、争权夺利等。疏远了这些,就有了自由放纵的时空和兴致,就可以像无官一身轻的杜陵野老,像"中隐"惬意的香山居士那样自由狂放。如果说白居易后半生的"中隐"多少还有点"执着"的意味,那么苏轼则连这一点执着也超越了。不论命运把他抛向哪里,他都能微笑着调整

---

① 《苏轼诗集》,第341页。

自己以适应境遇，随缘自适，随遇而安。这是他既慕乐天，又超越乐天之处。

苏轼对白居易之疏狂的心仪，当时就被好友黄庭坚"破译"了，《子瞻去岁春夏侍立延英，子由秋冬间相继入侍，作诗各述所怀，予亦次韵四首》① 其四云：

乐天名位聊相似，却是初无富贵心。只欠小蛮樊素在，我知造物爱公深。

此诗用苏轼诗意，对苏轼自比乐天完全认同。

二

以下进一步考察苏轼自称"疏狂"的情形，并总结一下其中蕴含的生命意蕴、文化意趣、历史内涵。

在苏轼的表述中，疏是疏远世俗，主要是仕途之功名富贵、荣辱穷达、俗人俗事。如《答黄鲁直五首》② 之一：

轼始见足下诗文于孙莘老之坐上，耸然异之，以为非今世之人也。莘老言："此人知之者尚少，子可为称扬其名。"轼笑曰："此人如精金美玉，不即人而人即之，将逃名而不可得，何以我称扬为？"然观其文以求其为人，必轻外物而自重者，今之君子莫能用也。其后过李公择于济南，则见足下之诗文愈多，而得其为人益详，意其超逸绝尘，独立万物之表，驭风骑气，以与造物者游，非独今世之君子所不能用，虽如轼之放浪自弃，与世疏阔者，亦莫得而友也。

苏之"放浪自弃，与世疏阔"，与黄之"轻外物而自重""超逸绝尘，独立万物之表……与造物者游"，实属同类，只是苏轼谦称自己还比不上"如精金美玉"的黄。此书作于元丰元年（1078，苏轼43岁，知徐州），时苏、黄尚未谋面，黄为京师国子监教授，以诗寄苏，苏乃复信。初次交往而自言疏阔自弃，言似自谦而实则自负清高，并以同类许人，可见在苏轼心目中，"疏阔"是一种非常清高脱俗的精神和行为。

深得苏轼清誉的王定国，这时初识苏轼，苏作《次韵王定国马上见

---

① 〔宋〕黄庭坚：《山谷集》卷九，《四库全书》本。
② 孔凡礼点校：《苏轼文集》卷五十二，中华书局1986年版，第1531页。

寄》①云：

疏狂似我人谁顾，坎坷怜君志未移。

细审苏轼与黄、王之语，自称"疏阔""疏狂"者，既有因失意而自嘲的成分，更有独立自赏之意。苏词中多次自言"疏狂""疏放"，如：

搔首赋归欤，自觉功名懒更疏。（《南乡子》）
我自疏狂异趣，君何事，奔走尘凡。（《满庭芳》）
且趁闲身未老，须放我、些子疏狂。百年里，浑教是醉，三万六千场。（《满庭芳》）
衰病少情，疏慵自放，惟爱日高眠。（《一丛花》）
自笑浮名情薄，似与世人疏略。（《谒金门》）

对苏轼来说，"与世疏阔"并非他主动的选择，而是在不能自主的失落面前对自我价值的重新追寻，是通过对超功利的人格美的确认以实现遗世独立的精神救赎。这种救赎通常要借助狂放自由的生活方式才能更有效地实现。苏轼之狂虽承传统，但也有其个性特征和时代特色，主要表现为醉里狂言、狂歌与游冶。

苏轼的酒量其实很小。他曾说"余饮酒终日不过五合"②，又说"平生有三不如人，谓着棋、饮酒、唱曲"③。但他的酒兴却极高，以酒为生活伴侣，"殆不可一日无此君"④。他的酒兴当然不是凡夫俗子的口腹之快感，而是文人雅趣，与他的文化生存和艺术创造密切相关。酒和饮酒的氛围，能激发他的谈兴、诗兴、游兴，使他放纵生命的激情和艺术才华，从而获得种种自由创造的快感。

苏轼醉里狂言不同于一般文人的狂放，这是他鲜明而又独特的个性使然。他天性率真坦诚，为人处世了无城府，对朝政时事既关心又有敏锐的见识，只是不会把话藏在心里。他在仕途屡遭坎坷，多是直言所致。"嗟我本狂直，早为世所捐。"⑤（《怀西湖寄晁美叔同年》）他对自己狂言惹祸十分清楚，并时

---

① 《苏轼诗集》，第 865 页。
② 孔凡礼点校：《苏轼文集》卷六十六《书东皋子传后》，中华书局 1986 年版，第 2049 页。
③ 〔宋〕彭乘：《墨客挥犀》卷四，《四库全书》本。
④ 孔凡礼点校：《苏轼文集》卷七十三《饮酒说》，中华书局 1986 年版，第 2369 页。
⑤ 《苏轼诗集》，第 645 页。

常告诫自己：

狂言各须慎。①（《和顿教授见寄，用除夜韵》）
欲吐狂言喙三尺，怕君嗔我却须吞。②（《次韵答邦直、子由五首》其一）
饮中真味老更浓，醉里狂言醒可怕。③（《定惠院寓居月夜偶出》）

然而禀性难移，他总是醉后"狂言"：

无多酌我君须听，醉后粗狂胆满躯。④（《刁景纯席上和谢生二首》其二）
孤村野店亦何有，欲发狂言须斗酒。⑤（《铁沟行赠乔太博》）

既如此，索性就一吐为快，他甚至认为痛饮狂言也是人生难得的境界：

一笑相逢那易得，数诗狂语不须删。⑥（《与毛令方尉游西菩寺二首》其一）
十载飘然未可期，那堪重作看花诗。门前恶语谁传去，醉后狂歌自不知。刺舌君今犹未戒，炙眉吾亦更何辞。相从痛饮无余事，正是春容最好时。⑦（《刘贡父见余歌词数首，以诗见戏，聊次其韵》）

此诗亦为"乌台诗案"所据，可知苏轼为"醉后狂歌"险些付出生命代价。其实苏轼"醉后狂歌"并非失去理智，他只是天性喜欢坦率直言。他也知道自己这种口不设防的性情是有风险的，熙宁初，他因与执政者意见不合而通判杭州，路过颍州时作《颍州初别子由二首》⑧，一面赞许苏辙"寡辞真吉人"，一面感慨自己"嗟我久病狂，意行无坎井"。稍后又有《送岑著作》⑨诗云："人皆笑其狂，子独怜其愚。"细参他的"狂"与"愚"，均无悔意，自嘲中倒有些自我矜许，又略有不被理解的幽怨。

苏轼的狂言，表面看似乎有点"狂者进取"的味道，实则狂而不取。这

---

① 《苏轼诗集》，第 626 页。
② 《苏轼诗集》，第 740 页。
③ 《苏轼诗集》，第 1033 页。
④ 《苏轼诗集》，第 550 页。
⑤ 《苏轼诗集》，第 601 页。
⑥ 《苏轼诗集》，第 585 页。
⑦ 《苏轼诗集》，第 649 页。
⑧ 《苏轼诗集》，第 279 页。
⑨ 《苏轼诗集》，第 330 页。

是苏轼特有的通达。他于人生并不执着于一端,只是随心所欲、自由任性而已。

苏轼的醉后狂歌和恣游山水,其中文化艺术含量最为丰厚。这位稀世的天才一旦疏离了朝政事务,就进入超凡脱俗的文化艺术创造境界。醉酒狂歌和恣游山水正是酝酿创作灵感和激情的良好情境。每遇这种情境,他便放纵性情,痛饮狂歌,清赏自然天籁,既享受自由,又创造文化。他常常以"狂"自况:

熙宁九年(1076)知密州,与僚友登常山,作《登常山绝顶广丽亭》①云:

嗟我二三子,狂饮亦荒哉。……清歌入云霄,妙舞纤腰回。

熙宁十年(1077)知徐州,有《和孔周翰二绝》②云:

小园香雾晓蒙胧,醉守狂词未必工。

又《登云龙山》③云:

醉中走上黄茅冈……歌声落谷秋风长,路人举首东南望,拍手大笑使君狂。

居黄州,自称"樽前狂副使"④(《定风波》)、"狂居士"⑤(《墨花》)、"诗狂客"⑥(《怀仁令陈德任新作占山亭二绝》其一)、"醉后狂吟许野人"⑦

---

① 《苏轼诗集》,第 687 页。
② 《苏轼诗集》,第 753 页。
③ 《苏轼诗集》,第 877 页。
④ 薛《笺》,第 254 页。
⑤ 《苏轼诗集》,第 1354 页。
⑥ 《苏轼诗集》,第 1380 页。
⑦ 《苏轼诗集》,第 1266 页。

(《次韵滕元发、许仲塗、秦少游》)。①

苏轼与白居易等许多文人一样，在谪居或外任时期，充分利用疏仕的空闲，放纵自由精神，将自己的文学艺术活动推向新的高潮。

（刊于《中国文化研究》2002年第2期）

---

① 又如薛《笺》第601页《渔家傲》："美酒一杯谁与共，樽前舞雪狂歌送。"薛《笺》第693页《定风波》："薄幸只贪游冶去，何处，垂杨系马恣轻狂。"《苏轼诗集》第138页《次韵子由岐下诗·石榴》："色作裙腰染，名随酒盏狂。"《苏轼诗集》第226页《谢苏自之惠酒》："贪狂嗜怪无足取，世俗喜异矜其贤。"《苏轼诗集》第334页《和刘道原寄师民》："颠狂不用唤，酒尽渐须醒。"《苏轼诗集》第409页《赠孙莘老七绝》其六："时复中之徐邈圣，无多酌我次公狂。"《苏轼诗集》第652页《和张子野见寄三绝句·见题壁》："狂吟跌宕无风雅，醉墨淋漓不整齐。应为诗人一回顾，山僧为我扫黄泥。"《苏轼诗集》第1546页《次韵刘贡父所和韩康公忆持国二首》："狂似次公应未怪，醉推东阁不须招。"《苏轼诗集》第930页《作书寄王晋卿，忽忆前年寒食北城之游，走笔为此诗》："扣门狂客君无麾，更遣倾城出翠帷。"等等。

苏轼对白居易的文化受容和诗学批评

白居易其人其诗，对宋人影响颇大。苏轼即多次自称"颇似乐天"。宋人屡有"东坡慕乐天"之论。苏轼诗词文章中，引用乐天典故颇多，为历代注释家关注。清乾隆间冯应榴辑前人注东坡诗之成果，合为《苏文忠公诗合注》①。笔者据此检索，诸家注引白居易800余次。又薛瑞生笺注苏词，广参自宋代傅干至近世朱祖谋、龙榆生等诸家成果，新成《东坡词编年笺证》②。笔者据此检索，注家引白居易80余次。可知苏与白之文化传承，前人早已关注。然而，注释之学，通常着眼于字词语句；而"东坡慕乐天"之论，转述者虽多，却无人深究详论，甚或舛误相传。是以本文具体检讨苏轼对白居易的文化受容③和诗学批评，期望得到一些既翔实又深至的看法。

一、"出处老少颇似乐天"

在前宋文化史上，陶渊明、王维、白居易是3位具有特殊的生命哲学意味的人。陶弃仕归隐于山林，王亦官亦隐于京华，白亦官亦隐于外任。这3种类型都偏向个体生命之自由，而三人所奉之生命哲学有异：陶由儒而道，终执着于自然；王由儒而佛，终执着于自性；白亦儒亦道亦佛，终执着于闲散逍遥。苏轼深谙此三人之道艺，取其自由精神而不取其执着。具体说来，爱陶而不必弃仕，爱王而不必远尘俗，爱白而不必疏君择任，一切但随缘而已，"鸿飞哪复计东西"。虽无必须之执着，却又有"雪泥鸿爪"之实迹。从儒、道、释兼容的生命哲学意义上说，苏轼与白居易更相近，他多次自称"似乐天"（下详），其后宋人亦屡有"东坡慕乐天"之说。

关于苏轼之后他人称"东坡慕乐天"之说，古、今人常引洪迈（1123—

---

① 近出版为〔宋〕苏轼著，〔清〕冯应榴辑注，黄任轲、朱怀春校点《苏轼诗集合注》，上海古籍出版社2001年版。下引苏轼诗皆据此书，不再一一注明版次。
② 〔宋〕苏轼撰、薛瑞生笺证：《东坡词编年笺证》，三秦出版社1998年版。下引苏词皆据此书，不再一一注明版次。
③ "受容"一词，借自日语。笔者曾译日本宇野直人《柳永における宋玉の意味》一文，据其全文意旨，似乎只有译为《柳永对宋玉的受容》（译文刊于《中国韵文学刊》1997年第一期）才最合适。盖"受容"一词，原出于汉语，故至今在日语中仍保持汉字之形态和"容纳、接受"之词义。

1202)《容斋三笔》卷五"东坡慕乐天"条,其实洪迈并非首倡此论者,北宋《王直方诗话》和南宋周必大《二老堂诗话》已有此说。

北宋元祐年间与苏轼交往密切的王直方(1069—1109)在其《归叟诗话》①中说:

东坡平生最慕乐天之为人,故有诗云:"我甚似乐天,但无素与蛮。"又云:"我似乐天君记取,华颠赏遍洛阳春。"又云:"他时要指集贤人,知是香山老居士。"又云:"定似香山老居士,世缘终浅道根深。"又云:"渊明形神似我,乐天心相似我。"②坡在杭,又与乐天所留岁月略相似,其诗云"在郡依前六百日"者是也。

王直方其人其诗话,屡见于宋人记载,可信③。

周必大(1126—1204)《二老堂诗话》上《东坡立名》④曰:

白乐天为忠州刺史,有《东坡种花》二诗,又有《步东坡》诗云:"朝上东坡步,夕上东坡步。东坡何所爱?爱此新成树。"本朝苏文忠公不轻许可,独敬爱乐天,屡形诗篇……谪居黄州,始号东坡,其原必起于乐天忠州之作也。

周必大与洪迈虽是同时人,但周论此事当在洪前。洪迈《容斋三笔》自序云:

予亦从会稽解组还里,于今六年。……而年龄之运,蹈七望八……于是《容斋三笔》成累月矣……庆元二年六月晦日序。

作者明言《容斋三笔》成于庆元二年(1196)六月,那么其写作始于何时呢?按《容斋随笔》成于淳熙七年(1180),《容斋续笔》成于绍熙三年(1192)三月,则《容斋三笔》之陆续写作,当在《容斋续笔》之后4年间,即绍熙三年三月至庆元二年六月之间。又《容斋三笔》卷五"东坡慕乐天"

---

① 散佚,今人郭绍虞《宋诗话辑佚》辑为《王直方诗话》。下引见郭辑本第118条。
② 〔宋〕苏轼《刘景文家藏乐天〈身心问答三首〉戏书一绝其后》:"渊明形神自我,乐天身心相物。而今月下三人,他日当成几佛。"见《苏轼诗集合注》第1728页。
③ 参郭绍虞《宋诗话考》,中华书局1979年版,第128~131页。
④ 见《四库全书》所收《文忠集》卷一七七《二老堂诗话》及诗文评类所收《二老堂诗话》。

之前一条"郎官员数"载："绍熙四年冬，客从东都来……"则"东坡慕乐天"条的写作时间亦当去绍熙四年（1193）冬不远。

周必大比洪迈小3岁，晚卒两年。何以断定周语先于洪语呢？另一位当时人施元之《注东坡先生诗》可解。施元之于《东坡八首》①并序之下注引"周益公《杂志》"云云，即《二老堂诗话·东坡立名》一段。施《注东坡先生诗》的成书时间，据施宿序可推知"约在淳熙四年（1177）"②。据此乃知在洪《容斋三笔》成书至少16年前，周已有专论《东坡立名》。

详察王、周、洪关于苏与白之论，可知洪迈当是读过王直方和周必大的两段文字之后，进一步论述之。但因《容斋随笔》影响远大于王、周诗话，以致后人误以为"东坡慕乐天"之论始于洪迈。

那么苏轼专慕白乐天什么呢？王直方认为"东坡平生最慕乐天之为人"，周必大认为"盖其文章皆主辞达，而厚③好施，刚直尽言，与人有情，于物无着，大略相似"④。洪迈于引述之外未加评论。

苏轼最早言及"东坡"，是元丰四年（1081，46岁）所作《东坡八首》，序云：

> 余至黄州二年，日以困匮。故人马正卿哀余乏食，为于郡中请故营地数十亩，使得躬耕其中……

施元之即在此序文之后注引"周益公《杂志》云……"。苏诗第七首有云："从我于东坡，劳饷同一飧。"⑤此"东坡"尚属地名。苏辙《亡兄子瞻端明墓志铭》⑥：

> 以黄州团练副使安置……筑室于东坡，自号"东坡居士"。

---

① 《苏轼诗集合注》，第1039页。
② 参王水照《评久佚重见的施宿〈东坡先生年谱〉》，见《苏轼研究》，河北教育出版社1999年版，第354页。
③ 《苏轼诗集合注》第1040页作"忠厚"。
④ 见《四库全书》所收《文忠集》卷一七七《二老堂诗话》及诗文评类所收《二老堂诗话》中《东坡立名》。
⑤ 《苏轼诗集合注》，第1039页。
⑥ 〔宋〕苏辙：《栾城后集》卷二十二，见陈宏天、高秀芳校点《苏辙集》，中华书局1990年版，第1120页。下引此书同此版本，不注版次。

王宗稷编《苏文忠公年谱》元丰五年（1082）壬午：

先生年四十七，在黄州，寓居临皋亭，就东坡筑雪堂，自号东坡居士。①

施宿《东坡先生年谱》元丰四年辛酉：

先生在黄州，始营东坡，自号东坡居士。盖先生初寓定惠院，未几迁临皋亭。后复营东坡雪堂，而处其孥于临皋。②

检索文渊阁《四库全书》所收苏轼全部著述，苏轼自称"东坡居士"共57例（重复不计），皆在黄州以后。而苏轼明确地自比白乐天共4例，最早是元祐二年（1087）52岁时所作《轼以去岁春夏侍立迩英而秋冬之交子由相继入侍次韵绝句四首各述所怀》其四云：

微生偶脱风波地，晚岁犹存铁石心。定似香山老居士，世缘终浅道根深。

苏轼自注云：

乐天自江州司马除忠州刺史，旋以主客郎中知制诰，遂拜中书舍人。某虽不敢自比，然谪居黄州，起知文登，召为仪曹，遂忝侍从。出处老少大略相似，庶几复享此翁晚节闲适之乐焉。③

元祐五年（1090）55岁时守杭州作《赠善相程杰》云：

我似乐天君记取，华颠赏遍洛阳春。④

同年《次京师韵表弟程懿叔赴夔州运判》云：

我甚似乐天，但无素与蛮。⑤

---

① 《苏轼诗集合注》附录，第2542页。
② 王水照：《苏轼选集》附录，上海古籍出版社1984年版，第451页。
③ 《苏轼诗集合注》，第1425页。
④ 《苏轼诗集合注》，第1604页。
⑤ 《苏轼诗集合注》，第1621页。

元祐六年（1091）56岁时作《予去杭十六年而复来留二年而去平生自觉出处老少粗似乐天虽才名相远而安分寡求亦庶几焉……三绝句》其二云：

出处依稀似乐天，敢将衰朽较前贤。

王注次公曰：

白乐天……迁中书舍人。以言不听乞外迁，为杭州刺史……。而先生……为翰林学士，以不见容乞外任，为杭州守二年，以翰林承旨召。此白公未致仕之前出处盖相似也。①

以上苏轼4次自称"似乐天"，在52～56岁。这期间，苏轼何以频频自比乐天呢？

表面看来，苏轼是从际遇变迁的角度说这些话的。白44岁被贬江州，48岁任忠州刺史，49～50岁还朝，官至中书舍人。51岁自请外任，任杭州刺史，54岁除苏州刺史，55岁以眼病归洛阳，56～57岁复入朝至刑部侍郎。58岁以太子宾客分司东都，75岁去世。② 苏44岁谪黄，50岁起知登州，旋入朝任礼部郎中，51岁累迁起居舍人、中书舍人、翰林学士、知制诰，53岁兼侍读，权知礼部贡举。54岁自请出知杭州，56岁知颍州。仕履波折的确相似。那么苏轼在关注自己与白公出处粗似时，产生了那些文化认同和受容之意呢？

二、 苏轼对白居易的文化受容

据对白、苏著述的阅读，我认为主要有如下数端。

1. 忠君勤政之意

白诗《酬王十八见寄》："未报皇恩归未得，惭君为寄《北山文》。"③ 苏轼多次用白诗此意。苏轼熙宁四年（1071，36岁）因与执政不合通判杭州，《初到杭州寄子由二绝》其一云："眼看时事力难胜，贪恋君恩退未能。"④ 元祐四年（1089，54岁）又因与执政不合出守杭州，次年在杭《寄题梅宣义园

---

① 《苏轼诗集合注》，第1675页。
② 据顾学颉编《白居易年谱简编》附录，见顾学颉校点《白居易集》，中华书局1979年版，第1589～1632页。
③ 〔唐〕白居易：《白香山诗集》卷十四，《四库全书》本。下引白诗皆依此本核对，不一一注出。
④ 《苏轼诗集合注》，第285页。

亭》诗云:"羡君欲归去,奈此未报恩。"① 元祐五年(1090)守杭,效白勤政惠民之举,上《杭州乞度牒开西湖状》,举白修西湖事为例。次年春作《与叶淳老……次韵二首》② 云:"我凿西湖还旧观,一眼已尽西南碧。"施注:"杭之西湖水涸草生,渐成葑田。公取葑积之湖中为长堤,以通南北。杭人名之苏公堤。"元祐八年(1093)在定州,整饬军务,次年(59岁)二月《子由生日……为寿一首》云:"我亦旗鼓严中军,国恩未报敢不勤。"③ 在20多年的仕宦生涯中,苏轼屡用白诗语意表示忠君勤政之心。

2. 道德人格认同

《书乐天香山寺诗》④ 云:

> 白乐天为王涯所谗,谪江州司马。甘露之祸,乐天在洛,适游香山寺,有诗云:"当君白首同归日,是我青山独往时。"不知者以乐天为幸之。乐天岂幸人之祸哉!盖悲之也。

"甘露之变"发生在大和九年(835),王涯遭灭族之祸。时白居易64岁,以太子少傅分司东都。苏轼认为白居易不仅绝非幸灾乐祸之人,而且还会为因反对宦官弄权而惨死的王涯悲伤。这正是纯儒君子之论,可见苏轼对乐天道德人格之深信。又《白乐天不欲伐淮蔡》⑤ 云:

> 吴元济以蔡叛,犯许、汝以惊东都。此不可不讨者也。当时议者欲置之,固为非策,然不得武、裴二杰士,事亦未易办也。白乐天岂庸人哉?然其议论,亦似欲置之者。其诗有《海图屏风》者,可见其意。且注云:"时方讨淮、蔡叛。"吾以是知仁人君子之于兵,盖不忍轻用如此。淮、蔡且欲以德怀,况欲弊所恃以勤无用乎?悲夫!此未易与俗士谈也。

此言白乐天非庸人俗士,而是有德有识的仁人君子。又《记乐天西掖通东省诗》⑥ 云:

---

① 《苏轼诗集合注》,第1640页。
② 《苏轼诗集合注》,第1662页。
③ 《苏轼诗集合注》,第1911页。
④ 孔凡礼点校:《苏轼文集》,中华书局1986年版,第2110页。下引此书皆同此版本,不一一注出。
⑤ 《苏轼文集》,第2037页。
⑥ 《苏轼文集》,第2151页。

元祐元年，予为中书舍人。时执政患本省多漏泄，欲以舍人厅后作露篱，禁同省往来。予白执政，应须简要清通，何必树篱插棘。诸公笑而止。明年竟作之。暇日，偶读乐天集，有云："西省北院，新构小亭，种竹开窗，东通骑省，与李常侍隔窗小饮，作诗。"乃知唐时得西掖作窗以通东省，而今日本省不得往来，可叹也。

此条表明苏轼视白为同道，主张执政须简要清通，为人应亲切坦诚。又为韩琦作《醉白堂记》①，代韩申言羡白之意，并赞白、韩云：

忠言嘉谋，效于当时，而文采表于后世，死生穷达，不易其操，而道德高于古人。此公与乐天之所同也。

于此可见苏对白氏之忠、谋、文采、操守、道德之深许。

3. 倦仕思归之感

人在仕途，常有身不由己、荣辱无常、忧患是非、疲惫思归等种种感受。苏轼在表达这些感受时，常常援引白诗语意。如嘉祐八年（1063，28岁）在凤翔任，作《将往终南和子由见寄》②"下视官爵如泥淤"，王注引白诗《效陶潜体诗十六首》其十二"人间荣与利，摆落如泥涂"。熙宁六年（1073，38岁）在杭州作《李颀秀才善画……次韵答之》③"云泉劝我蚤抽身"，查注引白诗《自题写真》"宜当早罢去，收取云泉身"；又苏诗"年来白发惊秋速"，王注次公曰"白乐天有《白发感秋》诗"。熙宁七年（1074，39岁）由杭州赴密州与杨元素同行至京口，作《醉落魄·席上呈杨元素》词"同是天涯伤沦落"句，用白诗《琵琶行》"同是天涯沦落人"句意④。熙宁九年（1076，41岁）在密州作《和赵郎中捕蝗见寄次韵》⑤有"慎勿及世事，向空书咄咄"之叹，施注引白诗《重题》"宦游自此心常别，世事从今口不言"。元丰元年（1078，43岁）在徐州作《和孙莘老次韵》⑥："功名正自妨行乐，迎送才堪博早朝。"查注引白诗《晓寝》"鸡鸣犹独睡，不博早朝人"。苏轼此处当属反用典故。元祐六年（1091，56岁）春离杭作留别诗《予去杭十六年而复来留二

---

① 《苏轼文集》，第345页。
② 《苏轼诗集合注》，第166页。
③ 《苏轼诗集合注》，第504页。
④ 参《东坡词编年笺证》，第127页。
⑤ 《苏轼诗集合注》，第657页。
⑥ 《苏轼诗集合注》，第791页。

年而去平生自觉出处老少粗似乐天虽才名相远而安分寡求亦庶几焉……三绝句》①，其二云：“出处依稀似乐天，敢将衰朽较前贤。便从洛社休官去，犹有闲居二十年。"王注缋曰：“白乐天休官于洛，所居履道里，疏沼种树，构石楼于香山，凿八节滩，自号醉吟先生。晚与僧如满结香火社，文酒娱乐二十年。"施注引白《老病》诗：“如今老病须知分，不负春来二十年。"又引白《游悟真寺》诗：“我今四十余，从此终身闲。若以七十期，犹得三十年。"此时的苏轼，在仕途已屡遭挫折，如惊弓之鸟，因而对白晚年的闲居之乐心向神往。

4. 疏狂自由的人生态度

白居易在谪居或外任岁月中，纵情于山水、诗酒、声色以自娱，他将这种心态和行为称为"狂"。这与孔子所说的"狂者进取"不同，与阮籍的"佯狂"也不同。这是疏离仕宦之后的自由放纵。白在诗中多次自写其狂，比如居洛时期自称"狂夫""狂歌客""醉舞诗狂""狂宾客""狂叟""狂翁""狂客"等②。

苏轼在谪居或外任时期也像白那样自称"狂"，不过他往往多了个"疏"字③。疏是一种远远的状态和心态。疏远什么呢？当然是君王、朝政、功名富贵、荣辱穷达、钩心斗角等仕宦之事。狂就是放纵性情。在疏远了上述一切的前提下，人就有了自由放纵的时空和兴致，就可以比较随心惬意地享受自由。

苏轼为韩琦作《醉白堂记》④，言白过人之处：

乞身于强健之时，退居十有五年，日与其朋友赋诗饮酒，尽山水园地之乐，府有余帛，廪有余粟，而家有声伎之奉。

这几句话概括了白居易的后半生：乐天知命、急流勇退之超脱与旷达；朋友诗酒山水声色之风雅风流自由快乐。苏轼用的是赞美和艳羡的口吻。这是没有时空界限的人性化的、人类化的生命态度。苏轼曾屡屡化用白诗，多层次、

---

① 《苏轼诗集合注》，第 1675 页。
② 参［日］二宫俊博《洛阳时代的白居易——自称"狂"的意识分析》，载日本《中国文学论集》1981 年第十号。
③ 参拙作《苏轼外任或谪居时期的疏狂心态》，载《中国文化研究》2002 年第 2 期；［日］横山伊势雄《诗人における"狂"について——苏轼の场合》，载日本《汉文学会报》1975 年第三十四号；［日］保苅佳昭《苏东坡の词に见られる"狂"について》，载日本《汉学研究》1989 年第二十七号。
④ 《苏轼文集》，第 345 页。

多方位地表述对白后半生生活方式、生活品质、生活内涵、生命哲学的认同。

就出处方式而言，苏轼赞赏白的"中隐"。英宗治平二年（1065），而立之年的苏轼初为朝官，得直史馆，《夜直秘阁呈王敏甫》① 诗云：

蓬瀛宫阙隔埃氛，帝乐天香似许闻。瓦弄寒晖鸳卧月，楼生晴霭凤盘云。共谁交臂论今古，只有闲心对此君。大隐本来无境界，北山猿鹤漫移文。

宫廷静谧的夜晚，初尝朝官值夜滋味的思想者，从容地面对杯酒（"此君"）斟酌人生：古今高士何须归隐山林呢？他不太赞成王康琚关于"小隐"与"大隐"的分别，于是一连三用白诗语意：《效陶》"乃知阴与晴，安可无此君"；《中隐》"大隐住朝市，小隐入丘樊。丘樊太冷落，朝市太嚣喧。不如作中隐，隐在留司官"；《酬王十八见寄》"未报皇恩归未得，惭君为寄《北山文》"。他似乎比较赞成白的"中隐"，但此时说得还不甚明确。熙宁五年（1072，37岁）在杭州作《六月二十七日望湖楼醉书五绝》② 其五，就说得很明白了："未成小隐聊中隐，可得长闲胜暂闲。"此时的苏轼完全认同了白的"中隐"哲学。他不止一次赞赏白的苏杭经历。熙宁间通判杭州苏轼作《诉衷情》③ 词云："钱塘风景古来奇，太守例能诗。"宋傅干注："白乐天为杭州太守，以诗名。初，乐天为苏州守，刘禹锡以诗寄乐天云：'苏州太守例能诗，西掖吟来替左司。'"同时期又作《孤山二咏》④ 诗，序云："孤山有……柏堂，堂与白公居易竹阁相连属，余作二诗以纪之。"《竹阁》8句诗中，前6句三用白诗语意，结句云："欲把新诗问遗像，病维摩诘更无言。"面对竹阁中白公遗像，苏轼深怀钦敬地思索着白公"晚坐松檐下，宵眠竹阁间"（白诗《宿竹阁》）的道心禅境。元祐六年（1091，56岁）离杭《次韵答黄安中兼简林子中》⑤（此二人时任苏、杭知州）云："老去心灰不复燃，一麾江海意方坚。那堪黄散付子度，空羡苏杭养乐天。"王注："白乐天《吴郡诗石记》：'贞元初，韦应物为苏州牧，房孺复为杭州牧，韦嗜诗，房嗜酒，吴中目为诗酒仙。余始年十四五，旅二郡，以当时心言异日苏、杭，苟获一郡足矣。今自中书舍人间领二州，去年脱杭印，今年佩苏印，既醉于彼，又吟于此，则苏、杭之风景，韦、房之诗酒，兼有之矣。'"

---

① 《苏轼诗集合注》，第212页。
② 《苏轼诗集合注》，第319页。
③ 《东坡词编年笺证》，第76页。
④ 《苏轼诗集合注》，第450页。
⑤ 《苏轼诗集合注》，第1676页。

上述材料表明，苏对白的"中隐"特别心仪。白所谓"中隐"，是"隐在留司官"。苏推而广之，认为无论守苏守杭还是分司东都，都是疏君远朝而外任的"中隐"。

在这样的"中隐"生涯中，生命存在的性状是闲散的。这是苏轼对白居易、对自己"外放"生涯的真切体验。只是其中不完全是惬意，还有无奈。熙宁三年（1070），苏轼兄弟在朝渐受冷遇，八月，子由外放河南府判官。苏轼有《次韵子由初到陈州》① 诗云："懒惰便樗散，疏狂托圣明。"用《庄子·逍遥游》无用之木典和白居易《寄微之》诗"疏狂属年少，闲散为官卑"诗意。此时的苏轼（35 岁）觉得自己像一株无用之木，疏狂不合时宜，托君王圣明，才保住一个闲散的小官职。不久，苏轼也外任杭州通判，他开始切实地体会到白式"中隐"的清闲了。《病中独游……次韵答之》②："自知乐事年年减，难得高人日日闲。"施注引白诗《晚归早出》"筋力年年减，风光日日新"和《长安闲居》"无人不怪长安住，何独朝朝暮暮闲"。如果说这时的闲散多半是无奈，那么随着仕宦蹉跎，他就渐渐习惯而且学会以闲散为乐了。初到黄州《送孙著作赴考城……》③："使君闲如云，欲出谁相伴？清风独无事，一啸亦可唤。"施注引白诗《和裴侍郎》"静将鹤为伴，闲与云相似"和《朝归》"无人闲相伴"。

同为闲官，苏轼十分赞赏白居易的儒雅风流并有意"粗似"之。粗似者，诗、歌、酒、风花雪月、女人等。

诗与歌是古代文人生命中最基本的品质和内涵。熙宁四年（1071）苏轼赴杭途中，作《自金山放船至焦山》④ 诗云："清晨无风浪自涌，中流歌啸倚半酣。"施注引白诗《琴酒》"心地忘机酒半酣"。又《次韵杨褒早春》⑤ 诗："不辞瘦马骑冲雪，来听佳人唱踏歌……良辰乐事古难并，白发青衫我亦歌。"施注引白诗《答张籍因以代书》"怜君马瘦衣裳薄"、《日高卧》"如何冲雪趁朝人"、《春去》"白发更添今日鬓，青衫犹是去年身"。青衫瘦马冲雪应官，虽属卑微闲散之职事，但倚流而啸歌、半酣而忘机，则属文人化的审美情境，是自由轻松的精神形态。苏轼引白诗以自况的，主要是后者。元丰七年（1084）苏轼结束谪黄岁月途经泗州时，想起白《渡淮》诗："淮水东南阔，无风渡亦难。涛流宜映月，今夜重吟看。"不免感慨白公风流："乐天自爱吟

---

① 《苏轼诗集合注》，第 223 页。
② 《苏轼诗集合注》，第 444 页。
③ 《苏轼诗集合注》，第 940 页。
④ 《苏轼诗集合注》，第 277 页。
⑤ 《苏轼诗集合注》，第 284 页。

淮月。"(《次韵致远》)① 在风花雪月中休闲，对酒当歌，白"共君一醉一陶然"(《与梦得沽酒闲饮且约后期》)，苏则"不醉亦陶然"[绍圣元年（1094）在惠州所作《和陶岁暮作和张常侍并引》②]。

山水诗酒之外，文人的儒雅风流还须有女性点缀。苏轼说"我甚似乐天，但无素与蛮"③。他对白的风流韵事艳羡不已，多次提及。元丰元年（1078）在徐州《次韵王定国马上见寄》④云："疏狂似我人谁顾，坎坷怜君志未移。但恨不携桃叶女，尚能来趁菊花时。"王注引白诗《杨柳枝二十韵》"小妓携桃叶，新歌踏柳枝"。元祐二年（1087），苏轼在翰林、知制诰。某日与苏门诸子及旧雨新知共16人"集于王诜西园"，家姬书童侍候于侧，古琴古玩古籍书画，参与者或诗或书或画或歌，一时人物风流，济济一园。李公麟（伯时）作《西园雅集图》，米芾作《西园雅集图记》⑤云：

李伯时效唐小李将军为著色，泉石云物、草木花竹皆绝妙动人，而人物秀发，各效其形，自有林下风味，无一点尘埃气，不为凡笔也。其乌帽黄道服捉笔而书者为东坡先生，……凡十有六人，以文章议论博学辩识，英辞妙墨，好古多闻，雄豪绝俗之资，高僧羽流之杰，卓然高致名动四夷。

关于此图与记，今人虽有真伪之争，但作为北宋文士风流的写真，其内容是有史料价值的。⑥ 当时苏轼作《满庭芳》《蝶恋花》⑦ 二词，铺排前代文士风流典故。其中苏词"一颗樱桃樊素口"，用白诗"樱桃樊素口"⑧。绍圣元年到惠州作《朝云诗》⑨ 并引云：

世谓乐天有"鬻骆马放杨柳枝"词，嘉其主老病不忍去也。……乐天亦云"病与乐天相伴住，春随樊子一时归"，则是樊素竟去也。予家有数妾，四五年相继辞去，独朝云者随予南迁。因读乐天集，戏作此诗。

---

① 《苏轼诗集合注》，第1195页。
② 《苏轼诗集合注》，第2088页。
③ 《苏轼诗集合注》，第1621页。
④ 《苏轼诗集合注》，第836页。
⑤ 《四库全书》本贺复征编《文章辨体汇选》卷五八四收此文。
⑥ 参王水照《苏轼研究》自序《走近苏海》，河北教育出版社1999年版，第4～6页。
⑦ 薛瑞生推测《蝶恋花》"词咏西事，似与上阕《满庭芳》作于西园雅集时"。见《东坡词编年笺证》，第502页。
⑧ 〔唐〕白居易：《白香山诗集》附《年谱旧本》。
⑨ 《苏轼诗集合注》，第1972页。

可知苏轼后半生多以白乐天风流韵事自比。黄庭坚《子瞻去岁春夏侍立延英，子由秋冬间相继入侍，作诗各述所怀，予亦次韵四首》①其四云：

乐天名位聊相似，却是初无富贵心。只欠小蛮樊素在，我知造物爱公深。

黄诗乃用苏诗意，对苏轼自比乐天完全认同。南宋人王明清《挥麈录》载：

姚舜明庭辉知杭州，有老姥自言故娼也，及事东坡先生。云公春时每遇休暇，必约客湖上，早食于山水佳处。饭毕，每客一舟，令队长一人，各领数妓任其所适。晡后鸣锣以集，复会望湖楼，或竹阁之类，极欢而罢。至一二鼓夜市犹未散，列烛以归。城中士女云集，夹道以观千骑之还，实一时之胜事也。②

近人王书奴《中国娼妓史》云：

元白二人，做外吏时候，不是游山水赋诗，即是饮酒狎妓，有时候四件事一齐做，泛舟太湖至于"五日夜"，流连忘反。唐代官吏冶游，元、白可算浪漫到极处了。③

又载东坡在杭的一些风流韵事，且云：

东坡不独在杭如是，其在扬、黄、惠、儋时，所至日事游宴，纵情湖山花卉之间。④

其实这些事在古代文士风流中实属一般。林语堂理解得就深一些，他说苏东坡"不会弃绝青山绿水，也不会弃绝美人、诗歌和酒肉。但是他有深度"⑤。什么深度呢？

我以为最根本的是苏与白从哲理层次上对生命的关怀。这种关怀表现为对

---

① 〔宋〕黄庭坚：《山谷集》卷九，《四库全书》本。
② 〔宋〕王明清：《挥麈录·后录》卷六，《四库全书》本。
③ 王书奴编著：《中国娼妓史》，生活·读书·新知三联书店上海分店1988年版，第90页。
④ 王书奴编著：《中国娼妓史》，生活·读书·新知三联书店上海分店1988年版，第129页。
⑤ 林语堂著、宋碧云译：《苏东坡传》，海南出版社1992年版，第109页。

生命之社会功用的确认，是忠君、勤政、爱民；表现为对生命自由维度的追寻，则是疏君远朝，"中隐"（外任）以适意，在山水诗酒女人之间快乐怡情；表现为对生命之历史文化价值的执着，则是无论出处行藏都始终不渝的思想文化创造。而白与苏又都是道释兼容的思想者，他们的生命关怀中，还潜涵着一层颇含宗教精神的人文智慧——对梦幻与现实、短暂与永恒、贵达与贱穷之反差的敏感和彻悟。这是智慧人类特有的深刻。白《渭上》诗："浮生同过客。"苏《九日湖上寻周李二君……》诗："人生如朝露，要作百年客。"① 白《自咏》诗："百年随手过，万事转头空。"苏《西江月》词："休言万事转头空，未转头时皆梦。"② 又《次韵晁无咎学士相迎》："路旁小儿笑相逢，齐歌万事转头空。"③ 白《寄王质夫》诗："旧游疑是梦，往事思如昨。"苏《寄吕穆仲寺丞》诗："回首西湖真一梦。"④ 白《别微之》诗："往事渺茫都似梦。"苏《余去金山五年而复至……》诗："旧事真成一梦过。"⑤ 白《花非花》诗："来如春梦几多时，去似朝云无觅处。"苏《正月二十日与潘郭二生出郊寻春……》诗："人似秋鸿来有信，事如春梦了无痕。"⑥ 白《梦裴相公》诗："万缘一成空。"苏《安国寺浴》诗："心困万缘空。"⑦ 以上这种梦幻人生观主要来自释家。以下"齐物""坐忘"的解脱之道则属道家。白《浩歌行》："贤愚贵贱同归尽。"苏《任师中挽词》："贵贱贤愚同尽耳。"⑧ 白《渭村退居寄礼部……一百韵》："可怜身与世，从此两相忘。"苏《过大庾岭》："今日岭上行，身世永相忘。"⑨

生命既如此短暂甚至虚幻，那么何处是归宿呢？这是人类对生命的终极叩问。白《答李浙东》诗："海山不是吾归处，归即应归兜率天。"苏在《竹阁》诗怀疑："海山兜率两茫然。"⑩ 人类常有回归自然之念。白《游悟真寺》诗："我本山中人，误为时网牵。"苏《云龙山观烧得云字》诗："我本山中人。"⑪ 更多的时候，他们连"山中"这个归处也超脱了：白《吾土》诗"身

---

① 《苏轼诗集合注》，第484页。
② 《东坡词编年笺证》，第229页。
③ 《苏轼诗集合注》，第1790页。
④ 《苏轼诗集合注》，第613页。
⑤ 《苏轼诗集合注》，第911页。
⑥ 《苏轼诗集合注》，第1074页。
⑦ 《苏轼诗集合注》，第1000页。
⑧ 《苏轼诗集合注》，第1126页。
⑨ 《苏轼诗集合注》，第1946页。
⑩ 《苏轼诗集合注》，第452页。
⑪ 《苏轼诗集合注》，第872页。

心安处是吾土,岂限长安与洛阳",又《出城留别》诗"我生本无乡,心安是归处",又《重题》诗"心泰身宁是归处",又《种桃杏》诗"无论海角与天涯,大抵心安即是家";苏《定风波》词"试问岭南应不好。却道此心安处是吾乡"①,又《吾谪海南子由雷州……》诗"平生学道真实意,岂与穷达俱存亡……他年谁作舆地志,海南万里真吾乡"②。

上述这些人类智慧,未必是白、苏首创,但他们确曾在同样的深度上有过类似的思考和体验,不论苏轼是有意认同还是无意巧合,都是对高级人类智慧的承传。

苏轼慕乐天与宋世士风亦有关。宋人慕乐天之风屡见史籍:徐铉曾于太平兴国八年或雍熙元年(983—984年间)作《洪州新建尚书白公祠堂之记》③,对白居易及其文学大加赞扬。这是宋初最早推崇白居易的言论。柳永投赠当时苏州太守吕溱之《木兰花慢》(古繁华茂苑)云:"继梦得文章,乐天惠爱,布政优优。"④ 借赞美曾任苏州刺史的刘禹锡、白居易,来恭维现任太守。欧阳修号"醉翁"(白《别柳枝》诗"两枝杨柳小楼中,嫋嫋多年伴醉翁"),韩琦建"醉白堂",司马光号"迂叟"(白《迂叟》诗"初时被目为迂叟"),郭祥正号"醉吟先生"(白自作《醉吟先生传》),等等,或皆与白有关。

三、苏轼对白居易诗的批评

苏轼《祭柳子玉文》⑤ 有"元轻白俗"之论,首开以"俗"论白诗之例,后人遂常引用并发挥此语,自宋至今,批评"白俗"者代不乏人⑥。因为首言"白俗"者是苏轼,所以有论者认为苏轼虽"慕乐天其人","但对白诗却少见推重"⑦。

然仔细检点苏轼对白诗的评价,却发现屡有推重之意。而有些称引苏轼贬白之语,其实有误。以下先辨其误。

有两则别人转述的"苏子瞻云"。第一则是文渊阁《四库全书》本《后山

---

① 《东坡词编年笺证》,第488页。
② 《苏轼诗集合注》,第2104页。
③ 曾枣庄、刘琳主编,四川大学古籍整理研究所编:《全宋文》第二十三册,巴蜀书社1988年版,第423页。
④ 唐圭璋编:《全宋词》,中华书局1965年版,第48页。
⑤ 《苏轼文集》,第1938页。
⑥ 参陈友琴《白居易诗评述汇编》,科学出版社1958年版;常振国、降云编《历代诗话论作家》,湖南人民出版社1984年版;胡建次《中国古典诗学批评中的白居易论》,载《衡阳师范学院学报》2001年第22卷。
⑦ 王文龙编撰:《东坡诗话全编笺评》,西南师范大学出版社1996年版,第49页。

诗话》第 11 条：

> 苏子瞻云：子美之诗，退之之文，鲁公之书，皆集大成者也。学诗当以子美为师，有规矩故可学。退之于诗，本无解处，以才高而好尔。渊明不为诗，写其胸中之妙尔。学杜不成，不失为工。无韩之才与陶之妙而学其诗，终为乐天尔。

据此，则似苏轼贬抑白诗。然《后山诗话》之编，疑点殊多，自胡苕溪、陆放翁以下，质疑者代不乏人。近人冒广生《后山诗注补笺》① 中《彭城陈先生集记》笺、郭绍虞《宋诗话考》②，已一一序列之。郭云："是书真赝相杂，瑕瑜互见，贵读者具眼识别之。"具体到上面这段话，清何文焕《历代诗话》所收《后山诗话》，便于"集大成者也"之下，另起段落，视为后山诗语，以别于"苏子瞻云"。细察苏轼时代诗坛流行的尊杜之风，以及后山诗学之尊杜贬白倾向，可见何氏之分辨不谬。

首先，苏轼确有推尊杜诗"集大成"之语，《书吴道子画后》云：

> 诗至于杜子美，文至于韩退之，书至于颜鲁公，画至于吴道子，而古今之变、天下之能事毕矣。③

杜诗集大成之说始于元稹，其《唐故检校工部员外郎杜君墓系铭并序》称杜诗"尽得古人之体势，而兼今人之独专矣"④。宋祁《新唐书·杜甫传》采元稹之说云："至甫，浑涵汪茫，千汇万状，兼古今而有之。"苏轼承元、宋之意而尊杜诗，影响及于苏门弟子。秦观作《韩愈论》极赞杜甫"集诗之大成"⑤。《后山诗话》除上引第 11 条"苏子瞻云"外，第 42 条亦载："子瞻谓杜诗、韩文、颜书、左史，皆集大成者也。"

其次，"学诗当以子美为师"至"终为乐天尔"一段话，更像是后山或后山门人的话。考《后山诗话》多尊杜甫诗法，如第 24 条尊杜诗"奇常工易新陈莫不好也"，第 31 条赞杜诗"遇物而奇"，第 33 条赞杜诗"才用一句，语

---

① 〔宋〕陈师道撰、任渊注、冒广生补笺、冒怀辛整理：《后山诗注补笺》，中华书局 1995 年版。
② 郭绍虞：《宋诗话考》，中华书局 1979 年版。
③ 《苏轼文集》，第 2210 页。
④ 〔唐〕元稹：《元稹集》卷五十六，中华书局 1982 年版，第 600 页。
⑤ 〔宋〕秦观撰、徐培均笺注：《淮海集笺注》卷二十二，上海古籍出版社 1994 年版，第 750 页。

益工",第 80 条赞杜诗"语简而益工",第 81 条赞"杜诗无不有也"。而于白居易诗,则无一赞同之语。上引第 11 条以白诗为杜、韩、陶诗之下的次等。第 7 条指白诗"笙歌归院落,灯火下楼台"等句"非富贵语,看人富贵者也"。而这两句诗,正是极重"富贵"的晏殊特别推重,而"人皆以为知言"的"善言富贵者也"①。连晏殊都喜欢的诗句,后山竟不以为然,可知其鄙薄白诗之甚。第 57 条,后山提倡写诗"宁僻勿俗",亦与"白俗"恰成对照。据此看来,何文焕将此一段视为后山诗论,不无道理。

第二则是明胡震亨《唐音癸签》卷七载"东坡"语:

乐天善长篇,但格致不高,局于浅切,又不能变风操,故读而易厌。②

《唐音癸签》引用前代书籍时有舛错,周本淳《唐音癸签·前言》已辨之。此条就是胡震亨的一个错误。此语见于宋人著述两次,初见于北宋中期魏泰《临汉隐居诗话》③:

白居易亦善作长韵叙事,但格致不高,局于浅切,又不能更风操,虽百篇之意,只如一篇,故使人读而多厌也。

此乃魏泰语。胡仔《苕溪渔隐丛话·前集》卷三十二收录《隐居诗话》,其中有此语,只是在"不能更风操"之下改为:"虽众篇之意,只如一篇,故使人读而易厌也。"则此非东坡语无疑。魏泰讥白诗"格致不高,局于浅切",大约是指格调、情致不够典雅渊博,流于平庸浅俗;"不能更风操"则是指缺少变化和创意,诗的情蕴风味陈陈相因。蔡絛《西清诗话》中一段类似的话可助理解"不能更风操"之意:

薛许昌《答书生赠诗》:"百首如一首,卷初如卷终。"讥其不能变态也。大抵屑屑较量属句平匀,不免气骨寒局,殊不知诗家要当有情致……④

《唐音癸签》卷七引"东坡"语之下,又引苏辙语解释"不能变风操"

---

① 〔宋〕胡仔纂集、廖德明校点:《苕溪渔隐丛话·前集》卷二十六引《归田录》,人民文学出版社 1962 年版,第 176 页。但查《欧阳修全集》所收《归田录》及《六一诗话》均无此语。
② 〔明〕胡震亨:《唐音癸签》,上海古籍出版社 1981 年版,第 69 页。
③ 《四库全书》本。
④ 吴文治主编:《宋诗话全编》,江苏古籍出版社 1998 年版,第 2490 页。

之意：

> 子由尝举《大雅·绵》之八、九章事文不相属而脉络自一者最得为文高致。乐天拙于纪事，寸步不遗，犹恐失之，由不得诗人遗法，附离不以凿枘也。此正大苏"不能变风操"之意。

苏辙之说见《诗病五事》① 其二，原文首先称赞《大雅》第八、第九章之叙事"附离不以凿枘，此最为文之高致也"，继而称赞杜甫《哀江头》诗"词气如百金战马，注坡蓦涧如履平地，得诗人之遗法"，然后说"乐天诗词甚工，然拙于纪事，寸步不遗犹恐失之。此所以望老杜之藩垣而不及也"。苏辙原意只是说白居易"拙于纪事"，胡氏则云"此正大苏'不能变风操'之意"。这与魏泰和胡仔说的"不能更风操"有出入。魏、胡指的是百篇如一，缺少变化；胡震亨则认为是指纪事过于凿实有序。

这些批评或许太严厉了。白诗确有通俗浅易不含蓄的特点，但这是否就是缺陷呢？后人对此有不同的看法。王若虚《滹南诗话》卷一云："乐天之诗，情致曲尽，入人肝脾，随物赋形，所在充满，殆与元气相侔。……而世或以浅易轻之，盖不足与言矣。"赵翼《瓯北诗话》卷四说白诗"看似平易，其实精纯"。刘熙载《艺概·诗概》云："香山用常得奇，此境良非易到。"

胡震亨误以魏泰语作东坡语或别有所本，且苏轼对白诗未必没有讥笑之论。其实在北宋中后期诗坛，鄙薄白诗已成风气。盖自宋初"白体"流行数十年，宋太祖君臣学白诗之平易浅切，其末流不免流于浅俗。故自"西昆体"诸公之后，批评白诗平俗浅切，已成诗界较为普遍的倾向。欧阳修《六一诗话》已载时人薄白之意：

> 仁宗朝有数达官以诗知名，常慕白乐天体，故其语多得于容易。尝有一联云："有禄肥妻子，无恩及吏民。"有戏之者云："昨日通衢遇一辎軿车，载极重，而遍及羸牛甚苦，岂非足下'肥妻子'乎？"闻者传以为笑。

文中所引"肥妻子"句之全诗，查《四库全书》所收宋集未见何人所作。据其句意，当是学白居易"讽喻诗"的，用意严肃，并不滑稽可笑，但却遭到当时人（包括欧阳修）的戏弄嘲笑。可见自仁宗朝"西昆体"流行以后，诗坛崇尚渊博典雅，而鄙薄"白体"之浅易平俗已成风气。如惠洪《冷斋夜

---

① 陈宏天、高秀芳校点：《苏辙集》，中华书局1990年版，第1228页。

话》卷四载：

米芾元章豪放戏谑有味……尝大字书曰："吾有瀑布诗，古今赛不得。最好是一条，界破青山色。"人固以怪之，其后题云："苏子瞻曰此是白乐天奴子诗。"见者莫不大笑。

其实这句受到众人嘲笑的"瀑布诗"的作者不是白居易，而是徐凝，但白居易大概称赏过这句诗。魏泰《临汉隐居诗话》① 于此有载云：

白居易殊不善评诗，其称徐凝《瀑布诗》云："千古长如白练飞，一条界破青山色。"……此皆常语也。

《冷斋夜话》卷二又有尊杜抑白之论，惠洪列举"老杜刘禹锡白居易诗言妃子死"之诗，比较一番之后，认为白居易写"妃子死"的态度，"去老杜，何啻九牛毛耶！"②《临汉隐居诗话》第 25 条亦有类似批评。

苏辙批评白诗之语除《诗病五事》那条之外，还有《书白乐天集后二首》其一云："乐天每闲冷衰病，发于咏叹辄以公卿投荒、僇死不获其终者自解。予亦鄙之。至其闻文饶谪朱崖三绝句，刻核尤甚。乐天虽陋，盖不至此也。"③苏辙曾以此二篇读书札记"寄子瞻兄"。"鄙""陋"二语，可见贬意。

苏轼"白俗"之论当与这种风气有关。苏轼作《祭柳子玉文》以追悼亡友。该文是四言韵文，共 32 韵 64 句。其主旨是赞美柳子玉"甚敏而文""才高绝俗"，于是举出 4 位唐代诗人做陪衬："元轻白俗，郊寒岛瘦。嚠然一吟，众作卑陋。"苏轼在这里对元、白、郊、岛诗的轻俗寒瘦予以批评，视为"卑陋"；相比之下，柳子玉的"嚠然一吟"，则是"南国之秀"，是"绝俗"的"清阕"，可以"炳蔚文囿"。其实苏轼对白居易其人其诗是很敬重的，只是比不上对李白、杜甫的崇敬。苏轼对李、杜从无如此严重的批评。

苏轼虽批评"白俗"，但对作为诗人的白居易及其诗的赞赏和偏爱远多于批评。以下是苏轼赞赏白诗的几则材料。如《刘景文家藏乐天〈身心问答三首〉戏书一绝其后》：

---

① 第 32 条，见〔清〕何文焕辑《历代诗话》，中华书局 1981 年版。
② 吴文治主编：《宋诗话全编》第三册，江苏古籍出版社 1998 年版，第 2433 页。
③ 陈宏天、高秀芳校点：《苏辙集》，中华书局 1990 年版，1115 页。

渊明形神自我，乐天身心相物。而今月下三人，他日当成几佛。①

此将乐天与渊明并论，皆苏轼所爱重者。陶有《形影神》（《形赠影》《影答形》《神释》）诗并序云："贵贱贤愚，莫不营营以惜生，斯甚惑焉。故极陈形影之苦，言神辨自然以释之。好事君子，共取其心焉。"②白有《自戏三绝句》（《心问身》《身报心》《心重答身》）并序云："闲卧独吟，无人酬和，聊假身心相戏，往复偶成三章。"③陶三诗写超脱物累，委运纵浪，不喜不惧之意，陈寅恪概括为"新自然说"④；白诗写疏仕远君之自由闲适之感。苏轼虽爱陶，却不取其弃仕归隐之执着。"渊明之为人实外儒而内道，舍释迦而宗天师者也"⑤；苏轼则儒、道、释兼容，取释氏随缘随遇之理念，因而对白居易疏仕远君，适性自由之生存观念，特具心仪神会。此诗兼赞陶、白二士。其所谓"形神自我"，或即强调个体生命之独立自在；而"身心相物"，则可能是强调个体生命之闲适快乐。这都是苏轼深以为然的生命态度。苏轼从生命关怀的层面上理解和认同陶、白之诗，深悟深许之际，进而想到"他日"生命之归宿，乃以此诗述论之。

苏轼《观静观堂效韦苏州诗》：

弱羽巢林在一枝，幽人蜗舍两相宜。乐天长短三千首，却爱韦郎五字诗。⑥

"效韦苏州诗"，当是仿效韦应物写隐居生活的诗。前两句写韦应物晚年隐居永定精舍，过着自得其乐的幽静生活。后两句说拥有"长短三千首"诗的大诗人白乐天，竟然也喜欢韦应物的五言诗。韦应物的五言诗颇受时人和后人推重。白居易《与元九书》云：

近岁韦苏州歌行，才丽之外，颇近讽兴；其五言诗又高雅闲淡，自成一家之体。今之秉笔者，谁能敌之？然当苏州在时，人亦未甚爱重，必待身后，然

---

① 《苏轼诗集合注》，第1728页。
② 〔晋〕陶潜著、龚斌校笺：《陶渊明集校笺》，上海古籍出版社1996年版，第59页。
③ 顾学颉校点：《白居易集》，中华书局1979年版，第805页。下引此书同此版本，不再出注。
④ 参《陶渊明之思想与清谈之关系》，见陈寅恪《金明馆丛稿初编》，生活·读书·新知三联书店2001年版，第221页。
⑤ 陈寅恪：《金明馆丛稿初编》，生活·读书·新知三联书店2001年版，第229页。
⑥ 《苏轼诗集合注》，第729页。

人贵之①。

又《吴郡诗石记》云：

贞元初，韦应物为苏州牧，房孺复为杭州牧，皆豪人也。韦嗜诗，房嗜酒，每与宾友一醉一咏，其风流雅韵，多播于吴中。或目韦、房为诗、酒仙。……韦在此州歌诗甚多。有《郡宴》诗云"兵卫森画戟，宴寝凝清香"最为警策。②

苏轼也"爱韦郎五字诗"，《书黄子思诗集后》云：

李、杜之后，诗人继作，虽间有远韵，而才不逮意。独韦应物、柳宗元，发纤秾简古，寄至味于淡泊，非余子所及也。③

细审苏轼"乐天长短三千首，却爱韦郎五字诗"之意，除赞赏韦诗外，又有赞同白氏所爱之意。而特举"乐天长短三千首"，是强调爱韦诗之人具备足够的资格，不仅是数量的资格，更是质量的资格。爱者和被爱者的资格至少是足以对等的。参照苏轼对韦诗的偏爱，亦可见"乐天长短三千首"在其心目中的地位。

《答刘沔都曹书》云：

李太白、韩退之、白乐天诗文，皆为庸俗所乱，可为太息。④

《书诸集伪谬》云：

如白乐天赠徐凝、退之赠贾岛之类，皆世俗无知者所托，尤不足多怪。⑤

以上两则谈庸俗者误以"村俗气"之作收入名家集，将白乐天与自己素所敬重的李、韩并称，可见苏轼对白诗的综合评价并不低。苏轼评白还有

---

① 顾学颉校点：《白居易集》，中华书局1979年版，第965页。
② 顾学颉校点：《白居易集》，中华书局1979年版，第1430页。
③ 《苏轼文集》，第2124页。
④ 《苏轼文集》，第1430页。
⑤ 《苏轼文集》，第2098页。

"天才逸发"之语,见于《王平甫梦灵芝宫》:

> 昔有人至海上蓬莱,见楼台中有待乐天之室,乐天自为诗以识其事,与平甫之梦实相似。盖二人者,皆天才逸发,则其精神所寓,必有异者,物理皆有之,而不可穷也。①

苏轼还常书写或引用白诗。前人注苏诗苏词征引白居易近900次,虽未必皆是,但显而易见者过半。如《书乐天诗》(诗即"一山门作两山门……")云:

> 唐韬光禅师自钱塘天竺来住此山。乐天守苏日,以此诗寄之。庆历中,先君游此山,犹见乐天真迹。后四十七年,轼南迁过虔,复经此寺,徒见石刻而已。绍圣元年八月十七日。②

苏轼文学的总体风格与白居易不同,且有"白俗"之论,但这并不意味着他对白居易的文学无所推重和借鉴。本文所论之外,关于苏轼诗词借用白居易语意的问题,笔者将另文论述。

[此文日文版刊于日本宋代诗文研究会会刊《橄榄》2002年12月第11期;中文版刊于《中国苏轼研究》(第二辑),学苑出版社2005年版]

---

① 《苏轼文集》,第2311页。
② 《苏轼文集》,第2113页。

苏轼与熙宁四至七年西湖词人群体叙事

熙宁四年（1071）六月，苏轼通判杭州，开始了3年又3个月的倅杭生涯〔熙宁四年六月离京赴杭，熙宁七年（1074）九月离杭赴密〕。这是苏轼文学创作的第一个丰收期，他与杭州、苏州、湖州等地的文友诗词唱和，作品甚丰。

以词而论，苏轼此时期才开始写词①，于是杭州词坛便形成了一个以张先、苏轼为中心的词人群，他们唱和酬赠，创作出了一批以描绘西湖美景、抒写朋友情怀为主的词。

在这些词人中，苏轼年辈和职级都比较低，刚学写词，词名不及前辈词人张先，但他不仅写词最多，而且与其他词人词作词事牵连也最多，实际上是最具纽带作用和号召力的中心人物，因而本文选择以苏轼为考察中心。

这个词人群的词事词作，主要发生在杭州及其属县，发生在送别、游赏、雅集、燕饮、行旅的场景中，唱和酬赠是创作的主要动因和方式，友情、风景、文情酒趣、歌儿舞女是主要的叙述内涵。苏轼初作词，除阅读学习前辈词家外，最直接的榜样是欧阳修和张先。这期间张先对苏轼作词影响最大，从写作兴趣的激发，到词调、题材、手法、风格，都有直接而微妙的影响。

一、苏轼倅杭时期的行迹与交游——与词事相关者②

（一）赴杭途中

熙宁四年六月，苏轼因与新法不合而不安于朝，离京赴杭。途经陈州，拜访陈守张方平，并与在陈为学官的苏辙会晤。九月与辙同赴颍州拜访刚刚致仕的欧阳修。张、欧二人都是苏轼的师长，皆对新法有异议。苏轼拜谒他们，尽晚辈之礼，并在一定程度上抚慰自己政治的失意。

---

① 有学者认为苏轼20多岁就开始写词了，参见〔宋〕苏轼撰、薛瑞生笺证《东坡词编年笺证》，三秦出版社1998年版，第16～23页弁言。

② 主要依据王水照《宋人所撰三苏年谱汇刊》，上海古籍出版社1989年版；孔凡礼《苏轼年谱》，中华书局1998年版。

十月渡淮，途径濠、楚、扬、润诸州，十一月到杭。在扬州遇到了孙洙、刘挚、刘攽，苏轼有诗《会孙巨源、刘莘老、刘贡父三同舍》记录此事。四人皆因论新法不便而外任。此后几年间，互有诗词往来。熙宁七年，孙洙奉诏还朝，在润州与赴密州的苏轼相遇，同行至楚州而别，苏轼写了《采桑子·润州多景楼与孙巨源相遇》和《更漏子·送孙巨源》二词。

（二）倅杭期间

苏轼倅杭期间交往的主要文士，依其在苏词中出现的次序，有以下十几位：

（1）贾收，字耘老，湖州人。熙宁五年（1072）十二月苏轼"之湖州相度捍堤"，与之相识，作《双荷叶》《荷花媚》二词，还有诗《和邵同年戏赠贾收》《和贾收吴中田妇叹》等，其与贾收终生交游自此始。《吴兴志》卷十七载："贾收，字耘老，有诗名，喜饮酒，其居有水阁曰浮晖。李公择、苏子瞻为州与之游，唱酬极多。"《吴兴志》还记载苏轼念耘老贫而赠书画的事，贾收也在苏轼离开湖州后建怀苏亭，编《怀苏集》。

（2）陈襄（1017—1080），字述古，神宗初知谏院，改侍御史。因论青苗法不便，出知陈州，徙知杭州。熙宁五年五月至七年六月知杭。比苏轼晚到6个月，早走3个月。苏轼虽比陈襄小20岁，但政见相通，举凡赈济饥民，消除蝗灾，浚治钱塘六井，奖掖后进，皆同心协力。二人才情文趣相仿，时常宴饮唱和，交游颇深。陈襄《古灵集》①、《苏轼诗集》②中此期唱和诗各存多首。苏轼倅杭期间所作词与陈襄有关者共9首（下详）。陈襄无词存传。

（3）周邠，字开祖，钱塘人。嘉祐八年（1063）进士，熙宁间为钱塘县令。苏轼倅杭多与之酬唱，称周长官。后来苏轼自密州改除河中府过潍州，邠时为乐清令，以雁荡图并诗寄轼，轼和诗有"西湖三载与君同"句。③ 熙宁五年秋，周邠母卒，苏轼为作挽词④，并有诗数首。熙宁六年（1073）寒食，苏轼在杭作《瑞鹧鸪·寒食未明至湖上太守未来两县令先在》。两县令之一就是钱塘县令周邠。

（4）徐畴，字符用，熙宁中为仁和县令，即苏词《瑞鹧鸪》"两县令"中的另一位。熙宁六年七月立秋，与苏轼一起求雨。

---

① 〔宋〕陈襄：《古灵集》，《四库全书》本。
② 〔清〕王文诰辑注、孔凡礼点校：《苏轼诗集》，中华书局1982年版。
③ 参〔宋〕潜说友《咸淳临安志》卷六十六，见《宋元方志丛刊》，中华书局1990年版，第3959页。
④ 参〔清〕王文诰辑注、孔凡礼点校《苏轼诗集》，中华书局1982年版，第2608页。

（5）张先（990—1078），字子野，嘉祐四年（1059）致仕归吴兴（即湖州）。① 此后多次往返于湖、杭间。熙宁五年十二月，苏轼赴湖州相度捍堤利害。苏轼的朋友孙觉（莘老）于熙宁四年十一月知湖州，熙宁五年七月七日苏轼曾在余杭法喜寺作诗《宿余杭法喜寺寺后绿野堂望吴兴诸山怀孙莘老学士》。熙宁五年春，孙觉在湖州曾为张先《十咏图》（8年前为父张维作）作序，张先有《醉落魄·吴兴莘老席上》词，可见交情不浅。苏轼这次到湖州公干，孙必接待，张必出席，苏此前所赠孙诗必是席间一个话题，因而张先依苏诗韵作了诗（已佚），苏再作《元日次韵张先子野见和七夕寄莘老之作》，此事发生在熙宁六年元日。苏、张交游唱和自此始。张先是词名卓著的前辈，他对苏轼作词影响很大。② 熙宁六年"柳絮飞时节"③，张先在杭州为官妓龙靓等作词3首。熙宁七年春，张先曾"自杭归湖"作《玉联环》词。④ 此年张先娶妾（似在湖州），苏轼有《张子野八十五尚闻买妾述古令作诗》，张先和作仅存一联。七月至九月间陈述古移知应天府，杨绘继任旋又诏还，苏轼奉诏知密州，张先与苏轼作送迎之词10余首。九月，杨、苏、张、陈同赴湖州为"六客之会"。

（6）陈舜俞（1026—1075），字令举，湖州乌程人。熙宁三年（1070）知山阴县时因不奉青苗法，上疏自劾，降监南康军酒税。弃官居秀州（嘉兴）白牛村，号白牛居士。熙宁七年秋专程到杭州看望苏轼，苏作《鹊桥仙·七夕送陈令举》。陈舜俞与李常友善，《全宋诗》中陈有5首诗是专门写给李常的。九月参与湖州"六客之会"。苏轼有《菩萨蛮·席上和陈令举》，可知陈舜俞先写了《菩萨蛮》（无存）。六客同游，陈有诗《饯张郎中》《双溪行》《青龙江醉眠亭》。陈卒于熙宁八年（1075）。苏轼有《祭陈令举文》。

（7）杨绘（1027—1088），字元素，熙宁七年六月知杭州，仅两个月又徙知河南应天府。苏轼为之作送迎之词10首。

（8）王诲，字规父，熙宁六、七年知苏州。熙宁六年冬，苏轼往常、润、苏、秀赈济灾民。至苏州，苏守王诲出示仁宗赐其父举正所作飞白，苏轼作

---

① 夏承焘《张子野年谱》（见《唐宋词人年谱》，上海古籍出版社1955年版）指出张先于嘉祐末治平初致仕。吴熊和、沈松勤校注《张先集编年校注》（浙江古籍出版社1996年版）所附《年表》写张先致仕于嘉祐四年。

② 参孙维诚《论张先对苏轼词学思想的影响》，见《张先与北宋中前期词坛关系探论》，安徽大学出版社2007年版。

③ 参吴熊和、沈松勤校注《张先集编年校注》，浙江古籍出版社1996年版，第47页注①引苏轼诗。

④ 参吴熊和、沈松勤校注《张先集编年校注》，浙江古籍出版社1996年版，第52页。

《仁宗皇帝御飞白记》①。熙宁七年七月，苏轼作《菩萨蛮·杭妓往苏迓新守杨元素寄苏守王规父》词，十月，苏轼赴密途经苏州，王设席，并求词，苏作《阮郎归·苏州席上作》。

（9）李常（1027—1090），字公择。因抨击青苗法落职，通判滑州，后徙知湖州，熙宁七年三月到任，熙宁九年（1076）三月移知齐州。苏、杨北上专程过湖州为"六客之会"。事后李常筑六客堂于湖州郡圃中，并编《六客词》（已佚）。苏轼在湖为李作词2首（下详）。熙宁九年李常离任，张先作《天仙子·公择将行》《离亭燕·公择别吴兴》送别。

（10）孙觉（1028—1090），字莘老，熙宁四年十一月至六年三月知湖州。熙宁五年十二月苏轼到湖州公干，行前有《将之湖州戏赠莘老》《再用前韵寄莘老》。到湖州后，为孙莘老作《墨妙亭记》。熙宁六年三月，孙觉知泸州，苏轼作送别诗。②

（11）柳瑾，字子玉。苏轼与柳子玉诗文往来较多。熙宁七年春，苏轼在润州有词《昭君怨·金山送柳子玉》。

（12）刘述，字孝叔，湖州人，神宗时曾为御史，授吏部郎中。与新法不合，王安石欲置之狱，司马光为之辩，贬知江州，逾岁提举崇禧观，闲居吴兴，卒年七十二。

（三）循行属县

苏轼倅杭期间循行属县三次：一是熙宁五年十二月之湖州相度捍堤利害；二是熙宁六年春，循行富阳、新城、桐庐等属县；三是熙宁六年十一月至熙宁七年六月，在常、润间赈灾。

湖州相堤与张先相识交游已如上述。而在后两次循行与赈灾期间，苏轼创作了一些思乡念亲怀友或抒写羁旅行役之感的诗词。词凡8首：《行香子·丹阳寄述古》《祝英台近·惜别》《减字木兰花·得书》《蝶恋花·京口得乡书》《卜算子·自京口还钱塘道中寄述古》《昭君怨·金山送柳子玉》《醉落魄·离京口作》《少年游·润州作代人寄远》。

（四）徙知密州

熙宁七年九月，诏苏轼知密州、杨绘知应天府。苏、杨离杭，与陈令举、张子野同舟至湖州访李公择，并刘孝叔为"六客之会"。然后杨、苏北上

---

① 〔清〕王文诰辑注、孔凡礼点校：《苏轼诗集》，中华书局1982年版，第343页。
② 参〔清〕王文诰辑注、孔凡礼点校《苏轼诗集》，中华书局1982年版，第396、354、443页。

赴任。

二、西湖词人群体叙事的方式

（一）以词应社（唱和酬赠）

此时西湖词人群中，与词事相关者十几位，但有词存传的主要是苏、张二人①，词作分见以下两表。

表 1　苏轼熙宁四至七年词 54 首②

时间	行迹	作品
熙宁四年十月	楚州	①②《南歌子·楚守周豫出舞鬟因作二首赠之》
熙宁五年一月	杭州	③《浪淘沙·探春》
熙宁五年秋	杭州	④《浣溪沙·感旧》
熙宁五年十二月	湖州	⑤《双荷叶·湖州贾耘老小妓名双荷叶》、⑥《荷花媚·荷花》
熙宁六年春	富阳等地	⑦《行香子·过七里滩》、⑧《祝英台近·惜别》
熙宁六年	杭州西湖	⑨《瑞鹧鸪·寒食未明至湖上太守未来两县令先在》、⑩《江城子·湖上与张先同赋时闻弹筝》、⑪《菩萨蛮·歌妓》、⑫《瑞鹧鸪·观潮》、⑬《临江仙·风水洞作》、⑭《江城子·陈直方妾……》
熙宁七年一月	丹阳	⑮《行香子·丹阳寄述古》、⑯《减字木兰花·得书》、⑰《昭君怨·金山送柳子玉》、⑱《卜算子·自京口还钱塘道中寄述古》、⑲《蝶恋花·京口得乡书》、⑳《醉落魄·离京口作》、㉑《少年游·润州作代人寄远》

---

① 《全宋词》中杨绘仅存词 1 首《醉蓬莱》（对亭台幽雅）、刘述仅存词 1 首《家山好》（挂冠归去旧烟梦），见唐圭璋编《全宋词》，中华书局 1965 年版。此二词应非此期所作。［日］保苅佳昭《苏轼与杨绘有关之词》也未认为此词与苏轼有关。

② 参邹同庆、王宗堂《苏轼词编年校注》，中华书局 2002 年版；又参［日］保苅佳昭《苏词研究》，线装书局 2001 年版，其中有《东坡词编年考》3 篇，及《苏轼与杨绘有关之词》1 篇。

续上表

时间	行迹	作品
熙宁七年夏秋	杭州	㉒《占春芳》（红杏了）、㉓《减字木兰花》（双龙对起）、㉔《鹊桥仙·七夕送陈令举》、㉕《虞美人·为杭守陈述古作》、㉖《菩萨蛮·杭妓往苏迓新守杨元素寄守王规父》、㉗《诉衷情·送述古迓元素》、㉘《减字木兰花·寓意》、㉙《菩萨蛮·述古席上》、㉚《江城子·孤山竹阁送述古》、㉛《菩萨蛮·西湖送述古》、㉜《清平乐·送述古赴南郡》、㉝《南乡子·送述古》、㉞《南乡子·和杨元素时移密州》、㉟《浣溪沙·菊节别元素》、㊱《浣溪沙·重九》、㊲《劝金船·和元素韵自撰腔命名》
熙宁七年九月	湖州	㊳《南乡子·沈强辅雯上……同子野各赋一首》、㊴《南乡子·赠行》、㊵《定风波·送元素》、㊶《减字木兰花·过吴兴李公择生子……》、㊷《南乡子·席上劝李公择酒》、㊸《菩萨蛮·席上和陈令举》
熙宁七年十月	赴密州途次苏州、润州、京口、楚州、海州	㊹《阮郎归·苏州席上作》、㊺《醉落魄·苏州阊门留别》、㊻《菩萨蛮·润州和元素》、㊼《采桑子·润州多景楼与孙巨源相遇》、㊽《减字木兰花》（银筝旋品）、㊾《醉落魄·席上呈元素》、㊿《诉衷情·琵琶女》、㊑《更漏子·送孙巨源》、㊒《浣溪沙·赠陈海州陈尝为眉令有声》、㊓《永遇乐·寄孙巨源》、㊔《沁园春·赴密州早行马上寄子由》

表2 张先熙宁四至七年词16首①

时间	行迹	作品
熙宁五年	湖州	①《醉落魄·吴兴莘老席上》
熙宁六年	杭州	②《望江南·与龙靓》、③《雨中花令·赠胡楚草》、④《武陵春》（每见韶娘梳鬓好）
熙宁七年	自杭返湖	⑤《玉联环》（南园已恨归来晚）

① 参吴熊和、沈松勤校注《张先集编年校注》，浙江古籍出版社1996年版。

续上表

时间	行迹	作品
熙宁七年夏秋	在杭州	⑥《熙州慢·赠述古》、⑦《虞美人·述古移南郡》、⑧《河满子·陪杭守泛湖夜归》、⑨《芳草渡》（双门晓锁响朱扉）、⑩《沁园春·寄都城赵阅道》、⑪《更漏子·流杯堂席上作》、⑫《劝金船·流杯堂唱和翰林主人元素自撰腔》、⑬《定风波令·次韵子瞻送元素内翰》、⑭《定风波令·再次韵送子瞻》
熙宁七年九月	在湖州	⑮《定风波令·雪溪席上，同会者六人……》、⑯《木兰花·席上赠周邠二生》

应社就是应付社会交际。张、苏是最早大量用词进行社会交往的人。周济《介存斋论词杂著》云："北宋有无谓之词以应歌，南宋有无谓之词以应社。"薛瑞生认为词史上"开应社风气之先者自当首推苏东坡"①。就文体功能论，张、苏开始大量地以词应社，具有"以诗为词"的意味。以上二人70首词，据发生场景和发表方式，可粗略分类如下（张、苏后数字为上两表中词作序号）：

酬赠唱和之词32首：张⑥⑦⑩⑬⑭；苏⑮⑰⑱㉑、㉔～㊱、㊳～㊶、㊻㊾、㊿～㊴。

咏妓词13首：张②③④⑯；苏①②⑤⑥⑪⑭㊹㊺㊾。

游赏雅集宴饮之词20首：张①⑧⑨⑪⑫⑮；苏③⑦⑨⑩⑫⑬⑳㉒㉓㊲㊷㊸㊼㊽。

自咏抒怀之词5首：张⑤；苏④⑧⑯⑲。

词是比诗更适宜于休闲娱乐的音乐文学。此时张先已经致仕闲居，苏轼则刚刚离开凡事皆须拘谨的朝廷，到具有湖山胜境的杭州任职，又遇上张先这样一位大名鼎鼎的前辈词人，则他们选择词这种音乐文学的方式叙事抒情交往酬赠娱乐遣兴，便自然而然地拓展了词的用途，增广了词的创作契机，这在词史上当然是有开拓意义的。

（二）张先和苏轼开拓性地发展了词题叙事和词序叙事的方式

缘事而立的词题是从北宋才出现的。词牌和调名形成之初，往往具有一定

---

① 参〔宋〕柳永撰、薛瑞生校注《乐章集校注·前言》，中华书局1994年版，第23页。

的叙事性，即与词的内容一致。但词牌定型后，就日益格式化，远离叙事。于是词人们在词牌之后，有时会加个题目，以标明题旨、引导叙事。词题始见于北宋词。① 在词调之外另标词题的情况，正出现在张先时代。据《全宋词》，在张先之前，词另立标题者有 7 人 22 首，而最早大量使用词题者正是张先。今存张先词 175 首，其中 60 首使用了词题或序。此前及同时词人中，尚无人如此大量采用题序。上表所列张先 16 首词中，有题或序的 13 首；苏轼 54 首词中，有题或序的 51 首。这可视为苏轼学词受张先影响的一个例证。

当词人觉得词题尚不足以说明作词之原委时，便将词题延展为词序，以交代、说明有关这首词的一些本事或写作缘起、背景、体例、方法等。唐五代词无序。张先最先将词题延长为序，只是有时题和序并不分明，其短者两字，长者数十字，其中可视为词序者 3 例：《天仙子·时为嘉禾小倅，以病眠不赴府会》《木兰花·去春自湖归杭，忆南园花已开，有"当时犹有蕊如梅"之句。今岁还乡，南园花正盛，复为此词以寄意》《定风波令·雪溪席上，同会者六人：杨元素侍读，刘孝叔吏部，苏子瞻、李公择二学士，陈令举贤良》。3 首词中《天仙子》是张先尝试使用词序的较早之作。《木兰花》和《定风波令》作于苏轼倅杭时期，序文渐长，与词的正文毫不重复，是对词所叙之事进行解释和补充。词序这种方式被苏轼继承并大量使用。苏轼倅杭时期的 54 首词，可视为有序者（可标点为两句以上者）13 首。其序也比张先更长，如《江城子·陈直方妾……》（题序 36 字）、《南乡子·沈强辅雯上……同子野各赋一首》（题序 25 字）等。当然，苏轼采用词序，不只是受张先影响。他作诗也多用序，他的诗序受陶渊明影响很明显，他的 100 多首《和陶诗》中就有不少较长的序。在词体发展史上，可以说词序始于张先，兴于苏轼。

（三）词牌的意味

苏轼此时期共用 30 种词牌作了 54 首词：《菩萨蛮》6 首，《南乡子》6 首，《减字木兰花》5 首，《浣溪沙》4 首，《江城子》3 首，《南歌子》2 首，《行香子》2 首，《瑞鹧鸪》2 首，《醉落魄》2 首，《述衷情》2 首；以下 20 种词牌各 1 首——《浪淘沙》《双荷叶》《荷花媚》《祝英台近》《临江仙》《昭君怨》《卜算子》《蝶恋花》《少年游》《占春芳》《鹊桥仙》《虞美人》《清平乐》《劝金船》《定风波》《阮郎归》《采桑子》《更漏子》《永遇乐》《沁园春》。

其中只有熙宁七年将至密州时作的《永遇乐》和《沁园春》是长调。这

---

① 参张海鸥《论词的叙事性》，载《中国社会科学》2004 年第 2 期，第 148～161 页。

就是说，苏轼倅杭期间开始作词，先从短章作起。尽管在他之前，柳永等人已经大量创作长调，尽管苏轼也熟悉柳词，但他在初涉词体的两三年中，只习短章而未染指长调。但在赴密途中，他开始试作长调如《永遇乐》《沁园春》了。

与此相关，有两位词人不可不提。一是苏轼的恩师欧阳修。欧阳修于熙宁四年六月致仕，七月居颍。苏轼此年赴杭途中，九月专门到颍州看望欧公。欧曾于皇祐元年（1049，43岁）知颍州，"二月丙子至郡，乐西湖之胜"①。很可能是在此时写过一组描写颍州西湖的《采桑子》。今存于《欧阳修全集》中的《近体乐府》共181首，同调者排列在一起，第一个词调就是《采桑子》，共13首，详审词意，后4首当为致仕居颍所作。前10首近似联章体，每词都以"○○○○西湖好"为起始句，唯第十首因有"俯仰流年二十春……归来恰似辽东鹤……谁识当年旧主人"等句，必是致仕居颍所作。前9首分别咏西湖四时情景。这组词之前有《西湖念语》一篇151字，是晚年居颍之作，颇似这组词的总序，结语云："因翻旧阕之辞，写以新声之调，敢陈薄伎，聊佐清欢。"② 欧阳修生前或曾亲自整理厘定自己文集（本文不详细讨论此问题，但取成说），作品先后次序与时序有关。《西湖念语》及《采桑子》组词居全部词作之首，又明言"翻旧阕之辞"，则前9首《采桑子》很可能是他中年知颍"乐西湖之胜"所作。观九词之内容和风格，似亦更像中年知颍之作③。晚年致仕闲居，常有朋友来看望。如80多岁的赵概从睢阳远道而来，郡守吕公着参与会晤并将会晤之所名为会老堂，欧阳修还亲自写了《会老堂致语》，结尾"口号"有"欲知盛集继荀陈，请看当筵主与宾。金马玉堂三学士，清风明月两闲人"等语。这样的事情在欧公致仕闲居的生活中显然不止一次。朋友们宴饮雅集，少不了诗词音乐。因此，他或"翻旧阕之辞"，或"写以新声之调"，并为这组《采桑子》作了序言，命歌儿舞伎演唱佐欢。

苏轼、苏辙专程来颍看望恩师，必然游赏西湖，欧公必然会用这套节目为师生雅集宴饮佐欢，苏轼对此必艳羡激赏。此后苏轼到了湖山风景更胜于颍州的杭州，州官生涯与欧阳修当年知颍亦颇类似，于是他也像老师那样写歌词咏湖山胜景，抒一时情怀，让歌妓们演唱，为朋友宴集游赏增添清欢雅趣。欧阳修181首词，使用了48种词调，多为短制中篇，稍长者只有7调7首：《御街

---

① 〔宋〕欧阳修：《欧阳修全集》，中国书店1986年版（据世界书局1936年版影印），第9页年谱。
② 〔宋〕欧阳修：《欧阳修全集》，中国书店1986年版（据世界书局1936年版影印），第1055页。
③ 李之亮笺注《欧阳修集编年笺注》（巴蜀书社2007年版）第7册第193页以此组词为熙宁五年春所作，似欠斟酌。

行》（77 字）1 首、《蓦山溪》（82 字）1 首、《御带花》（100 字）1 首、《千秋岁》（72 字）1 首、《越溪春》（75 字）1 首、《凉州令》（105 字）1 首、《摸鱼儿》（117 字）1 首。苏轼倅杭期间所用词调与欧公同者有 16 调 32 首，皆为短制（《南乡子》6 首、《减字木兰花》5 首、《浣溪沙》4 首、《南歌子》2 首、《行香子》2 首、《瑞鹧鸪》2 首、《述衷情》2 首、《浪淘沙》1 首、《临江仙》1 首、《蝶恋花》1 首、《鹊桥仙》1 首、《虞美人》1 首、《清平乐》1 首、《定风波》1 首、《阮郎归》1 首、《采桑子》1 首），欧公用过的较长篇制的词调苏轼此时都未使用。观其方至杭州所作《浪淘沙·探春》，与欧公西湖《采桑子》之风格意境颇相近。

特别值得一提的是，自称"曲不如人"的苏轼此时还自制了《荷花媚》词牌，说明他一开始作词就很注重音律并且努力通晓之。

张先此前作过长调慢词，此时期 16 首词使用 14 种词牌，其中有《熙州慢》《沁园春》二长调，其余 14 首词也都是篇制较短者。此时期苏轼与张先都用过的词牌有《醉落魄》《沁园春》《虞美人》《更漏子》《劝金船》《定风波》6 种，皆非长调。其中《劝金船》是杨绘创调，但杨词无存，今《全宋词》中仅苏、张各 1 首。

张先、苏轼此期作词以中短篇制为主，与词体文学自唐五代至北宋前期以中短篇幅为主的情况一致。苏轼此后大量写作长词，以他的影响，长词便渐渐与短制并行了。

（四）风格的意味

张先对苏轼作词的影响，是一个备受词学家关注的话题，论者已多。要言之，大致在以下诸端：宴饮唱和以词应社的方式，小令短制的词牌选择，词题词序的运用，词为艳科的传统观念，或婉约或清丽或淡雅的风格。

说到风格，值得特别一提的是，苏轼此时已经在尝试多种风格的词作了。比如熙宁七年秋送杨元素的词《南乡子·赠行》，应视为苏轼最早的豪放词。因杨元素此番回京似有典兵之议，苏轼乃作豪放之词为之壮行：

旌旗满江湖。诏发楼船万舳舻。投笔将军因笑我，迂儒。帕首腰刀是丈夫。　　粉泪怨离居。喜子垂窗报捷书。试问伏波三万语，何如。一斛明珠换绿珠。

观此后直到密州所作词，多有豪放语气，如《定风波·送元素》上片与此风格类似：

千古风流阮步兵。平生游宦爱东平。千里远来还不住,归去,空留风韵照人清。

又如《减字木兰花·过吴兴李公择生子……》《南乡子·席上劝李公择酒》《菩萨蛮·席上和陈令举》《沁园春·赴密州早行马上寄子由》等词,豪放风格已经形成。一年后,他在《与鲜于子骏书》中特别提到《江城子》(老夫聊发少年狂)"自成一家……颇壮观也"。可知他创作豪放词既非偶然亦非无意。

天才的苏轼自然是传统曲子"缚不住者"。他从杭州开始,就一直尝试创作不同风格的词,他也许并非有意,只是任凭天才触发,但实际上,在花间樽前正宗词之外,他的词风呈现出多元趋向。他此期间还写了一些清新旷达之词,如《虞美人》(湖山信是东南美)、《采桑子》(多情多感仍多病)、《永遇乐·寄孙巨源》(长忆别时),都堪称是其后密州《水调歌头》(明月几时有)那种清旷之词的前奏。

三、 西湖词人群体叙事内涵

以苏轼的行迹为线索,他3年间丰富多彩的生活经历,牵扯起各种各样的人物和故事,酿造出一批展现此时此地文人士大夫生活和心态的词。这些词或叙事或写景或抒情写意,或赞誉他人或表现自我,构成了一幅城市文人生活的长卷。这种生活的主人公是一批文人士大夫,其中有闲居名士,有苏、杭一带的太守县令们,而无论何时何地何事,总少不了风情万种的官妓或家妓们。上文依词作发生场景和发表方式,将词分为应社、咏妓、游赏宴集、自咏四类,每一类词都侧重叙述或展示他们生活或心情的某些侧面,因而具有不尽相同的文化蕴含。

苏轼到杭州之前,先在颍州欧阳修那里领略了如何用词这种音乐文学体式咏唱湖光山色,从而怡情养性,纾解心灵。倅杭3年又遇到张先这样的风流名士,及陈襄、杨绘、李常、孙觉等一批善解山水风光或两性风情的士大夫。他们常常在湖光山色、楼堂亭阁中雅集宴饮,观风景饮美酒赏佳人听歌看舞,向"望湖楼、孤山寺、涌金门",看"湖中月、江边柳、陇头云","寻常行处,题诗千首,绣罗衫、与拂红尘"(《行香子·丹阳寄述古》)。国事政事通常不进入词的叙事范畴,因为在这个严肃的话题之外,词有太多优美有趣的故事可叙。从叙事的角度看,每首词都涉及人和事,有些人事成为词的内容,有些只是背景。比如"寒食未明至湖上太守未来两县令先在""湖上与张先同赋时闻弹筝""陪杭守泛湖夜归"等。游赏酬赠送迎之际,以词叙事抒情以足风雅,以慰友情,这就构成了词的丰富多彩、复杂微妙的文化内涵。笔者在这里集中讨论四个话题:咏妓、行役、送迎(熙宁七年夏秋间陈襄、杨绘、苏轼先后奉调离杭)、六客雅集。在这些事件中产生的词蕴含着宦情、友情、风情之林林总总,亲切感人。

(一)咏妓词

大体可视为咏妓词的共13首,张先4首,苏轼9首。熙宁四年十月苏轼赴杭途次楚州,"楚守周豫出舞鬟因作二首赠之",苏轼以两首歌咏舞鬟的《南歌子》步入词坛。词中描写舞鬟"绀绾双蟠髻,云欹小偃巾。轻盈红脸小腰身。迭鼓忽催花拍、舞凝神",是地道的"花间"路数。熙宁五年十二月出差湖州,又作《双荷叶》《荷花媚》戏赠贾耘老,称赞贾之家妓(方纳为小妾)姿态音容之美艳,又暗喻云雨情事,虽轻松调侃但并不轻佻,词语清雅含蓄,意境优美清新,出于"花间"而胜之。据此可知,苏轼步入词坛,原来是直承"花间"衣钵粉艳登场的。然而观其稍后几首赠妓词,如《菩萨蛮》写"皓齿发清歌"的歌妓,《江城子》赠陈直方妾,《阮郎归》赠苏州佳人,词的脂粉渐薄情味渐厚,由形貌而向内心情感开掘,渐离"花间"路数,很快便呈现出自家风神。

张先4首词非作于一时一地,皆发生于酒席娱乐之际,苏轼都在场。4首词分赠杭州官妓龙靓、胡楚、周韶,湖州官妓周、邵二人。[①] 内容皆以描写受赠者之美貌神韵才艺为主,如媚脸香红、云鬟蛾眉、雪肤柔肌、轻弹低唱之类。

苏、张赠妓词,写的是都市生活中的两性风情,表现的是文人对才艺女性的审美激赏。词中的女性虽然是被欣赏被描写的对象,但她们却是词故事的主角,是都市风情剧中登场的演员。她们以美貌、服饰、歌舞才艺装点着文人士子的生活和辞章。她们不仅是词中的被叙者,还是词的催生者,是词人创作的动力和契机。她们当中当然不乏会作词者,但就古代词史而言,歌妓们对于词文化的主要作用是构成故事,激发词作。

苏、张的咏妓词,对后世读者具有"导游窗口"的意义,使读者从中可以了解当时的社会关系,城市风情,文人生活和心态、审美时尚,等等。

对于词人创作而言,湖山之美与女人之美的意义略同。张、苏此时期70

---

① 参吴熊和、沈松勤校注《张先集编年校注》,浙江古籍出版社1996年版,第47~51页,注引陈师道《后山诗话》、苏轼《天际乌云帖》关于本事的记载;又第75~76页,注引《观林诗话》关于"六客之会"的本事。

多首词中，以写风景为主的大约 20 首。他们所经所到之处，苏、杭、湖、润诸州山水皆入词篇，构成山水风光画卷，这无须赘述。值得探究的是发生在山水、女人之间的心情意绪。

（二）羁旅行役之词

熙宁六年春，苏轼巡行属县富阳、新城、桐庐等地，过七里滩缅怀东汉光武帝与隐士严子陵的故事，作《行香子》，首两句为"一叶舟轻，双桨鸿惊"。读苏轼终生之作，诗、文、词中常见扁舟、孤鸿意象。扁舟漂泊，往往隐喻生命之状态；孤鸿缥缈，往往隐喻生命之品性。下片"君臣一梦，今古虚名"的感慨，显然有伤今之意，毕竟他此时的仕宦身份有点被边缘化。几天后他作《祝英台近·惜别》，有"萦损襄王，何曾梦云雨。旧恨前欢，心事两无据"等语，似言惜别异性、宦游孤寂之情。

熙宁六年冬苏轼"往常、润、苏、秀赈饥民"。七年正月赴润州，过丹阳作《行香子》寄陈述古叙友情。三月"自京口还钱塘道中寄述古"《卜算子》，有"归去应须早……应是容颜老"句，倦游思乡。近半年出差行旅，苏轼写了好几首思家念亲之词——《减字木兰花》写收到家书欣喜之情态："香笺一纸，定尽回文机上意。欲卷重开，读遍千回与万回。"虽然夸张，但夫妻思念之情毕现。《蝶恋花》是在京口，"一纸乡书来万里，问我何年，真个成归计？"倦仕思乡，"东风吹破千行泪"。虽然归计难成，但倦意也是真实的。《醉落魄·离京口作》有"此生飘荡何时歇？家在东南，常作西南别"。《少年游·润州作代人寄远》有"去年相送，余杭门外，飞雪似杨花；今年春尽，杨花似雪，犹不见还家"。宦游孤旅，身不由己的无奈之意深沉感人。

（三）送迎之词

熙宁七年六至九月，陈襄六月奉诏、七月离杭，杨绘七月来杭继任、九月诏还朝，苏轼九月奉诏知密，陈舜俞专程来杭送别，张先六至九月也在杭州。3 个多月间杭州官场送往迎来之事频发，宴饮送别成了他们生活的主题和文学的主旋律。诗文当然也是有的，不过词无疑最适用于此。

张先作《熙州慢》《虞美人》《河满子》《芳草渡》送述古。《劝金船》《定风波令》两首送元素。《定风波令》送子瞻。

苏轼送别陈令举 1 首《鹊桥仙·七夕送陈令举》。

苏轼送别述古之作 8 首：《虞美人·为杭守陈述古作》《诉衷情·送述古迓元素》《减字木兰花·寓意》《菩萨蛮·述古席上》（代妓写送别意）、《江城子·孤山竹阁送述古》《菩萨蛮·西湖送述古》《清平乐·送述古赴南郡》

《南乡子·送述古》。

苏轼迎元素 2 首:《菩萨蛮·杭妓往苏迓新守杨元素寄苏守王规父》《诉衷情·送述古迓元素》。送元素 7 首:《南乡子·和杨元素时移密州》《浣溪沙·菊节别元素》《浣溪沙·重九》《劝金船·和元素韵自撰腔命名》《南乡子·……送元素还朝》《南乡子·赠行》《定风波·送元素》。

同是送迎之词,张先之作略多形而下的描述,苏轼之作略多形而上之思。宦情、友情、风情是这类词的主要内涵。

张先《虞美人》颂扬述古太守"恩如明月家家到",希望他常来信。《芳草渡》写杭人送述古情景:"千骑拥,万人随……歌时泪,和别怨,作秋悲。"挺感人的。《劝金船》《定风波令》两首送元素有"相识晚""留住难久"之叹。《定风波令》送子瞻称赞他"文章传口",现在要离开了,"湖山风物岂无情"。

陈令举比苏轼年长 10 多岁,此时辞官闲居。二人莫逆。苏词有"相逢一醉是前缘,风雨散,飘然何处"之叹。不料两年后陈就去世了,苏轼为作《祭陈令举文》。可见苏轼对人生之聚散离合特别敏感。

陈襄比苏轼晚到先离,共事两年多。陈虽比苏年长 20 岁,又是长官,但二人政见相同,山水诗酒、文心雅趣皆多默契,相交忘年,深情意笃。此番相送,苏词表达了复杂的感受。《虞美人》写惜别:"使君能得几回来?便使樽前醉倒、且徘徊。"《减字木兰花》戏说太守风情:"云鬟倾倒,醉倚栏干风月好。"《菩萨蛮》代妓写意:"相思拨断琵琶索。枕泪梦魂中。"《江城子》兼写风情、友情、别情:"且尽一樽,收泪唱阳关。漫道帝城天样远,天易见,见君难。"《菩萨蛮》惜别:"今日漫留君,明朝愁杀人。佳人千点泪,洒向长河水。"《南乡子》是苏轼送述古,于临平(杭州东北)舟中别后所作,写惜别之情,情辞俱佳:

回首乱山横,不见居人只见城。谁似临平山上塔,亭亭,迎客西来送客行。　　归路晚风清,一枕初寒梦不成。今夜残灯斜照处,荧荧,秋雨晴时泪不晴。

送旧迎新,心情复杂。《诉衷情·送述古迓元素》云:

钱塘风景古来奇,太守例能诗……花尽后,叶飞时,雨凄凄。若为情绪?更问新官,向旧官啼。

杨、苏同时奉调离杭，杨自制词调《劝金船》（已佚），苏和词："无情流水多情客……如对茂林修竹，似永和节……又还是轻别……欲问再来何岁？应有华发。"可见也是文友诗侣，苏轼因有"爱君才器两俱全"之赞（《浣溪沙》）。新太守也擅风情，席上有"纤纤细手如霜雪，笑把秋花插"。

离别之际，仕宦漂泊之感最浓，《南乡子》有"东武望余杭，云海天涯两杳茫。何日功成名遂了，还乡，醉笑陪公三万场"之念。《浣溪沙》："良辰美景古难全，感时怀旧独凄然……菊花人貌自年年，不知来岁与谁看。"面对生活之无常，难免无奈之感。

（四）"六客之会"

熙宁七年九月，苏、杨同时离杭，先绕道湖州会友。苏轼的朋友李公择方知湖州，在那里恭候嘉客。陈令举、张子野就是湖州人，因以主人身份陪杨、苏同往湖州，贬官闲居的刘孝叔也在此地。六人相会于湖州，不止一日，他们在碧澜堂、雪溪、垂虹亭、醉眠亭、李公府第等多处游赏、雅集、宴饮，是称"六客之会"。对苏轼倅杭和杨绘知杭而言，这是曲终奏雅；对于湖州，这是一场文化盛会，是称誉州史的文坛佳话；对于词史而言，这是以两位天才词人为代表的杭州词人群体二载切磋的告别演出，这演出不仅丰富了词的叙事方式（已如前述），而且具有丰富的叙事内涵。不论当事人还是后人，一提起"六客之会"，总有绵长的缅怀。

张先当场所作《定风波令》，用他首创的题序叙事的方式记录了事件的地点、参与者及其身份："雪溪席上，同会者六人：杨元素侍读，刘孝叔吏部，苏子瞻、李公择二学士，陈令举贤良。"送别是这场风云际会的主题，苏轼有《南乡子》2首、《定风波》1首赠别元素，张先有《定风波令》2首分赠元素、子瞻。张先还有《木兰花·席上赠周邵二生》。李公择生子3日会客，苏轼作《减字木兰花》戏贺，苏轼还有《南乡子·席上劝李公择酒》《菩萨蛮·席上和陈令举》。7年后，苏轼《书游垂虹亭》[①] 追记此事：

夜半月出，置酒垂虹亭上。子野年八十五，以歌词闻于天下，作《定风波令》其略云："见说贤人聚吴分，试问，也应傍有老人星。"坐客欢甚，有醉倒者。此乐未尝忘也。今七年耳，子野、孝叔、令举皆为异物，而松江桥亭，今岁七月九日海风架潮，平地丈余，荡尽无复孑遗矣。追思曩时，真一梦耳。元丰四年十二月十二日黄州临皋亭夜坐书。

---

① 〔清〕王文诰辑注、孔凡礼点校：《苏轼诗集》，中华书局1982年版，第2254页。

综上所述，苏轼倅杭期间，与张先等词人共同营造了一个利用良辰美景享受赏心乐事、声色风雅兼备、富于文人雅趣的文学环境，创作了一批内涵丰富、艺术质量优良的词作，无论就叙事内涵还是叙说形式而言，都对词体文学有所丰富和开拓。

（刊于《台湾政治大学学报》2009 年 6 月第 11 期）

主要参考书目：

《宋人所撰三苏年谱汇刊》，王水照编，上海古籍出版社 1989 年版。
《苏轼年谱》，孔凡礼撰，中华书局 1998 年版。
《苏词研究》，〔日〕保苅佳昭著，线装书局 2001 年版。
《乐章集校注》，〔宋〕柳永撰、薛瑞生校注，中华书局 1994 年版。
《唐宋词人年谱·张子野年谱》，夏承焘著，上海古籍出版社 1955 年版。
《全宋词》，唐圭璋编，中华书局 1965 年版。
《张先与北宋中前期词坛关系探论》，孙维诚著，安徽大学出版社 2007 年版。
《张先集编年校注》，吴熊和、沈松勤校注，浙江古籍出版社 1996 年版。
《古灵集》，〔宋〕陈襄著，《四库全书》本。
《咸淳临安志》，〔宋〕潜说友著，《宋元方志丛刊》本，中华书局 1990 年版。
《欧阳修全集》，〔宋〕欧阳修著，中国书店 1986 年版（据世界书局 1936 年版影印）。
《欧阳修集编年笺注》，李之亮笺注，巴蜀书社 2007 年版。
《苏轼诗集》，〔清〕王文诰辑注、孔凡礼点校，中华书局 1982 年版。
《东坡词编年笺证》，〔宋〕苏轼撰、薛瑞生笺证，三秦出版社 1998 年版。
《苏轼词编年校注》，邹同庆、王宗堂著，中华书局 2002 年版。
《论词的叙事性》，张海鸥著，载《中国社会科学》2004 年第 2 期，第 148～161 页。

苏过斜川之志的文化阐释

苏过,字叔党,晚号斜川居士。他是苏轼的第三子,是"三苏"后代中最承家风者。苏轼说:"过子诗似翁","作文极峻壮,有家法"①。苏过之"能文"在当时颇有声望,人以"小坡"称之。然而父辈名高,加之《斜川集》20卷至南宋已散佚过半,因而影响了人们对小坡的认识。不过,即以今存缺失过半的《斜川集》②而论,苏过实在也是宋代作家中既有文化个性和文学艺术品味,又颇具代表性的作家。

就文学艺术而言,他的造诣和成就酷肖苏轼,诗文书画兼长。就文化精神而言,他是古代自由士人的一个代表,他秉承父亲遗风,兼采儒、道、释诸家之自由思想,形成了比苏轼更为纯粹的自由哲学。他以自己的出处行藏和诗文作品,诠释了宋代文化、文人中一种堪称普遍的生命意识和艺术哲学,那是既缘于历代自由文化传统,又独具宋人兼容而通达、内省而广大的风神韵致和使用价值的精神体系,即本文所谓斜川之志,其基本文化内涵是:自然的心态,自由的精神,独立自主的文化品格。以下从三方面试加阐释。

一、反思仕途以自疏,是斜川之志的现实成因

斜川之志以疏远仕途为前提。其形成首先与苏轼的仕宦浮沉和谪居思想密切相关。

苏轼的人生哲学理念,是儒、道、释兼容而因时变通的。兼容则宽厚通达,因时变通则超旷而又务实。苏轼接受了儒家积极进取、热爱生活的生命精神,但比正统儒家通达旷放。他接受道家哲学尚自然、贵自由、重独立的精神,但并不像庄子那样愤世嫉俗,所以虽然终生仕途坎坷,却并未像陶渊明那样辞官归隐。他深谙佛门随缘之理,以此来解释并坦然面对各种不幸,但并不接受佛门悲观厌世、苦行禁欲的人生观。他对道教养生术也感兴趣,但并不取

---

① 〔宋〕苏轼:《和陶游斜川……》《与元老侄孙》,分见《东坡续集》卷三、卷七。
② 清人辑自《永乐大典》,今人舒大刚等整理时又有所增补,厘为10卷,编年校注,即巴蜀书社1996年12月出版的《斜川集校注》,共收诗267首、文81篇。下引苏过诗、文均依此本,不再出注版本信息。

其神仙荒诞之意。总之，苏轼在精深地理解诸家学说的基础上，打通壁垒，博采众长，形成了兼容而有度，杂糅而有体，因时变通而不迷本真，超旷通达又切实有用的人生哲学。苏过得父亲思想之真传，却舍弃了儒家进取仕途、兼善天下之意。

苏轼谪居黄、惠、儋，苏过都陪伴左右。这时期他9岁至30岁，正是世界观和人生观的形成期。其间苏轼虽曾入仕翰林、出知州府，为政十载，而且苏过也在21岁时"恩授右承务郎"，但他并未因此而产生仕宦的热情。相反，却和父亲一起对仕途功名深加反省，从而形成疏离心态。这种心态大略有如下三层内涵。

首先，观仕途而寒心。

仕宦险恶，命运难以自主。苏轼的坎坷经历，使苏过对仕途产生了一种近乎与生俱来的淡漠和疏远。他从父亲"直言便触天子嗔，万里远谪南海滨"[①]的遭遇，想到君心多疑、小人多谗的历史，为此在青年时期就写了一些借古讽今之作。如《萧何论》写汉高祖疑忌萧何，《思子台赋》写汉武帝之暴戾，《伏波将军庙》写马援被小人谗毁，遭光武帝疑忌，《湖阴有隐君子……》写李斯官居相位而罹难，《题岑氏心远亭》写汉哀帝时郑崇因直谏而被杀，《松风亭词》写屈原遭谗被讥。

苏过认为：自古君心莫测，直臣难为。父亲的不幸是因为"功高则身危，名重则谤生。枉寻者见容，方枘者必憎"[②]。他的这个见解，在当时了解苏轼的人们中是一个共识。后来李廌在祭苏轼文中也有"道大难容，才高为累"[③]的感慨。政和二年（1112），苏过作《叔父生日四首》，其二云："时哉莫吾容，道大俗隘迫。"同年十月苏辙病逝于颍昌，苏过在《祭叔父黄门文》中将孔、孟之"志壹郁而莫申"与父、叔"竟中道而出走，罹此邮之纷纷"相联系，再次谈到"道大不容于世"的意思。

苏轼的遭遇使苏氏一门形成了淡漠功名、疏远仕途的家风。苏轼在惠州有《与王定国》书云：

> 某既缘此弃绝世故，身心俱安。而小儿亦超然物外，非此父不生此子也。[④]

---

① 《斜川集校注》，第347页。
② 《斜川集校注》，第480页。
③ 转引自〔宋〕朱弁《曲洧旧闻》卷五，《四库全书》本。
④ 曾枣庄、刘琳主编，四川大学古籍整理研究所编：《全宋文》第四十三册，巴蜀书社1988年版。

苏过后来在《送仲豫兄赴官武昌叙》文中谈及这种家风：

> 子孙……进不希当世之用，退不谋三径之资。则出处之间，无累于物，岂不超然自得于方寸乎？

送兄长赴官，竟不谈功名，反劝其"蚤为求田问舍之策"，可见他对官场厌倦之深。

一方面，史家通常认为天水一朝崇尚文化，重用文人；但另一方面，宋代又是官吏升黜异常频繁的朝代。赵宋统治者为确保中央集权而大力加强御史台和谏议院的监察弹劾职能，制定了一些特殊政策：不杀言事者；许以风闻；台、谏独立；台、谏官员专职；等等。这就有效地抑制了权臣的专权，对百官形成了强有力的监察和频繁的弹劾，其功效史有定评。但其弊病也很明显，一是台谏官员"未必皆贤，所言亦未必皆是"，加之"许以风闻"，就难免使无辜者蒙冤；二是正直敢言的谏官树敌过多，难免反遭弹劾；三是台谏"言事"之风加剧了"党争"。而两宋党争不断，官吏之升黜必然频繁。这些都可能伤害士人的仕进之心。苏过感慨"马之羁靮，鹰之鞲绁，寒心久矣"①，正可代表一种颇为普遍的心态。

其次，慕自由而厌羁累。

苏过一生"仕宦之日少"②，所以自称"物外闲人"③，"江湖人"④。这正是他的宿志："余幼好奇服，簪组鸿毛轻"⑤；"早岁厌华屋，曲肱慕饮水"⑥；"平生冠冕非吾意"⑦；"高情寓箕颍，绝意登麒麟"⑧。他对庄子以仕为"羁"、陶渊明视仕途为"樊笼"的观念深以为然，在诗文中频频发挥此意。其实他41岁前并未入过"樊笼"。他此时的"樊笼"之论主要源于对历史和他人的审视。

政和二年六月至政和四年（1114）冬，苏过出任太原府监税。这是他初次从政，亲身体会人在仕途的不自由滋味："端来入世网，竟坐形骸役。"⑨他

---

① 《斜川集校注》，第481页。
② 〔宋〕晁说之：《宋故通直郎眉山苏叔党墓志铭》。
③ 《斜川集校注》，第222页。
④ 《斜川集校注》，第227页。
⑤ 《斜川集校注》，第124页。
⑥ 《斜川集校注》，第140页。
⑦ 《斜川集校注》，第68页。
⑧ 《斜川集校注》，第106页。
⑨ 《斜川集校注》，第259页。

盼望这种违心的差事早日结束:"何时脱缰锁,著我林泉帽。"① 然而迫于生计,又不能弃官:"我恨营口腹,敛板惭妻孥。"② 同僚任况之将"返旧庐",他徒自羡慕:"息肩子有日,我愧今不如。"③ 他觉得这种小吏生涯是痛苦的煎熬:"青衫百僚底,屏气不敢出。……端如赴缧囚,坐受狱吏侮。"④ 后来他又移知郾城县4年多,他觉得像身不由己的工具一样:"我方处世如铅舂,自知冠冕久不工。"⑤ 当他52岁赴职中山府时,他所厌倦的小吏生涯终因"暴疾卒于行道中"而结束了。

再次,依文化而守志。

士人生命的意义在于文化。苏过并不认为仕途与文化不能相容,但就个人趣尚而言,他是毕生都重文化而轻仕宦的。他曾作《夷门蔡氏藏书目叙》,这是一篇文化颂。蔡致君"隐居以求志,好古而博雅。闭门读书,不交当世之公卿",令苏过"矍然异之"。其家数代"不事科举,不乐仕进,独喜收古今之书……今二万卷矣","有德不耀,常畏人知,弃冠冕而遗世故久矣"。这正是苏过所心仪的人生佳境,因而他"造其门,见其子,从容请交焉",又"负笈而请观焉"。在《夷门蔡氏藏书目叙》中,他历数古代文化隐者而由衷赞叹:

呜呼,读其书,论其事,想见其人,凛然于千载之上,修身立言,可以垂训百世之后。⑥

在《河东提刑崔公行状》中,他提出"重于内者必轻于外"⑦ 的命题。在他的观念中,"内"即文化、道义,"外"指仕途功名。身外之事无可无不可,内在文化修养须臾不可无。

苏过自幼酷爱读书,苏轼尝云:"小儿强好古,侍史笑流汗。"⑧ "寝食之余,百不知管,亦颇力学长进也。"⑨ 苏过《借书》诗记载借读《唐书》和

---

① 《斜川集校注》,第264页。
② 《斜川集校注》,第332页。
③ 《斜川集校注》,第318页。
④ 《斜川集校注》,第273页。
⑤ 《斜川集校注》,第358页。
⑥ 《斜川集校注》,第682页。
⑦ 《斜川集校注》,第611页。
⑧ 〔清〕王文诰辑注、孔凡礼点校:《苏轼诗集》卷三十五《上巳日与二子……》,中华书局1982年版。
⑨ 〔宋〕苏轼:《东坡续集》卷七《与徐得之》。

《汉书》而整部抄写之事，可见其勤奋。观其笔记《书田布传后》《书周亚夫传后》《萧何论》《记交趾进异兽状》《书二李传后》《读楚语》《书张骞传后》《东交门箴》等文，更知其读书之精深。谪处蛮荒而勤学如是，乃知文化何以钟于苏门矣。

苏过居颍作《送仲南兄赴水南仓》云：

丈夫升沉何足道，竭身养志真奇特。闭门却求文史乐……未觉轩裳胜蓬荜。①

这正是苏氏家风：重内轻外，重文轻仕。苏门几代人以著述传世，其生命价值因斯文而不朽。

二、学陶以自适，是斜川之志的实用内涵

陈寅恪称陶渊明是"吾国中古时代之大思想家"，其"创解乃一种新自然说"，其"要旨在委运乘化。夫运化亦自然也，既随顺自然，与自然混同，则认己身亦自然之一部，而不须更别求腾化之术"，"唯求融合精神于运化之中，即与大自然为一体"。② 后世文人学陶，首先就是学这种精神。

苏轼之学陶，论者已多，兹不赘述。苏过伴父读陶、和陶，既学陶又学父，"陶学"即"家学"，从而对渊明委运乘化，不喜不惧，轻轩冕而重志节，遗世俗而任性情，就自然以求自由的精神深有会心。《斜川集》中随处可见渊明之影响。

陶渊明不为五斗米折腰的首要用意是去伪存真，不违心逆志，不伪饰矫情。他因不堪官场之"真风告逝，大伪斯兴"而归隐，以养其"真想""真意"，以求"含真""任真"。③ 苏过深会渊明真意："陶潜采菊时，尚复有真趣。"④ 他还把孔、颜乐处与渊明情怀融化为一：

男儿重志气，勿使变穷达。宁甘一瓢乐，耻为五斗折。⑤

---

① 《斜川集校注》，第200页。
② 陈寅恪：《陶渊明之思想与清谈之关系》，见《陈寅恪史学论文选集》，上海古籍出版社1992年版。
③ 参陶集卷五《感士不遇赋序》，卷三《始作镇军参军经曲阿作》、《饮酒》其五，卷一《劝农》，卷二《连雨独饮》。
④ 《斜川集校注》，第152页。
⑤ 《斜川集校注》，第25页。

在真实的自然中，人会活得自自然然，无忧无虑："世间孰真乐？心境遇相适。华屋与茅茨，何足系欣戚……真一拨新酿，九华袭前哲。"① 此即陈寅恪所论陶氏之"融合精神于运化之中，即与大自然为一体"。

苏过《次韵渊明正月五日游斜川韵》是其诗中最具渊明风神韵致之作：

春阴翳薄日，磻石俯清流。心目两自闲，醉眠不惊鸥。……澄江可寓目，长啸忘千忧。倘遂北海志，余事复何求。②

他陶醉于隐居的自由之中：

吾庐不知暑，心闲自清凉。醉乡岂难入？不假陶令觞。③

陶令因"心远"而不闻"车马喧"，小坡因"心闲"竟连暑热也"不知"了；陶令之醉意尚须饮酒，小坡之"醉乡"连酒亦不必饮了。

不过，自由从来就不是无代价的，放弃仕禄、忍受贫困便是最基本的代价。陶渊明真正做到了弃仕禄而求自由，而苏过终未能做到这一点。当朝廷对元祐党人的迫害稍有缓和，他有了出仕机会时，他之学陶便由前半生别无选择的轻松，变成了两难选择的沉重。他因此而处于行为和心灵分裂的痛苦之中。他终于还是出仕了。这是颇具宋人特色的精神现象：厌仕而不弃，学陶而不隐。就人生理念而论，陶渊明是"外儒内道"，唯"不归命释迦"④，执意弃官归隐而不肯"随缘"。宋人则儒、道、释兼容，对佛教哲学中的"随缘"观深以为然。故宋人学陶主要是学其独立、自由的人格精神，超脱平淡的处世情怀，任真率性的生活态度，"质而实绮，癯而实腴"⑤ 的诗风，而不取其归隐田园的生活方式。

苏过以"随缘"之心为官，以解家人口腹之急，正所谓"一廛未有归耕处，五斗聊为束带人"⑥。他为此不免"隐忧浩无边"⑦，因而又须借渊明精神

---

① 《斜川集校注》，第50页。
② 《斜川集校注》，第37页。
③ 《斜川集校注》，第159页。
④ 陈寅恪：《陶渊明之思想与清谈之关系》，见《陈寅恪史学论文选集》，上海古籍出版社1992年版。
⑤ 〔宋〕苏轼：《东坡续集》卷三。
⑥ 《斜川集校注》，第330页。
⑦ 《斜川集校注》，第249页。

以消遣烦忧：

> 地偏心远人知少，酒熟诗成我自欢。①
> 倦飞偶学陶彭泽，示疾还同老居士。②

在此期间他有许多诗篇言及此意。

陶渊明《五柳先生传》所描写的诗意的自由，是苏过最为神往的人生佳境。"斜川终拟学渊明。"③ 陶渊明50岁时作《游斜川》诗，苏过便特地选择了自己50岁这一年，卜居城西，"营水竹可赏者数亩，则名之曰小斜川，自号斜川居士"④。今《斜川集》卷六有《小斜川并引》详写此意。

慕渊明隐逸之事，效渊明自由情怀，此即"斜川居士"之意。惜天不假其以寿，斜川居士52岁猝辞人世，终未能如陶渊明那样隐居以享天年⑤。

三、 对传统文化博采兼容、偏取自由，是斜川之志的价值取向

仕与隐是士人的两难选择。但苏过在大半生中并没有选择仕途的机会。这使他顺理成章地学陶、学庄、学佛、学一切自由隐逸的生存范式。他因而对前代文化中的自由思潮情有独钟，不论学派门户，凡自由思想皆兼收并蓄，表现出既宽容又明确的文化选择倾向。虽然他在最后10年中曾七载为吏，但其自由哲学早已定型。斜川之志就是这种文化选择的产物。虽然斜川居士之名因陶而得，但斜川之志的文化内涵却不止于陶。以下择要言之。

1. 了悟无常的人生虚幻意识和乐生观

苏过诗文中屡见一种融合庄、释，师承苏轼的人生虚幻意识。人生因无常而显得虚幻，这是苏轼终生咏叹的生命主题，也是传统文人乃至人类普遍咏叹的生命主题。苏过出入于庄、释，对人生短促、人生如梦、人生无常的感叹一如乃翁：

> 人生露电非虚语。⑥

---

① 《斜川集校注》，第247页。
② 《斜川集校注》，第392页。
③ 《斜川集校注》，第408页。
④ 〔宋〕晁说之：《宋故通直郎眉山苏叔党墓志铭》。
⑤ 陶渊明享年76岁。参袁行霈《陶渊明研究·陶渊明享年考辨》，北京大学出版社1997年版。
⑥ 《斜川集校注》，第8页。

人生如寄何足道，富贵贫贱隙白驹。①
百年过隙尔，朝不及谋夕。②
劳生养此梦幻躯。③
嗟我晚闻道……萧然百忧释，梦觉两于于。④
世间出世何由并，一笑荣枯等幻尘。⑤

  这些话取意于庄、释，而归根到底乃缘于人类对自身生存之无常性难以把握而产生的困惑。
  所谓生存无常，比如生老病死、悲欢离合、富贵贫贱、荣辱穷达、祸福得失等，都具有难凭意志控制的无常性，或曰偶然性。这些无常和偶然本来也是实在的，但由于它们破坏了人类对恒常和必然的信心，因此便引发人们对变幻莫测的生存产生无常、虚幻之感。越是智慧者，越容易对此敏感。
  既如此，那么个体生命当如何自处呢？苏过曰："人生行乐耳。"⑥此"乐"并非一般的世俗之乐，而是"物外闲人"的精神自娱。这种"乐"或如庄子式的"至乐"——"破铛折脚自烹煮，中有至乐人所无"⑦，或如孔、颜乐处——"吾闻颜氏子，箪瓢欢有余。不知外慕乐，服膺在诗书"⑧，或如孔、曾"浴沂"之乐——"敢师浴乎沂"⑨"雅志追沂浴"⑩。
  庄子的至乐以无为为前提，以精神自由为标的；孔、颜之乐以乐道为旨归；孔、曾之乐以自由和优雅为志愿。这都是精神贵族的高雅之乐。然而人类并不能离开物质而生存，那么，怎样处理内心与外物的关系，才能在困窘的生活中保证精神之高贵和快乐呢？

2. 齐同物我、心游物外、随缘自适的平淡情怀

  有限与无限、生与死、仕与隐、富贵与贫贱、苦与乐、祸与福、是与非等本来都是人生必须面对的实际问题，但在庄、释哲学中，它们却变成虚幻缥缈、可以超越的心外之事物了。庄子用相对主义，释家则以虚无主义来否定它

---

① 《斜川集校注》，第 110 页。
② 《斜川集校注》，第 22 页。
③ 《斜川集校注》，第 14 页。
④ 《斜川集校注》，第 338 页。
⑤ 《斜川集校注》，第 59 页。
⑥ 《斜川集校注》，第 23 页。
⑦ 《斜川集校注》，第 14 页。
⑧ 《斜川集校注》，第 338 页。
⑨ 《斜川集校注》，第 23 页。
⑩ 《斜川集校注》，第 73 页。

们对于人生的价值差异，引导人们漠视一切心外之物，齐同物我，解除对长寿、名利、俗生享乐的迷恋，从而使主体精神进入一种超脱俗生世事、物我两忘、自然而然、随缘自适的快乐境界。苏轼"黄州、惠州、儋州"的谪居之作就充分地演绎了这种达观万物、超脱世事的适性逍遥精神。

苏过熟稔庄、释哲学，他的诗文中，充盈着庄、释精神。绍圣二年（1095）他在惠州作《飓风赋》，因飓风而论"大小出于相形，忧喜因于所遇"的相对之理，借大鹏以示不忧不惧之意。元符元年（1098）在儋耳作《志隐》，以苏轼所信奉的顺应自然、随遇而安、安贫乐道的思想来宽慰父亲：

子知鱼之安于水也，而鱼何择夫河汉之与江湖？

他在惠、儋时期写的诗文，有许多都含有援庄、释以宽慰父亲的用意：

世间出世无两得……不涉忧患那长生……人生露电非虚语，大椿固已悲老彭。蓬莱方丈今咫尺，富贵敝屣孰重轻。①

他在安慰父亲的同时，其实也在安慰自己。庄与释是他终生的精神伴侣。他熟练地掌握了庄子"齐物"、相对的思维方式，从而对荣辱穷达等一切生之系累有了解脱之道：

达人齐万物，愚士蔽一曲。②
人间何往不自适，陵生且复为陵鸟。③

他又从禅学中找到了同样能安顿灵台的法门。在郏县居丧，他结束了多年侍亲的劳顿，得以静下心来思前想后。《北山杂诗十首》最能代表他此时的心态："不如观此心，安用徒劳苦。湛然返灵源，当求无所住。"④ 他以佛门居士自命："在家空学小乘禅。"⑤ 居颖 10 年，他常和叔父、朋友谈禅："掩关颇得

---

① 《斜川集校注》，第 8 页。
② 《斜川集校注》，第 196 页。
③ 《斜川集校注》，第 284 页。
④ 《斜川集校注》，第 148 页。
⑤ 《斜川集校注》，第 148 页。

禅家味。"① "公今观此心，湛然忘客主。坐了一大缘，固已遗能所。"② 他虽未遁迹沙门，却自信通晓佛理："我观浮屠法，成佛须我曹。"③

然而他毕竟无心皈佛，他像父亲一样，实在是个杂家。不过他不像父亲那样始终以儒学为本位，他是个自由的杂家。《和母仲山雨后》其四可见其融庄、释、陶于一炉：

能琴何必弦？但晓琴中趣④。学道何所得？知迷即真悟。
尝观指非月⑤，要似足忘履⑥。归吾无所归，兹焉定归处。

他还把道教神仙之说纳入自由哲学的大拼盘。居颍所作《叔父生日四首》《次韵叔父黄门己丑岁除二首》等，即类杂家之篇什。

3. 厌仕忘忧、思慕隐逸的自由愿望

不论观念构成多么庞杂，其实斜川之志的要义终不离两端：身求隐逸，心求自由。因此，他所思慕的都是远离仕宦的自由人。学陶、学庄，已如前述，其他如巢、由、夷、齐、沮、溺等上古隐君子，都是他精神乐园中备受思慕的前贤（例证略）。范蠡、张良功成身退，苏过对他们的功业不感兴趣，却仰慕其扁舟五湖的自由和潇洒，明哲保身的睿智。还有淡漠功名、甘于平淡的马少游，更是苏过终生认同的精神朋友。自由意味颇浓的魏晋人物也颇得其赞同。儒家士人的自由生存范式，苏过同样乐于接受。如此种种，兹不详述。

结　　语

斜川居士虽如东坡居士融汇儒、道、释诸家之生命哲学，然亦有所不同。苏轼自幼即有"范滂"之志，自入仕途后，一直心存一份"达则兼济天下"的热忱，因而他首先是一位儒者，而且最终仍是儒中之达者。只是在仕途坎坷穷困之际，他才援道、释入儒，以自由精神自救。而苏过则纯然是一位自由士人，斜川之志就是自由之志。他根本就看透了"兼善天下"的理想是无法自主实现的。从父辈的经历中，他得到的主要是对济世理想的否定，并因此而由

---

① 《斜川集校注》，第 150 页。
② 《斜川集校注》，第 152 页。
③ 《斜川集校注》，第 235 页。
④ 《晋书·陶潜传》："性不解音，而蓄素琴一张，弦徽不具。每朋酒之会，则抚而和之，曰：'但识琴中趣，何劳弦上声。'"
⑤ 《楞严经》卷二有关于指与月之辩。
⑥ 《庄子·达生》："忘足，履之适也……忘是非，心之适也。"

衷地向往布衣文士自由独立的生存境界。在物质的贫困与精神的富有无法相容时，他宁愿选择后者；在功名利禄与自由独立无法相容的情况下，他宁愿选择后者。苏轼疏离仕途，学陶以自娱，援道、释以自救，多少有点不得已而为之的意味；而这一切对苏过而言，自觉自愿的意味就比苏轼多得多。苏过的一生是平淡的，远不及苏轼波澜起伏。但他的平淡正可谓"外枯而中膏，似淡而实美"，平淡中蕴藏着中国文化源远流长的自由传统，显示着宋代文人普遍钟爱的渊博、达观、宽容、淡泊的情怀。

（刊于《广东社会科学》2000 年第 2 期）

稼轩词与《世说新语》

一

熔铸经史、驱遣故实，是稼轩词的主要特色之一，也是后人笺注稼轩词特别关注之处。邓广铭《稼轩词编年笺注（增订本）·例言》云："明悉典故则词中之涵义自现，揆度本事则作者之宅心可知。""兹编之注释，唯以征举典实为重……故凡其确为脱意前人或神化古句者，亦皆为之寻根抉原，注明出典。"① 邓《笺》在注释典故方面用力甚勤，旁征博引，力求考其原出之典及其演变之迹，在辛词研究史上，是迄今最佳注本。

然笺注之学，实无涯涘，虽博学者亦难免疏漏，况注者之于作者，唯"揆度"而已。譬如稼轩词用《世说新语》② 典甚多，邓《笺》于此亦颇留意，共注引《世说》典故109处。然而细勘稼轩词，笔者发现典出《世说》

---

① 〔宋〕辛弃疾撰、邓广铭笺注：《稼轩词编年笺注（增订本）》，上海古籍出版社1993年版，第46～47页。以下简称邓《笺》，下引辛词皆依此书，只注页次，不注版本。

② 以下简称《世说》。本文引用皆依余嘉锡撰，周祖谟、余淑宜整理《世说新语笺疏》，中华书局1983年版，不再出注版本。其每篇之内，每则均有编号，本文皆依之。

者不止于此，另有邓《笺》注引《晋书》而典故实出《世说》者24处①。还有用《世说》典故而邓《笺》未注者9处如下：

（1）第9页："看尊前飞下，日边消息。"第27页："长安路远。"

《世说·夙慧》3：

> 晋明帝数岁，坐元帝膝上。有人从长安来……因问明帝："汝意谓长安何如日远？"答曰："日远。不闻人从日边来，居然可知。"元帝异之。明日集群臣宴会，告以此意，更重问之。乃答曰："日近。"元帝失色，曰："尔何故异昨日之言耶？"答曰："举目见日，不见长安。"

此后，"日近长安远"渐成典故，含君臣远隔之意。审《满江红》词，"日边消息"显然是指来自帝都的消息。《水调歌头》作于淳熙元年（1174）冬。邓《笺》云："据'依刘客'，疑是作于江东安抚司参议官时。"此时稼轩沉滞下僚，颇有仕途蹭蹬、难得君王知遇之感，因而有困惑功名，怀归思隐之意。则"长安路远"当是用此典故无疑。邓《笺》于此二词失注。然邓《笺》于第211页《鹊桥仙》"道日近长安路远"句下注引此典。

（2）第156页："今宵池上蟠桃席，咫尺长安日。"

此词题下有序云"寿赵文鼎提举"，上阕用"看取明年归奉万年觞"，祝愿赵鼎能像班超那样功成名就。此当是反用"日近长安远"典故，祝愿友人

---

① 依邓《笺》页次：第8页"依是嵚崎可笑人"。（邓《笺》注引《晋书·桓彝传》，与《世说·容止》20同）第9页"依然画舫青溪笛"。（邓《笺》注引《晋书·桓伊传》，与《世说·任诞》49同）第12页"却忆安石风流，东山岁晚"，第145页"东山歌酒"，第277页"东山风月……留得谢公否"，第396页"谢公直是爱东山"。（邓《笺》注谢安东山故事多引《晋书·谢安传》，然《世说》载谢安东山事甚多，若用《赏誉》77、《排调》26、《排调》32作注则最贴切）第57页"是使君文度旧知名"。（邓《笺》引《晋书·王坦之传》，《世说》有关王文度的记载共8条，以《赏誉》126作注最佳）第68页"可惜南楼佳处"，第314页"老子兴不浅"，第338页"南楼老子"，第480页"月明谁伴，吹笛南楼"。（邓《笺》于此数句之下皆引《晋书·庾亮传》，与《世说·容止》24同）第70页"筇鼓归来，举鞭问何如诸葛"。（邓《笺》引《晋书·山简传》，与《世说·任诞》19同）第128页"醉把西风扇，随处障尘埃"，第523页"毕竟尘污人了"。（邓《笺》引《晋书·王导传》，与《世说·轻诋》4同）第145页"夷甫诸人，神州沉陆，几曾回首"，第240页"叹夷甫诸人清绝"，第257页"夷甫诸人堪笑"。（邓《笺》于此数句下均引《晋书·桓温传》，与《世说·轻诋》11同）第256页"便觉君家叔度，去人未远"。（邓《笺》引《晋书·郭奕传》，与《世说·赏誉》9同）第356页《兰陵王·赋一丘一壑》，第372页"一丘一壑吾事"，第373页《鹧鸪天·登一丘一壑偶成》。（邓《笺》注引《汉书》及《晋书·谢鲲传》，后者与《世说·品藻》17同）第376页"似谢家子弟，衣冠磊落"。（邓《笺》引《晋书·谢玄传》，与《世说·言语》92同）第480页"渐米矛头"。（邓《笺》引《晋书·顾恺之传》，与《世说·排调》61同）第498页"看公风骨，似长松磊落，多生奇节"。（邓《笺》引《晋书·庾敳传》，与《世说·赏誉》15同）

仕途畅达。

（3）第 150 页："柄玉莫摇湘泪点，怕君唤作秋风扇。"

邓《笺》于此句只注"秋风扇"而未注"柄玉"。《世说·容止》8："王夷甫容貌整丽，妙于谈玄，恒捉白玉柄麈尾，与手都无分别。""柄玉"当是用此典故。

（4）第 187 页："只因买得青山好。"

《世说·排调》28："支道林因人就深公买印山，深公答曰：'未闻巢由买山而隐。'"稼轩罢官闲居，置业隐居，正戏用此典（邓《笺》虽于此未注，但在第 131 页《水调歌头》"买山自种云树"句下注引《世说》此语，然误注为《言语》篇）。

（5）第 470 页"一丘一壑"，第 471 页"吾亦有，一丘壑"，第 474 页"吾有志，在丘壑"。

《世说·品藻》17："谢鲲……曰：'……一丘一壑，自谓过之。'"邓《笺》于此三处未注，然于此前三处"一丘一壑"均有注。

（6）第 422 页："谢公雅志还成趣，记风流中年怀抱，长携歌舞。"

邓《笺》未注"长携歌舞"句。《世说·识鉴》21："谢公在东山畜妓，简文曰：'安石必出。既与人同乐，亦不得不与人同忧。'"孝标注：宋明帝《文章志》曰：安纵心事外，疏略常节，每畜女妓，携持游肆也。

笺注之学，于典故当首勘原出，次究流变。《晋书》之编撰，"取刘义庆《世说新语》与刘孝标注一一互勘，几乎全部收入"[①]。所以，《晋书》与《世说》相同之典故，固当先注《世说》为善。

以上 33 条，合邓《笺》已注《世说》之 109 条，共 142 条。稼轩词所用《世说》典故或许不止于此。

另有 2 条邓《笺》注引《世说》，而《世说》无此，实出《晋书》者：

（7）第 158 页："此语更痴绝，真有虎头风。"

（8）第 372 页："我怜君，痴绝似，顾长康。"

邓《笺》注云：

《世说新语·巧艺》篇注引《续晋阳秋》："恺之尤好丹青……"按：顾恺之字长康，小字虎头。世谓顾有三绝：画绝，文绝，痴绝。

邓《笺》未说明"三绝"出处。查《世说》无此语，而《晋书》卷九十

---

① 〔清〕永瑢等：《四库全书总目》卷四十五，中华书局 2003 年版。

二《文苑》顾恺之传云:"俗传恺之有三绝:才绝、画绝、痴绝。"

二

稼轩词用《世说》典故之多,前无古人。在稼轩之前,东坡词亦多用《世说》典故,360首词中,用《世说》典50多处。① 然而无论是从绝对数量还是从比例看,都少于稼轩。《世说》36门,稼轩词用其典故涉及27门,主要集中在《言语》《识鉴》《容止》《任诞》《排调》等。有些典故反复使用,如用谢安"中年伤别"典9次,张翰"思莼羹鲈脍"典10次,周凯"金印明年斗大"典5次,庾亮"南楼佳兴"4次。甚至在一首词中连用《世说》数典,如邓《笺》第479页《雨中花慢》下阕:"浑未解倾身一饱,淅米矛头。心似伤弓塞雁,身如喘月吴牛。晓天凉夜,月明谁伴,吹笛南楼?"其中"淅米矛头""喘月吴牛""吹笛南楼"三典皆出《世说》。观稼轩一生所作词,始终用《世说》典故。从乾道三年(1167)或四年(1168)步入词坛之初所作8首《浣溪沙》始用《世说》典,其后无论是带湖、瓢泉之什,还是江淮、七闽、两浙之什,都从未间断地大量化用《世说》典故,直至开禧三年(1207)逝世前所作《归朝欢》(邓《笺》第559页),仍用《世说》的《赏誉》和《容止》典故。

稼轩如此心仪《世说》,频繁使用《世说》典故,与当时《世说》的广泛传播有关。宋代印刷出版业长足进步,使书籍传播大为便利。北宋时《世说》已是流行之书,《崇文总目》即录有"《世说》十卷"。绍兴八年(1138)董棻刻本《世说》题跋云:"余家旧藏,盖得之王原叔家,后得晏元献公手自校本……最为善本。"② 汪藻(1079—1154)《世说叙录》③ 于《世说》书名下有双行注文:"晁文元、钱文僖、晏元献、王仲玉、黄鲁直家本皆作《世说新语》。"沈作喆〔绍兴五年(1135)进士〕《寓简》④ 卷八:"黄鲁直离《庄子》《世说》一步不得。"孔平仲曾"撰取宋齐梁陈隋唐五代事迹,依刘义庆《世说》之目而分隶之成书十二卷,写成《续世说》"⑤。南宋时《世说》刊本渐多,刘应登《世说新语·序》中说:"丙戌长夏,病思无聊,因手校家本,

---

① 参郭幸妮《东坡词与〈世说新语〉》,见《词学》第十四辑,华东师范大学出版社2003年版。
② 余嘉锡撰,周祖谟、余淑宜整理:《世说新语笺疏》,中华书局1983年版,第933页。
③ 文学古籍刊行社1956年影印出版王利器校订的日本影宋本《世说新语》,汪藻《世说叙录》亦一并影印。森野繁夫的《世说新语考异的价值》(载日本《中国中世文学研究》1963年第3期)专论《世说叙录》。
④ 《四库全书》本。
⑤ 《四库未收书目提要》,见〔清〕永瑢等《四库全书总目》附录,中华书局2003年版。

精刊其所注，间疏其滞义。明年以授梓，乃五月既望梓成。"① 今存《世说》较早的几种都是南宋刻本，据余嘉锡《世说新语·凡例》所述：一是宋高宗绍兴八年的董棻刻本，一是宋孝宗淳熙十五年（1188）的陆游刻本，一是淳熙十六年（1189）的湘中刻本。这几种重要刻本刊行之际正是稼轩生活时期，他和朋友们作词多用《世说》典故，甚至常常对某类典故有共同的兴趣，说明他们不仅熟悉《世说》，而且还有可能交流阅读《世说》的心得。

陈亮词今存74首，用《世说》典故10多次②。刘过词今存80余首，用《世说》典10余次③。陈、刘二人所用《世说》典故，稼轩词多数都用过，可见他们对《世说》有共同的爱好。

稼轩多用《世说》典故，亦性情所至。他的性格气质、禀赋才具、处境际遇，以及对词与酒的嗜好，综合形成一种名士风度，所以在时人和后人心目中，稼轩就像《世说》之名士再生。如邓《笺》附录一《诸家赠酬词》：

凤蕴机权才略……言语妙天下，名德冠朝绅。绣衣节，移方面，政如神。（韩玉《水调歌头·上辛幼安生日》）

诗书帅，坐围玉，麈挥犀。兴方不浅，领袖风月过花期。（杨炎正《水调歌头·呈辛隆兴》）

斗酒彘肩，风雨渡江，岂不快哉。被香山居士，约林和靖，与东坡老，驾勒吾回。……须晴去，访稼轩未晚，且此徘徊。（刘过《沁园春·寄辛承旨》）

领千岩万壑岂无人，唯见稼轩来。……江左风流旧话，想登临浩叹，白骨苍苔。（张镃《八声甘州·秋夜奉怀浙东辛帅》）

---

① 余嘉锡撰，周祖谟、余淑宜整理：《世说新语笺疏》，中华书局1983年版，第931页。
② 据〔宋〕陈亮著、夏承焘校笺《龙川词校笺》，上海古籍出版社1982年版；姜书阁笺注《陈亮龙川词笺注》，人民文学出版社1980年版。如《水调歌头》"太平胸次，笑他磊块欲成狂"，用《世说·任诞》51"阮籍胸中垒块"典。《念奴娇》"因笑王谢诸人……小儿破贼，势成宁问疆对"，连用《世说·言语》31"过江诸人"和《世说·雅量》35"小儿辈大破贼"二典。《贺新郎》"树犹如此堪重别"，用《世说·言语》55"木犹如此"、62"中年伤别"典。《渔家傲》"题诗落帽从来惯"，用《世说·识鉴》16注《嘉别传》"风吹嘉帽坠落"典。《浣溪沙》"爽气朝来"，用《世说·简傲》13"西山朝来，致有爽气"典。
③ 据马兴荣《龙洲词校笺》，江西人民出版社1999年版。如《沁园春》"看玉山自倒"，用《世说·容止》5嵇叔夜、12裴楷典。《沁园春》"印金如斗"，用《世说·尤悔》6"金印如斗"典。《沁园春》"醉拍如意"，用《世说·豪爽》4王处仲击唾壶典。《沁园春》"奇俊王郎"，用《世说·贤媛》26谢道韫典。《糖多令》"望星河低处长安"，用《世说·夙慧》3"举目见日，不见长安"典。《贺新郎》"弹铗西来"，用《世说·容止》7潘岳挟弹西出典；"酒酣箕踞"，用《世说·简傲》1阮籍"箕踞啸歌"典。《水龙吟》"读罢离骚，酒香犹在"，用《世说·任诞》53饮酒读离骚便称名士典；"一夜雪迷兰棹……寻安道"，用《世说·任诞》47王子猷雪夜访戴典。

记当年,赋得一丘一壑,天鸢阔,渊鱼静;莫击磬,但酌酒,尽从容。(程珌《六州歌头·送辛稼轩》)

想先生跨鹤归去,依然上界官府。胸中丘壑经营巧,留下午桥别墅。(章谦亨《摸鱼儿·过期思稼轩之居……》)

恍疑南涧坐,挥谈麈。霁月光风,竹君梅侣,中有新亭泪如雨。(王恽《感皇恩·与客读稼轩乐府全集》)

这些评价不免有过誉处,但却传神写意,非常形象地描绘出一位文才武略的大名士:以失意英雄而作山林高士。稼轩之爱《世说》,众人皆知,所以他们写给稼轩的词,也动辄用《世说》典故。从稼轩词用《世说》典故以及朋友们把他比作《世说》人物的情况看:稼轩之爱《世说》,用《世说》,其实正是他对生命的一种审美化的理解和追求。这又与中国的名士文化传统有关。

《世说》之流行,稼轩之心仪《世说》,正是中国名士文化流衍之必然。东汉后期,名士之风大兴,《后汉书》列传中大量记载名士事迹,《三国志》以下南朝诸史之列传,都有大量的名士故事。魏、晋时代是中国历史上最崇尚名士的时代,皇甫谧《高士传》和刘义庆《世说新语》,都成书于此时。名士已经成为社会和历史予以高度关注和赏誉的一种人生范式。所谓名士,与一时一事之名人有别。名士首先是士,而且是士人中德、才、识、艺出类拔萃者,其性情修养、言行举止必有脱俗而特立之处,代表着他所生活时代的人格理想,是那一时代审美精神的标志和象征。名士并无朝野之分,且品类各异,举凡缙绅、政要、隐士、僧道等,皆可能有名士。唐代仍然崇尚名士,杜甫《饮中八仙歌》就是从豪饮的角度对一时名士的赞美。甚至在安史之乱时期,大名士房琯还被委以军国大任,结果重演了王夷甫式的国家败绩。[①] 流行了数百年的名士文化于此际受挫。然而自晚唐至北宋,名士文化又渐次复兴。赵宋王朝崇文重士,复苏了士人们骨子里的名士意识。两宋人修史或记时事,又有标榜名士的倾向。两宋时期自然也出现了一些名士,如林逋、寇准、苏轼、米芾、姜夔、辛弃疾、刘过等。尤其是南宋社会与东晋相类,名士文化更加流行。《世说》之流行,正是名士文化复兴的标志之一。宋人常以"晋宋间人"誉人论艺,即与《世说》有关。比如苏轼《题唐氏六家书后》:

张长史草书颓然天放,略有点画处而意态自足,号称神逸……今长安犹有长史真书《郎官石柱记》,作字简远,如晋宋间人。

---

① 参《旧唐书》卷一百一十一《房琯传》。

《文献通考》卷二四五载《邵茂诚诗集》东坡序略曰：

茂诚出其诗数百篇，余读之弥月不厌，其文清和妙丽，如晋宋间人，而诗尤可爱，咀嚼有味，杂以江左唐人之风。

《书录》（宋董更撰）卷中载：

山谷云：荆公书法奇古，似晋宋间人笔墨。

陈郁（宋理宗时人）《藏一话腴》内编卷下：

白石道人姜尧章，气貌若不胜衣，而笔力足以扛百斛之鼎；家无立锥，而一饭未尝无食客。图史翰墨之藏，充栋汗牛。襟期洒落如晋宋间人。意到语工，不期于高远而自高远。

袁说友（南宋人）《成都文类》卷四十四载谭篆《也足轩记》：

余林下友锦官李潜夫，风流如晋宋间人。

张世南（南宋人）《游宦纪闻》卷一载：

刘过……自谓晋宋间人物。

辛弃疾《鹧鸪天》称吴子似：

羡君人物东西晋。①

"晋宋间人"其实是宋人对《世说》名士的别称。稼轩以名士自期自赏，在词中征引《世说》名士典故，或为自我比况，或为对朋友的赏誉或勉励，总之是引《世说》以印证自己对名士人生的一些审美体验。因此，可以说，以《世说》入词，对他来说不只是以学问为词，更是与古人进行超时空的心灵观照、文化认同，在人文与自然、历史与现实、此在与彼在等诸多维度上，

---

① 邓《笺》，第440页。

体认生命的价值、意义和美感。

三

稼轩词援引《世说》典故，乃以名士风流为中心，主要表现为稼轩悲情、稼轩狂兴、稼轩清趣 3 种互有关联的精神境界。

1. 稼轩悲情

稼轩是一位悲情英雄，他的悲主要是国家之悲和英雄失路之悲，《世说》中此类悲情典故很容易引起他的共鸣，这是稼轩词最动人之处。如《世说·轻诋》11 则载桓温斥王夷甫语，稼轩词三用此典，责备"夷甫诸人"清谈误国①。又两用《世说·言语》过江诸人新亭对泣典故②表达国家之悲。

稼轩很喜欢谢安，他用谢安典故最多的是"东山之志"，计有 7 处③。《世说》载谢安东山高卧本出于性情，并非被迫，但因天下苍生望其出以救世，终不免出焉，是所谓东山再起。稼轩自负文才武略，恒以将兵报国、恢复中原为念，却被迫流连于诗酒山水间，前后 20 余年，其壮心难泯，一直等待东山再起之机，故于词中屡用谢安"东山""远志"之典。他的侧重点当然不是"高卧"，而是"再起"。他的这番心事，当时很多朋友都颇能理解，比如杨炎正《鹊桥仙·寿稼轩》曰：

筑成台榭，种成花柳，更又教成歌舞。不知谁为带湖山，收拾尽壶天风露？　闲中得味，酒中得趣，只恐天还也妒。青山纵买万千重，遮不断诏书来路。

又《满江红·寿稼轩》：

好把袖间经济手，如今去补天西北。

赵善括《满江红·辛帅生日》：

---

① 参邓《笺》第 145 页《水龙吟》、第 240 页《贺新郎》、第 257 页《水调歌头》。
② 参邓《笺》第 145 页《水龙吟》、第 542 页《汉宫春》。
③ 邓《笺》第 12 页《念奴娇》："却忆安石风流，东山岁晚，泪落哀筝曲。"第 145 页《水龙吟》："东山歌酒。"第 277 页《水调歌头》："试问东山风月……留得谢公否？"第 396 页《玉楼春》："谢公直是爱东山，毕竟东山留不住。"第 500 页《洞仙歌》："凭谁问：小草何如远志？"第 550 页《瑞鹧鸪》："小草旧曾呼远志。"第 521 页《水龙吟》："须信此翁未死，到如今凛然生气……甚东山何事，当时也道，为苍生起。"

天赋与飘然才气，凛然忠节。颖脱难藏冲斗剑，誓清行击中流楫。……待吾皇千载带金重，头方黑。

又《醉蓬莱·前题》：

有志澄清，誓击中流楫。①

然而他并未等到这样的机会，这就积郁为他的另一重悲哀——怀才不遇之悲。无论屈沉下僚，还是赋闲山林，终其一生，无法释然。如果说阮籍胸中垒块，尚可以酒浇之②，那么稼轩则是"写尽胸中，块磊未全平"③。他做梦都想"八百里分麾下炙"④，但却只能在带湖的墙壁上"书咄咄，且休休"⑤。翘首"长安"，苦盼君命："长安路远，何事风雪敝貂裘……功名事，身未老，几时休？诗书万卷，致身须到古伊周。"⑥ "莫贪风月卧江湖，道日近长安路远。"⑦ 此用《世说·夙慧》3"举目见日，不见长安"典故，喻君臣远隔。然而这等待不仅漫长，而且近乎无望，这就使他常常感慨有限生命的无情消逝。他两用《世说·言语》55"木犹如此，人何以堪"典，《水龙吟》云："可惜流年，忧愁风雨，树犹如此。倩何人唤取，红巾翠袖，揾英雄泪？"⑧ 这是著名的"稼轩悲情"，其悲更甚于桓温，因为他连"北征"的机遇都没有。这是那个时代忧国之士普遍的悲哀，稼轩的朋友姜夔也曾有过同样的感慨："谁得似长亭树？树若有情时，不会得青青如此。"（《长亭怨慢》）朝廷不思恢复，他只能徒叹生命蹉跎而无可奈何：

还记得梦中行遍，江南江北。佳处径须携杖去，能消几緉平生屐？⑨

此用《世说·雅量》15"未知一生当着几量屐"之叹。这是一种深刻的生命悲哀。高度的自信、高远的理想与无奈的蹉跎在敏感的生命意识中构成强

---

① 上引四词均见邓《笺》附录。
② 参《世说·任诞》51。
③ 邓《笺》，第168页。
④ 邓《笺》，第242页。用《世说·汰侈》典："王武子射杀王君夫牛，食牛心。"
⑤ 邓《笺》，第188页。用《世说·黜免》典："殷中军被废……书'咄咄怪事'。"
⑥ 邓《笺》，第27页。
⑦ 邓《笺》，第211页。
⑧ 邓《笺》，第34页。另一处是第50页《霜天晓角》："休说旧愁新恨，长亭树，今如此。"
⑨ 邓《笺》，第60页。

烈的反差，从而常常引发深沉的伤逝惜时之悲。他等不到东山再起的机会，只能遗恨"东山"，伤逝复伤别："还自叹中年多病，不堪离别！"① 他特别强调："这情怀只是，中年如此。"② 此用《世说·言语》62 谢安中年伤别之典。这一典故，稼轩九用于词③，其意蕴已经远远超出原典。其实人生之离别，并不都是令人伤感的，唯悲情之人最易伤别惜逝，而怀才不遇者的中年时段，悲情尤盛。稼轩的中年情怀，深蕴着古典文士对生命价值的最高关怀：我何异于众生？我何益于众生？

缘于怀才不遇的悲愤，缘于蹉跎岁月的悲怨，缘于伤逝伤别的悲哀，构成了内涵丰富、层次微妙的稼轩悲情。这种悲情在他赋闲山林的自由情境中，很容易转变为另一种精神状态——

2. 稼轩狂兴

狂是一种疏离绳检、放纵激情的生命状态④。稼轩词借《世说》典故表现的狂，有时是"了却君王天下事"⑤ 的进取狂想，但主要是"酒圣诗豪"⑥ 的兴致。前者如《世说·尤悔》6："周曰：'明年杀诸贼奴，当取金印如斗大，系肘后。'"稼轩五用此典，4 次是以豪语勉人⑦，1 次是自作狂言：

千丈擎天手，万卷悬河口。黄金腰下印，大如斗。更千骑弓刀，挥霍遮前后。⑧

但这种借酒放纵的宣泄式狂想，只能为他带来非常短暂而虚幻的兴奋，长久而真实的则是失望。在漫长的闲居岁月里，做个山林诗酒名士，对稼轩来说才是既切实又容易的开心事。《世说·任诞》21 则毕茂世云："一手持蟹螯，一手持酒杯，拍浮酒池中，便足了一生。"同篇 53 则王孝伯言："名士不必须奇才，但使常得无事，痛饮酒，熟读《离骚》，便可称名士。"这话有调侃名

---

① 邓《笺》，第 147 页。
② 邓《笺》，第 325 页。
③ 另见第 68 页《水调歌头》、第 134 页《小重山》、第 139 页《满江红》、第 206 页《昭君怨》、第 215 页《鹧鸪天》、第 277 页《水调歌头》、第 422 页《贺新郎》。
④ 参拙文《中国文化中的"疏狂"传统与宋代文人的"疏狂"心态》《苏轼外任或谪居时期的疏狂心态》，见拙著《宋代文化与文学研究》，中国社会科学出版社 2002 年版。
⑤ 邓《笺》，第 242 页。
⑥ 邓《笺》，第 216 页。
⑦ 邓《笺》第 26 页《西江月·为范南伯寿》、第 70 页《满江红·贺王帅宣子平湖南寇》、第 153 页《水龙吟·再……寿南涧》、第 445 页《西江月·寿祐之弟》。
⑧ 邓《笺》，第 334 页。

士之意或玩世不恭之味。其实名士必须有奇才，有奇才而玩世不恭，是真名士的假颓废。稼轩即此，他五用此典①，曲折地表示怀才不遇的怨愤和抗议，同时也寻求一些宣泄的快感。他认为自己就是个古今罕有的清狂名士，比《世说》中的狂诞之士还要狂："江左沉酣求名者，岂识浊醪妙理？……不恨古人吾不见，恨古人不见吾狂耳。"②

他特别心仪《世说》名士的纵酒狂放，山简"时出酣畅"③，刘伶"以酒为名"④，阮籍嗜酒荒放⑤，"竹林七贤"风流林下⑥，甚至毕茂世"饮酒废职"⑦，在他的心中笔下，都是狂傲放纵、高蹈远引的自由生命之美。大名士的千秋酒趣，令稼轩陶醉，然而他并没有迷失自我，"不是长卿终慢世，只缘多病又非才"⑧，自负，不甘心，幽怨，但又无奈。这是稼轩狂兴的特质——很美，也很悲凉。

南宋文人对于《世说》之酒意颇有会心，叶少蕴《石林诗话》卷下云：

晋人多言饮酒有至于沉醉者，此未必意真在于酒。盖时方艰难，人各惧祸，惟托于醉，可以粗远世故。……如是，饮者未必真饮，醉者未必真醉也。⑨

稼轩视酒为解愁破闷之药，"问何方可以平哀乐？唯是酒，万金药"⑩。"穷自乐，懒方闲，人间路窄酒杯宽"⑪，再佐以渊明雅趣，便可化解忧愁：

---

① 邓《笺》第117页《水调歌头》："未应两手无用，要把蟹螯杯。"第131页《水调歌头》："断吾生，左持螯，右持杯。"第30页《水调歌头》："劝君饮，左手蟹，右手杯。"第401页《满江红》："细读离骚还痛饮。"第578页《渔家傲》："自有拍浮千斛酿。"
② 邓《笺》，第515页。
③ 《世说·任诞》19。稼轩词中有邓《笺》第178页《定风波》"寻常山简醉"、第183页《乌夜啼》"江头醉倒山公"、第184页《定风波》"昨夜山公倒载归"。
④ 《世说·任诞》3。稼轩词中有邓《笺》第184页《定风波》"刘伶元自有贤妻"、第386页《沁园春·将止酒》"甚长年抱渴……汝说刘伶，古今达者"。
⑤ 参《世说·任诞》1、2、5、7、8、9、11、12诸条。稼轩词中有邓《笺》第405页《满庭芳》"阮籍辈须我来游"、第378页《南歌子》"散发披襟处"。
⑥ 参《世说·任诞》1。稼轩词中有邓《笺》第372页《水调歌头》"又似竹林狂"。
⑦ 参《世说·任诞》21孝标注引《中兴书》。稼轩词中有邓《笺》第393页《玉楼春》"已向瓮间防吏部"。
⑧ 邓《笺》，第558页。此反用《世说·品藻》80"未若长卿慢世"典。
⑨ 〔清〕何文焕辑：《历代诗话》，中华书局1981年版，第434～435页。
⑩ 邓《笺》，第472页。
⑪ 邓《笺》，第440页。

"停云老子,有酒盈尊,琴书端可销忧。"①

《世说》名士和稼轩的酒趣中,在行乐和销忧的用意深处,有一层与普通酒徒最根本的区别——以酒为媒的文化创造。其实名士纵酒与凡夫俗子不同之处无非两点:张扬特立独行的自由精神,助生文学艺术作品。这才是文人酒趣中最高的审美境界。稼轩深谙"浊醪妙理"②,其大部分词与酒有关,论者已多,兹不赘。

3. 稼轩清趣

稼轩由悲而狂,又由狂而清。如果说他在狂放的时候主要是体验生命的激情之美,那么他在清静的生活中,则主要是悉心地寻觅生命的玄远优雅之美,故对《世说》人物之清高、清雅、清玄特别会心。以清誉人是中国古代文化的一大特色,其含义非常丰富③。比如《世说》仅《赏誉》《品藻》《文学》3篇中,即有"清"字48例,构成34种用法,皆为美誉之辞:清言、清通、清析、清风、资清、清真、清伦、清微、清选、才清、清远、清流、清峙、清中、清论、清士、清令、清贵、清鉴、清畅、章清太出、清和、清婉、清疏、清露、清辞、清醇、清贞、清蔚、清易、清便、肤清、清于无奕、清悟。稼轩在词中频繁地使用《世说》人物清高之典,表现出内涵丰富的稼轩清趣。

清者远俗。《世说·轻诋》4:"庾公权重,足倾王公。庾在石头,王在冶城。坐大风扬尘,王以扇拂尘曰:'元规尘污人。'"尘污人就是俗人。稼轩两用此典:"醉把西风扇,随处障尘埃。"④"已被尧知方洗耳,毕竟尘污人了。"⑤他赞美朋友像巢、由那样清高,听到一句世俗的话就得洗耳朵;像王导那样举起扇子挡住从俗人庾亮那边刮来的风。

远世俗者近自然。《世说·识鉴》10 则张季鹰思家乡莼鲈、辞官归隐之事,稼轩词有 10 处称引⑥。张是主动辞归,稼轩是被迫赋闲,所以稼轩的闲居之乐中常常流露出无奈之悲,甚至有时并不认同"莼鲈"之志:"岂食鱼必脍之鲈?"⑦ 这是人生之大困惑,超脱者少,骨子里并不淡泊的稼轩尤其不能

---

① 邓《笺》,第 480 页。

② 邓《笺》,第 515 页。

③ 参拙文《苏轼文学观念中的清美意识》,见拙著《宋代文化与文学研究》,中国社会科学出版社 2002 年版。

④ 邓《笺》,第 128 页。

⑤ 邓《笺》,第 523 页。

⑥ 参邓《笺》第 25 页《木兰花慢》、第 34 页《水龙吟》、第 43 页《水调歌头》、第 92 页《沁园春》、第 122 页《六幺令》、第 325 页《满江红》、第 340 页《柳梢青》、第 505 页《满江红》、第 542 页《汉宫春》、第 545 页《汉宫春》。

⑦ 邓《笺》,第 545 页。

解脱这种困惑。但山水林泉中的确有无穷乐趣。《世说·品藻》17：谢鲲认为自己不如庾亮善于料理俗务，但"一丘一壑，自谓过之"。稼轩亦自称"吾有志，在丘壑"①，并以"一丘一壑""自名其瓢泉居第附近之溪山"②，自诩"一丘一壑，老子风流占却"③，非常得意，于词中七用此典④。《世说·伤逝》4王戎曰："情之所钟，正在我辈。"稼轩闲居之带湖、瓢泉，有山林之美，他借此语属意山林："山林我辈钟情。"⑤《世说》名士崇尚"雄情爽气"（《豪爽》8），赞美"千岩竞秀，万壑争流"（《言语》88），"西山朝来，致有爽气"（《简傲》13）。稼轩每天欣赏着"万壑千岩"⑥，"添爽气，动雄情"⑦，其审美快感绝不亚于"晋宋间人"。《世说·排调》6孙子荆语王武子"漱石枕流"；《任诞》46王子猷指竹曰："何可一日无此君。"稼轩怡然自得于"王家竹，陶家柳，谢家池……枕流时"⑧。如此这般地清游清赏，清谈清饮，清卧清睡，可谓清人佳境，正合司空徒《诗品·清奇》之描述：

娟娟群松，下有漪流。晴雪满竹，隔溪渔舟。可人如玉，步屟寻幽。
载瞻载止，空碧悠悠。神出古异，澹不可收。如月之曙，如气之秋。

清是一种生存形态，一种精神状态，一种审美意趣。古人于此处之心得，远胜于今人。而稼轩得于山水和《世说》之清美意趣，尚不止于此。名士之清，终须凭文学艺术之雅事方能成其高妙。《世说·任诞》49载王子猷请桓子野吹笛事，《容止》24载庾亮在武昌登南楼理咏事，稼轩亦此类人物，《满江红》云：

佳丽地，文章伯，金缕唱，红牙拍……依然画舫青溪笛。待如今端的约钟山，长相识。⑨

---

① 邓《笺》，第474页。
② 邓《笺》，第357页注。
③ 邓《笺》，第356页。
④ 其余5处：邓《笺》第188页《鹧鸪天》、第372页《水调歌头》、第373页《鹧鸪天·登一丘一壑偶成》、第470页《感皇恩·读庄子》、第471页《贺新郎》。
⑤ 邓《笺》，第208、247页。
⑥ 邓《笺》，第197、363、570页。
⑦ 邓《笺》，第522页《鹧鸪天》。另有第376页《沁园春》、第405页《鹧鸪天》、第406页《木兰花慢》并用。
⑧ 邓《笺》，第497页。
⑨ 邓《笺》，第9页。

此词乃年轻时在金陵所作，然稼轩终生以为最乐者，莫过于此矣。"南楼老子，最爱月明吹笛"①，他4次使用南楼吹笛雅兴不浅之典②。

就高雅文化而言，稼轩不仅是内行的享受者，更是杰出的创造者。他的词大部分得之于清高优雅的闲居生活。他还是一位颇具深度的思想者，对魏晋时流行的"三玄"（易、老、庄）深有心得，他自言"案上数编书，非庄即老"③。词中亦频繁使用《庄子》典故，甚至整篇檃栝庄语。因而他对《世说》名士之"玄"意，也于词中频频援引。笔者认为他的思想深度不下于陶渊明。唯论者已多，本文亦长，兹不赘。

（刊于《词学》第十六辑，华东师范大学出版社2006年版）

---

① 邓《笺》，第338页。
② 另3处是：邓《笺》第68页《水调歌头》、第314页《水调歌头》、第480页《雨中花慢》。
③ 邓《笺》，第470页。

古典诗歌中的自然象喻

一

所谓自然，人们通常认为就是人类自身以外的一切客观实在。其实，在人类的意识里，"自然"所表示的，乃是人类对一切事物的本真的样态的确认，这确认也包括人类自身。不过，这种确认又的确是以客观实在为主要对象的。因为人类的生存过程正是失真的过程，所以人类就认为只有人以外的客观实在才是本真的样态，即"自然"。因为是人类的确认，所以"自然"这个概念也就包含了两大人文内涵：

（一）人所确认的自然的品质

在人类心目中，自然是真实的，是朴素无华、无言、无饰、无伪、自在自足的最高真实。

中国道家哲学以自然之真为思维的逻辑起点。《庄子·渔父》云："真者，所以受于天也，自然不可易也。故圣人法天贵真"，"慎守其真"。在庄子看来，"真"是自然最根本的品质，所以人类之生存，应纯任自然，"其为人也真，人貌而天虚，缘而葆真，清而容物"（《田子方》）。这样，生于自然又终归于自然的人才能与自然融洽相处，达到"天人合一"的佳境。

自然之真是朴素的，老子称之为"无名之朴"（《老子》第三十七章）；是无言的，老子称之为"希言自然"（第二十三章）。人类欲与自然和谐相处，就须"见素抱朴"（第十九章），返璞归真。自然默默运作，无言筌，无修饰，从而葆有朴素的真实。

自然之真又是自立自足的，不能以人为害之。老子"万物将自化"（第三十七章）的命题即此意。庄子《秋水》云："牛马四足，是谓天；落马首，穿牛鼻，是谓人。故曰无以人灭天……是谓反其真。"《田子方》云："天之自高，地之自厚，日月之自明，夫何修焉。"郭象注《逍遥游》"乘天地之正"句云："天地者，万物之总名也。天地以万物为体，而万物必以自然为正。自然者，不为而自然者也。"

总之，老、庄哲学中的"自然"是特立于"人为"之外的，是对立于

"伪"（即人为）而自在自足的真实（按：古人多有发挥"人为即伪"命题者，如王阳明《王心斋先生遗集》卷一："凡涉人为，皆是作伪。原伪字从人从为。"）。

西方古典自然哲学也关注自然之真实自立的本性。如亚里士多德在他的自然哲学中，认为"自然就是那达到自己目的的东西"，"自然保持着自己；在自然中，有一种自我保持"，"这种能保持自己的东西正是一种自己产生自己的活动——正是自然"。①

对自然之真实性的尊崇，是人类的共同意识。中国儒家在其生命哲学中也引自然之真以立人性之诚。孔子认为自然是无言的真实："天何言哉？四时行焉，百物生焉，天何言哉！"（《论语·阳货》）孟子和后世儒家均以"诚"来概括自然的真谛和人生的根本。《礼记·中庸》提出"诚者天之道"的命题，以诚为万物之本："诚者物之始终，不诚无物。是故君子诚之为贵。"至宋儒，遂以诚为道之本，为万物之源，为理的最高范畴，为天人合一的根本契机。周敦颐说："万物资始，诚之源也。"（《通书·诚上》）朱熹说："诚只是实。""诚是自然的实，信是人做的实。故曰：'诚者，天之道。'这是圣人之信。若众人之信，只可唤作信，未可唤作诚。诚是自然无妄之谓。""诚者，实有之理，自然如此。"（《朱子语类》卷六）

传统的文学理论也认为自然之真实无伪、朴素无华的品质是高于"人为"的至美。刘勰《文心雕龙·原道》曰："云霞雕色，有逾画工之妙；草木贲华，无待锦匠之奇。夫岂外饰，盖自然耳。"司空图《二十四诗品·自然》曰："俯拾即是，不取诸邻。……真与不夺，强得易贫。"

真实的自然又是博大、宽容、丰富、深邃、永恒的。《老子》云："道大，天大，地大，王大。域中有四大，而王处一。人法地，地法天，天法道，道法自然。"（第二十五章）自然是最大之大，它"爱养万物不为主，故名于大"（第三十四章），"大盈若冲，其用不穷"（第四十五章）。老子深深地领会了自然之时间和空间的无穷无尽、无边无际。这样的"无"正是万"有"之本。"天下万物生于有，有生于无。"（第四十章）王弼注《老子》第十七章"自然"云："自然，其端兆不可得而见也，其意趣不可得而睹也。"无则可容，有容乃大。

---

① ［德］黑格尔著，贺麟、王太庆译：《哲学史讲演录》第二卷第三章乙之二，商务印书馆1983年版，第310～312页。

（二）自然对人类的意义

人们为思维和表达的方便，往往把自然对人类的意义分为物质和精神两方面。以下侧重于精神而论。

1. 自然是人类自由生命和自由精神的温床

人类出于自然，又凭自己的智能活动去征服自然。然而当人类面对自己的智能活动给自己生产出的无穷困惑和烦恼时，便又期望全身心地回归到生命和心智的起点，与自然融和为一，以滤除生活和心智中那些自寻的烦恼。此时，人类就越来越深切地感受到自然的宽厚博大、亲切怡人。于是便形成了疏人事而近自然的自由观。

老子"以自隐无名为务"（《史记·老子传》）；庄子不愿"为有国者所羁"（《史记·庄子传》），终生不仕，唯愿"就薮泽，处闲旷，钓鱼闲处，无为而已"（《庄子·刻意》）；巢、由、夷、齐等隐士辞天下而就自然；连孔子也曾赞同曾子的"暮春"之志，甚至想"乘桴浮于海"（《论语》之《先进》《公冶长》）。这些贤哲认为，人格之自立、情志之自适、精神之自由，在自然中才能实现。在自然的时空中，不仅可以较大限度地实现充满诗意的自由自主，而且还可以自由地创造文化、生产思想，从而实现精神生命的永恒。这正是无言的自然对智慧人类的无限魅力，也是古典哲学和文学关注自然的根本原因。

儒、道、释哲学都有回归自然的观念。但这种回归却不是简单的返璞归真、重回原始，而是智慧人类与自然在审美意义上的重新融合，是二者关系的升华。或者说，是人类在生命美学层次上对自然的重新体认。

自然是不在仕途的文人生活的场景，也是在仕途的文人寄情托志、消解烦忧和紧张的精神家园。天人合一是古代哲人和文人普遍推重的生存境界。

2. 自然是人类思维和表达的比照和象喻

人类在其社会化的思维和表达活动中，常常需要以自然为参照系。其实在人类确认自然的品质时，就已经隐含了一个比照的对象——人类自身。比如以自然为真实时，比照的是人性、人事之真与伪；以自然为永恒时，比照的是人类个体生命之短暂和精神之永恒；以自然为质朴时，比照的是人类的真实与修饰；当人类欣赏自然的各种美好时，比照的是人类世事的各种美好和丑恶。

反之，在人类确认自身的品质并加以表达的过程中，自然就不仅是参照系，而且常常是思维和表达的象喻。《易传·系辞》上引孔子语云："圣人立象以尽意，设卦以尽情伪。"传曰："夫象，圣人有以见天下之赜而拟诸其形容，象其物宜，是故谓之象。"《易传》的作者认为：因为"书不尽言"，"言不尽意",所以圣人用"象"来表达意,用"卦"来反映事物的真伪。"无言"之"象"可以把思维主体引入一个"会意"的空间,按照"象"的暗示或引导,去领会思维对象之"意"。

孔子以山、水比仁、智,以松柏喻美德(《论语》之《雍也》《子罕》),遂开后儒"比德"之风(《荀子·宥坐》《大戴礼记·劝学》《孔子家语·三恕》、刘向《说苑》卷十七《杂言》等,均有发挥孔子以水比德之论)。陶渊明之"菊",柳宗元之"西山",范仲淹之"云山沧沧,江水泱泱",周敦颐之"莲",皆祖述前贤立象比德之意。

庄子的鲲鹏之游、蝴蝶之梦、观鱼之乐、材与不材之喻,则是在自在的自然和自由的人事之间建立起象喻关系。六朝文人深得庄周之旨:"会心处不必在远,翳然山水,便自有濠、濮间想也。觉鸟兽禽鱼,自来亲人。"(《世说新语·言语》载简文帝语)于是乃有嵇叔夜"肃肃如松下风""岩岩如孤松之独立;其醉也,傀俄如玉山之将崩"(《世说新语·容止》)之类美喻。

这种"立象以尽意"的哲思方式,在文学中,便是隐喻和象征,或者说比兴、寄托。

西方哲学和诗学极看重隐喻和象征。亚里士多德说这"是自然的伟力所赋予的","灵巧地使用隐喻的能力意味着对相似性的一种领悟"。① 象征学派认为"人是象征的动物",创造和使用象征符号是人类最本质的特征。② 对人类来说,"整个宇宙就是一个潜在的象征"。"人类及其制造象征的嗜好,潜意识地把客观对象或形式改变为象征(从而赋予它们以伟大的心理价值)。"③ 自然哲学的代表人物黑格尔说:"当现实的自我意识在利用自然事物来装饰自身、来修建住宅等等,并且利用自己的供品大张筵席的时候,现实的自我意识就已经表明自己是这样一种命运:它已识破了〔自然的〕秘密,知道它和自然的独立自在性究竟是怎么一回事。在敬献面包和酒的神秘仪式里,自我意识使得这些自然事物的独立自在性以及它们的内在本质的意义一起成为自己所有。"④ "艺术家从这些自然现象里逐渐学会日益清楚地认识到他自己的意愿,

---

① 《诗学》第二十二章,引自〔英〕特伦斯·霍克斯著、高丙中译《论隐喻》,昆仑出版社 1992 年版,第 14 页。这段话在人民文学出版社 1982 年版《诗学》罗念生译本第 81 页被译为:"尤其重要的是善于使用隐喻字,唯独此中奥妙无法向别人领教。善于使用隐喻字表示有天才……须能看出事物的相似之点。"

② 参〔德〕恩斯特·卡西尔著、甘阳译《人论》,上海译文出版社 1985 年版。

③ 〔瑞〕卡尔·荣格等著,张举文、荣文库译,陆梁校:《人类及其象征》第四章《视觉艺术中的象征主义》,辽宁教育出版社 1988 年版,第 210 页。

④ 〔德〕黑格尔著,贺麟、王玖兴译:《精神现象学》下卷,商务印书馆 1979 年版,第 226 页。

而且学会用这些自然现象把这种意愿表现出来。""具有心灵意蕴的现实自然形式在事实上应该了解为具有一般意义的象征性,这就是说,这些自然形式并不因为他们本身而有意义,而只是它们所表现的那种内在心灵因素的一种外现。"①

二

在中国古典诗歌中,无论是以自然为描写对象的山水田园诗,还是虽非山水之作而涉及自然物象的作品,都潜涵着古典自然哲学的人文精神。《诗经》之"比兴",屈赋之"香草美人",都是以自然物象作为人事的象喻,自然与人生通过象喻关系构成相通的审美意境。具体说来,这种象喻关系是多方位、多角度的,以下试从几方面探讨。

(一)清与真

自然对人类的审美价值,首先是真实无伪。人在真实的自然面前会感到心灵净化,因而在诗中便倾注一份对自然之真美的心仪。钟嵘《诗品·序》倡导诗歌要具有"自然英旨",不能"伤其真美"。李白提倡"清水出芙蓉,天然去雕饰"。

在自然与诗的关系中,真有两层意义:一是自然之真实,二是人性之真诚。二者同属事物的本然状态。因此,诗人在诗中确认自然之真的审美价值时,就隐喻着对人性之真的肯定与期待。

陶渊明或许是最早在诗中阐释人类对自然之真的领悟的诗人。他面对"山气日夕佳,飞鸟相与还"的自然意象,深深地领会了其中不可言说的真实之意,那是一种独立自足、自由自在的真意,这种真意存在于自然而得之于心灵。"此中有真意,欲辨已忘言",实际上是相关的两个命题:自然真实无伪,人生也应如此;真实不可言说、也不必言说。因为"言不尽意"(《易传》),"可道"之道就不是"常道"了;况且"言"也是人为,"为"则有饰,饰则有伪,伪则失真。陶渊明是深谙道家哲学的。《老子》云:"信言不美,美言不信。"(第八十一章)庄子云:"得之于手而应于心,口不能言","意之所随者,不可以言传"(《天道》),"得意而忘言"(《外物》)。陶之"忘"出自庄周之"坐忘",而"忘"是实现精神自由的重要途径。

历代富于哲思的诗人面对自然山水,无不对其自在自足的真实发出由衷的礼赞。不过这礼赞却往往不是直言真实,而是通过对自然之"清"以及与

---

① [德]黑格尔著、朱光潜译:《美学》第一卷,商务印书馆1979年版,第220页。

"清"同类的"明""澄""净"等品质的描写来进行的。比如被鲍照称赏为"如初发芙蓉,自然可爱"的谢灵运诗:"白云抱幽石,绿条媚清涟"(《过始宁墅》);"云日相辉映,空水共澄鲜"(《登江中孤屿》);"野旷沙岸净,天高秋月明"(《初云郡》)。在这种澄明清净的描写中,深含着诗人对自然及其所喻示的真实纯洁品质的厚爱。又如既修禅又学道的王维,也是在"明月松间照,清泉石上流"的清明世界中寄托了一份滤除尘念、返璞归真的人生理想。

如前文所述,庄子在提出"缘而葆真"的审美理想时,同时提出了"葆真"的途径——"清能容物"。其实若仅从能否"容物"的角度看,未必只有"清"才能容物,或者说"清"也许并不是容物的最适当状态。然而庄子独倡"清"字,则其根本之意是以真为前提。换言之,无论"容"多少物,都须"清"以"葆真"。

刘勰《文心雕龙·宗经》篇有"风清而不杂",《风骨》篇有"意气骏爽,则文风清焉","风清骨峻"的审美标准,虽然是谈文学作品之风格体貌,但与庄子以"清""葆真"的审美理想同出于人类对纯真自然之美的关注。

宋初隐士魏野说"天地无他功,其妙在自然"[1]。其《疑山石泉并序》云:"其水清而洁,其味洌而甘……无泥沙以相混,湛然内明,外物莫挠。"诗云:"至清无隐物……虽浅亦兢兢。"[2]

"至清无隐"是一个重要的审美命题。清为容,真为体。

宋初西湖隐士林逋在其诗中表现出对自然之"清"的偏爱,便缘于他就自然以葆本真的人生情趣。我统计过他全部诗中最具有主体审美意味的8个字——"清、静、悠、闲、孤、独、深、疏",其中"清"字出现频率最高,凡74见。

清的主要含义是纯粹、洁净、明澈、无伪。

林诗用"清"修饰自然物象:水、风、月、气、林、雪、蝉声、味、香、华、朝、宵、夜、秋等;修饰人事:尚、愁、思、吟咏、话、心、公(人)、梦、论、兴、形、宿、谈、狂、会、行、言、世等。面对自然之清,他觉得"清深趣有余"[3]。他写自然之清,其实是用"泓澄冷泉色,写我清旷心"[4]。当人们欣赏他"疏影横斜水清浅,暗香浮动月黄昏"的清绝诗句时,如果想不到林处士的清高任真,那大概算不得知诗者。在林处士的诗中,自然之清和

---

[1] 北京大学古文献研究所编:《全宋诗》,北京大学出版社1999年版,第963页。
[2] 北京大学古文献研究所编:《全宋诗》,北京大学出版社1999年版,第961页。
[3] 北京大学古文献研究所编:《全宋诗》,北京大学出版社1999年版,第1192页。
[4] 北京大学古文献研究所编:《全宋诗》,北京大学出版社1999年版,第1242页。

隐居者之清在真实无伪的审美意义上融洽为一,"千岩万壑时相忆,清风明月两自知"①,"掉臂何妨入隐沦,高贤应总贵全真"②。

至清无隐,去伪求真——这是诗人对自然与人生的偏爱、追求和领悟。

(二) 静与闲

真诚无伪是天人之至境,而静与闲则是通向真诚的主要途径。这是古代诗人得于自然而发为吟咏的又一份心得。

静与闲不是人类感觉以外的"客观存在",而是因人而异的审美情趣。当人们赞美自然环境之安静时,其实是对引起审美主体心灵愉悦的生存境界的激赏,或者说是对自然与人生之间特定的审美关系的欣赏,否则就不能解释为什么王维会觉得"蝉噪林愈静,鸟鸣山更幽"了。换言之,如果人的内心"静"不下来,就难以欣赏大自然永恒的幽静。郭璞"林无静树"(《世说新语·文学》)的感受,或者正缘于此。

静对人的主要意义是养性存真。这一观念既可溯源于道家哲学,又可究之于佛学东渐。

道家哲学主张虚静无为:"致虚极,守静笃",静则真实得焉;"归根曰静",静则根本得焉;(《老子》第十六章)"我心常静,则万物之心通矣"(《庄子·天道》郭象注)。怎样才能静呢?"无欲以静"(《老子》第三十七章),"万物无足以铙心者,故静也"(《庄子·天道》)。

静也是佛家的法门。《圆觉经》云:"诸菩萨取极静,由静力故,永断烦恼。"这是一种以静去欲、离尘葆真的哲学。佛教修行,提倡在清静的环境里进行,所以自然的山水林泉是最佳去处。

静作为哲学范畴,"是指事物寂然地维持它原来的面貌。事物只有通过寂静才能呈现自己的形状,显示自己的特征","保持自身的性质,而没有成为别的东西"③。这就是以静存真。然而静在何处呢?——在于自然,在于内心。这是文人们着意寻求的自然和人生的诗意之美。

阮籍说:"山静而谷深者,自然之道也。"(《达生论》)"自然之道"显然是指"本真"之道。嵇康说:"游山泽,观鱼鸟,心甚乐之。"(《与山巨源绝交书》)孙绰说:"释域中之常恋,畅超然之高情。"(《游天台山赋》)谢灵运

---

① 北京大学古文献研究所编:《全宋诗》,北京大学出版社 1999 年版,第 1237 页。
② 北京大学古文献研究所编:《全宋诗》,北京大学出版社 1999 年版,第 1212 页。
③ 张立文:《中国哲学范畴发展史(天道篇)》第九章《动静论》,中国人民大学出版社 1988 年版,第 320 页。

说:"山水,性分之所适。"(《游名山志》)在静谧的自然中,人容易暂时忘却世事的烦忧,体验真实和自由的乐趣。

陶渊明"结庐在人境,而无车马喧"的原因是"心远",即心静。远离功名利禄、荣辱穷达之俗念,走近独立自足的"南山",采一枝纯洁幽雅的本真之菊,生命境界中便多了些清静和真实的愉快,少了点喧嚣和伪饰的烦恼。

王维的山水诗篇涵咏道、释哲学主静求真的审美意趣。"静者亦何事,荆扉乘昼关"(《淇中即事田园》),这是他经历了仕宦挫折后,决意超脱尘俗时的人生选择。"吾生好清静……动息自遗身。入鸟不相乱,见兽皆相亲。"(《戏赠张五弟湮三首》)这是王维笔下庄子与鸟兽相安的境界。王维喜欢积香寺充满禅意的寂静:"古木无人径,深山何处钟?泉声咽危石,日色冷青松。"因为在这里可以"安禅制毒龙"(驱除俗念,《过积香寺》)。在幽静的自然里,他的身心都能进入独立自足、自由自在的本真境界:"飒飒松上雨,潺潺石中流。静言深溪里,长啸高山头。"(《自大散以往……》)

王维并未彻底归隐山林,他喜欢在诗中谈禅论道。而对于林逋那样真正的隐士来说,清静就不只是道、释之义理,而且是用全部人生去成就的境界了。

林逋性好清静,因而不入仕途,不住城市,甚至连妻室都不要。静静的自然就是他静静的人生最好的皈依。在他的诗中,"静"字凡33见。首先是物态之静,依次为岸、鼠、林、秋、鹤、户、钟、花、门庭、庄、春、夜等;其次是人之静,静赏、尚静、静语、静君、知静、孤静、人静、静吟、向静等。人与自然在静谧中和谐相处,"大静入来诸事罢"①,"诗寻静语应无极"②。人生的诗意美得之于内心与外物的静观默处,这是身闲心静者的真趣。静求真实无伪,闲求轻松自在。

林逋诗中"悠""闲"二字出现71次,"闲作园林主"③,"悠然咏招隐"④。闲来养鹤、医马、植梅、种竹,或寻僧访友、酬唱吟咏、饮酒品茶、清谈玄远,或抚琴静坐,看花开花落、水流云驻……这不是百无聊赖,而是真性灵的自由舒展。

静与闲固然不是人生的主要意义,但却从来就是、永远都是人生的重要意义。静与闲是人类生存的审美境界。人类永不停息地追求理想、创造价值,那理想和价值中就包含着安静与闲适。

---

① 北京大学古文献研究所编:《全宋诗》,北京大学出版社1999年版,第1226页。
② 北京大学古文献研究所编:《全宋诗》,北京大学出版社1999年版,第1229页。
③ 北京大学古文献研究所编:《全宋诗》,北京大学出版社1999年版,第1218页。
④ 北京大学古文献研究所编:《全宋诗》,北京大学出版社1999年版,第1191页。

(三) 深与疏

深是人对自然之神秘幽邃的敬畏和喜爱。

在颇带原始文化遗痕的屈原《九歌》中，美丽的山鬼居住在"幽篁"深处，那里"云容容兮而在下，杳冥冥兮羌昼晦"，"雷填填兮雨冥冥，猿啾啾兮狖夜鸣"。如此将美丽置于幽深中讴歌，说明自先民时代起，人类就对自然之深邃丰富心存一份敬畏和向往。在《涉江》中，诗人亲身走进了深邃神秘的自然："入溆浦余儃佪兮，迷不知吾所如。深林杳以冥冥兮，乃猿狖之所居。山峻高以蔽日兮，下幽晦以多雨。"面对深不可测的自然，诗人由好奇、神往进而亲自探索，可见其对深邃之美的喜爱。

唐、宋诗人尚渊博，往往儒、道、释兼容，其诗中的自然意象常常是深邃的。比如王维的山水诗固然以清静空灵著称，但也不乏深邃的审美意趣：深山、深竹、深巷、深门、深浦、深溪、深树、深松、草深、树色深、落照深……这位濡染道、释的诗人，晚年"吏隐"于辋川别业，参禅修道，因而对自然之深邃特有一番颇带"理趣"的会心："晚年唯好静，万事不关心。……君问穷通理，渔歌入浦深。"① 由自然之深又推及人类之深："曾是巢许浅，始知尧舜深。"② 他的《辋川集》浸润着禅意的深趣，论者已多，兹不赘述。

疏是人对自然之丰富博大的体认和心仪。

曹操《观沧海》被文学史家称为中国最早的山水诗，在具有宽广胸襟的诗人眼里，沧海之美疏广无垠："秋风萧瑟，洪波涌起。日月之行，若出其中，星汉灿烂，若出其里。"应该说，在这样的诗篇里，人性和自然共同具有疏广之美。

在林逋的诗中，"疏"字出现 26 次，其谓自然：花疏、秋色疏、苇疏、岭云疏、丹叶疏、竹篁（丛）疏、光影疏等。其谓人事：钟（声）疏、心计疏、门井萧疏、疏狂等。在诗人的审美观照中，自然蕴藏之丰富、时空之广远，与人生之疏广通达的审美意趣完全相通。

深与疏都是丰富之美，都是人对自然和自身的审美观照。

先说深。就自然而言，深是蕴藏丰富之美；就人事而言，深是智慧的表

---

① 〔唐〕王维撰、〔清〕赵殿成笺注：《王右丞集笺注》卷七《酬张少府》，上海古籍出版社1961年版。

② 〔唐〕王维撰、〔清〕赵殿成笺注：《王右丞集笺注》卷四《送韦大夫东京留守》，上海古籍出版社1961年版。

征,是渊博深厚之美。自然以其丰富的蕴藏养育着人类,引起人的崇拜和赞美。人们用深来表述自然时,表达的是对自然的使用价值和审美价值的体认,以及对自然之不可尽知的神秘崇拜。而当人类用深来表述人事时,则是对人的智慧内涵——学问、思想、情感、情趣、品德、经历、识见等内在审美品格的体认。中国古典诗学特别推重意味深长的含蓄之美。如《文心雕龙·隐秀》之"深文隐蔚,余味曲包",《二十四诗品·含蓄》之"不着一字,尽得风流",《六一诗话》引梅尧臣之"含不尽之意见于言外",苏轼《书黄子思诗集后》之"美在酸咸之外",《白石道人诗说》之"语贵含蓄",等等。

再说疏。自然之疏是广大能容之美,人事之疏是博通旷达之美。如果说深侧重指内涵,那么疏则侧重指外延。深与疏相辅相成,相得益彰。疏广则丰富,丰富则不必拘执于一端。古代文人常用"疏"指疏离仕途利禄而归隐于自然,这是人生的旷远通达之举:摆脱功名富贵的困扰,在自然的广袤无垠和宇宙的悠远无限中心旷神怡,自由自在。古代文人对"疏"特有一番偏爱,笔者有另文论述。

(四)孤与独

借自然物象写人生之孤独,是古典诗歌中又一常见现象。在人类的种种情感中,孤独最属于诗人。

中国诗史上第一位伟大诗人屈原,便在孤独中生、孤独中死。"独醒""独清"是他最深切的生命体验,是他诗歌的灵魂。"独"字在他诗中频频出现。《离骚》中的屈子,是"滋兰""树蕙""饮露""餐英""独好修以为常"的孤独者。《橘颂》中"苏世独立"的"后皇嘉树",便是这位旷世孤独者的象喻。

陶渊明也是伟大的孤独者,其诗中"孤"字凡9见,"独"字26见,"自"字(不包括用作介词的)15见,兹全部索引如下:

《停云诗》"春醪独抚";《时运诗》"偶影独游""挥兹一觞,陶然自乐""慨独在余";《劝农诗》"傲然自足""宴安自逸";《游斜川诗》"若夫曾城,傍无依接,独秀中皋";《怨诗楚调示庞主簿邓治中》"慷慨独悲歌";《答庞参军诗》"闲饮自欢然";《和郭主簿诗》"酒熟吾自斟";《和胡西曹示顾贼曹诗》"逸想不可掩,猖狂独长悲";《始作镇军参军经曲阿诗》"被褐欣自得,屡空常晏如""暂与田园疏,眇眇孤舟逝";《庚子岁五月……》"夏木独森疏";《归去来兮辞》"既自以身为形役,奚惆怅而独悲""抚孤松而盘桓""或棹孤舟""怀良辰以孤往";《形赠影》"独复不如兹";《神释》"无复独多虑"；《九日闲居》"寒华（花）徒自荣""敛襟独闲谣"；《归园田居诗》"怅恨独策还"；《连雨独饮诗》"自我抱独兹，僶俛四十年"；《癸卯岁始春……》"春兴岂自免"；《戊申岁……》"总发抱孤介""灵府长独闲"；《己酉岁……》"浊酒且自陶"；《饮酒二十首并序》"顾影独尽，忽焉复醉""栖栖失群鸟，日暮犹独飞""因值孤生松，敛翮遥来归""一觞虽独进，杯尽壶自倾""清晨闻叩门，倒裳往自开""一士长独醉，一夫终年醒"；《止酒》"逍遥自闲止"；《有会而作》"徒没空自遗"；《拟古诗》"下弦操孤鸾""抚剑独行游"；《杂诗》"挥杯劝孤影"；《咏贫士》"孤云独无依""此士胡独然"；《读山海经》"祖江遂独死""青丘有奇鸟，自言独见尔"；《悲从弟仲德》"园林独余情"。

如此以自然物象之孤独象喻人生之孤独，是文学的悠久传统。李白笔下有孤独的敬亭山（《敬亭山》），柳宗元笔下有孤舟（《江雪》），苏轼有孤鸿（《卜算子》）——孤独也是文学的永恒主题。

人们一说到孤独，总习惯和苦闷联系在一起。但在诗人的审美意识中，孤独恰恰是美：孤是孤处得一份清静，独是独立得一份自由。因此，孤独常常是人类自觉自愿的选择，体验孤独是一种美感享受。这可以从三个方面理解。

首先，孤独是清静的体验。这是"性本爱丘山"（陶渊明《归田园居》）的诗人得之于自然的第一份心得。他们亲近自然的主要心理动因之一就是讨厌官场上的烦心事，不喜欢尘世的喧闹。比如隐士，在世俗人的心目中，隐士多是性情孤僻的；而隐士自己则是心甘情愿地用孤独换取清静。他们认为独处自然所得到的清静是难以通过其他方式得到的。所谓"大隐""中隐"都不如"小隐"来得彻底。林逋的居处："门径独萧然，山林屋舍边。水风清晚钓，花日重春眠。"① 储光羲的居处："夜深星汉明，庭宇虚寥寥。高柳三五株，可以独逍遥。"（《同王十三维偶然作十首》）清静的况味唯独处山林者才最能品尝。

其次，孤独是人类之卓越者的自信、自负、自赏。文人才子往往恃才傲物，清高自守。当他们或远离家乡、远离亲友，或怀才不遇、仕途坎坷、心志难酬，或不遇知音时，就会感到孤独。他们的孤独是"虽九死其犹未悔"（屈原）的自信，是"天生我才必有用"（李白）的自负，是"零落成泥碾作尘，只有香如故"（陆游）的自赏。

再次，孤独是主体之自立。懂得孤独的人必然是拥有非凡理想者。圣贤如

---

① 北京大学古文献研究所编：《全宋诗》，北京大学出版社1999年版，第1192页。

孔、孟、屈原,愤世嫉俗如阮籍、嵇康,才高傲世如李白、苏轼,坎坷多难如杜甫、柳宗元,狷介遗世如历代隐士,都难免孤独。但他们都是宁愿孤独的。凭了这份孤独,才有"松柏之后凋"的自立,才有"不屈""不淫""不移"的自持,才有"以快吾志"的自得,才有"文章千古事"的文化自足感。

孤独是人类文化中一个极其丰富有趣的话题。

(刊于《吉林大学社会科学学报》2000年第3期,原名《古典自然哲学与古典诗歌中的自然象喻》)

宋代诗词中的疏狂表达与中国文化的疏狂传统

宋代文人常常在诗歌中自称"疏狂"。柳永在词中自称"疏狂"凡6次，如《凤栖梧》（伫倚危楼）"拟把疏狂图一醉"①；晏几道《鹧鸪天》（醉拍春衫）"天将离恨恼疏狂"②；苏轼《和子由初到陈州见寄》"懒惰便樗散，疏狂托圣明"③，《满庭芳》（三十三年）"我自疏狂异趣"④，《满庭芳》（蜗角虚名）"且趁闲身未老，须放我、些子疏狂"⑤；秦观《何满子》（天际江流）"谙尽悲欢多少味，酒杯付与疏狂"⑥；张元幹《兰陵王》（卷珠箔）"寻思旧京洛，正年少疏狂，歌酒迷着"⑦，《减字木兰花》（客亭小会）"昏然独坐，举世疏狂谁似我"⑧；范成大《菩萨蛮》（雪林一夜）"绮丛香雾隔，犹记疏狂客"⑨；陆游《风入松》（十年裘马）"倚疏狂、驱使青春"⑩。

何谓疏狂？宋人如何疏狂？本文试探讨之。

一、 狂与疏

汉语所谓狂，通常当有4种含义：一是病态的狂，本指狗的疯狂状态（参《说文解字》），引申于人，则指人丧失理智、狂躁失控等状态。二是自然现象的失常状态，如暴风骤雨之可谓狂。三是正常人无知状态的躁动和妄想，即通常所谓狂妄。四是正常人在理智支配下的高级的精神形态的狂，主体恃才傲物，自信又自负，放纵性情，执着追求。本文所谓文人之狂即取此义。

---

① 唐圭璋编：《全宋词》册一，中华书局1965年版，第25页。
② 唐圭璋编：《全宋词》册一，中华书局1965年版，第226页。
③ 《苏东坡全集》前集卷二，《四部备要》本，中国书店1986年版（据世界书局1936年版影印）。
④ 唐圭璋编：《全宋词》册一，中华书局1965年版，第278页。
⑤ 唐圭璋编：《全宋词》册一，中华书局1965年版，第279页。
⑥ 〔宋〕秦观撰、徐培均校注：《淮海居士长短句》，上海古籍出版社1985年版，第216页。徐将此词列入"存疑"类，或以为张炎之作。
⑦ 唐圭璋编：《全宋词》册一，中华书局1965年版，第1073页。
⑧ 唐圭璋编：《全宋词》册一，中华书局1965年版，第1101页。
⑨ 唐圭璋编：《全宋词》册一，中华书局1965年版，第1618页。
⑩ 唐圭璋编：《全宋词》册一，中华书局1965年版，第1598页。

文化史上最早称正常人为狂是贬义的，而且狂的贬义在后世一直被使用（论证略）。从孔子开始，狂获得了积极的高级精神形态的含义。他说："不得中行而与之，必也狂狷乎。狂者进取，狷者有所不为也。"[1] 何晏集解引包咸语曰："狂者进取于善道，狷者守节无为。"邢疏曰："狂者进取于善道，知进而不知退；狷者守节无为，应进而退也。"朱熹《集注》："狂者，志极高而行不掩，狷者，知未及而守有余。"孔子又说："狂而不直……吾不知之矣。"[2] 孔安国认为孔子主张"狂者进取宜直也"。可见孔子及后儒都认为狂是一种志向高于实际、执着进取、正直无悔的高级精神形态。孔子在陈国，有一次感慨地说："归欤，归欤！吾党之小子狂简，斐然成章，不知所以裁之。"[3] 孔注："简，大也。"邢疏："斐然，文章貌。"注、疏均认为孔子的意思是：我家乡的一些学生们进取于大道，妄作穿凿以成文章不知所以裁制，我当归以裁之耳。孟子对这些"小子"的狂简有一番解释："其志嘐嘐然，曰'古之人，古之人'，夷考其行，而不掩焉者也。"[4] 就是说志大言大，总是向往并欲效仿古代的圣贤，但实际上并不能完全实现自己的志与言。今人杨伯峻认为"狂简""斐然成章"是指"志向高大得很，文采又都斐然可观"[5]。可知孔子所说的"狂简"是指志大才高、勇于进取但疏于裁制（规范）。

孔子就是一位可敬的狂者。他志大而才高、自信又自负、积极进取乃至于知其不可而为之，富于生命激情而且正直无悔。他以其伟大的智慧和高尚的情操而成为垂范后世的圣贤，按《尚书》对狂和圣的区别，后人一般都不说他是狂者。但人类历史上哪一位伟人可能没有狂气呢？狂其实是伟人必然而又必要的人格因素。中国历代文人的狂，正是首先发源于孔子的。

孟子对孔子之狂深具心得。他自信、自负而又多了些恃才傲物之气，在积极进取中总显得咄咄逼人、锋芒毕露。尽管他的仁政主张和盛世理想与现实距离太远，但他却执着于此而不愿妥协。他又为自己确立了一个圣贤人格理想，矢志不移、无惧无悔地追求之："居天下之广居，立天下之正位，行天下之大道。得志与民由之，不得志独行其道。富贵不能淫，贫贱不能移，威武不能屈。是之谓大丈夫也。"[6]

孔、孟之狂是高级的、积极的人类精神。中国传统文人之狂的积极含义还

---

[1] 《十三经注疏·论语·子路》。
[2] 《十三经注疏·论语·泰伯》。
[3] 《十三经注疏·论语·公冶长》。
[4] 《孟子·尽心章句下》。
[5] 杨伯峻译注：《论语译注》，中华书局1980年版，第51页。
[6] 《孟子·滕文公下》。

不止于此。屈原也是一位狂热的救世者。他在思想史上的建树不及孔、孟,但他上下求索、追求美政理想的那份"虽九死其犹未悔"的痴迷,是绝不逊于孔、孟的,他甚至有更多诗意的、幻想的迷狂。当然,他的恃才傲物又多了些"独清""独醒"的苦闷,他的救世情怀中还有许多厌世嫉俗的激愤。他的迷狂比孔、孟更多感情色彩。

楚国多狂人,那位"披发佯狂不仕"的接舆,其警示孔子的"凤歌"中分明透露出哲人的睿智。这又使我们不能不提起另一种类型的大狂人庄周。按孔子的定义,庄子是位"狷者",但事实上他狂得很,他的狂不是狂热而是狂狷。他的恃才傲物、自信自负不亚于孔、孟,对理想或幻想的迷狂有过于屈子,只是他所执着追求的不是孔、孟、屈子式的"王政理想",而是更为人类所心仪的生命的自由。他的浮云富贵、粪土王侯、非诋圣贤、达观生死,为后世文人开辟了广阔诱人的生存自由和精神狂想的天地。

中国的春秋战国时代真是一个令智慧者、才能者激动狂热的时代!不只是孔、孟、庄、屈,还有纵横狂人苏秦、张仪,倜傥狂侠鲁仲连,智谋狂客冯谖,义勇狂士荆轲,等等,不胜枚举。但是到此为止,传统文人之狂还是未能得到全面的诠释。

对于魏晋文人来说,东汉的两次党锢之祸伤害了他们忠君报国的情怀和淑世救民的志愿,魏晋司马氏政权政治的残酷和名教的虚伪又引起了他们对权势的恐惧和厌恶。他们有恃才傲物的自负却无法拥有孔、孟那样进取的自信;有愤世嫉俗的情怀和人格独立的意愿却不敢像屈原那样苏世独立、横而不流,也不能像庄子那样自由恣纵地生存和思想。但是,他们精深地把握了庄子生命哲学的两大要义——自然和自由(逍遥)。于是,他们发明了佯狂以避祸、放诞以求真、清谈玄虚以存智慧、潜心艺术以适性情的生活方式。"越名教而任自然"① 是他们的生活准则,而狂醉则是他们普遍采用的韬晦手段。阮籍、嵇康、刘伶堪为代表。他们被迫或自愿地放弃了进取救世之狂想,而又变态地发展了人格自救之狂放。如果说他们凭着优秀的天赋和艺术修养而使这种狂放保持了较高的审美品位,那么其后众多的"效颦"者则使这种意在精神自救的狂放滑入了肉体放荡的泥潭。《世说新语·德行》篇第 23 则王、胡事下注引王隐《晋书》曰:

魏末阮籍嗜酒荒放,露头散发,裸袒箕踞。其后贵游子弟……皆祖述于籍,谓得大道之本。故去巾帻,脱衣服,露丑恶,同禽兽。甚者名之为通,次

---

① 〔晋〕嵇康:《释私论》,见《嵇中散集》卷六,《四库全书》本。

者名之为达也。

更有甚者，则当众戏人妻妾，肆意裸露，或者结伙入人家室，调戏妇女，甚至"相与为散发裸身之饮，对弄婢妾"，不仅了无羞耻之意，反而自诩为通达。① 后世文人在声、色、酒方面自有其狂浪放荡，但不至于如此荒诞无耻。

李唐王朝相对开明的政治和开放的文化，大大助长了文人才子们恃才傲物的自信、进取的狂想和诗意的享乐激情。他们无须再佯狂避世，也不必颓废自毁。进则有指点江山、致君尧舜、揶揄圣主、傲视公卿的狂想，退则可以在山水或声色中流连、痴迷。不论进退，他们都喜欢诗意的狂想和酒意的狂醉，从中享受审美的愉悦。他们的狂是由衷的。譬如狂醉，就没有魏晋人的韬晦意味，而是充溢着审美的激情。李白《将进酒》、杜甫《饮中八仙歌》都是对狂醉者的礼赞。韩愈《芍药歌》云："花前醉倒歌者谁？楚狂小子韩退之。"② 刘禹锡《赠乐天》云："痛饮连宵醉，狂吟满座听。"③ 元稹《放言五首》之一云："近来逢酒便高歌，醉舞诗狂渐欲魔。"④ 令人陶醉的不仅是酒，更是诗情和自由。即便是纵情声色，他们也不至于像晋人那样颓废粗俗。无论是李白之"呼取江南女儿歌棹讴"⑤，还是杜牧的"十年一觉扬州梦"⑥，都带有浓郁的诗意的审美享受的格调。

据日本学者宇野直人统计，唐代诗人用"狂"字最多者，李白997首诗中27次，杜甫1450首诗中26次，韩愈387首诗中25次，白居易2800首诗中97次。他认为，杜甫之"狂"对柳永、王安石、苏轼、黄庭坚等人均有明显影响。李白用"狂"字描写自然现象，借以象征"主人公极端化心理状态"的表现方法，也为柳永所继承。柳永"用'狂'字来表现自己在狂歌醉舞中的放纵情怀，这正是从杜甫开始的用法"⑦。

在唐、宋文人的作品中，狂的心态与独立人格意识、自由人生观念、审美生活情趣密切相关。

---

① 参余嘉锡撰，周祖谟、余淑宜整理《世说新语笺疏·任诞》篇第25则注引，中华书局1983年版，第743页。
② 〔宋〕韩愈著、钱仲联集释：《韩昌黎诗系年集释》卷一，上海古籍出版社1984年版，第1页。
③ 〔唐〕刘禹锡：《刘禹锡集》卷三十二，中华书局1990年版，第442页。
④ 〔唐〕元稹：《元稹集》卷十八，中华书局1982年版，第205页。
⑤ 《江夏赠韦南陵冰》，见瞿蜕园、朱金城校注《李白集校注》，上海古籍出版社1980年版，第745页。
⑥ 《遣怀》，见〔唐〕杜牧著、〔清〕冯集梧注《樊川诗集注》，上海古籍出版社1978年版，第369页。
⑦ 《柳永的狂》，载日本《中国文学研究》1983年第九期。

至此，发源于儒、道又密切关系着俗世享乐的中国文人之狂全面形成了。它最基本的特征——无论从行为还是心理意义上说——是对常规的超出，是对通常情况的超越，因而狂者往往是孤独者，并且常常显得有点不合时宜。这种超出在实践意义上分解为两种指向，可称之为进取之狂和疏放之狂。

所谓进取之狂，是对事业功名而言，是争取实现个人对社会事业的价值，即"为君、为国、为民"，"立德、立功、立言"。进取者力图在这些方面最大程度地发挥自己的作用，实现自己的意志，为此而执着地、狂热地、超出常人地付出。是之谓进取之狂，本文暂且不论。

所谓疏放之狂，偏重于个人的审美自由。较多地表现为对个人审美趣尚、享乐欲望的追求。这是个人化的生活意向，虽然也带有积极行动的性质，但人们习惯上不称之为进取，以便与社会进取有所区别。宋人自称"狂"，多指这种个人的、自由化的心理和行为。

那么，"疏"是何意？《说文》："疏，通也。""通，达也。"《广韵》第九"鱼"部："疏，通也，除也，分也，远也，窓也。"① 盖"疏"字本义为疏通、开拓河道，清除淤塞。由此又引申出许多意思，兹举与本文相关者。

（1）疏远、淡漠。《论语·里仁》："朋友数，斯远矣。"邢疏云："数谓速，数数则渎而不敬……朋友数，斯见疏薄矣。"《荀子·修身》："谄谀者亲，谏争者疏。"《离骚》："吾将远逝以自疏。"庾信："情野风月阔，山心人事疏。"② 李峤："琴酒尘俗疏。"③ 李白："少年早欲五湖去，见此弥将钟鼎疏。"④

（2）生疏、迂阔。《汉书》卷四十八《贾谊传》："天下初定，制度疏阔。"陶渊明《咏荆轲》："惜哉剑术疏，奇功遂不成。"王维："杜门不复出，久与世情疏。"⑤ 白居易："老更为官拙，慵多向事疏。"⑥ 皮日休："暂听松风生意足，偶看溪月世情疏。"⑦"醉多已任家人厌，病久还甘吏道疏。"⑧《尔雅正义》邢序云："虽复研精覃思，尚虑学浅意疏。"

---

① 《宋本广韵》，中国书店1982年版（据张氏泽存堂本影印），第49页。
② 《奉和永丰殿下言志诗十首》其十，见〔北周〕庾信撰、〔清〕倪璠注、许逸民校点《庾子山集注》卷四，中华书局1980年版，第338页。
③ 《奉和幸韦嗣立山庄侍宴应制》，见《全唐诗》卷六十一，中华书局1960年版。
④ 《答王十二寒夜独酌有怀》，见瞿蜕园、朱金城校注《李白集校注》卷十九，上海古籍出版社1980年版，第1143页。
⑤ 《送孟六归襄阳二首》其二，见《全唐诗》册四卷一二六，中华书局1960年版，第1273页。
⑥ 《晚亭逐凉》，见《全唐诗》册十三卷四四二，中华书局1960年版，第4945页。
⑦ 《寒日书斋即事三首》其三，见《全唐诗》册十八卷六一四，中华书局1960年版，第7087页。
⑧ 《新秋即事三首》其三，见《全唐诗》册十八卷六一四，中华书局1960年版，第7084页。

（3）疏放潇洒不拘泥。谢灵运《过白岸亭》："未若长疏散，万事恒抱朴。"① 《南史》卷四十九《孔珪传》："孔珪风韵清疏，好文咏，饮酒七八斗。"《南史》卷十五《刘穆之传附刘祥传》："刘祥少好文学，性韵刚疏。"王绩："阮籍生涯懒，嵇康意气疏。"② 杜甫："谢安不倦登临赏，阮籍焉知礼法疏。"③《新唐书》卷一二七《张嘉贞传》："嘉贞性疏简，与人不疑，内旷如也。"

宋人所谓疏狂之疏，大致是取以上引申三义：一指疏远政事、吏道、俗务应酬；二指疏旷通达，淡漠功名富贵、世故人情、礼法名教、儒学举业；三指疏放不羁，散淡自由，由疏散而狂放，耽于诗、酒、山水或声色娱乐之事。杜甫诗"欲填沟壑唯疏放，自笑狂夫老更狂"④，白居易诗"疏狂属年少，闲散为官卑"⑤，或为宋人自言疏狂的直接出处。尤其是白居易"中隐"于洛阳时期，在很多诗篇中称自己是"闲居"的"狂夫""狂翁""狂宾客""狂客""狂叟""狂歌老"，用"老狂""酒狂""诗狂""狂歌""老狂词""狂吟""狂言""狂取乐"等一系列"狂"字形容自己的生活和精神状态⑥。这对宋人自言其狂影响颇大。日本近年有些学者对宋代文人自称"狂"的现象予以关注，均注意到其与唐代文人之"狂"的联系⑦。如同白居易一样，宋人说自己疏狂时，也是表面上自嘲、自谦，说自己懒散落魄，仕途不得志，而实际上带有以高雅、通达、潇洒自赏之意。

宋人的疏狂与孔子所说的"狷者有所不为"，在疏于仕事这一点上近似；与庄子鄙弃功名富贵、追求精神自由亦略同；与楚狂接舆之凤歌傲世，屈原之露才扬己，宋玉、司马相如之文采风流，竹林名士之放浪形骸、漠视礼教，陶靖节之东篱醉酒等历史文化原型都有着内在的联系，而在表现形式上并不像魏晋名士那样自毁形骸，也绝不会再像屈原那样痴迷悲愤得以身殉国，在精神形态上也不必像楚狂接舆和阮籍那样佯狂避世。他们充分吸取了唐代才子们风流

---

① 逯钦立辑校：《先秦汉魏晋南北朝诗》，中华书局1983年版，第1167页。
② 《田家三首》其一，见《全唐诗》册二卷三十七，中华书局1960年版，第478页。
③ 《奉酬严公寄野亭之作》，见《全唐诗》册七卷二二七，中华书局1960年版，第2456页。
④ 《狂夫》，见《全唐诗》册七卷二二六，中华书局1960年版，第2432页。
⑤ 《代书诗一百韵寄微之》，见《全唐诗》册十三卷四三六，中华书局1960年版，第4824页。
⑥ 参［日］二宫俊博《洛阳时代的白居易——自称"狂"的意识分析》，载日本《中国文学论集》1981年第十号。
⑦ 如［日］横山伊势雄《诗人与"狂"——关于苏轼》，载日本《汉文学会会报》1975年第三十四号；［日］保苅佳昭《苏东坡词中的"狂"》，载日本《汉学研究》1989年第二十七号；［日］西冈淳《〈剑南诗稿〉中的诗人像——"狂"的诗人陆放翁》，载《中国文学报》1989年第四十期。以上文章原题均为日文，本文引用时译为中文。

倜傥、潇洒任性、率真自得的审美生存精神，尽可能在仕途以外的人生中寻求、创造和享受生活的诗意与自由，用审美的追求与获得来弥补功利的追求与失意。他们比前还多了几分旷达。宋人的疏狂，或与其仕途之穷达密切相关；或与朝野风尚、城市经济、文化氛围，尤其是歌、妓文化等因素相关；或与个人之性情、趣尚、文化艺术修养相关。

近年有学者著笔于中国传统文人之"畸""狂逸""狂狷"，大抵多以庄子、屈原、阮籍、嵇康、李白、徐渭、郑板桥、龚自珍等为审视对象，于宋人则留意无多。大概是觉得宋人之狂不够"典型"吧。这或可说明宋人之狂较为特殊——疏狂，因而值得着意检讨一番。

二、宋代诗词中的疏狂表达

由以上检讨可知，宋人所谓疏狂带有疏离仕途规范和儒家名教、放纵生命本真形态的自由倾向。

疏是狂的前提。人在仕途就不能太狂。尽管入仕的文人常会有点"狂者进取"精神，但一般都只限于直言忠谏，而且不能不讲分寸。即使这样，也还是常常因此而被贬黜。宋代皇帝的纳谏作风总的来看要比其他朝代好一些，但以"狂言"之罪贬黜官员的事也是屡见不鲜。宋太宗因胡旦献《太平颂》不合己意，遂以"乃敢恣胸臆狂躁如此"的罪名"亟逐之"①。真宗大中祥符三年（1010）"夏四月辛亥，左屯卫将军允言坐狂率，责授太子左卫副率"②。仁宗朝名臣范仲淹、欧阳修等屡因"小臣之狂言""越职言事"而遭贬谪③。哲宗绍圣元年（1094）八月"壬辰，应制科赵天启以累上书狂妄黜"④。

两宋朝堂党争不断，从表面看，北宋党争关系于"新"与"旧"，南宋党争围绕着战与和。由此酿出无休止的是是非非、忠正奸邪、得意与失意。激烈的政治斗争把许多进取的狂者和狷介的狂人送上了迁谪的旅程。

按孔子的说法，狂和狷都是不"中行"的。"中行"即中庸，仕途需要中庸而不要狂或狷。文人们不论因何缘故疏远或离开了仕途，其狂或狷的心思即可有所放纵。仕途与自由、中行与狂狷总是此消彼长的，其间存在着价值抵偿关系。

宋人所谓疏狂，主要是指在酒、诗、自然山水、声色美女等方面放纵性

---

① 参《宋史》卷四三二《胡旦传》。
② 《宋史》卷七《真宗本纪二》。
③ 参《续资治通鉴长编》卷一〇八天圣七年（1029）十一月癸亥条、卷一一八景祐三年（1036）五月诸条"四贤一不肖"事件。
④ 《宋史》卷一八《哲宗本纪二》。

情，疏于约束。以下依次加以考察。

（一）"狂心未已，不醉怎管得"① ——酒与疏狂

酒是麻醉剂，又是兴奋剂。它可以帮人暂时消解烦忧，助长人们游玩娱乐的兴致，刺激创作激情和灵感，等等。刘伶纵酒任真、阮籍醉酒避世、陶潜把酒赏菊、李白"斗酒诗百篇"……文人与酒的缘分总是蕴含着深厚的文化意味。

宋代文人疏离仕途之际，也免不了常常狂饮狂醉，又借酒狂吟、狂歌、狂舞、狂玩，狂纵恣肆地享受自由的快感。人在仕途的约束感、压抑感、装饰感需要借助"杜康"来消解，狂饮以求真率；不在仕途的失落感需要借助"浊醪"来补偿，狂饮以求充实；人生的各种烦恼、苦闷或忧伤都可以借助醉意来超越或解脱，狂饮以求轻松；而生活中的许多欢欣也常常要借助酒意来品尝，狂饮以求生命自由之美感愉悦。

比如柳永失意时与"狂朋怪侣，遇当歌，对酒竞流连"②，"未更阑，已尽狂醉"③。晏小山热恋中"曳雪牵云留客醉，且伴春狂"④。

苏舜钦从政不慎，"放歌狂饮不知晓"，结果授政敌以柄，落职闲居，索性"日日奉杯宴，但觉怀抱抒"，在沧浪亭里自由自在，"醉倒唯有春风知"。⑤

苏轼谪黄州，"我醉拍手狂歌，举杯邀月，对影成三客"，以至"夜饮东坡醒复醉"。出于对仕宦风波的厌倦，他希望"且趁闲身未老，须放我、些子疏狂，百年里，浑教是醉，三万六千场"。⑥

南宋文人多因主战不遂而疏离仕途，则胸中磊块更需杯酒浇之。张元幹常常酒后言狂："念小山丛桂，今宵狂客，不胜杯勺。""春撩狂兴，香迷痛饮，

---

① 〔宋〕欧阳修：《御带花》（青春何处），见唐圭璋编《全宋词》，中华书局1965年版，第144页。

② 〔宋〕柳永：《戚氏》（晚秋天），见唐圭璋编《全宋词》，中华书局1965年版，第35页。

③ 〔宋〕柳永：《金蕉叶》（厌厌夜饮），见唐圭璋编《全宋词》，中华书局1965年版，第20页。

④ 〔宋〕晏几道：《浪淘沙》（高阁对横塘），见唐圭璋编《全宋词》，中华书局1965年版，第244页。

⑤ 分见〔宋〕苏舜钦著，傅平骧、胡问陶校注《苏舜钦集编年校注》卷二《依韵和伯镇中秋见月九日遇雨之作》、卷三《送关永言赴彭州》、卷四《独步游沧浪亭》，巴蜀书社1991年版，第158、222、284页。

⑥ 分见《念奴娇·中秋》、《临江仙》（夜饮东坡）、《满庭芳》（蜗角虚名），见唐圭璋编《全宋词》，中华书局1965年版，第287、330、279页。

中圣中贤。""醉后少年生狂,白髭殊未妨。""昏然独坐,举世疏狂谁似我。"①

负天下之志的陆游只能在"尊前消尽少年狂"②。

大英雄辛弃疾空怀一腔报国之志,却被朝廷长期弃置山林,于是终日醉饮狂歌,自称"酒圣诗豪"③,借酒浇愁、泄愤、自慰、取乐、交友、打发时光。

文人之嗜酒,总是比一般只图口腹之快者多几分情趣、意趣、理趣。比如陈师道,虽然性情极其孤傲、不长于交际,但也深爱杯中之物,深得饮中三昧。他自谓"向来狂杀今尚狂"④,其《次韵苏公独酌》诗,颇言醉饮纵情、忘我全真之意趣:

云月酒下明,风露衣上落。是中有何好?草草成独酌。
使君顾谓客:老子兴不薄。饮以全吾真,醉则忘所乐。
未解饮中趣,中之如狂药。起舞屡跳踉,骂坐失酬酢。
终然厌多事,超然趋淡薄。功名无前期,山林有成约。
身将岁华晚,意与天宇阔。醒醉各有适,短长听凫鹤。⑤

以上所举都是心中有所不平的散淡文人,下面再举一位史称"孝友忠信,恭俭正直,居处有法,动作有礼"⑥的名臣司马光,或许更有助于说明文人之狂与酒的关系。

司马光生前身后都有正人君子之美誉。且不说他在朝时如何"有法""有礼",即以退居而言,他"居洛阳十五年,天下以为真宰相,田夫野老皆号为司马相公,妇人孺子亦知其为君实也"⑦。他的贤达知己邵雍对其"不好声色,不爱官职,不殖货利"的君子之德倍加称道⑧。他律人律己都比较严格,尤其

---

① 分见《宝鼎现》(山庄图画)、《朝中措》(花阴如坐)、《菩萨蛮》(春来春去)、《减字木兰花》(客亭小会),见唐圭璋编《全宋词》,中华书局1965年版,第1080、1081、1094、1101页。
② 《好事近》(次字文卷臣韵),见唐圭璋编《全宋词》,中华书局1965年版,第1582页。
③ 《念奴娇》(双陆),见〔宋〕辛弃疾撰、邓广铭笺注《稼轩词编年笺注(增订本)》卷二,上海古籍出版社1993年版,第216页。
④ 《赠二苏公》,任渊注引《难经》曰:"狂颠之病,自高贤也,自辩智也。"见〔宋〕陈师道撰、任渊注、冒广生补笺、冒怀辛整理《后山诗补笺》卷一,中华书局1995年版,第24页。
⑤ 〔宋〕陈师道撰、任渊注、冒广生补笺、冒怀辛整理:《后山诗补笺》卷一,中华书局1995年版,第480页。
⑥ 《宋史》卷三三六《司马光传》。
⑦ 《宋史》卷三三六《司马光传》。
⑧ 参〔宋〕邵伯温撰,李剑雄、刘德权点校《邵氏闻见录》卷十一,中华书局1983年版。

不赞成狂人。熙宁三年（1070）《与王介甫书》批评推行新法的王安石"所遣者虽皆才俊，然其中亦有轻佻狂躁之人"①。就是这样一位严于规范的大儒，在其退居洛中的岁月里（52～66岁），也不乏"樽前狂气出云霄"的自由乐趣。

以酒消愁、乐以忘忧常有之：

执酒劝君君尽之，今朝取醉不当疑。好风好景心无事，闲利闲名何足知。②（《执酒》）

厚于太古暖于春，耳目无营见道真。果使屈原知醉趣，当年不作独醒人。③（《醉》）

身外百愁俱掷置，放歌沉饮且醺醺。④（《送张太博肃知岳州》）

宾主俱欢醉，高楼迥倚空。形忘羁检外，酒散笑谈中。⑤（《宜甫东楼晚饮》）

朋友聚饮行乐常有之（当时洛阳聚集了一群文化老人，常常相聚为"耆英会""真率会"等，蔚为洛中人才盛事）：

年老逢春犹解狂，行歌南陌上东岗……吾侪幸免簪裾累，痛饮闲吟乐未央。⑥（《再和尧夫年老逢春》）

洛下衣冠爱惜春，相从小饮任天真。⑦（《和潞公真率会诗》）

白头难入少年场，林下相招莫笑狂。⑧（《又和南园真率会见赠》）

七人五百有余岁，同醉花前今古稀。走马斗鸡非我事，纁衣丝发且相辉。经春无事连翩醉，彼此往来能几家。切莫辞斟十分酒，尽从他笑满头花。⑨（《二十六日作真率会……用安之前韵》）

白居易晚年居洛，曾有九老会之雅集。司马光此时陶醉于洛中衣冠盛会，颇有不让前贤、乐不思汴之感：

---

① 〔宋〕司马光：《传家集》卷六十，《四库全书》本。
② 北京大学古文献研究所编：《全宋诗》，北京大学出版社1999年版，第6073页。
③ 北京大学古文献研究所编：《全宋诗》，北京大学出版社1999年版，第6089页。
④ 北京大学古文献研究所编：《全宋诗》，北京大学出版社1999年版，第6111页。
⑤ 北京大学古文献研究所编：《全宋诗》，北京大学出版社1999年版，第6135页。
⑥ 北京大学古文献研究所编：《全宋诗》，北京大学出版社1999年版，第6180页。
⑦ 北京大学古文献研究所编：《全宋诗》，北京大学出版社1999年版，第6205页。
⑧ 北京大学古文献研究所编：《全宋诗》，北京大学出版社1999年版，第6220页。
⑨ 北京大学古文献研究所编：《全宋诗》，北京大学出版社1999年版，第6206页。

西都自古繁华地，冠盖优游萃五方。比户清风人种竹，满川浓渌土宜桑。凿龙山断开天阙，导洛波回载羽觞。况有耆英诗酒乐，问君何处不如唐。①（《和子骏洛中书事》）

对文化人来说，醉饮之真谛在于自由。据他自己说，酒中真味是于居洛时才悟得的：

觉后追思气味长，欢情愁绪两俱忘。近来方得醉中趣，熟寝沉沉是醉乡。②（《又即事二章上呈》）

清茶淡话难逢友，浊酒狂歌易得朋。③（《题赵舍人庵》）

醉饮之乐既多，自然令人倾心：

余生信多幸，狂醉亦无嫌。④（《三月三十日……呈真率诸公》）
洛邑衣冠陪后乘，寻花载酒愿年年。⑤（《和子华……赏牡丹》）

他甚至有点嗜酒如狂了：

头白惜春情更深，花间独醉竟分阴。⑥（《次前韵二首》）
盛时已过浑如我，醉舞狂歌插满头。⑦（《和秉国芙蓉五章》其三）

在他生命的最后两年，朝廷的召唤又使其离开了这片令他开心惬意的乐土。告别自由的感受的确是复杂的，他最想说一说的还是这杯中"知己"：

不辞烂醉樽前倒，明日此欢重得无。⑧（《留别东郡诸僚友》其五）

---

① 北京大学古文献研究所编：《全宋诗》，北京大学出版社1999年版，第6208页。
② 北京大学古文献研究所编：《全宋诗》，北京大学出版社1999年版，第6213页。
③ 北京大学古文献研究所编：《全宋诗》，北京大学出版社1999年版，第6225页。
④ 北京大学古文献研究所编：《全宋诗》，北京大学出版社1999年版，第6208页。
⑤ 北京大学古文献研究所编：《全宋诗》，北京大学出版社1999年版，第6214页。
⑥ 北京大学古文献研究所编：《全宋诗》，北京大学出版社1999年版，第6213页。
⑦ 北京大学古文献研究所编：《全宋诗》，北京大学出版社1999年版，第6219页。
⑧ 北京大学古文献研究所编：《全宋诗》，北京大学出版社1999年版，第6089页。

这似乎有点悲凉，然而恰可说明：醉里狂欢最是疏离仕事者的一大乐趣。

（二）"狂吟无所忌"① ——歌诗与疏狂

古代文人讲究诗酒风流，酒狂常为诗狂而设。如果只有酒而没有诗，文人就不成其为文人了，因为村夫野老也懂得口腹之快。司马光就曾说过苏舜钦因诗而留名："潦倒黄冠无足论，白头嗜酒住荒村。狂名偶为留诗著，陈迹仍因好事存。"②陈与义云"风流到樽酒，犹足助诗狂"③。陈亮自称"酒圣诗狂"④。酒狂和诗狂是成就文士风流的两大相关要素。

对于文人，酒只是自由生命的"药剂"，狂饮助狂吟，酒使自由生命得以放纵，诗使自由生命的价值得以实现并且永恒。李白说"古来圣贤皆寂寞，唯有饮者留其名"，其实是预设了一个不争的前提——诗。陈王是诗人，否则说他干什么呢？李白之"斗酒"所以成为美谈，也是因为有"诗百篇"这个前提或者说结果。

有了诗，文人的狂醉才能得到社会和历史的审美确认，文人的价值才能超越时空中的一切短暂而获得永恒。

文人之疏狂总是蕴含着丰富的诗意。林逋《读王黄州诗集》云：

放达有唐唯白傅，纵横吾宋是黄州。左迁商岭题无数，三入承明兴未休。⑤

说的是王禹偁这位开宋诗革新之先声的诗人，在左迁商州的两度寒暑中，创作了他一生中最堪称道的一批诗篇。徐规先生说：

禹偁在商山二年，为一生中作诗数量最多、质量最佳之时期，曾有"新文自负山中集"（卷十《幕次闲吟五首》）之句。⑥

---

① 〔宋〕魏野：《喜大孙状元见访》，见北京大学古文献研究所编《全宋诗》，北京大学出版社1999年版，第901页。
② 《苏才翁、子美……》，见北京大学古文献研究所编《全宋诗》，北京大学出版社1999年版，第6167页。
③ 《酴醾》，见《陈与义集》卷四，中华书局1982年版，第52页。
④ 《点绛唇》（烟雨楼台），见唐圭璋编《全宋词》，中华书局1965年版，第2103页。
⑤ 北京大学古文献研究所编：《全宋诗》，北京大学出版社1999年版，第1230页。
⑥ 徐规：《王禹偁事迹著作编年》，中国社会科学出版社1982年版，第105页。

文学史上素有忧患出诗人之论。几乎很难举出哪位文学家的创作高峰出现于仕宦通达之际；而绝大多数堪称优秀的文学家，其创作丰收期差不多都是在其疏离仕事之时。比如苏轼、辛弃疾的创作高峰期都出现在谪居岁月中①。这一因心有所感，二因时间宽裕，三因心境相对疏放。儒家于个人出处之道，素有"兼济""独善"的进退原则。疏于仕事而将心力倾注于文学，这是文人独善其身的主要方式。

王禹偁30岁举进士，38岁谪商州。谪商前夕曾有诗云：

奉亲冀丰足，委身任蹉跎。终焉太平世，散地恣狂歌。②

随后便谪居商州，真的开始了蹉跎狂歌的生活。他在商居之后的《对雪示嘉佑》③诗中回忆道：

山城穷陋无妓乐，何以销得骚人忧？抱瓶自泻不待劝，乘兴一饮连十瓯。晚归上马颇自适，狂歌醉舞夜不休。

"狂歌"本是文人的事业，加之商州团练副使这个实为监督改造的身份是被明令不得签署公事的，因而王禹偁更把诗歌看作谪居岁月里唯一的精神寄托：

宦途流落似长沙，赖有诗情遣岁华。④（《新秋即事三首》其二）
迁谪独熙熙，襟怀自坦夷。……消息还依道，生涯只在诗……
琴酒图三乐，诗章效《四随》。……吾道宁穷矣，斯文未已而。
狂吟何所益？孤愤泻黄陂。⑤（《谪居感事一百六十韵》）
眼前有酒长须醉，身外除诗尽是空。⑥（《寄海州副使田舍人》）
未有一业立，空惊双鬓衰。唯怜文集里，添得谪官诗。⑦（《滁上谪居四

---

① 参王水照《苏、辛退居时期心态平议》："苏轼的2700多首诗中，贬居期达600多首，240多首编年词中，贬居期达70多首，还有数量众多的散文作品；辛弃疾词共600多首，带湖、瓢泉之什共约450多首。这表明艺术创造日益成为他们退居生活的一个注意中心。"载《文学遗产》1991年第2期。
② 徐规：《王禹偁事迹著作编年》，中国社会科学出版社1982年版，第89页。
③ 徐规：《王禹偁事迹著作编年》，中国社会科学出版社1982年版，第108页。
④ 北京大学古文献研究所编：《全宋诗》，北京大学出版社1999年版，第732页。
⑤ 北京大学古文献研究所编：《全宋诗》，北京大学出版社1999年版，第709～712页。
⑥ 北京大学古文献研究所编：《全宋诗》，北京大学出版社1999年版，第731页。
⑦ 北京大学古文献研究所编：《全宋诗》，北京大学出版社1999年版，第754页。

首》其二)

冬来滁上兴何长,唯把吟情入醉乡。……谪宦老郎无一物,清贫犹且放怀狂。① (《雪中看梅花因书诗酒之兴》)

咸平三年(1000)十一月,素"以直言谠论倡于朝"② 的王禹偁再谪黄州。这时他47岁,其生命的旅程再有一年就结束了,他的财富还是只有诗:

悲歌一曲从事书,唱与朝中旧知友。③ (《筵上狂歌送侍棋衣袄天使》)

他一生为官清廉,不治产业。离商州时就只是将"诗章收拾取""留与子孙吟"④,此番谪黄,他"即着手编次平生所为文……成三十卷,名曰《小畜集》"⑤。这位48岁就辞别了坎坷人生的诗人,似乎真的对自己的生命早有预感,他竟然如此从容地亲手把自己一生最看重的"狂歌"留给了后人。当然,后人也永远铭记了他的"忠义之气",《宋史·忠义传序》列举5位忠臣直士,即有其名。

辛弃疾是典型的狂饮狂歌之士,他自称"酒圣诗豪"。在醉意中作词是他罢官数十年闲居岁月里的主要事业。他把这种生活称之为"一觞一咏""醉舞狂歌""樽俎风流"。他是宋代词人中传世词作最多者,又是豪放词派的最优秀代表。在他的600多首词中,"狂"字凡13见,多为其狂饮狂歌心态之写照,兹据邓广铭《稼轩词编年笺注(增订本)》索引于下:

狂歌未可,且把一樽料理。⑥ (《减字木兰花》)
说剑论诗余事,舞狂歌欲倒,老子颇堪哀。⑦ (《水调歌头》)

---

① 北京大学古文献研究所编:《全宋诗》,北京大学出版社1999年版,第755页。
② 《宋史》卷四四六《忠义传序》。
③ 北京大学古文献研究所编:《全宋诗》,北京大学出版社1999年版,第787~788页。
④ 《留别仲咸二首》其一,见北京大学古文献研究所编《全宋诗》,北京大学出版社1999年版,第740页。
⑤ 徐规:《王禹偁事迹著作编年》,中国社会科学出版社1982年版,第165页。
⑥ 〔宋〕辛弃疾撰、邓广铭笺注:《稼轩词编年笺注(增订本)》,上海古籍出版社1993年版,第100页。
⑦ 〔宋〕辛弃疾撰、邓广铭笺注:《稼轩词编年笺注(增订本)》,上海古籍出版社1993年版,第117页。

老眼狂花空处起,银钩未见心先醉。①(《蝶恋花》)
折花去,那边谁家女,太狂颠。②(《唐河传》)
昨夜酒兵压愁城,太狂生,转关情。③(《江神子》)
夜半狂歌悲风起,听铮铮、阵马檐间铁。④(《贺新郎》)
我醉狂吟,君作新声,倚歌和之。⑤(《沁园春》)
风狂雨横,是邀勒园林,几多桃李。⑥(《念奴娇》)
长恨复长恨,裁作短歌行。何人为我楚舞,听我楚狂声。⑦(《水调歌头》)
纶巾羽扇颠倒,又似竹林狂。⑧(《水调歌头》)
醉兀篮舆,夜来豪饮太狂些。⑨(《玉蝴蝶》)
狂歌击碎村醪,欲舞还怜衫袖短。⑩(《玉楼春》)
不恨古人吾不见,恨古人不见吾狂耳。⑪(《贺新郎》)

辛弃疾的生命价值在仕途和战场上无法充分实现,却在"狂歌"事业中实现并获得了永恒。

---

① 〔宋〕辛弃疾撰、邓广铭笺注:《稼轩词编年笺注(增订本)》,上海古籍出版社1993年版,第127页。
② 〔宋〕辛弃疾撰、邓广铭笺注:《稼轩词编年笺注(增订本)》,上海古籍出版社1993年版,第144页。
③ 〔宋〕辛弃疾撰、邓广铭笺注:《稼轩词编年笺注(增订本)》,上海古籍出版社1993年版,第168页。
④ 〔宋〕辛弃疾撰、邓广铭笺注:《稼轩词编年笺注(增订本)》,上海古籍出版社1993年版,第240页。
⑤ 〔宋〕辛弃疾撰、邓广铭笺注:《稼轩词编年笺注(增订本)》,上海古籍出版社1993年版,第292页。
⑥ 〔宋〕辛弃疾撰、邓广铭笺注:《稼轩词编年笺注(增订本)》,上海古籍出版社1993年版,第302页。
⑦ 〔宋〕辛弃疾撰、邓广铭笺注:《稼轩词编年笺注(增订本)》,上海古籍出版社1993年版,第317页。
⑧ 〔宋〕辛弃疾撰、邓广铭笺注:《稼轩词编年笺注(增订本)》,上海古籍出版社1993年版,第372页。
⑨ 〔宋〕辛弃疾撰、邓广铭笺注:《稼轩词编年笺注(增订本)》,上海古籍出版社1993年版,第466页。
⑩ 〔宋〕辛弃疾撰、邓广铭笺注:《稼轩词编年笺注(增订本)》,上海古籍出版社1993年版,第469页。
⑪ 〔宋〕辛弃疾撰、邓广铭笺注:《稼轩词编年笺注(增订本)》,上海古籍出版社1993年版,第515页。

(三)"付与狂儿取次游"① ——自然与疏狂

疏离了官场,就接近了自然。所谓疏离,有些人可能是暂时或长期离官,有些人可能只是疏离朝廷政治中心,有些人甚至只是公事之余或者忙里偷闲地走近自然。不论哪种情况,其生存时空和心理时空都与自然贴近了。山水林泉田园茅舍是文人们自由生活的乐土,是独立、自由精神的家园,是文学艺术的摇篮,是生命哲学的时间和空间。在这里,谁都不妨疏狂放纵一番。山林隐士自不必说,就连端方严谨如曾巩、司马光这样的名臣大儒,面对大好山水也不免狂兴难禁:

每看香草牵狂思,曾向幽兰费苦吟。②(曾巩《和陈郎中》)
年老逢春犹解狂,行歌南陌上东冈。③(司马光《再和尧夫年老逢春》)

宋代文学中许多得之于山水田园的佳作都记录了疏于仕事的作者们旷放疏散、纵情于山水、沉醉于杯酒、遣兴怡情、消解烦忧的情景。

王禹偁贬官黄州,特建小竹楼,"远吞山光,平挹江濑","公退之暇……焚香默坐,消遣世虑。江山之外,第见风帆沙鸟、烟云竹树而已。待其酒力醒,茶烟歇,送夕阳,迎素月,亦谪居之胜概也"④。

欧阳修谪知滁州,年方不惑,乃自号醉翁,施政从简,放纵于诗酒山水之乐,留下了许多寄意山水之作⑤。《醉翁亭记》是此期间之代表作,人所熟知,兹不引述。他于嘉祐元年(1056)所作杂文《醉翁吟》⑥,追忆当年情景,亦可玩味:

始翁之来,兽见而深伏,鸟见而高飞。翁醒而往兮醉而归,朝醒暮醉兮无有四时。鸟鸣乐其林,兽出游其溪,咿嘤呦哲于翁前兮醉不知。有心不能以无情兮,有合必有离。水潺潺兮翁忽去而不顾,山岑岑兮翁复来而几时。风袅袅兮山木落,春年年兮山草菲。嗟我无德于其人兮,有情于山禽与野麋……

---

① 〔宋〕陈师道:《触目绝句》,见任渊注、冒广生补笺、冒怀辛整理:《后山诗补笺》卷十,中华书局1995年版,第375页。
② 〔宋〕曾巩:《曾巩集》卷七,中华书局1984年版,第103页。
③ 北京大学古文献研究所编:《全宋诗》,北京大学出版社1999年版,第6180页。
④ 〔宋〕王禹偁:《黄州新建小竹楼记》。
⑤ 参〔宋〕欧阳修《居士集》卷三,《四部丛刊初编》本。
⑥ 〔宋〕欧阳修:《居士集》卷十五,《四部丛刊初编》本。

欧阳修颓放于滁山之时，苏舜钦也因同样的政治缘由罢官闲居在苏州沧浪亭。这两位政治上的狂直同道，在疏离仕事之际，也以同样的心态狂游纵饮。其《沧浪亭记》① 云：

……前竹后水，水之阳又竹，无穷极……予时榜小舟，幅巾以往。至则洒然忘其归，觞而浩歌，踞而仰啸，野老不至，鱼鸟共乐，形骸既适则神不烦，观听无邪则道以明。返思向之汩汩荣辱之场，日与锱铢利害相磨戛，隔此真趣，不亦鄙哉……

共患难的道友体会的是同一种人生况味，故尔虽处异地，仍以诗文交流心得。欧阳修因"子美寄我沧浪吟，邀我共作沧浪篇"而答以《沧浪亭》诗，有"岂如扁舟任飘兀，红渠绿浪摇醉眠"② 等互勉之语。

大自然的真实和宽容对于米元章尤其适宜。这位癫狂的大书法家也是山水狂客。他之爱奇石、爱山水，都体现着他真率自由的个性。今存其4卷数百首诗，除写书画之事以外，多为山水景物之作。岳珂《宝晋英光集序》引《思陵翰墨志》曰："芾之诗文，语无蹈袭，出风烟之上，觉其词翰间有凌云之气。"③ "出风烟之上""有凌云之气"，固然与其性格、气质、才情、修养有关，而其取于仕途者少，得于自然者多亦当是重要原因。其《壮观赋》云："米元章登北山之宇，徘徊回顾，慨然而叹曰：壮哉江山之观也！"

这位不曾丢过官职的艺术家也从未丢掉过自由精神，大自然正是他真率狂放的天地：

好作新诗吟景物，垂虹秋色满江南。（《垂虹亭》）
我欲临风取清旷，寄声鱼鸟莫相猜。（《书淮岸舣舟馆秀野亭》）
野伯终朝爱清景，不辜闲禄太平身。（《高邮即事》）
鱼鸟难驯湖海志，岸沙汀竹忆山林。④（《太常二绝》）

这位自由人在自然中无拘无束，有时显得过于癫狂：

---

① 〔宋〕苏舜钦著，傅平骧、胡问陶校注：《苏舜钦集编年校注》卷九，巴蜀书社1991年版，第625～626页。
② 〔宋〕欧阳修：《居士集》卷三，《四部丛刊初编》本。
③ 〔宋〕米芾：《宝晋英光集》，《四库全书》本。
④ 上引均见〔宋〕米芾《宝晋英光集》卷四，《四库全书》本。

解衣同俗裸，酌水合狂夫。①（《发润州》）

不过，他自己觉得既惬意又和谐：

醉余清夜，羽扇纶巾人入画，江远淮长，举首宗英醒更狂。②（《减字木兰花》）

读其《宝晋英光集》，很少见他有什么忧愁烦恼怨气牢骚。或许他才真正称得起彻里彻外的自由人。他的《座右铭》颇见宋代文人随缘适性的自由主义人生哲学：

进退有命，去就有义，仕宦有守，远耻有礼，翔而后集，色斯举矣。③

山水狂游对于自称"我自疏狂异趣"的苏轼来说，除消解烦忧、怡情悦意之外，还有另一番深意。这位文化伟人对宇宙和人生的思考，对生命哲学的探究，对历史和社会的叩问，多是在大自然赐给他的自由时空中臻于至境、化境的。因此，他在山山水水中的"疏狂异趣"，常常带有丰富的"理趣"。"理趣"历来是"苏学"中备受关注的话题，本文无须详论。这里只是指出："疏狂"是人类生命过程中的一种自由形态，而在人类生存的一切环境中，自然是最适合这种生命形态良性发育的环境。对于"疏狂"的士人，当其疏于仕宦之际，如果说狂于酒和女人之所得，主要是对生命之本真的确认，对生命本能和激情的放纵，对形而下的生命美感的自由享用；那么，他们纵身心于山水林泉之间，所得到的则主要是对宇宙、人生、历史和社会的形而上的沉思默想，对自然和人生的诗意的审美愉悦。

（四）"忍把浮名，换了浅斟低唱"④——声色与疏狂

宋人自称疏狂，多数都关乎男女风流韵事。柳永《鹤冲天》词所言在风月场上"偎红倚翠""恣游狂荡"，实为文人士大夫中较为普遍的现象。倒是王安石、司马光、二程、朱子这样凛然不近女色者是少数。

---

① 〔宋〕米芾：《宝晋英光集》卷五，《四库全书》本。
② 〔宋〕米芾：《宝晋英光集》卷五，《四库全书》本。
③ 〔宋〕米芾：《宝晋英光集》卷六，《四库全书》本。
④ 〔宋〕柳永：《鹤冲天》，见唐圭璋编《全宋词》，中华书局1965年版，第52页。

文人的风流韵事是各种笔记、小说、诗话、词话等杂史中的热门话题。作为一代文学之代表的宋词,更是宋世风流的艺术写照。

疏狂之于女色,或表现为群聚宴饮以妓乐歌舞相佐,或表现为烟花巷陌中的宿娼狎妓。如此"疏狂"者,未必都是疏于仕事者,宋代皇帝、达官显贵、京城和地方各级军政官吏、太学生、举子、罪臣谪客、落魄文人等均可能有此类"疏狂"行为。其疏者,主要是儒家名教规范;其狂者,主要是声、色、情之心理和生理欲求的放纵和满足。在宋代,这是完全可用"普遍"称之的世风和士风。

柳永是著名的浪子词人,其词中"狂"字凡25见,多是指放纵于男女之事。兹据《全宋词》索引如下:

恣狂踪迹,两两相呼,终朝吟风舞。①(《黄莺儿》)
对满目乱花狂絮。②(《昼夜乐》)
无限狂心乘酒兴,这欢娱,渐入佳境。③(《昼夜乐》)
好梦狂随飞絮。④(《西江月》)
金吾不禁六街游,狂杀云踪并雨迹。⑤(《玉楼春》)
金蕉叶泛金波齐,未更阑,已尽狂醉。⑥(《金蕉叶》)
恨少年枉费疏狂,不早与伊相识。⑦(《惜春郎》)
每追念,狂踪旧迹,长只恁,愁闷朝夕。⑧(《征部乐》)
贪看海蟾狂戏,不道九关齐闭。⑨(《巫山一段云》)
拟把疏狂图一醉,对酒当歌,强乐还无味。⑩(《凤栖梧》)
至更阑疏狂转甚,更相将凤帏鸳寝。⑪(《宣清》)
认得这疏狂意下,向人诮譬如闲。⑫(《锦堂春》)

---

① 唐圭璋编:《全宋词》,中华书局1965年版,第13页。
② 唐圭璋编:《全宋词》,中华书局1965年版,第15页。
③ 唐圭璋编:《全宋词》,中华书局1965年版,第15页。
④ 唐圭璋编:《全宋词》,中华书局1965年版,第16页。
⑤ 唐圭璋编:《全宋词》,中华书局1965年版,第20页。
⑥ 唐圭璋编:《全宋词》,中华书局1965年版,第20页。
⑦ 唐圭璋编:《全宋词》,中华书局1965年版,第20页。
⑧ 唐圭璋编:《全宋词》,中华书局1965年版,第22页。
⑨ 唐圭璋编:《全宋词》,中华书局1965年版,第23页。
⑩ 唐圭璋编:《全宋词》,中华书局1965年版,第25页。
⑪ 唐圭璋编:《全宋词》,中华书局1965年版,第29页。
⑫ 唐圭璋编:《全宋词》,中华书局1965年版,第29页。

平康巷陌，触处繁华，连日疏狂。[1]（《凤归云》）
小楼深巷狂游遍，罗绮成丛。[2]（《集贤宾》）
似恁疏狂，费人拘管，争似不风流。[3]（《少年游》）
况有狂朋怪侣，遇当歌，对酒竞流连。[4]（《戚氏》）
花红滞翠，近日来，陡把狂心牵系。[5]（《长寿乐》）
帝里疏散，数载酒萦花系，九陌狂游。[6]（《如鱼水》）
秋声败叶狂飘，心摇。[7]（《临江仙》）
坐中醉客风流惯，尊前见，特地惊狂眼。[8]（《河传》）
昔观光得意，狂游风景。[9]（《透碧霄》）
狂风乱扫。[10]（《倾杯》）
楚峡云归，高阳人散，寂寞狂踪迹。[11]（《倾杯》）
未遂风云便，争不恣狂荡。[12]（《鹤冲天》）
一夜狂风雨。[13]（《归去来》）

柳永所谓"疏狂"或"狂"，较为典型地体现了宋代"自负风流才调"（柳词《传花枝》）的文人纵情声色之际的玩世不恭心理、自由享乐心理、仕宦失意心理、欲求代偿心理等。

略晚于柳永的晏几道，其性情、身世虽与柳永大不相同，但也是一位疏于仕事，沉醉于声色情爱的"狂"者。他的"疏狂"有其鲜明的个性色彩，可称之为狷世之痴狂，亦为宋人疏狂心态之重要类型。

---

[1] 唐圭璋编：《全宋词》，中华书局1965年版，第31页。
[2] 唐圭璋编：《全宋词》，中华书局1965年版，第31页。
[3] 唐圭璋编：《全宋词》，中华书局1965年版，第33页。
[4] 唐圭璋编：《全宋词》，中华书局1965年版，第35页。
[5] 唐圭璋编：《全宋词》，中华书局1965年版，第35页。
[6] 唐圭璋编：《全宋词》，中华书局1965年版，第40页。
[7] 唐圭璋编：《全宋词》，中华书局1965年版，第43页。
[8] 唐圭璋编：《全宋词》，中华书局1965年版，第47页。
[9] 唐圭璋编：《全宋词》，中华书局1965年版，第47页。
[10] 唐圭璋编：《全宋词》，中华书局1965年版，第51页。
[11] 唐圭璋编：《全宋词》，中华书局1965年版，第51页。
[12] 唐圭璋编：《全宋词》，中华书局1965年版，第51页。
[13] 唐圭璋编：《全宋词》，中华书局1965年版，第53页。

晏几道是个情痴。今存《小山词》259 首，9 次自言其狂①，皆缘于男女之情。另有晚年自编词集②所作序称自己的词为"昔之狂篇醉句"，"不独叙其所怀，兼写一时杯酒间闻见，所同游者意中事……篇中所记悲欢离合之事，如幻如电，如昨梦前尘"③。可知其"狂篇醉句"均乃言情之作。

他自言疏狂见于《鹧鸪天》词："醉拍春衫惜旧香，天将离恨恼疏狂。"④这是自写相思之词。词中那位被离愁别恨所困扰的疏狂者，借酒浇愁，终难排遣对"旧香"的迷恋。可知其"疏"，当指疏于绳检（规范），疏于仕事自不必言；"狂"指放纵于宴饮、声色、情爱等自由享乐的生活。在仕途和爱情之间、规范和自由之间、真诚和伪饰之间、现实和理想之间，他一律疏于前者而狂于后者。

首先，疏于仕事，狂于声色宴享之乐。

晏几道是名臣晏殊的小儿子。晏殊自 30 岁即为显官，居要职 20 余年，位至宰辅，荐拔的范仲淹、富弼、欧阳修等一代名臣皆曾执掌朝政⑤。晏殊死后 33 年（元祐三年，1088），时为翰林学士的苏轼欲求见小晏，小晏辞之曰："今日政事堂中，半吾家旧客，亦未暇见也。"⑥小晏说出了两个事实：一是朝廷当政者中有许多晏家的亲朋故旧，二是小晏与他们来往很少。这足以说明他对仕途的冷漠。他拥有一般人所没有的父荫和自身的"有余之才"⑦，但偏偏不求仕进。黄庭坚是他的知己，其《小山词序》⑧言其"痴"曰：

---

① 依《全宋词》页次：第 226 页"天将离恨恼疏狂"；第 229 页"狂花倾刻香，晚蝶缠绵意"；第 233 页"小莲未解论心素，狂似秦筝弦底柱"；第 234 页"尽有狂情斗春早"；第 238 页"殷勤理旧狂"；第 239 页"日日双眉斗画长，行云飞絮共轻狂"；第 241 页"一寸狂心未说"；第 243 页"狂情错向红尘住"；第 244 页"曳雪牵云留客醉，且伴春狂"。

② 吴熊和《唐宋词通论》亦据宛敏灏《二晏年谱》推断"这时晏几道已五六十岁了"，浙江古籍出版社 1985 年版，第 354 页。

③ 唐圭璋编：《全宋词》，中华书局 1965 年版，第 226 页。

④ 唐圭璋编：《全宋词》，中华书局 1965 年版，第 226 页。

⑤ 据夏承焘《二晏年谱》，见上海古籍出版社 1979 年《唐宋词人年谱》修订本：晏殊 30 岁为真宗朝翰林学士，35 岁为仁宗朝枢密副使，37 岁出守南京（今河南商丘），不到两年复还朝为御史中丞，荐范仲淹、以女字富弼、知贡举擢欧阳修第一均在这两年间。40 岁生晏几道，42 岁为参知政事，43 岁时仁宗亲政，遂罢知亳州、陈州，48 岁复召还为御史中丞三司史，50 岁加检校太尉枢密使，52 岁加同平章事，53 岁加同中书门下平章事、集贤殿学士、兼枢密使，54 岁罢相出知颍州，此后辗转外任 10 年，64 岁以疾归京，次年正月卒。

⑥ 参夏承焘《二晏年谱》。

⑦ 《邵氏闻见后录》卷十九："晏叔原，临淄公晚子。监颖昌府许田镇，手写自作长短句，上府帅韩少师。少师报书：'新得词盈卷，盖有余于德不足者，愿郎君捐有余之才，补不足之德，不胜门下老吏之望'云。"

⑧ 朱孝藏辑校编撰：《彊村丛书》，上海古籍出版社 1989 年版，第 651～652 页。

> 平生潜心六艺，玩思百家，持论甚高，未尝以沽世……仕宦连蹇，而不能一傍贵人之门，是一痴也；论文自有体，不肯一作新进士语，此又一痴也。

可知他一不习举业，二不凭父荫干谒求进。黄庭坚说他"磊隗权奇，疏于顾忌"，首先即指这种狷介的个性。他40多岁时因郑侠事牵连下狱，或亦与其"不能一傍贵人之门"的狷介性情有关。他做颍昌府许田镇的小小监官时，已经50多岁。此后更无仕宦显达之事。

于仕途吏道如此狷介疏远，他却沉迷于声色歌舞、宴饮享乐之事。《小山词自序》① 云：

> 始时，沈十二廉叔、陈十君龙家有莲、鸿、蘋、云，品（工以）清讴娱客。每得一解，即以草授诸儿，吾三人持酒听之，为一笑乐而已。而君龙疾废卧家，廉叔下世，昔之狂篇醉句，遂与两家歌儿酒使具流转于人间。

这显然是个很长的时期。对沈、陈二人来说，当是后半生；小晏则可能是青壮年。他的词足可证明这种生活的时间跨度。这是一种如梦如幻、如醉如痴、年复一年的狂欢岁月，"疏于顾忌"的风流男女们在一起宴饮、诗词歌舞、冶游调笑，奢侈地享受自由：

> 一笑解愁肠，人会娥妆，藕丝衫袖郁金香。曳雪牵云留客醉，且伴春狂。② （《浪淘沙》）
> 小令尊前见玉箫，银灯一曲太妖娆。歌中醉倒谁能恨，唱罢归来酒未消。春悄悄，夜迢迢，碧云天共楚宫遥。梦魂惯得无拘检，又踏杨花过谢桥。（《鹧鸪天》）

从黄《小山词序》"费资千百万，家人寒饥，而面有孺子之色"来看，小晏为这种放纵的生活几乎倾家荡产，而且无愧无悔。"孺子之色"，此当指儿童般无忧无虑的神色。黄《小山词序》又云：

> 至其乐府，可谓狎邪之大雅，豪士之鼓吹。其合者高唐洛神之流，其下者岂减桃叶团扇哉。余少时间作乐府以使酒玩世，道人法秀独罪予以笔墨劝淫，

---

① 朱孝藏辑校编撰：《彊村丛书》，上海古籍出版社1989年版，第651～652页。
② 唐圭璋编：《全宋词》，中华书局1965年版，第244页。

于我法中,当下犁舌之狱。特未见叔原之作耶?

又《邵氏闻见后录》卷十九云:

一监镇官,敢以杯酒间自作长短句示本道大帅……甚为豪。

可知小晏对自己选择的生活方式不仅至老亦无悔愧,而且颇自得意,不唯自赏,还向人炫耀,并不怎么"顾忌"世人的看法。或者他连家人怎么想也不太考虑,所以才会有"孺子之色"。

其次,疏于规范,狂于情爱。

如此疏于仕事又疏于道德伦理规范的晏公子,后人却不可以酒色之徒、败家之子视之,因为他的疏狂中深涵着对情爱的珍重和追求。

宋代文人普遍推崇超越世事、"止抑悲哀"的达者精神,但小晏是个例外。他是绝对的情痴,他的生命似乎只为情而存在,他为历史留下的"意义",也可以说只是一个爱——诗意的、感伤的、真诚无伪的、执着痴狂的男女情爱。

小晏对仕途功名等许多世事都能超然处之,唯独对男女之情爱不能解脱。他喜欢在男女情爱世界里建构一种具有浓郁艺术情调的审美情境,自己全身心地陶醉在里面而且不求消解。他总是带着一种极端化的倾向去体验自由化的男女之爱。

极端的投入:

彩袖殷勤捧玉钟,当年拼却醉颜红。舞低杨柳楼心月,歌尽桃花扇底风。从别后、忆相逢,几回魂梦与君同。今宵剩把银釭照,犹恐相逢是梦中。(《鹧鸪天》)

极端的真诚:

人百负之而不恨,己信人,终不疑其欺己,此又一痴也。(黄庭坚《小山词序》)

极端的迷狂:

狂花顷刻香,晚蝶缠绵意。(《生查子》)

极端的感伤：

> 兰佩紫，菊簪黄，殷勤理旧狂。欲将沉醉换悲凉，清歌莫断肠。(《阮郎归》)

任何形式的狂都是对"中行"悖逆。小晏悖逆男女之"中行"而毫无顾忌地追求极端：欢—悲，合—离，热恋—相思，获得—失落。他愿意在极端的激情状态中体验情爱的欢愉和感伤，而无意走出自己心造的"伊甸园"。

然而这"园"中牵扯着小晏情爱之心的女子并不是他"合法"的妻妾，而是一些歌儿舞女——家妓。虽然宋王朝允许达官贵人"多蓄歌儿舞女"，但她们毕竟是地位卑微、身不由己的玩偶，是靠色艺谋生的"准妓女"。

一般说来，狎妓与爱是悖逆的。在文明社会的两性关系中，宿娼狎妓是极端化的低级形态，爱是极端化的高级形态，二者本属无爱与爱的两极，不道德与道德的两极，丑与美、卑下与高尚的两极，自由生存形态和规范生存形态的两极。但任何文明都只是历史性的概念，是就一定时空中的普遍规范而言的。具体到中国的唐宋时期，文人士子与妓女产生情爱甚至爱情的情况亦并不十分罕见。再具体到小晏，他虽然所爱既不专一也难长久，但却极端的真诚而且热烈。他要用自己极端的真诚和痴情在悖逆的两极之间搭起一座美的桥梁，连通自己与歌儿的情感，从而否定低级追求高级，否定无爱追求爱，否定丑追求美。

再次，疏于现实，狂于幻想。

心造的"伊甸园"在很大程度上是脱离现实的。现实中的小晏有饥寒的家人，他应该求仕禄以养家，不应该"费资千百万"而长期在歌舞声色中消磨；他有妻室，不应对别人家的歌儿们过分痴情；他是相门之子，应该更注意道德名声。在这些无法回避的现实问题面前，尽管他天性"疏于顾忌"，却也不能不感到巨大的压力，因而一面在行为方面须有所检点，一面在心理上须忍受一定的压抑和苦闷。这是他常常在梦幻和沉醉状态中进行超现实的文学想象活动的原因之一。

此外，还有他更加无法超越的两大现实问题：千金易尽，年华必老。

养歌儿需要有财富，而养得起歌儿的沈、陈终于死的死、病的病。歌儿们因此"流转于人间"。他与歌儿们的"境缘""如幻如电"般逝而不返了。这位难忘旧情的"痴"人，只好又沉湎于幻想和回忆之中。

其实那些往昔的"境缘"，在当时就带有很多诗意的幻想成分，是在迷狂状态中被大大美化了的。然而正是这种被他真心地诗化、美化了的"境缘"，又成了他在充满醉意和梦想的回忆中继续美化和讴歌的对象。

梦后楼台高锁，酒醒帘幕低垂。去年春恨却来时，落花人独立，微雨燕双飞。　　记得小蘋初见，两重心字罗衣。琵琶弦上说相思，当时明月在，曾照彩云归。（《临江仙》）

小晏在其情感生活中，一直是爱梦幻甚于爱现实，爱沉醉甚于爱清醒，爱迷狂甚于爱冷静。① 人在现实条件下总有许多事想做而不能做，或对许多直接面对的审美对象感到不尽如人意，但在醉意或梦幻式的文学创作中却可以进行一番自由天性的放纵、情感意绪的宣泄与升华、精神世界的填充和慰藉，或对想象、回忆中的审美对象进行修补完善。在他的笔下，他所眷恋的女性都是完美的，情事都是迷人的：

守得莲开结伴游，约开萍叶上兰舟，来时浦口云随棹，采罢江边月满楼。（《鹧鸪天》）

这里是"莲""蘋""云"，还少一只"鸿"：

问谁同是忆花人？赚得小鸿眉黛、也低颦。（《虞美人》）

现在我们已经难以确知他除了莲、鸿、蘋、云外，到底还爱恋过谁，也不太清楚女性对他爱恋到什么程度，但可以肯定的是，小晏的确非常投入地喜欢过好几个歌儿舞女，他的自我感觉起码很美，上引词皆可证明。又如：

绿径穿花，红楼压水，寻芳误到蓬莱地。玉颜人是蕊珠仙，相逢展尽双蛾翠。　　梦草闲眠，流觞浅醉，一春总见瀛州事。别来双燕又西飞，无端不寄相思字。（《踏莎行》）

这是梦幻般的仙境，其中没有世事的烦扰，只有男欢女悦的美和自由。毫无疑问，一切都带有相当多的幻想成分。

曾有学者指出小晏的梦是"绮梦"，美丽宜人，但又是"破碎的梦"，有

---

① 据陶尔夫、刘敬圻统计，小晏词中"梦"字66见，"酒"字55见，"醉"字48见。见陶尔夫、刘敬圻《晏几道梦词的理性思考》，载《文学评论》1990年第2期。

无限的凄凉感伤。① 对这种幻想的美，小晏自然也很清楚其虚无之处，所以他也常在词中表达梦后酒醒之际的感伤：

旧香残粉似当初，人情恨不如。一春犹有数行书。秋来书更疏。　衾凤冷，枕鸳孤，愁肠待酒舒。梦魂纵有也成虚，那堪和梦无。(《阮郎归》)

客情今古道，秋梦短长亭。……云鸿相约处，烟雾九州城。(《临江仙》)

美破碎了，便是悲剧。文学偏爱悲剧，人类从悲剧中体验美。这是小晏留与后人的审美价值。

小　　结

人类永远生活在规范和自由的关系中。规范长存长新，人们须时时遵守；而自由也便长新，时时点缀着人们的理想，丰富着人们的生活。古人的疏狂心态正系于后者。自由既为人类常青之理想，则疏狂精神对于健全和美化人类生活就有积极意义。本文对宋代文人之疏狂心态的研究，或可明乎此义。

(刊于台湾《中山人文学报》1999 年第九期)

---

① 参杨海明《论唐宋词"梦"的意象》，载《苏州大学学报》(哲学社会科学版) 1989 年第 2、3 合期。

从秀句到句图

关于秀句和句图近年偶有论者①，然笔者欲深究其文献、体例、源流、诗学价值，以及从秀句到句图文化蕴含之变化等，似觉尚有未详或误解者，故考论之。

一、秀句文献及其文体特征

秀句这个概念在《文心雕龙》和《诗品》中已经基本定型，即指诗文中"独拔""卓绝"的佳句。秀句文化在南朝兴起②，但秀句之书出现于唐代。唐高宗时期有最早的《诗人秀句》。《旧唐书》卷一九〇《文苑上》载："元思敬者，总章中为协律郎，预修《芳林要览》，又撰《诗人秀句》两卷传于世。"《新唐书》卷六十《艺文志》载："元思敬《诗人秀句》二卷；……元兢《古今诗人秀句》二卷。"

以上二元二书，应是同人同书。《尚书·皋陶谟》："兢兢业业。"《诗·小雅·小旻》："战战兢兢，如履薄冰。"此元氏盖名兢字思敬，实为一人。此人曾参与编修《芳林要览》③300卷，在高宗朝诗坛地位颇高，到中唐时名气还很大。日僧空海于贞元至元和年间（804—806）来华，回日本时带回几种诗学著作，其中有元兢所著《诗髓脑》，并于《文镜秘府论》中称引此书20余处④。空海认为诗歌声律之学，数百年间最可推举的代表人物是沈约、刘善经、王昌龄、皎然、崔融、元兢。⑤《文镜秘府论·南卷·集论》又录元兢《古今诗人秀句序》，乃元兢自述与同僚历时10余年编选《古今诗人秀句》（下简称《秀句》）的情况。

---

① 如张伯伟《摘句论》，载《文学评论》1990年第3期；凌郁之《句图论考》，载《文学遗产》2000年第5期；李铭敬《日本及敦煌文献中所见〈文场秀句〉一书的考察》，载《文学遗产》2003年第3期；马歌东《中日秀句文化渊源论考》，载《陕西师范大学学报》（哲学社会科学版）2003年第2期。

② 参张伯伟《摘句论》，载《文学评论》1990年第3期；马歌东《中日秀句文化渊源论考》，载《陕西师范大学学报》（哲学社会科学版）2003年第2期。

③ 见《新唐书》卷六十《艺文志》总集类。

④ 参〔日〕弘法大师原撰、王利器校注《文镜秘府论校注》，中国社会科学出版社1983年版。

⑤ 参《文镜秘府论·序》。

关于元兢即元思敬的问题，近世学者屡有考论，其中以王利器之论较为严谨翔实①。笔者赞同其说，并认为《新唐书》重收误录，乃因撰著之时，唐秀句之书已不存在，史官仅据它书目录而未详鉴别。稍后《通志》卷七十《诗评》类著录"元兢《古今诗人秀句》二卷"，未录元思敬。郑樵不可能没注意到两《唐书》所录二元二书，但只取其一。明人胡震亨《唐音癸签》则另有取舍，其书卷三十一云："《诗人秀句》，总章中元思敬撰二卷。"又于卷三十二录"《诗格》一卷，元兢、宋约撰"。胡氏著书所参史籍颇丰，其书卷三十云：

> 唐人集见载籍可采据者，一曰《旧唐书·经籍志》，一曰《新唐书·艺文志》，一曰《宋史·艺文志》，一曰郑樵《通志·艺文略》，一曰尤氏《遂初堂书目》，一曰马端临《文献·经籍考》。端临所引书又二：一曰晁公武《读书志》，一曰陈直斋《书录解题》。此数书者，唐人集目尽之矣。今校除重复，参合有无，依世次先后具列卷目左方备考。

如此博览，却未能确定二"元"是一人还是二人。这说明前人关于《秀句》与二"元"的记载一直比较模糊。

还有一条与《秀句》相关的重要史料，即皎然《诗式·重意诗例》所载：

> 国朝协律郎吴兢与越僧玄监集《秀句》。二子天机素少，选又不精，多采浮浅之言，以诱蒙俗。

这是现存史籍中关于秀句书籍的最早记载。据《四库全书》电子版检索，唐之吴兢即吴競，诸书作"吴競"或"吴兢"者都有，盖因二字音同形近，《庄子》《史记》等书即有二字混用的情况。考其事迹著述，实乃一人。两《唐书》本传均作吴兢。吴兢是唐代著名史学家，著有《唐春秋》及《贞观政要》《乐府解题》等。宋黄震《黄氏日抄》卷四十九称："刘知几、吴兢，号唐史之巨擘。"顾炎武《日知录》卷十八以司马迁、班固、干宝、柳芳、吴兢、李焘等人并称。吴兢之履历清晰可考，并无"协律郎"之事迹，且与《秀句》无关。那么以"协律郎"身份集《秀句》的人是谁呢？

据两《唐书》等文献，唐代集《秀句》的协律郎是元兢（思敬）。皎然

---

① 参［日］弘法大师原撰、王利器校注《文镜秘府论校注》，中国社会科学出版社1983年版，第354～356页。

可能是把元兢误作"吴兢"了，因《诗式》成书于大历中至贞元五年（772—789）间，距总章（668—669）已有100多年，一字之差不无可能。另一种可能是皎然本来写的就是元兢，后人传抄误作吴兢。现存有关唐秀句的文献中，只有《诗式》言及"吴兢"。

《宋史》卷二〇九《艺文志》录"元兢《诗格》一卷，又《古今诗人秀句》二卷，……僧元鉴《续古今诗人秀句》二卷"，似对以往著录不明之《秀句》有所清理。

王利器《文镜秘府论校注》注引皎然《诗式》语后说："'吴兢'即'元兢'之误。"① 李壮鹰《诗式校注》于此条注云："'元兢'，原本误作'吴兢'，据《新唐书·艺文志》改。'元监'，原本作'玄监'，据明崇祯抄本和《宋史·艺文志》改。"② 王、李之改应该是对的。兹将唐、宋时代记载《秀句》的文献材料综合如下：

《诗式》：吴兢与越僧元监集《秀句》。
《文镜秘府论》：元兢《古今诗人秀句序》。
《旧唐书》：元思敬《诗人秀句》二卷。
《新唐书》：元兢《古今诗人秀句》二卷。
《崇文总目》：《古今诗文秀句》二卷阙、《续古今诗人秀句》二卷阙。

此后《宋史》《唐音癸签》等书籍凡载录《古今诗人秀句》者，无出以上记载。细审五书所载，很可能只是二人二书，即元兢《古今诗人秀句》和僧元监《续古今诗人秀句》。《崇文总目》著录此二书阙著者，盖因其书当时即已有目无书。

唐人编选的秀句之书见诸文献的还有"王起《文场秀句》一卷；黄滔《泉山秀句集》三十卷缔闽人诗自武德尽天祐末"（《新唐书》卷六十《艺文志》）。王起是文宗时人，《旧唐书》卷一六四《王播传附王起传》载："为太子广《五运图》及《文场秀句》等献之。"《册府元龟》卷四十："文宗开成元年……诏兵部尚书王起进《文场秀句》一卷。"

李铭敬博士《日本及敦煌文献中所见〈文场秀句〉》一文根据许多文献推

---

① ［日］弘法大师原撰、王利器校注《文镜秘府论校注》，中国社会科学出版社1983年版，第357页注5。
② ［唐］皎然著、李壮鹰校注：《诗式校注》，齐鲁书社1986年版，第33～34页；又人民文学出版社2003年版，第42～44页。

断：日本典籍所称引的"未署名撰者的《文场秀句》《文场》、孟献忠的《文场秀句》、孟宪子的《文场秀》，四者应为一书，即孟献忠的《文场秀句》"。孟献忠大抵是武则天至唐玄宗时人，其《文场秀句》是一种"具有普及习作用语和经史常识性质的童蒙书"，即成语典故辞典之类，与《新唐书》等史籍所载王起的《文场秀句》不同。"王起的《文场秀句》属于具有诗文评性质的诗句集。"

李博士关于孟献忠《文场秀句》的考证是个新发现，但对王起《文场秀句》的推测未必妥当。唐文宗为了扭转当时文场试诗赋流行的"不典实而尚浮巧"的文风，倡导"但效古为文自然体尚高远"，乃"诏兵部尚书王起进《文场秀句》一卷"。① 由于当时科举考试科目有诗和赋，那么王起奉命编选《文场秀句》这种示范性读物，所选可能既有诗秀句，也有赋秀句，不只是"诗句集"，也未必"具有诗文评性质"。

黄滔是昭宗朝进士，今有《黄御史集》10卷存世。《泉山秀句集》成书于唐末，专集自高祖武德（618）至哀帝天祐（904）年间的"闽人诗"，凡30卷。

上述有关秀句之书的著录，去其重复，实有5人5种：

元兢（思敬）《古今诗人秀句》2卷（高宗时），《崇文总目》所录《古今诗文秀句》或即此书；

僧元监《续古今诗人秀句》2卷（玄宗时），《崇文总目》所录《续古今诗人秀句》或即此书；

（皎然《诗式》所云"吴兢与越僧元监集《秀句》"或即以上二书）

孟献忠《文场秀句》（武则天至玄宗时）；

王起《文场秀句》1卷（文宗时）；

黄滔《泉山秀句集》30卷（哀帝之后）。

宋人纂修史志书目时，唐代所有秀句之书都只有书名而实阙其书了。故陈振孙《直斋书录解题》一种秀句书都未录，盖因无书可"解"。

以上是唐秀句的文献情况，以下讨论其文体特征。《文镜秘府论》所录元兢《古今诗人秀句序》（以下简称《序》）非常重要。由于唐秀句有名无书，这篇序文就成了能够描述秀句文体的最权威资料。《序》中提到一种类似秀句选本的《古文章巧言语》："似秀句者，抑有其例，皇朝学士褚亮，贞观中奉

---

① 参《册府元龟》卷四十，《四库全书》本。

敕与诸学士撰《古文章巧言语》，以为一卷。"

唐太宗命撰《古文章巧言语》，这是初唐盛世修书工程的小小一例，但却是有唐一代选编秀句之书的缘起。元兢批评褚亮等人《古文章巧言语》选择不当，"如王粲《灞岸》、陆机《尸乡》、潘岳《悼亡》、徐干《室思》，并有巧句，互称奇作，咸所不录……谢吏部《冬序羁怀》，褚乃选其'风草不留霜，冰池共明月'，遗其'寒灯耻宵梦，清镜悲晓发'，……何不通之甚哉"。此5例皆诗，可见此书应是诗句集锦。出于对此书的不满，元兢从龙朔元年（661）为周王府参军时起，与刘、范等同僚开始编选秀句，但因书籍不足，"遂历十年，未终两卷"。可见他们编选态度非常严谨。总章年间，他入朝"为协律郎，预修《芳林要览》"，有机会利用皇家图书，"剪《芳林要览》，讨论诸集，人欲天从，果谐宿志"。该书所选秀句规模可观，"时历十代，人将四百，自古为始，至上官仪为终"。

元《序》中有关编纂过程的记述也值得注意：

常与诸学士览小谢诗，见《和宋记事省中》，铨其秀句，诸人咸以谢"竹树澄远阴，云霞呈异色"为最。余曰："诸君之议非也。何则？'竹树澄远阴，云霞呈异色'诚为得矣，抑绝唱也？夫夕望者莫不熔想烟霞，炼情林岫，然后畅其清调，发以绮词。俯行树之远阴，瞰云霞之异色，中人已下偶可得之，但未若'落日飞鸟还，忧来不可极'之妙者也……扪心罕属，而举目增思；结意唯人，而缘情寄鸟；落日低照，即随望断；暮禽还集，则忧共飞来。美哉玄晖！何思之若是也？诸君所言，窃所未取。"于是咸服，恣余所详。

诸公合作之始，各自都要表现自己的编选能力、审美眼光。元兢凭见识高明而胜出，取得主编资格，诸公"咸服"（书成之后只署元兢之名，大概与此有关）。他便按照自己的想法制定此书的编选标准和编排体例：

余于是以情绪为先，直置为本；以物色留后，绮错为末。助之以质气，润之以流华，穷之以形似，开之以振跃，或事理俱惬，词调双举，有一于此，罔或子遗。

看来所选佳句题材广泛，抒情言志之作排在首位，写景咏物者居末。对于诗句的风格，选者的态度也颇宽容。从他《序》中举例可知，其秀句是两句一联，这正是后来各种秀句、句图之书以联选句的通例。

唐秀句之书也有诗、文佳句兼收者，如王起《文场秀句》，还有成语典故辞典性质的，如孟献忠《文场秀句》。这些书都是简明的佳句集锦，适合做启蒙读物。

秀句之书在唐末宋初即已失传，除史志所录书目外，有些诗话类典籍中还存有零星秀句。明代杨慎曾选编《群书丽句》《寰中秀句》，亦无存传。日本文献中零星存有一些中国秀句之书资料，并无全书。但日本人编选的秀句书尚有存传（参马歌东文）。

二、 句图文献及其文体特征、文化意蕴

句图之书出现在晚唐。现存文献关于句图和诗图最早的记载见于《崇文总目》卷十二《文史类》："贾岛句图一卷；倪宥诗图一卷。"

此二《图》今已无传。倪宥又有《文章龟鉴》一卷见录于多种史志，《通志》卷七十称"《文章龟鉴》一卷，唐倪宥集前人律诗"。可知倪宥是一位选诗家。《贾岛句图》是唐末李洞（昭宗时三举进士而不第）选集的贾岛诗句，《唐才子传》卷七的记载略详：

李洞……酷慕贾长江，遂铜写岛像，戴之巾中。常持数珠念贾岛佛，一日千遍。人有喜岛诗者，洞必手录岛诗赠之，丁宁再四曰："此无异佛经，归焚香拜之。"其仰慕一何如是之切也。然洞诗逼真似岛，新奇或过之。……昭宗时凡三上不第……流落往来，寓蜀而卒。……洞尝集岛警句五十联，及唐诸人警句五十联，为《诗句图》，自为之序。

如此，则《贾岛句图》只是《诗句图》之一半。后世文献多依《崇文总目》称《贾岛句图》。其"五十联"久佚，但《吟窗杂录》[①]卷三十五录有"贾岛句对"五言十三联，或许出自《贾岛句图》。这是现在所知诗句集锦之书最早以"图"为名者。

然而李、倪怎么就把本属秀句体例的佳句集锦改称为"图"了呢？这大概与稍早的张为（约生活于唐宣宗大中前后）《诗人主客图》有关。《通志》和《直斋书录解题》录此书均作《唐诗主客图》[②]。这是一个独特的唐诗选本，原书已佚，唯计有功《唐诗纪事》存其大概。其书卷六十五载张为《诗

[①] 旧题陈应行编，《直斋书录解题》录其书。王秀梅据明抄本整理，中华书局1997年11月出第1版。

[②] 又《唐才子传》卷七："张鼎字台业，闽中人，景福二年崔胶榜进士，工诗，离群拔类，集一卷，及著《唐诗主客图》等并传于世。"《四库全书考证》卷三对此存疑。

人主客图》序。此序将当时84位诗人分为六大门派，每门之下一主多客，客分上入室、入室、升堂、及门四等。《唐诗纪事》没有按《诗人主客图》原貌收录作品，而是在所选诗人诗作之下，间或注明某诗或某句被"张为取作《主客图》"。清乾隆年间李调元辑刊《函海》丛书，据《唐诗纪事》重新辑录出《诗人主客图》。丁福保《历代诗话续编》即依《函海》本收入《诗人主客图》，前有李调元之序。84位诗人中，名下"阙诗"者12人，有诗者72人，诗53首，对句127联，单句9句，组句7组37句。可知《诗人主客图》所选作品既有整首诗，也有单句、对句或组句，有别于句图之书以联选句之例。四库馆臣也注意到两者有别，所以说："摘句为图，始于张为……排比联贯，事同谱牒，故以图名。后九僧各摘名句，亦曰《句图》，盖非其本。"①

《诗人主客图》在诗学史上有独特意义。张为按他所理解的"法度"对诗人分别门派体系并标明其风格特征，为后人理解当时诗坛风貌和诗人风格提供了重要的参考。比如他以白居易为广大教化主，正合宋初人对"白体"之教化价值的理解；以孟郊为清奇僻苦主，与宋代"晚唐体"诗人对孟郊的理解一致，刘攽、苏轼等人也是这样看待孟郊诗的。更为重要的是，他这样分流别派，强化了后代诗坛的流派意识。宋人陈振孙认为"近世诗派之说，殆出于此"②。张为此书的创意有二：以"图"为名，以"图"分派。第一点创意对晚唐以后"句选"之类书籍多以"图"为名有一定影响，第二点创意受到后人一些批评，如陈振孙认为"要皆有未然者"③，胡震亨斥其"妄分流派，谬僻尤甚"④。

张为之后，李洞"集岛警句五十联，及唐诸人警句五十联，为《诗句图》"。从残存于《吟窗杂录》中的13联"贾岛对句"来看，他是只摘句而不为图，摘出的联句标明诗题，集录成册就行了，并不作成按内容题材或风格流派分类的图谱，但却以"图"为名。这是一种化繁为简、突出诗人个人名望的作法，方便传播。宋人作佳句集锦，多依此例。佳句集锦之书从以秀句为名到以句图为名、从总集到别集的转变，就这样悄然完成了。

唐人选句为《图》即如上述。另有许多诗格诗式之类诗学批评著作也多以诗句为例，如齐己《风骚旨格》等，但与句图之书集锦的体例、性质、宗旨、用途有别。

---

① 《四库全书总目》总集类存目《文选句图》提要。
② 〔宋〕陈振孙：《直斋书录解题》卷二十二。
③ 〔宋〕陈振孙：《直斋书录解题》卷二十二。
④ 〔明〕胡震亨：《唐音癸签》卷三十二，上海古籍出版社1981年版。

自李洞《诗句图》之后，《诗品》或《诗人主客图》中的那些诗学批评的因素在句图类书籍中淡出了。句图这种传播方式受到宋太宗和真宗皇帝的青睐，并与宋代文人崇学尚典的风气合拍，从而在宋代颇为流行。陈振孙《直斋书录解题》卷二十二列宋人句图7种：

《御选句图》一卷，太宗皇帝所选杨徽之诗十联，真宗皇帝所选送刘琮诗八联。

《林和靖摘句图》一卷，林逋诗句。

《杨氏笔苑句图》一卷，续一卷，黄鉴编，盖杨亿大年之所尝举者，皆时贤佳句，续者不知何人，亦大年所书唐人句也，所录李义山、唐彦谦之句为多，西昆体盖出二家。

《惠崇句图》一卷，僧惠崇所作。

《孔中丞句图》一卷，中丞者，或是孔道辅耶？

《杂句图》一卷，不知何人所集，皆本朝人诗也。

《选诗句图》一卷，高似孙编。

还有几种著录于其他文献的句图：

《九僧选句图》一卷。[1]
《东坡夜雨句图》一卷。[2]
《海录警句图》。[3]
蔡希蘧《古今名贤警句图》一卷。[4]
强行父《唐杜荀鹤警句图》一卷。[5]
《陆放翁剑南句图》。[6]

---

[1] 见《通志》卷七十。此卷还录有"《寰和图》三卷，僧定雅撰；……《风雅拾翠图》一卷，僧惟凤撰；《诗林句范》五卷"。惟凤是九僧之一。以其著录顺序，当属宋初。《宋史》卷二○九录《寰和图》亦在宋人列。此三书体例及内容不详。

[2]〔宋〕方凤《存雅堂遗稿》卷三《谢君翱行状》载，谢翱遗稿中有"《东坡夜雨句图》一卷"。

[3]〔宋〕叶廷珪《海录碎事原序》[绍兴十九年（1149）五月二十七日]："始予为儿童时知嗜书……择其可用者手抄之，名曰《海录》……其诗人佳句曾经前辈所称道者为《海录警句图》。"

[4] 见《宋史》卷二○九艺文八。

[5] 见《宋史》卷二○九艺文八。

[6]〔宋〕陆游《剑南诗稿》卷六十五《东篱》："戏集句图书素壁，本来无事却成忙。"〔宋〕陈著《本堂集》卷四十六有《跋闻仲和注陆放翁剑南句图》。

又有宋人《吟窗杂录》50卷，录唐初至北宋诗格诗式吟谱之书。其中录有一些"对句""丽句""句图"，兹录如下：

卷十四《梁词人丽句》，录10余人诗句14组，每组2、4、6、8句不一，共62句。

卷十六《琉璃堂墨客图》，录陈子昂、王孝友、王昌龄、孟浩然、李白诗句各1联。

自卷十九至卷五十为《历代吟谱》。此谱体系比较完整宏大，时序和分类都比较清晰，共30卷，占《吟窗杂录》五分之三的篇幅。其中卷十九至三十四（上）录西汉至北宋877位诗人姓名、小传，每人名下录1联或数联诗句，或一二首诗。卷三十五至三十六有《句图》《续句图》，卷四十二又《续句图》，共录唐16人37联，宋30人408联，兹统计如下：

《句图》：御选杨徽之诗9联，（以下均称"某某句对"）贾岛13联，群公（只徐铉一人）5联，梁周翰1联，黄夷简1联，范杲1联，郑文宝1联，王禹偁2联，刘师道4联，李宗鄂2联，李建中3联，路振2联，丁谓2联，吕夷简2联，焦宗石2联，钱昭度5联，钱惟演2联，刘筠3联，惠崇1联，希昼4联，宝通1联，简长1联，智仁1联，休复1联，行肇2联。（以上《句图》自徐铉以下23人之"句对"，基本可从《杨文公谈苑》之《雍熙以来文士诗》《钱惟演刘筠警句》《近世释子诗》中找到，唯《杨文公谈苑》共录47人235联，此处所录23人49联当出自《杨文公谈苑》。可知《吟窗杂录》所录虽杂，编次亦颇杂乱，但所采之书多为北宋时典籍）

《续句图》：王维1联，司空曙2联，苏味道1联，李端1联，于良吏1联，李约1联，张循1联，皎然1联，崔珪1联，杨衡1联，宋之问2联，李峤3联，（以下改称"丽句""句图"）韩翃丽句1联，刘禹锡丽句2联，刘长卿丽句5联，孔中丞句图9联，王随句图12联，李遘句图5联，柳开句图4联，陈元老句图4联，梅尧臣句图45联。

又《续句图》：王随38联，李遘3联，梅尧臣230联。

《历代吟谱》体例杂乱：《句图》中唯贾岛属唐，余皆宋人；《续句图》中15个唐人，时序有所颠倒；皆以联选句，但"句对""丽句""句图"之称不同；入选者及其诗句数量亦颇随意，如梅尧臣275联，一人之句即占二分之一，王随50联。至于选句标准，亦未见精审。总之，编选可谓粗糙，但宋人句图之书所存无多，此书保存大量北宋人的句选，略可见当时选句之风尚、体例，并可知"句图"之各种别称，其中"句对"之称最为准确。

宋以后句图不多，间或有之，明代有杨慎编《刘禹锡句图》①，不传。清代有王士禛选《施愚山诗句图》82联②。

既有诗句图，便有词句图，如清李调元曾选《史梅溪摘句图》③。不过，有些词集称"图谱"者须当辨识，如明张綖《诗余图谱》，"取宋人歌词，择声调合节者一百十首，汇而谱之。各图其平仄于前，而缀词于后"④。其所谓"图谱"，是指词的平仄韵谱。其后一些以"谱"为名的词集，皆由此类。

另外还有两个与句图名称相近的概念略须辨识。一是"回文诗图"，如《山谷集》卷十《题苏若兰回文锦诗图》：

千诗织就回文锦，如此阳台暮雨何？亦有英灵苏蕙手，只无悔过窦连波。

清人万树撰《璇玑碎锦》2卷，《四库全书总目》云：

皆回文诗图，上卷三十幅，下卷三十幅，各以名物寓题，组织颇巧，然亦敝精神于无用之地矣。苏若兰事不可无一，亦不必有二也。

回文诗图是一种颇具人文智慧的文字游戏。

二是古代绘画史上所存大量的"诗句图"，如《式古堂书画汇考》卷三十七："《摩诘句图》……蔡亏父所汇画册，俱写右丞诗意。"取诗意作画，亦称"句图""诗句图""诗意图"。此两种皆非诗句集锦之句图。

宋人编选的句图大致如上述，以下略加辨析。其中《御选句图》虽然只有18联，但其示范意义很大。太宗所选10联见于王辟之《渑水燕谈录》卷八：

杨侍读徽之以能诗闻，太宗知其名，索其所著，以百篇献上，卒章曰："少年牢落今何幸，叨遇君王问姓名。"太宗和赐且语近臣曰：徽之文雅可尚，操履端正，拜礼部侍郎。选十联写于御屏。梁周翰之诗曰："谁似金华杨学士，十联诗在御屏风。"

《江行》云：犬吠竹篱沽酒客，鹤随苔岸洗衣僧。

---

① 《升庵诗话》卷一："刘全集今多不传，予旧选之为句图。"
② 载《池北偶谈》卷十三。
③ 《雨村词话》卷三："史达祖梅溪词……余读其全集，爱不释手，间书佳句，汇为摘句图。"
④ 《四库全书总目提要》卷二百《词曲类存目·诗余图谱》。

《寒食》云：天寒酒薄难成醉，地迥楼高易断魂。
《塞上》云：戍楼烟自直，战地雨长腥。
《嘉阳川》云：青帝已教春不老，素娥何惜月长圆。又云：浮花水入瞿塘峡，带雨云归越嶲州。
《哭江为》云：废宅寒塘水，荒坟宿草烟。
《元夜》云：春归万年树，月满九重城。
《僧舍》云：偶题岩石云生笔，闲绕庭松露湿衣。
《湘江舟行》云：新霜染枫叶，皓月借芦花。
《宿东林》云：开尽菊花秋色老，落迟桐叶雨声寒。

此事在太宗淳化二年（991）。《续资治通鉴长编》淳化二年十一月庚戌有载。"十联诗在御屏风"的确是莫大殊荣。杨徽之的外孙宋绶，仁宗朝做过参知政事，曾"集外祖杨徽之诗刻石嘉州明月湖上"①。

真宗所选8联见于江少虞《皇朝事实类苑》卷三十八《诗歌赋咏·真宗亲选两制馆阁送刘总诗》云：

枢密直学士刘总出镇并门，两制馆阁皆以诗宠其行，因进呈。真宗深究诗雅，方竞务西昆体，碟裂雕篆。亲以御笔选其平淡者，止得八联：

晁迥云：凤驾都门晓，微凉苑树秋。
杨亿止选断句云：关榆渐落边鸿度，谁劝刘郎酒十分。
朱巽云：寒垣古木含秋色，祖帐行尘起夕阳。
李维云：秋声如暮角，膏雨逐行轩。
孙仅云：汾水冷光摇画戟，蒙山秋色镇层楼。
钱惟演云：置酒军前乐，闻笳塞上清。
都尉王贻永云：河朔雪深思爱日，并州春暖咏甘棠。
刘筠云：极目关山高倚汉，顺风雕鹗远凌秋。
上谓总曰：并门在唐世，将相出镇，凡（阙）遣从事者，以题咏述宠行之句，多写佛宫道宇，纂集成编，目曰太原事迹，后不闻其作也。总后写《御选句图》，立于晋祠。

《御选句图》是现存宋代句图之书最早者。《惠崇句图》《林和靖摘句图》

---

① 《隆平集》卷七《参知政事》载。是集旧题曾巩撰，四库提要谓："是书纪太祖至英宗五朝之事，凡分目二十有六，体似会要……其出于依托，殆无疑义。然自北宋之末已行于世。"

《杨氏笔苑句图》等均晚于此①。太宗选句书屏颇有深意。如同唐太宗敕命"诸学士撰《古文章巧言语》",从而开启有唐一代编选秀句之风一样,宋太宗开启了宋人编选句图之风。宋太宗的启示意义与唐太宗大不一样。唐太宗主要是启发了唐代文场学习名句应试之风,而宋太宗亲选大臣诗之佳句书于御屏,其中固然有政治用意,但同时也是对诗人的嘉许,是对文学精品的提倡。其后真宗又施此术。两代帝王用相同的方式表彰大臣,本意虽不全在诗歌,但却激发了国人做诗人、作诗歌、创作和鉴赏名句的极大兴趣,宋代朝野流行以句称人之时尚(如"红杏枝头春意闹郎中""张三影""山抹微云秦学士""贺梅子"等),宋代句图之流行,都与此有关。如果说唐人选"秀"之意主要在于文场功利,那么宋人选"图"则主要是一种审美张扬,是对高水平诗歌艺术价值的确认和激励。唐"秀"主要是为学习者提供共同的揣摩范式,宋"图"则主要是对诗人才华、水平、荣誉的彰显,因而是诗人的殊荣,是诗人名气和水平得到公众嘉许的标志,是诗作得以广泛而且久远传播的契机。李洞选《贾岛句图》已有此意,宋代句图从一开始就升级为"御选",转型为对特别创作个体的表彰。

继而惠崇和林和靖自摘佳句,表现出一种自我欣赏、自我张扬、自己争取艺术名望和传播价值的愿望。这或许也得便于他们的自由人身份:本是山林主,可以不顾虑天下主是否"御选"。当然,他们敢于自选句图,也是因为诗名已著,有作"自选集"的资格了。后人也认可他们自选的句图,很多书籍都予以载录,杨万里《跋张功父所藏林和靖摘句》评论曰:

> 天不密则失神,人不密则失天。和靖三十联,刻露天秀,剔抉造化,几事不密?如许穷老而不悔,有以哉。②

再后,乃有黄鉴编《杨氏笔苑句图》。杨氏即杨亿,他"在真宗朝掌内外制,有重名,为天下学者所服。文辞之外,其博物殚见,又过人远甚"③。他

---

① 太宗选杨诗刻于屏风时,林和靖(967—1028)刚刚25岁,名气尚小,他自己摘句当在晚年有一定诗名之际。惠崇大约生活在太宗、真宗朝,"天圣元年仍然住世"(参吉广舆《宋初九僧事迹探究》,该文综合黄启方《九僧与九僧诗》、许红霞《宋初九僧丛考》、祝尚书《论宋初九僧及其诗》三文,断定"惠崇、保暹、行肇、简长四僧于天禧四年还上过'声诗'……希昼、惠崇、宇昭、怀古于天圣元年仍然住世")。《杨氏笔苑句图》的编者黄鉴是真宗大中祥符八年(1015)进士,其所编《图》更在太宗之后。

② 〔宋〕杨万里:《诚斋集》卷一百。

③ 〔宋〕宋庠:《元宪集》卷三十五《谈苑序》。

是当时诗坛领袖，是《册府元龟》《太宗实录》的主要编纂人，可谓一代文宗。太宗、真宗既开张扬名句之风，他自然最有专业资格如此这般地点评时贤佳句。或者说，当时点评佳句之风已盛，但谁的点评最具影响力、最有资格被人记录并且传播呢？——翰林杨亿。这意味着选句权从皇帝权威向文化艺术权威的转移，选句的标准因而更注重诗歌本身。他的门生黄鉴随时记录，遂有《杨氏笔苑句图》，所选皆杨亿赞赏过的时贤佳句。此书今已失传，但黄鉴笔录、宋庠整理的《杨文公谈苑》①中，有《雍熙以来文士诗》记录了杨文公评点的36位时贤（最后一位是"家君"14联）的122联诗句；又《钱惟演刘筠警句》录钱诗27联，刘诗48联；又《近世释子诗》录惠崇、希昼等9人诗38联。总计47人235联。另外，还有《卢延让诗浅近自成一体》条，是一则诗话，记录卢诗9联。黄鉴说"公之所举者甚多……今聊记其十之一二耳"。这或许有些自谦和夸张，遗漏固然难免，但不至于很多，所记虽然未必是《杨氏笔苑句图》之全部，但略可见其书之大致轮廓。黄鉴说"公言自雍熙初归朝，迄今三十年，所闻文士多矣，其能诗者甚鲜"。这口气颇自负，俨然有权威之意。而这正是诗人诗作进入历史文化传播过程之初的一次非常重要的筛选，也是一代文宗对诗坛颇有力度的引导。唐"秀"不能说没有这样的意义，但其意在"文场"，自然就淡化了"秀"的意义。宋"图"则是纯粹审美化的选秀评佳，因而对提高诗歌艺术水平的积极影响比唐"秀"大得多。

从《贾岛句图》到《杨氏笔苑句图》，自然形成了一种约定俗成的共识：能入句图的诗须是好诗，是精品，是作者的光荣。如果谁能单独拥有句图别集，则是更大的光荣。秦观《淮海集·后集》卷三《次韵公辟即席呈太虚》云：

湖山对值全如买，风月相期不用赊。赖有醉毫吟更苦，他年分作句图夸。

马廷鸾《碧梧玩芳集》卷二十四《和洁堂见寿十章》其六：

琅琅金薤篇，慰此暮年癃。诵我征答赋，夸君摘句图。

关于《惠崇句图》和《通志》所录《九僧选句图》，有些书目记载不清，容易混乱，因而亦须略加说明。《惠崇句图》由惠崇自选百联，所以后人又称"百句图"。吴处厚《青箱杂记》卷九："余尝见惠崇自撰句图凡一百联，皆平

---

① 李裕民辑校本，上海古籍出版社1993年版。

生所得于心而可喜者，今并录之。"（以下录一题一联，共 90 余联，未足百数，或历代传抄有疏漏）

魏泰《临汉隐居诗话》云："惠崇尤多佳句，有百句图刊石于长安，甚有可喜者。"① 江少虞《皇朝事实类苑》卷三十六："余尝见惠崇自撰句图，凡一联皆平生所得于心而可喜，今试录之。"（其所录亦不足百联）

《九僧选句图》无传。《四库全书总目》总集类存目《文选句图》提要说是"九僧各摘名句，亦曰《句图》"。但九僧各摘之句到底是自己的得意之句呢，还是他人之句呢？据现有资料尚难断定。

据以上所列多种句图可知，句图有集多人佳句者，有专集一人佳句者，还有专集自己得意之句者，又有分类如《东坡夜雨句图》者，又有专从一种总集中集出佳句且依诗句内容分类者，如《选诗句图》②。

《选诗句图》须加辨析。此书专选《文选》中的诗句，根据吟咏内容分类编排，形成"分类诗图系列"，便于读者比较鉴别，如：

曹丕：丹霞夹明月，华星出云间。张载：朝霞迎白日，丹气临汤谷。
曹丕：游鱼潜绿水，翔鸟薄天飞。阮籍：绿水扬洪波，旷野莽茫茫。
刘休玄：愿垂薄暮景，照妾桑榆时。陆机：愿君广末光，照妾薄暮年。
刘休玄：泪容不可饰，幽镜难复治。曹植：膏沐谁为容。
刘休玄：谁为客行久，屡见流芳歇。潘岳：流芳未及歇。

高似孙的编选，有的是根据自己的阅读选择来归类，有的是利用六臣注释来归类，这样的《句图》给读者提供的，不只是孤立的诗人佳句，更重要的是不同诗人处理同类题材内容时采取的不同吟咏范式。这是一种近似于"类书"的编选方式，比单纯选人选句要复杂一些。但其编选的复杂程度并不能与阅读的方便程度成正比，可以说是事倍功半。因为读者要想分类阅读，当然要先去选择《艺文类聚》之类的大型类书，或者选择齐己《风骚旨格》、王梦简《诗格要律》③ 那样分门别类讲解诗法的专书，而不会首选规模比专门类书小得多的句图。因此这种类型的句图未能流行。通常句图的主要功能是传播，而不是教导诗法。况且从唐"秀"到宋"图"，传播的侧重点也发生了微妙的转移：唐"秀"侧重于历代前贤，宋"图"侧重于当时名士。中国的选句文

---

① 〔清〕何文焕辑：《历代诗话》，中华书局 1981 年版，第 335 页。
② 又称《文选句图》，今有《丛书集成初编》本。
③ 二书均见《吟窗杂录》本，张伯伟《全唐五代诗格考校》据《吟窗杂录》等整理。

化从上古至六朝，一直隐含着名人名句相得益彰的传统。但在唐代，秀句之书被帝王导入科举文场，从而淡化了名人意味，强化了"句范"性质。然而这种文场句范性质的秀句书，终究只能作为启蒙读物，在浩如烟海的文化积累中，与各种总集、别集、大型选集相比，它的存传价值很小。换句话说，名士不存，句将焉附？而另一方面，秀句文化在唐代不但从来就未曾衰退，反而大为兴盛（参马歌东文）。李洞出于对贾岛的崇拜，摘《贾岛句图》，从而有意无意地将名人意识又引回选句之书，引起了选句文化中的"名士回归"。宋代句图一开始就以彰显名士为旨归，况且是御选。自此以后，句图便纯然名士化、风雅化，后世亦然。如宋元之际，吴渭"退居吴溪，立月泉吟社，至元丙戌丁亥间，赋春日田园杂兴诗，限五七言律体，以岁前十月分题，次岁上元收卷，凡收二千七百三十五卷，延致方凤、谢翱、吴思齐评其甲乙，凡选二百八十人，以三月三日揭榜"。他将入选的 60 人 74 首诗编为《月泉吟社诗》，又特选佳句 32 联为《摘句图》，单独附在后面，并收录各种评论之语。此集完整保存于《四库全书》中。今观其诗，乏善可陈，但其"诗"其"图"，却是一时名流俊彦风雅活动的标志性成果，那 32 联的《摘句图》，则作为这场历时半年、数百文士参与、收集了 2735 卷作品的大型风雅活动最高荣誉的见证而载入史册。

又如清王士禛"读施愚山侍读五言诗，爱其温柔敦厚，一唱三叹，有风人之旨……因别取五言近体为《摘句图》（82 联），传诸好事者"①。可见传播名人佳句是句图之书最根本的存在价值。而其集句价值，则转移为另外的专书，如《佩文韵府》之类。

句图所集者，均以一联为单位，每联诗有一定的独立性，离开全篇也能独立表达一个比较完整的意思。其注重"联""对"的体性与其多出自近体诗有关。自《贾岛句图》至宋初《御选句图》，已定型如此，后世概依其例。

三、秀句、句图的文化、文体渊源与诗学价值

秀句和句图之书虽然出现在唐、宋时期，但其文化、文体渊源却久远深厚，其诗学价值亦值得重视。张伯伟《摘句论》首论渊源，以为摘句滥觞于春秋时代断章截句赋《诗》引《诗》之风，至东晋、南朝（宋、齐、梁）时代，形成了"摘句褒贬"的文学批评方式。马歌东《中日秀句文化渊源考论》论述中国文化中的"秀句意识"，认为刘勰、钟嵘关于秀句的论述"奠定了我国秀句文化的基壤"。笔者深然其论，又进而求之。

---

① 〔清〕王士禛：《池北偶谈》卷十三。

追究秀句与句图的文体渊源，或许还应考虑到先秦诸子时期的"语录"体。语录之书虽然与后世秀句、句图之书大不一样，但其"选而录之"的思维方式却有所类似。人类历史最鲜明的标志是语言，尤其是警句名言。人类总是对自己的历史不停地进行着各种选择，"语录"就是人们对圣贤话语的选录，这是一种自然而然但又十分重要的历史选择方式。而从选录散体名句到选录韵语名句，则表明人类的智慧关注从生存之美向诗意之美的提升。诗歌是人类诗意智慧的标志性成果，而诗之佳句，则是标志之标志。秀句和句图的编选，说到底也是"选"，是在作家作品选的基础上进行的再选择。自《诗经》《楚辞》以下，诗歌选本至南北朝种类渐多。南朝宋孝武帝时颜竣（？—459）曾著《诗例录》2卷①，其书不传，未详其"例"。更有《昭明文选》《玉台新咏》等著名选本流传。唐代诗选种类渐多，既有历代总集、别集之选，又有唐人选唐诗多种。此皆选"秀"、选"图"之渊薮。元兢等人选编《古今诗人秀句》，曾"剪《芳林要览》，讨论诸集"。《芳林要览》300卷是唐高宗时许敬宗、上官仪等众多文士合力编选的大型总集，许敬宗等人还编有《麟阁词英》60卷、《丽正文苑》20卷、《辞苑丽则》30卷等。元兢也参与编修《芳林要览》等书。他们"讨论诸集"，自当包括"自古为始，至上官仪为终"的历代总集、别集。元兢还谈到《文选》《玉台》《抄集》等选本都有"方因秀句"而"取舍"的倾向，说明他选秀句所参照的最直接文献就是这些选集。

　　另外，唐初编选《古文章巧言语》和《古今诗人秀句》前后，正值唐人大修类书之时。② 如武德中欧阳询撰《艺文类聚》100卷；贞观中高士廉等撰《文思博要》1200卷；高宗时许敬宗等撰《瑶山玉彩》500卷、《累璧》400卷、《东殿新书》200卷，孟利贞撰《碧玉芳林》450卷、《玉藻琼林》150卷；武后朝《玄览》100卷、《三教珠英》1300卷；玄宗朝徐坚等《初学记》30卷；等等。此时期所编类书，通例是依事分类，"采古今集，摘其英词丽句以类相从"③，"事居其前，列文于后，俾夫览者易为功，作者资其用，可以折

---

① 《宋书》《南史》有颜竣传。《新唐书》卷六十《艺文志》载《颜竣集》13卷，《妇人集》2卷，《诗例录》2卷。《山东通志》卷三十四称《颜竣诗集》100卷。《文献通考》卷二七二云："颜竣，琅琊临沂人，元凶劭弑逆，孝武起兵，竣以佐命功封建城县侯，后为帝所杀。"《乐府诗集》卷七十四载颜竣《淫思古意》1首。

② 参《玉海》，《四库全书》本；闻一多《类书与诗》，见《闻一多全集》第6册《唐诗编上》，湖北人民出版社1993年版；陶敏、李一飞《隋唐五代文学史料学》，中华书局2001年版，第309页。

③ 《唐会要》卷二《杂录》记《瑶山玉彩》语。

衷今古，宪章坟典"①。闻一多曾有《类书与诗》一文专论唐初诗风与类书的关系，笔者因而想到：修类书者通常都重视诗歌佳句，这正是编选秀句的文化氛围。修类书和选秀句，不仅有文化关联，而且有的修纂人员就是身兼二职的，如元兢。类书中以类相从的英词丽句，自然是编选秀句时可资选择的巨大库存，非常方便为选"秀"者所用。而在宋代，由于句图主要是时贤佳句集，因此选句为图没必要去参考类书，句图编成后，还很可能成为类书采集的对象，如江少虞《皇朝事实类苑》就被收入《御选句图》《惠崇句图》等。

又诗品、诗评、诗格、诗式以及宋代兴起的诗话之著，皆重视对名篇佳句的品题，这与秀句和句图之书也互有影响。如钟嵘"尝品古今五言诗，论其优劣，名为《诗评》"②，即后世所称之《诗品》。其书虽非诗选，但已创以名句论诗人之先例，如云谢灵运"名章秀句③，处处间起"，谢朓"奇章秀句，往往警遒"，"曹公古直，有悲凉之句"，"安道诗虽嫩弱，有清上之句"，"庾、帛二胡，亦有清句"，"子阳诗奇句清拔"，等等。并举例句如"客从远方来""橘柚垂华实""西北有浮云""欢言醉春酒""池塘生春草"等。《诗品》作为第一部诗学专论，对其后之秀句文化、对唐代秀句之选都有影响。

唐人品鉴诗歌之风已盛，较早的"诗品"之书大概是武则天时代李嗣真所撰《诗品》1卷④，其书无传，未知其详。其后一些名为诗格、诗式、诗评、诗议，乃至序、跋之类讲解诗法或评说诗艺的诗学著作相继出现，这类书中或多或少都有对诗作、诗句的评论。而秀句之书也同时出现，它们之间互有影响。宋以后修史志书目，常以诗品、诗格、诗式、秀句、诗图、句图等列于一类，正是因为这些书籍都有选句成分（参张伯伟、凌郁之文）。

又经学意义上的《诗图》，或亦与诗歌选本意义上的"图"有关。古代图谱之学由来已久。郑樵《通志》卷七十二《图谱略》有长篇大论，以明图谱之意义，并载录历代各种图谱：有以形象为主者，如天文图、地理图、物象图；也有以图表谱系为主者，如世系图、八卦图、古今年表、唐宰辅谱等。其中有《郑康成诗图》，即郑玄笺注《毛诗》时，对十五国风、大小雅和三颂之相关地理和氏系所作的考释，后儒称之为《郑氏诗谱》或《郑康成诗图》。这是《诗经》学史上最早以考证谱系的方式解《诗》之作。

---

① 〔唐〕欧阳询：《艺文类聚序》。
② 《梁书》列传第四十三。
③ 一作"迥句"。《太平御览》卷五八六作"秀句"。
④ 《旧唐书》卷一九一李嗣真传："嗣真博学晓音律……撰《明堂新礼》十卷，《孝经指要》《诗品》《书品》《画品》各一卷。"

欧阳修曾"为《诗图》十四篇",并作《诗谱补亡后序》①,自述"初予未见郑谱,尝略考《春秋》、《史记》本纪、世家、年表,而合以毛、郑之说,为《诗图》十四篇,今因取以补郑《谱》之亡者,足以见二家所说世次先后甚备,因据而求其得失较然矣,而仍存其《图》,庶几一见予于郑氏之学尽心焉尔"。

郑、欧阳《诗图》,都是有关《诗经》的历史人物谱系,并无图像含义。张为《诗人主客图》是现存最早以"诗……图"命名的诗选本,其分门别派,建立主客谱系的做法,与《郑康成诗图》以谱系解诗之方式稍有相似,其书名也与《郑康成诗图》有文字上的相似。不过,李洞以后的"诗句图",却只是诗联,没有谱系的含义了。

秀句与句图的诗学价值,除以上论及者外,还有两点可称道者。一是文献价值。对于历代文献整理工作来说,一切秀句和句图之书都有其不可忽视的价值。比如惠崇之诗完整传世者,今《全宋诗》仅录 16 首,余即《惠崇句图》了。又如《全宋诗》卷十一录杨徽之整诗 9 首、11 联、2 单句,其中太宗御选 10 联均幸存。又如林逋诗有些流散人间者,也是靠其《摘句图》确认的。刘克庄《后村诗话》卷三云:"五言尤难工,林和靖一生苦吟,自摘出十三联……七言十七联……向非有摘句图傍证,则皆成逸诗矣。"

二是经典形成价值。任何经典作品或名句,从其诞生到成为经典,都需要一定的形成过程和形成方式。而秀句和句图正是其中较为有效者。刘攽《中山诗话》最早从诗学批评的意义上论及句图:"人多取佳句为句图,特小巧美丽可喜。"

他确认句图的审美品质——佳句,审美传播价值——小巧美丽可喜。这两种特性都非常有利于传播:可以使已经得到某种确认的好诗句得到更为广泛和突出的传播,从而渐成经典;可以使一些尚欠公认的诗句得到被公众鉴别评选的机会,从而有可能进入经典传播行列。简言之,或有助于经典传播,或有助于成为经典。诗歌史上许多名篇是靠佳句成名的,而在佳句成名的过程中,秀句、句图虽然比不上《诗品》《诗评》《诗话》之类诗学批评著作的品鉴作用大,但也有一定作用。比如《吟窗杂录》所载《贾岛句对》13 联,就有"独行潭底影,数息树边身""鸟宿池边树,僧敲月下门"等名句。《梅尧臣句图》中,"霜落熊升树,林空鹿饮溪""河汉微分练,星辰淡布萤"等许多名句都在其中。又如《杨氏笔苑句图》评点过的那些诗人佳句,有些也进入了经典之列。

---

① 〔宋〕欧阳修:《文忠集》卷四十一。

刘攽认为句图固然"小巧美丽可喜",但"不得见雄材远思之人也……工部诗云:'深山催短景,乔木易高风。'此可无瑕类。又曰'萧条九州内,人少豺狼多。少人慎莫投,多虎信所过。饥有易子食,兽犹畏虞罗'。若此等句,其含蓄深远,殆不可模效"。

　　他的意思不太明确,大约是说只凭一联诗句看不出"雄材远思",或者说"雄材远思"的大诗人不容易被那些靠学习句图作诗的人所仿效。江少虞则说得明确:"雄材远思人亦自多好句可入句图。"① 江氏之言有理。作句图者当然愿意选择优秀诗人的佳句,名人佳句有句图助其传播,岂不更好?事实上,秀句、句图的形成和传播,正是名篇佳句从入选到流传,从而成为经典的一个重要途径。宋人喜欢自选句图,目的正在于此。

(刊于《文学评论》2007年第5期)

---

① 〔宋〕江少虞:《皇朝事实类苑》卷四十《诗句作图》。

先秦古歌的叙事性和文体形态

本文所谓"先秦古歌",是指逯钦立辑校《先秦汉魏晋南北朝诗》[①]中先秦时代的歌词文本,共两卷72题(另有重复3题)90余首。本文考察这些古歌的叙事性和文体形态,有助于考镜诗歌之原初样相,"穷本知变,以窥风雅之始"[②]。

逯本是在明冯惟讷所辑《古诗纪》、丁福保所辑《全汉三国晋南北朝诗》基础上扩编的,其网罗搜求之周全,考订辩证之精审,久已取信于学人。除《诗经》《楚辞》外,先秦诗歌传世者基本收录于此,厘为"歌、谣、杂辞、诗、谚语"五类。其中卷一、二为"歌"。这些作品或出自先秦子、史之书,或见于汉代人著述,[③]不论出处的可信度高低,皆为后世转载。视为先秦时代的古歌词,大体可信。

一、先秦古歌的叙事性

这些古歌虽然时代久远,但却多与本事并存,这与《诗经》作品多无作者和本事不同。这些歌往往是明载作者的,但因有些典籍的编纂者距离所记史事遥远,又缺乏足以佐证的文献,所以有些古歌的作者和故事更像是个传说。

《诗经》《楚辞》所收诗歌皆已脱离本事而独立存传,其本事多已淡出历史,少数本事得以存传,也附属于诗歌,成为对诗事的注释,即诗歌的故事。但《诗经》《楚辞》之外的古歌,却都是依赖故事而存传的,是故事中的诗歌。其存传的文献或为史书,或为子书、杂书,每一首歌词文本都是一则故事中的核心情节元素。比如《荆轲歌》(又名《易水歌》)在《战国策·燕策》和《史记·刺客列传》的记录中,都只是故事的一个情节元素。

换言之,现存这些古歌,都是从散见于各种典籍中的故事中摘录出来的,所以都携带着一个故事。

[①] 中华书局1983年版。以下简称逯本。本篇所引古歌均从此本,不再出注。
[②] 《古诗纪原序》,《四库全书》本。
[③] 如《尚书》《左传》《战国策》《国语》《论语》《孟子》《庄子》《列子》《韩非子》《礼记》《吕氏春秋》《吴越春秋》《孔子家语》《韩诗外传》《列女传》《晏子春秋》《说苑》《新序》《史记》《隶释》《孔丛子》《风俗通》《物理论》《三秦记》《燕丹子》等。

这些古歌故事，多属君王故事或国家故事，与"谣"有别。谣即民谣、童谣。谣也是存传于故事中的。其内容主要是印证天下治、乱，或反映民心向背、时事走向。如《康衢谣》证"尧治天下五十年"之大治，《周宣王时童谣》证褒姒"实亡周国"，《鲁童谣》印证孔子预测水灾之准确，《晋童谣》印证晋献公伐虢之必克，《楚人谣》印证"亡秦必楚"。其实谣多属事后采录于传闻，以印证事件结果之必然性的。当历史事件已经发生，人们在事后进行反思，如果能发现事情的结局原来早有预兆，进而省悟到原来是天意或民心或规律所驱使的，那么事件的已成结局就会更具合理性、必然性、神奇性。如《长水童谣》曰："城门当有血，城没陷为湖。"这则见于《神异传》的童谣，必然是"秦时长水县"城遭遇大洪水后，人们附会的奇异"预言"。通观远古民谣，多属"事后诸葛"。

古歌与"谚"也不同。谚语主要是用简明扼要的格言体话语表述一个哲理，如"天下攘攘，皆为利往……""长袖善舞，多财善贾""心苟无瑕，何恤乎无家""仁不轻绝，智不轻怨"之类。从逯本所辑的数十则先秦古谚语看，谚语最初可能是关联着具体人间事的，但自其形成之时，即已具备一定的概括性，成为普世真理，因而很快就从原初故事中剥离出来而独立传播了。

古歌比谣的神异成分少，基本都贴近人间事；比谚语的哲理性少，因而独立性较弱，须与故事共生共存。古歌在故事中，或为故事核心，或为关键情节。逯本大体依古歌故事内容判定其时代，并按时序编辑。其内容大致可分如下几类。

1. 圣君贤臣之颂歌

例如《南风歌》，据《孔子家语》载："昔者舜弹五弦之琴，造南风之诗。其诗曰：'南风之薰兮，可以解吾民之愠兮；南风之时兮，可以阜吾民之财兮。'"又见《史记·乐书》曰："舜弹五弦之琴，歌南风之诗，而天下治。南风之诗者，生长之音也。舜乐好之。乐与天地同意，得万国之欢心，故天下治也。"

歌颂贤君的歌还有《击壤歌》颂帝与民生息之德，《赓歌》是舜帝与臣皋陶互唱的赞美歌，《大唐歌》"以声帝美"，《卿云歌》赞颂舜禅位于禹，《涂山歌》赞美禹"娶涂山女"，《段干木》颂扬魏文侯求贤的故事。

颂扬贤臣的歌通常颂扬其如何劝谏君王、行美政。如《齐民歌》赞美管仲劝齐桓公改错，受到民众欢迎，《泽门之皙》赞美子罕为民着想，《采芑歌》和《周秦民歌》赞美齐景公之臣田常，见于《晏子春秋》的几首歌《冻水歌》《穗歌》《岁暮歌》《齐庄公歌》都是赞美晏子劝谏君王、为民请命的。《邺民歌》歌颂魏国邺令史起引漳济邺之功，《楚人颂子文歌》歌颂秉公执法、大义灭亲，《楚人为诸御己歌》歌颂诸御己冒死谏楚王为民请命，《优孟歌》赞扬优孟尚义助友。《松柏歌》《狐裘歌》《暇豫歌》《龙蛇歌》等都是关于国家或宫廷政事的歌，属于以歌记史论政之类。

2. 昏君权臣之诫歌

据《尚书·夏书》载：夏君太康贪图享乐，失德失民乃致失国。其弟5人便述其祖父大禹的训诫之语，作歌抱怨。歌分为5首，所以《尚书》名之为《五子之歌》（《左传·哀公六年》亦引此歌，逯本题为《五子歌》）。歌词先述祖训，再叙太康荒政亡国，然后表达家人游离失所的感伤，是一组故事内容丰富、鉴戒意味很强的怨歌。

类似之歌如《夏人歌》讽桀之淫逸，《麦秀歌》伤殷之亡国，《采薇歌》是伯夷、叔齐感叹"以暴易暴"，《去鲁歌》是孔子责备季桓子好色误国，《野人歌》讽刺卫夫人南子。

3. 人情事理之歌

先秦古歌数量虽然不多，但广涉人间世事。或表达人情之喜怒哀乐，或阐发事理，内涵丰富。

《礼记·檀弓上》所载《曳杖歌》记录了孔子生命最后时光的情景和临终的哀伤，以及其弟子的伤感。同书所载《原壤歌》、《庄子》所载《相和歌》也都是死亡的哀歌。

《黄鹄歌》赞美贞妇"不更二庭"，《河激歌》赞美孝女赵娟智勇救父报国。这两则都见于《列女传》。

《鼓琴歌》记录了赵武灵王梦遇美人、吴广遂献女为王后的故事。

《楚狂接舆歌》和《孺子歌》《披衣为啮缺歌》《子桑琴歌》《杨朱歌》分别是诸子阐发生命哲理之歌。

《徐人歌》赞美朋友情义，《越人歌》寻求知己，《讽赋歌》是女子求爱之歌，《荆轲歌》赞美义勇牺牲。

逯本先秦诗卷二"歌下"附录了十几首歌。编为附录，概因所出之书《孔丛子》《风俗通》《吴越春秋》等皆属汉代成书且作者或存疑问者。其中所记所述前代故事，更类传奇，无论情节模式还是故事内涵，都是后世小说、戏剧故事的重要渊源。如《孔丛子》所载3首孔子故事歌，都是"伤不遇"之歌，可视为后世士人文化中"不遇"主题的一个模板。关于百里奚的3首《琴歌》，是夫妻离合故事，颇富传奇性和史诗意味。8首载于《吴越春秋》的歌，很像系列故事：吴—楚传奇，越—吴传奇。

伍子胥遇险得神秘渔父大义相救（《渔父歌》）——伍子胥与白喜（伯嚭）同仇佐吴（《河上歌》）——吴伐楚，楚臣申包胥哭秦救楚（《申包胥歌》）——楚乐师谴责楚荆王无道惹祸（《穷劫曲》）。

勾践范蠡君臣战败离越，越王夫人悲歌送别（《乌鹊歌》）——勾践卧薪尝胆准备复仇（《采葛妇歌》）——越师出征（《离别相去辞》）——凯旋（《河梁歌》）。

还有3首是秦民怨歌，涉及修长城、作骊山陵、荆轲刺秦王未遂三事。

综上所述，这些先秦古歌的叙事内涵和叙事模式，传奇故事中丰富的人文精神、情感意蕴、诗乐关系、事理表达范式等，对中华文化有许多开启意义。

二、 先秦古歌的文体形态

1. 歌与音乐可能同步

逯本将先秦之诗厘为"歌、谣、杂辞、诗、谚语"五类。根据这些古歌存在的相关文献，可以直接或间接看出其与音乐关系之疏密。依歌、谣、诗、辞、谚的次序，它们与音乐的关系明显是由密切到疏远乃至无关的。《礼记·乐记》谈"乐"有四个要素："诗言其志也，歌咏其声也，舞动其容也。三者本于心，然后乐器从之。"按这个标准衡量，"歌"与乐最近，谣、诗、辞、谚也可能吟、诵、歌、唱，但无舞蹈和乐器配合。从文献记载的发生过程看，只有歌与音乐是可能同步发生的。

记载先秦古歌的故事中，"歌曰"的时候或有乐器伴奏，或无伴奏而徒歌，总之是有音乐旋律的歌唱。有器乐伴奏的场景如《南风歌》载"舜弹五弦之琴，造南风之诗"。《孔子家语》虽属后出之书，但其前《礼记·乐记》已有"舜作五弦之琴以歌南风"的记载。《荆轲歌》有"高渐离击筑"、荆轲歌唱的情节，《岁暮歌》有"晏子起舞"而歌的情节。多数歌没有器乐和舞蹈情节，但基本都有"歌曰""相和而歌""作歌"之类记载，这正是逯本厘分歌、谣、诗、辞、谚的文本依据。值得注意的是，歌、谣、诗、辞、谚的区别并非后人所为，而是记录这些文本的原初典籍已经明确带有这些文体标志。这说明最早记录这些故事话语的时代，歌、谣、诗、辞、谚与乐器、音乐的关系之疏密，已经成为记录者厘定文体的重要因素了。这或许意味着：先民作歌之际，即这些古歌发生之时，人们就已经比较清楚地具备了区别歌、谣、谚与音乐关系的文体意识。

2. 标题

文献所载先秦时代的歌、谣、诗、辞、谚，通常无题，标题多为后人所加。后人加标题的依据，一是故事内容，二是其原初典籍中的"引辞"，即"歌曰、谣曰、诗曰、辞曰、谚语"等。二者综合，即为"××歌""××谣"等。这些题目通常都是对故事内容的关键性提示，一经记录者标出，后人即从之。

3. 篇制

关于这些古歌的篇幅、语体、修辞风格与其发生时代的关系，《文心雕龙·通变》云："九代咏歌，志合文则。黄歌《断竹》，质之至也。唐歌《在昔》，则广于黄世。虞歌《卿云》，则文于唐时。夏歌《雕墙》，缛于虞代。商周篇什，丽于夏年。……确而论之，则黄唐淳而质，虞夏质而辨，商周丽而雅，楚汉侈而艳，魏晋浅而绮，宋初讹而新。从质及讹，弥近弥澹。"

刘勰之论提示了一些文体形态信息。就篇幅而言，越远古越短，后来逐渐加长。"黄歌《断竹》，质之至也。"后世注者认为"黄"指黄帝时代。《断竹》即逯本《弹歌》："断竹，续竹，飞土，逐宍。"唐歌《在昔》无存。虞歌《卿云》："卿云烂兮，纠缦缦兮。日月光华，旦复旦兮。"夏歌《雕墙》即《尚书·夏书》所载《五子之歌》。如此看来，就篇幅而言，隐然有随时代演进而由短变长、由简单到繁复的过程。夏代《五子之歌》，已经是长篇组歌了：

其一曰：

皇祖有训，民可近，不可下。民惟邦本，本固邦宁。予视天下愚夫愚妇，一能胜予。怨岂在明，不见是图。予临兆民，懔乎若朽索之驭六马。为人上者，奈何不敬。

其二曰：

训有之。内作色荒。外作禽荒。甘酒嗜音。峻宇雕墙。有一于此。未或不亡。

其三曰：

惟彼陶唐。有此冀方。今失厥道。乱其纪纲。乃底灭亡。

其四曰：

明明我祖。万邦之君。有典有则。贻厥子孙。关石和钧。王府则有。荒坠厥绪。覆宗绝祀。

其五曰：

呜呼曷归。予怀之悲。万姓仇予。予将畴依。郁陶乎予心。颜厚有忸怩。弗慎厥德。虽悔可追。

第一、二章复述祖训，第三章谴责太康失政，第四章谴责太康对不起祖宗，第五章抒发帝室悲伤愤懑悔恨之情。如此井然有序四言联章形态的组歌，发生于夏代太康失政之时，歌词载于《尚书·夏书》，后人有疑为伪造者。然《左传·哀公六年》引《夏书》曰："惟彼陶唐，帅彼天常，有此冀方。今失其行，乱其纪纲，乃灭而亡。"证此歌可信，说明中华歌词文化在那个时代就已经发育得很丰满了。其诗学、音韵学价值极高。

4．语体

所谓语体，这里特指每句的字数及其结构方式。古人即依此区分"N言诗"。如晋挚虞《文章流别论》："古之诗，有三言、四言、五言、六言、七言、九言。古诗率以四言为体。"①

关于先秦古歌的语体，《文心雕龙·章句》也有因时演进的说法："二言肇于黄世，《竹弹》之谣是也。三言兴于虞时，《元首》之诗是也。四言广于夏年，《洛汭》之歌是也。五言见于周代，《行露》之章是也。六言、七言杂出《诗》《骚》，两体之篇，成于两汉。情数运周，随时代用矣。"②

刘勰认为《竹弹》（即《弹歌》）是二言诗，据其韵式："断竹（觉），续竹（觉），飞土，逐宍（觉）。"据其首句起韵，二、四双句叶韵，认定为二言合理。其双句叶韵的韵式，成为后代诗歌韵式之常例。三言《元首》即逯本《赓歌》，是舜与大臣皋陶唱和之歌（载《尚书》）：

股肱喜哉，元首起哉，百工熙哉。
元首明哉，股肱良哉，庶事康哉。
元首丛脞哉，股肱惰哉，万事堕哉。

此歌每句4字，第三段首句"丛"字也许是衍文。刘勰不算句尾语气词"哉"，认为是"三言"。古歌中此类句式还有二题，一为见于汉人《韩诗外传》的《夏人歌》：

---

① 〔清〕严可均校辑：《全上古三代秦汉三国六朝文·全晋文》，中华书局1958年版，第1905页。
② 〔清〕黄叔琳辑注：《文心雕龙辑注》卷七，《四库全书》本。

江水沛兮，舟楫败兮，我王废兮，趣归于薄，薄亦大兮。
乐兮乐兮，四牡跷兮，六辔沃兮，去不善而从善，何不乐兮。

另一题是见于汉代《风俗通》等书的《琴歌》3 首，逯钦立认为应是一题《琴歌》的 3 种略有差异的文本。下举其一：

百里奚，百里奚，母已死，葬南溪。
坟以瓦，覆以柴，舂黄藜，扼伏鸡。
西入秦，五羖皮，今日富贵，捐我为。

这两题歌词虽见于汉人之书，但所记乃古代故事，其中的歌就算经过一定的整理，但也许真是有古歌文本依据的。

四言《洛汭》即《五子之歌》，如前引。

刘勰显然是认为古歌的语体一如其篇章，也是依时代顺序由短而长的。他这种从句法长短和风格之古朴或华丽判断写作时代的思路，不无道理。比如见诸先秦典籍的古歌，句式大多古朴简短。

《礼记·檀弓》的 3 首歌：

泰山其颓乎。梁木其坏乎。哲人其萎乎。（《曳杖歌》）
狸首之斑然。执女手之卷然。（《原壤歌》）
蚕则绩而蟹有匡，范则冠而蝉有绥，兄则死而子皋为之衰。（《成人歌》）

《左传》的 8 首歌：

我有圃，生之杞乎。从我者子乎，去我者鄙乎，倍其邻者耻乎。已乎已乎。非吾党之士乎。（《南蒯歌》）
睅其目，皤其腹。弃甲而复。于思于思，弃甲复来。从其有皮。丹漆若何。（《宋城者讴》）
泽门之皙。实兴我役。邑中之黔。实尉我心。（《泽门之皙讴》）
既定尔娄猪。盍归吾艾豭。（《野人歌》）
景公死乎不与埋。三军之士不与谋。师乎师乎。何党之乎。（《莱人歌》）
鲁人之皋。数年不觉。使我高蹈。唯其儒书。以为二国忧。（《齐人歌》）
狐裘龙茸。一国三公。吾谁适从。（《狐裘歌》）
佩玉蕊兮，余无所系之。旨酒一盛兮，余与褐之父睨之。（《申叔仪乞粮

歌》)

《战国策》的两首歌：

长铗归来乎食无鱼。长铗归来乎出无车。长铗归来乎无以为家。(《弹铗歌》)

松邪柏邪。住建共者客邪。(《松柏歌》)

《国语》的《暇豫歌》：

暇豫之吾，吾不如乌乌。人皆集于菀，己独集于枯。

还有见于诸子之书的歌：《孟子》中的《孺子歌》，《论语》和《庄子》中的《楚狂接舆歌》，《庄子》中的《被衣为啮缺歌》《子桑琴歌》《相和歌》，《列子》中的《杨朱歌》，等等。

这些先秦典籍中的古歌，形式或似诗或似歌或似文，尚无比较确定一致的语体和篇制，风格的确古朴无华。

刘勰说"六言、七言杂出《诗》《骚》"，这话有点模糊。后人习惯将《诗》《骚》作为两种诗歌语体的代表，《诗》以四言为主，古歌也是四言体居多。骚体比较复杂，句中多含"之""兮""其"等虚字。骚体古歌多见于汉人之书，是否有古代文本依据难以考知，其初成时的面貌也难以考证。如《列女传》所载《黄鹄歌》：

悲夫黄鹄之早寡兮，七年不双。宛颈独宿兮不与众同。夜半悲鸣兮想其故雄。天命早寡兮独宿何伤。寡妇念此兮泣下数行。呜呼哀哉兮死者不可忘。飞鸟尚然兮况于贞良。虽有贤雄兮终不重行。

《新序》所载《徐人歌》：

延陵季子兮不忘故。脱千金之剑带丘墓。

《说苑》所载《越人歌》：

今夕何夕兮，搴洲中流。今日何日兮，得与王子同舟。蒙羞被好兮，不訾诟耻。心几烦而不绝兮,得知王子。山有木兮木有枝。心说君兮君不知。

《吴越春秋》所载《离别相去辞》:

跞躁摧长恧兮,擢戟驭殳。所离不降兮,以泄我王气苏。三军一飞降兮,所向皆殂。一士判死兮,而当百夫。道祐有德兮,吴卒自屠。雪我王宿耻兮,威振八都。军伍难更兮,势如貔貅。行行各努力兮,於乎于乎。

《史记》所载《南风歌》:

南风之薰兮,可以解吾民之愠兮;南风之时兮,可以阜吾民之财兮。

《史记》所载《邺民歌》:

邺有贤令兮为史公。决漳水兮灌邺旁。终古舄卤兮生稻粱。

《史记》所载《荆轲歌》:

风萧萧兮易水寒。壮士一去兮不复还。

《史记》所载《采薇歌》:

登彼西山兮,采其薇矣。以暴易暴兮,不知其非矣。神农虞夏忽焉没兮,我安适归矣。吁嗟徂兮,命之衰矣。

这些骚体歌词不见于先秦典籍,是否形成于所歌故事的时代是个疑问。可以确知的是,汉代已经是"后楚辞"时代,骚体已经成熟并流行。这些见于汉人著述号称是古代故事中的歌,其原初发生和流传演变情况虽然难以确考,但在汉代,著述者将其如此这般地定型之时,我们宁愿相信起码是有个流传蓝本的。那么骚体诗歌的发生和形成,究竟是个多长的过程呢?《孟子·离娄上》所载《孺子歌》"沧浪之水清兮,可以濯我缨。沧浪之水浊兮,可以濯我足",足可证明骚体句式在孟子以前即已流行。

古歌中有些七言体式的需要特别分辨,或许这些或长篇或短制的七言歌,正是远古之歌演变为中古七言歌行的过渡形态。这有两种情况。一是带虚字的七言，如《礼记·檀弓》所载《成人歌》："蚕则绩而蟹有匡，范则冠而蝉有緌，兄则死而子皋为之衰。"又如宋玉《讽赋》所谓主人之女歌："岁将暮兮日已寒。中心乱兮勿多言。"又如《孔丛子》所载孔子因"麟出而死，吾道穷矣"，泣而歌曰："唐虞世兮麟凤游。今非其时来何求。麟兮麟兮我心忧。"

从先秦到汉代，这些带虚字的七言歌从音节到句法，从韵式到咏叹情调，都在自然而然地孕育着七言歌诗。尤其是东汉人赵煜所撰《吴越春秋》复仇故事中的几首七言歌词，在七言诗的发展史上，应该具有什么样的地位和意义，值得特别关注。《吴越春秋》载楚乐师扈子，非荆王信谗，佞杀伍奢、白州犁而寇不绝于境，至乃掘平王墓，戮尸奸喜，以辱楚君臣。又伤昭王困迫，几为天下大鄙。乃援琴为楚作《穷劫之曲》：

王耶王耶何乖劣，不顾宗庙听谗孽。任用无忌多所杀，诛夷白氏族几灭。
二子东奔适吴越，吴王哀痛助忉怛。重涕举兵将西伐，伍胥白喜孙武决。
三战破郢王奔发，留兵纵骑虏京阙。楚荆骸骨遭掘发，鞭辱腐尸耻难雪。
几危宗庙社稷灭，庄王何罪国几绝。卿士凄怆长恻悢。吴军虽去怖不歇。
原王更隐抚忠节。勿为谗口能谤衺。

又《吴越春秋》载越王句践苦其身心准备复吴之仇。采葛之妇乃作《苦何之诗》：

葛不连蔓棻台台。我君心苦命更之。尝胆不苦甘如饴。令我采葛以作丝。
女工织兮不敢迟。弱于罗兮轻霏霏。号缔素兮将献之。越王悦兮忘罪除。
吴王欢兮飞尺书。增封益地赐羽奇。机杖茵蓐诸侯仪。群臣拜舞天颜舒。
我王何忧能不移。饥不遑食四体疲。

又《吴越春秋》载句践灭吴之后，号令齐、楚、秦、晋皆辅周室。军人悦乐。遂作《河梁之诗》：

渡河梁兮渡河梁。举兵所伐攻秦王。孟冬十月多雪霜。隆寒道路诚难当。
阵兵未济秦师降。诸侯怖惧皆恐惶。声传海内威远邦。称霸穆桓齐楚庄。
天下安宁寿考长。悲去归兮河无梁。

《吴越春秋》虽类小说家言，但此3首之篇制、句式、韵式、辞采文风皆相类，就算不是吴越时期的真实文本，至少也是东汉人创作，其整饬的七言句式和句句用韵、一韵到底的韵式，早于曹丕《燕歌行》，应该是七言诗形成过程中的重要文献。

5. 韵式

先秦古歌押韵情况比较复杂，因为当时并无统一的押韵规定。考察其各式各样的押韵情况，有助于了解诗歌韵式从多样到一致、从各种尝试到趋于一致的过程。先秦古歌押韵的情况主要可从以下几方面来理解（据郭锡良《汉字上古音手册》标示韵脚）。

（1）双句押韵。

汉语诗歌定型后的基本韵式是双句押韵。先秦古歌韵式虽然并不统一，但双句押韵还是最常见的。如最早的《弹歌》（见前引）虽然只有8个字，但第一句起"觉"韵，第二、四句同押"觉"韵。《击壤歌》："日出而作，日入而息（职）。凿井而饮，耕田而食（职）。帝力于我何有哉。"双句"职"韵。《采薇歌》通首双句"薇"韵："登彼西山兮，采其薇（微）矣。以暴易暴兮，不知其非（微）矣。神农虞夏忽焉没兮，我安适归（微）矣。吁嗟徂兮，命之衰（微）矣。"《五子歌》（见前引《五子之歌》））第二、三、四首是标准的双句韵。《龙蛇歌》《丘陵歌》也都是整齐的双句韵。

值得特别注意的是骚体古歌的韵式，有些表面看是句句押韵的，如果从中间虚字处断开，则可视为双句韵，这说明双句韵最适合汉语的音韵节奏。如以下几首：

《荆轲歌》：风萧萧兮——易水寒（元）。壮士一去兮——不复还（元）。

《讽赋歌》：岁将暮兮——日已寒（元）。中心乱兮——勿多言（元）。

《楚聘歌》：大道隐兮——礼为基（之）。贤人窜兮——将待时（之）。天下如一兮——欲何之（之）。

《获麟歌》：唐虞世兮——麟凤游（幽）。今非其时——来何求（幽）。麟兮麟兮——我心忧（幽）。

（2）句句押韵。

先秦古歌句句押韵式也很多，如《曳杖歌》："泰山其颓（微）乎。梁木其坏（微）乎。哲人其萎（微）乎。"又如《弹铗歌》："长铗归来乎食无鱼（鱼）。长铗归来乎出无车（鱼）。长铗归来乎无以为家（鱼）。"句句押韵且一首通押者，有篇幅短者，亦有长歌如《穷劫之曲》。当然相对来说短制更原始，长歌稍后。

（3）换韵。

无论双句押韵还是句句押韵的歌，都会换韵。换韵可以使诗歌的声音韵律听起来富于变化。先秦古歌换韵的方式多种多样。两句一换如《南风歌》："南风之薰（文）兮，可以解吾民之愠（文）兮；南风之时（之）兮，可以阜吾民之财（之）兮。"每小节（首）一换如《赓歌》："股肱喜（之）哉，元首起（之）哉，百工熙（之）哉。元首明（阳）哉，股肱良（阳）哉，庶事康（阳）哉。元首丛脞（歌）哉，股肱惰（歌）哉，万事堕（歌）哉。"

有一种骚体句式的韵式值得特别考虑。如《孺子歌》通常标点为："沧浪之水清兮可以濯我缨（耕）。沧浪之水浊兮可以濯我足（屋）。"如果换一种标点方式，则是两句一换韵："沧浪之水清（耕）兮，可以濯我缨（耕）。沧浪之水浊（屋）兮，可以濯我足（屋）。"由此可以引发对骚体韵式的另一种关注：句子中间的虚字"兮""其""之""而"等，实际上具有调节韵式的作用，即将句句韵的每一个单句变成了两个分句，韵脚在后，实际上形成了双句韵式。如《获麟歌》："唐虞世兮麟凤游（幽）。今非其时来何求（幽）。麟兮麟兮我心忧（幽）。"实际上可以读作："唐虞世兮，麟凤游（幽）。今非其时，来何求（幽）。麟兮麟兮，我心忧（幽）。"同理，凡此类句句韵式的骚体都可以读作双句韵式，如《越人歌》："今夕何夕兮，搴洲中流（幽）。今日何日兮，得与王子同舟（幽）。蒙羞被好兮，不訾诟耻（之）。心几烦而不绝兮，得知王子（之）。山有木兮，木有枝（支）。心说君兮，君不知（支）。"《讽赋歌》："岁将暮兮，日已寒（元）。中心乱兮，勿多言（元）。内怵惕兮，徂玉床（阳）。横自陈兮，君之傍（阳）。"《楚聘歌》："大道隐兮，礼为基（之）。贤人窜兮，将待时（之）。天下如一兮，欲何之（之）。"这种骚体句式，字数上与后世不带虚字的七言句式接近，韵式上则隐约与双句韵式具有近似的诵读感觉。

古歌换韵的方式，后世除格律诗以外，一直沿用下来。尤其是长篇歌行，换韵是调节声韵感觉的重要手段。

先秦古歌常见"富韵"，即每句尾字同一虚字重复押韵，虚字前实字押韵，构成双韵脚，如《夏人歌》："江水沛（月）兮，舟楫败（月）兮，我王废（月）兮，趣归于薄，薄亦大（月）兮。"这种韵式逐渐式微，中古以后就少见了。

先秦古歌的韵式除了以上描述的常见而且规律性明显者之外，还有一些特殊韵式，以及无韵之篇、不入韵之句，情况比较混乱，难以进行规律性的描述，加之上古的一些读音，在当时或许是押韵的，但今人却很难体会了。如《冻水歌》："冻水洗（文），我若之何。太上糜散（元），我若之何。"重复的

"我若之何"是否可视为双句押韵呢？《涂山歌》："绥绥白狐（鱼）。九尾庞庞（东）。成于家室（质）。我都攸昌（阳）。"这首是否无韵呢？《楚狂接舆歌》："凤兮凤兮，何德之衰（微）。往者不可谏，来者犹可追（微）。已而已（之）而，今之从政者殆（之）而。"前4句双句韵，后两句是否换成了富韵"（之）而"呢？还有交韵，即单句与单句押韵、双句与双句押韵，如《龙蛇歌》："龙欲上天（真）。五蛇为辅（鱼）。龙已升云（真）。四蛇各入其宇（真）。一蛇独怨（元）。终不见处所（真）。"

可以看出，上古时代诗歌韵式有各种各样的尝试。歌与诗相比，歌的韵式更自由一些（后世亦然）。不过诗歌韵式变化的趋势是从无序到有序，从混乱到清晰、从复杂到简单的。像交韵、富韵，后世逐渐弃用了。句句韵直到魏晋时期还有，唐以后不常见了。双句韵式逐渐成为汉语诗歌的通例。

小　　结

将先秦古歌与中古以后的歌行体联系起来思考，发现其间有些或明显或隐约的关联：①先秦古歌都是叙事歌，后世歌行体的叙事性大多也都强于其他诗词。②先秦古歌与音乐关系密切，魏晋南北朝歌行亦多为演唱歌词，唐宋以后，即便成为纯粹阅读文学作品的歌行，其叙事风格、文本结构、节奏、修辞风格，也隐约带有一些"乐章"气韵。③标题为"歌"的传统持续保留。④先秦古歌的篇制从短到长，句式从二言、三言、四言，逐渐变长，经骚体句式，向七言发展。中古以降，歌行体终以七言长篇为主。⑤韵式也由句句韵、不规则韵向双句押韵衍变，但一篇之内可以换韵的方式一直未变，从而使歌行体一直区别于格律诗。

主要参考书目：

《先秦汉魏晋南北朝诗》，逯钦立辑校，中华书局1983年版。
《汉字古音手册》，郭锡良编著，北京大学出版社1986年版。

［刊于《兰州大学学报》（社会科学版）2010年第5期］

论词的叙事性

叙事学自20世纪60年代兴起于法国，此后风行全球，对文学、史学、语言学等许多学科产生了重大影响。① 在文学研究领域，叙事学的研究对象基本是散体的、故事性强的作品，如小说、史传、回忆录、神话传说、民间故事、叙事诗、戏剧等。作为中国传统文学重要样式之一的词，至今未受到叙事学的关注，因为词通常被认为是抒情作品而不是叙事作品。

然而词到底有没有叙事性呢？叙事学研究对词学研究有无意义呢？从学理上说，叙就是叙述，叙述是人类的言说行为，它超越任何具体作品的体裁形式。换言之，任何体裁的作品都是人类叙述方式之一种，词当然也是。词叙述的内容不可能只有情、景而没有事。词人将自己在一定时空中的存在、行为或心理活动表述为词，都是对已然的叙说，即便是以抒情为主的词，也不可能全无叙事因素。比如"衣带渐宽终不悔，为伊消得人憔悴"，其中隐含的叙事是：我曾经或正在追求。又如"少年不识愁滋味，爱上层楼，爱上层楼，为赋新词强说愁"，其中隐含的叙事是：我曾如此。

那么词到底怎样叙事，其叙事有何特殊性呢？本文借鉴叙事学的理念和方法，首先探讨词的文体叙事结构，然后探讨词的文本叙事方式和特点。

一、词的文体叙事结构

词的文体结构，最多有四部分：调名、题目、序、正文。这四部分都具有叙事功能。

1. 调名点题叙事

词调俗称词牌②，其主要功能是标示曲调类型和歌词格式，但早期的词调名称往往源自歌词内容并提示内容，可以称之为缘事而定名。《词学季刊》第一卷第四号载失名者之《词通》有"论名"一节云：

---

① 参张寅德编选《叙述学研究》，中国社会科学出版社1989年版；[美]华莱士·马丁著、伍晓明译《当代叙事学》，北京大学出版社1990年版；罗钢《叙事学导论》，云南人民出版社1994年版；[美]浦安迪教授讲演《中国叙事学》，北京大学出版社1996年版；杨义《中国叙事学》，人民文学出版社1997年版。

② [明]王骥德《曲律》卷一《论调名》："曲之调名，今俗曰牌名。"

有词之先，既无所谓调，即无所谓名。故有一词既成，乃取词句以名其调者，如《闲中好》《花非花》《章台柳》，皆本词之首句，亦犹唐人诗以首句为题。①

刘永济《词论》卷上《调名缘起》云：

调名缘起，约有数端。……有以作者本事而名者，如《忆余杭》因潘阆忆西湖而作也，《菊花新》因陈源念菊夫人而作也，《醉翁操》因东坡追思六一翁而作也。②

马兴荣《词学综论》中《词调名称的形成》云：

还有一类是以词中所写的人和事为调名。如《谢秋娘》……始自朱崖李太尉镇浙日为亡妓谢秋娘所撰。……再一类是以传说故事为调名，如《阮郎归》以刘晨、阮肇……的传说为调名的。又如《鹊桥仙》以织女……的传说为调名的。又如《凤凰台上忆吹箫》以箫史……的传说为调名的。③

以上诸家所举词调，其名称皆缘事而定，调名本身含有点题叙事性。

还有一些调与事合的情况，但后人已经搞不清词调与歌词孰先孰后了。黄昇《唐宋诸贤绝妙词选》（《四部丛刊初编》本）卷一李珣《巫山一段云》下注云：

唐词多缘题，所赋《临江仙》则言仙事，《女冠子》则述道情，《河渎神》则咏祠庙，大概不失本题之意。尔后渐变，去题远矣。

唐圭璋、潘君昭《论词的起源》云：

敦煌民间词，其中很多首的内容与词调有关，如《天仙子》有"天仙别后信难通"之语，《竹枝子》有"垂珠泪滴，点点滴成斑"之语，《泛龙舟》有"无数江鸥水上游，泛龙舟，游江乐"之语。《斗百草》（第一）有"喜去

---

① 龙沐勋编：《词学季刊》第一卷第四号，上海书店 1985 年影印本，第 109 页。
② 刘永济：《词论》卷上，上海古籍出版社 1981 年版，第 31 页。
③ 马兴荣：《词学综论》，齐鲁书社 1989 年版，第 21 页。

喜去觅草"之语。另如《柳青娘》咏柳青娘之美、《浣溪沙》咏人如西子之美。①

黄昇所谓"缘题",以及唐、潘所论,都是指调名与歌词内容正相吻合。但他们的说法有点模糊:到底是先定歌词再选词调呢,还是先定词调再写歌词呢?这两种情形在早期词中都存在。今存唐词,词调名称与词意吻合者很多,随便翻检《全唐五代词》②,缘题之作比比皆是。除以上诸家所举外,如李隆基《好时光》写女子应该趁着年轻貌美,嫁个有情郎,"莫负好时光";刘长卿《谪仙怨》写迁谪情景;张志和《渔父》5首皆写渔隐生活;又无名氏《渔父》15首皆写渔隐生活;又张松龄《渔父》1首亦然;又(释)德诚所作《拨棹歌》39首,与张志和《渔歌子》同体,亦写泛舟渔隐之事。可见唐人作词,既有缘事而创调名者,也有据事而选已有调名者。黄昇的缘题之说,模糊地涵盖了这两种情况。这两种情况都说明:早期的很多词调都含有叙事因素,其基本叙事功能是点明题材或题旨。

词至宋代,缘事而自创词调者仍然很多。先举张先几首词③为例。

《谢池春慢·玉仙观道中逢谢媚卿》,杨湜《古今词话》载:

张子野往玉仙观,中路逢谢媚卿。初未相识,但两相闻名。子野才韵既高,谢亦秀色出世,一见慕悦,目色相授。张领其意,缓辔久之而去,因作《谢池春慢》以叙一时之遇。

吴曾《能改斋漫录》卷十二:

玉仙观在京城东南……有陈道士修葺亭台,载花木甚盛,四时游客不绝。

词的上阕写玉仙观景致,有"池水渺"句关合词调名,下阕写"逢谢女,城南道"之事。调名"谢池春",也有深意:《晋书·王凝之妻谢氏传》载才女谢道蕴事,后人因称才女为"谢女";又谢灵运有名句"池塘生春草"。张先取"谢池春"为调名,很可能是巧用谢家故事。

---

① 唐圭璋、潘君昭:《唐宋词学论集》,齐鲁书社1985年版,第9页。
② 曾昭岷、王兆鹏等所编,中华书局1999年版。
③ 下引张先词及相关资料,均据吴熊和、沈松勤校注《张先集编年校注》,浙江古籍出版社1996年版。

《一丛花令》,《中国词学大辞典·词调》云:"此调始见于宋张先《张子野词》。"① 杨湜《古今词话》载此词本事,言张先"尝与一尼私约,其老尼性严,每卧于池岛中一小阁上。俟夜深人静,其尼潜下梯,俾子野地登阁相遇。临别,子野不胜惓惓,作《一丛花》词以道其怀"。萧涤非曾撰短文《张先〈一丛花〉本事辨证》,论证此事可信。② 调名"一丛花",显然有点题叙事之意。词中有"双鸳池沼水溶溶,南北小桡通,梯横画阁黄昏后,又还是,斜月帘栊"之类叙事性很丰富的句子,加上词话的记载,特别诱使读者想象那一段故事情节。

张先还有《山亭宴慢·有美堂赠彦猷主人》《泛清苕·正月十四日与公择吴兴泛舟》《少年游慢》等多种自创词调,都是缘事而取名,《词谱》称这种情况为"赋本意也"③。

像这类缘事创调,调名即题目,正文则缘题而赋本事的情况,在《全宋词》④ 中有很多,如柳永《望海潮》⑤(东南形胜),王诜《忆故人》⑥(烛影摇红),秦观《添春色》⑦(唤起一声人悄),周邦彦《一剪梅》⑧(一剪梅花万样娇),史达祖《惜黄花·九月七日定兴道中》⑨《双双燕·咏燕》⑩,吴文英《惜秋华·重九》⑪,等等。

在自创词调并利用调名点题叙事方面,姜夔无疑是最值得重视的词人。据夏承焘《姜白石词编年笺校》⑫ 中《论姜白石的词风(代序)》所论,姜夔创制词调有两类。一类是已有他人曲谱,但"虚谱无辞"⑬,他依谱填词,从而创为词调者,如《霓裳中序第一》《角招》《徵招》《醉吟商小品》《凄凉犯》《玉梅令》等。其中后3种词调的歌词是赋调名本意的。另一类是姜夔"初率

---

① 马兴荣、吴熊和、曹济平主编:《中国词学大辞典》,浙江教育出版社1996年版,第475页。
② 吴熊和、沈松勤校注《张先集编年校注》第113~114页附录全文,浙江古籍出版社1996年版。
③ 《钦定词谱》卷三十五注,《四库全书》本。
④ 唐圭璋编:《全宋词》,中华书局1965年版。
⑤ 唐圭璋编:《全宋词》,中华书局1965年版,第39页。
⑥ 唐圭璋编:《全宋词》,中华书局1965年版,第273页。
⑦ 唐圭璋编:《全宋词》,中华书局1965年版,第469页。〔宋〕秦观撰、徐培均校注《淮海居士长短句》作《醉乡春》,上海古籍出版社1985年版,第193页。
⑧ 唐圭璋编:《全宋词》,中华书局1965年版,第623页。
⑨ 唐圭璋编:《全宋词》,中华书局1965年版,第2346页。
⑩ 唐圭璋编:《全宋词》,中华书局1965年版,第2325页。
⑪ 唐圭璋编:《全宋词》,中华书局1965年版,第2912页。
⑫ 上海古籍出版社1981年版。以下简称夏《笺》。
⑬ 夏《笺》,第5页《霓裳中序第一》序。

意为长短句,然后协以律"①的,就是先写成歌词然后再制谱。姜夔称之为自度曲或自制曲,据夏《笺》共得10首,兹略述于下:第1页《扬州慢》咏"淮左名都"扬州之今昔;第9页《湘月》写湘江月夜泛舟事;第18页《翠楼吟》因"武昌安远楼成"而"度曲见志";第21页《惜红衣》咏荷花;第23页《石湖仙》"寿石湖居士";第28页《琵琶仙》,"枨触合肥旧事之作……合肥人善琵琶"(夏注);第35页《淡黄柳》写合肥柳色"以纾客怀";第36页《长亭怨慢》写"离愁千缕",有"谁似得长亭树,树若有情时,不会得青青如此"之怨;第48页《暗香》《疏影》2首共一序,乃石湖咏梅之作。

这10首自度曲,都是缘事而取调名的,歌词内容皆赋词调之本意。不仅词调名称具有点题叙事性,而且均有长序叙述创作背景、本事、作法等。通观姜夔词,利用词调名称标示词意乃是他作词的一大特色,无论是自创调名还是选用已有调名。

词体文学在燕乐和诗的基础上兴起的时候,词调名称的来历大约有两种:一是依已有乐曲取名创调,如张先《熙州慢》、柳永《八声甘州》、周邦彦《兰陵王》等,这类词调基本没有叙事性。二是据所咏之事创调取名,调名通常就是题目,携带着具体的叙事因素,而这一类歌词都是缘题而赋本事的。这类词调的数量肯定远远多于现在能见诸记载的那些。古今人在所著词律、谱、图、词话之类的书中,尽可能说明某一词调是否缘题,因歌咏何事而得名。但由于史料有限,流传至今的1000多个词调,多数已失本事。

随着词调的定型,缘题而赋本事的现象逐渐减少,但词人在具体的创作中,根据所咏事情而选择词调的情况却很常见。清沈祥龙《论词随笔》云:

词调不下数百,有豪放,有婉约。相题选调,贵得其宜。调合则词之声情始合。②

"相题选调",是指叙事风格、内容与词调的音乐品类相适合。比如写缠绵婉转之情,《鹊桥仙》《声声慢》就比《六州歌头》合适。另外,词乐失传后,词调文字的表意性也可能影响作者的选择,比如为人祝寿而选《千秋岁》之类,也算是相题选调吧。

---

① 夏《笺》,第36页《长亭怨慢》序。
② 唐圭璋编:《词话丛编》第五册,中华书局1986年版,第4060页。

2. 词题引导叙事

随着词体文学的成熟，词调日益形式化，主要用来表示乐曲类型及相应的歌词格式，叙事因素逐渐减少。于是自北宋出现了缘事而立的词题，专门承担起标明题旨、引导叙事的任务。词调之外另立的词题，与乐曲调类无关，用意专在于指事。

宋人为词另立题目，直接受诗、文标题传统的影响。在词诞生之前，中国古代诗、文经历了从无题到有题、题目由简单到精致的过程。至魏晋隋唐时代，标题之学已经非常成熟，题目的功能也多了。吴承学《诗题与诗序》云：

> 此时诗题已经成为诗歌整体形式的不可或缺的有机部分，诗人完全有意识地利用诗题来阐释其创作宗旨、创作缘起、歌咏对象，标明作诗的场合、对象。
>
> 到初唐、盛唐时期，古诗制题已经完全规范化，诗题成为诗歌内容准确而高度的概括，成为诗歌的面目。①

那么产生于唐代的词体文学，何以到宋代才出现另立题目的现象呢？这一方面或许是词疏离音乐，疏离世俗大众，开始走向文人案头或酒筵的一个信号吧，所以王国维有"词有题而词亡"②之论断。另一方面，随着词调日益定型，存形去意，同一词调可以不断用于不同内容的歌词，词人为了标示同调之词内容不同，就要给词加上一个叙事性的题目，以便阅读和编辑。

在词调之外另标词题始于何人，尚待考索。吴熊和《〈彊村丛书〉与词籍校刊》第6节《订词题》云：

> 自《花间集》《尊前集》以至晏殊《珠玉词》，词皆无题。王安石、张先，稍具词题。③

此说略失精确。据《全宋词》，在张先之前，词另立标题者尚有7人22首：王禹偁《点绛唇·感兴》，陈亚《生查子·药名寄章得象陈情》《生查子·药名闺情》，聂冠卿《多丽·李良定公席上赋》，范仲淹《苏幕遮·怀旧》

---

① 吴承学：《诗题与诗序》，载《文学遗产》1996年第5期；收入其《中国古代文体形态研究》，中山大学出版社2002年版，第112、115页。

② 《蕙风词话 人间词话》，人民文学出版社1960年版，第218页。

③ 吴熊和：《吴熊和词学论集》，杭州大学出版社1999年版。

《渔家傲·秋思》《御街行·秋日怀旧》《剔银灯·与欧阳公席上分题》《定风波·自前二府镇穰下营百花洲亲制》，沈邈《剔银灯·途次南京忆营妓张温卿》2首，杨适《长相思·题丈亭馆》，柳永《玉女摇仙佩·佳人》《御街行·圣寿》《长相思·京妓》《玉蝴蝶·重阳》《木兰花·杏花》《木兰花·海棠》《木兰花·柳枝》《爪茉莉·秋夜》《女冠子·夏景》《十二时·秋夜》。

另外，晏殊虽比张先小1岁，但张是晏的门生，他们同时也喜欢作词。晏殊有4首词另有标题：《采桑子·石竹》《山亭柳·赠歌者》《破阵子·春景》《玉楼春·春恨》。

张先今存词175首，其中60首使用了词题或序①。此前及同时词人中，尚无人如此大量采用题序。

王安石词确有6首有词题，不过他年辈比上述诸人至少晚30年，其前使用词题者已多，他远非开风气者。

上举词题是否皆为作者所立，尚不能完全确定。吴熊和《〈彊村丛书〉与词籍校刊》第6节《订词题》云：

> 宋时坊间唱本《草堂诗余》之类，每于所先名家词下，辄增"春景""春游""春怨""春闺"等题，取便时俗应歌；又所附词话，多出宋人杂说，若杨湜《古今词话》，所记每多不实。此后皆归入本集，补为词题，滋惑甚焉，

---

① 兹据吴熊和、沈松勤校注《张先集编年校注》（浙江古籍出版社1996年版）录出：《塞垣春·寄子山》《天仙子·时为嘉禾小倅，以病眠不赴府会》《转声虞美人·雪上送唐彦猷》《南乡子·中秋不见月》《木兰花·晏观文画堂席上》《碧牡丹·晏同叔出姬》《玉联环·南郊夜饮》《木兰花·邠州作》《醉桃园·渭州作》《玉联环·送临淄相公》《少年游·渝州席上和韵》《天仙子·别渝州》《渔家傲·和程公辟赠别》《木兰花·和孙公素别安陆》《山亭宴慢·有美堂赠彦猷主人》《喜朝天·清暑堂赠蔡君谟》《破阵乐·钱塘》《醉垂鞭·钱塘送祖择之》《好事近·和毅夫内翰梅花》《天仙子·郑毅夫移青社》《醉落魄·吴兴莘老席上》《望江南·与龙靓》《雨中花令·赠胡楚草》《熙州慢·赠述古》《虞美人·述古移南郡》《河满子·陪杭守泛湖夜归》《沁园春·寄都城赵阅道》《更漏子·流杯堂席上作》《劝金船·流杯堂唱和翰林主人元素自撰腔》《定风波令·次韵子瞻送元素内翰》《定风波令·再次韵送子瞻》《定风波令·雪溪席上，同会者六人：杨元素侍读，刘孝叔吏部，苏子瞻、李公择二学士，陈令举贤良》《木兰花·席上赠周邵二生》《泛清苕·正月十四日与公择吴兴泛舟》《木兰花·乙卯吴兴寒食》《木兰花·去春自湖归杭，忆南园花已开，有"当时犹有蕊如梅"之句。今岁还乡，南园花正盛，复为此词以寄意》《天仙子·公择将行》《离亭宴·公择别吴兴》《感皇恩·徐铎状元》《感皇恩·安车少师访阅道大资，同游湖山》《醉垂鞭·赠琵琶娘，年十二》《谢春池慢·玉仙观道中逢谢媚卿》《惜双双·溪桥寄意》《宴春台慢·东都春日李阁使席上》《清平乐·李阁使席》《御街行·送蜀客》《少年游·井桃》《天仙子·观舞》《南乡子·送客过余溪，听天隐二玉鼓胡琴》《木兰花·送张中行》《倾杯·吴兴》《倾杯·碧澜堂席上有感》《庆春泽·与善歌者》《玉树后庭花·上元》《定西番·执胡琴者九人》《剪牡丹·舟中闻双琵琶》《长相思·潮沟在金陵上元之西》《汉宫春·蜡梅》《山亭宴·湖亭宴别》《西江月·赠寄》。

非但有乖本旨而已。毛本《梦窗词》甲乙二稿，几乎无一词无题，其中"秋感""春情""春晴""夏景"及"有感""感怀"诸题，凡二十余见，显出俗手滥增，任意标目，朱孝臧一律删去。①

此方家之论。后人所见词题未必皆出于作者，如范仲淹"怀旧""秋思""秋日怀旧"，及柳永、晏殊的词题。但多数词题出于作者是无疑的，特别是那些隐含着作者本事并以作者语气标明的题目，如沈邈《剔银灯·途次南京忆营妓张温卿》，据吴曾《能改斋漫录》卷十七载：

宿州营妓张玉姐，字温卿，本蕲泽人，色技冠一时，见者皆属意。沈子山为狱掾，最所钟爱。既罢，途次南京，念之不忘，为《剔银灯》二阕，其一云：……其二云：……

词题不论是否出自作者原创，其作为标题的引导叙事功能显而易见：或标明所咏节序，如"秋夜""春景""上元""中秋"；或标明所咏之物，如"杏花""红梅""井桃""海棠"；或标明所咏情事，如"怀旧""闺情""感兴""观舞"；或标明寄赠的对象，"赠歌者""寄子山"；或交代作词的缘起、时间、场所，如"雪上送唐彦猷""中秋不见月""晏观文画堂席上""南郊夜饮""渭州作""送临淄相公"等；或标示作词的特殊方式或体例，如"与欧阳公席上分题""次韵子瞻送元素内翰""药名寄章得象陈情"。总之，为词另立标题的用意，主要在于叙述或说明有关这首词的一些事情或有关写作的某些特殊方式、体例。

毫无疑问，词题虽小，其叙事性却是很强的。

3. 词序说明式叙事

当词人觉得词调或词题之叙事尚不尽意时，便将词题延展为词序，以交代、说明有关这首词的一些本事或写作缘起、背景、体例、方法等。

序即叙。序体文历史悠久且用途颇广，叙事是其基本功能。诗、文、赋之序，自汉至唐已经丰富多彩，但词序出现却比较晚，唐五代词尚无序体。张先最先将词题延长为序，但他60首另有题序的词，题和序并不分明，其短者两字，长者数十字，其中勉强可视为词序者仅3例：

《天仙子·时为嘉禾小倅，以病眠不赴府会》，词中描写自己在暮春时节饮酒听歌，伤酒醉眠，醒后忽生惜春伤逝之情。序文的作用是交代作词的时

---

① 吴熊和：《吴熊和词学论集》，杭州大学出版社1999年版。

间、自己在何处任何职,因身体不适而未上班,"午醉醒来"就作了这首词。序与词毫不重复,在时间上前后相接,在内容方面隐约有点因果关系——因病而伤时。

《定风波令·雪溪席上,同会者六人:杨元素侍读,刘孝叔吏部,苏子瞻、李公择二学士,陈令举贤良》,此词又称"六客词"。苏轼有《书游垂虹亭》① 专记其事。张先此词记叙这次六客雅集之盛事,其序与词不重复,是对词所叙之事进行解释和补充。

《木兰花·去春自湖归杭……》的序与前面两序不同,与词意重复。兹对照如下:

词	序
去年春入芳菲国,	去春自湖归杭,忆南园花已开,
青蕊如梅终忍摘,	有"当时犹有蕊如梅"之句。
阑边徒欲说相思,绿蜡密缄朱粉饰。	
归来故苑重寻觅,	今岁还乡,
花满旧枝心更惜,	南园花正盛,
鸳鸯从小自双双,若不多情头不白。	复为此词以寄意。

此序的作用是叙事比词更明确,序文客观叙述性较强,正文侧重诗意抒情。

在较早使用词序的人中,苏轼作词序多于张先。据《全宋词》所收苏轼词,有题序者257首,其中标明"公旧序云"者17首,另有未标"序"字而实为序者15首,共32首词有序文。其序也比张先更长,如《洞仙歌》(冰肌玉骨)词序96字,叙述作词的缘起和词之本事。《醉翁操》词序是一篇180多字的散文,叙述欧阳修与琅琊山醉翁亭故事,及作词之缘起等。苏轼词序受诗序影响,而他的诗序则受陶渊明影响,他的100多首《和陶诗》中就有不少较长的序。在词史上,苏轼"以诗为词"颇受关注,他把作诗的理念、方法以及诗序的形式全面引入词体。如《江神子》词序:

陶渊明以正月五日游斜川,临流班坐,顾瞻南阜,爱曾城之独秀,乃作斜川诗,至今使人想见其处。元丰壬戌之春,余躬耕于东坡,筑雪堂居之。南挹

---

① 孔凡礼点校:《苏轼文集》卷七十一,中华书局1986年版,第2254页。

四望亭之后丘,西控北山之微泉,慨然而叹,此亦斜川之游也。

词的正文是:

梦中了了醉中醒。只渊明,是前生。走遍人间,依旧却归耕。昨夜东坡春雨足,乌鹊喜,报新晴。　雪堂西畔暗泉鸣。北山倾,小溪横。南望亭丘,孤秀耸曾城。都是斜川当日境,吾老矣,寄余龄。

序与词比照可知,序的主要作用是叙述写作缘起,为正文做一些相关的交代和铺垫,正文则由此而兴发出一些议论和情致。

北宋词人中最善于作词序者,除了苏轼,就数黄庭坚了。据《全宋词》,他的词序有22篇,最长是《醉落魄》的序,133字:

旧有《醉醒醒醉》一曲云:"醉醒醒醉。凭君会取皆滋味。浓斟琥珀香浮蚁,一入愁肠,便有阳春意。须将席幕为天地,歌前起舞花前睡。从他兀兀陶陶里,犹胜醒醒,惹得闲憔悴。"此曲亦有佳句,而多斧凿痕,又语高下不甚入律。或传是东坡语,非也。与"蜗角虚名""解下痴绦"之曲相似,疑是王仲父作。因戏作四篇呈吴元祥,黄中行,似能厌道二公意中事。

此序主要是叙述写作这一组《醉落魄》的缘起,兼有辨识作品归属之语,而4首词的内容都是议论人生之醉、醒境界,故每首皆以"陶陶兀兀"(醉酒状)开头,议论如何面对名利、忧乐、忙闲、醉醒之类人生课题。序与正文分工明显:序文叙事,正文论理。

苏、黄不仅"以议论为诗",而且以议论为词,因此,他们很需要用一段序文来交代写作缘起、背景等,这是他们的词较多序文的主要缘故。遍览词史,可以说词序始于张先,兴于苏、黄。

词序的交代式、说明式叙事功能,很适合以议论或抒情为主的词,序文很自然地成为词的铺垫或补充。苏、黄之后,南宋人作词序者更多,辛弃疾、姜夔皆擅此道。辛词用序与苏、黄相似,重在叙事;姜词用序则于叙事之外,更详于音乐性的说明。夏承焘《姜白石词编年笺校》所收词84首,有题序者81首,无题无序者仅3首。题序中叙事层次较多、可视为序者36篇,其短者10余字,长者一二百字,叙述创作背景、缘起、过程,词、曲作法,本事,等等,其中对曲调的专业性说明很多,这是他与张先、苏轼、黄庭坚、辛弃疾作词序明显不同之处,说明他深谙音律。他的序文亦如苏、黄等人,不论所叙内容长短,皆简明扼要,有些还很优美,宛若小品文。

后人裒集词话,侧重于词之本事。凡词调之下标有题、序者,都是词话编纂者感兴趣的。此亦说明题、序是词体文本叙事的重要方式。

词调、词题、词序的叙事,都是先于正文的引导叙事,其文体叙事结构比小说、戏剧等文类略显复杂,这与词的正文难以充分展开叙事有关。词的正文叙事也有许多独特之处,以下逐一探讨之。

二、 词正文的叙事方式和特征

韵文叙事与散文叙事不同,而在各体韵文中,词是叙事性最弱的文体。由于词牌的限定,词的篇制最无弹性。小令之短者只有十几字,长调之长者亦不过一二百字。因此,它不可能像小说、传记、神话传说、民间故事或者叙事诗那样有头有尾有完整情节地叙事。但是词又不可能无事,即便是以写景、抒情为主的词,也存在着叙事因素。那么词是怎样叙事的?其叙事方式有何特殊之处呢?

1. 片段与细节叙事

词的叙事通常都不是完整叙事,而多是片段与细节叙事。浦安迪《中国叙事学》云:

> 假定我们将"事",即人生经验的单元,作为计算的出发点,则在抒情诗、戏剧和叙事文这三种体式之中,以叙事文的构成单元为最大,抒情诗为最小,而戏剧则居于中间地位。抒情诗是一片一片地处理人生的经验,而叙事文则是一块一块地处理人生的经验。当然,我们事实上很难找到纯抒情诗,纯戏剧或者叙事文的作品。……上述三方面的因素,它们互相包容,互相渗透,难解难分。[①]

小说、长篇叙事诗等叙事文体,一定要通过一系列丰富的情节、曲折的过程、复杂的事件来构成故事,塑造人物,再现社会生活或历史。词受篇制所限,只能采用片段式、细节式的叙事方式。比如杨贵妃的故事,在陈鸿《长恨传》、白居易《长恨歌》、白朴《梧桐雨》、洪昇《长生殿》中,都可以从长叙述,而在词中,就只能片段出现,如《全宋词》中咏及杨妃事者:

[①] [美]浦安迪教授讲演:《中国叙事学》,北京大学出版社1996年版,第7页。

霓裳弄月,冰肌不受人间热。……玉环旧事谁能说,迢迢驿路香风彻。①(韩元吉《醉落魄》)

君不见玉环飞燕皆尘土。②(辛弃疾《摸鱼儿》)

海上仙山缥缈,问玉环何事?苦无分晓。③(张炎《解语花》)

以上三词都不是专咏杨妃,只是借用其故事名目。《全宋词》中有 1 首无名氏所作专咏"长恨"故事的《伊州曲》:

金鸡障下胡雏戏,乐极祸来,渔阳兵起。鸾舆幸蜀,玉环缢死。马嵬坡下尘滓,夜对行宫皓月,恨最恨、春风桃李。洪都方士,念君萦系。妃子。蓬莱殿里,寻觅太真,宫中睡起。遥谢君意,泪流琼脸,梨花带雨。仿佛霓裳初试。寄钿合,共金钗,私言徒尔。在天愿为、比翼同飞,居地应为,连理双枝。天长与地久,唯此恨无已。④

此词可以说是《长恨歌》的简本。以每一韵为一层意思,对照《长恨歌》,即可见诗中的一段段情节,在词里都只是简短的片段:"兵起"前 15 字,是诗中"惊破霓裳羽衣曲"以前 224 字(32 句)乐极生悲的情节;"桃李"前 27 字,是诗中"魂魄不曾来入梦"以前 294 字(42 句)妃死和思念的情节;"洪都方士"以下 76 字,是诗中"临邛道士"以下 322 字(46 句)寻妃念旧的情节。相比之下,同是叙写一段历史,一个流传已久的故事,诗用了 840 字,而且这并不是规定的叙述长度,如果有必要,诗可以无限延长;而《伊州曲》词调限定 118 字,其叙事只能提纲挈领,选择一些经典性的片段或细节,如"胡雏戏""玉环缢死""夜对行宫""寻觅太真""寄钗"等。

在叙事的丰富性和完整性方面,小说和诗都有文体长度优势,词则远远不及。从独立叙事的意义上说,词只能叙述一段短小的故事,如晏殊《破阵子》:"巧笑东邻女伴,采桑径里逢迎,疑怪昨宵春梦好,元是今朝斗草赢。"又如苏轼《蝶恋花》:"墙外行人,墙里佳人笑。笑渐不闻声渐悄,多情却被无情恼。"这勉强可算是独立叙事,但并不是完整的故事,而只是一个小故事的片段。如果面对"李杨旧事"这样一个大故事,词就不能独立完成叙事了。

---

① 唐圭璋编:《全宋词》,中华书局 1965 年版,第 1401 页。
② 唐圭璋编:《全宋词》,中华书局 1965 年版,第 1867 页。
③ 唐圭璋编:《全宋词》,中华书局 1965 年版,第 3495 页。
④ 唐圭璋编:《全宋词》,中华书局 1965 年版,第 3674 页。

如果没有史、传、小说、叙事诗、笔记、词话等其他叙事文本辅助，即便是《伊州曲》这样专叙一事的词，也很难完成完整而丰富的情节叙事。

不过，倘若是一组词，文本长度就有一些弹性了。比如北宋人赵令畤曾作《蝶恋花》① 商调 12 首，前有 200 余字长序说明这组词是据元稹的传奇《莺莺传》故事改写为词，以便"被之音律""播之声乐，形之管弦"。奇特的是，他将《莺莺传》原作"略其烦亵，分之为十章，每章之下，属之以词。或全撷其文，或止取其意。又别为一曲，载之传前，先叙前篇之意。调曰商调，曲名蝶恋花。句句言情，篇篇见意"。

这是词体文学叙事的一个特例。小说《莺莺传》叙述的是一个"始乱终弃"的悲情故事，赵令畤遂用"商调"唱之，以合悲情格调。古代五音中，"商声主西方之音……商，伤也"②，以之演唱悲情故事自然适宜。这就意味着"商调"的"商"字隐含着提示叙事情调之意。"曲名蝶恋花"，则与恋爱故事一致，具有提示叙事之意。《蝶恋花》词双调 60 字，不足以演唱《莺莺传》故事，所以用 12 首词并序来完成叙事。12 首词前各有 1 篇序文，构成一词一序的格局。第一首词之前，是总序，说明写作缘起和体例。总序之后，第一首词概述莺莺故事，并扼要表述了作者对故事的评价：

丽质仙娥生月殿。谪向人间，未免凡情乱。宋玉墙东流美盼。乱花深处曾相见。　密意浓欢方有便，不奈浮名，旋遣轻分散。最恨多才情太薄。等闲不念离人怨。

这首词与总序各有分工，互不重复。第十二首词是讲完故事之后，作者意犹未尽，继续发表一些评论和感慨，其序文既是对这些评论和感慨的解释，又是对为何要写尾声词的说明，词与序的内容有所重复。首尾之外，第二至第十一首词是故事本身。作者将小说的文本按情节分为 10 章并扼要缩写，置于每首词之前，实为词序，也就是把歌词将要咏唱的情节借小说文本形式先讲述一遍，然后再用歌词咏唱，从而形成说书、唱曲、阅读皆宜而互补的叙事形式。兹举第三首为例。词前的序文截取《莺莺传》中"张生自是惑之……立缀春词二首以授之"一段，即张生思慕莺莺，红娘牵线传书的情节，然后词曰：

懊恼娇痴情未惯。不道看看，役得人肠断。万语千言都不管，兰房跬步如

---

① 唐圭璋编：《全宋词》，中华书局 1965 年版，第 491～496 页。
② 〔宋〕欧阳修：《秋声赋》。

天远。废寝忘餐思想遍,赖有青鸾,不必凭鱼雁。密写香笺论缱绻,春词一纸芳心乱。

可见词文是对小说故事的变体叙述。这组词的联章说唱叙述方式,被后世兴起的元杂剧等戏剧文体和元散曲普遍吸取了。研究《西厢记》源流的学者,常常提及这一组联章词。

联章词是词体文学中的特殊体式,由两首以上同调或异调的词组合成一个套曲,用来叙述一些内容相关或相类的事情。例如五代后蜀牛希济《临江仙》7首,分别写巫山神女、谢家仙观、秦楼箫史、黄陵二妃、洛神悲情、洞庭龙女、潇湘斑竹等7个流传久远的爱情故事,一首一事,联章组套。又如北宋后期毛滂作联章《调笑》转踏一套10首,前9首各咏一位美女,最后1首总述惜春伤逝之意。这两组词的叙事都是一词一事,因类联章,与赵令畤《蝶恋花》十二词叙一事不同。故事既多,则叙述必然简略,每首叙一事,与单词叙事无异,其不同只在于组群规模较大,将若干同类故事联章叙之,事虽多而话题集中。

以上所举都是在已有故事的基础上,形成词体叙事文本,词之外,还有或多或少的辅叙文本。然而流传至今的词,多数已经很难找到辅叙文本或相关故事了,但人们会认为这可能是本事失传,因而历代词学家注释前人词作的一大重点,就是努力寻绎词之本事。其实词之叙事,有实叙也有虚构,而不论虚实,都是文学性叙事。读者即使找不到辅叙文本,也能凭生活经验、文化修养、理解和想象能力去"接受"作者的叙事。这是读者对词进行叙事阅读的通常情形。

2. 跳跃与留白叙事

不能完整详细地叙事,这是词体叙事的短处,但也正是其灵活之处。词的片段叙事可以大量借助跳跃与留白,营造出诱发读者联想的叙事空间。

叙事学将文本长度称为"叙事时间",将所叙事件长度称为"故事时间"。① 词是叙事时间最短的文体,但其所叙的故事时间却未必短。词也能写很长时间的事,但必须截取片段,选择细节,跳跃地叙事,留下许多叙述空白。这正是词体叙事的灵活性,不论词调长短,都可以跳跃、留白。长调如吴文英240字的《莺啼序》,跳跃地叙述生平悲欢离合之片断情事。短调如李清照的《如梦令》(昨夜雨疏风骤),非常精炼地通过对季节、天气、场景、人物、对话的细节式叙述,表现出主仆资质、修养、情感的差别。这种片段式、

---

① 参罗钢《叙事学导论》第四章"叙事时间",云南人民出版社1994年版。

细节式的叙事方式,在词中灵活地表现为不同的故事长度。吴词所叙之事的时间长及数十年,李词叙事只在"昨夜"至今晨之间。

与叙事时间的长度相适应,词体文学形成了铺叙式叙述和浓缩式叙述。长调适合铺叙,短词必须浓缩。比如柳永词长于铺叙,《戚氏》三叠212字,借鉴屈骚笔法,叙写深秋时节,逆旅困顿,"夜永对景,那堪屈指,暗想从前。未名未禄,绮陌红楼,往往经岁迁延。帝里风光好,当年少日,暮宴朝欢。况有狂朋怪侣,遇当歌,对酒竟流连"。历历往事叙述得或疏或密,或略或细。王灼《碧鸡漫志》卷二引前辈语云:"《离骚》寂寞千载后,《戚氏》凄凉一曲终。"王灼不赞成"前辈"将柳永与屈原相比,他接下去说:"柳何敢知世间有《离骚》?唯贺方回、周美成时时得之。"王灼大约是从风格着眼的。那么"前辈"何以认为《戚氏》有似《离骚》呢?仔细看来,柳词中那份"凄然望乡关"的怀才不遇之情,显然与屈原相似。然而柳永写怀才不遇的词很多,"前辈"何以独拈此篇与《离骚》并论呢?此词的独特之处显然是以"赋体"写"骚情",或许这才是"前辈"的关注点。这首词凭长调优势,以"赋体"叙事抒情,后人于此亦有关注,蔡嵩云《柯亭词论》云:

《戚氏》为屯田创调,"晚秋天"一首,写客馆秋怀,本无甚出奇,然用笔极有层次。

"用笔极有层次",就是铺叙,就是赋的作法。刘勰《文心雕龙·诠赋》云:"赋者,铺也。铺采摛文,体物写志也。"柳词之叙事,往往于长调中采用赋的铺陈手法,比如他的《望海潮》(东南形胜)、《倾杯乐》(禁漏花深)、《木兰花慢》(古繁华茂苑)等词写都市繁华,令当时人范镇感慨:"仁宗四十二年太平,余在翰苑十余载,不能出一语道之,乃于耆卿词见之。"① 李之仪《跋吴思道小词》云:"至柳耆卿始铺叙展衍,备足无余,形容盛明,千载如逢当日。"② 当代学者对柳词以赋体铺陈叙事亦有论述,如孙维城《论宋玉〈高唐〉〈神女〉赋对柳永登临词及宋词的影响》③,吴惠娟《试论北宋词发展的重要途径——赋化》④,等等。

以赋体作词,铺叙展衍,也是周邦彦之所长,陈振孙《直斋书录解题》

---

① 见〔宋〕祝穆《方舆胜览》卷十一载范镇语。
② 〔宋〕李之仪:《姑溪居士全集》第四册卷四十,《丛书集成初编》本,中华书局1985年版,第310页。
③ 载《文学遗产》1996年第5期。
④ 载《中国韵文学刊》2000年第2期。

称周"长调尤善铺叙,富艳精工"。袁行霈曾有《以赋为词——清真词的艺术特色》① 专门论述。

两宋以后,以赋为词,铺叙展衍,成为慢词创作的重要手法。然而铺叙之法只是利用长调的叙事长度,尽可能比短调叙述得充分一些,却不可能改变词体叙事之跳跃、留白的基本体制特征,因为词的篇幅毕竟有限。

小令的浓缩式叙事,也可以容纳不同的故事时间。就是说,词中故事时间的长度不一定受叙事时间的长度制约,它可以"突然而来,悠然而去,数语曲折含蓄,有言外不尽之致"②。比如温庭筠的《梦江南》:

梳洗罢,独倚望江楼。过尽千帆皆不是,斜晖脉脉水悠悠,肠断白蘋洲。

27字的叙事时间,容纳了很长的故事时间。读者可以按词句的引导,在叙事的跳跃留白部位展开想象式解读:词中的女主人公大概是一位曾经有过丈夫或情人的少妇吧(当然,她也可能是任何年龄的女性,只是文学阅读习惯于想象她是少妇,从而获得更多的阅读美感),她在某一年某一季节的某一天,也可能是相当一段时期中的每一天,晨起梳妆之后,倚楼而盼望意中人归来,但她"上千次"地失望了。"过尽千帆"是客观的故事时间,因"皆不是"而"肠断",是主观的、心灵的故事时间。尤其耐人寻味的是:这"过尽千帆皆不是"的时间是一天呢,还是一年呢?甚或是一生的守望呢?故事时间可以在想象中无限延展,以至于延展为人类生存中普遍而永远的守望。词中的个别叙事因而可以变成人类的普遍叙事,就像今人或未来人站在重庆朝天门码头或者英国剑桥上守望而不果一样。没有留下本事记载的词,就是这样给读者提供可解读的、可伸缩的故事时间。

又如辛弃疾的《鹧鸪天·有客慨然谈功名,因追念少年时事,戏作》:

壮岁旌旗拥万夫,锦襜突骑渡江初。燕兵夜娖银胡䩮,汉箭朝飞金仆姑。追往事,叹今吾,春风不染白髭须。却将万字平戎策,换得东家种树书。

这首词有其他的辅叙文本,因而读者对词中空白的故事时间的想象不能过于随意,必须根据作者的生平事迹,去想象55字叙事时间中所容纳的词人漫

---

① 载《北京大学学报》1985年第5期。
② 〔清〕沈详龙:《论词随笔》,见唐圭璋编《词话丛编》第五册,中华书局1986年版,第4050页。

长生命时间中两个最具代表性的故事，这里不必赘述。可见故事时间可以不受叙事时间制约。

不受叙事时间制约的意思，并不是可以随意在想象中延长故事。比如周邦彦《少年游》：

并刀如水，吴盐胜雪，纤手破新橙。锦幄初温，兽烟不断，相对坐调笙。低声问向谁行宿？城上已三更。马滑霜浓，不如休去，直是少人行。

据词话记载，此词叙述的只是一个夜晚的一段情事。作者对故事时间有具体的指定。可见叙事时间的长度与故事时间未必成正比。

叙事时间的长度影响词的叙事容量，但对故事长度却没有必然的影响。不论长调还是小令，不论铺叙还是浓缩，不论用赋体还是比兴，其所叙之事既然都是跳跃式的，那么故事长度、过程、情节等，就可以被或多或少地留白，让读者"透过聚焦部分，去窥探聚焦以外部分，去寻找和解读有意味的空白"①。如温词《梦江南》中"过尽千帆"和"斜晖脉脉"的过程中、辛词《鹧鸪天》"往事"和"今吾"之间，都有大量"有意味的空白"。留白的多少，与"故事时间"的跨度大小有关。比如上举周邦彦的《少年游》、李清照的《如梦令》，词中的故事时间集中在一夜之内，留白就很少。而同样是短词，温庭筠的《望江南》时间跨度大，留白就多。可以说，"留白"是词体叙事区别于其他叙事文体的最大特点，这当然是因其篇制的局限所致。

3. 诗意叙事

与散体叙事文类相比，韵文叙事更注重诗意，词尤其如此。所谓诗意叙事，类似于王国维所谓"风人深致"②，他所举《诗·蒹葭》和晏同叔之《鹊踏枝》，颇可说明诗意叙事之特征，即意境叙事、意象叙事、雅言叙事。

词讲究意境，而意境是含有潜在叙事因素的。比如李煜《浪淘沙》（帘外雨潺潺）之凄凉绝望的意境中，隐含着亡国的故事。柳永《八声甘州》（对潇潇暮雨）之旅愁和相思的意境中，隐含着离别漂泊的故事。陆游《卜算子》（驿外断桥边）之孤芳自赏、清高自守的意境中，隐含着怀才不遇的故事。词的意境叙事与小说的情节叙事不同，词人要表述的不是故事的客观过程，而是人在世事中的意。词人用景、情、事、理融合的方式营造出一种富于象征和暗示意蕴的话语环境，事件在其中通常不是显在的情节，而是潜在的故事背景。

---

① 杨义：《中国叙事学》，人民出版社1997年版，第250页。
② 《蕙风词话 人间词话》，人民文学出版社1960年版，第202页。

比如毛滂联章《调笑》词第六首写《莺莺传》故事：

何处？长安路。不记墙东花拂树，瑶琴理罢霓裳谱。依旧月窗风户。薄情年少如飞絮，梦逐玉环西去。

38字的词不可能叙述情节曲折的故事，于是词人就用这种片断的、细节的、跳跃的、留白的叙述，营造出一种梦幻人生的意境，强调欢爱难久的感伤。词中并未讲述具体的故事，但这个意境却是以潜在的莺莺故事为背景的。作者在已有故事的基础上，拈出"墙东花拂树""月窗风户""薄情年少"三个模糊情节，用类似写意画的笔法点染出一个爱情幻灭的意境，并在词后注明所咏乃"莺莺"，从而提示读者在阅读时只能联想莺莺故事。故事只是衬托歌词意境的模糊的事影。他这组联章体词叙述9位美女故事，皆用此技巧。这与赵令畤《蝶恋花》12首词咏唱一个故事有所不同。

12首词咏唱一个故事，意境叙事的特点也很明显。比如其中最简短的一章一词：

是夕，红娘复至，持彩笺以授张曰："崔所命也。"题其篇云：《明月三五夜》。其词曰："待月西厢下，迎风户半开。拂墙花影动，疑是玉人来。"

这是取自《莺莺传》的原文。词人每次节录小说原文之后，都以"奉劳歌伴，再和前声"8字引起歌词，好像说书人另请演唱者登场一样。这一段的歌词是：

庭院黄昏春雨霁。一缕深心，百种成牵系。青翼蓦然来报喜。鱼笺微谕相容意。　待月西厢人不寐，帘影摇光，朱户犹慵闭。花动拂墙红萼坠。分明疑是情人至。

歌词是对故事的重新叙述，两种文本叙述相同的情节，但并非完全重复。歌词上片从张生的视角进行叙述，将"是夕"两字铺展为16字，渲染成一种富于暗示性的、诱发人联想的相思情境，从而使原本短小的词具有可延展阅读的言外之意。"蓦然"二字则正是词体叙事的一大关键，"蓦然"原本是主人公的感觉，表明其内心喜出望外的惊讶，但它同时又是潜在叙事，表明故事发生了柳暗花明的转折。

词的下片转换了视角，从莺莺的角度演绎她自己的书信内容，实际上是对莺莺期待情人的行为和心理活动的诗意叙述。"待"字领起意境叙事：朦胧摇曳的月光花影，给人一种飘忽不定的感觉，暗示怀春的少女在初夜即将来临的焦急守望中，激动而又不知所措、渴盼而又忐忑不安的微妙心理。小说中清晰的情节叙事在这里变成了模糊的意境叙事。

意境的潜在叙事，给读者留下较多想象故事的空间。读者既可以顺着作者的暗示去想象这个故事，又可以发挥想象，由此及彼地联想或类比其他事情。比如王国维从 3 种词境联想到"古今之成大事业、大学问者，必经过三种之境界……"①，使 3 种词境的潜在叙事从晏、柳、辛三人的个人情事，延伸指向人类世事。

如果把意境叙事比作一个潜在的事场，那么意象叙事就是一个个携事的单元。意象可能参与意境叙事，也可能独立叙事。意象叙事又可称为隐喻叙事。西方诗学认为隐喻是诗歌的生命，是诗歌最本质的表达方式。史蒂文斯甚至说"没有隐喻，就没有诗"。亚里士多德说"隐喻是把属于一事物的字用到另一事物上"。柯勒律治说"诗的力量……在于把活力灌输进人们的大脑，以迫使想象去创造图画"。巴费尔德说隐喻使"接受者可以抓住暗示给他的新意义"。② 西方诗学所谓隐喻，与中国诗学中的比、兴是同类范畴，都是将意象视为诗歌的基本元素和主要表达方式。意象就是因象寓意。当一个意象隐喻某事时，它便具有叙事意味。尤其是有些意象在长期的使用中，总与某类事情相关，从而形成了固定的用法和特定的意蕴，就成为原型意象。原型意象通常都有类型化叙事的意味，如杨柳依依隐喻离别情事，孤鸿缥缈通常隐喻怀才不遇，秦楼月落隐喻深闺寂寞，等等。原型意象用于具体作品中，就变成了具体的隐喻叙事。比如上举赵令畤《蝶恋花》词中红娘传书的情节，作者以"青翼"代"红娘"，暗用"青鸟"神话典故；以"鱼笺"代"彩笺"，暗用"鱼传尺素"典故。这两个流传久远的典故具有深厚的叙事张力，使词的故事性大增。又如贺铸《青玉案》中"凌波"这个意象，不仅代指风姿绰约的美人，而且链接着《洛神赋》故事，从而既隐喻美人难求的人类故事，又可能隐喻着作者个人的一段情事：一面是深闺幽独，一面是嘤鸣不偶。历代词家注释这个意象，无不溯源至《洛神赋》。又如辛弃疾《摸鱼儿》（更能消几番风雨），用玉环飞燕隐喻红颜薄命、君恩难久，其中潜在的叙事背景是：英雄失意，小人得志，君心难测，等等。

---

① 《蕙风词话 人间词话》，人民文学出版社 1960 年版，第 203 页。
② 以上引文分别转引自 [英] 特伦斯·霍克斯综述西方"隐喻"学的著作《论隐喻》(*Metaphor*)，高丙中译，昆仑出版社 1992 年版，第 8、9、66、94 页。

然而更多的意象并非原型式意象，但不论是否原型，都可能具有显在或潜在的叙事性。比如贺铸《青玉案》中用"横塘"隐喻隔离，李清照《醉花阴》用"黄花瘦"婉叙夫妻离别，陆游《钗头凤》用"东风恶"隐喻某种势力迫使夫妻"离索"，等等，都具有潜在的叙事性。

并不是所有的意象都有叙事性，但在篇幅有限的词中，词人如果能利用意境和意象实现潜在或显在的叙事，无疑会增加词的故事容量。意境和意象叙事的隐喻性、模糊性、诱导性，使词的诗意叙事特征更为鲜明。

词的诗意叙事表现在语体上，是雅言叙事。雅与俗是比较的概念，并无固定的标准。诗、词、文同属雅言文体，但词之语可能略俗。若与戏曲、小说相比，词的语体又雅致得多。比如前举宋人《伊州曲》词的语体风格与《长恨歌》一致，都可以称之为雅言叙事，与小说、戏剧的俗言叙事就明显不同。以马嵬坡贵妃缢死这一情节为例，《长恨传》的叙述是：

当时敢言者请以贵妃塞天下怨，上知不免，而不忍见其死，反袂掩面，使牵之而去。仓皇展转，竟就死于尺组之下。

洪昇的《长生殿》：

众军……围驿下……（李、杨抱哭）
旦唱：魂飞颤，泪交加。
生唱：堂堂天子贵，不及莫愁家。
合唱：难道把恩和义，霎时抛下？
旦跪介：臣妾受皇上深恩，杀身难报。今事势危急，望赐自尽，以定军心。
…………
丑持白练上：启万岁爷，杨娘娘归天了……自缢的白练在此。

这都是俗言（口语化）叙事，与《长恨歌》"六军不发无奈何，宛转蛾眉马前死"、《伊州曲》"鸾舆幸蜀，玉环缢死。马嵬坡下尘淬，夜对行宫皓月"的雅言叙事有明显的语体区别。雅言叙事增强了叙事的诗意特征和抒情性。

4. 自叙式叙事

叙事学还有一个重要研究理念——叙事视点。华莱士·马丁在《当代叙事学》中说：

正是叙事视点创造了兴趣、冲突、悬念乃至情节本身。

它被美国和德国批评家认为是叙事的规定性特点。

视点（point of view）：这个术语泛指叙述者与故事的关系的所有方面。视点包括距离（distance）（细节和意识描写的详略，密切还是疏远），视角（perspective）或焦点（focus）（我们透过谁的眼睛来看——视觉角度），以及法国人所谓的声音（voice）（叙述者的身份与位置）。①

简言之，视点就是从谁的角度观察和叙述事件。叙事学特别注重区别作者、叙述者与叙事的关系。斯坦泽尔在《叙事理论》中区别了3种叙述：第一人称叙述、作者叙述、形象叙述。第一人称叙述是由作品中的"我"叙述故事，"我"也是故事中的人物。作者叙述是叙事作品最常用的方式，作者隐身于故事之外讲别人的故事。形象叙述是故事中的人物在感受和思索他所置身的世界，他并不叙述故事。② 事实上，在这3种情况中，作者可能都不是在叙述自己的故事，而是隐身于事外，用不同的方式讲别人的故事（只有自传体作品才是叙述自己的故事）。作者在讲故事时，他本人以叙述者的身份完全不介入或不完全介入故事，其介入与否及介入程度与他采取的人称话语、叙述声音的强度正相关。③

叙事学的视点、人称、叙述声音等概念，一般是就小说而言的，但对词学研究不无启发。词体文学的叙事视点，多数是作者自己，词体叙事主要是作者自叙，在自叙中，作者完全地、直接地介入叙述，其介入的强度远远超过小说。词的自叙中隐含着第一人称"我"，这个"我"正是真实的作者自己，因而他的叙述声音也趋雅而避俗。换言之，小说家通常是在编故事，词人则通常是在叙述自己；小说以虚构为主，词以写实为主；小说中的人物语言必须符合其身份，当俗则俗，词的语言通常只符合作者的身份，文人之词自然以雅言为主。

词当然也有"他叙"，比如李白的《忆秦娥》（箫声咽）、温庭筠的《菩萨蛮》（小山重叠金明灭）、晏殊的《破阵子》（燕子来时新社）等。词也有虚构故事或改编故事，如上文所举牛希济《临江仙》、毛滂《调笑》、赵令畤《蝶恋花》3组联章词。但通览历代词作，自叙无疑是主要的叙述方式，比如白居易《忆江南》、李煜《虞美人》（春花秋月何时了）、柳永《鹤冲天》（黄

---

① 分见［美］华莱士·马丁著、伍晓明译《当代叙事学》，北京大学出版社1990年版，第159、3、148页。
② 参［美］华莱士·马丁著、伍晓明译《当代叙事学》，北京大学出版社1990年版，第163页。
③ 参罗钢《叙事学导论》第六章"叙述声音"，云南人民出版社1994年版。

金榜上)、晏几道《鹧鸪天》(彩袖殷勤捧玉钟)、苏轼《水调歌头》(明月几时有)等。这实在是无须过多举证的。这种"我言说我"的真实自叙方式,与小说、戏剧等文体的"他叙"、虚构方式大大不同。

词的自叙性,使作者本人既是叙述者,又是被叙述者,作者本人的私人生活场景、心理场景被自我呈现出来,这就使词比其他文体更加个性化,不同作者的词具有不同的叙述模式和人文内涵。比如柳永词的叙事就带有"浪子"情调、游士情怀和市井风情,晏殊的叙事有贵族气,晏小山的叙事有情痴味道,姜夔的叙事有清客特征,辛弃疾词有军旅英雄气质。这都是只属于作者自己的生命内涵。这就意味着对词进行叙事学研究,也有助于对社会的、历史的、文化的、人本的研究。

研究词的叙事内涵,可以直指作者,在作家与作品之间寻绎作者的个性化、具体化的故事内涵,这有别于小说叙事学研究可以淡化作者,淡化内涵研究,偏重文本结构和形式的综合化、抽象化倾向。从事小说叙事学研究的某些学者,把作品视为"一个不受任何外部规定性制约的独立自足的封闭体系。……它不是通过叙事作品来总结外在于作品的社会心理规律,而是从叙事作品内部去发掘关于叙事作品的自身的规律。这种内在性的观点意味着,叙述学的对象是自成一体的,它杜绝任何影响作者心理、作品产生和阅读的社会历史条件的介入。与之相应,叙述学研究所关心的不再是叙事作品与外界因素的关系,而是其自身内部诸因素之间的关联"[①]。词的叙事学研究不能如此,因为词有自叙性和真实性,所以词的作者正是研究的重要对象。被小说叙事研究"杜绝"的所谓文本以外的因素,必然被纳入词体叙事研究的视野。

其实叙事学也不是只注重结构形式而完全忽略内涵的。华莱士·马丁说:

形式并非仅仅是故事如何被讲述的问题,它也可以包括从情节中浮现出来的形象、隐喻和象征的结构,因此小说就可以用已经被成功地运用于诗歌的方法来研究。[②]

反之,借鉴小说叙事学研究的方法来看词这种抒情文体,其中的"形象、隐喻和象征的结构"中,肯定是携带着"情节"叙事的。

(刊于《中国社会科学》2004 年第 2 期)

[①] 张寅德编选:《叙述学研究·编译者序》,中国社会科学出版社 1989 年版,第 5 页。
[②] [美] 华莱士·马丁著、伍晓明译:《当代叙事学·导论》,北京大学出版社 1990 年版,第 3 页。

论词的铺叙

在词学批评史上,最早提出"铺叙"这一创作理念和批评范畴的是李清照。她在《词论》中批评晏几道作词"苦无铺叙"。其后陈振孙《直斋书录解题》卷二十一解《清真集》,说周邦彦"长调尤善铺叙,富艳精工,词人之甲乙也"。20世纪各种文学史、词史讲到柳永、周邦彦词,通常称"长于铺叙"。

那么"铺叙"的具体含义是什么呢?本文试探讨之。

一、铺叙是一种言说方式

铺叙就是铺陈叙说。铺可以有铺展、排列、罗列、陈列等义项,叙即叙述、叙说。"铺"字的本义和筵席有关,《礼记·乐记》"铺筵席,陈尊俎"。铺陈筵席的要素至少有三:够用的空间、比较丰富的内容、均匀整齐地摆放排列。郑玄注《周礼》"筵":"铺陈曰筵。"同书郑玄注《诗》"六义"赋,又将"铺陈"筵席的行为引申到作诗的方法:"赋之言铺,直铺陈今之政教善恶。"① 汉刘熙《释名》(《四库全书》本)卷六:"敷布其义谓之赋。"宋儒列举《诗经》中敷陈赋事之例:"程子曰:赋者敷陈其事,如'齐侯之子、卫侯之妻'是也。又曰:赋者咏述其事,如'蔽芾甘棠,勿翦勿伐,召伯所茇'是也。吕东莱曰:赋,叙事之由,以尽其情状。朱子曰:赋者,敷陈其事而直言之者也。"② 上述铺陈善恶、敷陈其事、咏述其事、叙事以尽情状,都是铺叙,就是把事件、情景、状态、情理等被言说的内容铺展开来进行充分周到的叙说。

铺叙作为一种言说方式,在不同的文体中有不同的用途。《经义考》卷八十四载林希逸《赵氏尚书百篇讲解》(佚)曰:

余读延平赵君《百篇讲解》,而曰《书》自诸传既行,句句字字毫分缕析,孰不知之,而每篇之要领则得者盖鲜。今君篇篇有解,铺叙发明,该贯首末,使夫人一览而大略皆具,非用功深密者能之乎?

---

① 分见《周礼注疏》卷十七、二十三,《四库全书》本。
② 〔明〕章潢:《图书编》卷十一,《四库全书》本。

这里的"铺叙"是一种阐释方式，就是对《书》进行周到细致的解释。又如宋黄震《黄氏日抄》卷六十一：

《上范司谏书》……铺叙有法，与昌黎《谏臣论》相表里。

这里的"铺叙"是指文章的写法。观其所举两篇谏书，是议论性的文章，议论得充分周密就可称"铺叙有法"。又同书卷六十六评《严州高风堂记》："始谓帝王功成志得，必有轻天下之心。于是岩穴间有不得而用者出，而百年之风俗系焉。汉之二祖皆以布衣取天下。高祖时有四皓莫能致，逮光武立，严子陵亦不为帝留。是五人者，出处相类。然四皓晚从太子之招而风节减于功名，子陵终高卧。故东汉之士尚风节而以功名为不足道。铺叙既足，又接以四皓学伊尹，子陵学伯夷，然后独归之本题之子陵而收焉。其文字布置极佳，可为作文者之法。"他认为这篇记布局好，层层铺垫，铺叙得很充分。

古代很多文体都使用铺叙之法。铺叙既是文章的表现方法，也是结构方法，更是内涵容纳的方式。除了备受关注的《诗经》赋法即是铺叙，楚辞也很讲究铺叙，《离骚》就有明显的铺叙性。元祝尧《古赋辩体》（《四库全书》本）卷一评《离骚》"叙事陈情……赋之义实居多焉。自汉以来，赋家体制大抵皆祖原意，故能赋者要当复熟于此，以求古诗所赋之本义"。先秦诸子著作和历史著作铺叙式的结构方式和叙说方式也很多。后世史学著作皆以铺叙为主要结构方式和言说方式。

赋这种文体最讲究铺叙。旧题晋葛洪的《西京杂记》（《四库全书》本）卷二载司马相如论赋曰：

合綦组以成文，列锦绣而为质。一经一纬，一宫一商，此赋之迹也。赋家之心，包括宇宙，总览人物。

挚虞《文章流别论·赋》：

赋者敷陈之称……情之发，因辞以形之；礼义之指，须事以明之。故有赋焉，所以假象尽辞，敷陈其志。①

刘勰《文心雕龙·铨赋》：

---

① 〔明〕张溥编：《汉魏六朝百三家集》卷四十二，《四库全书》本。

赋者，铺也。铺采摛文，体物写志也。

陆机《文赋》虽非专论赋体，但他用赋体最具标志性的铺陈排比的方式，演绎一种与刘勰所谓"铺采摛文，体物写志"完全类似的为文之法：

伫中区以玄览，颐情志于典坟。遵四时以叹逝，瞻万物而思纷。悲落叶于劲秋，喜柔条于芳春。心懔懔以怀霜，志眇眇而临云。咏世德之骏烈，诵先人之清芬。游文章之林府，嘉丽藻之彬彬。慨投篇而援笔，聊宣之乎斯文。

陆机演示和演绎的就是铺陈为文之法。从他的话可以看出，铺陈是构思之法，是结构之法，是取材之法，是言说之法。

不论言说、设筵还是作诗作文，总之铺叙不能简单节省，必须将丰富、周到、充分的内容一一展开。《春秋》笔法肯定不是铺叙，诗之比、兴也不是铺叙。铺叙需要比较充分的篇幅来展现一定时间和空间中发生的事情，就像铺陈筵席。比如《战国策》《左传》铺叙历史事件，《诗·豳风·七月》铺叙四季劳作，《离骚》铺叙诗人漫长的心路历程，《陌上桑》铺叙罗敷之美，李斯《谏逐客书》、贾谊《过秦论》通过铺叙史实陈情说理。铺叙需要篇幅，汉散体大赋以铺叙敷衍之法乃成其大。

二、 词的铺叙

词的铺叙之法与上述言说方式有自然而然的文化渊源关系。然而词的铺叙与其他文体的铺叙大不相同。比如小说、戏剧、史传、叙事诗的着眼点在叙说故事，不论用什么方式，或简或繁，总要叙述出尽可能完整的一段事来。其所叙之事在一定的时间和空间中有序地发生发展。而词由于篇幅的限制，很难从头到尾地叙事。[①] 因而词侧重于铺叙心情意绪，通常把与此相关的事件作为铺叙的背景隐含在词的文本之外。在有限的文本中，词当然也可以铺叙一些故事片段，或一番场景，但更多的还是铺叙事件或场景引发的情怀、感受。词的铺叙不止于事或景的层面，更深入到心理活动的方方面面、里里外外。所以，词的铺叙应该这样解释：铺是铺陈排列，叙是叙说。铺叙包括事，但不止于事。词的铺叙主要是展现内心的情怀感受。

李清照批评小晏词"苦无铺叙"，怎么"无铺叙"呢？

首先当是指无长调，即没有较长的篇幅，也就是没有足够铺叙的文本长

---

① 参拙文《论词的叙事性》，载《中国社会科学》2004年第2期，第148～161页。

度。小晏词不可能无叙事,任何词都有叙事性,但他主要是作短词,短词难以铺展。比如《鹧鸪天》:"彩袖殷勤捧玉钟,当年拚却醉颜红。舞低杨柳楼心月,歌尽桃花扇底风。"这是叙事,但没有铺展。在这样一首篇幅有限的词中,词人不能把爱情故事一一展开铺叙,他只能撷取曾经的故事中的吉光片羽,象征性地表现自己感性的记忆。

其次当是指没有铺展的结构。小晏词着重写内心的感受,"其篇中所记悲欢合离之事,如幻如电,如昨梦前尘"(《小山词》自序)。在小晏词中,时间和空间这两个最重要的铺叙维度常常被模糊化了。铺叙要把事情置于一定的时间或空间中一一道来,但小晏词偏偏是"光阴易迁、境缘无实"(《小山词》自序)。比如《临江仙》写梦后酒醒之际思前想后,虽然有"小蘋初见"的故事因素,但作者有意将时间和空间交错闪回,意在抒情而不在叙事,故事和情怀都没有铺展开。

小晏有《满庭芳》《洞仙歌》各一首,是其词中篇幅最长的,也无铺叙。如《满庭芳》:

南苑吹花,西楼题叶,故园欢事重重。凭栏秋思,闲记旧相逢。几处歌云梦雨,可怜流水各西东。别来久,浅情未有,锦字系征鸿。　年光还少味,开残槛菊,落尽溪桐。谩留得尊前,淡月西风。此恨谁堪共说?清愁付、绿酒杯中。佳期在,归时待把,香袖看啼红。

只有"南苑吹花,西楼题叶""开残槛菊,落尽溪桐"是排列的句式,但全词并非铺叙。时、空全然模糊化,没有铺陈的景物和事情,只有"意识流",回忆的思绪在过去和现在之间跳来跳去,无论叙事还是抒情,全用隐喻来表现。这正如他自己说的"如幻如电,如昨梦前尘"。那首《洞仙歌》也是这样的表现方法:"记当时、已恨飞镜欢疏,那至此,仍苦题花信少。连环情未已,物是人非……情随岁华迁。"如此"光阴易迁、境缘无实",就是篇幅再长些,也绝非铺叙。

如此看来,词之铺叙既需要能铺展开的篇幅,还需要时、空维度,还需要足以铺陈排列的内容。

那么李清照词是怎样铺叙的呢?她写了一些篇幅较长的词,如《声声慢》,虽然没有叙说具体的故事,但却是有铺叙的。她以漫长岁月中的生活经历为背景,按照眼前"这次第"来铺叙情怀,将携带着丰富故事内涵的失落感、孤独感、凄凉感层层铺叙出来,将一位孤独的老女人晚景凄凉中的悲秋、伤逝、叹老心理一层层摊开,至于酿制这心情的许多故事,就不能一一叙说了。又如《凤凰台上忆吹箫》，铺叙深闺怨妇的一段新愁——无聊、无绪、无爱、无奈、无望，一层层加深加重，这情绪的背景或许很广远，词人并未具体叙说什么故事，但读者会因此联想她爱情婚姻中可能发生过和正在发生着的丰富的故事。在这一番心理铺叙中，故事无论多少长短，都只是背景因素了。

如此看来，铺叙需要有较长的篇幅，以便铺陈比较丰富的内容。铺叙需要"次第"，即一一排列，但未必讲究先后次序，只要铺陈即可，孰先孰后并不重要。铺叙需要维度，即多层次和多角度，这关系到铺叙的内容能否生成和怎样生成。以下分别论之。

1. 篇幅与铺叙

篇幅是文本的宽容度。较长的篇幅才能铺叙。上文说到铺叙的内容可以是一段事件，或一番景象，或一片心情，都需要足以铺展的篇幅。比如柳永《定风波》（自春来）用代言体铺叙一段深闺怨情，将一位被离别的寂寞所困扰的怀春女子的苦闷、无聊、无奈、无趣、悔恨、遗憾、回忆、期待等一系列心情意绪一一铺陈展示出来。《望海潮》（东南形胜）铺叙一座城市的富庶繁华景象，展示其历史、地理、人文、风景、市容、民风、人物等。又如苏轼《戚氏》（玉龟山）铺叙神话"穆天子事"中的一个场面：仙山琼阁、良辰美景、瑶池华筵、灵丹玉液、神仙眷侣、浩歌妙舞……将人类能想象到的神仙境界和故事尽可能罗列得丰富、琳琅满目。

那么较短的词能否铺叙呢？比如贺铸《青玉案》（凌波不过横塘路），叙说一个望美人兮不得见的情节，以及因此引起的惆怅之情。有没有铺叙呢？没有。因为事和情都未展开，都只是最简短的片段。又如柳永《殢人娇》是叙事性很明显的一首词：

当日相逢，便有怜才深意。歌筵罢，偶同鸳被。别来光景，看看经岁。昨夜里，方把旧欢重继。　　晓月将沉，征骖已鞴。愁肠乱，又还分袂。良辰美景，恨浮名牵系。无分得，与你恣情浓睡。

上阕写一见钟情、歌筵、同居、经岁分别、短暂重逢。时序清晰，但每个情节只是概括的叙述，根本就没展开。就好像说吃饭：饿、吃，又饿、又吃。只叙说梗概，并不铺陈筵席，也不一一介绍席间人物和筵席场面、情景。下阕叙说惜别和无奈的心情，点到辄止，并未铺展。又如他的另一首叙事性较明显的短词《忆帝京》：

薄衾小枕凉天气。乍觉别离滋味。展转数更寒，起了还重睡。毕竟不成眠，一夜长如岁。　　也拟待、却回征辔，又争奈、已成行计。万种思量，多方开解，只恁寂寞厌厌地。系我一生心，负你千行泪。

用重沓的手法写失眠、失眠、失眠、失望、失望、失望，但情节或心情是浓缩的，没有铺展开。可见短词可以叙事，但只能叙片段、叙情节，不能铺开。

短词也可以形成铺叙，那须借鉴《诗经》重章复沓的方式，用一系列短词构成联章体，扩大宽容度，从而铺展叙事。比如温庭筠《南歌子》7首联章，铺叙一位青春女子的美丽和恋情。又如赵令畤商调《蝶恋花》12首并序铺叙《莺莺传》故事。总之，单篇短词受篇幅限制，是很难铺展排列的。

那么，多长的篇幅才能铺叙呢？这是个无法确认的问题。能够肯定的是：铺叙需要较长的篇幅。

那么，长词有没有不铺叙的呢？我认为是有的，兹举名家名作为例：

章台路，还见褪粉梅梢，试花桃树。愔愔坊陌人家，定巢燕子，归来旧处。　　黯凝伫，因记个人痴小，乍窥门户。侵晨浅约宫黄，障风映袖，盈盈笑语。　　前度刘郎重到，访邻寻里，同时歌舞。唯有旧家秋娘，声价如故。吟笺赋笔，犹记燕台句。知谁伴，名园露饮，东城闲步。事与孤鸿去。探春尽是，伤离意绪。官柳低金缕，归骑晚，纤纤池塘飞雨。断肠院落，一帘风絮。（周邦彦《瑞龙吟》）

此词三迭133字，叙事、抒情、写意，并不铺展陈列。词的大意是：桃花时节，我重游旧地，寻找旧爱。歌舞依旧，秋娘还在，但意中人不在了，我只能回忆往事，伤感离别。吴梅《词学通论》解析此词沉郁顿挫的结构之法，颇具内行心得。这种转转折折的章法，与铺叙颇难相融。一个意思点到辄止，还没说明白就转折了，作者根本就不想铺开。周邦彦惯用这种转折顿挫的结构方式。在词家看来，这正是更高深、更专业化的词法，一般词人实难把握，就像业余运动员很难达到专业水准一样。

词场专家中的高手姜夔，当然也喜欢这种方式，比如他的名作《暗香》，内容不过是怀旧叹老伤逝，但他既不铺叙故事，也不铺陈场景，也不铺展情怀，说什么都只是点到则止，转折顿挫，言不尽意。曾经的合肥恋情，必定有丰富的故事情节，但只说"旧时月色，算几番照我，梅边吹笛？唤起玉人，不管清寒与攀摘"。"旧时"和"算"字表明怀旧之意。旧时有什么呢？月色、梅边、吹笛、我和玉人，"唤起"暗示同居。——这里强调的是高雅的情调、美丽的情事、忘情的爱侣，但什么都不展开。下面忽然转折说：我老了，和心爱的人天各一方，回忆和期盼徒增伤感。词人既不铺展故事，也不层层剖示情怀，他只要浓缩，每句都浓缩得紧，全词浓缩着无限的眷怀和伤感。

铺叙是一种比较单纯、比较容易把握的结构方式，展开来说就是了，功夫主要用在"选料"上，也就是说些什么。无论景、情、事，多弄点值得一说的内容铺开来说，就像设置筵席，将丰盛的内容一一陈列就是了。而周、姜词则如晏殊家待客，一道道精美的食品转换而出，你还没品尝清楚，他就换菜了。

2. 次第与铺叙

李清照把自己那首词的铺叙称为"这次第"。然而次第与次序并不等同。仔细留意她词中的"次第"，绝非次序，而只是一一铺陈叙说，每一个层次的内容可以无次序地陈列，位置是随便的，无先后次序。比如开头"寻寻觅觅、冷冷清清、凄凄惨惨戚戚"14个字，如果不考虑格律，仅从内容看，不同的词意实际只是并列关系，孰先孰后根本就无所谓。接下去6层"次第"随便怎么排列都行，毫无次序，可以随便调换，比如：

梧桐更兼细雨，到黄昏、点点滴滴。（凄凉）
雁过也，正伤心，却是旧时相识。（伤感物是人非）
守着窗儿，独自怎生得黑。（孤独）
三杯两盏淡酒，怎敌他晚来风急。（无助）
满地黄花堆积，憔悴损，如今有谁堪摘。（叹老，叹知音不再）
乍暖还寒时节，最难将息。（难堪）

词中的抒情层次和叙事层次都是并列关系，就像一桌筵席，那些杯盘碗筷只要次第铺排即可，不必讲究次序。又如周邦彦《兰陵王·柳》，虽然张端义《贵耳集》记述了关于此词的一段故事，但这首词只是抒情，一层层地铺陈离愁别恨：

柳阴直，烟里丝丝弄碧。隋堤上，曾见几番，拂水飘绵送行色。（送别的场景）
登临望故国，谁识京华倦客。（疲惫无助孤独的游子）
长亭路，年去岁来，应折柔条过千尺。（自古伤离别）
闲寻旧踪迹。又酒趁哀弦，灯照离席。（惜别）
梨花榆火催寒食。（什么都留不住，无奈）

愁一箭风快，半篙波暖，回头迢递便数驿。望人在天北。（分手太匆匆、无奈）

凄恻，恨堆积。（伤感、遗憾、惆怅、哀怨、无奈）

渐别浦萦回，津堠岑寂，斜阳冉冉春无极。（无限眷恋、无奈）

念月榭携手，露桥闻笛。沉思前事，似梦里，泪暗滴。（怀念、伤感、无奈）

层层铺叙，但从内容看，只是层层叠加，没有必需的时间次序、空间次序和逻辑次序。试着变换一下排列的次第：

念月榭携手，露桥闻笛。沉思前事，似梦里，泪暗滴。（怀念、伤感、无奈）

渐别浦萦回，津堠岑寂，斜阳冉冉春无极。（无限眷恋、无奈）

凄恻，恨堆积。（伤感、遗憾、惆怅、哀怨、无奈）

愁一箭风快，半篙波暖，回头迢递便数驿。望人在天北。（分手太匆匆、无奈）

可证铺叙的方式主要是并列式。并列是个空间的概念，在一个空间里，不同层次和不同角度的内容未必具有序列关系，孰先孰后都可以。如果主要是铺叙故事，故事当然是在时间中发生发展的，情节须有先有后，如柳永《雨霖铃》上片就是依时序铺叙离别的场面和情景，下片心情意绪的延伸也基本依时序展开。如果以写景或抒情为主，时序就不重要了，比如《望海潮》《八声甘州》等。或许这正是周济《宋四家词选》说的"柳词以平叙见长"。

3. 维度与铺叙

铺叙要有维度，维度是视点投射的层次和角度。视点纵向伸展，触及不同层面的内容；视点横向移动，触及不同角度的内容。视点指向外物，则铺叙季节冷暖变化、远近四方景物、人能感知的一切；视点指向内心，则层层披露心迹。不论铺叙场景还是抒写情怀，皆须不断转换维度，陈列比较丰富的内容。比如柳永《戚氏》铺叙自己晚年的情怀。词分为三片，视点在景与情之间不断转换角度和层次：

晚秋天。一霎微雨洒庭轩。槛菊萧疏，井梧零乱惹残烟。凄然。望乡关。飞云黯淡夕阳间。当时宋玉悲感，向此临水与登山。远道迢递，行人凄楚，倦听陇水潺湲。正蝉吟败叶，蛩响衰草，相应喧喧。

上片铺陈了一些晚秋景象，视点次第转换，有远有近有宏观有微观有声有色，全都是人生晚景的隐喻。在视点转换中，铺叙由表及里，叙说出暮年羁旅情怀丰富的层次和感伤的情调：萧疏、零乱、残败、凄楚、黯淡、悲感、疲倦、衰老。

孤馆度日如年。风露渐变，悄悄至更阑。长天静，绛河清浅，皓月婵娟。思绵绵。夜永对景，那堪屈指，暗想从前。未名未禄，绮陌红楼，往往经岁迁延。

中片过渡，继续铺写晚秋景象和羁旅情怀，重心是"孤馆度日如年"，视点从容转换，一遍遍铺排强调孤独寂寞中的无眠、无眠、无眠——从而引出第三片怀旧伤逝的内涵来。

帝里风光好，当年少日，暮宴朝欢。（追怀少年事。回视）
况有狂朋怪侣，遇当歌，对酒竟留连。（追怀少年事。进层，具体化）
别来迅景如梭，旧游似梦，烟水程何限。（伤逝叹老。转写当下）
念利名、憔悴长萦绊。（伤逝叹老。进层至物与我）
追往事、空惨愁颜。（伤逝叹老。进层至事与我）
漏箭移，稍觉轻寒。（伤逝叹老。进层至时与我）
听鸣咽、画角数声残。（伤逝叹老。转写耳畔）
对闲窗畔，停灯向晓，抱影无眠。（伤逝叹老。转写目前）

第三片铺叙伤逝叹老的情怀，视点先投射在不同的心理层面上：对少年狂欢的追怀，对时光飞逝的无奈，旧游似梦的幻灭感，反思中的伤感和孤独，将同一种情怀反复咏叹。然后视点终回到感觉的层面，回到现实。一首回顾平生的长调，铺叙的不是故事，而是晚年情怀。就像一位写意画家在一片片秋叶上画出不同角度的视觉形象，再把它们陈列在一起。

吴文英创制《莺啼序》，是词中最长的调子，240字分为四片，今梦窗词存此调3首，皆用转换视点以广铺叙之法。一首咏杭州西湖丰乐楼，类似王勃《滕王阁序》或柳永《望海潮》，以夸饰的笔法赞美楼观之美。第一段视点在楼外，远观丰乐楼，疑其乃天神造化，依湖山之美，高耸连天。第二段是登楼眺望四周的景色，视点平移，恍如仙境。第三段转从楼主人的角度，写此楼为帝都"雅饰繁华"。第四段反复铺叙楼观之美和繁华盛况。就这么一座楼，写起来从远观到近看，入其内登其上观其周围，再叙其主人夸其价值陈述其作用，展示其物华天宝、人杰地灵。240字的长调，若不转换审视的维度，如何铺叙成篇？另外两首皆追怀恋情，类似姜夔《暗香》。因篇幅较长有利于铺叙，所以又不同于《暗香》之闪烁浓缩。这两首《莺啼序》每首都像一篇爱情简史，故事中的女主人公未必是一个人。历代词学家通常认为这两首词都是词人对自己在苏、杭生活的漫长岁月里经历的爱情故事的回忆和纪念。虽然梦窗词喜欢用时空交错的结构，但在这样的四片长词中，审视的维度必须不断转换，情与事总免不了要铺叙才能足篇。如《莺啼序·荷》：

横塘棹穿艳锦，引鸳鸯弄水。断霞晚、笑折花归，绀纱低护灯蕊。润玉瘦，冰轻倦浴，斜拖凤股盘云坠。听银床，声细梧桐，渐搅凉思。

第一段回忆初遇，从欣赏美人横塘戏水、折花晚归、沐浴，到与美人同眠，在视点移动中铺叙初恋情景。

窗隙流光，冉冉迅羽，诉空梁燕子。误惊起、风竹敲门，故人还又不至。记琅玕、新诗细掐，早陈迹、香痕纤指。怕因循，罗扇恩疏，又生秋意。

第二段从美人的角度体验离别，是心理铺叙，一层层展现相思的内涵：空闺的孤独、盼归的错觉、对往事的玩味、对未来的期待和担心。有层次有角度地转换铺叙的视点，从不同的维度把相思之情写得丰富微妙。

西湖旧日，画舸频移，叹几萦梦寐。霞佩冷，叠澜不定，麝霭飞雨，乍湿鲛绡，暗盛红泪。练单夜共，波心宿处，琼箫吹月霓裳舞，向明朝、未觉花容悴。嫣香易落，回头澹碧销烟，镜空画罗屏里。

第三段回忆同游西湖的情景，视点随着"画舸频移"，故事次第变换维度：忘情的歌舞、青春的欢乐、浪漫的趣味，有欢愉也有悲泣，如梦如幻。

残蝉度曲，唱彻西园，也感红怨翠。念省惯、吴宫幽憩，暗柳追凉，晓岸参斜，露零沤起。丝萦寸藕，留连欢事，桃笙平展湘浪影，有昭华秾李冰相倚。如今鬓点凄霜，半箧秋词，恨盈蠹纸。

第四段从眼前居住的西园写起，"残蝉"鸣唱勾起霜鬓人对西园情事的回忆，然而往事如烟，旧情难再，只能凭"半箧秋词"来铺叙情怀了。杨铁夫说"此为忆姬之词,与清真之实惜别而题'咏柳'者同意"①。梦窗词法多学清真,长调转折铺叙,正是清真词法。唯《莺啼序》篇幅倍于《兰陵王》,铺叙中视点更多,维度变换,所叙更丰。

（刊于《绍兴文理学院学报》2008 年第 5 期,中国人民大学复印资料《中国古代、近代文学研究》2009 年第 1 期转载）

---

① 杨铁夫笺释,陈邦炎、张奇慧校点:《吴梦窗词笺释》,广东人民出版社 1992 年版,第 193 页。

认知叙事学视阈下的诗词建构

人类一切言说都与事实相关,诗词也不例外,所有诗词都有叙事元素。① 中华诗词文体在数千年间早已经典化、格式化,形成了既富于艺术变化和张力,又有稳定规律的内在理路和表述方式。但诗词的"叙事时间"②(文本长度)比史传、小说、戏剧短小,因而叙事方式独特,除了少数长篇叙事诗外,多数因体量限制,不容易完整叙事,因而往往疏离本事,直指情志理趣,将事件背景化、片段化、隐喻化,从而引导阅读联想和阐释。

叙事学流行半个多世纪以来,已被称为"经典叙事学"③。近几年又有学者将"认知叙事学"译介到中国,带来更加丰富新颖的研究理念和方法。如申丹《叙事结构与认知过程——认知叙事评析》④《20世纪90年代以来叙事理论的新发展》⑤。又如张万敏的博士论文《认知叙事学研究》⑥ 介绍这个学科,并对认知叙事学做了概说:

> 认知叙事学关注作品的阐释和接受过程,它将注意力从经典叙事学的文本研究转向文本与读者之间的关系研究,即在文本线索的作用下,对读者认知过程和阐释心理过程的研究。此外,认知叙事学还关注作品的设计和创作过程以及故事世界中人物的认知和心理等。⑦

---

① 参张海鸥《论词的叙事性》,载《中国社会科学》2004年第2期,第148~161页。
② 参罗钢《叙事学导论》第四章"叙事时间",云南人民出版社1994年版。
③ 如[美]华莱士·马丁著、伍晓明译《当代叙事学》,北京大学出版社1990年版;[法]热拉尔·热奈特著、王文融译《叙事话语 新叙事话语》,中国社会科学出版社1990年版;罗钢《叙事学导论》,云南人民出版社1994年版;[美]浦安迪教授讲演《中国叙事学》,北京大学出版社1996年版;申丹《叙述学与小说文体学研究》,北京大学出版社1998年版;申丹、王丽亚《西方叙事学:经典与后经典》,北京大学出版社2010年版;罗怀宇《中西叙事诗学比较研究》,世界图书出版广东有限公司2016年版。
④ 申丹:《叙事结构与认知过程——认知叙事评析》,载《外语与外语教学》2004年第9期。
⑤ 申丹:《20世纪90年代以来叙事理论的新发展》,载《当代外国文学》2005年第1期。
⑥ 张万敏:《认知叙事学研究》,中国社会科学出版社2012年版。
⑦ 张万敏:《认知叙事学研究》,中国社会科学出版社2012年版,第4页。

叙事学着眼于"叙"与"事",注重读者接受,这深合人类存在与表述之理,适用于诗词研究,比如其"视角""叙述者""可能性""假定聚焦""叙述结构""叙述时间"等概念和方法,就为本文开启了一些颇有新意的研究思路。

一、视角选择与叙事预设

诗词是美文,作者须力求高雅优美,选择最好的视角,预设尽可能精彩的心情和故事,构成最具可能性的阅读引导。

1. 认知视角和叙说倾向

叙事学关注认知活动,这启发笔者注意到,诗词创作也是始于认知的。作者首先要确定写什么,这需要对所写目标有尽可能多的认知,在认知基础上选择一个叙说视角和倾向。比如白居易写《琵琶行》,他对琵琶女和自己的人生经历有各种认知,但只选择"天涯沦落"的视角和咏叹知音的倾向。短诗也自有其独特的叙事性,如柳宗元写《江雪》,须对江、雪、人、钓等生活元素有深切的认知,并且对隐逸文化传统深有会心,在此基础上他确定了清高幽寂的情调,选择绝(断绝尘俗)、灭(消除欲望)、孤(孤芳自赏)、独(遗世独立)四个心灵视角,叙说一种超凡脱俗的生存状态和精神境界。

视角和倾向选择与作者的天分、修养、观念、识见、经验等因素密切相关。比如面对同一时代同一社会,是歌颂还是批判?是惩恶还是扬善?倾向影响观察视角,影响审美表达。比如面对晚清帝国的灭亡和共和制兴起,革命诗家和保皇诗家的倾向选择和视角选择就大不一样。

2. 作者叙事预设

叙事预设是笔者提出的诗学理念,它不是以真实性为唯一原则,而是以可能性为前提,预设作品的叙说。作者从创作之始,就潜在地想让读者知道什么、怎样知道,因此,既预设故事,又预设叙述者形象,并且预设结构,形成叙说引导,他要通过各种预设引导阅读阐释。

认知叙事学有许多理念可以支持叙事预设理论,如戴维·赫尔曼的"假定聚集""可能性"[1],又如特纳说"将源故事投射到目标故事以使得我们可以理解世界"[2]。特纳的"目标故事"就是叙事预设。又如莱恩所谓"可能世界""虚构性与叙事性"[3]等。

---

[1] 参张万敏《认知叙事学研究》,中国社会科学出版社2012年版,第11页。
[2] 参张万敏《认知叙事学研究》,中国社会科学出版社2012年版,第8页。
[3] 参张万敏《认知叙事学研究》,中国社会科学出版社2012年版,第27~28页。

叙事预设是很微妙的心理过程。读者看到的是结果，只有作者才知道那过程通常都是复杂多变的。比如李白《蜀道难》，为了凸显"蜀道之难"，作者借用了若干历史或神话传说以及看似实景的描述，这其实都属于艺术创作的叙事预设，在这种预设中，李白走没走过那条蜀道，以及蜀道具体的样子都不太重要，重要的是可能性。

叙事预设与认知密切相关。但诗词认知与历史认知有所不同。后者追求尽可能贴近发生的真实，前者还包括发生的可能。诗词的认知和叙事预设可分为：对已然的认知和叙说，对或然与必然的拟想和预设，个体叙事预设和普世叙事预设。真实是基础，但诗词的叙事预设不止于已发生的事实，还有可能性介入。

可能性即不确定性。现代经济学家将这个概念称为支撑经济学大厦的"一个坚固的基础"。美国学者阿尔钦（Armen Alchian，1914—2013）的论文《不确定性，进化与经济理论》（Uncertainty, Evolution, and Economic Theory）发表在1950年《政治经济学期刊》（Journal of Political Economy），其后60多年间，是"经济学论文中被引用次数最多的两三篇之一"[①]。

历史哲学也十分重视可能性，认为历史研究更多是对可能性的探寻，因为真实的发生在被口述或成为记忆时就有可能性参与了。

叙事学十分重视可能性，戴维·赫尔曼《故事逻辑：叙事的问题及可能性》一书主要就是研究叙述者如何根据逻辑可能来"假定聚焦"，从而"建构和理解世界"。他说的故事逻辑，"既指故事本身所具有的逻辑，又指故事以逻辑的形式存在。但是叙事也以自身构成逻辑"[②]。

叙事预设理念与艺术真实理念一致。在诗词叙事预设中，历史真实服从逻辑真实，即真实的可能。当然，逻辑真实必须最大限度地接近真实或可能，必须是那个人在那种处境下的真实或可能。

可见创作活动是先凭认知经验或可能性进行叙事预设，引导自己和读者进入预设的场景、事件或情境。

诗词叙事预设允许虚构但不允许虚伪，允许具备可能性、合理性的想象却不允许荒谬的瞎说。比如现代人作诗词需要回避那些已经过时的东西，像自称妾、奴，城市里纵马驰驴，闹市间持刀仗剑之类。2008年汶川地震后那首《江城子·废墟下的自述》备受讥讽，主要是因为虚伪矫情，"纵做鬼，也幸

[①] 参薛兆丰《薛兆丰的北大经济学课》第005讲《不确定性，进化与经济理论》，App"得到"中网络课程"音频+图文"专栏，2017年2月27日。

[②] 参张万敏《认知叙事学研究》，中国社会科学出版社2012年版，第11～16页。

福""亲历死也足"是违反人性的,"只盼坟前有屏幕,看奥运,同欢呼"是虚假想象。"老干体"诗词这些年渐成贬义,与其常以虚饰掩盖真实、过分注重政治性而乖离人性有很大关系。①

3. 读者叙事预设

面对作者的预设,读者须进行真实或可能的联想,才能实现阅读阐释。这个理念在叙事学中也有许多理论支持,如张万敏说认知叙事学"将注意力从文本转向了读者,有利于揭示……被忽略的读者思维活动"②。该书用两章详介加拿大学者鲍特鲁西和迪克森的《心理叙事学》③,其核心概念是"读者建构"④。

瑞士《叙事前沿》丛书编委玛丽-劳尔·莱恩提出"认知地图"理论,即"读者用来重构叙事空间的心理地图",它关注"读者是如何为叙事作品中所提及的人物、物体、地点以及宗教之间的关系建构空间心理模型的"⑤。

法国结构主义叙事学家托多罗夫认为:"在文学方面,我们所要研究的从来不是原始的事实或事件,而是以某种方式被描写的事实或事件。"⑥

杨义《中国叙事学》认为创作和阅读过程都存在着"对所拟写对象的境遇、心情,去进行近似的再演,其中关乎个人发自于内心的认同和转化过程"⑦。

董乃斌在《古典诗词研究的叙事视角》一文中说:诗词之事可能在诗内、诗外、诗内外。读者试图找到并解释这些事。⑧

读者按照作品的叙事引导,首先要对与作者和作品相关的历史真实有一定认知,进而对作者的叙事预设进行认知联想。这个过程有对作者的依从性,也有读者的建构性。

这时进入读者认知视野的作者,未必是原本的真人,而是叙事学所称的

---

① 参杨子怡《古今诗坛"老干体"之漫论》,载《惠州学院学报》(社会科学版)2013年第2期。
② 张万敏:《认知叙事学研究》,中国社会科学出版社2012年版,第44页。
③ 加拿大学者鲍特鲁西(Bortolussi)和迪克森(Dixon),2001年在《心理叙事学科学前言》中首次提出"心理叙事学"理论,2003年出版代表作《心理叙事学》。(参张万敏《认知叙事学研究》,中国社会科学出版社2012年版,第60页。)
④ 参张万敏《认知叙事学研究》第二章"文本特征与读者建构",中国社会科学出版社2012年版,第98~133页。
⑤ 参张万敏《认知叙事学研究》,中国社会科学出版社2012年版,第29~31页。
⑥ 兹维坦·托多罗夫:《文学作品分析》,见张寅德编选《叙述学研究》,中国社会科学出版社1989年版。
⑦ 杨义:《中国叙事学》,见《杨义文存》第1卷,人民出版社1997年版,第191~200页。
⑧ 参董乃斌《古典诗词研究的叙事视角》,载《文学评论》2010年第1期。

"叙述者"。① 这个叙述者是作者创作时预设的自我形象,比如陶渊明预设的"心远"者,晏几道预设的"拼却醉颜红"者。读者由对叙述者的理解进而接近作者,认知越多就越容易理解作品的叙事预设。比如理解李煜的"几多愁",读者需要对李后主"四十年来家国"和"一旦归为臣虏"的经历有所认知和想象,从而进行可能性联想,产生"理解之同情"。

一般阅读所需要的认知未必全面深细,只需对作品预设的主要元素有必要认知即可。比如辛弃疾《鹧鸪天》(壮岁旌旗)前4句回忆壮岁战场经历,后4句感慨英雄失路。后人对其生平的阅读与此基本一致,然而从审美意义上看,将其理解为作者的叙事预设,反而比确认其历史真实性更重要。

当然,读者只知作品而不知作者、不知本事的阅读也是常见的,但那样的阅读可能比较隔,甚至误读误解。

阅读活动中的"理解之同情"与一般的阅读共鸣对走近史实的要求不一样,前者需要深入细致准确,后者在普通的阅读感知和联想中即可发生。

二、 叙事结构与阅读美感

诗词的结构和脉络千变万化,技巧和手法具体微妙,如羚羊挂角,看似无迹可求。然而认知叙事学关于作者、读者、认知、叙事的理念,启发笔者从作者如何叙说乃至希望读者如何感知的思路切入,便有了豁然清晰的理解。

不妨先从不太成功的方面探讨一下作者与读者的隔阂。隔阂是千差万别的具体现象。概言之,越优秀的作者和作品,读者越容易感知;反之,越低劣的作者和作品越不容易拥有读者。比如有几届"鲁迅诗歌奖"获奖作品频惹众怒,原因正是叙说与接受出现了巨大隔阂,作者只顾自说自话,不但忽略读者的感受,甚至触犯了人类长期形成的诗美共识。

认知叙事学特别关注读者,的确更容易触及诗词美学许多精微深细的规律。

1. 整饬对称结构与严谨均衡感

结构是存在的空间和次序。诗词结构与小说、戏剧、散文不同,小说、戏剧讲究开端、高潮、结局,散文讲究入题、展开、收束,古代论说文甚至从宋代到明清形成了八股结构法。诗词较短,比如一首律诗,两句一联,四联完成叙说,通常是起承转合四段式或起承合三段式。前4句和后4句的叙说功能隐然有别。这些貌似死板的结构方式,营造出独特的严谨整饬、均衡稳重的诗意美感。

---

① 参张万敏《认知叙事学研究》,中国社会科学出版社2012年版,第134～138页。

比如杜甫《登高》是标准的起承转合四段式，第五句从写景转向抒情。除中间两联工对外，首、尾两联也增加了对仗元素，风急天高对渚清沙白，艰难对潦倒。每句之内也有对仗元素：风急对天高，渚清对沙白，艰难对苦恨。他是刻意追求均衡和整饬，避免倾斜失衡。

《鹧鸪天》词牌是七律的变体，结构通常也用起承转合方式，如苏轼"林断山明竹隐墙"一首，前两句就加强均衡整饬的对称因素：林断对山明，乱蝉对衰草。第三、四句从杜甫对仗句化出，尤其工巧均衡。四联之间起承转合次第清晰，前4句侧重写眼中景，后4句侧重写景中人和心中事，将一段傍晚散步的小心情写得次第清晰，严谨整饬，力道均衡，意思稳重。

中华诗词的格律形式，深合人类喜欢整洁对称、平稳均衡的思维习惯和审美天性，所以虽然貌似死板，却魅力无限。

诗词格律的五大要素——篇制、句式、平仄、对仗、押韵，经历数千年孕育而定型，是汉语智慧对文字声韵、语言结构、思维表述、诵读效果等多种关系长期忖度的诗化结晶，其整饬均衡的形式是与其他文体（包括自由体诗词）最显著的区别。有格律的形式与有层次的诗意均衡布局，给阅读者提供整饬的美感、有规则的思维范式和记诵的便利。

2. 列锦铺叙结构与丰富斑斓感

诗词的结构并不都是起承转合。最不讲究起承转合的是列锦式，或称并列、排比，其审美追求是斑斓丰富。如杜甫《饮中八仙歌》，8人并列，各有特点和亮点，多一人就多一份美感，丰富斑斓，赏心悦目。李商隐《锦瑟》中间4句是列锦结构，每句一个隐喻，提示生命之美的不同内涵和品质：庄梦侧重理想与超然，望帝侧重无常与悲壮，沧海侧重有距离的凄婉，蓝田侧重诱惑与珍惜。一切都可望而不可即，优美的憧憬在无奈中幻灭，有情被无情吞噬，希望被无望替代，美极伤极。读者无法确认每个具体故事，却可以想象各种美丽和感伤。这"一弦一柱"的思与忆，用一一转换的视角，层层叠加的内涵，形成列锦结构。在意识流动中，消解了时空次第，只是强调曾经的美丽与当下的虚无。

词的铺叙也是利用内涵叠加的原理形成并列排比的展开方式，比如柳永《望海潮》用"繁华"领起，随着视角转换，一一排列出山水城市、雅风美俗、富庶祥和、官民同乐等内涵。又如周邦彦《兰陵王·柳》，多次转换时空视阈，构成曲折丰富的离别故事和心情铺叙。

简单的并列排比和丰富的列锦叙说，根本区别不是结构形式，而是有没有令读者赏心悦目的思想、情趣、意象、语辞、秀句。例如张若虚《春江花月夜》就是很高级的列锦结构，是很微妙的视角转换式铺叙。

3. 次第进层结构与深致细密感

许多堪称经典的佳作，往往有层层进深式的叙说。比如曹操《短歌行》，求贤若渴的心事并不复杂，但一层层推心置腹的叙说却步步贴近读者的情怀。其篇章结构中隐约藏着丝丝入扣的心绪线索：前 8 句提出"人生几何"的忧思和"何以解忧"的困惑，巧用双重对比——心事多而生命短，忧思多而排解难。那么忧思什么呢？以下 8 句解释之，思贤求贤礼贤而已。然而到底怎样才能得到贤才呢？再用 8 句将求贤之意置于长久而广远的时空中反复咏叹，强调"忧从中来，不可断绝"。最后 8 句叙说双方契合之意——贤才和求贤者都需要心之归宿。

又如李清照《声声慢》之次第叠加式叙说，将读者引入无所不在、无休无止、无可奈何的感伤之中。

次第叙说有时需要增加流畅连贯的美感，所以有时会用联珠（顶真）、回环等修辞手法，如"芙蓉帐暖度春宵。春宵苦短日高起""东望都门信马归。归来池院皆依旧"。回环句如"君问归期未有期""相见时难别亦难"。

4. 对比转折结构与审美惊奇感

对比是存在的形式和内容，也是思维的方式和内涵。对比叙事给读者提供认知反差，从而加强叙说的冲击力、感染力。人类各种表达都常用对比方式，诗词的对比自有特点，由于篇制较短，又常用对仗、对称句式，因此通常是在同一时空中近距离直接推出，或短兵相接，或急转直下。

短兵相接如杜甫用"朱门酒肉臭"对"路有冻死骨"，用"诸公衮衮"对"广文……独冷"，抒发怀才不遇之感。陆游《关山月》将主战与主和双方置于重重对比中，形成梯次叠加式冲击力。古诗词常见以自然永恒对比人生无常，以无情之物对比有情之人，如"花相似"与"人不同"，"落花人独立，微雨燕双飞"。

急转直下式对比需要结构配合，如杜甫《赠卫八处士》，以各种离合对比衬托相见之欢，却在结尾急转直下，忽然推出生离往往就是死别那样惊心动魄的茫然之感。李贺《将进酒》也是在充分渲染乐生哲学之后，忽然跌出"酒不到刘伶坟上土"一句生存与死亡哲学，惊心动魄又发人深省。

转折也是增强冲击力和感染力的有效手法，是对比的曲折化和延展化。作者在抑与扬、悲与喜、绝望与希望、赞成与反对、美与丑、善与恶、正与误、真与假、虚与实等各种悖反关系中曲折巧妙地营造审美惊奇[①]之感。比如陆游

[①] 参张晶《审美惊奇论》，载《文艺理论研究》2000 年第 2 期；《惊奇的审美功能及其在中国古典诗词中的呈现》，载《文学遗产》2004 年第 3 期。

"山重水复疑无路,柳暗花明又一村"属于简单转折。王昌龄《闺怨》前两句先说"闺中少妇不知愁",第三、四句忽然转出"悔"的意思,不只是叙说婚恋离别的青春故事,更是揭示生命哲学中的价值选择问题。

审美惊奇感实际上是一种新鲜感。林庚说"唐诗直到现在都还能使我们读来感到新鲜"。他以孟浩然《春晓》为例,说这诗"启示你对世界有一个新的认识,好就好在它有新鲜感"①。仔细想来,林先生激赏的新鲜感,实与转折相关:春眠本不觉晓,却被鸟声唤醒。正陶醉于鸟鸣花香、生意盎然的新鲜感中,忽然又想起夜来风雨中春花落了几许呢?这是叙事表层的转折。深层是情感的转折:新鲜生动的惊喜中却有无可奈何的生命飘零之感。20个字的转折叙事中嵌着一条喜悦又伤感的理路:惊喜—惊奇—惊叹—无奈。

比较复杂的转折往往不是一次完成式,而是从结构到内容回环往复,构成多重转折叙说。比如李白《行路难》有多重转折叙说,回肠荡气,淋漓尽致,大大增强了表现力和感染力。

三、叙事引导与阐释空间

1. 隐喻引导

诗之赋、比、兴都是叙事引导方式。以赋为主的表达,将读者引入现场,比如《诗·静女》、汉乐府《陌上桑》之类。虽然赋是"敷陈其事而直言之者也",但也须具备引导阅读阐释的可能性。比如崔颢《长干行》(君家何处住),看似简单的叙谈中深含着相逢与远方的各种可能。

比、兴、象征、隐喻的方式更具含蓄之美,更能给读者营造想象和阐释的可能。这四个概念或中或西,或古或今,相似而有别。其共通之理是以象征事,在所指与能指之间谋求最大的可解释性。这是诗词写作的命门,是诗词区别于小说、散文等其他文体最具标志性的特征,是人类诗学的共识。特伦斯·霍克斯《论隐喻》一书将西方诗学关于隐喻的论述收集梳理,其核心观点是"没有隐喻就没有诗"②。荣格说"人类及其制造象征的嗜好,潜意识地把客观对象或形式改变为象征"③。黑格尔说"具有心灵意蕴的现实自然形式在事实上应该了解为具有一般意义的象征性……是它们所表现的那种内在心灵因素的一种外现"④。美国解构主义先锋人物保罗·德曼在《隐喻认识论》一书中提

---

① 张鸣:《人间正寻求着美的踪迹——林庚先生访谈录》,载《文艺研究》2003年第4期。
② [英]特伦斯·霍克斯著、高丙中译:《论隐喻》,昆仑出版社1992年版,第8页。
③ [瑞]卡尔·荣格等著,张举文、荣文库译,陆梁校:《人类及其象征》,辽宁教育出版社1988年版,第210页。
④ [德]黑格尔著、朱光潜译:《美学》第一卷,商务印书馆1979年版,第220页。

出隐喻是一种修辞方式,具有认知功能而不仅仅局限于美学功能。① 何跞《〈红楼梦〉叙事中的诗词运用》提出"诗形的游离存在带来阐释空间的拓展"②。

象征事的象是所指,事是能指。诗之作与读都是在二者之间谋求最合理的可能。本文在叙事预设部分阐述的"可能性"即以此为理。诗词以象征事,用意象营造意境,对读者进行象喻式叙说而不是描述式叙说,提供各种阐释的可能。林庚说诗"必须有暗示性。一首诗之所以成为好诗,就在于它不仅有跨度,而且有暗示。有暗示,读者自然也就跟着来了"③。读者的阐释就是跟着作者预设的象去征事,这正是认知叙事学特别关注的问题。

比如苏轼《和子由渑池怀旧》用"雪泥鸿爪"的象喻,表述儒、道、释三家哲学的精义:进取、自由、随缘。后4句貌似具体叙说,实际也是象喻,"老僧……新塔"象征无常,"崎岖……蹇驴"象征世事艰辛。他告诉弟弟其实也提醒自己:人生无常而且充满艰辛,须不断进取,又须通达随缘,又须自由自持。

贺铸《青玉案》以三象喻愁,引发各种联想:那些不易言说的愁,纷繁无绪,无边无际、无休无止地弥漫在个体人生和人类生存的时空中,既是作者的各种可能,更是人类的各种可能。沈祖棻讲解此词及李清照《武陵春》,曾引用《鹤林玉露》所列的各种愁喻,将愁表现得有深度、有长度、有重量、有形状,每种象喻侧重揭示愁的各种难以描述的性质和状态,具有丰富的可解释性。④

2. 用典引导

用典也是引导阐释的重要方式。典故是经过提纯和经典化的文化记忆,具有比较单纯的导向。比如尾生抱柱不是讲死心眼儿的故事,而是对诚信高于生命理念的讴歌。李白用鲁仲连典故,强调卓越的才能、潇洒的风度、超然的精神境界。

用典的原理是共识和引导:用具有共识性的意象做比况式叙说,建构阐释的可能。因此,知晓度越高的典故,越适合共享。但知晓度与文化同质性正相关,一国一族一地甚至文化修养程度,都是影响知晓度和共识性的因素,所以

---

① 参王云、李增《保罗·德曼的隐喻认识论研究》,载《东北师范大学学报》(哲学社会科学版)2012年第3期。
② 何跞:《〈红楼梦〉叙事中的诗词运用》,载《岭南师范学院学报》2015年第4期。
③ 张鸣:《人间正寻求着美的踪迹——林庚先生访谈录》,载《文艺研究》2003年第4期。
④ 参沈祖棻著、张春晓编《唐宋词赏析·诵诗偶记》,河北教育出版社2000年版,第99、100、144页。

用典必须考虑读者。典故当然具有修饰功能，能使诗词显得渊雅，但若只追求这个功能，忘记其叙事引导功能，那就是舍本求末、炫耀唬人了。因此诗词用典一要力避生僻，不宜为装饰和炫耀而刻意堆砌；二要尽量用得贴切恰当自然，不能故意卖弄，以艰深文浅陋。

典故的指向性很重要，比如元稹"除却巫山不是云"的典故指向性感、美丽与专一，苏轼《江城子》"何日遣冯唐"的典故指向蹉跎和际遇，辛弃疾屡用李广典故，引导读者想象英雄失路、怀才不遇之类悲情故事。

3. 反讽引导

反讽也是引导叙事的重要手法。关于"反讽叙事"，中国学者译介研究、借鉴者颇多[①]。比如董迎春《话语转义与当下的反讽叙事》[②] 介绍了西方学者关于反讽的一些论说，如维柯的话语转义、海登·怀特的后现代历史叙事学等，然后据此概括说：反讽是话语转义的较高形式，是话语与表意之间同一性中断，是凭反思造成真理的假道理，是正话反说。又如方英《论叙事反讽》[③] 在述评西方多种叙事理论的基础上，提出叙事反讽概念：反讽的本质在于否定性，召唤读者的多重判断。

借鉴反讽理论观照中国诗词，可知反讽也是重要的叙事引导手法，诗词的反讽有多种类型。由于传统诗教温柔敦厚的理念根深蒂固，还有史传春秋笔法的影响，所以古诗词中的讽刺性往往比较委婉温和，如杜甫《丽人行》、李商隐《贾生》。又如"乌台诗案"中苏轼讥讽变法的诗，黄庭坚因而感慨："东坡文章妙天下，其短处在好骂。"[④]

[①] 如［英］D. C. 米克著、周发祥译《论反讽》，昆仑出版社1992年版；［美］保罗·德曼著、李自修译《解构之图》，中国社会科学出版社1998年版；［俄］巴赫金著，白春仁、顾亚铃等译《诗学与访谈》，河北教育出版社1998年版；郑敏《结构——解构视角：语言·文化·评论》，清华大学出版社1998年版；申丹《叙述学与小说文体学研究》，北京大学出版社1998年版；［美］克林斯·布鲁克斯《反讽：一种结构原则》，见赵毅衡主编《新批评文集》，中国社会科学出版社2001年版；［美］J. 希利斯·米勒著、申丹译《解读叙事》，北京大学出版社2002年版；［法］蒂费纳·萨莫瓦约著、邵炜译《互文性研究》，天津人民出版社2003年版；［美］海登·怀特著，陈永国、张万娟译《后现代历史叙事学》，中国社会科学出版社2003版；佘向军《小说反讽叙事研究》，当代中国出版社2004年版；［捷克］米兰·昆德拉著、董强译《小说的艺术》，上海译文出版社2004年版；［美］海登·怀特著、陈新译《元史学：十九世纪欧洲的历史想象》，译林出版社2004年版；胡亚敏《叙事学》，华中师范大学出版社2004年版。

[②] 董迎春：《话语转义与当下的反讽叙事——以20世纪80年代伊沙诗歌为例》，载《福建论坛》（人文社会科学版）2016年第5期。

[③] 方英：《论叙事反讽》，载《江西社会科学》2012年第1期。

[④] 〔宋〕黄庭坚：《山谷集》卷十九《答洪驹父书》，见《黄庭坚全集》第二册，四川大学出版社2001年版，第474页。

叙事学所谓"反讽",不只是讽刺,而是包括所有言在此而意在彼的表达,其更全面的意思是言非所指,即语言表象与作者要表述的内涵相反,但作者却能用这种表象将读者的想象和阐释引向自己的真意,可以简称为反向引导。比如生活中常见貌似调侃实为赞许,貌似赞美实含微讽,貌似反对实为支持,貌似同意实为否定,这些言在此而意在彼的表达艺术,将接收人引向与词语不一致甚至相反的方面。如李白"相看两不厌,唯有敬亭山",是以相知相得叙说极端的孤独,孟浩然"江清月近人"是用亲近温馨写疏远冷清。

反讽与象征都是话语转义,但方向不同。象征是顺向转义,即在象与征之间寻找一致关系,寻找相似点,如亚里士多德所说:"要想出一个好的隐喻字,须能看出事物的相似之点。"① 反讽却是反向转义,是用特殊的结构关系营造一种语境,将接受者导向反面阐释。作者似乎是绕了个弯子,让对方在困惑和好奇中忽然悟得。比如当下中国叙事诗学借鉴解构、反讽等概念,探讨诗歌的讽刺、影射、反语、解构等现象,具体说来,主要是以真实的平凡蔑视矫情的高雅,以真实的卑微蔑视虚伪的高尚,以真"流氓"蔑视伪君子,以真实的"下半身"蔑视虚饰的高大上。自20世纪90年代以来中国文学创作和评论中的解构,本质上就是真实对虚伪的抗争,因为虚伪或夸饰一直比较强势,文学看不过去却又无奈,只好解构它,从而呼唤人性之真。

(刊于中华诗词研究院、复旦大学中国古代文学研究中心编《中华诗词研究(第3辑)》,东方出版中心2017年版,原名《诗词创作的叙事理路》)

---

① [古希腊]亚里士多德:《诗学》,见罗念生《罗念生全集》第1卷,上海人民出版社2004年版,第93页。

旧体诗词的韵与命

20世纪以来，汉语旧体诗词可谓命途多舛。如今，多数人已经不再质疑它存在的必然性和合理性了，但其地位仍然处于诗词创作和学术研究的边缘，甚至其"合法性和现代性"还需要论证①。这原因是多方面的，其中一个重要的形式因素或者说技术因素，就是旧韵与新韵②的关系问题。这个因素切切实实地影响着旧体诗词的命运。

一

作旧体诗用《平水韵》，填词用《词林正韵》，是自中古以来形成的传统。20世纪以来，出现了声韵改革的要求和编写新韵书的尝试。

朱自清曾在《中国新文学大系·诗集》③导言中谈道："刘半农很早就主张'破坏旧韵，重造新韵'，新韵以北平音为标准；其后，赵元任于1923年研制了《国语新诗韵》。"

1941年，著名语言学家黎锦熙（1890—1978，湖南湘潭人）编写的《中华新韵》由国民政府颁布推广。此书"是对诗韵的重大改革，影响至为深远。从此，旧体诗的创作才在平水韵之外又有了一个切近于今日语音实际的韵部"④。1965年，中华书局上海编辑所出版了依照《中华新韵》编写的《诗韵新编》，此后又于1978年、1984年两度修订重印。此书对诗词创作影响较大，并受到一些好评，如岳麓诗社就明确主张"写作旧体诗词，自不能不注意声韵，但不必拘守旧韵书……如《诗韵新编》等新韵书，皆可采用"⑤。

中华诗词学会在其《21世纪初期中华诗词发展纲要》中说："为促进声韵改革和推行新声韵，很有必要组织学者、专家尽快编出新韵书。"该学会委托广东中华诗词学会编写了百万字规模的《中华新韵府》，其书由暨南大学洪

---

① 参陈友康《二十世纪中国旧体诗词的合法性和现代性》，载《中国社会科学》2005年第6期。
② 本文旧韵指中古以来通常使用的诗韵和词韵，新韵即《中华新韵》《诗韵新编》乃至普通话声韵。
③ 朱自清编选：《中国新文学大系·诗集》，上海良友图书印刷公司1935年版。
④ 赵逵夫：《世纪足音·序》，甘肃新闻网2002年10月16日转载《兰州晨报》。
⑤ 中华书局上海编辑所编：《诗韵新编·出版说明》，上海古籍出版社1984年版。

柏昭教授主编，2005 年 8 月由岳麓书社出版。此书借鉴《佩文韵府》的体例，按照普通话读音分 19 个韵部，另设 5 部入声韵。而在此书出版之前，河南文艺出版社 2002 年就据《中华新韵府》的待刊稿先期推出了 128 开的精装异型口袋书——《中华新韵府·韵字袖珍版》。《中华诗词》编辑部还整理并在其网站上发布了《中华新韵府简表》，其前言说："诗韵改革，势在必行，这已成为诗词界广大人士的共识。我们提倡以普通话为标准的新声新韵，同时根据创作自由原则对采用旧声旧韵加以尊重。"

中华诗词学会近年还公布了《中华新韵（十四韵）韵部表》。此表以《新华字典》的注音为依据，将汉语拼音的 35 个韵母，划分为 14 个韵部，只分平仄，不辨入声（但对入声字派入普通话平声者予以注明）。并重申："创作旧体诗，提倡使用新韵，但不反对使用旧韵，如《平水韵》。但在同一首诗中，对于新旧韵的不同部分不得混用。……使用新韵的诗作，一般应加以注明。"

此外还有广西人民出版社出版的《现代诗韵》，南京诗词学会编辑出版的《江南新韵》，北京诗词学会编辑出版的《韵辙新编》，等等。

20 世纪 80 年代以来，随着旧体诗词创作复兴，诗韵改革的讨论持续不断。人们通过研讨会、刊物、网络等多种方式发表对诗韵改革的种种意见：①新、旧韵并行；②全用新韵废止旧韵；③以词韵取代诗韵；④恪守旧韵。兹以广东中华诗词学会编辑的《旧瓶·新酒·辩护词——当代诗词研讨文集》[1] 为例。此书收录 69 人 77 篇文章，基本反映上述 4 种观点。

主张新、旧韵并行者，实有两种倾向：一是倾向于用新韵但也不反对用旧韵。李汝伦是中华诗词学会副会长、广东中华诗词学会常务副会长，《当代诗词》主编，近 20 余年在诗词界非常活跃，颇有影响。他一直大力提倡用新韵写"普通话诗词"、编新韵书。[2] 在 1987 年中华诗词学会成立的大会上，他提出组织人力"编一本新韵书，代替流行的《诗韵集成》《诗韵合璧》，因为诗韵的现代化势在必行，古韵已不适应现代人的需要，它严重地妨碍着当代诗词的写作"[3]。赖春泉是 1983 年广州诗社成立的发起人之一，先后在诗社任副社长、秘书长，及《诗词》报总编辑等职。他的论文《继承传统、开拓新风》

---

[1] 李汝伦主编、广东中华诗词学会编：《旧瓶·新酒·辩护词——当代诗词研讨文集》，广东人民出版社 1992 年版。

[2] 参李汝伦主编、广东中华诗词学会编《旧瓶·新酒·辩护词——当代诗词研讨文集》，广东人民出版社 1992 年版，第 14～15 页。

[3] 李汝伦主编、广东中华诗词学会编：《旧瓶·新酒·辩护词——当代诗词研讨文集》，广东人民出版社 1992 年版，第 130 页。

(1986年12月)主张放宽诗韵、新旧并行。① 二是倾向于用旧韵但也不反对用新韵,如福建蔡厚示、江苏戴月、何时中、马斗全等。②

主张全用新韵废止旧韵。杨金亭现任《中华诗词》主编,他认为"诗韵改革势在必行","旧诗韵已经严重地脱离了语音语言的发展实际……成了旧体诗固有格律所造成的节奏韵律美的严重障碍"。他"倾向用十三辙统一一切形式的旧体诗韵"。③ 还有广西教育学院教授刘振娅,上海诗词学会名誉会长萧挺,江苏春华诗社副社长吴达宣,湘潭大学教授姜书阁,吉林诗词学会副主席、长白山诗社副社长林克胜,舒徐、梅山、沈立中、徐应佩、周溶泉、吕尚,等等。④

1988年6月北京诗词社主办"首次北京诗词学术讨论会",诗韵问题自然是讨论的热点话题,全用新韵或准用新韵的呼声甚高,也有放宽诗韵、以词韵代诗韵等观点。⑤

主张放宽诗韵。中华诗词学会名誉会长欧初1987年撰文主张"用韵可以宽松一些""编出新诗韵"之前"先用词韵写诗"。⑥ 河南大学教授华中彦也主张以词韵解放诗韵。⑦ 广东诗界名宿刘逸生主张在《词林正韵》基础上"再加变通,拟出一套新的诗韵"⑧。还有马茂元、何瑞澄、刘家传、张润民、王洪明等。⑨

1988年11月,第二次全国当代诗词研讨会在广东三水区举行,诗韵改革

---

① 参李汝伦主编、广东中华诗词学会编《旧瓶·新酒·辩护词——当代诗词研讨文集》,广东人民出版社1992年版,第381页。
② 分参李汝伦主编、广东中华诗词学会编《旧瓶·新酒·辩护词——当代诗词研讨文集》,广东人民出版社1992年版,第441、498、531、539~540页。
③ 参李汝伦主编、广东中华诗词学会编《旧瓶·新酒·辩护词——当代诗词研讨文集》,广东人民出版社1992年版,第113~121页。
④ 分参李汝伦主编、广东中华诗词学会编《旧瓶·新酒·辩护词——当代诗词研讨文集》,广东人民出版社1992年版,第141~145、151、163~164、423~431、305~317、227、304、358、506、513页。
⑤ 参李汝伦主编、广东中华诗词学会编《旧瓶·新酒·辩护词——当代诗词研讨文集》,广东人民出版社1992年版,第402~413页《研讨会纪要》。
⑥ 参李汝伦主编、广东中华诗词学会编《旧瓶·新酒·辩护词——当代诗词研讨文集》,广东人民出版社1992年版,第81页。
⑦ 参李汝伦主编、广东中华诗词学会编《旧瓶·新酒·辩护词——当代诗词研讨文集》,广东人民出版社1992年版,第329~334页。
⑧ 李汝伦主编、广东中华诗词学会编:《旧瓶·新酒·辩护词——当代诗词研讨文集》,广东人民出版社1992年版,第527页。
⑨ 分参李汝伦主编、广东中华诗词学会编《旧瓶·新酒·辩护词——当代诗词研讨文集》,广东人民出版社1992年版,第360、394、400、457~466、482页。

是讨论中一个比较集中的话题。据该会《纪要》载，中华诗词学会会长周谷城主张"韵脚要放宽"。持此观点的还有著名学者王季思教授[1]、黄天骥教授（中山大学）、叶元章教授（浙江诗词学会副会长）、梁鉴江编审（现任广州诗社社长、《诗词》报主编）等[2]。

与以上 3 种意见相应，中华诗词学会主办的《中华诗词》、广东中华诗词学会主办的《当代诗词》等刊物明确宣布新、旧韵之作兼容，但请用新韵者注明"用新韵"。广州诗社的《诗词》报明确规定诗韵可放宽到《词林正韵》。

在各种讨论会上，主张格守旧韵的发言者很少。以上举论文集为例，辛干民《谈入声与儿韵》[3] 主张尊重旧韵，不要轻言废除。袁第锐认为"按照普通话写诗词，有许多人念来不顺口，不合辙，不伦不类，算不得诗词"，"不要谈废除入声"[4]。

旧韵派的核心理念是：旧体诗词是汉民族在长期实践中逐步完善形成的一种成熟的、科学的文体形态，旧韵是这种文体的重要组成部分，用新韵就破坏了它的原汁原味，破坏了这种"国粹"文学体性的和谐。尤其是入声字，虽然在新韵中不存在了，但在中国许多地区还大量存活着，用新韵则会在平仄和押韵两方面造成混乱，使有入声的人群觉得不便，尤其是有些词牌规定押入声韵，怎么能用没有入声的新韵呢？

有关新、旧韵的讨论，无论新韵派、旧韵派、放宽派还是自由派，大都能超越自己的母语习惯，认真地、理性地从学理层次上讨论问题。当然母语习惯也是影响观念选择的重要因素，通常说来，说普通话的人多主新韵，讲方言者多主旧韵。但像湘人姜书阁、粤人赖春泉等力主新韵者也不少，广州、上海、江苏等地区也多有倡导新韵者。

然而说归说，作归作。改革诗韵的呼声大，既说明希望改革的人很多，也说明阻力很大。因为用旧韵作诗词的传统根深蒂固，实际上用旧韵写作的人仍是多数。旧韵派认为用旧韵是自来的规矩，不需要论证。对于用新韵的呼吁，

---

[1] 参李汝伦主编、广东中华诗词学会编《旧瓶·新酒·辩护词——当代诗词研讨文集》，广东人民出版社 1992 年版，第 206 页。

[2] 参李汝伦主编、广东中华诗词学会编《旧瓶·新酒·辩护词——当代诗词研讨文集》，广东人民出版社 1992 年版，第 213 页。

[3] 李汝伦主编、广东中华诗词学会编：《旧瓶·新酒·辩护词——当代诗词研讨文集》，广东人民出版社 1992 年版，第 467～471 页。

[4] 李汝伦主编、广东中华诗词学会编：《旧瓶·新酒·辩护词——当代诗词研讨文集》，广东人民出版社 1992 年版，第 593 页。

不理不睬就是了。就连许多大声疾呼用新韵的人，自己作诗也还是老老实实用旧韵。如果不用旧韵，就有可能被讥为"外行"、被鄙视为"不懂规矩"。北方虽有很多人作新韵诗词，但名家名作殊少，不要说与旧韵诗词分庭抗礼，就连一席之地也还成问题。这与经济和文化南强北弱的大环境也有关系。台、港、澳、新加坡、马来西亚、欧美等地华人作旧体诗词基本还是使用《平水韵》，日本人甚至使用《广韵》。中国大陆南方作者也多用旧韵。尤其是文人学者，不论南北老少，多数还是用旧韵。当然，也会有声望较高的人偶用新韵，并且在发表时注明"用新韵"，如霍松林、李汝伦等。

二

以上主张以新废旧或新旧并存，都是倡导新韵的，可称之为"新韵派"。他们认为：①旧韵中许多字的读音已经发生变化。有些在旧韵中同韵的字，在新韵中已不同韵，如《平水韵》"十灰"部中的"灰"类与"台"类等；有些在新韵中同韵的字在旧韵中不同韵，如"元、寒、删、先、潭、盐、咸"，在新韵中同属"十四寒"，而在《平水韵》中却分属7个韵部。②旧韵窄新韵宽，旧韵有些分部过于细微，古人已觉难以把握，今人更难区别，如"东"与"冬"、"江"与"阳"、"庚"与"青"、"萧"与"豪"等。③入声在现代汉语普通话乃至绝大部分的北方方言中已经消失。若在写作时按旧韵书使用入声字，则在用普通话诵读时会发生混乱。总之，旧韵已经严重不适应今人的诗词创作和诵读，必须改革才有利于旧体诗词的存在和发展。

从音韵史和诗词史的实际发展过程来看，语音不断变化，诗词之声韵也总是随之发生适应性变化。比如上古声韵和中古声韵差别很大，中古人就根据自己时代的声韵作诗词，而不是以上古声韵为圭臬。所以，隋唐以降诗韵与《诗经》《楚辞》乃至魏晋南北朝的用韵都有显著的差异。

另外，自诗、词、曲并存千百年来，古人对于不同文体的用韵，实际上是区别对待的。南北语音的差别由来已久，在宋代，反映北方语音系统的韵书就有《中州韵》及"专为北曲而设"的《菉斐轩词林要韵》等①。元周德清《中原音韵》是音韵史上重要之作，"反映了当时北方的实际语音系统"②。在南北语音各成体系的情况下，诗韵选择了《切韵》-《平水韵》系统，这与科举考试有关。从唐至清代，科举常设诗赋科，次第以《切韵》-《平水韵》为准。而词未被列入国家考试科目，用韵无须官定，于是词韵就从宽了，清道光

---

① 参〔清〕戈载《词林正韵·发凡》，上海古籍出版社1981年影印本，第37页。
② 王力主编：《古代汉语》下册第二分册，中华书局1964年版，第1576页。

年间《词林正韵》乃成,词家以此为准。元明清北方戏曲采用《中原音韵》,而南方戏曲则用毛氏《南曲正韵》。① 这说明古人用韵是根据实际需要,不拘一格的。除了科举应试,一般文人作诗,并不全依官韵,时有出韵或借韵,往往是依据当时的实际语音押韵。如李商隐《无题》:"凤尾香罗薄几重(钟),碧文圆顶夜深缝(钟)。扇裁月魄羞难掩,车走雷声语未通(东)。曾是寂寥金烬暗,断无消息石榴红(东)。斑骓只系垂杨岸,何处西南待好风(东)?"此诗"钟""东"混押,就是"出韵",说明在当时的实际口语中它们已经不分了。

20世纪以来,随着旧科举的终结,诗韵无所谓官定了。以北方方言为基础的普通话成为国语,渐渐普及为华人通用语。诗词用旧韵与用新韵的差别,便由古今之别进而实际化为特殊的文体书面用语与鲜活的实际生活用语之别。这种差异感在普通话人群中最强烈,在各种方言人群中也不同程度地存在。而且实际上现在已经没有哪个地区的方言与旧韵完全一样了。在这种情况下,旧韵、各地方言和普通话,哪一种声韵系统最适合华人通用呢?无疑是后者。

旧韵派认为用新韵有伤旧体,造成平仄混乱,声韵不谐,破坏诵读的滋味。其实不然。旧体诗词作为一种具有"国粹"意义的汉语经典文体,生命力很强。在其存续过程中,其基本体性极其稳定,又具有适应语音渐变的活性和宽容性。其形式由篇制、句式、对仗、平仄、声韵等要素构成。使用现代新韵,对篇制、句式无影响。对平仄(涉及对仗)的影响只在于古今声调发生了平仄变化的那些字。这些字并不多,比如入派平声的常用字,大约100个,而这些字按新韵写作和诵读时,依然遵循诗词平仄规律。简言之,无论新音旧音,均可合律,区别只在于用什么标准。以古音为准的依据是旧韵书或部分方言发音,以新音为准的依据是新韵书和普通话发音,两种标准都具有"平平仄仄"交错和谐的韵律美感,只是两种标准不可混用而已。

对押韵的影响也是这样的道理,旧韵窄新韵宽,有些字的古、今韵发生了变化。但无论用旧韵还是新韵,总归是依照一个统一的标准去押韵,保证格律合乎声韵和谐的原则即可。论利弊,新韵宽松,限制小,汉语人群通用;旧韵窄,有些读音只存在于旧韵书和各种方言中,在不同方言中读音又不同。相比之下,用新韵更有益于减少格律对诗词的束缚。

最重要的是,正是对新韵的适应和融洽,旧体诗词的现代生存和未来发展才具有了更大的合理性和可能性,才更易于成为所有汉语人群可以共同拥有的

---

① 参〔清〕邹祗谟《远志斋词衷》,见唐圭璋编《词话丛编》第一册,中华书局1986年版,第665页。

经典语言艺术。仅就诵读或吟唱而言，现代人已经很难完全复古了。况且在现代语音环境中，模拟古音除了对研究有意义外，对实际创作和阅读并无益处。尽管有些使用方言的人觉得用方言吟诵古人的诗词或今人的旧体诗词妙不可言，但其美妙只有习惯于这种方言的人才能体会，其他语言的人群则莫名其妙。事实上，就现实情况而言，无论是传媒世界还是文学现场，普通话读音是最通用的。

在现代语音环境中，如果写作和阅读一味固守旧韵，不仅不合时宜，反而是作茧自缚，是对旧体诗词的捆绑式扼杀，旧体诗词的生命会因此而渐趋衰退。而用新韵作旧体诗词，不仅不伤旧体，而且解放一些已经过时的约束，使旧体诗词成为更鲜活、更富有生命力的文体。这正是本文以"韵"与"命"为题的用意。

目前新、旧韵并存的局面可能持续很久，新、旧韵的使用各有语言基础，各有习惯人群，各有道理。尤其是有些词牌规定押入声韵，那就只能依旧韵来写，其诵读也只能随人了。为了写作和阅读的标准清晰，尽可能避免混乱，作家们最好注明自己的作品用的是"旧韵"还是"新韵"。

［刊于《中山大学学报》（社会科学版）2007年第1期］

浅议诗词的用韵问题

现代人作格律诗词，用新韵还是旧韵？争议已近百年。

中国是个多民族大国，自古以来，各地方言众多，国家总要寻找一种可以通用的语言进行交流。汉字产生后，成为公共交流的主要工具，但不同时代不同地域的汉字读音却不尽相同。国家就采取统一规定的方式尽量使读音规范化。隋唐至清代，国家采用以南音为基础的语音体系，即《切韵》《唐韵》《广韵》《平水韵》《佩文诗韵》一脉。国家考试常常有诗、赋科目，所以诗韵的韵部划分比较细致严格。由于考试不考填词，所以词韵区分就宽松一些。清人总结填词用韵的规律，编成《词林正韵》，受到普遍认可。《平水韵》和《词林正韵》其实属于同一声韵系统。中华民国教育部1924年颁布了新的国语体系，以北方话为基础。"新韵""旧韵"之争由此更加明显。

朱自清在《中国新文学大系·诗集》①导言中谈道："刘半农很早就主张'破坏旧韵，重造新韵'……其后，赵元任于1923年研制了《国语新诗韵》。"1941年，国民政府颁布推广黎锦熙编写的《中华新韵》。1965年，中华书局上海编辑所出版了依照《中华新韵》编写的《诗韵新编》，此书于1978年、1984年两度修订重印。2005年8月岳麓书社出版了洪柏昭主编的《中华新韵府》。之前河南文艺出版社据《中华新韵府》待刊稿推出《中华新韵府·韵字袖珍版》（2002年）。之后中华诗词学会公布《中华新韵韵部表》，以《新华字典》的注音为依据，分为14个韵部，只分平仄，不辨入声（但对入声字派入普通话平声者予以注明），"提倡使用新韵，但不反对使用旧韵……但在同一首诗中，对于新旧韵的不同部分不得混用。……使用新韵的诗作，一般应加以注明"。

还有广西人民出版社出版的《现代诗韵》，南京诗词学会编辑出版的《江南新韵》，北京诗词学会编辑出版的《韵辙新编》，等等。

20世纪80年代以来，随着旧体诗词创作复兴，诗韵改革的讨论持续不断。人们通过研讨会、刊物、网络等多种方式发表对诗韵改革的种种意见：①新、旧韵并行；②全用新韵废止旧韵；③以词韵取代诗韵；④恪守旧韵。比

---

① 朱自清编选：《中国新文学大系·诗集》，上海良友图书印刷公司1935年版。

如 1988 年 11 月，第二次全国当代诗词研讨会在广东三水区举行，会上讨论最多就是新、旧韵问题。会议论文集《旧瓶·新酒·辩护词——当代诗词研讨文集》① 收录 69 人 77 篇文章，反映了上述 4 种观点。

中华诗词学会主办的《中华诗词》、广东中华诗词学会主办的《当代诗词》等刊物明确宣布新、旧韵之作兼容并收，但请用新韵者注明"用新韵"。广州诗社的《诗词》报明确规定诗韵可放宽到《词林正韵》。

在各种讨论会上，主张恪守旧韵的发言者较少。比如袁第锐认为"按照普通话写诗词，有许多人念来不顺口，不合辙，不伦不类，算不得诗词"，"不要谈废除入声"②。2009 年，伯昏子（睢谦）与胡马（徐晋如）起草了《关于传承历史文化、反对诗词"声韵改革"的联合宣言》，在网上征集签名，我看到的版本有 200 余人签名支持。其基本观点是：倡导新声韵会损害传统诗词的文化品质、割裂和消解历史文化、割断与海外的文化纽带。《平水韵》具有非凡的语言学价值。实践证明"声韵改革"行不通。中华诗词学会提出"双轨并行，今不妨古"，无疑是要逐步取消《平水韵》，过渡到新声韵的一轨制。新声韵易，《平水韵》难，"双轨制"看似平等，实质上却是双重标准，利用人们趋易避难的心理，倡导其一，打压其一。

这些理由一一可商。

"损害"什么呢？"传统诗词的文化品质"很丰富多元，这里既然是谈声韵，那么应该是指旧声韵与诗词格律相融洽的单纯性或纯正性吧？如果旧韵诗词和新韵诗词并行，那些新旧音不同的字就会影响到平仄和韵部的判断。但后者就能损害前者吗？其实只是使原本声韵单纯的格律诗词文体多了一种新声韵标准而已。旧韵和新韵的差别，语言学家自有精确的研究，简单说是平分阴阳，入派三声，韵部从宽。具体的比对数据无论多少，都是一个道理，即新韵并不违背平仄、押韵、对仗等格律规则，也可以严格遵从的。

"割裂和消解历史文化"是不会的，旧韵格律诗词会长久存续。格律诗词与新韵的结合，是丰富与增益，而不是消减。

"割断与海外的文化纽带"之说不确。且不说联结海内外的文化纽带有多少，只说格律诗词与《平水韵》这一条，情况也并不单一。所我所知，现在侨居欧美的华语诗词作者，有些创作时就是用新韵的，或每首注明用新韵，或

---

① 李汝伦主编、广东中华诗词学会编：《旧瓶·新酒·辩护词——当代诗词研讨文集》，广东人民出版社 1992 年版。

② 李汝伦主编、广东中华诗词学会编：《旧瓶·新酒·辩护词——当代诗词研讨文集》，广东人民出版社 1992 年版，第 593 页。

声明自己的诗词全是用新韵。前几年我主编一部在美华人《咏百花诗词》，情况就是如此，其中用新韵者也有诗词造诣精良者。

《平水韵》的语言学价值不会因诗词用新韵而降低。新韵也不可能导致传统诗词走向"单轨制"，格律诗词不可能成为新声韵的一统天下。旧韵强势新韵弱势的局面会长期持续。

事实是，不仅网络诗坛，目前整个诗词界使用旧韵都是普遍现象，用新韵真的处于"人人喊打"的境地。曾少立 2015 年 8 月 14 日用微信公众号发表自己的讲座文稿《为什么诗词的所谓"新声韵"是一条歧路》，说了 5 点理由。

（1）诗词的声律不能与现实语音挂钩。因为现实语音是流变的，而《平水韵》是一个凝固化的音声体系，它从来不是一种现实的语音，而是一种书面的拟音体系。它有效屏蔽了现实语音流变或突变的影响。——"屏蔽"之说恐难成立。

（2）诗词遗产决定了不能采用取消入声的新声韵。新韵会打断入声的思路，如渚清沙白、水村山郭、落花时节等。（新韵就像傻瓜相机……太低级……没法跟专业相机比）

（3）新声韵取消了例押入声的词牌，并且阻碍了大陆与其他华人地区的交流。

（4）按《平水韵》吟诵诗词，把平仄凝固化，通过"平长仄短入更短"的处理，有效地屏蔽了现实语音对平仄的干扰，也有效地屏蔽了语音的地域和历史流变对平仄的干扰，横向摆平了各种方言，纵向摆平了语音的流变。

（5）新、旧韵的韵部也有所不同。其主张对《平水韵》的平仄从严，押韵从宽。平仄是指令性的、凝固化的，押韵是指导性的，可根据现实语音调整，保证现在读起来押韵。

坚守旧韵的核心理念是：旧体诗词是汉民族在长期实践中逐步完善形成的一种成熟的、规则性很强的文体形态，旧韵是这种文体的重要标志。用新韵就破坏了它的原汁原味，破坏了这种文体的和谐之美。尤其是入声字，虽然在新韵中不存在了，但在中国许多地区还大量存活着。用新韵写格律诗词，会在平仄和押韵两方面造成混乱，使有入声的人群觉得不便，尤其是有些词牌规定押入声韵，怎么能用没有入声的新韵呢？

坚持旧韵的人认为这是尊重传统，是"尊体"。尊体是正宗正脉，不可讨论也不必讨论。对于用新韵的呼吁，不理不睬就是了。

理论研讨一直是各种意见并存，但理论倡导与实际创作却有很大距离。从创作实际看，用旧韵者无疑是绝大多数。就连许多大声疾呼用新韵的人，自己作诗也还是尽量用旧韵。如果不用旧韵，就可能被讥为"外行"、被鄙视为

"不懂规矩"。北方虽有些人作新韵诗词，但名家名作殊少，远不能与旧韵诗词分庭抗礼。这主要是因为传统延续的缘故，还可能与经济文化南强北弱的大环境也有关系。新加坡、马来西亚等地华人以及我国港、澳、台地区作旧体诗词基本还是使用《平水韵》，日本人甚至使用《广韵》。当然，也有声望较高的人偶用新韵，并且在发表时注明"用新韵"，如霍松林、李汝伦、袁行霈等。近些年欧美华文诗词中，注明"用新韵"者也不罕见。

从理论上说，其实声韵对诗词的根本作用是造成吟诵时的韵律和谐感。然而超时空的和谐感是不存在的。不同时代、不同地区、不同方言人群读同一首诗词的声韵是不一样的。为了能够沟通交流，国家就要规定一种声韵体系，制定统一的评判标准。通常的做法是以某种语音体系为基础，再尽量寻求更大的适应性，类似于寻求语音交流的"最大公约数"。

1924年规定了新的国语（官话、普通话），以北方话为基础。最大的变化是入声消失了，还有一些字的声母和韵母发生了变化。然而大部分汉字的平仄和韵还是一致的，或者说是稳定未变的。这就为格律诗词这种经典文体提供了用新韵写作和吟诵的可能性。换言之，用新韵写作和吟诵也可以符合格律诗词的各种规矩。

问题是谁读起来和谐或不和谐呢？按道理说谁都没资格自以为是。个人可以选择习惯和爱好，却不应该简单地是此非彼。

当然，用旧韵毕竟已是传统，旧声韵与旧体诗词长期并存，不仅是正宗正统，重要的是至今仍然适合大部分汉语人群。因此，目前格律诗坛普遍使用旧韵，用新韵的人是极少数。中华诗教学会同仁们编写《诗词写作教程》、开设诗词写作课、举办大学生研究生诗词大赛，一直明确使用旧韵，这是对一种经典文体的理解和持守，是对一种文化化石的珍惜和保护。

但这并不意味着应该从理论上否定用新韵。格律诗词文体与新韵是可以融洽的，吟诵或默读时完全可以在新官话语境下形成音律和谐的艺术美感。各种方言吟诵和默读都自有其存在的合理性。官话新韵与格律诗词文体的融洽过程，正说明中华诗词文体的格律规则具有超方言的普适性，这种普适性是诗词格律成立的前提，存在的依据，长久普遍存传的活力。用旧韵和用新韵，都是官方声韵体系与诗词格律融洽的方式，不过是旧官话和新官话的区别。在旧官话语境中形成并适应了1000多年的汉语格律诗词，其平仄声韵节奏格律也可以适应新官话语境，声韵大同小异而已。旧韵格律诗词当然是传统的原汁原味，但却不必排斥新韵，听其自然就是了。理解与宽容既是文化融洽的正能量，也是文化传续发展的积极态度。对格律诗词这种传统经典文体珍惜和保护是必要的，但若刻意鄙视、排斥用新韵，则显得狭隘偏执，不够宽容大气，甚至有欠缺文化自信之嫌。事实上用新韵之所以需要有人呼吁提倡，正是因为它很弱势，很边缘。即使官方倡导，也不会伤及格律诗词。

就诗词艺术而言，用旧韵还是新韵，只是一部分汉字读平声还是仄声，以及一部分汉字的韵部区分问题，与政治无关，与风格无关，与艺术境界无关，与所谓"老干体"也无关。不论用新韵旧韵，把诗词写得有思想、有文化、有意境、有艺术水平、有真情实感才是重要的。不谈这些却只纠缠新韵还是旧韵，很容易舍本求末。

科学讨论需要心平气和，以理服人。回顾百年来的新旧韵之争，学者们对新韵的态度是比较科学理性的。比如中山大学王起教授，他是浙江永嘉人，生于南戏的发源地温州，他写格律诗词当然习惯用旧韵，但他1988年11月参加在广东三水区举行的第二次全国当代诗词研讨会时，撰文明确主张新、旧韵并行。多数与会者都持同样的观点，体现出学术研讨的科学理性精神。钟振振教授的诗词格律精严，一直用旧韵，但他并不反对用新韵，他认为只要不在同一首作品中新旧韵混用就行，如果标明"用新韵"以便区别就更好。

当然，理论与实践反差很大，用新韵写格律诗词是需要勇气的。比如在诗词界影响很大的李汝伦先生，他早年诗词是用新韵的，但晚年写作基本使用旧韵了。

褚宝增教授是一个勇敢的实践者。他学诗本从旧韵始，但"自2002年改以现代汉语为标准，彻底今声韵，全部入派三声"。他在各种个人简介中特别强调这一点。近日我注意到他发表在微信朋友圈的新作《丁酉初夏论诗绝句三首》（中华通韵）：

不悔轻狂是少年，曾呼屈宋作衙官。老来诗律足精细，堪补当初放胆言。
不仅翻新敢创新，求新首要立精神。前七子又后七子，重在今朝拟古人。
不失法度继先贤，当解时光只向前。天下男人多短发，是谁仍卖汉唐冠。

这是他又一次公开宣示"彻底今声韵"的理念，自信而且坚定。

以这3首诗为例，正好可以做个新旧韵的分析。第一首，若按《平水韵》，"年"在下平声"一先"部，"官"在"十四寒"部，"言"在"十三元"部，算是出韵了。按新韵则三字韵尾都是"an"，押韵。第二首，若按旧韵"新、神、人"同属"十一真"部，按新韵都是"en"，押韵。第三首，若按旧韵，"贤、前"在"一先"部，"冠"在"十四寒"部，出韵了。按新韵三字韵尾都是"an"，押韵。若按旧韵，"足"是入声，但所在位置平仄皆可。"失"是入声，所在位置须平，算失律了。但按新韵，则符合平仄律。作者是用新韵作的诗，韵和平仄都符合格律。如果是习惯新韵的人看可读，就没问题；但在习惯旧韵的人看来，既出韵又失律。而无论新看旧看，诗意是明确的，喜欢还是不喜欢，思想性和艺术性就在那里，深浅高低可以评价，但若纠缠新旧韵之别，就显得既无必要，又难说是非了。

前不久他还在微信上转发了一条消息——教育部《关于举办2017诗词创作征集活动的通知》。此通知云："为配合以普通话为基础的中华通韵研究制定工作，探索和总结诗词创作实践的用韵规律，特举办此次诗词创作征集活动，此次活动征集的诗词要求以普通话语音系统为押韵依据。"他转发时特别强调："正式向《平水韵》宣战了。"

我不知教育部这则通知是否有"向《平水韵》宣战"之意，但肯定是在倡导用新韵。需要政府扶持的事一定是弱势的，强大者不需要扶持。

2008年下半年我在台湾东吴大学中文系任教，9月28日台湾教师节，我用新韵作五古《答李春青学兄二十二韵》，序云：

燕云子客座执教东吴，强台风大举袭台，听风听雨孤眠。晨起见好友春青短信告以梦里相逢"言笑晏晏良可怀也"。遂忆自河北师大同窗负笈，至今三十年矣，我居南海君北海，杏坛传续，耕耘著述，术业虽未必皆同，而志与乐一也。

其诗曰：

今宵风雨作，吹梦到长安（寒）。依稀执君手，晏笑话当年（先）。
燕赵风华子，寒窗此世缘（先）。放言今古事，对床夜语眠（先）。
闻鸡方起舞，北斗正阑干（寒）。斜月池边柳，繁星霜外天（先）。
陋室箪瓢苦，怡然诵孔颜（删）。君志在删述，希圣亦希贤（先）。
我志如混沌，苍茫云海间（删）。男儿三尺剑，沥血踏关山（删）。
君饮京华水，立身国子监（咸）。我似飘蓬转，徙北复迁南（覃）。
问道途虽异，儒士重衣冠（寒）。杏坛两夫子，文采润苍颜（删）。
老来耽著述，立德复立言（元）。天命虽已悟，传道正无闲（删）。
秋风苏病骨，飞鸿越海传（先）。山高流水远，亦如咫尺间（删）。
李杜三夜梦，苏黄百代仙（先）。念此心戚戚，披衣写素笺（先）。
锦瑟华年事，历历若目前（先）。此夕云蔽月，卮酒忆婵娟（先）。

依新韵，这些韵脚字的韵尾都是"an"，全部押韵。但按《平水韵》，则分属"先、删、寒、覃、咸、元"6个平声韵部。这样的诗,习惯新韵的人读起来当然很方便,很容易体会其中的韵律感。但习惯按旧韵写作的人可能会觉得"出韵"了。当然,这首诗属于五言古体,与近体律诗不同。音韵学划分的上古、中古、近古时期,声韵是有所不同的。那么今人写"古体"诗,当以什么时代的音韵标准为是呢?这其实也并无定论。看来理论上区分新韵旧韵,与实际创作和阅读一首诗词时的艺术感觉,并不是非对即错那么简单的事。

就目前诗词界的情况看,即便从理论上完全认可旧韵诗词和新韵诗词可以并行,旧韵也必然持久强大,新韵必然弱势。但理论认可是必要的,理论注重的是科学性、合理性。持不同理念者需要互相理解、宽容、尊重。就像自由诗和格律诗各自存在一样,谁也不必否定谁,谁也不要企图灭了谁,并行共存,互相尊重,体之所存,关乎汉语诗词文体之丰富、生命之长久。

诗词创作之用典

用典是诗词创作常见的现象，但用典的目的是什么呢？如何用典才好呢？这是创作诗词必须用心忖度的问题。

典故是人类文化共同的财富，是经过历史提纯和定型的文化符号，通常具有"原型"意蕴。有些典故意蕴比较单纯。如"尾生抱柱"不是讲"死心眼"的故事，而是对诚信的讴歌，引导人理解"诚信高于生命"的理念。又如巢父和许由洗耳的典故表示对权力和富贵的蔑视。有些典故的意蕴比较丰富、复杂，作者使用时通常侧重某一方面。比如鲁仲连的故事，李白用之强调卓越的才能、潇洒的风度、澹荡超然的精神境界。李广的故事，辛弃疾屡用之，都是强调英雄失意、怀才不遇之类悲壮情绪。

用典的原理是共识和引导：用具有共识性的意象做比况式叙说，建构阐释的可能。因此，知晓度越高的典故，越适合用作共识引导。但知晓度与文化同质性正相关，一国一族一地甚至文化修养程度的差异，都是影响知晓和共识的因素，所以用典必须考虑读者。典故当然具有修饰功能，能使诗词显得渊雅，但若只追求这个功能，忘记其叙事引导功能，那就是舍本求末、炫耀唬人了。因此诗词用典一要力避生僻，不宜为装饰和炫耀而刻意堆砌；二要尽量用得贴切、恰当、自然，不能怀着"众人不懂方见我之高深"的心态去故意卖弄，以艰深文浅陋。

用典可以引发类比式想象。比如李白《南陵别儿童入京》用"汉家愚妇轻买臣"的故事，比况自己和女人的关系出现了裂痕；苏轼《江城子》用"遣冯唐"的典故，比况自己仕宦蹉跎，期待皇帝重新启用自己。

用典可以引导读者进行相关阅读，比如元稹《莺莺传》中有"立缀《春词》二首"的情节，两首绝句在元稹诗集中题为《古艳诗二首》：

春来频到宋家东，垂袖开怀待好风。莺藏柳暗无人语，唯有墙花满树红。
深院无人草树光，娇莺不语趁阴藏。等闲弄水流花片，流出门前赚阮郎。

"宋家东"的典故出自宋玉《登徒子好色赋》："天下之佳人莫若楚国，楚国之丽者莫若臣里，臣里之美者莫若臣东家之子，增之一分则太长，减之一分则太短，著粉则太白，施朱则太赤，眉如翠羽，肌如白雪，腰如束素，齿如含贝，嫣然一笑，惑阳城，迷下蔡。"元稹用这个典故赞美莺莺之美丽，并暗示自己才如宋玉，希望莺莺也像宋家东邻美女那样有风情，主动追求心仪之人。第二首用刘义庆《幽明录》典故："汉明帝永平五年，剡县刘晨、阮肇共入天台山，迷不得返……溪边有二女子，资质妙绝，遂停半年。"这里用阮郎遇仙女的故事，一夸莺莺美如仙女，二说自己是才子幸遇美人，三示求爱之意。这是想用旧故事引发新故事的巧妙调情笔法。陈寅恪《元白诗笺证稿》有论及此，说元稹"巧婚"。从为人处世的角度说，这两个典故用得欠庄重；但从用典作诗的艺术技巧来看，真是巧妙有趣，因而可以引起读者进一步拓展阅读的兴趣。

典故的指向性很重要，比如杜甫《天末怀李白》用屈原自沉汨罗的典故表达对天才诗人李白生命的担忧，所指与能指精准。元稹"除却巫山不是云"的典故指向美丽、性爱、忠贞，也堪称精准。刘禹锡《潇湘神》用"斑竹泪"典故指向无尽的哀思。

用典故可以使简短有限的语句携带丰富的历史文化意蕴。比如辛弃疾《贺新郎·别茂嘉十二弟》连用鹈鴂、鹧鸪、杜鹃、昭君出塞、陈皇后失宠、燕燕于飞、李陵与苏武、易水送别等典故，层层铺叙离别之伤感，将一人一时之离别与普世永恒之离愁别恨勾连起来，大大增加了一词一事的内涵和感染力。

人们常说用典之高境是如盐入水，令读者即便不详知典故也能明白作者的意思。比如钟振振《红豆》诗序云：

只身旅美，访学经年，祖国亲人，长在梦寐。偶过一中国餐馆，见壁钟有嵌麻将牌"发财"十二张以标示钟点者。莞尔之余，忽发奇想：倘易以红豆十二，则我辈海外赤子思乡怀人无时或已之情，岂不尽见乎？

其诗曰：

海外捐红豆，镶钟十二时。心针巡日夜，无刻不相思。

此诗巧用王维《红豆》诗"此物最相思"之意。王维那首诗太有名了，红豆已经因之定型为爱情相思的象征。钟诗巧借其力以出新意，新颖奇妙，优美灵动，温柔蕴藉，是用典之高境。

"如盐入水"这个说法强调融化，有味而无形。盐是重要的，水也重要。

对诗词而言，典故融化在合适的语境中，就像盐溶于水。比如辛弃疾那首《永遇乐·京口北固亭怀古》说"千古江山，英雄无觅孙仲谋处""想当年金戈铁马，气吞万里如虎""凭谁问，廉颇老矣，尚能饭否"，确实用得自然易懂，读者即便不详孙权、刘裕、廉颇故事，也能明白作者用意。但仔细分析起来，全词的结构和整体语境很重要，上下两片构成鲜明对比结构，上片讴歌英雄伟业，下片一层层营造了国事维艰而"英雄无觅"的语境，从而使每个典故都成了"有机元素"：国难当头，英雄何在？纵有英雄尚在，却又"凭谁问"呢？全词所用典故有的需要解释，有的即便不详细解释也能大致理解并引发联想，所有典故浑然一体。看来选什么典故重要，怎样搭配使用也重要。

典故若用得不好，则可能像把盐掺入沙石里，各不相融。常见一些作品堆砌典故，生硬牵强，装腔作势地吓唬人，这种现象在诗词界很常见，越拙劣越浅薄的作者越喜欢搬弄典故，还往往非常矜持地说"此梦窗句""此清真典""此定庵意"云云，语气里仿佛自信满满，又含有对对方的不屑，言外之意是："用典，知道不？""你连这都不懂吗？"

笔者长期为本科学生开设诗词写作课程，又长期参与一些诗词赛事评审，常见努力用典却隔而不融的情况。比如最近刚刚在南京大学参加"第十届大学生研究生诗词大赛"终评会议，面对的作品是经过两轮格律审查、两轮通讯评选后的入围之作，其中一首《桂枝香·咏金陵兼吊丁丑大劫》，序云："一朝解甲，卅万枯骨，何其酷烈。"可知其题目标示的"丁丑大劫"是指1937（丁丑）年12月日本侵略者制造的"南京大屠杀"。下片有句云："误几度、金汤苦筑。蓦竞举降幡，出甲连毂。"金城汤池这个成语用得比较"隔"，"误几度"也莫名其妙。最离谱的是"竞举降幡"，作者似乎是在化用刘禹锡"一片降幡出石头"之句，但"南京大屠杀"有"竞举降幡"的事吗？乱讲！又如一首《咏梅花兼寓军魂》的七律，颈联是"花开惊夜星星火，心付燎原猎猎风"。"星火燎原"一语，无论取自《尚书》还是取自毛泽东，用来描写梅花都不伦不类。

相比经典名作如辛弃疾《念奴娇·书东流村壁》：

野棠花落，又匆匆、过了清明时节。刬地东风欺客梦，一枕云屏寒怯。曲岸持觞，垂杨系马，此地曾轻别。楼空人去，旧游飞燕能说。　　闻道绮陌东头，行人长见，帘底纤纤月。旧恨春江流不断，新恨云山千叠。料得明朝，尊前重见，镜里花难折。

这是淳熙十五年（1188）作者（39岁）自江西调为大理寺卿，舟行过池州东流县某江村舣舟之作。首句化用李后主"林花落了春红，太匆匆"句意，可视为用典，却无痕迹。"垂杨系马"当是取自王维《少年行》"系马高楼垂柳边"，也可以联想自《诗·小雅·采薇》"杨柳依依"以下诸多折柳送别的意象。"旧恨春江"句颇似李后主"一江春水"句意。作者拥有太丰富的文化积累，他未必是有意用典，一切只从胸臆流出。如果从使用典故的角度思忖诗词创作艺术，这样的文化境界无疑是炉火纯青的典范。

　　现在网络发达，电脑、手机检索为用典提供了方便，但是善于检索就等于善于用典吗？我认为网络检索只是为堆砌者提供了方便。写诗作文真正要想用好典故，还是要先将典故熟记在心，而且要准确理解，内化为自己的文化血液，写作时才能自然使用。

　　人类精神文化遗产并非死去的东西，而是有生命的可再生的文化元素。现代人用传统诗词文体写作，并不是仿制假古董，而是写真实的生活和心情，写作时使用典故，并不是装饰门面，而是古为今用，借古人酒杯浇自家心中块垒。比如今年春天笔者在广州大学城工作之余踏青赏花，写了8首绝句，其中《忽忆柳子"破额山前"诗》云：

　　到底春风暖胜秋。红巾许我做遨头。临流细忖兰舟意，何事萍花不自由。

　　又《忽忆苏子"笑倚清流"诗》云：

　　雨润羊城春转凉。经年心事愈苍茫。如何苏子孤鸿渺，不肯随风返玉堂。

　　第一首缘于柳宗元《酬曹侍御过象县见寄》诗："破额山前碧玉流，骚人遥驻木兰舟。春风无限潇湘意，欲采蘋花不自由。"第二首缘于苏轼，其南迁惠州途经清远时，在北江舟中接到贾耘老寄来的诗，答诗有句曰："门前车盖猎猎走，笑倚清流数鬓丝。""孤鸿"则是他生命的图腾，27岁作诗即有"雪泥鸿爪"之喻，40多岁谪居黄州有"缥缈孤鸿影"之写照。苏轼称陶渊明集和柳宗元集是自己"南迁二友"，可知陶、柳二士是苏子生命中特殊的感动。而上举柳诗和苏诗，也是我生命中特别的感动，每每涵泳之，总会触发深深的感慨。所以，我在使用他们的典故时，实际是与他们进行超越时空的心灵晤谈，阅读和写作之际有共鸣存焉。我觉得诗词之用典，应该按这样的方向努力。

（刊于《心潮诗词》2018年第8期）

主要参考书目

B

《白石道人诗集》，〔宋〕姜夔著，《四库全书》本。
《白居易集》，顾学颉校点，中华书局1979年版。
《白香山诗集》，〔唐〕白居易著，《四库全书》本。
《白居易诗评述汇编》，陈友琴编，科学出版社1958年版。
《宝晋英光集》，〔宋〕岳珂著，《四库全书》本。

C

《沧浪诗话校释》，〔宋〕严羽著、郭绍虞校释，人民文学出版社1983年版。
《诚斋集》，〔宋〕杨万里著，《四库全书》本。
《陈寅恪史学论文选集》，陈寅恪著，上海古籍出版社1992年版。
《陈亮龙川词笺注》，姜书阁笺注，人民文学出版社1980年版。
《传家集》，〔宋〕司马光著，《四库全书》本。
《册府元龟》，〔宋〕王钦若、杨亿等编，《四库全书》本。
《池北偶谈》，〔清〕王士禛著，中华书局1997年版。
《词学季刊》，龙沐勋编，上海书店1985年影印本。
《词论》，刘永济著，上海古籍出版社1981年版。
《词学综论》，马兴荣著，齐鲁书社1989年版。
《词话丛编》，唐圭璋编，中华书局1986年版。
《词林正韵》，〔清〕戈载著，上海古籍出版社1981年影印本。
《存雅堂遗稿》，〔宋〕方凤著，《四库全书》本。

D

《丹渊集》，〔宋〕文同著，《四库全书》本。
《东坡乐府》，〔宋〕苏轼著，上海古籍出版社1979年版。
《东坡志林·仇池笔记》，华东师范大学古籍研究所点校注释，华东师范大学出版社1983年版。
《东坡词编年笺证》，〔宋〕苏轼撰、薛瑞生笺证，三秦出版社1998年版。
《东坡诗话全编笺评》，王文龙编撰，西南师范大学出版社1996年版。

《杜诗详注》,〔清〕仇兆鳌著,中华书局 1979 年版。
《当代叙事学》,〔美〕华莱士·马丁著、伍晓明译,北京大学出版社 1990 年版。

E
《二程集》,〔宋〕程颢、程颐著,王孝鱼点校,中华书局 1981 年版。

F
《范文正公集》,〔宋〕范仲淹著,《四库全书》本。
《法藏碎金录》,〔宋〕晁迥著,《四库全书》本。
《佛教史》,任继愈总主编,中国社会科学出版社 1991 年版。
《樊川诗集注》,〔唐〕杜牧著、〔清〕冯集梧注,上海古籍出版社 1978 年版。

G
《葛无怀小集》,〔宋〕葛天民著,《四库全书》本。
《贵耳集》,〔宋〕张端义著,《四库全书》本。
《瓜庐集》,〔宋〕薛师石著,《南宋群贤小集》本。
《管锥编》,钱钟书著,中华书局 1979 年版。
《姑溪居士全集》,〔宋〕李之仪著,中华书局 1985 年版。
《古灵集》,〔宋〕陈襄著,《四库全书》本。
《古诗纪》,〔明〕冯惟讷著,《四库全书》本。
《古代汉语》,王力主编,中华书局 1964 年版。

H
《侯鲭录》,〔宋〕赵令畤著、孔凡礼点校,中华书局 2002 年版。
《后汉书》,〔南朝宋〕范晔撰、〔唐〕李贤等注,中华书局 2000 年版。
《后村诗话》,〔宋〕刘克庄撰、王秀梅点校,中华书局 1983 年版。
《后村先生大全集》,〔宋〕刘克庄著,《四部丛刊初编》本。
《后山居士文集》,〔宋〕陈师道撰,上海古籍出版社 1984 年影宋本。
《后山诗补笺》,〔宋〕陈师道撰、任渊注、冒广生补笺、冒怀辛整理,中华书局 1995 年版。
《鹤林玉露》,〔宋〕罗大经著、王瑞来点校,中华书局 1983 年版。
《鹤山集》,〔宋〕魏了翁著,《四库全书》本。
《黄诗全集》,〔宋〕黄庭坚著、〔清〕翁方纲校,乾隆五十三年(1788)树经堂锓本,吉林大学图书馆藏。
《黄庭坚全集》,〔宋〕黄庭坚著,四川大学出版社 2001 年版。
《汉语诗律学》,王力著,上海教育出版社 1979 年版。

《皇极经世书》，〔宋〕邵雍著，《四库全书》本。
《挥麈录》，〔宋〕王明清著，《四库全书》本。
《淮海集笺注》，〔宋〕秦观撰、徐培均笺注，上海古籍出版社 1994 年版。
《淮海居士长短句》，〔宋〕秦观撰、徐培均校注，上海古籍出版社 1985 年版。
《韩昌黎诗系年集释》，〔唐〕韩愈著、钱仲联集释，上海古籍出版社 1984 年版。
《蕙风词话》，〔清〕况周颐著，人民文学出版社 1960 年版。
《互文性研究》，[法]蒂费纳·萨莫瓦约著、邵炜译，天津人民出版社 2003 年版。
《后现代历史叙事学》，[美]海登·怀特著，陈永国、张万娟译，中国社会科学出版社 2003 年版。

J

《居士集》，〔宋〕欧阳修著，《四部丛刊初编》本。
《剑南诗稿校注》，钱仲联校注，上海古籍出版社 1985 年版。
《江湖诗派研究》，张宏生著，中华书局 1995 年版。
《九僧诗集》，〔宋〕惠崇等著，上海医学书局 1936 年版。
《九朝编年备要》，〔宋〕陈均著，《四库全书》本。
《（嘉靖）建宁府志》，〔明〕夏玉麟等修，《中国方志丛书》本。
《击壤集》，〔宋〕邵雍著，《四库全书》本。
《晋书》，〔唐〕房玄龄等撰，中华书局 1996 年版。
《金明馆丛稿初编》，陈寅恪著，生活·读书·新知三联书店 2001 年版。
《稼轩词编年笺注（增订本）》，〔宋〕辛弃疾撰、邓广铭笺注，上海古籍出版社 1993 年版。
《旧唐书》，〔后晋〕刘昫等撰，中华书局 1975 年版。
《精神现象学》，[德]黑格尔著，贺麟、王玖兴译，商务印书馆 1979 年版。
《嵇中散集》，〔魏〕嵇康著，《四库全书》本。
《彊村丛书》，朱孝臧辑校编撰，上海古籍出版社 1989 年版。
《姜白石词编年笺校》，夏承焘笺校，上海古籍出版社 1981 年版。
《结构——解构视角：语言·文化·评论》，郑敏著，清华大学出版社 1998 年版。
《解构之图》，[美]保罗·德曼著、李自修译，中国社会科学出版社 1998 年版。

《解读叙事》，〔美〕J. 希利斯·米勒著、申丹译，北京大学出版社2002年版。

L

《六一诗话》，〔宋〕欧阳修著、郑文校点，人民文学出版社1962年版。
《冷斋夜话》，〔宋〕惠洪著，《四库全书》本。
《两宋文学史》，程千帆著，上海古籍出版社1991年版。
《历代诗话》，〔清〕何文焕辑，中华书局1981年版。
《历代诗话续编》，丁福保辑，中华书局1983年版。
《历代诗话论作家》，常振国、降云编，湖南人民出版社1984年版。
《临川先生文集》，〔宋〕王安石著，中华书局1959年版。
《临汉隐居诗话》，〔宋〕魏泰著，《四库全书》本。
《李白集校注》，瞿蜕园、朱金城校注，上海古籍出版社1980年版。
《龙川词校笺》，〔宋〕陈亮著、夏承焘校笺，上海古籍出版社1982年版。
《龙洲词校笺》，马兴荣著，江西人民出版社1999年版。
《刘禹锡集》，〔唐〕刘禹锡著，中华书局1990年版。
《隆平集》，〔宋〕曾巩著，《四库全书》本。
《论语译注》，杨伯峻译注，中华书局1980年版。
《论隐喻》，〔英〕特伦斯·霍克斯著、高丙中译，昆仑出版社1992年版。
《论反讽》，〔英〕D. C. 米克著、周发祥译，昆仑出版社1992年版。
《历代五精绝华》，毛谷风选编，中国文联出版社2003年版。

M

《梅尧臣集编年校注》，〔宋〕梅尧臣著、朱东润编年校注，上海古籍出版社1980年版。
《梅涧诗话》，〔宋〕韦居安著，《读画斋丛书》本。
《美学》，〔德〕黑格尔著、朱光潜译，商务印书馆1979年版。
《墨客挥犀》，〔宋〕彭乘著，《四库全书》本。

N

《南阳集》，〔宋〕赵湘著，《四库全书》本。

O

《瓯北诗话》，〔清〕赵翼著，人民文学出版社1998年版。
《欧阳修全集》，〔宋〕欧阳修著，中国书店1986年版（据世界书局1936年版影印）。
《欧阳修集编年笺注》，李之亮笺注，巴蜀书社2007年版。

Q

《全宋诗》,北京大学古文献研究所编,北京大学出版社1999年版。
《全唐诗》,〔清〕曹寅等编,《四库全书》本。
《全宋文》,曾枣庄、刘琳主编,四川大学古籍整理研究所编,巴蜀书社1988年版。
《全宋词》,唐圭璋编,中华书局1965年版。
《清苑斋诗集》,〔宋〕赵师秀著,《四库全书》本。
《清诗话续编》,郭绍虞选编、富寿荪校点,上海古籍出版社1983年版。
《曲洧旧闻》,〔宋〕朱弁著,《四库全书》本。
《全唐五代诗格考校》,张伯伟著,江苏古籍出版社2002年版。
《全上古三代秦汉三国六朝文》,〔清〕严可均校辑,中华书局1958年版。
《曲律》,〔明〕王骥德著,陈多、叶长海注释,湖南人民出版社1983年版。
《全唐五代词》,曾昭岷、王兆鹏等编,中华书局1999年版。
《钦定词谱》,〔清〕王奕清等编,《四库全书》本。

R

《人论》,〔德〕恩斯特·卡西尔著、甘阳译,上海译文出版社1985年版。
《人类及其象征》,〔瑞〕卡尔·荣格等著,张举文、荣文库译,陆梁校,辽宁教育出版社1988年版。
《认知叙事学研究》,张万敏著,中国社会科学出版社2012年版。

S

《诗词散论》,缪钺著,上海古籍出版社1982年版。
《诗薮》,〔明〕胡应麟撰,中华书局1958年版。
《苏东坡全集》,〔宋〕苏轼著,中国书店1986年版(据世界书局1936年版影印)。
《苏轼文集》,孔凡礼点校,中华书局1986年版。
《苏轼诗集》,〔清〕王文诰辑注、孔凡礼点校,中华书局1982年版。
《苏舜钦集编年校注》,〔宋〕苏舜钦著,傅平骧、胡问陶校注,巴蜀书社1991年版。
《宋景文笔记》,〔宋〕宋祁著,《四库全书》本。
《宋史》,〔元〕脱脱等撰,中华书局1977年版。
《宋诗体派论》,吕肖奂著,四川民族出版社2002年版。
《石林诗话》,〔宋〕叶梦得著,《四库全书》本。
《石遗室诗话》,陈衍著,人民文学出版社2004年版。

《宋诗话辑佚》，郭绍虞辑，中华书局1980年版。
《宋景文集》，〔宋〕宋祁著，《四库全书》本。
《山谷集》，〔宋〕黄庭坚著，《四库全书》本。
《宋诗话考》，郭绍虞著，中华书局1979年版。
《宋诗选注》，钱钟书著，人民文学出版社1958年版。
《宋诗话全编》，吴文治主编，江苏古籍出版社1998年版。
《石屏诗集》，〔宋〕戴复古著，《四库全书》本。
《宋五家诗钞》，朱自清著，上海古籍出版社1981年版。
《隋唐嘉话 大唐新语》，古典文学出版社1957年版。
《诗话总龟》，〔宋〕阮阅编、周本淳校点，人民文学出版社1987年版。
《四库全书总目》，〔清〕永瑢等撰，中华书局2003年版。
《宋代官制词典》，龚延明编，中华书局1997年版。
《苏辙集》，陈宏天、高秀芳校点，中华书局1990年版。
《宋诗纪事》，〔清〕厉鹗著，上海古籍出版社1983年版。
《邵氏闻见录》，〔宋〕邵伯温撰，李剑雄、刘德权点校，中华书局1983年版。
《神话——原型批评》，叶舒宪选编，陕西师大出版社1987年版。
《三国志》，〔晋〕陈寿著、〔南朝宋〕裴松之注，中华书局1998年版。
《苏轼年谱》，孔凡礼撰，中华书局1998年版。
《苏轼诗集合注》，〔宋〕苏轼著，〔清〕冯应榴辑注，黄任轲、朱怀春校点，上海古籍出版社2001年版。
《苏轼选集》，王水照著，上海古籍出版社1984年版。
《苏轼研究》，王水照著，河北教育出版社1999年版。
《苏东坡传》，林语堂著、宋碧云译，海南出版社1992年版。
《宋人所撰三苏年谱汇刊》，王水照编，上海古籍出版社1989年版。
《苏轼词编年校注》，邹同庆、王宗堂著，中华书局2002年版。
《苏词研究》，[日]保苅佳昭著，线装书局2001年版。
《世说新语笺疏》，余嘉锡撰，周祖谟、余淑宜整理，中华书局1983年版。
《诗学》，[古希腊]亚里士多德著、罗念生译，人民文学出版社1982年版。
《十三经注疏》，〔清〕阮元等编，《四库全书》本。
《宋本广韵》，陈彭年等编，中国书店1982年版（据张氏泽存堂本影印）。
《升庵诗话》，〔明〕杨慎著、王仲镛笺证，上海古籍出版社1987年版。

《隋唐五代文学史料学》,陶敏、李一飞著,中华书局2001年版。
《事实类苑》,〔宋〕江少虞编,上海古籍出版社1993年版。
《诗学与访谈》,〔俄〕巴赫金著,白春仁、顾亚铃等译,河北教育出版社1998年版。
《诗韵新编》,中华书局上海编辑所编,上海古籍出版社1984年版。
T
《唐宋诗之争概述》,齐治平著,岳麓书社1984年版。
《唐宋词赏析·诵诗偶记》,沈祖棻著、张春晓编,河北教育出版社2000年版。
《谈艺录》,钱钟书著,中华书局1984年版。
《苕溪渔隐丛话·前集》,〔宋〕胡仔纂集、廖德明校点,人民文学出版社1962年版。
《艇斋诗话》,〔宋〕曾季狸著,《四库全书》本。
《桐江续集》,〔元〕方回著,《四库全书》本。
《唐宋诸贤绝妙词选》,〔宋〕黄昇编,《四部丛刊初编》本。
《唐音癸签》,〔明〕胡震亨著,上海古籍出版社1981年版。
《唐宋词人年谱》,夏承焘著,上海古籍出版社1955年版。
《陶渊明集校笺》,〔晋〕陶潜著、龚斌校笺,上海古籍出版社1996年版。
《陶渊明研究》,袁行霈著,北京大学出版社1997年版。
《唐宋词通论》,吴熊和著,浙江古籍出版社1985年版。
《唐才子传校注》,〔元〕辛文房撰、孙映逵校注,中国社会科学出版社1991年版。
《通志》,〔宋〕郑樵撰,中华书局1995年版。
《唐会要》,〔宋〕王溥撰,上海古籍出版社2006年版。
《太平御览》,〔宋〕李昉等撰,中华书局2000年版。
《唐宋词学论集》,唐圭璋著,齐鲁书社1985年版。
W
《武夷新集》,〔宋〕杨亿著,《四库全书》本。
《渭南文集》,〔宋〕陆游著,中华书局1976年版。
《王水照自选集》,王水照著,上海教育出版社2000年版。
《王右丞集笺注》,〔唐〕王维撰、〔清〕赵殿成笺注,上海古籍出版社1961年版。
《闻一多全集》,闻一多著,湖北人民出版社1993年版。
《文学理论》,〔美〕雷·韦勒克、奥·沃伦著,刘象愚等译,生活·读书·

新知三联书店1984年版。

《王荆文公诗笺注》，李壁笺注，中华书局1985年版。

《文史通义》，章学诚著，岳麓书社1993年版。

《琬琰集删存附引得》，洪业、聂崇岐、李书春、赵丰田、马锡用编纂，上海古籍出版社1990年版。

《文献通考》，〔元〕马端临撰，《四库全书》本。

《武溪集》，〔宋〕余靖著，《四库全书》本。

《文镜秘府论校注》，〔日〕弘法大师原撰、王利器校注，中国社会科学出版社1983年版。

《文忠集》，〔宋〕欧阳修著，《四库全书》本。

《王禹偁事迹著作编年》，徐规著，中国社会科学出版社1982年版。

《文心雕龙辑注》，〔清〕黄叔琳辑注，《四库全书》本。

《吴熊和词学论集》，吴熊和著，杭州大学出版社1999年版。

X

《雪桥诗话》，杨钟羲著，北京古籍出版社1991年版。

《咸平集》，〔宋〕田锡著，《四库全书》本。

《徐公文集》，〔宋〕徐铉著，《四部丛刊初编》本。

《新唐书》，〔宋〕欧阳修撰，中华书局1975年版。

《小畜外集》，〔宋〕王禹偁著，《四部丛刊初编》本。

《稀见本宋人诗话四种》，张伯伟编，江苏古籍出版社2002年版。

《续资治通鉴长编拾补》，〔清〕黄以周等辑注、顾吉辰点校，中华书局2004年版。

《续资治通鉴长编》，〔宋〕李焘撰，上海师大古籍所、华东师大古籍所点校，中华书局2004年版。

《咸淳临安志》，〔宋〕潜说友著，《宋元方志丛刊》本，中华书局1990年版。

《斜川集校注》，〔宋〕苏过原著，舒大刚、蒋宗许等校注，巴蜀书社1996年版。

《先秦汉魏晋南北朝诗》，逯钦立辑校，中华书局1983年版。

《新唐书·艺文志》，齐鲁书社1986年版。

《叙述学研究》，张寅德编选，中国社会科学出版社1989年版。

《叙事学导论》，罗钢著，云南人民出版社1994年版。

《叙述学与小说文体学研究》，申丹著，北京大学出版社1998年版。

《西方叙事学：经典与后经典》，申丹、王丽亚著，北京大学出版社2010

年版。

《小说反讽叙事研究》，佘向军著，当代中国出版社2004年版。

《小说的艺术》，〔捷克〕米兰·昆德拉著、董强译，上海译文出版社2004年版。

《叙事学》，胡亚敏著，华中师范大学出版社2004年版。

Y

《瀛奎律髓汇评》，〔元〕方回著、李庆甲集评校点，上海古籍出版社1986年版。

《原诗》，〔清〕叶燮著、霍松林注解，人民文学出版社1979年版。

《艺苑雌黄》，〔宋〕严有翼著，《说郛》本。

《元白诗笺证稿》，陈寅恪著，上海古籍出版社1978年版。

《乐府余论》，〔清〕宋翔凤著，《丛书集成续编》本。

《乐章集校注》，〔宋〕柳永撰、薛瑞生校注，中华书局1994年版。

《元稹集》，〔唐〕元稹著，中华书局1982年版。

《庾子山集注》，〔北周〕庾信撰、〔清〕倪璠注、许逸民校点，中华书局1980年版。

《雨村词话》，〔清〕李调元著，《函海》本。

《元宪集》，〔宋〕宋庠著，《四库全书》本。

《杨文公谈苑》，〔宋〕杨亿口述、〔宋〕黄鉴笔录、〔宋〕宋庠整理、李裕民辑校，上海古籍出版社1993年版。

《乐府诗集》，〔宋〕郭茂倩编，中华书局1979年版。

《玉海》，〔宋〕王应麟著，《四库全书》本。

《元史学：十九世纪欧洲的历史想象》，〔美〕海登·怀特著、陈新译，译林出版社2004年版。

Z

《张先集编年校注》，吴熊和、沈松勤校注，浙江古籍出版社1996年版。

《资治通鉴长编纪事本末》，〔宋〕杨仲良编，台湾文海出版社1967年影印本。

《中国诗的性格——诗与语言》，〔日〕松浦友久著、蒋寅译，见古代文学理论研究编委会编《古代文学理论研究》第十一辑，上海古籍出版社1986年版。

《中国美学史》，李泽厚、刘纲纪主编，中国社会科学出版社1984年版。

《中国文学批评史》，罗根泽著，上海古籍出版社1984版。

《哲学史讲演录》，〔德〕黑格尔著，贺麟、王太庆译，商务印书馆1983

年版。

《直斋书录解题》,〔宋〕陈振孙著,中华书局1997年版。

《中国叙事学》,〔美〕浦安迪教授讲演,北京大学出版社1996年版。

《中国叙事学》,杨义著,人民文学出版社1997年版。

《中国词学大辞典》,马兴荣、吴熊和、曹济平主编,浙江教育出版社1996年版。

《中西叙事诗学比较研究》,罗怀宇著,世界图书出版广东有限公司2016年版。

《中国新文学大系·诗集》,朱自清编选,上海良友图书印刷公司1935年版。

后　　记

即将退休，中文系许以资助出版自选集。内心十分感激，也不免依依，想起一句歌词："春风又吹红了花蕊……往事只能回味。"

有同事建议我搞学术自选集，令我豁然。但几十年长短文字，蓦然回首之际选点什么呢？诗词学？对了——这是我最爱，原来60年读书生涯最爱是诗词，原来30年学术生涯最爱也是诗词。

我的诗词学研究主要集中在宋代，少数几篇是向前延展的，未涉及元、明、清代，这是学力和精力所限。

现当代诗词也进入我的学术视野，我最感兴趣的是打通古今，思考并言说一些理论问题，比如诗词的叙事性，这或许是我诗词学研究最可能有点新意、有点深度、有点实际体会之处。

有些论文写作时首先是应付会议的，现在都为一编，显得有些零乱，质量也参差不齐，不免惭愧！

既然结集，体例须尽量一致，随手有些小改动，与当初发表时的文本相比，稍有变化，敬祈识者见谅。但每篇论文的注释方式，或因当时刊物的要求而有所不同，若严格按现在出版规矩重新统一，许多书籍查找核对工作量较大，因此只稍做整理；另外，文中所引文献句读或与原著不同，皆因出自己意随手增删，诚望出版方面理解宽容。

我选择以20年前的一篇短论《传承高贵》代序，那是我对学术理想的一种表述。因为持有那样的理想，我现在一点儿也不想告别学术，这本自选集只表示既往。朋友调侃我的身体依然"如狼似虎"，这种"羡慕"和"赞美"令我欣慰。朋友的话或许意味着我对诗词学的思考和研究，还可以不那么快地随年龄衰退，因此我很可能有一番新动作。

感谢中山大学！感谢中文系！感谢关爱我的同事、亲友们！

张海鸥
2019年9月18日记于水云轩